# 母 题

任 来 著

中国文联出版社

图书在版编目（ＣＩＰ）数据

母题 / 任来著 . -- 北京 ：中国文联出版社，
2022.2
ISBN 978-7-5190-4790-0

Ⅰ．①母… Ⅱ．①任… Ⅲ．①长篇小说－中国－当代
Ⅳ．① I247.5

中国版本图书馆 CIP 数据核字（2021）第 270650 号


著　　者　任　来
责任编辑　蒋爱民
责任校对　刘秋燕
封面设计　谭　锴

出版发行　中国文联出版社有限公司
社　　址　北京市朝阳区农展馆南里 10 号　　　邮编　100125
电　　话　010-85923025（发行部）　　010-85923066（编辑部）
经　　销　全国新华书店等
印　　刷　天津旭丰源印刷有限公司

开　　本　710 毫米 ×1000 毫米　　1/16
印　　张　21.75
字　　数　450 千字
版　　次　2022 年 2 月第 1 版第 1 次印刷
印　　次　2023 年 4 月第 2 次印刷
定　　价　82.00 元

　　任来，浙江宁波人，在职研究生学历。曾在教育岗位任教十多年，后从事高管工作。早年曾发表不少文学作品，代表作有中篇小说《男模泪》《假想敌》以及电影剧本《香尘泥土》等。

# 目 录

第一章　九个探究　　　　1

第二章　一回好梦　　　　9

第三章　人性造化　　　　21

第四章　跟踪侦探　　　　29

第五章　高九头身　　　　34

第六章　半美人计　　　　47

第七章　偿还孽债　　　　55

第八章　草原幼狼　　　　63

第九章　红衣姑娘　　　　69

第十章　薛家悬崖　　　　77

第十一章　贷款纠纷　　　82

第十二章　法庭调解　　　90

第十三章　揭开秘密　　　98

第十四章　无良少年　　　105

第十五章　传宗接代　　　113

第十六章　胖妞跳河　　　119

第十七章　骗来骗去　　　125

第十八章　蓝衣姑娘　　　131

第十九章　赢家输家　　　135

第二十章　复仇计划　　143

第二十一章　大小花圈　　153

第二十二章　财产纠纷　　158

第二十三章　量大福大　　161

第二十四章　转制前后　　168

第二十五章　浓缩爱恨　　176

第二十六章　摊上大事　　184

第二十七章　格格卖唱　　190

第二十八章　禁闭自由　　195

第二十九章　伏特加酒　　203

第三十章　绑架事件　　208

第三十一章　教授软禁　　213

第三十二章　再次营救　　220

第三十三章　净化心灵　　229

第三十四章　劣迹之一　　236

第三十五章　劣迹之二　　244

第三十六章　劣迹之三　　250

第三十七章　赴莫斯科　　259

第三十八章　王家断崖　　263

第三十九章　妮子失踪　　273

第四十章　悲惨两家　　278

第四十一章　亲情疗法　　283

第四十二章　推荐信函　　288

第四十三章　唐舞团长　　295

第四十四章　拯救未来　　300

第四十五章　荡漾青春　　306

第四十六章　两个女人　　311

第四十七章　救人积德　　317

第四十八章　英年早逝　　323

第四十九章　寡妇鳏夫　　327

第五十章　特殊贺礼　　333

# 第一章　九个探究

城西河上，有无数条支流小河，其中一条无名的小河，向东，通往明府城城墙脚下的西门口；向西，通到四明山脉脚下的一滩溪头口。一河清水流，滋润两岸人。在河岸宽阔处有两个村，北岸为薛家村，南岸为众家村，连接两村有一桥，世代称三眼桥。其实是三个桥洞的石板桥，桥洞下是来往航船停泊的码头，桥洞上有三块长长的石板，搭建在两个桥墩上，形成三孔桥。桥上有石板护栏和台阶，护栏与台阶，均有雕刻过的痕迹。每当夏天炎热的晚上，两村的村民坐在两边的石板护栏上，纳凉聊天，讲大道，或是抬头看星空。此桥年代悠久，实为文物级别，两村村民视为一宝，如同此条无名小河，归属两村共同拥有。薛家村，属富裕村，是以薛家木匠为主，加上后来落户此村的外来姓氏人家，有王泥匠家、李石匠家、张铁匠家、祝篾匠家、洪裁缝家、郑家撑船、邱家磨豆腐、周家开酒坊，形成世代从事手工业的大村庄。此村有两个宝：一幢清代薛家的堂屋，一座百年祖先的坟墓。这两个文物级别拥有者，归属薛氏家族子孙们。众家村，是一个贫穷村，村庄小，人口多，以百家姓氏，穷人们居住在一起，世代务农。该村，也有一个好宝贝，即半个足球场大小的上百年坟基地，前后两块。这两块坟基地，高出于周围的水稻田，有一米五六高，上面无坟头，已经被划分成一块块、一片片的菜田，菜田种上绿油油的蔬菜，无论近看，还是远看，都以为是蔬菜基地。两块蔬菜基地归该村集体所有。那年，改革开放的春天，吹绿了东南西北，大好河山，也吹绿了该村家家户户。他们赶上一条好的政策，将该村集体所有制的主体进行改变，改变之后，召集人力物力铲平此村两块蔬菜基地，将沉睡百年的坟地下面夯实的泥土，挖掘、搬运、填埋在临近一条支流河头上，再在铲平后的坟地原址和填平河头后的原址上，建造一排排漂亮的小洋房，风风光光的小洋房盖过河岸两村低矮破旧的平房，周围村民们看上了小洋房。薛家村外来姓氏的村民，眼红心急地要求众家村人多发发慈

1

悲，多留些落户名额。他们眼红心急想落户的理由：每天开门关门，或路过此地，就会看到薛家高高围墙的倒塌里面，有一座可怕的白色坟墓。坟墓上，长满杂草树枝藤条，年年茂盛，一到秋冬，坟墓边上传来鬼哭嚎叫，可怕极了。居住在围墙倒塌后面的人家，后悔当初居住此村此处。因此纷纷要逃到众家村落户。薛家高高青砖的围墙怎么会倒塌呢？围墙里面怎么会有一座可怕的白色坟墓呢？已经落户此村的村民，怎么会说居住此处真是后悔呢？

居住此村，真是后悔？回答此话，要从很早前说起。此村，先有薛家百年的围墙和围墙里一座可怕的坟墓，后才有落户此村的外来姓氏人家所建造的房子，所开的门。当年，他们不看好贫穷世代务农的众家村，因而没有落户该村。他们只看到，薛家很有气派的高高青砖围墙，知道是富裕的人家。他们建造房子时，相继紧挨着高高青砖围墙的后面，一排排，一间间，一户户，陆续增加起来。他们铁定地以为，房子建在河埠头边上，屋朝南，开大门，前面有薛家大户的依托，后面有众多手工业户的支撑，哪怕是，有一日呀，家中穷得叮当响时，只要在薛家门口前多拜一拜，多叫喊一声："薛老爷好！薛太太早！"绝对是饿不死人的，一致认同，此处是绝对的风水宝地。可是人算不如天算的呀！百年之后，薛家高高的围墙突然间倒塌，裸露出一座恐怖、可怕，又高又大的白色坟墓，让后面住户人家，日日夜夜，开门见坟。这样的恐惧感，害怕感，真是让人受不了，他们纷纷要逃离此"风水宝地"的念头可想而知。薛家祖先将坟墓安葬在堂屋后面的高高围墙内，这到底出了什么样的事情呢？

百年薛家堂屋，坐北朝南，面临河埠头，建造一长排高大五间相连的房屋，屋宅地盘占了小半个村庄；堂屋前后，均是用青砖砌筑的高高围墙，显示了大户家族富贵气势实足；堂前天井，能放上十来张八仙桌，可办喜酒；堂后的院子，东边有假山亭子、小桥流水、九曲走廊连接在一起；西边有一小块菜园子田，可以看出在村庄上独一无二。堂屋共五间，居中为堂屋，东西为厢房；堂内的栋梁屋柱、门面窗户等建筑构件，用料粗大，做工精致，有雕刻过、上漆过的痕迹。特别是圆形粗大的栋梁下面，还衬托一根粗大的方形木条，同样，屋柱两边，再衬托上左右两根粗大的方形木条，看上去，根根横梁、根根屋柱显得饱满、壮观、雄伟、气势辉煌。堂内地面，铺设块块的红石板，堂屋檐下，地面铺设一整块，长度五米多，宽度一米左右的青石板。屋柱，根根竖立在青石雕刻的石礅子上。墙门的门框，是用大块红石板砌筑，墙门的门头，青砖雕刻精致，古朴建筑繁华，气势宏大。可惜，这样一座清代百年间的薛家堂屋，传到了下代，高高的围墙，繁华的墙门，倒了，塌了；红石板，方形木条，少了，没了。堂屋的后面，菜园子田上，多了一座恐怖可怕，又高又大的白色坟墓。坟墓，肯定是薛家祖先上代之坟。可见当年薛家祖先上代的家境，突然间的贫困潦倒，连买一块坟地的银子都没有。是天灾，还是人祸呢？不得而知。

薛家下代子孙们，聚集在破旧的薛家堂屋，议论纷纷。他们只是探究，无从考证：一是台风。台风，吹倒围墙，吹倒墙门头上的繁华建筑物，但吹不走地上的石板，栋梁下柱子上衬托的方形木条。那只有一种解释，靠变卖建筑构件的方法，维持一家人的生计。二是火灾。不像！老屋架老木料的建筑构件，雕刻过油漆过的痕迹依旧。三是病故。不可能！祖先上代家境富裕，看得起大夫，用得上名药，生病医治，能拖上十几天几个月，排除病故之原因。四是意外死亡。可能！即酒醉后上梁，失足坠下死亡。亡者，是一个年轻力壮青年，是家庭成员中主要劳动力，靠建造房子，赚得银子，养活一家老小。而此年头里，上有老者，已经失去劳动力，下有孩子们，还没有出道，突然失去经济的来源，家境跌入低谷，逐年逐代亏空下去，是不是属于"富不过三代"之缘故呢？

探究二：祖上是木匠，且从事的一直是大木匠。木匠，分大木匠与小木匠，大木匠指专门建造房子，收入丰厚；小木匠打打家具，收入少。大木匠属于危险性行业。建造房子，要树立屋架，要树立屋柱，爬高，上梁。假设给人家建造两间房子，有三排拼接的屋架，要树立起来。木匠师傅们，将一排排屋架子都竖起来后，再将一根根檩条安装上，最后留下一根房梁是不能安装上去的，要待算命先生算出上梁的时辰，方可上梁。这些老先生们，有的按季节时辰算，有的按潮水时辰算。算一算的结果，有午饭前的，有午饭后的。那一次，可能要在午饭之后，上梁。薛家大木匠师傅，很轻松了，有足够时间，在午饭之前，把排架都树立起来，又安装上一根根的檩条，尺寸位置，非常准确，留下一根栋梁待午饭之后去安装上。薛家大木匠师傅，高兴之余，中午多喝了点老酒，头重脚轻的，急匆匆，第一个爬上高高的排架去上栋梁，又将一篮子的馒头，吊到排架上，然后一只只往下扔，让周围的村民们都来争抢。说是一种风俗，一种喜庆，抢到馒头的村民们，也是一个好彩头，好运气。可是结果呢，薛家大木匠师傅，不小心失足垂下，唉！唉⋯⋯

探究三：祖上喜欢喝老酒，即黄酒。从倒塌围墙脚边，挖掘出大量盛装老酒的坛子和罐子的碎片。可见，当年祖上先辈们，肯定喜欢将喝完老酒后的空坛子、空罐子，当作收藏品，一排排叠加起来，摆放在堂屋后面的围墙脚边，没有回收给酒坊铺子，说明薛家不但吃得起老酒，而且玩得起、藏得了空坛子与空罐子，实是村庄上喝酒的一霸。周家酒坊铺子里，现存的老酒盛装容器，与围墙脚边挖掘出来的空坛子碎片相同。那么，周家酒坊的老酒，还没有出现此村之前，祖上先辈们，喝的是什么酒？盛装老酒的罐子，出自哪家酒坊铺子？一说早期，明府古城，酒坊铺子的罐子；二说早期，绍兴古城里，绍兴陈年老酒盛装的罐子。可是在一二百年前，那个年代里，两地的酒坊罐子是不是通用呢？不得而知。

探究四：堂后的院子，有一块菜园子田。除此以外，无一分一厘的农田。当年祖先大人，大木匠师傅，酒后上梁，失足坠亡，安葬要买一块坟基地，可是算一算时间是来不及的。在一二百年前，没有像今天这样有现成的坟基地。那时，要买农田做坟地须先付清向恶霸地主买多大一块农田的银子，再付清买恶霸地主召集人力的银子。然后他们出人力，去做坟基地。坟基地，要用乱石碎块打底，目的是坟地不会下沉，再从附近支流的河头上开挖，将泥土一箩筐，一箩筐，搬运过来，堆积一层，夯实一层，重复上千次，上万次。如遇上雨天土湿，还要太阳晒几天，再重复夯实上千次，上万次。这样的坟地，不会坍塌，不会变形，逐步形成，一米五六的高度。等到坟地全部搞定，祖先大人，大木匠师傅的尸体，可能已经腐烂。故买一块农田，去做坟基地，在时间上是不是不够用呢？

探究五：菜园子田上，有一座百年坟墓。坟墓，坐西朝东，有点偏南，面积约六平方米，略见方形；坟墙，用青砖砌筑而成。青砖与城墙的砖块，大小相同，风吹雨打，千年不破不损；墙面，用白石灰与熟糯米、麻丝，混合捣糊，粉刷上去，整体白色，百年不脱落；坟头盖板，用三块厚重，长长的红石板，有雕刻过祥云的痕迹；坟头垒土，有被层层夯实过的迹象，夯实过的泥土，上百年后，没有被风吹雨打而流失掉；垒土上，有茂盛的杂草树枝藤条，藤条紧紧缠绕着垒土；坟墓高度近二米，算上杂草树枝，总高度三米左右。这样一座坟墓，用料精选，做工考究，费用昂贵，百年不塌，不变形，看得出是富裕年代做的坟墓。可是再富裕，还是来不及买一块"好风水"的坟基地。祖上先辈们，想出没有办法的办法，将亡者安葬在此菜园子田上，看守与福荫下代的子孙们。

探究六：薛家祖上富裕，又是大户人家，砌筑高高围墙，采用昂贵青砖。青砖，虽不同城墙上砖块个头，千年不破不损，但此青砖百年内不破不损吧！那么高高围墙，怎么会一下子倒塌呢？原来，高高围墙倒塌之前，在围墙后面，第一排房子，住着老王泥匠一家人。老王泥匠与老薛木匠，上代两家是世交，两位老师傅带领徒弟们，一起接生意，一起建造房子，是建筑团队的一个整体，两家谁也分不开谁的。老底子建造房子，是以木匠为首，木匠师傅将屋架子搭建好，树立好，再由泥匠师傅，四周砌墙，该开门的地方开门，该开窗的地方开窗，木工的活，大于多于泥工的活，木匠是领头羊，是董事长。薛王两家，有了几代人的合作，接单造房子的生意，连续不断，在当地以及外地已经有一定信誉和名气。可是，到了老王泥匠的孙子辈手里，泥匠声誉一直不好，做人不地道，做工不考究，没有匠心，人家戏称他为"烂腐泥匠"，直接把他的姓氏和称呼师傅省略掉。由于他做的泥工活，处处"擦烂屙"，建造房子的生意，单单减少，随之经济收入同样减少。薛家木匠师傅决定，不和他联手接生意、合作建造房子了。他怀恨在心，在薛家高高围墙的后面搭建鸡棚，搭建猪棚。那一年，九月份，刚好是台风天气，台风刮了整一夜。第二天早上，台风还没有走，天色还是阴暗，他的父亲，开门突然看到，门前高高围墙倒塌的里面，有白光光的坟头，映入眼帘，当场吓死；他的爷爷老王泥匠，看到倒塌的围墙，知道孙子在薛家高高的围墙动过手脚，当场也气死。他马上召集黑帮恶人，上门与薛家伦理，要赔偿"圆木棺材沙木底"的两口棺材。老木匠师傅们都知道"千年圆木万年沙"的木材行话，用这两种木材做成棺材，千年不腐。不要说这两种木材不好找，就是找到，恐怕薛家，也是买不起吧。圆木，就是杉树，把杉树砍了后的树根上，再长出一枝树丫来，待树丫长成上千年后，方为圆木。同样，砍了千年沙树，在沙树根边上，再长出一枝树丫子来，待到树丫子长成上万年后，方为沙木。能找到这样的木材吗？薛家虽是木匠世家，知道这些木材，但不可能找到。薛家赔不起昂贵难办的两口棺材，后续还要花掉买坟地的银子，去办斋饭的银子，买两位亡者寿衣的银子，买佛香蜡烛的银子。薛家自认为理亏，毕竟王家死了两个人，将家里值钱的东西拿出来，随他挑选，作为赔偿，摆平此事。可是，他的心太黑了，带着这帮黑道上的恶人，拿了值钱的东西，还不够，遂将薛家墙门头上繁华古朴的建筑物推倒，还不解恨，又将堂屋前面一道高高的围墙拆掉推倒，最后坍塌。众人看后，敢怒不敢言，知道薛家，碰上"烂腐子孙"的人了。老王泥匠与老薛木匠，上代世交，到了下代，就这样结怨了。薛家人决定，把老祖宗留下的世代从事大木匠活，统改小木匠。发誓：从今以后，不与泥匠合作建造房子。这个决定，家里的收入锐减，家境逐年逐代贫穷起来。

探究七：百年堂屋，梁上柱上衬托的方形木条，怎么会不见？据薛家下代木匠师傅测量被锯掉的方形木条，看痕迹，方形木条足够可做栋梁与柱子，可见此木料有多粗有多大。被锯下方形木条，是不得已而为之吗？是的！锯下方形木条，被后来落户此村的撑船老大买走，建造他的房子，房子建造在薛家村最北面。当年，要锯下方形木条的起因到底为何呢？原来，围墙倒塌后面的第二排低矮破旧的平屋里，住着老李石匠一家子的人。老李石匠祖辈是石匠，同老薛木匠与老王泥匠共同建造房子，是合作团队之一，又是同辈人。那年，老王泥匠的孙子"烂腐泥匠"，在薛家高高围墙里干了拙劣的事情，老李石匠在夜里亲眼看见，早上又亲眼看见，王家父子当场死亡。此事说出来，怕火上浇油，不敢告诉薛家人，多一事，不如少一事。王家泥匠的父子死后，他们的子孙"烂腐泥匠"，由于结帮坏队，失业后无事可做，在村庄周围偷窃，村里人没人去理他，他待不下去，只好卖掉房子逃离此风水宝地。老李石匠，干脆买下他的全部房子，当作石料仓储和杂物间。那个年头，薛家实在太穷，倒塌的围墙，一直没有再砌上去，围墙里头的白色坟头，一直裸露在后面住户人家的眼帘。后来发展到第三排、第四排房子的张铁匠、祝篾匠等人家，也要纷纷逃离此地。老李石匠心狠，要买下他们的房子，可没银子。老李石匠无孙子，却有五个仙女般的孙女，上面四个孙女还是两对隔两年的双胞胎，漂亮的两对双胞胎姑娘，都到了论嫁的年纪，信息发出去，即刻有媒婆上门说亲，老李石匠一下子收下四份厚厚的聘礼，买下后面几间房子。可是，第二年，遇上荒灾年，个个农民歉收，家家日子难过。老李石匠，因没有合作团队，生意接不上，日子难过起来。这一年，儿子儿媳妇相继死去，又花掉压箱子底的银子。老李石匠决定，卖掉后面的房子，可是买家们都知道这里的情况，无人敢买开门见坟头的房子。老李石匠家，已经到了揭不开锅的日子，只好忍痛割爱，想卖掉生得最漂亮、最聪明伶俐的小孙女，年仅十岁的五姑娘。那天几个陌生人看了五姑娘后很满意，要立马领走。五姑娘知道后，号啕大哭，死活不跟陌生人走。这事被薛家人知道，薛家人劝说后，救下五姑娘。薛家人，这是在做感恩报答的事。因为老李石匠不离不弃的，一直住在围墙倒塌的后面，为后面的人家做了榜样。薛家人，将堂屋里的梁上和柱子上衬托的方形木条，锯下来，又将地面铺设的红石板挖起来，再将倒塌围墙上的青砖拆下来，卖给郑家撑船老大，卖了的银子，与李家一起度过荒年。老李石匠家的五姑娘，长大懂事后终身不嫁人，一直在倒塌围墙的后面居住下来。后来，薛家下代的子孙们，见了当年的五姑娘，干脆称她为五阿婆。那么五阿婆，到底有多大的年纪？她与薛家到底有什么样的关系呢？

　　探究八：祖上，薛氏家谱，没有传下来，薛家下代的子孙们，不知道祖先上代的名字；不知道薛氏祖宗在此村落户是在何年代；更不知道，至今共有多少代薛氏的子孙。现在，只能依据老李石匠家的五姑娘来推算。五姑娘的爷爷，老李石匠与老薛木匠，还有一个老王泥匠，祖辈上代是世交，是建筑合作伙伴。老李石匠的祖辈上代落户此村时，薛家早有高高围墙和围墙里的坟墓，猜测薛家，此年间应该已有三至四代的祖先上代。当年，十岁的五姑娘，没有被卖掉，又在围墙倒塌的后面住了二十多年。一是终身吃斋念经，在家修行；二是靠收取屋前屋后的房租费，度过日子。不知哪年，一个早上，三十多岁的五姑娘，碰巧路过倒塌的围墙边上，也是坟头的前面，拾来一个啼哭女婴。很奇怪，只要五姑娘抱上女婴，女婴就不啼哭，且会绽开笑脸，还会学说话，五姑娘很喜欢，在家抚养起来，取名郝玲娟，李家与薛家，意为好邻居。五姑娘家的屋后，有一间出租房，出租房里，住着一对姓孟的年轻夫妇。孟家，死了一个刚出生的儿子，还在悲伤痛哭之中。五姑娘抱着郝玲娟，上门对孟家夫妇说，莫悲伤，儿子会有的，你们孟家有奶水了，先把郝玲娟养育起来，养大后可以做孟家媳妇，李家房子全部归孟家所有，孟家人可以代代传递下去。如果，不能做孟家媳妇，希望孟家把郝玲娟养到断奶为止，房租费再开始算起。这样的做法，是让人家看到，前面住着有我们老李石匠的家，后面住着有你们的孟家，我们两家，一直住在围墙倒塌的后面，天天开门关门见坟头，这是给后面的人家壮胆子的，后面的人家，跟着会居住下来，房子也能租出去。孟家男人，也是一个老实人，两种结果，孟家都要。三个月后，孟家媳妇，果然有孕。孟家高兴了快十个月，可是最后一个月，孟家又到悲哀的时刻，孟家媳妇难产，一大一小，都没保住。这时，村庄上刮起一股谣言："白色坟头，闹鬼了，抓人了！"孟家男人相信，觉得是闹鬼了，是抓人了。先有王泥匠家的父子，见了坟头，当场死去两个人，后有李家夫妇（五姑娘的父母）见了坟头，死去两个人，再是自家近两年，妻儿三人的死亡。孟家男人，一时怒气，拿起工具，马上要去拆薛家百年的坟头。五姑娘知道后，阻止孟家男人的举动。五姑娘说，这不是鬼闹，是人闹的，与鬼无关，千万不要上当。当年，她的父母，相继去世时，也有过这样的谣言，都被她的爷爷老李石匠，一一点破。这一切应该都是"烂腐泥匠"子孙干的好事。五姑娘还说，如果你们孟家不忌讳，女大男小的年纪，能忍受，能答应，三十多岁的五姑娘，愿做孟家媳妇，愿为孟家生儿育女。孟家男人，听后觉得，只有五姑娘的道行才能抵挡鬼闹，只有五姑娘的智慧才能抵挡一切谣言。孟家男人，连忙跪在五姑娘的面前痛哭，五姑娘也跪在孟家男人的面前陪他痛哭。三岁的郝玲娟，哭喊着爹娘，奔到他们两人的中间，他们两人一起搂抱着郝玲娟。此时，薛家与郑家撑船老大，他们来到孟家，是帮忙办理孟家女人的后事，看到此情景时，薛家人先说：愿做李家与孟家的媒人，操办两家的喜酒。郑家人说：愿为两家的婚事，买喜糖、分喜糖。聪明的五姑娘说：愿为婚礼破此佛戒，孟家丧事，以月代年。即三个月，代替三年守丧期，期满拜堂，百年好合。孟家男人听后，有众人互助，当场跪拜。四个月后的某一天，五姑娘与孟家的结婚喜酒在薛家堂屋热热闹闹地举办。第二年，五姑娘为孟家生了一个儿子。此年开始，一直到若干年后，有外来姓氏的人家落户此村的，陆续多起来。二十年后，五姑娘的儿子与大他四岁的郝玲娟结婚。完婚后的第九天，年近六十岁的五姑娘，在这天夜里静静地过世了。薛家的孙子们，与孟家人一起为五姑娘送葬。因不知道五姑娘的辈分，和怎样的称呼，薛家子孙们，呼与世长辞的五姑娘为五阿婆。第二年，五阿婆家生下一个孙子，取名为孟郝男，同年同月同日，差不多同时辰，薛家东厢房里，也传来一声婴儿的啼哭声，薛家第十代，有香火了，取名薛开甫。与薛开甫、孟郝男的同年代上，或者是相近年龄上，薛家的老冤家"烂腐泥匠"的下一代王家子孙，有没有香火传下来呢？

探究九：老李石匠为了留住薛家高高围墙倒塌后面的外来姓氏人家，他家依然住在围墙倒塌的后面，依然天天开门关门，抬头见坟头，还买下屋前屋后的房子，为此做出了榜样；从少女五姑娘，到年老五阿婆，从吃斋念经，修行在家，到毅然跳出佛界，为人妻，为人母，还接过爷爷的这一捧，继续完成留住外来姓氏人家落户此村，为此做出了榜样；孟家男人，听从五姑娘的话，又继续留住在此村，先抚养儿媳，后生儿，再让他们成婚，同样为后来落户此村的外来姓氏人家做出了榜样。在这三个接力棒的传递下，先后落户此村的外来姓氏人家，越来越多，没有一户人家出来说，天天抬头、开门关门见坟头，要纷纷逃离此村的。直到河对岸的众家村建造了一排排的小洋房后，已经落户薛家村的外来姓氏人家才想起要逃离此村，是这个原因吗？第二，薛家村的外来姓氏人家，此时此刻要逃离此村，是不是有人在其背后煽风点火，推波助澜呢？

# 第二章　一回好梦

　　明城壹号别墅，最早建造在明府城。闹市区里的一条东门街道88号地址，是这个城市有史以来首座别墅建筑群的富人小区。从城市档案室，找到当年拍摄的新闻照片，翻阅看到小区落成典礼那天，场景太渲染人了：小区门口，一座高大古朴建筑的门楼上面，挂着一条大红黄字的横幅："热烈欢迎业主人士进驻明城壹号别墅小区当家做主！"门楼两侧，各一只落地大音箱，估计有一人多高吧；礼仪小姐，身着旗袍，婀娜多姿，列队引导；门楼面前，舞狮舞龙，鞭炮烟花飞扬；看热闹的人们，黑压压的一片。猜一下，黑压压的一片人们是前来签订购房合同、见市面，还是路过此地？看后，惊呆与羡慕地说："业主们，太有钱了！"一转眼，十多年过去，像这样的别墅小区，在这座城里的三江口，江东，江北，江南，主要街道上与巷口的黄金地段上，在建与未在建的楼盘，都在售楼处轰轰烈烈，热热闹闹，开盘销售。人们的眼光，应该收回十年之前的惊讶与羡慕，随之换成欣赏与评判的眼光说："别墅，像一个模子里刻出来似的！"再一转眼，又过了十多年，呼叫别墅的名称有：香泉河别墅、九溪潭别墅、五龙湖别墅、香格里拉花园别墅。在选址上，也有明显变化：有河边湖畔江湾的，有商场边地铁边校园边的。总之，风水先生还没有找到好的风水宝地时，房产商与建筑商不一而同地想到这座城市的角角落落。当然，别墅的建筑风格上早已跳出老土、呆板的式样。现在的别墅，在户型上、结构上、造型上，更加宽敞，更加独特，更加漂亮，更加吸引有钱人的青睐。之前的人们，由欣赏到评判的眼光，现在这下子会极度地变成一种心理的负担，而急急地一阵嘀咕嚷嚷起来说："别墅，有那么多的老板住进去吗？"人们的嘀咕与嚷嚷是没有道理的。别墅，最终还是被有钱的老板们买走，或闲置，或送人，或作金屋藏娇之用。

　　那年，薛开甫带一家子人，抛弃薛家清代年间的堂屋，逃离堂屋后面百年的祖上坟头，坐船一直向东，来到明府城重打天下，若干年后终于住进了这座明府城——明城壹号别墅的富人小区。此小区别墅，在三十年前，是联排别墅的建筑群。地段上，无山水依托；风格上，无特色可言；装潢上，无超前空间。说白了：老土！之前的产物，往往被后来诞生的新产物所抛弃。薛开甫，就是再次抛弃之前产物中的一个典型的人。

每年，春秋两季的时候，薛家左右两边，邻居家的院子里，小草们开始孕育着花开花落和代代相传；大树们，开始枯木逢春，新叶换老叶，或是秋风扫落叶，在新一轮过程中有序进行着。特别是春季，大树上的老叶子通过矮矮生了锈铁的围栏，随风飘落到薛家院子。薛家院子里，没有大树，没有小草，一片荒废凄凉的黄泥土巴，黄泥土巴上，还残留着一道道汽车轮胎的痕迹呢，有深有浅的，有明有暗的。是风儿夹带小草的种子，从左右两边邻居家中吹过来，还是鸟儿羽毛中夹带过来？至少还能看到从黄中发白的泥土中，长出一棵小草。小草盎然抬起头时，却被厚厚的枯萎老叶压得透不过气来，小草不屈地只能弯着腰，硬是从一堆厚厚的、朽烂叶子的缝隙中伸出脑袋来，看守薛家的院子。今天，小草被院子的男主人，重重踩了一脚。顷刻间，刚刚伸出来的脑袋，被碾压在老叶子上，很快留下小草绿叶汁的痕迹。

薛开甫的老婆名叫路莉萍。此刻，他被老婆骂骂咧咧地从别墅里追逐驱赶出来。薛开甫心烦，惹不起老婆，选择逃离。于是，他弃车慌忙从院子里，奔跑出去。而他的老婆，还在门口的原地上，指着他逃离远去的背影，一边拍手蹬脚驱赶，一边继续骂着"畜生呀！""不得好死呀！"之类的话。骂后，含泪扫了一眼院子，似乎要同院子做最后的告别。此时，也许老婆没有看到小草已经死亡。小草的脑袋还紧紧贴在老叶子上，小草为了你们夫妻吵架，已经成了牺牲品。小草的死，你们薛家将失去看守院子的一员！

路莉萍含泪，叹气，默默无言，抹去泪水，慢慢走进别墅，关上所有门窗，拉上窗帘，回到楼下客厅，坐在乌木沙发上，瞟一眼乌木落地大钟的时针，时间已过中午，也许还没骂够，还在气头上，因而懒得进厨房，反正不觉得饿。她起身走向沙发后背一排食品橱子的面前，拿来白瓷杯，沏上人参茶，又走回沙发前，将白瓷杯重重地放在一只巨大长方形茶几的中央，然后坐在沙发上，眼泪滚滚而下。就在刚才路莉萍终于察觉到薛开甫背着自己又买了一幢新别墅，还勾搭上一个新女人。这次，她彻底跟薛开甫闹翻，把他赶出院子。像这样吵架闹翻的场面，驱赶责骂的次数，她已记不清了，也不想再去记清楚，反正这次是最后的一次。路莉萍靠在沙发背上，泪水往下滚流，心冷意绝到了极点。时间已过深夜，她竟然没去厨房进食，而此时的肚子里还胀得很呢。

路莉萍从沙发上起身，摸黑穿过客厅餐厅，走过楼梯，来到二楼卧室卫生间，拿起粉刷眉笔，认真化起妆来。完毕，她穿上体面衣服移步到大床边，关闭所有的灯，和衣平静地慢慢躺下去。此时，脑海里像放映机那样，一幕一幕地闪烁出不同场景、不同故事，以及不同人物：有悲伤、痛恨、欢笑、苦恼，也有责骂痛哭，所有一切，将会带到另外一个世界。第一天的夜，是这样躺着过去；第二天的夜，也是如此……

应该是第九天的深夜吧？路莉萍还能记得牢，已经睡过去的时间与天数，为了判断记天数的正确性，她违背九天前的诺言，竟然慢慢睁开眼，看一看床四边和窗口处，都是一片漆黑。此刻，她知道是深夜，知道刚才判断第九夜是正确的。她收起淡淡的笑容，闭上双眼，记天数的程序，继续执行。一会儿四肢感觉特别麻木、酸痛、乏力，还出现抽筋，接着有口渴、喉痛、腹鸣、肚饿、乳痒、腰酸、漏尿，头晕乎乎的，意识与念头一并进入迷糊的状态。这是自身所有能量耗尽前的反应。还好，所有心思，痛苦，眼泪和女儿，都已经放下。她继续鼓励自己，少呼吸，用数数字的方法，慢慢进入睡眠。

路莉萍记不清了，这是第十一天的深夜，还是第十三天的深夜？深度昏睡中，她迷迷糊糊做了一个梦。随后，慢慢地从梦中醒过来，意识与念头加强起来，用力睁开双眼，扭头看到窗口处有几丝光线射进来，知道新一天，已经开始了。她提起无力的手，拍打一下自己的腿，知道刚才又尿床了，还知道刚才做了一个梦，梦中一个长须垂耳的老者，要她去东海边上的七塔寺烧烧香、拜拜佛。是呀，这辈子很苦了，下辈子真的不想做牛马羊、鸡狗猪，成为任人宰割的动物！就不能再躺着，等死呀！快爬起来，拜访寺院，拜求菩萨，要对得起梦中的老者。也许，老者就是菩萨的化身，来判决生与死的人呢！

有了梦的寄托和生的渴望，路莉萍就带着极度虚弱的气息，和极度脱力的身躯，慢慢滚爬下床，爬到楼梯口，发现楼梯台阶上没有铺垫的羊毛地毯。马上想起，地毯是在二十多天前，拿到干洗铺去干洗，因与薛开甫发生吵架，忘了去取回来，都要怪"这个畜生，不得好死的，畜生东西！"骂了一句，望着楼梯下，平时上下楼，熟悉惯羊毛地毯下的台阶，现在的台阶上，空空荡荡，会变得一点安全感都没有，还多了一点恐惧感。爬吧！慢慢地爬下去，碰痛身体落地的胸部，手臂，腹部，下身的耻骨，脚踝头，要不是手臂夹住楼梯扶栏挡上，还差一点翻滚冲下去，花很大劲，爬到楼下，已经吓出一身冷汗。一咬牙，慢慢爬向客厅的茶几前，凭之前的记忆：十天前还是十三天前，白瓷杯里的人参茶，未曾喝过一口，杯子应该放在茶几中心的位置。于是，她将整个身子移到茶几边上，因无力抬头，只好伸手向茶几上去摸索。过了一会儿，摸到杯子，将白瓷杯晃晃悠悠拿下来，喝了一大口，呛了一鼻子。她无力地放下杯子，待了一会儿。然后，不管人参茶馊了没有，把它痛痛快快地喝完。她握着杯子，身体紧靠在茶几脚边上，又躺了很长时间，待到稍有一点力气，试着支撑身躯站立起来，可是身体实在太虚弱了，只好再躺了一会儿。这时，肚子里咕噜鸣叫起来，饿了。抬起头，往厨房方向看一眼，随后向厨房爬过去。她爬到一半回头看爬行的身子，只见手握白瓷杯，一手着地，爬行，双腿前后弯曲，合力施展，丰满的屁股，左右摇摆滚动着，觉得这样趴着爬行的样子，很眼熟呀！不禁想起，当年女民兵训练时的一幕镜头：她身穿军装，头戴军帽，脚上是解放鞋，抬头看前方，手握木制枪杆，一手在沙泥地上爬行，同样双腿前后弯曲，配合施展用力，臀部左右摇摆着，这个优雅又标准爬行的姿势，还得到了训练教官的表扬。唉！这一回忆，几十年过去，现在居然还用得上来。厨房没有门，敞开式的，爬向一人高的三门冰箱前，已经没有力气，再去开冰箱的门，大理石地面很冷，只好将头枕在手臂上躺一会儿，随后又扶冰箱去开门，第三次吃力地拉开了门，拿出一盒牛奶倒在杯子里喝起来，又拿出易拉罐八宝粥，强咽吃下。想想这次应该能站立起来，再次扶着冰箱试一试，结果还是不能站立，双腿不听指挥，只好放下杯子，躺在冰冷的大理石上，将头枕在手臂上，继续去想：下一次装修厨房时，一定要将冰冷大理石的地面改为有地暖的地板。因为女人的床上，已经失去了第一阵地，女人的厨房，绝对不能失去第二阵地。女人死要在厨房里，活也要在厨房里，更容不得别人家的女人来占领这里的厨房。她傻想着又躺了一会儿，待到确实有点力气，再次试着去扶着冰箱，这才摇摇晃晃站立起身躯，又慢慢扶着墙面，双脚向卫生间移动过去。进入卫生间，首先是拉起马桶盖，洒脱一般拉完尿之后，觉得身子一下子很痛快起来，随后慢慢移动，坐在圆形瓷质的凳子上照着镜子，镜子里是一个刚死即活的路莉萍：她的头发，有点零乱散落下来，掩盖不住端庄秀丽的脸；两只大眼睛，已经深深地凹陷进去；脸上无血色，只留两条深深的泪痕；嘴唇苍白干裂，圆圆的下巴上，还粘贴着八宝粥里小半粒红豆壳呢！她还能勉强对着镜子笑一笑，笑得有点傻了，心里骂了一句：活该！突然，发现胸部一高一低，马上拉了一下衣襟，衣襟触碰到胸部的肉体，顿时胸部有点麻木感，还伴随着隐隐作痛。她连忙拉起衣服，看到胸罩右边脱落，胸带已经断开，知道刚才的胸部，是既承受上身的重力，又支撑着地面的移动所发生的。同时，她又查看脚面，发现皮肤被磨破，已经有血丝渗透出来，手肘子上有几道明显血印。这一切应该在爬行楼梯过程中发生的。她干脆取下胸罩，即刻呈现一双白皙而又丰满，还有点下垂的胸部映在镜子里面。她用手指点一点疼痛处，拉一拉，看着它们慢慢地挺立起来。还好，它们只是受点轻伤，没什么大碍，觉得很正常，她含泪笑了。

路莉萍草草打扮一下，坐着待到早上七点辰光，八宝粥里还有大半粒的红豆，在她体内起反应了。生命的能量，像充足了电。有了力气，她试着迈开双腿，小步慢慢走动。此时，她又笑了。每个人一生中，都会做很多很多的梦，有长短、大小、好坏，但是真正按照梦的情形去做的人并没有多少。她决定要将梦中老者托梦的话，去实现，去完成。于是，她将宝马车钥匙，放进拎包里，准备出门去七塔寺。忽然，她想到自己，毕竟刚刚死过一回，就这副死相出门去，碰到谁，谁都不吉利的，谁都会倒霉的。她回忆梳理起来，刚才的梦中，老者腾云飘逸而去，留下云雾般蒙蒙细雨，还夹带着一阵飘来的佛香。这是不是在提醒，要用佛香点一点，拜一拜呢？此刻，她来了精神，马上翻遍一楼所有的橱子与柜子，却找不到一支半截的佛香与残烛。无奈，她干脆打开双扇大门，跪在门口，面朝苍天，双手合一，口中念叨："阿弥陀佛！老天保佑！菩萨保佑！求求，被我碰到的人，人人平平安安！求求，我的灵魂快点回归人生正道！阿弥陀佛！阿弥陀佛！老天保佑！菩萨保佑！"念完，又拜了三拜，起身关门，慢慢走向小区门外，招手乘上一辆的士车。

寺院，无山门之前。寺院前面，建有并列一排七座石塔，左边为四座，右边为三座。民间说法，一般是左手为大，右手其次，古人这样放置石塔，是否此意，不得而知。七座石塔上，均雕刻有佛像，有经文，代表七尊佛，拱卫寺院的两边。后来寺院有了山门，七座石塔依旧位于拱卫寺院山门前的两边，"七塔寺"由此而得名。三十多年前的七塔寺，地处城市中心的最东面，三十多年后的新城市中心，已经跑到七塔寺的最东面去了。尽管原地踏步的七塔寺，已经被繁华的都市高楼所包围，寺院的佛光还依然普照大地，为众生超度，为众生祈福祉。寺院山门外，有一长排个体经营店铺，店铺建在寺院围墙外的边上，他们共同经营着不同品牌的佛香红烛，尤其佛香，有印度、越南的产地，有中国香港、东南亚的产地，有广东、江南、西藏一带的产地；香味上有沉香、檀香、醇香；包装上有精致盒装、实惠简装，还有更便宜的散装。佛香和蜡烛，在江南一带用得比较多一点。除了寺庙佛教，法会道场之外，民间普遍用在红白喜事上，每年的谢年拜年斋饭上，每月初一、十五日供台上，还有婴儿满月、乔迁新居、开门营业、店铺挂牌上。香烛店铺，因为紧挨着寺院，借着寺院的名气，生意自然红红旺旺。人们路过香烛店铺，缕缕佛香，迎面而来。

路莉萍在寺院附近的路口处下了的士车，一路上扶着人行道上的铁护栏，慢慢走向寺院，买了进门票，将找来的零头钱直接投入到售票处的随缘箱里。然后，进入寺院大门内，迈步来到"圆通宝殿"大殿前，看到一只香炉，按梦境老者的托话，点上七支香，插在巨大香炉正中央，迈了很大七步路进入大殿里面，迎面看到一尊高大金灿灿的菩萨慈祥地盘坐在莲花台上。莲花台前，有一个巨大红色的功德箱，功德箱前，左右两长排，整齐地排列着一只只拜佛台子，她学着香客们的样子，双腿慢慢地跪在拜佛台子上，双手虔诚合一，仰视菩萨，拜了七拜，每一拜口中念"阿弥陀佛！"念完拜完，她从拎包里，掏出七元硬币，投进功德箱里。投币后，看着金灿灿高大的菩萨，想着这样大的气场里，投七元硬币怎么够呢？又掏出百元票额的厚厚一沓钱来，没数一下，投进了功德箱里，然后再次抬起头，双手合十，默然地注视着高大而慈祥的菩萨，似乎真的想从菩萨的眼神里折射出一道祥和的金光来，照看她，关注她，安慰受伤的她。之前，她游览过许多座寺院，拜见过许多尊菩萨，只是与善男信女们一样，点上几支佛香拜一拜，念一念，一走了之。没有像今天这样，长时间去注视菩萨的眼神，多么渴望，又多么想从菩萨的眼神中得到菩萨的保佑，让丈夫薛开甫改过自新，乞求他重新回到她的身边。

路莉萍拜完菩萨后起身跟着香客人群，一同走出"圆通宝殿"的后大殿，慢慢独自来到厢房一处的服务区。她进门看到对面墙上挂着一个红色小小功德箱，功德箱上有一块牌子，写有"免费结缘"的字样。她很快被牌子吸引过去，快步进入，看到里面两侧各有好几长排的书架，书架上都是佛经的书籍，种类之多，数量之大，免费看的，可以带回家，不用归还。里面没有几个人在阅览，很快他们走了出去。一般不会有香客进去的，偶有进去的人也是很快拔腿就走的。她从拎包里掏出大额票面厚厚一沓的钱，同样没去数一数，直接投入到功德箱里。然后，她从两侧书架边上，来来回回，认认真真，边看边挑选二十几本佛经书籍捧在怀里，时间一长，手臂一时无力，有点吃不消书籍的重量，是继续捧着好呢，还是放回到书架上好呢？犹豫不决。这时候，一个红光满面的老和尚，已经悄悄地走近她的身边，双手合十，轻轻念叨："阿弥陀佛！阿弥陀佛！"她惊讶一会儿，连忙将佛经书籍放回到书架上一处，腾出双手来，回了一个佛礼。只见老和尚从怀里掏出一只印有寺院字样的布袋子，帮着把她挑选好的佛经书籍，一本本装进布袋子里面。她再次地惊讶，马上露出微笑说声谢谢，又行了一个佛礼，然后接过沉重布袋子，慢慢走出寺院的山门，来到一长排香烛店铺前。

路莉萍已经走过一家香烛店铺的前面，忽然听到从这家店铺里传出来，播放梵音《大悲咒》的佛曲，她退回到该店铺门口停下，静静听着，此梵音佛曲之前听到过，但听得不够完整。于是，她面对店铺继续聆听，待佛曲播放完后，进入该店铺里面，她看到柜台上五颜六色的佛香盒子，成排整齐地摆放着，另一边放置几尊菩萨像，有石膏质地、陶瓷质地、金属质地、木雕质地、竹雕质地，旁边还有一人高的红木佛龛，佛龛做工精致、豪华，一件件排列着。她一边认真地听着店铺服务员对佛香中的沉香、檀香、醇香产地品牌质量，以及卖得最好的几种佛香的介绍，一边看着另一处木雕菩萨，随后又扭头看看一件件高大豪华的红木佛龛。听了服务员一大堆佛香的介绍后，不买佛香有点不够诚心，她拿钱买了一盒檀香味的佛香，左手拎包，右手拎着布袋子里的佛书佛香，慢慢地走出来，人好像有点吃力，双腿有点麻木，肚子也有点饿了。刚好，走到隔壁一家素食店门口，往里面张望，午餐还早，没人用餐。她走进去干脆买了一份，服务员找给她的零头钱，她没收，而是直接投入到柜台上一只小巧透明的捐款箱子里，服务员微笑客气地拿来一捆，绑扎好的佛教与食素书籍，估计有二十来本吧，再赠上一张《大悲咒》CD 佛曲光盘，她把书籍和光盘，放进布袋子里，往餐桌上一边搁下，开始慢慢用起餐来。她心想着：布袋子里的佛经书籍，怎样去处理？一生中从来没有碰到过这么多佛经书籍，且带在身边，更没有想到过，会把佛经书籍当作一般图书，还准备带回家去呢！想想有点好笑，原本想在寺院里，将挑选好的二十来本佛经书籍，坐到一处，歇歇力，慢慢看，结果来了老和尚，帮着将佛经书籍装进布袋子里，不要佛经书籍吧？不好意思，显得不够诚心，觉得今天的行为，有点好笑。她用完餐，一手拎包，一手拎沉重的布袋子，走出素食店门口，刚好碰到薛开甫外贸公司的司机孟郝男。孟郝男好像刚从隔壁香烛店铺走出来，他手上提着红色塑料袋子，沉沉的鼓鼓的，估计里面有许多对大红蜡烛与几盒佛香吧。同时，孟郝男也看到路莉萍手里拎着印有寺院字样的布袋子。

"你老板娘。哎呀！你也在买香烛啊？"孟郝男傻乎乎的，微笑着连忙上前一步，与路莉萍打了招呼说道。

"嗯，嗯！"路莉萍温柔地应了两声。她有一两年没碰见他，这一次正面再去看他，他嘴上的胡须，还是那么几根淡淡细细短短的。她又看他一眼，平平的前额，反问道，"哎呀！哎呀！孟男，你买了这么多的香烛，哎呀，孟男呀，终于看到你买大红香烛啦！你准备几时结婚啦？千万……千万别忘了……给我喜糖呀，我是要讨着吃，吃你孟家的喜酒呀，嘻嘻……嘻嘻！"说毕，传来一阵笑声。

"你老板娘。哎呀！你别说笑话，你别说笑话，没有的事……没有的事啊……"孟郝男憨厚，说着提起一手，抓了抓后脑头发，傻笑着慌忙否认。

"真的……没有……这事？那……有人……告诉我……说你……正常开着豪车，载着好几个漂亮美女姑娘，上大酒店去玩，有这个事吗？嘛去呢？"说毕，路莉萍想想，刚才看到的，想到的，他买了许多香烛，一定准备结婚用的，应该是猜中的。结果，让她很失望。他的年纪，与薛开甫同龄，薛开甫的女儿薛琪，已经读大四了，而他的婚姻八字还没一撇呢，想要吃他的喜酒呀，待何年何月？先将他，买香烛，用香烛，结婚与不结婚的事，避开不说，不追问。现在，她故意挑逗一下，看看他的脑子反应如何。于是，她靠近他几步后，继续说，"上大酒店……是不是，去谈恋爱了……"

"你老板娘。没有的事，绝对没有的事。是公司里的事！"孟郝男依然傻笑着，继续在抓后脑的头发，又慌忙地否认。

"孟男呀！是公司里的事吗？！漂亮的美女，不在公司里好好办公，天天上大酒店，干什么去呀……谁信啊？骗谁呀……"路莉萍似乎抓到了蛛丝马迹，不肯轻易放弃机会，故意再次地追问。

这时候，他们扭头看到，有一队人群，要向他们站着的道路中央走过来，路莉萍立马停住了追问。

"你老板娘。她们上大酒店里，去谈生意呀！去接业务呀！"说完，孟郝男觉得自己刚刚说出去的话，编得不够像，编得不够圆，似乎有几分的好笑，似乎有点说漏了嘴。于是，又去抓了抓后脑头发，傻笑着上前几步，站到路莉萍那一边，给一队即将要走过来的人群让了道。

他们让了路，都看着这一队人群，有十来个年老的女香客，她们一个个都穿着淡紫色佛衣，挎背着鹅黄色粗布佛袋，佛袋上印有一个很大的橘红色"佛"字，看她们的脸上个个露出虔诚的神态，嘴上还在轻轻地默念佛经呢。这群女香客，在他们站立的面前，一个个排着队，匆匆路过，向七塔寺山门走去。

"那……孟男呀！买那么多佛香红烛，不用在结婚场上，那你家……肯定，在建造别墅了，这一大袋子佛香红烛呀，就要去……派上用场的了，是吗？！"路莉萍看着女香客们渐渐走远后，她面朝着他，笑了笑，放弃去逗他玩，放弃继续追问美女上大酒店的事，而是把重点放在为什么要买那么多的佛香红烛这件事上。

"你老板娘。不是的！不是的！是薛老板要用的……"孟郝男被老板娘逼问得慌了分寸。回答，是！老板娘一打听就知道孟家根本没有建造过房子；回答，不是！老板娘肯定还要追问下去。不如先说了算了，反正说老板要用的最安全，也是最保险。买的东西，本来就是老板要用的吗。他慌忙否认后，马上又刹车，话止，还重复了一句，"是薛老板要用的！"

"哎呀！孟男呀，你给我，好好说清楚呀！好好说清楚呀！是老板要用的吗？是老板要用吗？！老板还没跟我离婚呢，这就要去结婚拜堂去点佛香啦！是不是……这一回事啦？孟男呀……你给我，好好说清楚的呀！我不想做人啦！我……不想做人啦……"顿时，老板娘失去猜想的兴趣，又失去逗他玩的耐心。阴霾，一下子笼罩在她的脸上。她又气又恨，提起穿着中跟皮鞋的脚，在地面上狠狠踢了一脚，含在眼眶的泪水被她的震动而滚落下来。她还带着有点抽泣的声音，继续急忙追问他，"是不是这一回事？孟男呀……我……我不想，做人啦……"

"你老板娘。你别说气话！你别说气话！不是的啦！真的不是的啦！是别墅里面要用的啦！……"说毕，孟郝男有点苦恼，刚刚被老板娘追问得实在没有办法收场了。不回答呢，不好，毕竟他们是夫妻，是一家子的人；如果去正面回答呢，他们这一家，好像马上要发生离婚的事，本来他们没生活在一起的。还有，刚才老板娘狠狠踢了一脚地面时，脚面上有伤痕，透明袜子上已经渗渗出血丝，还有手肘子上也有血丝渗透出来，说明他们夫妻发生过一场战争。因此他提醒自己，要小心回答，不能成为他们离婚的导火线；再说，他们从谈恋爱到结婚，都是因他而引起的，最后促成他们成为夫妻，他在老娘面前，已经说不清道不明了，还被老娘臭骂一顿，最后老娘生了一场大病，不出半年过世，他跳到黄河里已经洗不净了。现在，又因为一句不恰当的话让他们夫妻拆家离婚，恐怕他跳到长江里，也洗不清了。要么再去编一个呢？不像，又不圆怎么办呢？反正说了佛香红烛，用于老板的别墅里面，比老板去用在结婚拜堂上严重性来得轻一些，如果怪罪下来可能罪孽要小一些。尽管憨憨又傻乎乎的孟郝男，这样粗中有细的回答，同样也会失去控制，失去耐心，终于冲口而出："是别墅里面……别墅里面，要用的啦！"

"孟男呀，你要给我好好地说清楚啊！你老板，真的，买了新别墅啦……是不是，买了新别墅啦……孟男呀，你说说呀……"这一次，路莉萍终于抓住了蛛丝马迹，立即挺起胸部来，擦干泪水，焦急又愤怒地追问，并再次提起脚，狠狠地向地面上又踢了一脚，似乎把孟郝男当成了薛开甫一样地去恨。她心里明白，薛开甫没有胆量，去结婚拜堂的，那是在犯重婚罪，可是他买了新别墅，那是板上钉钉的事了。她又说，"你给我，好好说清楚呀？"

"你老板娘。哦……"这时候，孟郝男脸上马上有些愧色，但是心里也在暗暗自喜：因为这样的回答，总算混过了一关，至少老板娘在他面前不再提起与老板离婚的事。至于买了新别墅的事，她要追究下去，那有什么可以追究的呢？那别墅的产权，也有她的一分子呀，她还有什么理由去惊讶的呢？去追问下去的呢？女人啊！总归有太多的麻烦事，不如没有女人的好。他，叹了一口气后，总觉得在薛家公司里工作，做人太难了，真的有点人难做，最后还要落得难做人，他又叹了一口气，不敢直视她的丰满胸部，也不再吭声。

路莉萍的情绪一下子低落起来，拎着布袋子的一只手有一点吃力，想与拎包的手交换一下。孟郝男见状，连忙上前接过她的布袋子，说是顺路送她回家。于是，两人无语，走了一小段路之后，路莉萍终于无力地坐进奔驰车里，从车子启动后的一路上，孟郝男没有说过一句老板娘长啊、老板娘短啊的一些奉承话，也许怕说多了会漏嘴的。路莉萍坐在副驾驶位置上，实在有点忍不住扭头要去看他脑袋，他的脑袋前额生得很平，后脑也生得很平，一个无前后脑突出生相的人，现在怎么一下子变得聪明起来呢？她要继续试探他的智商，追问一些刚刚的话题：为什么要买那么多香烛的事？新别墅的事？薛开甫与新女人的事？以及无意之中被她说中的几个漂亮美女姑娘上大酒店谈生意接业务之后的事？孟郝男很聪明，有时候回答含糊其词，有时候干脆不吭声了。路莉萍知道，他在回话中，有意在避开她的眼光，他的智商，与之前，在灵敏度上，保密度上，大不一样了，问不出所以然来。只好沉默下来，很无奈。可是，她还是不死心，一定要问出点所以然来。突然想起，薛开甫乡下老家，清代百年间的堂屋，有五六个年头，她没有去看过那儿，于是问了起来。

"孟男呀！你老板的三姐妹，还一直霸占着薛家老屋吗？这个问题你可以说的？你没有什么……可以顾虑的……说说好吗？"路莉萍，放下老板娘的架子，又开始温柔地聊起来。

"你老板娘。哎呀……她们，她们还住着呢。她们一家一间还不够，还把你们结婚洞房的东厢房也住上了人呢。"孟郝男又回到了刚见面时傻笑着的憨态可掬的样子。他以为刚才说的一些话都编得一个个圆了，过关了，因而现在的老板娘已经没有了离婚的火药味，以及要生气的，甚至要去死的味道了。当然，他听到柔声和气的话音后，心里也就很放松地回答。

"哪！……中间那一间，很大的客堂间呢？"路莉萍依然挺了挺丰满的胸部，转过身来向着他，微笑着看他。

"客堂间？客堂一间，她们三家人做了共用的……客厅，客厅里有电视，有沙发，有八仙桌。老屋有点破，要早点修一修，还有倒塌的围墙，最好砌高一点……砌高一点就好了！"孟郝男笑了笑，仍然很放松，还扭头瞟了她的胸部一眼。

"是呀，围墙再砌得高一点？你家的屋前屋后居住的人家不是已经知道围墙里有坟头吗，不是天天在见着坟头吗？那现在还有人家要逃离你们薛家村吗？"路莉萍当作没有看到，他刚刚扭过头来，瞟她一眼，是胸部，还是胸沟。

"你老板娘围墙砌高一点就看不见坟头，屋前屋后的房子都能一间间地租出去，住户多起来，人口多起来，不会有人家再逃离薛家村的，不会的！"孟郝男傻笑着很老实地回答。

"是啊！是啊！早一点，快一点，把围墙再去砌高一点，百年堂屋，再修一修。"路莉萍温和随口回应了一下。可是她想，谁来出老屋修理的钱，围墙再砌高一点的钱呢？薛开甫在婚姻上早早地出轨，还买了新别墅，她已经管不住，管不牢，哪有精力再去管薛家三个已婚的姐妹，还在娘家长期霸占着老屋呢？她想到这儿，潸然泪下。

他们的车子已经到了薛家的院子里。孟郝男先下车，拎出沉重的布袋子，奔跑到别墅门口放下布袋子跑回来。这时候，路莉萍拎着包也跟着下了车，还在半路上拦住他，说道："孟男啊！你，你已经到了我家的门口了，何不进去，到客厅里歇歇力，坐一坐，喝一点茶，一起聊聊天呢？再说……再说，你多少年，没来我家了。是不是……你，天天想着……天天跟着老板，正常去那儿的新家，忘记这儿的老家呀？"路莉萍既讽刺，又在挽留他。

"你老板娘，说着说着，又说气话，又说笑话！"孟郝男又去抓了抓头发，尴尬地辩护着说。而路莉萍用激将法想把孟郝男引入到家里来，再拿出点看家的本领，想多从他的口中套出点更重要的信息来。可是，孟郝男早有防范了，不会再像几年前的那样傻瓜似的上她的当。那次，孟郝男上当后，被老板薛开甫知道了，狠狠地臭骂一顿，还差一点被老板开除掉呢。今天，孟郝男算是长了记性，重要的话，打死他也不说，"下次吧，下次吧，下次一定来坐的，时间待长了，老板要查岗的，还要骂的……"孟郝男傻笑了一会儿，边说边马上跳进车子，连忙发动车子，同时，摇下车窗，说了声"你老板娘，拜拜！"车子，已经驶出院子的外面。

路莉萍，一下子拿不到救命稻草似的一阵一阵叫孟男，把他的亲娘，一个郝氏，直接从名字当中抽掉。孟郝男迅速离去，她的失落感由心而发，呆呆地望着车子远去，一直到无影无踪。

路莉萍懊丧地拎着沉重的布袋子来到二楼的主卧室，先从布袋子里拿出CD光盘放进播放音响里，静听了一会儿《大悲咒》佛曲，然后找来一只空奶瓶，打开佛香的盒子，点上七支香，插入奶瓶里，再去卫生间换衣服，洗完手回来，将佛经书籍全部拿出来，放在床头柜子上，跳进床，认真翻阅一本本佛经书籍，看了一会儿，看不出什么头绪来，不知道这些佛经书籍是怎样读，怎样念，总觉得佛经很神秘，很深奥，比读小说还难，太抽象，难以入门。她跳下床，关了音响，赤脚在地板上打坐起来，当读到第十三本的《怎样读懂佛经？》时，其中有一节讲三念：口念，心念，身上念。念中必须忘记一切怨念，杂念，就能消除业障，离苦得乐，既能自利，又能利他。当她读到了这里，心想：是呀！是呀！多么希望以后的日子天天念经拜佛，忘却自杀俩字，忘却离婚俩字……

……路莉萍很早就知道，薛开甫在国内外有多个情人，好几次被她捉奸在床。他无耻，就是不悔改，还继续寻花问柳，后来干脆明目张胆地金屋藏娇，养起情人来。刚才孟郝男不是说得很清楚吗，香烛是用在别墅上的，那百分之百可以说，薛开甫又买了新别墅，并且与某个女人一起准备住进去，住进去之前先用香烛在别墅里面供奉一下，点一点，拜一拜，乞求菩萨，乞求土地公公，让他们住得安安稳稳，顺顺当当，快快乐乐。呸！呸！呸！她用了，一连三个"呸"地嘲笑与讽刺。她想着：女人不狠，地位不稳。所谓狠，干脆离，不想在一棵树上吊死。他对她，已经不忠了，她何必再去死相守呢？所谓稳，必须分得薛开甫公司的一半财产。只有这样，才能不被他左右相捆。她拿定了之前的这个主意，去咨询过好多个律师，也想好过分割财产的多种方案。反正这件事，已经成为她的全部生活，安排在日程上。可是话得说回来呀，闹过之后，吵过之后，恨过之后，骂过之后，哭过之后，再细细想一想：离婚，是一件很容易的事，成为单亲的家庭，也是一件很容易的事。这样都做了，读大四的女儿薛琪，怎么办？本来，她是受害者，她把薛开甫一些有毒有害的种种垃圾倾倒在女儿身上，女儿也成了一个受害者。想想，不能这样做！原先打定好的种种主意，又否定了。过去，在电视剧里、小说里、报纸上，都有类似的离婚故事讲述，只是闲着随便看看，随便听听，动情时最多流一串泪，或一笑了之。现在，却要发生在她身上，而离婚两字日夜折磨着她呢！每当她想起这些，薛开甫搂着俄罗斯的美女和中国的美女，进入宾馆开房的样子，时时刻刻在她脑海里缠绕着。原本，她比较富态的身体，近几年下来瘦小了许多。一些麻将桌上的朋友，还以为她在吃药减肥、做瑜伽健身呢。可她们哪里知道她的苦处啊……

　　路莉萍虔诚地双手捧着佛经书籍盘坐在地板上，泪水滚滚而下，心身一时平静不下来。刚才，突然间闯入一些杂念，怨念，让她无法集中精力去念经。她擦去脸上的泪水坐正姿势，拍打一下脑门，她让自己再次地镇静下来。然后逐字逐句念了《阿弥陀佛心经》，再后来，一口气念了七遍。虽然念起来结结巴巴的，理解佛经的语句字义似懂非懂。但是，每当念一句佛经就有梦幻中的老者影子，仿佛浮在眼前。佛经，仿佛成了老者的化身了。前前后后共念了九九八十一遍后，才慢慢开始，可以念诵出一大段一大段通顺的佛经句子来，想想很高兴很愉快。她抬头看一眼，奶瓶里的佛香快要燃尽，起身又去点上七支佛香，燃烧着的佛香冒出缕缕的青烟，慢慢地弥漫着整个房间。房间里又充满阵阵随之飘飘而来的好闻的檀香味道，给她沉心静气，给她上清下明之感。此时，她下了一个决心：哭哭啼啼，吵吵闹闹，并不能彻底改变丈夫的色性。还是彻底改变自己的食性，吃素念经拜佛，一心皈依吧。

# 第三章　人性造化

　　路莉萍家的别墅三楼，是女儿薛琪学习生活娱乐的小天地。楼梯冲上左侧，是女儿一间卧房，右侧是一间很大的活动房间，房里有写字台有电脑，两排书架，一台钢琴，还有女儿从小到大常玩的布娃娃之类的玩具，放置在两只并排的玻璃橱里。活动房外面是一个很大的露天阳台，推开落地门，可以进入露天阳台。阳台朝东，每天早晨能看到一轮红日冉冉升起。因此，活动房里特别的明亮。女儿在省会城市读大四，一年回家一趟，住不上十来天的时间，活动房一直空置着呢。路莉萍决定把活动房改为私家佛堂。于是动手捣腾起来，先将钢琴与两只玻璃橱移到墙角边一处，再把写字台与电脑搬进女儿房间，又把女儿房间的藤椅、藤茶几，搬到活动房来。然后将两排书架子上的书，搬到女儿房间去，佛堂留一个书架子，另一个书架子搬到女儿房间，去放置搬过去的所有书籍。干完这些活儿，她马上跑步到二楼卧室，将七塔寺里带回来的二十几本佛经书籍，还有其他寺院免费带回的佛经书籍和网上购买的佛经书籍，一次次搬到佛堂里，放置书架上，再将卧室里，一套播放的音响设备也搬进佛堂里来。干完后，她急急地下楼，驾着宝马车到七塔寺山门外的一家香烛店铺，将三十天前已经看上的一件落地高大红木佛龛和几尊菩萨像（其中一尊，在梦中见到过，像是老者形象的木雕菩萨）请下来，与店铺谈好价格，叫上一辆运货皮卡车请回家来。当搬运工他们将佛龛与菩萨请到三楼佛堂时，佛堂外面已经拉下一层薄薄的夜幕了。她催促着搬运工，动作快点，利索点，终于将佛龛坐西朝东的位置上，佛龛左边放置一排书架，书架上放满佛经书籍。佛龛右边放置两把藤椅子，中间放一只藤茶几。佛龛前面，还有很大一块地方，可以跪拜的空间，看着很满意。待搬运工们一离开院子，她马上跑步上楼来，把老者形象的那尊木雕菩萨放置在佛龛的中央，沏上三杯净茶，供上水果糕点，点上一对大红蜡烛，再上七支檀香味的佛香，在佛龛前面的拜佛凳子上，虔心跪拜，念起经来。这时的佛堂外，天色已经是一片黑暗的夜幕了。

凌晨，当路莉萍九九八十一遍，念完《阿弥陀佛心经》，拜完菩萨，刚好一轮东方红日的光芒冉冉照进佛堂门窗里来，顿时佛堂里明亮起来，能看清楚佛香的缕缕青烟在旋转式上升飞扬，弥漫了整个佛堂里，然后，从窗口慢慢地飘向露天阳台。路莉萍脱下佛衣，又随手拿来一本佛经书籍，坐在藤椅子上聚精会神地看着，边吸着空气中淡淡的檀香味，再喝上一小口的清茶，心境有多么的清净和多么的清爽啊！

一天晚上，薛开甫终于回家了一次。他从一楼到二楼，一路闻着佛香的檀香味来到三楼佛堂。

半年前，为了陪送女儿去学校报到，路莉萍强装着笑容与维护家庭和睦，和薛开甫一起驾车去学校。自从学校回来，两人吵架，闹翻，驱赶，一个灰溜溜地弃车逃跑，一个寻死寻活的想不开绝食。分开至今，近半年时间里薛开甫再没有踏进这个家门来。今晚，薛开甫怎么变得恋家想家啦？既不是薛开甫的生日，又不是路莉萍的生日，更不是女儿的生日。反正，今天不是好日子。按照半年前的老脾气，她先要追问，这半年时间里他在何处鬼混，在何处游荡，然后要大吵大闹，接着要把薛开甫驱赶出去。如今，她吃素拜佛念经，在菩萨面前点过香，念过经，许过愿。她很冷静，采取不冷不热的态度，让薛开甫尴尬一辈子去吧！薛开甫在回家路上，已经想好编好半年没回家的谎话、假话、套话，现在什么都用不上。到家后，没有吵闹哭声，还和和睦睦，客客气气。薛开甫很难适应，此时此刻老婆的境界，使他反而觉得不习惯，很无趣。一阵佛香袭来，薛开甫连忙用手捂住嘴巴，一阵接着一阵剧烈咳嗽。薛开甫是佛香呛的，还是呼吸器官的原因，她不知道，也不想知道，知道也无用。

"不得了，不得了，弄得书架上书籍多起来，空气中香气也浓起来，房间更加神秘起来！你路莉萍啊，也跟着神秘起来了！哈哈，哈哈！"说毕，薛开甫紧接着又咳嗽几下，苦笑着脸，没话找话，说完自笑起来。

"薛开甫！你好好看清楚，这些书呀，不是你想象中的谈情说爱的书；这里的香呀，也不是你买了又去送人的法国香水的香；这里的房间，还是房间，没有神秘的地方可言。有人苦口婆心劝说，却不能改变别人的德性，这个人，只好改变自己的生活环境。你说，这个人呀，可怜不可怜呀？这个人，与这房间一起跟着可怜！哪来你说的是神秘呢？"路莉萍很淡定，很冷静，又很客气地说道。她不想在此处说破，闹得不和气，闹得再次成僵局。

"呀呀呀！半年不见了，老婆的思想境界，让我长见识了，让我初次领教了！"薛开甫又咳嗽几下，脸上露出尴尬神情，随后又露出一脸苦笑。他走过去坐在藤椅子上，呆呆地看着穿着佛衣跪拜的老婆，样子很好笑。

"唉！已经半年不见了，还认得是老婆吗？你刚才说的，领教与不领教，那要看你的造化了。阿弥陀佛！善哉！善哉！"路莉萍淡淡地说着，又朝佛龛，拜了七拜，口中轻轻念起经来。

"要不！收我，做你的徒弟吧，让我天天造化，造化？"薛开甫很开心地逗她玩。他将老婆的客气当成了福气，有这个福气，他还想得到更多的东西呢。

"薛开甫，你别装了，好不好！你还能造化得了吗？"她虽是斩钉截铁地说了，但在表情上还是客气温和。

"只要……只要……你，你相信我……相信我，天天……就能造化的，造化的……"薛开甫又一阵剧烈地咳嗽后，话说不下去，有点不利索。

"薛开甫！你好好地听着，我还能相信你吗？你对我，你对我们的家庭，你对你们薛家上代的祖宗……做的缺德又离德的事情还少吗？"路莉萍严厉地说道，然后从佛龛前跪拜的佛凳子上起身，立停后，朝佛龛拜七拜，灭掉正在燃烧的一对大红烛，随后脱下佛衣，继续说，"多多积点德吧，为下代，也为你自己呀！"

"哪有，哪有……怎么样呢？你……你路莉萍，又不能立刻，判我死刑的，是吗？"薛开甫说完跷起二郎腿，哈哈大笑起来。

"请走吧！薛开甫，我们不要在这儿，争吵好不好？这样争吵下去毫无意义的。请走吧！请走吧！"路莉萍没有用更严厉的词去说骂他，最后还是忍住泪水，强咽下去。其实，她不想把骂他得一身脏话留在佛堂上，这样会玷污了佛堂的纯洁庄严。如果一不小心与他争吵哭闹起来，那佛堂里，简直又要成为一个战场了。她说完，立即上前，把薛开甫从藤椅子上拉起来，一起走到二楼的主卧室里。

"薛开甫，你不必用心思，不必来套近乎，有什么事情，有什么要说的话，爽快地直说吧。"主卧室里，路莉萍坐在床沿上依然很客气地对他说。她在从三楼走到二楼的路上，以及刚刚坐落在床沿上，还一直在猜想，此时是夜里，他突然到访有何目的，是不是改邪归正了，想来夫妻之间和好如初？还是因为她知道了新别墅的事来说明交代一下？

薛开甫又一阵剧烈地咳嗽几下后，支支吾吾的不想正面来回答，而是快速地坐在床沿上，并向她扑过来，想与她拥抱亲热起来。

"薛开甫，别那么激动好不好，多留点精力把公司管理好，经营好，让公司健康稳定地发展下去，这也是你为下代多积点德，这也是对你缺了德的，又离了德的行为一次最好的弥补机会！你说对不对？"路莉萍立即将身体避开。

"办不下去了……"薛开甫又咳嗽几下说。

"办不下去了？为什么……"路莉萍有点警觉，心急地追问。

"没钱……"薛开甫尴尬地直说。

　　"你今天来的目的……是要钱？！"路莉萍吃惊发现，他几声剧烈地咳嗽后，在额头上、鼻子上顿时冒出来虚汗。她又看着薛开甫脸色蜡黄，消瘦。一阵咳嗽后，紧接着再次地一阵剧烈地咳嗽，咳嗽完后，开始喘气着，点头不语。

　　路莉萍手上，有几百万元炒股票的钱，薛开甫知道得清楚的。当年，薛开甫的外贸公司兴旺发达时，炒股票的钱是他给的，说她别在公司干了，干脆炒股票去吧。就这样，她被迫离开了公司，把钱扔进股票堆里，经过十来年的翻滚爬打，几只股票，市面上值多少钱的底数，薛开甫是一清二楚的。现在薛开甫要钱用，先不去怀疑钱用到何处去，而是给与不给的问题？她再三告诫自己：菩萨面前，说过不离婚。如果真的不想离婚，那么这些钱是他的，也是她的，没有必要留作后路。

　　"薛开甫，你要多少？"路莉萍，爽快地答应。

　　"一二……二百万元。"薛开甫有意避开她的眼光。

　　"薛开甫，你一下子要二百万元？是临时救活，是长期投资，还是看上某个楼盘的别墅呀……"路莉萍竟然想不到他不是改邪归正来的，也不是为新别墅说明来的，而是狮子大开口似的要这一笔巨款。他会用在什么地方呢？她只好既讽刺他，又逗他。

　　"什么楼盘，什么别墅？没有的事！我，我……我……"薛开甫又一次避开老婆的眼光，又一次阵阵剧烈地咳嗽。

　　"好吧，你也别，我，我，我，得了！明天中午前，将二百万元的钱，划进公司银行户头上。"路莉萍边说着边拿来一块干净的床单，当着薛开甫的面换掉刚刚被他坐过的床单，并要他去洗一洗，去客堂间。

　　薛开甫很听话的，到二楼主卧室的大浴缸里，去洗澡。他浸泡躺在大浴缸里，突然想起，刚才老婆叫他，去客堂间的余音，还在他耳边回响起。他心里开始发牢骚起来："要我……去客堂间？客堂间，那是留给客人的房间，我薛开甫一个堂堂正正的老板，难道是客人吗？真是……岂有此理！"此时，他还真正记得起小时候，大约六七岁辰光，第一次跟着父亲到上海大姑姑家里去。大姑姑的家是住在小小的阁楼上，烧饭烧菜都在客堂间的木楼梯下，一个煤饼炉子上去操作完成的，将烧好的饭菜再搬到阁楼上去吃。晚上，他与父亲的床铺，在客堂间里临时打地铺。入睡前，大姑姑边下楼来，话边从她小巧樱桃嘴巴里一个个地蹦出来："小赤佬，侬脚骨，去汰一汰，客堂间去！"第一次，听到这么一句上海话，让他永生难忘。后来，大姑姑不让他们再到她家去，这是为什么？他十岁懂事那年又提起此事，母亲告诉他，大姑姑为了我们薛家的香火延续，贡献了她的一生青春。直白地说吧，大姑姑是老上海百乐门的一个舞女，她一生有难以言表的故事，也是一个悲惨凄凉的女人故事。造成这个悲惨凄凉的故事，一是，她为了薛家的老小，度过荒灾年；二是，她不肯卖给人家，去做女儿。这又是为什么呢？还要从他的父亲和他的爷爷，以及上几辈人当中，说起来……

那年，老李石匠家买进屋前屋后的房子，高兴了好几个月。可是第二年，是个荒灾年。老李石匠家里已经用尽买房的银子。自从老薛木匠与老王泥匠的孙子"烂腐泥匠"结冤后，薛家大木匠师傅誓死不与泥匠合作建造房子，同时连累了老李石匠的生意。他们曾经辉煌几代人的建筑合作团队就这样瓦解了。老李石匠一时三刻还没有找到好的建筑合作团队，生意没做成，银子没赚进来，又加上儿子和儿媳妇相继死亡，家里一下子快要揭不开锅时，只能狠心卖掉十岁的小孙女五姑娘。此事被薛家人知道，为了报恩，救下五姑娘，锯掉梁上柱上衬托的方形木条，拆下倒塌围墙里的青砖，挖起老屋里的红石板，按普通建筑材料价格，一块儿卖给了郑家撑船老大。实际上，郑家拾了一个大便宜货，但是郑家人慈悲，没有乘人之危，在付清双方谈好的价格后，多付了一笔银子给薛家。这让薛家对郑家多了一分感激之情。因此，薛家与老李石匠家是好邻居，与郑家撑船老大家也是好邻居，他们三家祖辈的人都过世后，一直延续到他们的孙子辈里，依然是好邻居，即老李石匠家的孙女五姑娘，郑家撑船老大的孙子郑航，薛家的孙子，就是后来薛开甫的爷爷。他们三家人，依然非常友好，走得非常热络。到了薛开甫的父亲这一辈里，按当时父亲的年龄只有七岁，上面有三个姑姑，大姑姑十五岁。就是在大姑姑十五岁的那年，又遇上了荒灾年，爷爷家快要揭不开锅的时候，爷爷向五姑娘家借点银子，五姑娘就是后来的五阿婆。五阿婆慈悲，她家的屋前屋后房租费，有半年的，有一年的，都没收回，她家的生活也不好过，爷爷向郑航家借点银子。郑航，就是后来薛开甫叫的郑爷爷。郑爷爷家境也不殷实，能救济薛家几日，但救济几个月有点困难，爷爷实在没有办法，为了重点保护好薛家独苗的儿子，即薛开甫的父亲，只好"卖女保儿"了。爷爷去找郑爷爷、五阿婆商量与委托，要他们去找一个好人家，养女已经养到十五，到哪都是家，想卖掉十五岁大女儿算了，就是后来薛开甫的大姑姑。郑爷爷是一个撑船跑码头的人，见识多，人脉广，要爷爷千万不要卖人，人卖掉了，就是人家的女儿了，人家的女儿，可能还要记恨你们薛家一辈子的，倒不如去上海，找找行业做做。五阿婆说起自己当年要被她的爷爷卖掉时，那个悲惨情景的一幕，一直在她的眼前播放，要卖她时，是薛家人救了她。现在薛家人，要卖掉薛家大小姐时，她却救不了大小姐。她心急呀，又无可奈何。她家，屋前屋后的房子没人敢买，没人敢租，因为开门关门，天天抬头见到薛家围墙倒塌的里面一座坟头。爷爷只好问郑爷爷，一个姑娘家人，有什么行业可做？郑爷爷说，先要问问，你家的大小姐，肯不肯去做？爷爷叫来大姑姑，说了一番想卖她的意思，大姑姑哭着跪着恳求着爷爷，说别卖她，她宁愿去上海做一个舞女，也不愿意去做人家的女儿。后来，大姑姑真的去做了一个舞女。大姑姑第一次女人的初夜费，有一笔很可观的银洋钱，大姑姑将这笔血汗的银洋钱，通过郑爷爷带回家里及时救济了一家老小的好几个月生活费。那时候的爷爷，还没有老到很大的年纪。可是，爷爷一直在后悔，后悔将大姑姑送进了上海这个花花世界，男人的火坑里。爷爷天天痛苦流泪，天天郁闷，还咳嗽吐血，不出几个月，人过世了。大姑姑知道后，没了她的父亲，她的弟弟妹妹们还没有出道，家里的一切生活落在她的母亲身上，薛家生活更加困难了。大姑姑发奋努力，不仅夜间要出卖肉体，而且白天还要卖笑，装嫩装傻，想从大亨老板身上，多多赚取一点银洋钱来，好带回家里去。就这样，大姑姑隔月往家里捎来好多的钱，连续有好多年吧，直到上海解放，政府取缔了大姑姑她们所从事的这个行业。大姑姑的相貌生得特别娇嫩好看，追求的小开大亨特别多，但没有一个人想跟她结婚娶回家去的。大姑姑是要面子的人，又不想再回到乡下的老家，去跟乡下男人结婚，即便结婚了，大姑姑已经不能生育，大姑姑要想留住在上海，只好嫁给一个大腹便便，秃顶的老男人。这个老男人，还有一个老相好的人呢，就是已经失业的老鸨。大姑姑她们，所从事的这个行业的居住场地，是一个很大的三合院子，每间房子，上有阁楼，下有客堂间。取缔那年，老鸨留下一间自己住，其余被政府统一安排，住上一些困难户的居民。年老的老鸨，住在阴暗的客堂间后面；年轻的大姑姑，住在阁楼上面。而那个老男人，每天夜里，楼上楼下折腾着，不出一年，折寿，过世。大姑姑的经济来源彻底断了，向政府部门申请工作，安排在一个幼儿园里看管孩子，烧烧饭，工资很低，还不够花，每月要买胭脂粉的钱。那一年，六七岁的薛开甫，跟着父亲去大姑姑家，目的是送钱给大姑姑，顺便带上五只鸡，三只鸭，鸡蛋呀，年糕呀好多东西，挑着担子去。这些钱是父亲用半年时间给人家连续打了三套结婚家具挣的。这三套结婚家具，按当时最流行的所谓"狮子脚""虎头脚""调羹脚"形状做的，做工精致，雕刻极美，木工活收入相当可观，父亲将这些钱全部给大姑姑，可是大姑姑不要。不是大姑姑不给情面，而是要父亲他们从今以后别来找她，别救济她。她把钱全部退回给父亲。薛开甫和父亲，在大姑姑家的客堂间，地铺上睡了三个晚上。待他们回到乡下老家后的第三天，得知大姑姑跳黄浦江，走了。父亲听到后，突然出现一阵一阵的剧烈咳嗽，最后还吐了一地的血，没过几天，父亲也离开了薛开甫他们。父亲的去世，一是连续半年时间，每日每夜做木工活累倒的；二是父亲的心情，跟着当年爷爷的心情一样，一定在痛苦自责。而大姑姑跳黄浦江，一是与当年的老李石匠狠心，又无可奈何地要卖五姑娘，而没有卖成的好运气，无法做比较；二是大姑姑一生的青春和血汗，都一分不留地全部给了薛家的后代，最后大姑姑什么都没有抓到……

薛开甫双手从浴缸底里抓到了毛巾，盖在整个脸上，让浴缸里的水浸泡他的全身。过一会儿，他猛地站起来，身上的泡沫水和刚刚痛苦的回忆，全部解放出来了，全部溢流出来了。他一下子又想到，刚才不花多少的力气，很快得到路莉萍手上的二百万元，真是太轻松了。原先，他开口要一百万元的，看到路莉萍的客气，爽气，他干脆说了要二百万元；原先，不抱任何的希望，现在还成了真的；原先，有被赶出家的危险，现在，还可以洗洗澡，还可以成为这幢别墅的主人呢，哈哈！去客堂间？就客堂间吧！先委屈一下，待到后半夜到她主卧室去睡，不是成了真正的主人吗？他想得很幼稚，却也很高兴，哼着歌曲，洗完澡，走向一楼客厅，电视背景墙后面的一间客房里。

路莉萍拿了换下的床单去卫生间整理一下，一眼看到台盆旁边有一个伟哥包装的空壳子，马上有些激动，有些愤怒，更多的有些怨恨来气。她扔下床单，抓起空壳子，快步走到一楼客厅的客房间门口，定了一下神，推开门，心平气和地对他说道："薛开甫，你好好地听着，你的年纪，刚刚五十出头，要好好保养身体，别天天吃伤身体的东西。你看你的头发，中间已经谢顶，变成老花犯；你看你的眼睛，已经深深凹陷进去，像一个死人；再看看你的面色，灰蒙蒙一片，像七八十岁的老头。还有你的公司，你公司的资金，已经被你透支光了，迟早落得破产的下场。破产的公司，可以重新再创业。而你身上的精气神，被你透支光，那是要短命的，要死人的。死人……死人……是不可能再复活的！呸！呸！呸！阿弥陀佛！阿弥陀佛！"路莉萍说完，将手中空壳子狠狠地扔到薛开甫身边，并打了一下她自己的嘴巴，然后重重地关上门。

薛开甫原本想着养足精神，过了后半夜去尽丈夫的义务，报答妻子，恩宠妻子。可是听了老婆这么一番话，他像一只泄了气的皮球，瘪塌了，瘫痪了，在床上一言不发，一阵剧烈地咳嗽后，露出一脸尴尬的苦笑。

路莉萍回到自己的房间，坐在床沿边抽泣着回想起：那年，明府城一个企业管理局，有一家集体企业，要一律改制为私营企业，薛开甫从集体企业的一个负责人，经过多轮的政治身份核实和参与竞争的演讲，最后，在一张几百万元的改制转让合同书上，签上薛开甫的姓名，盖上薛开甫的印章，他成了这家私营企业的业主。经过艰苦拼搏三年后，他还清了转让合同书上的阿拉伯数字。于是，这家私营企业的全部资产上千万元，归属于他，他成了薛老板。又经过艰苦拼搏三年后，私营企业升级为有限责任公司，他成了有限责任公司的董事长兼总经理。公司的产品，经过改良调整后，一半出口国外，因而生意场上来回的路程是：半个俄罗斯与半个中国之间的往返。中俄两国有时差，有文化差异，也有饮食上的差别。上个月，他进俄罗斯的餐厅，在浪漫的西域情调下，俄罗斯的美女们陪伴于他；下个月，他又回到国内，在五星级豪华大酒家里，一醉方休的酒文化下过着神仙般的生活。这个时候，多个年轻漂亮的美女走进他的心里。他逐渐放弃了公司发展的最佳时机，去暗暗恋上年轻漂亮的美女们，还把大量的时间和金钱挥霍在美女们身上，并主动去引诱美女们。

路莉萍的工作，就在那个时期里被薛开甫替换掉。查其替换的原因很简单，一次全公司四百多名职工大会上，他开始激情高昂地说："员工们，眼前，我们公司要发展，必须要发展，而且要健康地发展，要健康地发展还不够，必须上一个台阶，必须跟紧人家先进企业的步伐。那就是要，改变公司落后的形象！要改变公司落后的形象，首先要摘掉所谓夫妻老婆店的帽子！然后招聘，引进各科室的人才！公司形象上档次了，专业人才储备充足了，就是为了以后评定名牌企业，做好一切的准备工作……"听听！听听！这些理由是多么的充分啊！在那个年代，谁都不会去怀疑他真实的目的性。路莉萍原是财务副总，兼职办公室主任，所有公司业务上的签订，所有公司资金上的进出，所有客户在酒席上的招待，哪里离得开她呢？现在，薛开甫这样忽悠似的号召说了，她只好勉强远离了公司，做了全职太太。同时他给了一百万元的钱，说闲着，去炒炒股票吧，就这样打发她早点离开公司。她与公司彻底隔断了一切的信息来往。后来，她才慢慢知道，他打着提升公司形象的旗号，却大肆招徕所谓各路人才，其实是年轻漂亮的美女，尤其是模特身材的美女，更是让他爱不释手。有聘请的，有引进的，也有高薪引诱的。一个个模特身材的美女们，就这样成为他前前后后的秘书、助理，以及储备干部。那些一直看不惯薛开甫的老职工，以及被他劝退下来的职工中，这样流传说："公司，成了美女公司了！车间，成了清一色的美女模特队了！"

# 第四章　跟踪侦探

　　薛开甫在外面鬼混半年后，回家一次，就能轻易地拿走路莉萍辛辛苦苦在股票市场上滚打翻爬积累的二百万元钱。薛开甫尝到这样的甜头，必定还会有第二次。果然不出所料，一个月后，薛开甫又哭穷地问老婆要钱。路莉萍猜到，心里又很明白：公司漏洞，是他经营管理的不善；他自身的漏洞，是好色不收敛。这两个漏洞，已经无法堵塞了。他上个月要去二百万元，今天又要一百万元呢？那么下个月，再要一百万元呢？再下月，还要钱呢？反正都是他的钱，一次性地都给他算了吧。钱，已经填补不了他所有的漏洞。她有一个大胆的设想：想用手上，仅存的几百万元的股票去交换他的漏洞百出的公司，公司早点更换法定代表人，等到女儿大学毕业后，快点继承。现在大不了让公司再混乱一段时间，期待女儿早日上岗，收拾这一烂摊子。她把这个没有办法的想法一直揣在怀里，随时准备拿出来照办使用。

　　那天上午，薛开甫开着奔驰车过来。车停在院子里，他气喘吁吁直奔跑到三楼佛堂门口，一阵剧烈地咳嗽后，哭丧着脸，开门见山地要钱。路莉萍马上拦在门口，不让他进来，并把拿定的主意跟他摊牌。他一边擦着额头上的虚汗，一边频频点头答应。可她还是不放心，他频频点头地许诺。她提出要签订协议，还要公证。他一阵剧烈地咳嗽后，无奈又频频点头，表示同意，并提起脚想迈进佛堂里。她连忙上前，依然用身体挡住他的去路。她明白，他装得急煞的样子，又像乞讨的样子，实在有点好笑。他的目的，是想早点拿到钱，否则，他不会这么爽快地答应交换条件。她还是不放心，还追加了一句，对他说："薛开甫，你不能负债经营，公司不能空壳子给女儿，你不能让女儿一进入公司就背上重重的债务。你已经对不起我了，我也无所谓的，但是你不能再对不起我们的女儿！薛琪，是你唯一的女儿呀！"路莉萍将手头上的几百万元去换一个空壳子的公司，是不是有点傻？给他的

29

钱，会不会白白打水漂？如果是这样，一旦女儿接手公司，马上就成了一个债务人，想想，该有多么的可怕呀！不得不在语言上警告他一下，说得狠一点，让他不敢，不想，也不会，去犯这些低级的错误。

"是吗……"薛开甫的一只脚已经踏入佛堂里面，一阵剧烈的咳嗽后，又抽回脚，双脚并排，立在佛堂门外，很受屈似的反问。

"难道，你还有第二个女儿吗？"路莉萍大吃一惊，马上直视他的眼睛，追问道。

薛开甫马上避开老婆的眼光，低头不语。一阵咳嗽后，露出诡异的笑容来……

路莉萍坐上薛开甫的奔驰车，驱车去公证处询问。那儿的公证处人员说了，需要当事人，各方都到场才能办理公证。由于女儿不在公证处的现场，无法办理公证，他们只好离开公证处。回来路上，薛开甫一边驾车，一边还在剧烈咳嗽。路莉萍看他一眼，讽刺说道："你的死党，孟郝男呢？"说毕，路莉萍又看着他，他在一阵剧烈咳嗽过后额头上、鼻子上马上冒出虚汗来。在这样身体不佳的状况下，为什么不用驾驶员来替他驾车呢，她开始疑虑起来。

"让他去……去开，集装箱……运货车去……"薛开甫一阵咳嗽过后，不利索地回答。

"哎呀，这样的死党铁哥们，怎么舍得支开他呢？"路莉萍又大吃一惊，用手指理一下耳旁的头发，还故意笑了笑，逗他玩呢。

"怕他……怕他，犯漂亮，女人……女人，身上的错误！"薛开甫也跟着笑了笑，还扭头看她一眼。这一扭头不要紧，可是头颈，喉咙，气管，在短暂的时刻，受到压迫，引起喉咙痒痒，他马上又开始阵阵剧烈地咳嗽起来。

"哎呀，怕什么呢，干脆把他阉割成太监算了，这样薛皇帝不是省心又省力了吗？"路莉萍马上猜到他支开孟郝男的目的，是让公司里的漂亮美女们，坐上他自己驾驶的车，变得畅通无阻，不用防着第三人了。如果这样猜测得正确，那会变得严重复杂了，会有不可收拾的地步。她再次吃惊，依然讽刺他，又逗他玩。

"谁，谁，谁是，薛皇帝啦……"他尴尬了，又笑不出来，一阵剧烈地咳嗽后，抹掉额头上的虚汗。

"还不算是薛皇帝吗？有那么多的皇妃，贵妃，宫女，丫鬟，难道说，还不是吗……"路莉萍依然笑笑，又一次地讽刺他。

"没有的事啊！没有的事啊！别乱……别乱说啊……"他又一阵的咳嗽后，竭力辩护着。

路莉萍为了安全考虑，提出她来驾驶车子，他又一阵子剧烈地咳嗽后，点点头，将车停在路边上，让位给她来驾车。当车子快要行驶到四岔路口时，她问他，送他到哪儿？去公司？还是去医院？他边咳嗽着边吞吞吐吐说，就在前面好了，前面大药房门口吧。她又问，去配药吗？还是去医院吧，她陪他去吧？他又一阵子咳嗽后，连忙说了三遍，不用啦！说着不利索的话，又上来一阵剧烈咳嗽后，磨磨蹭蹭地下了车。

路莉萍将车驶出大约一百米路程，转入一条小马路，停车后，马上招手，打上一辆崭新的士车。的士车司机是一位中年女性，气质很好，又很文雅，看上去不太像一位的士司机，倒像机关或公司白领女士。路莉萍要女司机的车子，慢慢行驶，停靠在大药房的附近。薛开甫还站在大药房门口，一边咳嗽着一边拿手机，在通话中的样子。过了一会儿，一辆崭新红色跑车开过来，在薛开甫的身边停下来。薛开甫上车后，车子行驶得很慢，似乎在观察路莉萍是否在跟踪他的车子。红色跑车驶出大约一百米开外后，加速开走。路莉萍要女司机加速追上去，女司机很配合，与红色跑车保持一定的距离。

"谢谢，谢谢师傅的配合！"路莉萍说得有些激动的样子。

"不用谢，不用谢！我叫丁乙琴，车上牌子里有我的名字。"丁乙琴指一下，车台上竖着一块有机玻璃里夹着的运营证，说："这一路上啊，我可以看出门道来。你那辆崭新进口的 S450 系列奔驰车不开，来坐我的的士车，去追那个男人，可见那个男人，不是一个好男人。红色跑车，是一款女式跑车，说不定是那个男人的情人呢。凭一个女人的直觉，也就站在女人的角度，猜一猜，请你千万别见怪啊！少数有钱的男人呀，在外面都有二奶的，有情人的多得是，像你这样的跟踪侦探多得是。最后，吃亏的，总是我们女同胞！"说毕，丁乙琴很客气，心直口快的，还一口气说了那么多的话，最后又补充着说："随便说说，随便说说，千万别当真！"

路莉萍被丁乙琴的一番话深深地刺痛了。眼泪禁不住，滚落下来，心里想：是呀！怎么没有想到这些呢，那辆红色跑车是谁的？是谁买的？是谁在使用？这些未知数，最怕就是二奶和情人的答案。薛开甫啊，薛开甫，不至于将我辛辛苦苦攒下的钱，去买车，又去养情人吧？我怎么相信，你拿去的二百万元保证用在公司经营管理上呢？又怎么相信，在协议书上保证公司不负债经营呢？路莉萍想到这里，轻轻地抽泣起来。

的士车大约跟踪了十分钟。看着红色跑车驶进一家民营医院，的士车也跟进医院里，一同到停车场，的士车停在稍远处，从车内看出去可以看清驾驶红色跑车的是一个身材修长、穿红色衣服的年轻姑娘，薛开甫不利索地下车，边咳嗽着边搂着红衣姑娘向医院大楼走去。路莉萍在车内，一边轻轻抽泣，一边自言自语道："薛开甫呀，你假装哭穷呀，骗走我，辛辛苦苦炒股的钞票，结果给情人去买跑车。你咳嗽得这么厉害，我心疼，说要陪你上医院看医生，你一直不肯，原来是要这个情人去陪呀！你这个'畜生不如'的东西呀！"路莉萍说完，哭声骂声渐渐地大起来。

"天下，哪里有这样的男人？我刚才猜着说，红色跑车里可能是情人，果然是情人吧……"丁乙琴听到路莉萍的哭诉，知道事情的背景，又看到眼前的场景，也气愤地说道。

"我也不知道，那个红衣姑娘是怎样的一个人？"路莉萍依然还在轻轻地抽泣着。

"你别难过，你别伤心，待我，去侦探一下……"丁乙琴自告奋勇地说完，取下汽车钥匙，下了车，快速跟上去。大约过了七八分钟后，急急地跑步回来说："事情很糟糕，很糟糕，我跟到重症监护室，监护室里，正在抢救一位白血病的病人，那个病人叫白梅，看上去最多是二十七八岁年纪的姑娘。你家老公，哭倒在边上。还有那个红衣姑娘，坐在重症监护室门外的椅子上，刚刚起身离开，只拍到她的背面，从她的背面看上去，应该比白梅更年轻一些。"

路莉萍听后，禁不住泪水直往下淌，口中轻轻念叨："阿弥陀佛！阿弥陀佛！善哉！善哉！"她对于白梅的名字，不但熟悉，而且是刻骨的熟悉……

四年前，名牌大学外语系毕业的女学生，叫白梅。白梅被分配到薛开甫的外贸公司工作。确切地说，是薛开甫从外贸局里硬生生把漂亮的白梅抢过来的。抢过来的本事与理由：出两倍月薪。白梅原先有指标性地分配到国营公司。薛开甫为了得到这个人才，愿意出两倍国营公司的月薪才打动了白梅。同时，二十三四岁的白梅，因身材修长，胸部饱满，五官端正小巧，和白皙肤色的容貌，深深打开薛开甫的邪念。薛开甫不惜高薪，将白梅纳入麾下，随之带在他自己的身边。外语专业，薛开甫带着白梅出国名正言顺。出国前的一天傍晚，薛开甫很高兴地领着白梅来家里吃饭。薛开甫与老婆先通了电话，说能得到大学生白梅，像是拾到一件宝贝似的开心，人家是高材生，又是名牌大学，还看上咱们公司呢，说明我们双方都是有缘分的！还要老婆，多买点菜，好好款待人家。路莉萍没有见过白梅，单凭丈夫的几句夸赞，心中也有几分的高兴。因为公司前后二十几年里，一直没有一个名牌大学生分配或者招聘进来过。目前最高学历，都是一些大专生。那些漂亮美女们的学历更低，有一个名牌大学的名字，写在公司人事档案的顶格位置，那是公司的荣耀，那是公司的光彩！想想，多了几分高兴。她买了许多菜，提前做了饭菜。白梅自从进入路莉萍的家，到晚饭后离去，见着她时，左一个师娘，右一个师娘，亲切地这么叫着，她觉得有点过意不去。听听有人叫她师娘，比叫着老板娘，应该更加的亲切一些吧！她就是这样，默认了白梅的叫法。饭后，她拉着白梅一双软绵绵的手面，仔仔细细看着：白梅，比公司里的那些大美女们更加漂亮，更加耐看，没有妖艳，没有做作，看上去是一个纯真的姑娘。女人看女人呀，有时也会心动，更何况人家，还是名牌大学的高材生呢。尽管白梅在穿戴上，还不够时尚前卫，但看上去文静，清淡，得体，很顺眼。她与白梅单独在厨房里洗餐具时，坦诚告诉白梅说："白梅呀，你千万要小心点，要多注意点，要多提防点，你的老板呀，这个男人，他很野蛮的，很疯狂的，见了美女一个个都要追的人，你白梅也不例外。"白梅立刻接上说："师娘呀，请您放心好了，用我学到的知识，尽量会去改变薛总的一些不良习气！"当时的师娘，听了很激动，上前又一次紧握白梅的双手，信心满满，信了白梅所说的话。然后要白梅和她要像姐妹那样的亲情，多走动走动；要像朋友那样的要好，多交流交流；要白梅把主要的精力，投入到公司的经营管理上，努力把公司再提高到一个新的台阶上。白梅听后微笑点头。但在后来的时间里，白梅不但没有改变老板不良的习气，反而被老板改变：在不到一个月时间里，白梅职位上，突然晋升外销副总；工作上，成为老板的得力助手；生活上，成了老板的情人。薛开甫又犯了老毛病，开始长期不回家。她四处打听，最后知道，薛开甫包养了白梅。她在家里吵闹，去公司里吵闹都无济于事。一怒之下，带上麻将桌上的亲戚朋友，跟踪到他们所谓的家，破门冲进，捉奸在床，用手机、数码相机、摄像机，全部拍摄下来，限白梅二十四小时离开此城，否则脸被划成花脸，信不信！要薛开甫写下保证书，否则报警，信不信！这对狗男女，只好照办。这一仗打完之后，她总算松了一口气。但薛开甫能收心，能安静下来吗？世上的事情，千千万万，有好的事情反着来的，也有坏的事情好着来的，任何事情，都逃不出正反两面。如果不小心，处理不好，正反两面的事情就会留尴尬，就会作弄人，就会留下仇恨的种子。殊不知，在那个城市的角落里，薛开甫暗地里依然与白梅走在一起，气死你路莉萍……

白梅突然又出现在本市民营医院，是因生罕见绝症病吗？为什么非要回到这里来呢？还培养一个比白梅更年轻的红衣姑娘？红衣姑娘是来接替白梅的班吗？路莉萍抽泣着，一会儿又禁不住泪水滚滚而下，看着丁乙琴手机里刚刚拍下的红衣姑娘的苗条背影，又骂了起来："小小年纪，为什么不去好好读书？为什么不去好好工作？为什么不去拍戏，演戏？偏偏要在薛开甫身上，贴着，靠着呀……"

丁乙琴觉得，路莉萍的情绪不稳定，驾驶车辆不安全，于是提出路莉萍那辆S450系列奔驰车，由丁乙琴来驾车，先把她送回家。然后，丁乙琴又打上别人家的的士车去找自己的那辆的士车。路莉萍听后，很感动，抹掉泪水，拉着丁乙琴的手，给足五天时间的士车运营费用，要求用五天时间开着空车，继续跟踪侦探薛开甫与重症监护室的白梅和红衣姑娘的动向。丁乙琴点头，连忙收下钱，并答应会做好跟踪侦探工作。

# 第五章 高九头身

　　路莉萍回到家后，直奔三楼佛堂里，穿上佛衣，调换佛前三杯净茶，供上水果糕点，点上红烛，再上七支佛香，虔诚地双手合一，口念佛经。佛经念了一会儿，觉得人跪在拜佛凳子上，虔诚的状态渐渐地在消失，口念佛经，时断时续，眼泪却控制不住，滚滚而下。此刻，在她心中，一直在痛恨人，在责骂人：一个白梅姑娘，一个红衣姑娘，为什么两个美女同时出现在医院里？那辆崭新的红色跑车是不是薛开甫骗走她的二百万元钱买的？这一些怒气与痛恨的杂念，在她脑海里翻腾，多少影响着她的情绪，她的念经不认真，不虔诚，念经的声音当然时断时续了。她被几股强大的杂念占领着，控制着，心身无法清净下来。毕竟，她在寺院菩萨面前皈依不久，还没有迈入佛界深层次的领域里，对佛的真谛、理解，还处于肤浅。也就是说，仅仅还停留在老一辈善男信女口口相传的"拜拜菩萨，念念佛经，祈求一下，菩萨保佑"这一层面，这里说的保佑与祈求，必须忘却一切，一切的怨念，一切的杂念，心存恨，心存怨，佛经，还能念得下去吗？她顿时醒悟了，连忙从拜佛凳子上起身，抹去泪水，朝佛龛里的菩萨拜七拜，然后脱掉佛衣，急忙奔向二楼卧室，哭着扑在床上。痛恨，薛开甫信誓旦旦的保证书，根本没有保证过；痛恨，白梅已经被驱逐离开这座城市，其实根本没有离开过；痛恨，红衣姑娘不但吸着薛开甫身上的精血，还花着她辛苦赚来的钱。薛开甫呀！不知道，你还有多少个姑娘成为你的红颜知己。也不知道，你还有多少个姑娘，像白梅，像红衣姑娘，在她眼前飘过，在她梦中掠过，在她记忆中停留过。她哭着骂着，拍打着床，痛苦地回忆起更早些年之前，在俄罗斯某城市的宾馆里，目睹薛开甫与俄罗斯美女，以及公司的漂亮美女开房的一幕幕……

　　那年春末，刚好是薛开甫外贸公司鼎盛兴旺的时期。公司注册资金从原来的二百万元一下子追加到二千万元，公司净资产已经超过亿元，薛开甫的身价随之可以进入亿元俱乐部，公司旗下已达四百多个员工。薛开甫在职工大会上说，要重新塑造公司形象，就要彻底对公司上上下下不同的职位岗位进行一次大清查。同时，马上着手招聘各类人才。第一批招聘销售人才，薛开甫想扩大产品销售渠道，单凭原来的老关系、老客户还不够，要公司发展壮大，必须打开产品市场的营销策略，那就是必须有人，要去管理，要去占领这个市场。因此第一批招聘十八个美女姑娘的销售人才。这十八个美女姑娘，个个与空姐的身材相貌有一拼。她们一起拥进公司大厅里的那一刻，顿时大厅里光彩照人，嘻嘻哈哈，经久不息。薛开甫将她们分成两班，跟车间工人一起，日夜班工作。十八天后，十八个美女姑娘白天上课，由工程师们给她们授课，目的让她们知道产品生产过程与产品结构和原理。夜晚上课，由退休返聘的老张会计给她们授课，目的让她们知道产品成本怎样进行核算。星期天，薛开甫亲自授课，就是带着她们去外地市场实践考察与投石问路。两个月后，对她们进行一次试卷考试。最后留下十个美女姑娘为销售人才，八个被淘汰。薛开甫名正言顺地带领十个美女姑娘，在全国各地开始跑销路。销售一块，薛开甫不让老婆插手，她也不去过问。然而，从工程师那里看到，十八张刚刚考好的试卷上，考得最差的十个人，却被薛开甫看中录取。她在心里打了一个问号。第二个问号，薛开甫为什么不招聘有丰富外销经验，外销渠道的人呢？第三个问号，企业公司跑外销的人，一般男多女少，如果是女的，也是上年纪的人，那么这十个美女姑娘是天天在外跑销路，还是一个个花瓶似的好看不好用呢？第二批招聘办公室主任，从第一轮海选中进入到第二轮的面试时，她提出要求参与其中。正式面试那天，她最不放心的是刚刚被确定为办公室主任的人选，叫高欣。高欣自我介绍说，是稀有的一个"九头身"身材的人。当时她第一次听说，不知道什么是九头身的身材？后来，去上网查了才知道全身的长度是九个头部尺寸相加，可见那个身高呀，那个头小呀，不但头要小，而且脸形要小巧玲珑，五官端正，才能匹配安装在高高的长长的躯干上。西方国家的美女多数是这种类型，我们中华汉民族中很难找到九头身，有八头身，有七头半身的，已经算特殊修长的身材了。第三天，进入第三轮，是畅谈职责利。她不相信，坐着仰看，九头身的高欣，除了有点小巧玲珑瓜子的脸形，天鹅颈，白皙皮肤，才算生得漂亮清爽一些外，其他部位生得并不怎么好看。如高高突出的锁骨，锁骨的深坑处，还可以养几条金鱼呢；如身体像电线杆子似的笔直；如前面平平的胸部和后面浅浅的臀部，没有一点女人味；还有超短裙下，那双修长不匀称的大腿呀小腿呀，都生得怪怪的。既然都生得怪怪的，不怎么好看的，就不要再穿超短裙呀！偏偏人家要穿超短裙的目的是想展示一下腿脚是原装的，白皙皮肤是天然的。说明高欣很聪明，知道自身的不足部分可以用过度的表露法，去掩盖身体上某些不完整的部分。比如，第二轮面试时和第三轮大谈职责利时，总是喜欢用夸张语调的亲和力，从大胆英姿泼辣的细心上，高雅自信的温馨上，笑容可爱的眼神上，去调动或者去分散招聘考官们的注意力。高欣这一手法——语调和情商，让她既爱慕又妒忌死。但在她眼里，高欣"九头身"的身材，还不如她的身材生得好看，她既丰满圆润，凹凸有致，恰当比例，有着十足的成熟女人味。她对高欣"九头身"欣赏后，不敢恭维了。当初，在高欣进入第二轮面试时，她已经提出反对面试的意见。而薛开甫嘴上，充满着吹牛一套的说法：人家能干，有经验，会交际，懂行政一套的管理，能喝能跳能唱，为什么我们不要高欣呢？实际上，薛开甫是看好人家那个漂亮小巧的脸蛋，那个修长的身材，至于个头呀，与"九头身"比还差一头多呢。薛开甫拿起笔，又继续说道说道老婆："我们要面对各界阶层，公司硬件上档次了，公司软件上同样要上台阶，包括员工文化素质，精神面貌，也要上档次。招聘办公室主任，要有复合型的人才，才能担任此职，你说对吗！"说完，薛开甫笑了笑，还在招聘表格里高欣的名字上，打上一个五角星，做了记号，放下笔，又加上一句说："女人的漂亮呀，不是罪，也不可怕；最可怕的呀，女人很漂亮，却不能干。"薛开甫是在说路莉萍吗？她自认为还可以的漂亮，在薛开甫明明白白的说道中还不够漂亮呢。

路莉萍单凭薛开甫的最后一句话，触动她的伤感，让她下了决心要去韩国整容。她知道，自身某些部位还不够完美，需要去十全十美，否则在美女如林的公司里，会糟蹋这一道亮丽的风景线。于是，她商量决定，由表妹童清芝陪同，先到韩国某整容医院附近的酒店宾馆安顿下来，随后薛开甫再到韩国来陪伴她。可是一天过去了，薛开甫没有来；两天过去了，依然没有来；第三天却等来了薛开甫的堂弟薛凯杰。

薛凯杰笑笑对她说道："嫂子，堂兄因故，托我，前来……陪同嫂子的。"堂弟年轻身强力壮，生得一表人才，说着的话，好像在完成一项重要而艰巨任务似的伟大。堂弟是薛开甫外贸公司总务主任。堂弟的爷爷与薛开甫的爷爷，是一对亲兄弟，他们的下代，两家各自的孙子们走得比较热络，每年正月初二或者初三，两家人相互请客吃饭，谁家有大事小事都会过来帮忙参与。堂弟与薛开甫都是独子，而且他们各自的父亲都在他们六七岁时病故。尽管他们两人在年龄上相差很大，但不影响两人亲如兄弟的要好。

路莉萍听了堂弟的话后，有一肚子的气要发泄，马上联想到那个九头身的高欣，是不是高欣在作梗？她看着相貌堂堂、身高一米九出头的堂弟，想到那个九头身的高欣。此刻的高欣，是否趁着无人监管的情况下，引诱薛开甫，或者说薛开甫放大胆子，是否在行动，已经勾搭成奸。她越想醋劲越大，不禁暗暗落泪。

"嫂子啊，才过去三天时间呀，就想堂兄啦？你们女人……麻烦的事真是，太多！"堂弟说毕哈哈地笑了起来，接过表妹童清芝递过来的一杯茶，坐在电视机前的椅子上喝了起来。

"表姐想的是公司里的美女们，包括高欣主任，这个时候她在干什么？"童清芝有意地插上嘴，为表姐路莉萍刚刚落泪而解释说道着。童清芝是薛开甫外贸公司企业管理者代表，是中层干部当中不可缺少的骨干力量。

"是啊，是啊，想的……就是，那个美女九头身的高欣主任，这个时候，她在……干什么呢？"路莉萍害羞一会儿，勉强露出笑脸，连忙从床头柜子上抽出纸巾，擦了泪水。她心里还暗暗地夸赞表妹聪明过人，她刚才心里咒骂的人与表妹提起的人居然是同一个人。

"你们说的高主任呀，高主任当然在公司，上班和下班，晚上又加班啦！"堂弟说着，在茶几上拿起遥控器，打开电视，看着听不懂的韩语，糊弄地调节频道，终于调节到正在开始播放的一部韩国电影，从徐徐升起来的电影序幕上，看到韩文当中有一枚印章样子，印章里有三个中文字：霜花店。堂弟马上眼睛发亮，来了精神，停下手上的遥控器，边看边大声叫道，"嗨！嗨嗨！你们快看，嗨！你们快看，这是韩国电影中最有名的一部古装电影，在这里可以看到《霜花店》，在我们国内的电视上是根本看不到的，这就是资本主义国家的特色。"

"嗨嗨！堂弟，你一下子看得懂韩国电影，又一下子记得牢，人家高主任的上下班和晚上加班的呢？"路莉萍其实对韩国电影一点不感兴趣，而对九头身的高欣很感兴趣。她想与堂弟，进一步推讨九头身的这个女人，从中可以抓到一些蛛丝马迹的事情来。

"嗨！嗨！你们应该看一看这部电影。这部电影讲到，古代中国的元朝皇帝，为了牢牢统治古代朝鲜，将自家的公主嫁给国王做王后，可是那个国王不喜欢元朝来的公主，将漂亮的王后一直晾在一边好多年，国王偏偏喜欢的却是年轻英俊的贴身护卫队长。后来，元朝那边派人施压国王，国王很无奈地下令要护卫队长与王后行宫，替国王为王后怀孕生子。后来，护卫队长与王后发展到彼此产生了感情，接下来国王与护卫队长、王后三人，引发了一系列悲剧的故事。你们应该好好看一看啊！"堂弟有意避开刚刚路莉萍所说的问题，而是集中讲了一大段电影故事的概况。说毕，他马上又拿起遥控器，在使用快进式的操作，看着电影剧情的迅速发展变化。

"哎呀，堂弟呀，你对韩国电影这么的了解，那你对人家高主任的上下班和晚上加班呢？一定很了解了，你一定对她有意思了，是不是啦？"路莉萍还在想着，刚才堂弟讲的韩国电影《霜花店》里的古代国王，将他漂亮的王后，让手下人护卫队长抱去睡，他内心上有多么的痛苦、痛恨与醋酸感啊。又想到她自己的男人薛开甫，此时此刻一定也被众多的美女们拥抱着，依偎着，撒娇。她内心上，同样有着多少的痛苦、痛恨和醋酸感啊。她这样想着，暗暗落泪，抽出纸巾擦了起来。此刻她没有忘记，只要把堂弟争取过来，与她站在一道，看你薛开甫在公司里如何地翻跟斗都逃不过她的手心。要牢牢抓住"上班与下班"的这一点，继续试探或是追问堂弟："堂弟肯定对人家，有意思了……"

"嫂子啊，你搞错了，我对九头身高欣主任，无意思。嫂子，你别说笑话，绝对没有的事，绝对没有的事，别乱传啊……"堂弟依然笑了笑，马上辩称不可能的事，眼睛依然盯看着电影剧情的迅速发展，然后说，"嗨！嗨！嗨！你们快看，昏了头的国王，叫他的护卫队长与王后去洞房，嗨！嗨！嗨！他们开始了……"

"别，嗨嗨嗨了。听说，表姐很想给你做大媒呢，堂弟，有这件事吗？……"这时候，生得清秀，年轻漂亮的童清芝，又接上他们的话题，而且很有力度地继续为表姐路莉萍去开导堂弟，要堂弟多些透露她们不在公司三天时间里的信息。第二层意思，给堂弟做媒，是拉拢堂弟的一个最好办法。

"没有希望了，没有希望了，我已经被堂兄……立为，劝退对象之一了，名单上，还有……"堂弟摇摇头，又笑了笑，继续对着电影剧情的发展，说着，"嗨！嗨！你们看，昏了头的国王，还在房间外偷看，偷看他们在床上的动作……"

"是真的吗？还有谁……快点说呀，说呀……"童清芝很吃惊地站起来，马上走过去，用身体遮挡着电视机，继续地追问着堂弟。

"当然，当然是真的啦！有你，还有嫂子，还有堂叔，还有很多的亲戚……"堂弟边说着边挥挥手，意思要童清芝让开点，别遮挡着电视机。

"有我，有老板娘……堂弟！你……你，没开玩笑吧……"童清芝坚决不让，继续用身体遮挡着电视机，并继续追问他。

"没开玩笑！这事能开玩笑吗？"堂弟忍不住了，站起来，马上要去拉开童清芝的样子。

"不可思议，我要造反！我要抗议！"愤怒的童清芝马上转过身来，干脆关了电视机后，继续说，"我要造反！我要抗议！"

路莉萍没有马上去追问堂弟，这一切是不是真的，总觉得来得太快了，说劝退就劝退，太不合情理。原本想：经表妹的提醒，决定为堂弟去做这个媒，或许快点说，在薛开甫与高欣还没有产生感情之前，还没有陷入爱情的泥坑里之前，要堂弟快点插进去，一举三得，重点是第三点，即策反堂弟，要堂弟做双面间谍，插进薛开甫的心脏里去。这个想法，还是刚刚堂弟讲述韩国电影《霜花店》概况时，所启发的。可是，现在听了堂弟这一番话后，一切太迟了，已经成了泡影。路莉萍马上决定，不整容，订机票，退房，回国。

回国后，当天下午，外贸公司快要下班时，路莉萍驾车去公司看一看九头身高欣主任究竟在干什么？到了公司，刚停车时，马上飘过来一个漂亮姑娘，姑娘动作利索，开了车门，并引导，与她一同踏上红地毯，红地毯一直延伸到办公大楼的总台前。地毯两侧，站有八个漂亮姑娘，着不同颜色的旗袍，微笑迎候着。总台里面的两位姑娘，更加靓丽，引人注目。十一个姑娘，个个与航空小姐媲美。在她看来，总觉得姑娘们站立着，迎候着，像花瓶，好看不中用，是一种排场上的浪费，多少有点奢侈。既不是某个商场开门营业，又不是某个公司挂牌开业，薛开甫公司，依旧是一家老企业公司，难道说薛开甫玩的是老瓶装新酒？当她还没有回过神来时，耳边响起："董事长夫人好！"花瓶们，异口同声地称呼着，接着花瓶们来一个非常标准的让路引路礼仪动作。她频频点头，摆摆手，好像真的走在央视直播星光大道红地毯上，尴尬的笑容不由自主地露了出来。花瓶们引着她，走向电梯门口。此时高欣没有乘电梯，而是从电梯旁边的楼梯下来，还在气喘吁吁，微笑迎上来，并挽着她的手臂，一同走上二楼一大间敞开式的办公室，办公室人员清一色是年轻漂亮的姑娘。高欣一边倒茶一边说董事长到外地去办事，接着又拿出几个文件夹子来，好像准备着要汇报什么似的。她看后说，不是来检查工作的，顺路进来看望你们一下。

"好呀！好呀！董事长最近在忙，准备筹划两个项目，一个是进口轿车4S专卖店，一个是五龙湖，湖泊上的快艇俱乐部。"说完，高欣才露出了真实的笑容，那个说话的情绪一下子舒展开来。今天老板娘来公司，不是巡查是什么呢？总要说些信息给她听听，要让她知道知道这儿是真诚的，这儿是没有杂念的，避免老板娘以后引起一些不必要的误会。这就是高手的一招，这一招还算灵光。高欣又说："这两个项目，需要资金筹备好……"

"这两个项目，都要有雄厚资金的支撑，才能起步呀，哪里来的资金呢？……"路莉萍马上打断高欣的话。从高欣身上的注意力，一下子转到公司有没有资金上，心存怀疑。

"向银行贷款的呀！"高欣的口气，好像在替代董事长说话，还充满着自信呢。

"向银行贷款？贷款是要抵押的，公司拿……什么去抵押？"路莉萍跟着高欣一头钻进胡同里，一时找不到出路呢，还依然在怀疑资金的来源。

"董事长说啦，除了我们姑娘们不能抵押，公司房产、地皮、设备呀！"高欣依然充满信心，说完，哈哈大笑起来。这一笑不要紧啊，可是让男人们看见，可能过不了这一关。同样，让女同胞们看见了，也很难过关。高欣笑得太甜美了，甜美的笑容，仅仅局限在这张小巧的脸盘上。

这时候，办公桌上电话铃响，高欣连忙摁下免提键，电话筒上一个姑娘急急的声音传来说："高主任，车间有一个新女工，操作不当，大半个手指节被输送链带卷进切断，伤员正在准备送往医院，请高主任指示？"只见高欣对电话筒说："知道了。一切按工伤预案中的专业骨科医院送去，我随后赶到医院。"说毕，恢复免提键后，对一旁的美女办公人员说："一、搞明白事故的因果后，再去告诉董事长；二、准备好与受伤女工家里的联系方法；三、以车间为单位，准备对新工人上岗前的工种进行岗位培训；四、起草好工伤事故的报告；五、去通报财务，并准备好领用工伤医治资金；六、我马上坐公交车，马上去医院看望病人。你们手上的工作放一放，着手把这几项事情搞起来。"说完，马上与路莉萍道别。路莉萍马上打手机叫来堂弟薛凯杰，将宝马车由堂弟驾驶，送高欣去医院。高欣会意地笑了笑，并道谢着出去。

刚才，高欣说得有条有理，她既被折服，又肃然起敬。因为她们那个年代的女员工都是二十来年熟练老员工，没有也不会发生这样的工伤事故，因而没有什么工伤的预案。她一直以为高欣主任，以自身几分的姿色，趁她不在身边会去诱惑薛开甫，早晚会成为薛开甫的情人。现在看来，不是这样的，人家这样的能干，思路又这样的清晰，难道是她自己妒忌了，猜疑了？公司下班之前，还剩下一分钟时间，她故意走向窗口，推开窗门，看一看楼下，公司女员工们，是不是传说的那样：公司，成了美女的公司！车间，成了清一色的美女模特队！过了一会儿，下班电铃响起，一群叽叽喳喳的美女员工们，一起涌向公司大门处，从二楼窗口，看楼下地面上走动的员工们，误差一般不会很大，单看美女员工的三围与修长身材，同美女模特儿，可有一拼了。她关上窗，扭头再看一看，二楼办公室里的美女们，正在整理台前的资料，要准备离开办公室的样子，看她们的嘴角，个个向上扬起，形成固定式微笑，再说她们着装统一，还略带淡妆，如果说不美，那是人的眼睛有问题了。再回想，刚刚看到一楼办公大厅里的十一个花瓶似的大美女姑娘，整个公司不是女儿国，不是美女国，那是什么呢？

崭新的宝马车让堂弟送高欣开走，路莉萍不坐公交车，选择走着回家。大街上，行人多起来，车子渐渐地也多起来。这时候各种路灯、霓虹灯也渐渐地明亮起来。她已经走过了一家酒吧屋，却被酒吧屋里传来一种连续不变的一段重金属敲击音乐吸引住。音乐好听，震人，有磁性，就是金属敲击声浓重些。她又退回到酒吧屋门口，听了一会儿，走进了酒吧屋。酒吧屋里人不是很多，光线暗淡。她大胆走近吧台边上，要了一杯白葡萄酒，并问吧台服务男生，刚才是什么音乐？服务男生还没有开口回答，在她的身后有一个穿戴怪异形状的男人抢着答道："这是美国最流行的苹果手机促销的背景音乐。"她回头一看，不去搭理怪异的男人，心想：自己不懂音乐，居然被乔布斯手下的音乐吸引住，才迈进这家酒吧屋来，可见音乐太有号召力和感染力，也可见新款苹果手机有多少人排队抢购。打个比方说，薛开甫好比新款苹果手机，公司好比手机促销背景音乐，那么有多少美女姑娘，想入非非，都想得到薛开甫这款手机！薛开甫不在产品原有的基础上好好拓展、研发新产品，却去搞什么进口轿车4S专卖店、湖泊快艇俱乐部，那是高档消费项目，只不过娱乐一时，最后还是会走向一片萧条的。真的不明白，薛开甫投资的动机是什么。她凄凉地一口喝下杯中的酒，并要了第二杯。这时，她身后的那个形状怪异的男人还没有离开，还在慢慢地靠近她。她已经避让到吧台的角边上，无路可让时，那个形状怪异的男人趁机摸了一下她圆满的屁股，她立马将杯中的酒泼向形状怪异的男人脸上，并扔下了一百元钱，转身离开酒吧屋。

回国后的第二天一大早，果然有路莉萍娘家一边的亲戚和薛家一边的亲戚被劝退后，陆续到她家里来，发发牢骚，或者是无声的抗议。最重要一点，希望从她的嘴上听到，让他们重返公司工作，这是不可能的！其实，他们是公司"改制转让"前后的老职工，也称得上元老级的人物，很可惜，被薛开甫一刀切地劝退。薛开甫过多地考虑公司的升级，公司的形象，才动了真格，却在他们心目中，似乎失去了亲情感，人情感。在劝退后的经济补偿问题上，尽管薛开甫出手还是比较大方，但亲戚当中不满意的大有人在，他们都聚拢在一起，难免人多嘴杂。她应酬着他们，沏茶切瓜，糖果糕点香烟，拿出来好好招待他们。坐在单人乌木沙发上的堂叔，喝了一口茶后，捋一捋一头的白发，第一个开始嚷嚷起来："薛开甫，这个……没良心的家伙，把我也劝退！想当初，我在村子里开拖拉机，春秋二季拖拉机耕些农田，空闲时再去搞运输，实实在在，蛮好地赚点钞票，薛开甫这个没良心的家伙，把我叫过去说是维修一下设备，几十年设备维修下来，现在我闭上眼睛，也能维修好设备。薛开甫，这个……没良心的家伙，一脚把我踢出去，真是有点过分了，太过分了！要不是改革开放政策好，集体企业改制私营企业，哪有现在薛开甫的外贸公司？你们说说，薛开甫是不是太没人情味，这个忘恩负义的家伙！真是气死我了！"堂叔是设备维修科长，他与薛开甫的父亲是同辈，实际上堂叔与薛开甫的年龄相差不足十岁，但辈分摆在那儿，不得不称呼为堂叔。堂叔与薛开甫的父亲，他们各自的爷爷，是一对亲兄弟，到了下一代时，虽然还有一点亲戚味道，但这个亲戚味道不如与堂弟的一家来得浓烈些，走得热络些。堂叔有一大爱好，喜欢喝酒，他能品尝出薛家村里周家开酒坊老酒的真伪，而且品尝技巧是一绝。当年，薛开甫就看上堂叔有这个品尝老酒的技巧，才把堂叔拉到公司来，为他所用。在各种酒席上应酬时，他带上这个品酒师，在众人面前露一露，说明我外贸公司里人才济济呀！

"他堂叔呀，这话……不能，这样说呀，对吗！"说话的人，是薛家远房婶婶，她说，"薛老板要把公司办好，他也没有办法呀，是不是呀！薛老板靠改革开放政策好，没错呀！我们也靠了薛老板的外贸公司呀，赚点工资，沾点光呀，也没错呀！好在，好在，薛老板对待我们还不错的。人家企业劝退，一般多发三个月工资，已经算是烧高香了，薛老板多发我们十个月工资呢，还有一次性地补偿十万元钱呢！这十万元钱啊，拿去炒股去吧！"薛家远房的婶婶，坐在乌木三人沙发的左边，刚才实在听不下去堂叔的一番话，拿起一片哈密瓜，咬了一口，咽下去后，才开始发话，说道说道，堂叔的不厚道。远房的婶婶，是外贸公司材料仓库保管科长，所有进货，出货必须她签字方可出仓。她生肖属虎，人家背后戏说她母老虎，厉害得很呢。她是薛家另一个支脉的儿媳，她的男人是木匠师傅，专业打做家具的，木匠师傅与薛开甫的父亲，同出一个师门，是同一辈人，他们各自的曾祖父又是一对亲兄弟，到了下几代后，他们两家基本上没有走动，亲戚味道几乎没有。自从她的男人木匠师傅，给薛开甫结婚时打做了一套"狮子脚"样子的家具以后，这两家人才开始走得热络起来。

"我，我，劝你呀……别去炒股，会越炒越少的！存银行保本理财，保险又安全的！"堂叔的气还没有散尽，他不想分散火力点去攻击木匠师傅家的这只母老虎。

"你们都上了年纪，当然无所谓，再去工作什么的，拿着十万元钱，好高兴得要死。可我年轻啊，是不是！身强力壮，对不对呀！没大学文凭，可以学习嘛，对不对！不能搞一刀切啊！对不对！"堂弟薛凯杰人高马大，坐在茶几脚边的一张羊毛地毯上，豁然地站起来接上他们的话。说完后，马上坐下，拿来茶几上的一瓶矿泉水拧开喝了一口。堂弟总务主任干的活儿，比较繁杂，好在他有耐心，喜欢自由自在，一会儿领导叫他开车，他代驾驶员出车去了；一会儿有人说厕所堵塞了，他去捅厕所，他也是一个大忙人。

"是啊！是啊！堂弟说得很对！我们还算年轻呀！不能搞一刀切的呀！我还是姑娘呢，生得不算难看。公司企业管理者的代表，这个职务不是谁都能做的，把我也劝退下来，我真的也想不通呀！也想造造反的。再说，这十万元钱有什么用呢？还不够买三五平方米的公寓楼？这让我怎么活呢？可是这话啊，还得说回来的呀，刚才堂叔的一通牢骚，说得很有理的地方，也有说得很无理的地方。很有理的地方，刚才我们都已经有同感了。说得很无理的地方，其实薛老板对待谁都是一视同仁的，今天我们在老板娘家里，老板娘已经与我们站在统一的战线上了……"表妹童清芝，坐在三人沙发的中间，吐了瓜子壳后，很想维护同一个外婆血脉下来的两个外甥女，怕被薛家亲戚的人欺负，她自己只是口头上讲讲要造反的，要抗议的，而不能真正起哄，去造反的。否则，会弄得老板娘很难堪的。她吐了瓜子碎渣后，又继续说，"你们……我们，现在不是都和老板娘在一起吗？"

"你们说的，都是一些废话。我们现在要关心一下公司，因为公司里，已经没有了薛家与路家，两边的亲戚和熟人了，薛老板的一切行动，都不在老板娘监控之下，这样是要出事情的？你们知道不知道……"说话的人，是路莉萍的姑姑。姑姑是统计科长。统计科长坐在童清芝右边，很有感触地说了一番警告的话。话毕，咬了一口哈密瓜后，去看对面单人沙发上的丈夫，并给了一个眼色，意思要他快点说呀。

"是的！是的！好像要出事情了，要出事情了。现在，现在公司里面，还有两个人，一直未被劝退下来。"丈夫回应了妻子一下，吐了一口烟后，同样急急说了。

"姑丈，您快点说说，还有谁呀……"路莉萍拿来一把餐椅，坐在茶几边，同时可以看到他们的动作，表情和眼神。

"一个是老板的司机，叫孟郝男。另一个是退休后返聘的，大家都叫他……老张会计！"姑丈是公司门卫保安科长，他狠狠地吸了一口烟之后，又慢慢地吐了出来。

"你们都不知道的，薛开甫与孟郝男呀……"堂妹直说，"他们两家，有着历史上好邻居关系，所以他们下代走得比较亲情，很自然的嘛，薛、孟两人如亲兄弟，谁也少不了谁。不过老张会计……这个人，是退休后返聘的，不算的，不算的！如果算的话，公司里还有刘工、杨工、赵工等等许多工程师呢？"堂妹是一个大胖个子的女人，胸围大，屁股大，椅子太小，坐着不舒服，去坐三人沙发，要占两人的座位，干脆同堂弟一样，坐在茶几脚边的羊毛地毯上。堂妹的父亲与堂弟的父亲是一对兄弟，他们两家走得比较热络。堂妹的男人，是装修公司一个木匠师傅，路莉萍家的这套联排别墅，是堂妹男人装修的。

"堂妹呀，老张会计，不属于技术人员一类，与工程师们不能平等而论的呀？况且还不是属于老职工一类的人！他能继续留在公司里面，至少要给我们一个说明的理由，你们说对不对呀？"瘦黑小巧身材的表姐是质检科科长，说话有点分量。她半片屁股坐在三人沙发的护手边上，她反驳堂妹说："对于老张会计这个人该不该留在公司里，是要给他一个定性，如果是技术人员一类，可以留在公司里的；如果是老职工一类，留在公司里要引起众怒的。他到底属于哪一类的人呢？"她没有起哄，她是继续维护路家一边的亲戚，只是为刚才堂妹的话，进行反击而已，是防着被薛家人欺负而已。

"表姐呀，你知道的，还是不知道的呀，老张会计，他是一个什么样的……人物吗？"堂妹是生产车间副主任，是主管生产的，与表姐主管质量的，她们两个女人，一瘦与一胖，永远是针尖对麦芒，争吵是正常有的。堂妹笑笑，想用这个问号，一定能把表姐打倒的。

"说起，老张会计呀！她表姐呀，你们肯定是不知道的，这里面还有一个故事可以讲的呢……他远房婶婶，你们，你们应该是知道的吧？是不是啊……对吗？"堂叔的气没有消呢，还在气呼呼的。他狠狠地吃了一块糕点后，赶快接住堂妹的话，想集中火力点攻打老张会计，这一个神秘的人物。

远房的婶婶只是咯咯地笑，把刚刚吃进去的哈密瓜碎渣伴着咯咯的笑声，一起喷出来，还拼命摇着手，表示别来问我了，我不能讲的。堂弟马上举手，像一个小学生那样，上课说话先举手。

"堂叔，这个故事，我知道的……我知道的……"堂弟自以为聪明，了不得，还跃跃欲试。说毕，放下了手。

"堂弟，快点，快点，说来听听？"路莉萍其实对于老张会计这个神秘的人物是比较了解的，曾经与他一起在财务科里工作二十多年。她没有读过财务专业学科，业务上进步还离不开他的指导。至于说他，还有一个故事可讲。这个故事，她是不知道的。现在，她想知道，想静听。她在催促薛凯杰："那一年，我还没出生。听老辈人讲，大哥薛开利结婚那天，看热闹的人比吃喜酒的人还要多呢！看热闹的人，要捉弄挺着大肚皮的新娘子，新娘子就是我的大嫂。他们出了一道怪怪的大学生数学题来考新娘子，新娘子和伴娘们当然做不出这道题，伴娘们还喝了很多的酒。这时候薛老板英雄救美女，哦，那时，还不是老板，薛开甫偷偷帮新娘子解答了这道题。从那以后，大嫂对他特别好，还把他推荐给老张会计的单位，这样一来二去，他反而成为老张会计单位的负责人。后来，干脆成了公司的薛老板。堂叔，您说说，是不是这些？您说说，是不是，这个故事呀……"说完，堂弟很得意，拿起矿泉水瓶子，拧开又喝了一大口。

"是不是这些故事？绝对是没有标准答案的，但你只讲对了一半的故事，另一半的故事呢？"堂叔的怒气有点散了，知道火力点已经瞄得很准，开始露出笑容，深深地吸了一口烟，慢慢地吐出来。

堂弟听完堂叔的话后，立刻扭头去看远房的婶婶表情，婶婶摇摇头，笑了笑。堂弟去看胖胖的堂妹表情，堂妹一手护着嘴巴，咯咯地笑，一手摇了摇，表示知道的，别来问我，我不能说的。

"还有……另一半的故事？那……我可，真的不知道了？我只知道大哥，开长途运输车，出车祸去世的当年，大嫂怀抱不足周岁的双胞胎儿子，改嫁了。后面的事，就没有另一半的故事了……"堂弟说完，沮丧地只好抚摸自己的后脑。

"另一半的故事呀……就在，你大嫂改嫁的前面呀……"堂叔的怒气，似乎快要彻底散尽，哈哈大笑起来。但他还在用力准备着子弹呢。

"那堂叔，那您讲一讲吧……"堂弟恳求着说。

"这另一半的故事呀，只有你的大嫂与你的堂兄薛开甫，他们来说，更加的合适……更加的合适，不过了！"堂叔说毕，依然哈哈大笑，知道子弹用得差不多了。

"大嫂……大嫂，改嫁，快三十年了，我，我找谁去呀……"傻瓜似的堂弟，尴尬苦笑着说。

"我说，他堂叔呀……别去追问堂弟了，他一个小孩子懂得什么呢？你还是好好谢谢堂侄子薛开甫吧！是他，把你从危险的行业中解放出来的，难道你忘记了吗？你们的老祖宗爷爷说过的一句话吗？下一代子孙，不得从事危险行业。你开拖拉机，是不是属于危险的行业？堂弟的大哥，当年开长途运输车，是不是危险行业？结果呢，他大哥这么早，就离开了我们……"远房的婶婶，实在听不下去，讽刺般地对堂叔来了一个回马枪。

"是呀，是呀，我们薛家，下代有一百多个子孙，除了堂弟的大哥，还没有一个人从事危险行业的。你堂弟的名字是薛凯杰，而不是薛开杰，就是避开了一个'开'字，你本来也想去开长途运输车的，是薛开甫堂兄拉你走进他的公司，你谢都来不及，还要去追问另一半的故事，你……你，什么意思吗！"肥胖大屁股的堂妹心直口快接上远房婶婶的话题，说了一番堂弟，还将手中的一块哈密瓜皮扔到堂弟身上，然后哈哈大笑起来……

堂弟的大嫂，与薛开甫当年有什么样的另一半的故事，那是三十年之前的事，路莉萍是不知道的，那时她还没有嫁到薛家，也根本打听不到另一半的故事是什么。听堂叔话中有话，似乎有意想揭开堂弟不知的一些薛家旧年烂事，但这一切，都被远房婶婶和胖堂妹阻止。在这样一个场合下，现在去追问另一半故事或者故事的全部内容，有些不妥，有点难度，待到有机会单独去问堂叔了。路莉萍知道，薛开甫司机孟郝男，为什么能留在公司里面，除了刚才堂妹说的，他们两家上代是好邻居，他们下代是亲如兄弟外，还有一个秘密谁也不知道的，这个秘密要从头说起……

孟郝男的亲娘，叫郝玲娟。郝玲娟在周围村庄上是一个很有名的媒婆。媒婆凭借自己是当年被家人遗弃在百年坟墓边上的一个女婴，以为有了灵气，可成半个神仙，自夸吹功很好，可以把一个灰姑娘吹成白雪公主，也可以把一个死人吹成活人，因而做媒成功率相当高。可惜，自家儿子孟郝男，却不会找对象。先看一下他的名字，是否取得太猛男一些，成年以后，人一点也不猛男，性格也不像他的娘，完全像他的爹。他的爹，老实巴交，忠厚相，言语不多又不机灵，性格内向。造成性格内向的原因，是郝玲娟一手从小欺负恫吓威胁下造成的。分析其原因很简单，郝玲娟不喜欢，不肯嫁给小四岁的丈夫。那年，从五姑娘为孟家生了儿子开始，郝玲娟已经不喜欢这个小弟弟，一直到她长大懂事了才知道这个小弟弟是将来的小丈夫，更加的不喜欢。不但不带他玩，还欺负他，恫吓他，捉弄着让他哗啦啦大哭，在大人没有看到的时候，从地上抓一把泥土往他嘴巴里塞，非弄死他不可。小丈夫从幼儿逐渐长到成年，他的智商，始终超不过郝玲娟。他看到郝玲娟，如同遇见一只雌老虎，心里阴影相当大。尽管他们最后结婚，生了儿子，这样的儿子会聪明吗？这个儿子就是孟郝男。孟郝男长大后，怕去找对象呢。媒婆早已看中远在外地村庄的路家的路莉萍姑娘，去上门说亲，说自己的儿子，是如何的帅气呀，是如何的聪明呀，要他们先见见面，认识一下。孟郝男怕生又胆小，叫上薛开甫陪同。那个时候，路莉萍姑娘还不知道，薛开甫是一个什么样的人。结果呢，路莉萍姑娘反被薛开甫看中。后来有了一次次约会，有了彼此相爱，再后来到了要谈论结婚的时候，媒婆才知道这一切，可是已经太迟了，带着上代"好邻居"的遗憾，一怒之下，生了一场大病，半年后离开了人间。没过几日，孟郝男的爹跟着媒婆一同驾鹤西去。薛开甫为了照顾孟郝男，借钱买辆汽车让他学开车。直至今日，他依旧是单身，还成了薛开甫贴心的人。

# 第六章　半美人计

公司里的中高层领导干部都是新招聘进来的。第二批第三批招聘，都是路莉萍亲手办理，待他们一个个上岗时，她却被告知正式离开公司。离开公司，真的是像断了线的风筝，随风刮走了。薛开甫还是不是她的老公，她都不知道！她想起，上午姑姑说过一句话："公司里面，没有两边亲戚和熟人，薛老板的一切行动，不在老板娘监控之下，很容易要出事情的。"是啊，很容易要出事情，但谁能预料不让他出事情呢？唯一能抓住风筝线的人，只有孟郝男了。下午，她故意在家里打电话，要他买这个；一会儿又打电话，要他买那个。有时早上打，有时深夜打，连续两个星期，要他跑腿，他不厌其烦地准时准点，给她办妥。她每次给他的钱，有上百、上千、上万元，他总是把余款部分，如数退还。她每次与他见面，交谈，正面地暗示他，想了解企业情况或者薛开甫的一些情况，他干脆来一个闭口不说，让她一无所获。她苦闷，抑郁，已经好几天过去，一直没有接到公司里的任何信息传递过来。在此之前，她还习惯于每天有人向她老板娘来汇报，不管大事小事，都爱听，都爱越级管。到了现在，升级为全职太太，又是董事长夫人，却没有人前来汇报，失落感，凄凉感，带有醋酸感，一股脑儿涌上心头。

一天早上，路莉萍又打电话找孟郝男，说家住郊区的老母亲身体状况不佳，买点补品之类的东西，去探望一下。她有辆宝马车，故意说车子坏了，要为她跑一趟。他无怨言，并答应。在探亲返回来的半路上，她远远看见小溪边上有一大片茂盛竹林区，叫他停车。他将车子停在靠路边上，她说下车去透透新鲜空气，说完与他一起走向茂盛竹林的深处。她挑选一枝粗壮笔直的竹根边上，有一块平平长满青草的地面，从拎包里拿出一张几天前的当地日报，摊开来铺在青草地上，两人在报纸上面并肩坐下。她又从拎包里掏出一条软壳中华门香烟递给他，他摆摆手说不抽烟了。她又一次从拎包里掏出一盒精致装的西洋参含片，拆开盒子，拿起两片往他嘴里塞，她自己也含了两片。接着，她边聊边问了，薛开甫与堂兄的大肚皮新娘子的关系是怎么一回事？薛开甫与老张会计的关系，又是怎么一回事？他不想回答。又聊，他的娘是如何来路家做媒的；又聊，薛开甫如何与她，在薛家村北面后山上，茂盛竹林里相约走在一起的，后来发展到，相亲相爱，拥抱在一起的。这时，他口中噬着西洋参，低头在看一对蚂蚁，它们向报纸上面爬过来，爬在前头的是一只黑色雄蚂蚁，雄蚂蚁身材小巧且细长，能看清头上有触角，后面跟着一只团圆厚实体形的雌蚂蚁，它们爬向印有彩色广告画面的地方停下来，开始舔着彩色油墨处，舔了一会儿后，雄蚂蚁爬到雌蚂蚁身上。

"什么情况，它们在干吗？"路莉萍故意将肩膀，碰撞他一下。

"你老板娘。它们要交配呀！"孟郝男笑笑，随口回答道。

"它们为什么要在报纸上，干呢……"路莉萍有些害羞，干脆将肩膀靠在他的身上问。

"你老板娘。报纸上干净呀，报纸上有油墨香味呀！"孟郝男又笑笑，好像没有一丁点儿男女情趣的反应。

"那次……那次，在后山竹林里，我们拥抱在一起……"路莉萍依然有点害羞，再一次地挑逗他。

"那一次……我看到，你俩拥抱在一起，老板的一只手，还狠狠地抓着你的上身衣裳里面呢！"这时候忠厚又老实相的孟郝男，脑子缺一拍的，不明白的，还抢着直说呢。

"孟男，你……是你，原来一直在偷看……我们！是不是……像现在的蚂蚁那样……我们，我们也在偷看它们呢……"路莉萍微笑又含羞般地看着孟郝男嘴角上，淡淡细细短短的几根胡须。

"你老板娘。没有的啊，没有的啊，别冤枉我啊！是娘要我叫你们快点去吃饭的，我才来找你们的，才看到你们……你们，相拥一起，别冤枉我啊！"孟郝男傻笑起来，又急忙辩护说。

"孟男，你当时……看到我们，相拥在一起时，你这个时候，啥感觉呀？"路莉萍又好气，又好笑，再次试探他的情商。

"啥感觉呀……啥感觉？啥感觉都没有的，真的，啥感觉都没有的，感觉没有的！"孟郝男说毕，笑了笑，去抓了抓后脑的头发。

"孟男，真的吗？你一点感觉都没有吗？"路莉萍笑了笑，再次地追问。

"真的，真的没有！就是要你们……就是……要你们……快点去吃饭，娘在叫你们！"说完，孟郝男又抓了抓后脑的头发，依然傻笑了一会儿，点头又去看这一对正在交配的蚂蚁，只见雄蚂蚁在雌蚂蚁身上爬上爬下。

"孟男，你刚才说的，老板的手，老板的手……狠狠地抓着我的上身，我上身的……什么地方？"路莉萍又含羞地追问。

　　他一下子领悟，觉醒了，马上拍打一下自己的脑门。她又继续引导他说："孟男呀，你的娘呀，给你取的名字孟郝男，是猛男的意思，是非常猛的猛男，就是要你挺立起做男人的雄心壮志呀！知道不知道呀！这里是我的QQ号，你可以多上上网，可以多聊聊天。比如说：今天公司里的事啦，最近老板的心情啦，又在忙些啥啦？"他被她一番启发与诱导后，终于说出了一大堆在某年某月某日里，老板如何陪客户，如何去开房，如何付小费。她分析得出，薛开甫陪客户，那是逢场作戏，是业务上与生意场上的需要，不会构成对她的威胁，最怕薛开甫在外面养二奶，这与薛开甫离婚的日子不远了。

　　"孟男啊，你说的这些都是小儿科的事，我都知道的，都知道的……"路莉萍笑笑，故意慢吞吞说道。

　　"你老板娘。这些事，你真的都知道了！那……那告诉你，一些你不知道的事……"路莉萍马上发出笑声，让孟郝男听了很惊讶，他傻笑着，又去抓抓头发。路莉萍又掏出西洋参含片，往他嘴里塞了两片，她自己也含了两片，催促着要他快点说下去。西洋参含片，在他口中噬了几下后，马上咽了下去，开始说了："最近，老板与办公室主任高欣，一起忙着购公寓楼做房产证呢。我好几次送他们去咖啡厅，我好几次送他们去宾馆，有没有开过房，我不知道。这事……打死我，打死我，也不敢说的。今天我说了，你老板娘回去以后，千万别跟老板去对质，去逼问，去哭骂，千万别去哭骂！去吵闹！否则……否则，我会被老板，炒炒炒鱿鱼的……"

　　"我要去炒！我要去炖！我要去蒸！高欣的那一条九头身的美女鱿鱼呢……"路莉萍听后，恶狠狠地说着，眼泪水都快要涌了出来。她对高欣很早就有预防，但预防不够彻底，再说她已经被逼离开了公司，只有心里预防而实际做不到预防，等于没有预防。招聘面试时，路莉萍提出过反对录取意见。这个反对意见没有被薛开甫采纳，因为薛开甫在招聘面试表格栏里高欣的名字上，已经打上了一个大大的五角星，做了录取记号……

　　当天晚上，表妹童清芝在明城壹号别墅的小区门外，一家百鲜水果店铺里买了一个很大的哈密瓜，拎着它来看望路莉萍。童清芝走在小区内的路上，双脚有点不大情愿往表姐家里走去，手上拎着沉重的哈密瓜，似乎是一种额外的负担，想扔掉算了，又觉得很对不起辛辛苦苦赚来的人民币。再说，空着双手去串门，似乎缺少点人情与礼数，一咬牙，还是拎着它吧。十几天前，她对于被劝退一事一直耿耿于怀，一直说要向他们夫妻俩造反，最后忍住了。因为，表姐身为老板娘，同样被劝退，那向谁去造反。联合老板娘，联合众亲戚们，去跟老板造反？老板是铁了心的事，劝退两边所有的亲戚，还想造什么反呢？一个脑子上有一点问题的孟郝男，一个有着特殊身份的老张会计，他们两个人能留在公司里，肯定比老板娘和其他众亲戚们留在公司里更加的重要，更加的放心。因为老板娘留在公司里，会阻碍老板的一切活动。其他人留在公司里，有尾巴，会成为老板的负担。只有脑子上，有一点问题的孟郝男，既不会妨碍老板的一切活动，又能保险不会公开透露一切的信息。至于那个特殊人物的老张会计，不用说了，他就是这么的一个特殊人物：既是长辈，又是恩人，还是老领导，且已退休，后面绝对没有尾巴。童清芝边走边想着，加大步子向表姐家里走去。

路莉萍家，客厅不开繁华的大灯，只开几盏蓝色的冷光灯，客厅的光线显得暗暗淡淡的，有点像殡仪馆的太平间，可怕又阴森森的感觉。路莉萍，一人坐在客厅单人沙发上，发呆地流着泪水。童清芝一进入客厅，不客气地马上打开大灯。顿时，客厅灯火通明，一下子驱散了阴森森的光线。童清芝好说带劝地追问了表姐，到底发生了什么样的事情，又要去做寻死上吊的倒霉事。路莉萍实在隐瞒不住，不得不说，哭泣中还开口骂了起来："高欣是一只狐狸精，是一条美女蛇，是一个坏女人。薛开甫不是人……"路莉萍哭着，边在茶几上抽出纸面巾，擦擦泪水。

"表姐你……"童清芝听后马上站起来反驳说，"表姐你，你说出这么难听的话来，你让我以后还能嫁得出去吗？你刚才骂的一堆垃圾是你猜到的？还是你亲眼看到的？他们已经勾搭成奸的？没有的吧，是人家告诉你的吧，是那个……脑子有点……孟郝男，那个神志不清的人说的吧，你就相信他啦？我这样一个美丽清秀的姑娘，表姐夫对我一点感觉、意思、好感都没有的，你相信吗？我已经是被表姐夫睡过的一个人吗？你是不是已经，把我……也一块儿骂了进去？你哭糊涂了吧！你气糊涂了吧！我以后……还能到你家里来吗？"童清芝说完，豁然地站起来要离开，要走的样子。童清芝生肖属虎，人跟生肖一样，的确是一个很厉害的人，虽不同于远房婶婶的那只母老虎，但至少算是一只雌老虎吧。要在雌老虎面前逗玩，戏弄，除非遇上这只雌老虎正在发情期，否则任何雄性动物莫想戏弄舔她一根毫毛。

"表妹，我说得不对，向你道歉！……表妹你说得对！一定要相信自己，亲眼看到才能算是证据。表妹，我相信你的为人！再次向你道歉！"路莉萍想想，马上收起眼泪，摇头连忙道歉后，又去抽出几张纸面巾，擦擦脸上的泪痕。

"这还差不多！好吧，好吧，我接受你的道歉！"说完，童清芝笑笑，去厨房间拿来一把菜刀，在方形茶几上，把刚刚买来的哈密瓜切开来。顿时，有一股成熟的哈密瓜清香带甜的味儿一块儿袭来。童清芝拿起一块递给路莉萍，她自己拿一块大口吃起来。突然，童清芝停住，又追问起来，后面的话还很不客气："不对呀！不对呀！表姐，你是不是在孟郝男身上，使用了什么计谋法？你想呀，孟郝男的嘴巴，在公司里是出了名的保险箱，只要孟郝男看到的，听到的，做过的，绝对不会轻易告诉人，包括你在内，如同关进一个保险箱里，要打开保险箱的门，只有老板表姐夫一个人。那么，现在有这样重要的信息透露出来，他们已经发展到买了房、做了房产证的信息，都让路莉萍知道，你表姐不用一点手段，哪能得到……这样重要的信息呢？而且，刚才你还在哭骂中，连说了三次，孟男的名字，这个孟男是谁？孟男的叫法，是不是你们俩人私底下的一个昵称呢？在全公司里面，没有孟男这样一个名字的叫法，只有孟郝男，是不是可以说出来，让大家去猜一猜呢？"童清芝确实厉害，当年薛开甫把企业管理者代表一职的位子让表妹来坐是对的，表妹有相当魄力和权威，也有原则性，且是一个高智商的人。为什么，薛开甫把这样一个重要的岗位，让给毫无魄力、权威的漂亮美女姑娘去干呢，是不是薛开甫昏了头，还是失了策，只有薛开甫他自己知道了。反正，表妹被劝退之后，这一口怒气一直还没有出呢。

路莉萍连忙摇摇手，止住表妹说下去："不得不承认，确实使用了半个的美人计，还望表妹以后好好地保密。"

"半个美人计？我还从来没有听说过呢，也不知道是怎样的半个法，是不是，表姐你们拥抱一下？相互抚摸一下？然后，再相互亲吻一下吗……"童清芝说后哈哈大笑起来，眼睛直直地看着路莉萍。路莉萍羞耻般地点点头，拿来一块哈密瓜吃起来。

"表姐你信吗？表姐夫呀，他确实对我，一点意思好感都没有过的！我要不要，明天或者后天，也用半个的美人计，去试试他？去考考他？如果说，表姐夫对我有意思啦，要动真格啦，说明他无药可救了，小白兔不吃窝边草，说明他连窝边草都要吃了，这时候你可以骂他死，可以骂他不得好死，可以骂他祖宗八辈，可以骂他断子断孙。到那个时候，我会立即，向他表明白的，呈现真身的，说是来卧底的，说是来半个美人计的……"说完，童清芝哈哈大笑起来，她认为，这是报复表姐夫的一个最好机会，但不能白白牺牲她自己的一点点柔情呀，必须要得到点什么东西呀，那得到什么东西好呢？

"表妹，表妹，你不能去呀，你不能去冒这个险呀！"路莉萍连忙放下手上的哈密瓜，摇摇手，表示反对表妹去实施这个行动。

"我去冒险吗？我冒险，我是要有代价的呀……"

"你要什么样的代价？"

"我要什么样的代价？我要一套，公寓房……"

"你，这是向谁去要的？"

"我向谁去要的？我向谁去要……当然向，表姐夫去要的！表姐夫是不是色鬼，表姐夫有没有出轨，表姐夫有没有踏遍公司上下所有的女工？这一切是神话，还是一个传说？那么去还他一个公道，还他一个清白，表姐你说，对吗？"

"唉！正如表妹你所说的，那样的话，我也奖励你一套！"路莉萍很不自信地，叹了一口气后说。

"好！你一言为定！"童清芝很自信很肯定。

"好！我一言为定！"路莉萍尴尬地笑了笑说。

路莉萍回国后的第二十天。薛开甫真的活得很潇洒，很逍遥自在，一半时间在俄罗斯做销售，一半时间在国内经营公司，出差一趟俄罗斯，好像迈家门那么的方便。薛开甫天天忙于出差、应酬哪里有时间去接听表妹的电话。而表妹这儿充满自信，又很肯定地自以为：一个女性美貌姿色的代价，去做忘我牺牲的冒险之事，是一个伟大的举动呢。说出去让人知道，表妹是不是神经有问题，想去给薛开甫出这样一个测试题，即半个美人计的作业。可是现在看来，根本没有办法去完成了。路莉萍也不会相信薛开甫会有如此的清白，会有这个奇迹的出现。一大早，薛开甫拎着包，准备出门去俄罗斯，被路莉萍堵着门口，故意撒娇似的吵着提出，也要去俄罗斯走走玩玩。他想：身边的美女们，都带着去过俄罗斯，不带妻子出国去玩，内心上总觉得有点愧疚感。他想一会儿后，随口即刻答应。十五天后，薛开甫陪着路莉萍，去了莫斯科的中餐馆和西餐馆，还去了博物馆，去了红场，以及周边城市的风景区。路莉萍想：不只这些活动场所吧，肯定还有夜生活场地，酒吧、舞厅、赌场、妓院。路莉萍又故意撒娇吵着说，"你们的夜生活地方，也让我开开眼界呀！"薛开甫笑笑说，"那里是男人去的地方！"路莉萍依然用撒娇的手法说，"你们男人能去，为什么女人不能去玩呢？"薛开甫当时确实没有戒备心，爽快答应陪她去了"俄罗斯夜舞吧"。舞吧，是综合性娱乐场所，有舞池，演唱台，赌场，脱衣舞，酒吧等。路莉萍将舞吧的地址，多少号门牌，门面装饰什么样子和来去的路名，偷偷地一一拍摄记录在手机上。二十天后，路莉萍以自由行的签证，再次踏上俄罗斯。

临行前，路莉萍从孟郝男口中打听到，薛开甫与高欣在两天前，已经出国去俄罗斯。路莉萍焦急地登上飞机，跟踪追击般飞到俄罗斯的莫斯科，迫不及待地来到"俄罗斯夜舞吧"，从一楼的舞池，寻找到二楼的包厢。每间包厢的门都是关着的，是去敲门好呢，还是直接推开门进入查看好呢？正在进退两难时，刚好碰撞到路过此处的一位年轻人。

"真的对不起！撞到了你，你没事吧？"年轻人着衣很朴素，很有礼貌地连忙对她道歉说着。

"真的对不起，是我不小心，撞到了你，你没事吧！"路莉萍歉意地回头看，一个二十五六岁的年轻人，生得文文雅雅，白白净净的脸，知道是亚洲人，说着中文，一定是中国人。她明明碰撞到他，而他反过来向她道歉，说明这个年轻人不简单，就从这个年轻人身上去打听。于是，她道歉后，跟着年轻人来到二楼的尽头处，一起走进一间小小的音控兼监控室。

"噢！我就在这里打工。我叫柳宏春，是中国留学生。请问女士我能帮你什么忙吗……"年轻人依然很客气地问道。

路莉萍把自己从哪里来，要找什么样的人，先说了一下。柳宏春听后有点为难的样子，说他这样去做了会被老板知道的，可能要被炒鱿鱼的。她看着他一脸为难的表情，马上安慰说："柳宏春同学，只想看看我要找的人，带了哪些朋友，在几号包厢，就可以。"路莉萍哀求着说完，马上从拎包里，拿出两千美元的现钞，放在操作台子上，还流着泪，再次说着，"恳求你，帮忙一下，可以吗？"

柳宏春看着高雅、大气、富态的路莉萍，或许被她对家庭婚姻的忠诚度和负责任所感动；或许被她对丈夫的爱所感受；或许看着操作台子上的两千美元现钞所激动，他冒着被炒鱿鱼的可能，将客人从二楼进入各包厢的时间段里，把监视器调到回放一遍。不一会儿，监视器屏幕上，出现了薛开甫。只见他，一手搂抱着一个俄罗斯的美女姑娘，另一手搂抱着九头身的高欣，他们有说有笑，相拥着一同进入208号包厢。她看后，指认就是他！要找的人，就是他！柳宏春说，"薛开甫先生呀！薛开甫是这里的常客，他在舞吧的附近还包了一间宾馆的豪华客房。"她又焦急地追问，宾馆在何处，宾馆的门面是什么样子，怎么去找？柳宏春又陷入为难境地，她又从拎包里拿出一千美元现钞，放在两千美元现钞的上面，并一同拿起，递给他，含泪说，"柳宏春同学，你已经帮了忙，干脆帮忙帮到底吧？"柳宏春看着手上握有三千美元的现钞，不用多想了，马上告诉她，宾馆的名称，在什么样路上，多少门牌号，怎么去找。她一一记住道谢后，又各自留下手机号码，随后，离开了"俄罗斯夜舞吧"，去找那个宾馆。

舞吧与宾馆的距离，只有五分钟的路程。而路莉萍弄错了南北方位感，因而找了半个多小时，最后在小弄堂里才找到宾馆。宾馆的门面不是很大，但是门面装潢得很豪华。宾馆大堂里，挂有中国的山水画和倒挂一幅巨大的福字，周围有中文、英文、俄文、日文，知道是中国人开的宾馆。门口有两个高大黑人保安站立着，看着路莉萍进入大堂。路莉萍看着黑人保安，有点紧张，有点害怕，不敢坐，微笑着靠在角落一边。这时候，薛开甫搂着比他高出一头的俄罗斯美女和美女主任高欣，他们有说有笑的，一起拥抱着进入大堂，径直走向二楼。路莉萍慢慢地跟着他们，看着他们步入二楼，走进客房关上门。这时，路莉萍上前要去敲门，被身后的黑人保安挡住。黑人保安说了一句英语，路莉萍听不懂，摇摇头。接着黑人保安用手比画着做爱动作，路莉萍似乎看懂，慌忙说，"Yes，Yes。"黑人保安以为她是客房第三个客人。之前类似也发生过有三四个客人，同时或者陆续进入到客房。黑人保安上前，开了门。门一打开，路莉萍马上冲了进去，看到薛开甫和两个裸体的美女在床上相互缠绵着。路莉萍对准薛开甫的脸，一记耳光，准备打高欣时，却被身后的黑人保安像老鹰抓小鸡似的直接把路莉萍从房间里抓到房外的走廊上，并摁倒在地。路莉萍挣扎不了，只能破口大骂起来："你薛开甫的！你薛家祖宗八辈的！你薛家断子绝孙的！你不得好死的！你从国内嫖到国外，早点烂掉你的根……"

# 第七章　偿还孽债

　　二楼房间里，床头柜上的电话机铃响，打断了路莉萍在莫斯科的"俄罗斯夜舞吧"的一段痛苦回忆。电话是女的士司机丁乙琴打进来的，经过五天时间的跟踪侦探，回报说："有一个好消息，有一个坏消息，你要先听……哪一个？我……我，还是直接说吧，重症监护室的，那个白梅女病人被医院刚刚宣布死亡。护士把白梅身上卸下来的氧气管子，接在你家老公的身上，你家老公躺在白梅的邻床，医护人员正在抢救你家的老公。还有，在整个医院里面，找不到那个红衣姑娘，医院的停车场，以及地下的停车场，同样找不到那辆红色的跑车。后来通过熟人，从交警那边获得，那辆红色的跑车，去过本市大学校园，去过市区幼儿园，去过公园，去过市区郊外的深山老林。最近一次，在市区江南道路上行驶，行驶约半小时后，上高速，行驶十分钟后，驶出本市地界，应该进入到另外一个城市……"路莉萍听完后，没有哭，没有泪，此刻在她心里，只有一个念头：婚姻还在有效期内，只要薛开甫还活着一天，就要对他负责一天。她猛地从床上弹跳起来，冲到三楼佛堂，穿佛衣，点上七支佛香，念了七遍《阿弥陀佛心经》，叩头跪拜七拜，随后脱去佛衣，急匆匆地奔到楼下院子，驾车去医院。

　　医院的重症监护室门外，通过透明的玻璃门窗望进去，里面有四张病床，最靠边上两张病床空着，只有第三床覆盖一块洁白的白布，白布下躺着刚死亡病人的尸体，还没有被拉走。路莉萍猜想，白布下一定是白梅的尸体。她曾经喜欢过白梅，也奉劝过白梅，还把希望寄托在白梅身上，彼此成为好姐妹好朋友，彼此要互通信息，要白梅把大学学到的知识应用到公司的业务上和公司经营管理上，让公司日益壮大，千万别学其他美女们的样，千万别跟着薛开甫一起疯狂，一起野蛮。可是，白梅一句话都没有听进去。此时此刻，对于白梅的病亡，她表示悲伤，还是表示喜庆呢？薛开甫躺在第四床，他身上插有管子，管子通向床两边的几台仪器上，仪器上的指示灯，不断地闪烁着。医生与护士，在他病床边，忙碌着进进出出，场面紧张焦急，担心可怕。

丁乙琴搀扶路莉萍，也跟着她，默默地流下了几串同情的泪。此时，路莉萍满脸是泪水，在透明玻璃门窗上，继续张望里面。薛开甫的脸上被氧气罩罩着，看不清是苍白，还是红润，病床上是不是薛开甫？以为认错了人，也最希望认错了人。她曾经奉劝过薛开甫，要他身上的精气神千万别透支过度，要好好保养，要远离壮阳药，要远离美女们。否则，人要短命，人要死的，死人是不可能复活的。她曾经告诫过薛开甫，公司的资金，千万别透支过度，不能负债经营，如果这样做了，公司很快会破产，会倒闭。不知他，听进去了没有？

走廊上，一群医护人员急急地向重症监护室走来，一个像是主任医生说，赶快通知死者家属和病人家属。身后随行的护士长马上答道，病人家属还没有联系上。站在一旁的路莉萍，听到后马上回答，我是病人家属。说完，她与医护人员一起拥进重症监护室。主任医生用听筒听听他的胸部，用手翻起他的眼皮看一下，在病历记录本上看一下说，肾衰竭很严重，病情拖了那么长时间，错过最佳医治时间，只能在重症监护室里观察病情，是否向好的发展。路莉萍含着泪，向主任医生提出，要转院。主任医生严肃地说，这样的重危病人，转院是有风险的！路莉萍坚定地回答，风险家属承担，与贵院无关！请贵院支持吧！路莉萍出门前，与丁乙琴商量，想把丈夫从这家民营医院转到市级人民医院，一是不想见到白梅的家属，并由此发生死亡的一系列事情，被牵连进来；二是想到医疗条件更好的市级人民医院，让丈夫早日康复，早点走出病房。丁乙琴认为这个主张好，再次自告奋勇将转院的事，通过熟人关系，终于联系上本市综合医疗条件更好的第一人民医院，该医院同意接收。由于路莉萍她们转院的迫切，转院一切手续很快很顺利办妥。路莉萍她们一起把薛开甫从那家医院转院出来，又送进这家医院手术室。手术室里，一群医护人员正在为薛开甫的抢救开始忙碌着。

路莉萍与丁乙琴，一直等候在手术室外面的走廊上。等了很长一段时间后，丁乙琴上前搀扶着路莉萍，她们一起在走廊边上的不锈钢椅子上坐下。路莉萍还在呆呆地猜想着，自言自语："薛开甫，长年处在肾虚肾亏？是不是他私生活的不检点，不收敛？是不是他长期服用壮阳药，壮阳药的副作用又诱发想象不到的更多并发病症？比如剧烈地咳嗽，乏力，脱发。长期剧烈地咳嗽又使各个脏器超负荷地工作。是不是他的精气神，一直没有好好地去保养保养，还要去拥有更多美女们的情欲肉欲，最后这个病症，又回到肾脏，肾脏加快地衰竭呢？"

丁乙琴紧挨路莉萍身边坐着，伸手搂着她的肩膀，给她安慰，给她力量，一边拉上她的手说道："你啊，只是瞎猜想，瞎猜想的，实际上的病理，不是你想象中的那样厉害。就拿白梅来说吧！白梅，到薛总公司来上班工作，生了白血病，难道说，她到其他公司去上班工作，不生白血病吗？白血病的基因，就在她的身上，只不过早点发病与晚点发病而已。再反过来说，薛总的病因，你也不必去责怪薛总的好色，或者去责怪美女们的贱。就拿我，为例来说吧！我前后被人排挤出上市公司企业管理老总的职位，又被人免除企业家协会理事长职务，从这两件事来说吧，是一场风气不正所造成。当然，这里也与我的个性、为人有关。总之，很难适应这一官场。你听听，明明政策，与这一家企业股票上市的要求，有众多不够资格，不够条件，还长年故意拖欠好几家企业应付货款。可是刚刚任命，王尼西身为企业管理部门的主管领导，主管领导新官上任三把火，第一把火啊，要加快扶植中小型企业的股票上市，听一听动机，与指导思想是对的，没错，没问题。问题是，总不能带上一些私心，不听民意吧！偏偏点名要那家不够资格，不够条件的企业，加快力度扶植企业股票上市。你说可能性大不大？他们说完全可能的！他们说，政府要为企业搭建好台子，企业才能唱好一场戏码！他们首先为那家企业创造两个所谓的有利条件：第一个，就是为企业的内部业绩创造条件。就是造假，吹牛，说该企业产值，销售，利润的三项指标，不断地翻倍上升，预计到某某年，三项指标进入百亿元企业的俱乐部；第二个，是企业外部环境，创造条件。就是加快加急，评审该家企业为名牌企业，还要加快加急评审该家企业法人为优秀企业家称号。他们提出"内部外部，创造条件"的口号，实际上，都是违反政策，违反原则。当时，我是极力反对的，但反对也是无效的。特别是评定优秀企业家称号的这一项目，在众多企业家队伍里，那家企业老板具备与不具备优秀企业家称号的资格，在我心里，一个个是最清楚的，出于我的职业道德和对社会的负责，拒绝出席这样评定审核，和签字形式。他们绕过了我，躲避了我，在一家五星级豪华酒家的饭局上，搞定了一切。而我呢，就成了现在的这个样子……"丁乙琴从路莉萍紧握着的双手里，抽回自己的手，抹掉泪水，一时说不下去。

提起风气不正，路莉萍想起了一件事，说给丁乙琴听。那年，她还在公司财务副总职位上任职的一件亲身经历事情。一天下午，快要下班时，突然上级税务部门来电称，税务人员马上到公司进行部分税务清查。她觉得太突然，部分税务清查！预感到公司在纳税上出了问题！是虚报？是乱报？还是账面不清？薛开甫听了后哈哈大笑说，不是的！他们检查是形式上的走过场，其实是要讨吃一顿饕餮大餐而已，后续的活动全部要公司买单而已，不必大惊小怪。她没办法，也一时无解答，只好与薛开甫一起堆起笑脸，陪着这一群税务老爷们在一家高档五星级酒店，吃了一顿丰盛豪华的晚餐。喝酒期间，薛开甫阵阵剧烈地咳嗽着，还咳出条条血丝来，后来咳出一大块的鲜血。她要陪同薛开甫去医院，薛开甫不让她陪，还强装笑容说，老婆的任务是全程陪同税务领导，不得怠慢，好好伺候，积极响应买单。最后还追加一句说，请领导们安心，放心，喝得高兴，玩得开心，是对公司最大的关心与支持。后因薛开甫的身体不适，提早离开，酒席上的气氛大打折扣。原本，这顿晚饭，打算吃它三四个小时的，最后不到两个小时草草收场了。饭后的节目，陪同他们去酒店裙楼的歌舞厅。她站在歌舞厅的包厢门外，将一张张人民币，发给进入包厢内的妖艳小姐们，小姐们一边接过人民币，一边咯咯地笑着对她说，请老板娘放心好，我们的服务一定到位，绝对到位。不到位的，可以举报，可以成倍地罚款。她发完人民币后，才开始骂小姐们一个个的贱，一个个的不要脸，一个个的可耻。包厢内的歌声，淫笑声，尖叫声，回荡了两个小时。她却在歌舞厅的吧台边等候两个小时。随后的节目是足浴，陪同他们去一家足浴按摩店。这次她聪明了，先付清洗足浴按摩的所有费用，再给税务老爷们每人两千元，留作他们给洗足按摩小姐的额外小费。然后，打了一声招呼，溜之大吉……

"你们辛辛苦苦攒下的钱，却被某些部门人员大肆挥霍掉。反过来，这些部门人员，不会白吃白拿你们的，他们通过变通的手法或者叫作手段，有一部分的税率，可以为企业减免的，退税的。最终企业损失的是小头，国家地方税收损失的是大头，像这样的一群税务老爷们，上你们家公司讨吃喝，说明人家是看得上你家公司的，你家公司总要对人家有所表示一下吗？"丁乙琴刚刚听完路莉萍的一段对当下风气现状不满的叙述，也谈了自己的看法后，问道。

"没有啊！没有表示过啊？"路莉萍马上回答。

"后来呢，人家有没有再来讨吃，讨喝过吗？"丁乙琴又问。

"没有啊！再没有来过啊！"路莉萍又马上回答。

"问题就在这里。恰恰说明薛总，他不想跟这群税务老爷们走同一条路，去挖社会主义国家的墙脚。从这一点上，看得出薛总是有原则性的，是很有个性的。"丁乙琴表扬了薛开甫，扭头去看路莉萍的脸色。路莉萍似乎听了有点暖心，也一时展开了笑容。

"是的！是的！同样可以看出，你被他们排挤，被他们罢免，你也是有原则的，也是有个性的，你损失是小点，但是……"路莉萍反过来，同样去安慰丁乙琴，表扬丁乙琴。

"是的啊，我损失不要紧的，但是国家的政策，制度严肃性，一样受到影响，一样受到损害的呀！"丁乙琴愤愤地说。

"是呀！是呀！一定会有人因此承担法律责任的！"路莉萍也愤愤地说。

"是呀！让这些人，早一点，快一点，承担法律责任！"丁乙琴说完，将手伸过去又握住路莉萍的手。

"是呀！是呀！让这些人，早一点，快一点，再快一点，或者双开算了！"路莉萍说着，同样握住丁乙琴的手，她们四只手握在一起。

　　四小时手术后，薛开甫被推入到病房，他始终没有睁开眼，路莉萍握着他不冷不热的手，看着他苍白的脸，一下子认不出来，他衰老得太快了。她扑在病床边，泣不成声，泪流满面地哭诉起来："我们结婚快二十四年了，真正过夫妻生活中，甜蜜，激情，不到四年，也就是结婚的头四年，那是最开心的，最难忘的。可是，余下的二十年时间里，你开始荒废了我们的爱情，你开始走私了我们的爱情，还浪费了我的青春！在这二十年当中，我们一家三口人，在家吃饭相聚次数不足二百次啊！我们夫妻同床的次数，不足二十次啊！你说你有病，请你说说清楚呀？还是说我有病？我承认一点，自从女儿出生之后，我把主要精力都集中用在教育女儿身上，或多或少地，减少对你的爱和激情。自从女儿读高中读大学后，家里的餐桌上只有一双筷子，一只饭碗。是在什么样的心情下，扒完碗里最后一小撮的饭吗？是眼泪，是抑郁，是悲哀，是痛恨，而你在哪里？一转眼呀，你趁机在爱情的路上出轨了二十年！这二十年来，我一年又一年，盼着女儿，快点成长，也就一年又一年的，忘却你在外面的鬼混淫乱放荡。我记不清，你有多少个红颜知己的美女；也记不清，你有多少次，搂着美女们去开房的影子！这二十年来，我一次次忍受着，一次次维护家庭的和睦，一次次不去触碰要破碎的红线，还要一次次瞒着女儿，却说家庭很温馨！这二十年来，我不希望，你有更多的钱带回家呀！我不希望，你有更多的好消息带回家呀！……可是今天，你给我们母女俩带来不好的消息呀！薛开甫啊！薛开甫啊！你知道吗，我们的女儿薛琪，姑娘长大了，总归要出嫁的呀，女儿结婚，总归要生育他们的儿女呀，他们的儿女呀，总归不能没有他们的外公呀……"

　　路莉萍抽泣地哭诉着，薛开甫似乎有点反应，似乎听懂一点，他的手指，开始慢慢地抖动起来，眼角上也滚下一滴不知是内疚还是痛恨的泪。这一滴泪啊，薛开甫肯定在后悔，他自己玩耍了众多的美女们，灌饱了她们的肚子，他自己却变瘦了，得病了，只有老婆在病床边，哭喊着，哭诉着；这一滴泪啊，薛开甫还在后悔，为了给众多美女们，买房买车，花完了钱，又透支完了钱，他自己却变穷了，落难了，只有老婆拿来炒股票的钱，填补着漏洞。这一滴泪呀，薛开甫还在后悔吗……

　　这时，病房外面一阵嘈杂声传来，随之拥进病房六七个白梅的家属亲戚，有男有女，有老有小，他们气势汹汹，语言激动，行为粗鲁凶恶。但过了一会儿，他们一个个脸上挂着沉痛悲伤的表情。其中，白梅的父亲脸上流着泪水，还大声叫喊嚷嚷着。

"我女儿白梅，突然的死亡，你们薛家人，有责任的！你们薛家人，必须给我们一个说法！"白梅父亲说完，后面的亲戚们一起叫喊起哄道："对！要讨一个说法！要讨说法！"

"四年时间，我没见到女儿，现在看到的却是死亡的白梅。四年前，我女儿身体还是健康的，现在看到的却是病死的白梅。你们薛家人，有责任的！你们薛家人，必须给我们一个说法！"白梅父亲说完，后面的亲戚们依然一起叫喊，起哄道："对！要讨一个说法！要说法！"

"我女儿白梅生了病，你们薛家人，为什么不去抢救，为什么不通知我们？到了已经死亡才通知我们。是不是被你们薛家人故意延误了抢救医治的时间？是不是被你们薛家人折磨累死的？你们薛家人，有责任的！你们薛家人，必须给我们一个说法！"白梅父亲说完，哗啦啦地大哭起来，后面的亲戚们也跟着有哭声传出来，他们边哭，边一起叫喊起哄道："对！要一个说法！要说法！"

此时此刻，丁乙琴马上挺身而出，挡在路莉萍的面前，她不惧怕很镇定，听着他们一阵的嚷嚷声，又一阵的哭泣声。过了一会儿，没有了嚷嚷声和哭泣声。这时候，丁乙琴开始大声说话了："我们理解，你们此时此刻站在这里的复杂心情，也很理解你们沉痛悲伤的心情，请你们节哀吧！但嚷嚷，起哄都没有用的！你们知道不知道，白梅是怎样死亡的吗？白梅是病死，不是被薛家人逼死的，害死的，薛开甫他还躺在病床上，你们要讨什么样的法呢？这样能解决问题吗，你们心平气和地坐下来。既然白梅已经离开了你们，你们这样吵着，起哄，都无法再让白梅活过来。你们白家失去了一个亲人，失去了一个女儿；我们薛家公司，同样失去一个专业人才，失去一个员工。现在，已经有明确的医治证明，白梅是患白血病不治身亡，没有你们所说的折磨累死，延误抢救之说。在抢救白梅期间，薛开甫作为公司负责人，他整天整夜陪伴白梅病床边，我有手机拍下照片为证……"丁乙琴没有低估这些人的智商，知道他们出由无奈，粗鲁凶恶，野蛮无理，只是暂时现象，但又要防着他们走极端。想着，必须实事求是来论理此事，来解决此事，于是拿出来手机，打开照片收藏键，在白梅父亲面前刷了一下大约十几张，薛开甫在白梅病床边的画面和累倒在地上的画面，以及医生在抢救薛开甫的画面。这些画面，丁乙琴本来想给薛开甫老婆看的，后来薛开甫抢救过来，却一直没有醒过来，如果让她看了这些画面，更加刺激她对老公的憎恨与难过，干脆不给她看。现在，拿出来让白梅父亲，以及他身后的亲戚们看了，一定能压制他们此时此刻不好的心情。丁乙琴继续说，"你们的女儿，白梅是病死，请尊重事实。请节哀吧！"

"我家的女儿……是被，是被你们薛家人，薛家人……拐骗，私奔快四年！这四年时间里……我们，我们断绝父女关系。从此，我家女儿一分钱，都没有拿回来过，你们听一听，你们说一说，我亏不亏呀，要不要呀，讨一个说法呀……"白梅父亲，知道女儿是病死，但你们薛家，总要付出点代价呀，安慰一下我们白家吧。于是，白梅父亲马上转换一个角度，继续大声吼叫着说。站在他身后的亲戚们，依然一起叫喊起哄："对！要讨一个说法！讨一个说法！"

薛开甫被一阵哄乱嘈杂声震惊，最大的反应，在眼皮上微微颤抖几下，他想说话，把嘴巴用力张开，但张不开口。薛开甫只好微微抬起插着管子的手，吃力挺在半空中。路莉萍发觉他细微的动作，猜一猜，此时此刻，他想说什么，或许他想说：我们薛家与白梅没关系的？我们薛家亏欠白梅的？我们薛家一定要赔偿给白梅的？这三句话，到底哪一句，是他想要说的呢？明明知道，白梅不可能分配到私营公司，而薛开甫偏偏要从国营公司出高薪抢过来。既然抢过来，就要好好对待人家，好好使用人才，爱惜人才。可是薛开甫把白梅当成情妇，还闹成两家吵架不和睦，白家父女断绝关系，薛家夫妻反目为仇。这一切呀，都是薛开甫作的孽啊！

"你们说说，我倒要听一听，你们要哪一个的说法？是不是，要赔你一个活生生的白梅？是不是，让拐骗你家女儿的薛开甫，抓去坐牢房？是不是……"丁乙琴有点忍不住气，刚才讲了一大段话，他们不但不坐下来好好商谈解决问题，而且还要挑起另外一个所谓拐骗私奔的说法，让丁乙琴焦急了。所谓拐骗私奔，白梅父亲说得一点没有错，只不过丁乙琴不知道详细内幕罢了。

"谁稀罕！谁稀罕！让你们薛家人去坐牢房？我要的是，损失四年的收入补回来。我家好端端的女儿，可以分配到国营公司，却被你们薛家人骗走，骗走还不够，又把她拐走。这四年时间里，她没回过一次家；这四年时间里，我没拿回她一分钱。你们要知道，培养她读大学，要花多少钱吗？"白梅父亲吼叫着说道。说完，已经是老泪滚滚直下，手捂着嘴，泣不成声。此时此刻，白梅的父亲似乎把这里的病房，当成了一个审判庭，他强烈地要求薛家，危害白家女儿的凶手，必须承担责任，尤其是经济责任。因为，白梅的病亡，还在劳动合同有效的时间里。像白梅这样专业的人才，又是名牌大学，不管在哪家国营公司工作，年薪一定很高的。白梅的父亲，似乎又把这里的病房，当成了在追悼会场他赞扬女儿，是如何优秀，考上名牌大学，有多么的不易。最后，又夸了一番说，"我们白家三代都是农民，培养出一个大学生，是多么的光荣啊！对于我们女儿的病亡，我们白家老小，亲戚朋友，都非常悲痛！沉重的悲痛……"

路莉萍握住丈夫停在半空中的手，慢慢地把他放下。她看到，他有生的希望，有动作表达的传递。此刻的她，泪珠一串串流下来，仿佛眼前闪过一道道佛光，连忙默念："阿弥陀佛！"在此同时，她也看到，白梅父亲脸上同样泪珠一串串流下来，仿佛沉浸在悲痛悲伤内疚之中。这四年里，白家少了女儿的存在，不知是怎样的滋味，怎样的日子。想一想，站在白家的角度上，白家确实是受害者，理所当然获得经济赔偿；站在公司劳动合同上，白梅还属于公司员工，赔偿加上抚恤金，更应该获得。如果不想成为白家的被告，不想去法庭上辩护，只有答应他们的要求。他们的要求，只想要赔偿，不想闹事，这一切都写在白梅父亲的脸上。

路莉萍从病床边站起身来，毅然走在丁乙琴的前面，面对泪水滚滚而下的白梅父亲说："你说，四年损失多少，干脆爽快点，一次性说个数？以后不要再来缠着我们薛家人！"路莉萍边说边握紧拳头，第一次替丈夫薛开甫偿还孽债。

"你干脆爽快，我也干脆爽快，不多不少，四年一次性给四十万元钱，以后决不缠着薛家人，太阳菩萨在头上，我说话算数的！如果后悔，遭天打雷劈！"白梅父亲听到有赔偿的希望，马上降低了声音，似乎温和起来，用发愿，表此心。

"好！太阳菩萨在头上，一言为定，就四十万元！"路莉萍揩去泪水，咬咬牙，答应下来。

# 第八章　草原幼狼

医治薛开甫的病已经过去一个多月，他始终没有睁开眼睛醒过来，身上还是插着许多管子，管子通向病床两边的仪器上，仪器上指示灯一直在闪烁着。病房里有两张床位，一个床薛开甫躺着，另一个是空着的。路莉萍不请护理工，将省下来的钱，干脆出高额费用包下另一床空位。晚上，路莉萍静静地躺在空位床上，听着呼吸器传播出来的轻微声音，看着仪器上的指示灯，指示灯在不停地闪烁着。她时不时地起床，观察一下他呼吸的轻重，查看一下仪器上的数据和指示灯闪烁的快慢，还时不时地捧起佛经书籍，看一会儿，默念一会儿。要是在白天时间里，医护人员进入病房之前，她迅速将佛经书籍包好藏起来。藏经的举动，又惊又喜。似乎佛经，念经，藏经，成为她在病房里的一个精神支柱了。

女儿薛琪，为了探望病中的父亲，向学校请假，来回好几次。近日来，女儿面色不太好看，人也瘦了下去。这样的学习情绪，肯定不会好，人也不会开心。女儿的性格、相貌、体形很像娘，母女俩并排站在一起，脸盘子是同一个模子里刻出来似的，想想等过若干年后女儿成了家，也有他们的儿女，到那个时候女儿的体态相貌特征一定会更像母亲了，将来也是一个富态高雅清静稳重的女人。路莉萍看着眼前的女儿，又高兴又痛心，怎样去安慰女儿呢？最头痛的是公司里的一些事情，公司里群龙无首，上上下下一定很乱吧，那些没人管，一个个妖艳的美女们，离的离，走的走。日常工作，是否在开展？厂纪厂规，是否在执行？生产指标，是否在落实呢？忽然，她有一个大胆的设想：把公司的重担提早让二十四岁的女儿来挑，这样让女儿可以早点锻炼，早点成熟，早点为薛家光宗耀祖。一天午后，她拿定主意，在病房里拉着女儿的手，一起坐在空病床的床沿，向女儿说起来："薛琪呀，看你爸爸这个样子，不可能再回到从前了。你爸爸的外贸公司，一定要有人去接班的。虽然现在公司上下全权委托，由丁乙琴在打理。但是她毕竟是外人呀。不是说，妈妈不相信丁乙琴了，而是说，薛家的公司，早晚要由薛家的人来掌舵的。你说对吗？"路莉萍说完，拍拍女儿的手背。她想，将自己的意思慢慢地渗透给女儿，让女儿慢慢地去接受这一个残酷的事实。

"嗯！"女儿摇摇头，看着母亲，似乎听不懂，轻轻回应一声。

"妈妈，为什么要信任丁乙琴呢？"路莉萍提起手，给女儿额前头发梳理一下后，继续说："让她来管理你爸爸的公司，因为她在开出租车之前，原来是一家股票上市公司，高层管理的一位老总，后来与某政府部门领导的官员，叫王尼西的人意见不一，应该说，被该官员在其背后报复排挤，一怒之下她辞职了，买一辆出租车，白天自己开，夜间包给别人开。妈妈曾经去调查过她，她为人忠诚，为人正直，很有正义感，又有经营管理的能力，可以说，她是一位职业经理人。妈妈与她相处一个多月的时间里，她跑前跑后，为你爸爸的事情，应该说，她付出了许多。她办成的事，都很出色，妈妈很满意。应该说，她能力很强，很有责任感。你几次来探病房，她次次都在场，就是刚才的时间里，你与她交谈过吗？第一眼看她，觉得她人缘好吗？"路莉萍说完去看女儿的反应。

"嗯！"女儿微笑着连忙点点头。

"你喜欢她吗？"路莉萍又问。

"嗯！喜欢的。"女儿依然微笑着，又使劲点头。

"你说，这样一个年产值上亿元的企业公司交给她管理，你放心吗？你信任她吗？"路莉萍又追问。

"信任的！信任的！"女儿再次微笑，肯定点点头。

"所以说，妈妈现在决定：任命丁乙琴为公司总经理，将所有的权力都交给她，就是要她对公司上上下下的科室岗位，人事重新调整，为你日后去管理公司扫清一切障碍。妈妈绝对！绝对！信任丁乙琴的。不！应该叫她丁总。你以后要跟在丁总后面，记住！不是监视她，而是虚心向她学企业管理的一套经验，要用心记，记住一些操作实施执行的过程，既要看结果，又要看过程……这好比，你在学校里，跟着某个教授学他的知识面一样，有时还要偷偷学他没有教过的知识面。还有一个比喻，就是一个小木匠，学徒去拜师父，有时，师父还有不情愿教的地方，小木匠不能偷懒而是要偷学，就是眼看心记手动，只有这样才能把手艺学到家。"路莉萍语重心长的话，提早告诉女儿一些做事做人简单的道理。说毕，去紧紧握住女儿的手，过了一会儿她又说下去，"你们薛家祖先上代是木匠。木匠，一般动手动脑的特别强，都要超过平常人。你想想呀，一个家具有多少个长短深浅大小工件的尺寸，这些尺寸必须时时记在心里。那么，给人家打一套结婚家具呢，你说，有多少个工件尺寸，多少个线条，多少个弯曲、弧度，不去记住，能打得出家具来吗？你的爷爷，在你爸爸六七岁时，就是打家具木工活累死的。他给人家连续打了三套不同式样的结婚家具，花费半年时间，日日夜夜为这三套家具的制作，费尽心思，呕心沥血，耗尽精力。"

"妈，这样说起来，我们是木匠世家的后代人了！那，老家的堂屋，是不是祖先上代人建造的呢？后来，为什么百年的老家堂屋弄成现在的这个样子呢？"女儿一时的激动，又一时的悲哀，还很不理解薛家老屋的目前状况。过一会儿，又认认真真听着母亲说下去。

"是啊！弄成目前的这个状况，妈妈也说不上来，无法向你讲清楚。薛家长辈的人，一直没有说起过到底是怎么一回事。别去说它，老家堂屋吧！妈妈看你从小就喜欢动手，把布娃娃拆洗后再缝合上，还找不到缝合的痕迹；把不会走的小闹钟拆开，再重新装上后，会走了。你现在，大学读的是理科，就能充分说明这一点，很聪明。当年，你奶奶不让你爸爸再去学木匠，就是避开，恐怕要走你爷爷的老路。可是，你爸爸年轻的时候，真的身在福中不知福呀！一直干一些不是正人君子的事。这里面有你奶奶惯着的原因，也有你爸爸本人素质的原因。你爸爸是一个独子，你爷爷也是独子，你奶奶对你爸爸，从小时候开始更多的就是'慈母多败儿……'的原因。我们不用花更多的时间去分析一下，你爸爸要的是什么？单就目前公司的资金，被其大量地挥霍掉，公司出现亏本，出现严重的透支，问我来讨钱用，第一次干脆给他二百万元。你想想，一个年产值上亿元的企业公司，在没有任何一个债权债务的情况下，居然拿不出区区二百万元的钱，让人不怀疑吗？公司是怎样在经营管理，是经营管理上的漏洞，还是什么地方的漏洞？还有，你听到过的，还没有看到过的，你爸爸与多少女人缠绕不清，谁也讲不清楚……你看他……你爸爸躺在这里，他现在还能讲得清楚吗？只好让我们一个个去猜。妈妈信仰佛，做事说话，离不开慈悲心了！我们……再回到上面的一个话题。妈妈第一次给他二百万元，第二次用几百万炒股票的钱，去交换你爸爸的公司产权，这件事，你知道的，你也同意的。交换之后的公司，妈妈在此之前已经向你爸爸保证过的，让这家外贸公司永远姓薛，不姓路，是薛家的公司。我路莉萍，在你爸爸瘫痪危难之间，决不趁机取代薛家。妈妈说话是算数的。女儿呀，在这个……特殊的时期里，让你……要你早点进入到公司，不是让你彻底放弃学业，而是有机会还可以继续去学校深造的。"路莉萍含着泪，看着女儿表情的反应。

"妈妈，"女儿终于听懂了母亲用心良苦的话，含泪，马上表决说，"我听懂，妈妈的心思，我会好好跟着丁总学，早点学会她那一套企业管理经验，为我以后所用，决不辜负妈妈的期望。明天回学校，不！现在，现在吧，我马上回学校，向学校申请休学，如果申请成功，我即刻进驻公司……"

"我的女儿呀！你想通了，都想到了。妈妈听后很高兴，把爸爸的一家外贸公司交与你，去经营，去管理，你一定要比爸爸经营得更好，管理得更好，企业办得更辉煌，为你们薛家光宗耀祖，早点快点走出一个薛门女将来，好吗？！"路莉萍说完，含泪站起来。

"好的，我一定去做到！"女儿含泪，点点头说，跟着母亲一起站起来。

此时此刻，母女俩，各自含着泪，在薛开甫瘫痪的病床边紧紧拥抱在一起。

病房外，传来敲门声，随之推门进来，一位老婆婆领着一个可爱的小男孩，小男孩背着小书包，手上拿着两张照片，小脸蛋上，流着泪水，另一手用手背擦擦泪水，说道："我，我叫薛仁，今年四岁啦。薛开甫是我的亲爸爸，白梅是我的亲妈妈，薛琪是我的亲姐姐。您路莉萍是姐姐的妈妈，我要叫您大妈。白梅妈妈死啦！外婆家人不要我啦！"说完，指一指病床上的薛开甫一下后，哗啦啦地大哭起来。

路莉萍听后惊呆了。女儿立刻上前，从薛仁手上拿过来照片仔细地看：一张是薛琪在读的大学，校门前，由薛开甫、路莉萍和薛琪一家三口的合影照；一张是薛仁幼儿园的门口前，由薛开甫、白梅和薛仁一家三口的合影照。路莉萍拿来看照片，一时说不出话来，女儿连忙扶住母亲，一边迫不及待地问老婆婆，这到底是怎么一回事。此时的老婆婆含着泪，拉着薛仁慢慢地道出原因来。

"我是……薛仁家，新来的保姆，我在……这个时候，把薛仁送过来……唉……唉！我也没有办法呀。薛仁是一个苦命的孩子呀，我带着他去找过他外婆家。他外婆家的人说，白梅……白梅死了，要外甥……要外甥，还有什么用？去过几次，都被他外婆家的人推了出来。我实在……实在没办法……只好来找薛仁的爸爸。薛仁的妈妈生病住院时，他们家才请保姆。我在他们家，只做了两个月的保姆。薛仁很聪明的很懂事的，很听话的，他是一个不会惹事的孩子，绝对不会惹事的。"说完搂护着薛仁。

"大妈！大妈！大妈！我一定会听话的，我一定不会惹事的，大妈！大妈！大妈，我绝对，不会惹事的。请您相信我！"薛仁确实聪明，学着大人的话，马上说了起来。

路莉萍心里一下子蒙了起来。不说薛仁外婆家的人要不要他的问题，而是薛开甫的一个私生子，是如何被创造出来的问题。薛开甫与白梅何时认识，又何时勾搭成奸？四岁薛仁是不是他们的儿子？她马上去推算时间，慢慢地清晰起来：四年前，白梅来公司工作，没过几天薛开甫带着白梅说要出国去俄罗斯。出国前，他还带着白梅来家里吃过晚饭呢。也就是说，在她的眼皮底下，竟然放任他们出国，谁会料到呢？更可恨更可气的是，白梅在没来公司上班前，或者说，白梅还没有毕业前，他们已经勾搭成奸了。否则，哪里有时间生出四岁的儿子呢？在随后的一个多月时间里，薛开甫天天不回家。接下来，她天天哭哭啼啼、吵吵闹闹都无济于事。最后她去破门捉奸，驱逐白梅。结果呢，白梅在另外一个城市里生下了薛仁。她又回想起来，白梅的父亲说过，在四年时间里，没有拿到白梅的一分钱，白梅也没有回过一次家，最后闹得父女俩人断绝关系，外婆家不要外甥，是不是一种断绝关系的延续吗？

路莉萍伏在薛开甫病床边哭诉起来："作孽啊！薛开甫啊！薛开甫啊！这是真的吗？难道你要我去认可，去接纳与你相差五十岁的亲儿子吗？难道你还要我们的女儿，去接受小她二十岁的亲弟弟吗？这还不够，难道你还要我，去认可与这个毫无血肉关系的私生子，为了叫我一声大妈，我就要有义务，去抚养他吗？"

此时，薛开甫的眼角里滚流出一串泪水来，他的手指在慢慢地抖动。他想说话，但发不出声。猜一猜，他是在命令式的，要路莉萍去接受认可薛仁呢？还是恳求式的，要路莉萍去接纳认可薛仁呢？聪明的薛仁小男孩，扑向路莉萍的怀里号啕大哭起来。路莉萍下意识地搂着他，与女儿一起，也痛哭起来……

保姆陪他们，也伤心地流泪一阵子。保姆看一下时间不早了，马上说道："我家儿媳，给我生了孙子，我要回老家，去养孙子呢……"保姆心里，其实也很烦恼的，刚刚到薛家当保姆，薛家就死了老婆，死的还是第二个老婆。老板瘫痪在医院病房里，只好去找外婆家，外婆家的人，不要亲外甥，只好推给大老婆了。如果大老婆也不要这个野生的薛仁呢？难道说要我老太婆养他一辈子吗？这户薛家的人，有点滑稽，有点怪怪，有点倒霉。算我老太婆倒霉，两个月的保姆工资，不好开口向大老婆讨了，能快点，快点离开薛家是上上策了。于是，保姆只好说回老家去养孙子，看看大老婆会不会收留薛仁呢？

路莉萍马上领悟保姆的一番话，没有多想拿钱付给保姆三个月工钱，并要求保姆陪薛琪去薛仁家，办理家里的交接手续。保姆马上绽开笑脸了，点头，还道谢多给她一个月的工钱。随后，与薛琪一同走出病房……

路莉萍将怀里熟睡的薛仁，注视许久。他像白梅，一脸生得眉目清秀，白净可爱，有点讨人喜欢的。路莉萍轻轻地取下他背上的小书包，拉开小书包，里面有薛仁的出生证明书、父母亲子的鉴定证明书、房产证明书和一张银行卡，还有一封书信。她将书信展开来看：

师娘您好：

　　我还是刚进公司时称呼您吧。其实，我是您的罪人，是您的情敌。我没有资格叫您师娘。但是我恳求您：为了薛仁，为了既成事实的薛仁，我把薛仁，托付于您。我下辈子不做您的罪人，不做您的情敌，愿做您的牛马……

那年春天，你们破门将我驱逐出您的城市，其时，我已经被薛开甫在饮料里下了药，后来有了薛仁。先前，薛开甫一个劲儿地要个儿子。您知道，他家二代单传，没有薛仁薛家要断了香火。那时，我从学校刚出来，社会经验不足，怕您，怕您商量怀孕的事。我只是想：留下薛仁，我走出薛家门，不与您争地位，我还是我。可是后来，无奈被他逼着去外地生子。为此事，我与家人闹翻，还断绝四年的父女关系……

现在，我看到薛开甫身体渐渐衰弱，病根越来越多，很担心他的健康状况。在认识我之前，他说自己身体已经不如从前。自从我生病住院后，把他的身体拖累了，还拖出了大病来。我有罪，我是罪上加罪……

师娘，我活着的时间不多了，要去那里做一个老老实实的牛马，这一切都是我的报应……我怕，我很怕，薛仁的未来……

白梅敬上

路莉萍看着书信上的具名，有"白梅敬上"字眼，就来气了。四年之前，她曾经爱过白梅的名字，她爱过白梅的人。四年之后，她现在恨死白梅的名字，她恨死白梅的人。可是，仿佛笑得很灿烂的白梅，此刻又浮现在她的眼前，是那样的清爽，那样的干净，那样的迷人。可是，不管你白梅在书信上怎样说的，你们通了奸，还生下了薛仁，那是你白梅的错吧。对于一个已经离世的人，没有了恨，只有留下爱。白梅的英年早逝，对她来说，没有恨了，也谈不上爱了。她还深深地知道，怀中熟睡的薛仁，是丈夫的私生子，是情敌白梅的野种，是茫茫大草原上一匹野小狼，小狼养大了会变成大狼，大狼会不会去咬人，会不会去吃人呢？对于这种野性、残暴动物的生存本能，她根本没有时间去多想一想。

# 第九章　红衣姑娘

　　薛开甫坐在董事长办公室的年代里，外贸公司的美女们成群成批，争先恐后地拥挤到董事长办公室。那些成群成批的美女们，一个个借着身上有八九分的妖艳姿色，借着花枝招展的年轻美貌，借着模特身材的优越，公司以外不敢穿的暴露衣裳，在董事长的面前美女们统统敢穿上，穿上它，似乎把它当作工作服。工作服前前后后露着白白的细皮嫩肉，上身还裸露着半只丰满白皙的胸部，它们一波一波地踊跃跳跃，一起串门到董事长的门口，它们一对倚着门框，希望把它们整个的一对东西都压挤出来，好让董事长看到它们，还故意敲敲门，提醒董事长，它们一对已经踊跃跳跃出来了。这些美女们，还常常不办正事，串门脱岗，献媚撒娇，告状挑拨，无事惹事。现在，薛开甫像老中医坐堂的那样，坐在董事长室里的年代过去了，这些美女们惨了！被丁乙琴总经理采用业绩考核、岗位竞争方法，一个个不合格者被淘汰出局或扫地出门。同时，路莉萍召集路家和薛家两边劝退下来的亲戚，再聚一聚，交代清楚，让他们回公司上班，继续充实到中层的骨干力量。这些中层骨干力量是可以直接用的，要比公司重新招聘人才，又要经过三个月的试用期，半年或者一年以上，才能培养出一个中层骨干人才来得快一些，来得好，来得放心。尽管又要回到家族作坊的老路，没有办法呀，是一家私营企业呢，只能抢时间，赶速度，要把薛开甫年代管理公司的损失与遗憾追回来呀！因此，话说得重一点难听一点。她说了："我不是看在你们两家亲戚的面子上，而是看在你们手上脑袋上的能力，要你们再为外贸公司出一份力，发一份光。你们千万不要以路家和薛家的亲戚自居，你们必须凭能力赚钞票。董事长是我的女儿薛琪，总经理是聘请的职业经理人，叫丁乙琴，丁总全权管理公司。公司里的事务，我路莉萍暂不参与，你们不需要将公司里的大事小事向我汇报。如果你们被董事长或总经理劝退开除，你们不必向我求情。一句话，你们在外贸公司里凭本事吃饭。这是第一点。第二点，丁总说了，公司马上要采用电脑管理文件，即用电脑传送文件和阅读文件，把过去用的纸质文件一律输入到电脑里，公司实行电脑联网，在网上阅读文件，不单单阅读文件，还有很多。如在生产中、在质量中，或其他工作中出现的漏洞，要及时解决，及时办妥……我说不全的。堂妹和堂弟，还有表姐和表妹，你们一定知道的，实施操作，是怎么一回事。堂叔、婶婶、姑姑、姑丈，你们会不会操作电脑，我不知道的。如果不会，你们必须在三个月内学会操作电脑，否则你们只能退居二线，做做师傅，做做顾问，带带徒弟，也是你们为公司作贡献的一种方法，还有你们多向老张会计学习，他已经退居二线多年，还一直留在公司做顾问，他的为人，他的毅力，他的精神，你们是知道的。如果说，你们退居了二线工资待遇不变，希望你们好好带出几个徒弟来，多多发挥余热出来，那么，我路莉萍，期待着，看好你们！"话毕，路家与薛家两边的亲戚们，个个绽开笑脸，表了态度：会把公司失去的大好时间，一定追回来的！

女儿薛琪一直跟在丁总后面，参与到这场企业人事考核的变革当中，不但学到了很多知识，而且还积累了很多管理企业的经验。看到女儿一天天地进步，路莉萍很放心，很满意，总算女儿为薛家争了气，她自己抽出更多的时间，好好照顾病床上的薛开甫和抚养薛开甫的私生子薛仁的起居。

薛仁长相可爱，聪明，悟性高，只有四岁的孩子，说起话来有点像大人的口气，小嘴还特别的甜，一看见路莉萍，就马上一个劲儿地叫喊着："大妈！大妈！"怪不得，短短几天相处下来，路莉萍喜欢上他了。早上，路莉萍驾车送薛仁上幼儿园。幼儿园园长说，你们家的薛仁小朋友，很聪明，会得快，接受也快，智商高出同龄人，我们建议，可以从小班直接升到大班，如果同意的话，明天，就可以上大班来。路莉萍听后，喜悦点头。晚上，路莉萍欣然接受薛仁的要求，与他同床而睡。她侧身看着他粉红色的小脸蛋上，抿着小嘴巴，闭着眼睛，在她粗壮的手臂下躬着身子，慢慢往她胸部上靠，直到小嘴巴碰到乳房才停下身子，然后微笑着渐渐入睡的样子很可爱，好喜欢他。此刻，母性的本能，由此而生。她伸过头来轻轻吻着他的粉嫩小脸蛋，用手轻轻拍着他的小屁股，他带着甜甜的笑容渐渐地进入了梦乡。薛仁来到这个世界很不幸，死了娘，半死不活的爹还瘫痪在病床上。外婆家的人，不要他。而她认可接纳，把他领回家，成为她家中的一员，她是不是有点傻？她想：毕竟，他只有四岁，吹不翻大船，掀不起大浪；要求她自己，端正思想，抛弃杂念，一心把他当成亲生的儿子看待；要求他，时时信仰佛，与人为善，多做善事。她曾经一度把他比喻成茫茫大草原上的一匹小野狼。此刻，她就慢慢地解了心结。

路莉萍的婆婆很早过世，丈夫的三个姐妹都已陆续出嫁，但是一直居住在娘家的祖传老屋里。她们长期居住的理由：看护薛家祖传的堂屋，看守堂后百年的祖坟。自从丈夫婚姻上严重的出轨，已经管不了丈夫种种的行为，更没有心思和精力去管薛家老屋和老屋后面的百年祖坟。老屋一直被三姐妹霸占着，也就霸占着吧！她正常用这样的说法来自我安慰。今天，薛家的三姐妹到医院探病房，拎来水果保健品之类的东西，三姐妹在病床边，还不约而同地哭出一大串一大串的眼泪，似乎在哭泣中能听出有责怪的声音，更多有着训斥的火药味呢。她们哭泣中说："亲兄弟啊，你在外面闯荡天下，一切都是为了公司，一切都是为了薛家，有人记得你的辛劳吗？有人知道你的风险吗？有人想过你的苦头吗？谁会关心过你呀！谁会爱过你呀！"她听着，过一会儿，实在听不下去了，想反驳，想争辩，想与她们吵架。想想，她自己二十年来，一直守着空房的一肚子气，无处申诉，无处发泄，似乎今天要爆发出来，似乎此刻要把三姐妹赶出病房。最后，她终于忍住了怒火，因为厚厚一本佛经书籍，还捧在她手上。佛，在她心中。佛说因果，终究会得到报应。无奈之下，她哭泣着，她跟着她们三姐妹，一起流泪。她流着的眼泪，是为她自己的，这些年来，辛劳、风险、难关、苦头，是怎样熬过来的，谁会知道她，谁会关心过她？三姐妹哭诉了一阵子后，一切平安无事，于是提出要轮流陪夜看护她们的亲兄弟。她没有多想，欣然答应，拿走自己的生活用品，驾车离开病房。

路莉萍驾车先去大型超市，挑选一些薛仁最爱吃的鸡翅、排骨、黑鱼、水果。然后，再去幼儿园，提早把薛仁接回来。在回家的路上，她问薛仁："今天，大班的小朋友，看到小班来的薛仁小朋友，有没有要欺负薛仁小朋友的样子呀？"路莉萍看见薛仁可爱的小脸蛋，刚刚在医院病房里发起的一股怒火彻底消失了。

"没有呀！没有呀！"薛仁回答。

"为什么说，没有呀？"路莉萍反问道。她觉得好奇怪，担心以大欺小的事，在薛仁身上却没有发生过。

"我告诉他们说，我家里有一个姐姐，是亲姐姐，叫薛琪，薛琪是一个大学生。他们家里都没有一个亲哥哥亲姐姐是大学生的。"薛仁充满自信，笑着大声说。

"那，你的话，大班小朋友，服你吗？"说毕，路莉萍想：认为薛仁这一招，很厉害的。在读大班小朋友当中，如果有这样一个读大学的亲姐姐或者亲哥哥，那这样的家庭不会多，也不会有的。因为还没有放开生二胎的政策。如果说有，也是偷偷生后罚点款，或是薛开甫私生子的复制品了。

"他们可喜欢听……听我讲的故事，听了后，就服了。"薛仁再次充满自信地笑着大声说。

"那，薛仁小朋友，你讲了……什么样的故事呀？"路莉萍马上又追问他。看来，他真的还有第二招。

"我讲的故事，可多啦！"薛仁激动地说。

"那，你讲一个听听，好不好吗？"路莉萍问道。

"不好！不好！大妈，我问您一个问题，南无阿弥陀佛！是什么意思？"薛仁反过来问她。

"大妈，可真的不知道了……"路莉萍很吃惊，尴尬地笑了笑回答。薛仁的思路，怎么一下子转了一百八十度呢，像调换电视频道那样快。

路莉萍驾驶的宝马车慢慢地停下来，等待十字路口红绿灯通行倒计时。她忽然想起，老一辈人正常说起的"喜欢外甥，不如喜欢野生"。这里野生，指的是私生子，私生子一般特别聪明，生命力意志力特别强大。他们懂得从大人身上学会聪明；要讨人喜欢，要讨人宠爱，必须学会揣摩大人的心理，从而生存下来，被大人接纳认可喜欢。而一个亲外甥，一直躺在大人的怀抱里，手臂下的港湾里，时时刻刻在养尊处优的状态下，无忧无虑地生长着，不用动什么脑子，大人们还争着抢着，去喜欢他们。这样看来，做一个私生子，太不容易了。她向后排扭转身子，伸手去抚摸一下薛仁的小脑袋。

"大妈呀，是不是说，南方没有阿弥陀佛？"薛仁依然激动好奇地问道。

"大妈……大妈，确实不知道的。"路莉萍又尴尬地答道。似乎她还跟着他调好的"频道"一起看呢。

"大妈，要不，我们去寺院拜拜菩萨，顺便问问和尚好吗？"薛仁恳求说。

"好呀！好呀！我们到七塔寺去拜菩萨！"路莉萍惊喜，不用再测试他了，他很聪明，切换的"频道"也特别快。

"好的呀！好的呀！去寺院，拜菩萨去了！"薛仁在车子后排座位上，激动地叫喊起来。

他们的车子，通过十字路口马上转向另一条马路，随后车子调头向寺院驶去。

他们从七塔寺出来，回到家后，路莉萍先打扫一下客厅，然后准备去做饭，待她打扫完客厅时，一转眼，发现薛仁不见，她寻到三楼佛堂门口，看到薛仁在拜佛凳子上跪拜着菩萨，拜了几下后，从书架上拿来一本佛书，然后爬上藤椅坐正认真地翻阅看起来。她走上前去，心里觉得很好奇，问道："薛仁小朋友，你看得懂吗？"

"大妈呀！大妈呀！您看，您看，那旁边，"薛仁觉得大妈对南无的说法，什么都不懂，也很好奇，抬起头笑笑说，"不是有菩萨的插图吗，怎么会看不懂呢？"

"薛仁小朋友，你啥都知道，是那个和尚教你的吗？"路莉萍再次地惊讶，再次被他问傻了，呆了，还有点不好意思去看他。

薛仁依然兴奋，心里还在想：大妈什么都不知道的，如果薛仁我到大妈的年纪上，我一定要知道地球上的一切事情。于是，将他知道的事告诉了大妈。

"大妈！大妈！是接缘寺里的老和尚教我的。老和尚那儿，还有好多好多的佛经书呢，比你这里架子上的佛经书，要多……好多，好多个……倍数呢。"薛仁说完继续翻看起来。

路莉萍心里觉得更加的好奇，她自己信佛，居然还没有去过接缘寺，听老辈香客说过，那儿的寺院破损不堪，又败落，又清贫。寺院在山坳里，距市区两两小时多的车程，他怎么会去那儿的寺院呢？不明白了，又追问起来。

"薛仁，你去过那儿的寺院？"

"妈妈生病住院时，刚好，请来了保姆奶奶，妈妈要保姆奶奶领着我，去找外婆家，汽车……是木土花阿姨开去的跑车，去找外婆家的，路过寺院边上，我看到山坳里面有这样屋顶黄色的房子，觉得很好看很好奇，要木土花阿姨把车开到那儿，中饭在那儿吃了，还碰到了老和尚。"薛仁依然兴奋地答道。

"那个……那个，木土花阿姨，到底是谁呀？后来找到外婆家了没有？再后来又怎么样啦？"路莉萍又连续问。

"大妈！木土花阿姨是爸爸的好朋友。外婆家人，不要我了。最后一次去，我干脆留在寺院，木土花阿姨和保姆奶奶一块儿去的，结果外婆还是不要我了，这个死老太婆！"薛仁骂了一句，似乎是为他的妈妈白梅出了一口气骂的。

路莉萍一下子明白过来，一个四岁的幼儿，他已经知道被人抛弃的滋味，宁愿留在寺院，而不去恳求外婆家的人，有情商呀，也有寺院里的老和尚在引导，看来，他天生是一个信佛的人了。

"薛仁小朋友，你与老和尚，是好朋友吗？"路莉萍又问。

"大妈，大妈，大妈！老和尚可穷啦。跟七塔寺里的和尚，不大一样的。他们穷死啦！"

"老和尚们是怎样的穷呀？"

"大妈，老和尚身上穿的袈裟又破又旧，寺院的高高房子又破又旧，好像要坍塌下来的样子。大妈，大妈，你知道最高兴的是什么吗？"薛仁笑着，已经学会卖关子了。

"是什么呀？"

"大妈！最高兴的是，在寺院吃饭不用付钱的。可我还是付了很多的钱，把压岁钱都掏出来，投到功德箱子里了。一个老和尚走过来，喜欢摸我头，我就喜欢他了，还喜欢他来抱着我呢！"薛仁说完，笑笑。

"那个……那个，那个老和尚教你念经吗？"路莉萍笑笑，上前搂着亲他一下。

"大妈，大妈，老和尚，可亲切啦，教我唱《大悲咒》呢！"薛仁笑着答道，好像跃跃欲试的样子。

"薛仁，你记得，还能唱吗？"路莉萍说完，马上转身，从音响播放器上拿来《大悲咒》CD光盘。这张光盘，还是进素食店铺里吃一餐素食时，店铺赠送的，那光盘封面上有佛经唱词，想考考他的记忆力。

这时候，听到楼下传来门铃声，他们迅速下楼去开门。想不到进来的是几个月前在医院的停车场上见到过的红衣姑娘，红衣姑娘就是外贸公司打工妹木土花，木土花是薛开甫生病前的情人，也是她驾车去找薛仁的外婆家。木土花确实很漂亮，戴上一副无框眼镜，更是气质优雅非凡。此刻，路莉萍不会像欣赏白梅那样，去欣赏木土花了。因为，她欣赏过白梅的漂亮，同时也喜欢过白梅的漂亮。最后结果呢，白梅背叛了她，成了她的情敌，还为薛开甫生了一个私生子薛仁。现在，另一个明明白白的情敌突然到访，出现在她的眼前，她绝对不会上当再去欣赏木土花如何的漂亮了。反而怒火万丈，看见木土花比看见白梅还要怒火万丈。因为白梅已归安入土，不会再来麻烦她什么事情，而眼前出现的木土花还上门来敲竹杠呢。

"我家老公，快被你们这群漂亮的贱货弄死了，你要找他，到医院去找他吧！"路莉萍愤怒地说着，行动上又怒气冲冲，直接把木土花推出门外，重重关门，独自上楼去。

薛仁不断叫喊着木土花阿姨。随后，他搬来一把小方凳，爬上去把门打开，把门外的木土花拉进来。这时，路莉萍又下楼来，指着木土花说："谁，谁叫你进来的？"路莉萍心里开始有点不耐烦了。

"大妈，大妈，大妈！木土花阿姨是爸爸的好朋友，让木土花阿姨把话说完好吗？"薛仁含泪，红红的小脸蛋仰望着，恳求着路莉萍。

"快说，说完，快走！"路莉萍愤愤地说。

木土花有些尴尬，也有些委屈，没有说话，只是从包里拿出两串汽车钥匙和两本正副行驶证，递到路莉萍的面前说：

"真的对不起，打扰你了！白色宝马车子，最近从外地4S修理店取回来，车子停在薛仁家别墅地下的车库里，车子是薛仁妈妈撞坏的。"

"大妈，大妈，大妈，请您相信我。那天，妈妈说头痛得看不见路，车子就撞在大树上。我正好不在车子里，要是在的话我就惨了……"薛仁马上接上木土花的话。薛仁这小孩，太机灵了。

"我开来的那辆红色跑车，是薛开甫借给我使用的，他与我口头约定，借用一年，到期还车，我只用了三个月，到薛仁外婆家去过几次，其实没开多少公里。现在薛开甫病了，薛仁也到了你的家，车子我用不上，想早点归还。"木土花说完，与薛仁挥挥手，马上转身离开去拉门把手。

路莉萍手上拿着两串跑车钥匙和行驶证，觉得木土花是个很不一般的人，至少木土花把车子还回来，如果偷偷地私吞了，也无可奈何。木土花，不是她刚刚想象中的很坏的女人。现在，至少要让她知道，木土花与薛开甫到底是一层什么样的关系呢？她一下子转变了态度，语气温和了许多，说道："请你留步，你与薛开甫，是怎样认识上的……"

"我理解，你在问我，薛开甫的车怎么会借给我呢……"木土花停下脚步，放下已经握住门把的手，过一会儿，慢慢转身过来，含着泪继续说，"我承认，是用我的身体，作为交换的条件。但一开始，不是这样的。市企业家协会资助打工创业者，我被资助者相中，于是认识上了薛开甫，当初我们的动机很纯真的，就是资助者与被资助者的关系。后来，我老家山村那边老屋要统一拆迁，要统一入住新房，入住新房前必须缴纳一笔集资房费，家里一下子拿不出来……就这样……与他保持着……情人关系。其实，我是解决……问题，而不是跑车有没有的问题……"木土花停顿下来，没有说下去。

"到底是什么问题……"路莉萍有点不明白地问。

"是钱的问题！"木土花用手挺了一下眼镜，随后抹去眼边下的泪珠，继续说下去，"我家很穷，父亲，和两个哥哥，都是遗传残疾人，唯有我，生得特别的出众，特别的健美。家里主要劳动力，全靠母亲一个人来养活五口人。我上大学的钱，还是老家山村里，众人资助的。到公司后的第二个月，钱成为问题，集资房费催得紧，巧合上了，认识你家的先生。资助升级后，他借给我跑车开，又给我每月的房租，就这样度过三个月。到了第四个月下旬，你家先生生病住院，同时也断了费用。我不想用这样的方式，再去认识第二个男人，想早点结束这种关系归还跑车，回老家山村，去帮助母亲一起赚钱养家。"木土花说完，又用手挺一挺眼镜，又抹去一大串的眼泪。

路莉萍看手上的两串汽车钥匙和行驶证，听出了木土花一番话中的悲凉，是不是又遇到一个不幸的女人？家庭的贫穷，亲人的残疾，无奈之下年纪轻轻的姑娘，用身体作交易去获得可怜的生存空间，真是悲哀！可惜，又可恨。

"为什么大学读不下去呢……"路莉萍又问。

"毕业后，工作一定很难找，还有……"木土花又挺挺眼镜，抹泪水。突然，木土花停顿了很长时间，没有回答。

"还有……还有什么？！"路莉萍焦急追问。

"还有……公司里老师和同事们异样的眼光，我在公司里，确实混不下去了……"木土花上前一步，抚摸着薛仁的脑袋。

"混不下去，为什么……"路莉萍又继续追问。

"薛仁妈妈，生病住院阶段，他们家还没有请保姆，薛仁上幼儿园的接送都是由我来完成的。幼儿园放学特别早，我每次把薛仁从幼儿园接来，直接带到我的公司，同事都一直以为薛仁是我的……儿子。因为我进出，开着的是那辆红色跑车。"木土花又含着泪，说完，弯下腰去搂抱了薛仁。

"大妈！大妈！请您相信我。他们的公司，比我们的幼儿园，还要大，还要大……大好几倍呢……"薛仁兴奋地说。

"好！好！大妈，相信你！大妈，相信你！"路莉萍笑了笑。

# 第十章　薛家悬崖

　　第二天一早，路莉萍带上薛仁，驾驶那辆红色跑车去木土花的公司，向她的同事说清楚讲明白，解除了对她的误会。一路上，薛仁一个劲地问大妈，"这里的公司是不是比我们的幼儿园还要大，大好几倍吗，到底大几倍呢？"薛仁是要有数量的概念，路莉萍回答不了，只好换一个角度，去比较大与小的倍数。"可能比你们幼儿园大一百倍吧。"薛仁很好奇地问，"一百倍是个什么样子的大呢？"路莉萍马上回答说"昨天大妈不是买了一个很大的西瓜吗，又买了好多的红樱桃呀、车厘子呀，你去数一百颗的红樱桃，放进一个大西瓜里。你想一想呀，哪个大呢？哪个小呢？哪一个多呢？哪一个少呢？"薛仁点头微笑后，马上又问，"是不是把一百个的薛仁幼儿园都能放进木土花阿姨的一个公司大院里面，大妈，是不是，这样的？"路莉萍很肯定地回答说，"是！是的！我们薛仁小朋友很聪明，回答正确，加十分，再加上一颗五角星。"薛仁高兴了一阵子后，又问大妈，"木土花阿姨，她还能读书吗？"路莉萍说，"能的能的！大妈不是给他们说清楚了吗，薛仁是我们家的儿子，不是木土花阿姨的儿子，那辆红色跑车也是我们的，与木土花阿姨无关。"薛仁听后，高兴地点点头，突然又说，"大妈！大妈！我要做菩萨！我要做菩萨！"路莉萍很惊讶，过一会儿，问他为什么要去做菩萨呢？薛仁说，"拜菩萨的人，有那么多，菩萨一定是个好人呀。大妈做了好事，您也是一个好人，您也是一个菩萨呀！"路莉萍笑了笑，反问道，"那么我们薛仁小朋友做过好事吗？"薛仁摇了摇头，又想了一会儿说，"昨天，没有杀掉的那一条黑鱼……把它放掉吧，让黑鱼，快点去找它的爸爸妈妈吧！"路莉萍再一次的又惊又喜说，"好呀！好呀！放掉黑鱼，薛仁小朋友不想吃黑鱼啦？"薛仁认真地说，"是的是的！大妈我想不吃黑鱼了，让黑鱼快点去找，它的爸爸妈妈吧！"路莉萍笑笑说，"对了！我们说，叫作放生；菩萨说，叫作善事！"薛仁坐在汽车的后排，兴奋起来，叫道，"好呀！好呀！好呀！我们说，去放生黑鱼去了！放生黑鱼去了！"路莉萍马上起哄，也跟着叫道，"我们去放生，黑鱼去了！我们去放生，黑鱼去了！"

他们驾车回家，把一条很大的黑鱼，抓出来，放到一个很大的透明塑料箱子里，装上水后，搬到车子的后排座位里。又从三楼佛堂里的书架上，找到一本放生经佛书，然后下楼。他们驾车来到高校附近一条很长的小河边上。他们打开箱子盖，黑鱼一下子拼命地挣扎，又跳跃起来，黑鱼身上的许多水珠，泼洒到薛仁的衣上脸上，薛仁闭上眼睛连忙念叨："阿弥陀佛！阿弥陀佛！别吵别吵，别闹别闹，马上可以去找你的爸爸妈妈了。"这时候，路莉萍打坐在箱子的面前，开始念《放生经》。念了一会儿，塑料箱子里的黑鱼不挣扎了，安静下来。薛仁在河边拾来一根小柳条，将小柳条在河水里浸一浸，口中重复着念叨："阿弥陀佛！"念了一会儿后，将小柳条上的水珠轻轻洒落在黑鱼的身上，很奇怪，黑鱼不惊怕，不挣扎，一动也不动了，只是张开嘴巴，水从嘴巴里，一会儿吸进去，一会儿吐出来。路莉萍大约念了十分钟的时间，黑鱼一直没有拼命地挣扎过，或者跳跃过。念经仪式结束后，他们一起将黑鱼轻轻抓起来，轻轻放在河边的水中，不再挣扎的黑鱼，很快沉了下去。过了一会儿，黑鱼浮出水面上来，鱼头朝着薛仁，好像不肯沉下去，或者游走。薛仁又将小柳条，在河边水中去浸湿一下，口念："阿弥陀佛！"然后，将柳条上的串串水珠再次轻轻地洒落在黑鱼头上，黑鱼没有惊恐，没有游走。薛仁又念叨："黑鱼呀，黑鱼呀，你快点去找爸爸妈妈吧！"他们看着，黑鱼慢慢地沉下去，最后不见黑鱼的影子。

回家的路上，薛仁一直沉默不语，估计他后悔把黑鱼放了。路莉萍有点不好意思去问他。这时手机铃响了，路莉萍说要薛仁接听一下手机。薛仁在后排，拿路莉萍拎包，找到手机，接听后说："薛琪姐姐说，银行不让取钱，工资发不了怎么办？"

银行不让取钱！路莉萍听后，觉得银行户头上出了问题，而且很严重的问题。之前，她做财务副总时从来没有碰到过。她将车子停在路边，与女儿通话后，才知道银行要追讨公司一千万元的贷款本金。她心里一下子发慌起来，还吓出了冷汗。向银行贷款一千万元的钱！公司没有新项目扩建过，这一千万元究竟用在什么地方呢？问了公司财务人员，说是办移交时根本没有贷款合同这项记录。真的是急煞人了，那怎么办呢？一千万元呀，而且银行逼着要马上归还，公司里还没有看到借款合同的正本，这一千万元，怎么好去还呢？哪里有一千万元的钱等着拿去还贷款呢？薛开甫呀，薛开甫，刚刚平息红衣姑娘木土花的孽债，现在又突然冒出来一千万元的银行债，你要叫我们怎样活呢？路莉萍流泪了一阵后，稳定了一下情绪，驾车向公司奔驰而去。

薛开甫的外贸公司与许多家公司一样，在20世纪70年代末80年代初，像雨后春笋般破土而出，一个个企业坐落在市区中心的黄金地段。将近四十年过去，与外贸公司同年代，破土而出的一个个企业公司，早已搬迁到高新技术开发区那边去了，为什么只有薛开甫的公司还留在这儿呢？而且公司的周围已经被中高层的居民楼包围。看着公司生产车间，依然是手工操作为主，科技含量不是很高，不产生污水污气，没有机器的轰隆隆嘈杂声。因此，居民楼与公司之间井水不犯河水，相安无事。但是，作为一座城市的发展和整体的规划，公司生产车间，不适宜，不应该，还待在市中心呀，为什么薛开甫没有搬离公司的计划呢？想着，公司早晚都要搬离市中心居民楼区域的。这一点，路莉萍心里很清楚，但是现在无能为力。自从离开公司，做了全职太太以后，很长时间没有来过公司，曾经熟悉各个科室的门框上，挂着的牌子依旧在；曾经工作过贡献过的影子痕迹依旧在；公司依旧是原来的公司，但是已经跟不上新时代的飞速发展；生产车间依旧是原来的生产车间，但是已经落后于新型的流水线和全自动的操作系统。所不同的，在车间周围的空地上和办公大楼前后的空地上，都被有规划地绿化了，与相邻的居民楼一样处在绿地花丛中。路莉萍顾不得多看看花草，多想想规划，领着薛仁直奔办公大楼。

　　董事长办公室里，路莉萍、丁乙琴、薛琪、薛仁和招聘进来的女会计，她们坐在一起头脑中生出一个个疑问：发放一个月工资需要多少钱？贷款合同上，问题到底出在什么地方上？合同还没到期，银行为什么要追讨一千万元的贷款本金？这时候，白发苍苍的老张会计，拿来一份借款合同的复印件，这份复印件还是偷偷复印的。路莉萍接过看后大吃一惊，向银行贷款三千万元，而不是刚才知道的一千万元。借款合同书有这样几条：外贸公司向银行贷款三千万元，一年期，无息；外贸公司将半年期的应收货款两千万元，和一年半期的应收货款一千六百万元，合计三千六百万元，由银行收款，并抵作还贷款；如银行收不回三千六百万元应收货款，可将外贸公司的厂房、土地、设备抵押给银行。路莉萍看傻了，又看呆了，气愤地说："薛开甫啊！这……这怎么可以签订，这样的合同呀？贷款三千万元，还贷款却要三千六百万元，按黑市上一分利息计算，也用不了六百万元的贷款利息呀，这合同是怎样签订的呀……"说毕，路莉萍的眼泪水急得都快要流出来。

　　"老板娘，你千万别怪我呀！"老张会计开始说话了。他是这家公司的前身领导，即管理局的集体企业创始人之一，后来集体企业统一改制为私营企业，薛开甫却成了他的老板。他为了劝说，阻止老板，去签订这样违规贷款的合同，提出反对的意见，结果呢，他很受委屈，被老板以顶撞领导、违反厂纪厂规为由，扣发他三个月的工资。当时激烈争吵的场面记忆犹新。老张会计很无奈，又委屈地说道："我当时阻止过，劝说过老板，还断言说过，这样做了，会留下后遗症的。老板不相信。结果，现在，果然，唉……"

"薛开甫将负债的公司，将面临要倒闭，要破产的公司，留给薛琪。现在……现在，贷款来的三千万元，还不知道去向。"路莉萍说着，越说越气愤起来，还哭泣起来。

"别伤心，别难过，别去多想了……"薛琪，薛仁，也跟着路莉萍一起哭泣起来。这时，丁乙琴一手搂着薛琪，一手拉着薛仁，安慰她们后，继续说，"这份合同，是银行签订的，当然银行也有错，也是在违规情况下操作的，应该追究银行违规的法律责任。我们现在要口径一致，坚持按借款合同的条款办事，就是借款合同到期还款，不能让银行提前推翻合同的条款！否则，银行马上要逼着我们归还剩下的一千万元，这一千万元我们是一下子拿不出来的！"

"看来，公司与银行可能要发生一场战争了。"路莉萍想想觉得丁乙琴的一番话，很有道理，点了点头。过了一会儿，她又焦急地说，"我们暂不去管它。眼下，先把工资发出去，公司的银行户头被冻结，不让我们提取资金，我们只能卖房卖车，快点去凑到一百万元的钱，工资决不能拖欠的！"

"大妈，大妈，我书包里……有钱。"薛仁似乎听懂，借钱与还钱，还听清楚，都是爸爸做的坏事，他哭泣着连忙说，"大妈，书包里有五十万元的钱。"说完，从他小书包里，拿出一张银行卡，递给路莉萍。

路莉萍连忙接过银行卡，突然记起来，薛仁妈妈，临死前的书信上，不是提到过银行卡上有五十万元的钱吗，说是留给薛仁的。路莉萍一下子兴奋起来，破涕为笑，搂着薛仁，亲着说："大妈，大妈……算是，向你借钱，好不好呀？"

"不好！不好！妈妈说过，钱要用在最困难的时候。现在，就是最困难的时候！"薛仁学着大人口气，大声说。

路莉萍又含泪，亲吻着薛仁，并吩咐会计和薛琪，带上薛仁的有效证件，为了路上的安全考虑，还带上公司保安人员，开车一起上银行取钱。然后，又吩咐丁乙琴，把她刚才开来的木土花开过的那辆红色跑车，去二手车市场估价五十万元卖掉。如果不足五十万元，再将白梅的那辆宝马车也一块去处理掉。

待他们都走出董事长办公室后，路莉萍打亮一下，所谓的薛开甫董事长室，其实是一片的萧条，根本没有生气：巨大的招财鱼缸，底部彻底干涸，曾经活灵活现的金龙鱼和银龙鱼，不知是死是活。如果死了，不知它们的尸首，安葬在何方？高大粗壮的发财树，已经掉光了叶子，直挺挺地站在窗角边，诉说着对主人的不满，有了窗角边的一丝阳光和空气，为什么不给一滴水呢？死了的发财树，似同主人没有的财气；寥寥无几的奖状、奖杯，乱堆在写字台后面的橱柜里，发奖的日期，一直停留在20世纪80年代末与90年代初，除了《毛泽东选集》和《邓小平文选》

的精装本外，再也找不到企业管理之类的书籍；巨大的镀金吊灯，不再发亮，墙壁上的墙纸，跟着吊灯一样布满蛛丝灰尘，似乎它们也是伤痕累累，再也找不到从前的金碧辉煌；真皮大转椅，不再转动，底盘下坏了一个滑轮，转椅左右摇晃坐不稳，如同眼前的公司，站在悬崖边上，或被拍卖，破产，倒闭；两只朝北的窗框木架已经脱落，左右两边的窗帘布耷拉着躲在下方，窗台下的墙面，水痕斑斑一片。

　　路莉萍闭上眼睛回忆着，过去的董事长室里：晚上，只有她和薛开甫。他打开吊灯，开启空调；她拉上窗帘，关上门；金色的灯光下，金龙鱼和银龙鱼，追逐着，亲吻着，欢快地游着；空调的微风吹向那棵，高大粗壮的发财树叶子，茂盛的叶子，欢快地摆动着，像是招宝进财；她站在他面前，他搂着她，吻着她，然后一起倒在真皮三人沙发上……路莉萍再次睁开双眼，唉声叹气的，当年的金碧辉煌，当年的真心奉献，当年的患难夫妻……如今，看到这一些，也跟着窗框下的墙面渗水而眼泪汪汪。

　　造成这一切，路莉萍有责任的。她自以为：手上有几百万元股票和一幢别墅，能养活自己和女儿；对公司的兴与衰，对他的身体好与坏，对他的情人多与少，她不想去追问。之前，每次追问过后，很失败，很伤心，很痛恨，很累；她自以为：不离婚，仍然算是一个完整的家。其实错了，她支撑着一个空壳子的家。她不想跟他离婚，又不去管制他，让他过着"天天续姻缘，夜夜是新郎"的日子。如离婚，他有新婚妻子的管制，不至于会出那么多艳情的事，不至于公司会被弄成目前的困境。她想着看着，在痛苦中泪流满面。薛仁一直观察着路莉萍的眼泪，从圆润脸上，慢慢流到丰满的下巴，然后滴流到高高胸前的衣襟上面。当听到路莉萍发出痛哭声时，薛仁一下子扑在她的怀里，也跟着大哭起来，说："大妈，都是爸爸不好！都是爸爸不好！爸爸做了那么多的坏事，丑事，我不喜欢他。大妈，请您原谅他吧……"路莉萍搂着渐渐懂事的薛仁，一起哗啦啦地大哭起来……

# 第十一章 贷款纠纷

薛开甫的外贸公司与银行，为了一份借款合同发生纠纷，双方终于使出各自的战略战术。银行那边已经查明，此份借款合同是违规的无效合同。银行又怕上面的总行怪罪下来，很焦急，想早点摆平此事，但又放不下高高在上的姿态。银行用了一个妙招，冻结外贸公司银行户头，想吓唬吓唬公司，让公司乖乖地去走银行那边摆布的路子；可是，五天过去以后，八天过去以后，外贸公司这边依然没有派人前来恳求银行解冻或者协商解决此事。公司依然井井有条地生产工作，员工们不知道，已经度过一段极度的困境时期。从员工们的脸上，根本找不到公司的银行户头已经被银行冻结和公司将要面临被拍卖、倒闭的恐慌；而且公司这边，一直认为合同是银行签订的借款合同，借款合同还在履行有效期内，最后一笔一千万元贷款本金的钱，到合同期满时一定会还上的；银行那边，信贷人员开始心急心烦，频频来电说，要求外贸公司拿出诚意，认真对待还贷一事；公司这边，很客气地回复说，公司没有产生过任何理由的拒绝还贷想法，一切都按合同的条款一步一步地履行；银行那边，更加的焦急，干脆派人员来外贸公司这边，要面对面沟通沟通。

当天下午，银行派遣三名人员来到外贸公司。外贸公司由路莉萍、丁乙琴、薛琪她们三在会客室，接待派遣人员。双方人员坐落，还没有寒暄，还没有介绍各方人员的情况下，派遣人员中的一员心急似火，开门见山提出：外贸公司必须尽快归还一千万元的贷款本金。外贸公司人员认为，派遣人员是不是太强势，太冒犯了呢，不能接受的理由：按合同条款，借款合同还未到期，银行催促还款是无效的，是违约合同的。然后，另外一个派遣人员又提出：根据合同条款，如银行方，收不回三千六百万元贷款，外贸公司的房产、设备、土地，都要抵押给银行。外贸公司人员认为，派遣人员个个来势汹汹，不太像来协商解决问题，倒是像以势压人，以钱压人，以权压人。因此，同样不能接受理由：借款合同还未履行完，还在执行中。并纠正一下：三千六百万元是应收货款，不是贷款，贷款只贷三千万元。这时候，第三位派遣人员，坐不住，拍打着桌子，语言强硬，声音响亮地说："你们这样应付着，银行要对你们外贸公司所有的财产，立即进行冻结！"这时候，丁乙琴忍不住气，实在听不下去，也拍打着桌子，提高音量，压过对方响亮的声音说："你们银行这样说法，太霸道了！看你们银行有本事，去冻结我们外贸公司的财产，还是通过法院判决后再去冻结外贸公司财产？你们脑子想过没有？借款合同文本，是你们银行提供的；合同违约，又是你们银行在违约的。理，根本不在你们银行这一边，却来威胁恐吓，是不是太霸道！这样能协商解决达成吗？你们今天代表是哪一方，是银行以外的第三方吗？我们外贸公司，决不接受银行以外的第三方人员。请你们银行真正派出能代表银行的人员，我们一定会欢迎协商。你们……请回吧！"丁乙琴说话的口气，义正词严，声音响亮，干脆，说完后，迅速起身，并推开坐着的椅子，伸出很有礼貌的一个"请"手势。派遣人员一下子惊呆，脸露尴尬，相互无语，僵持一会儿，只好起身悻悻而去。

"这一仗，打得太真过瘾了。丁总您真的好厉害呀！好样的！他们一开始就想强势，强压，恐吓，欺负我们三个女同胞，谁知我们有女中豪杰的人物！他们的目的，就是要我们跟着他们共同去推翻借款合同，在借款合同以外，他们才能有理由，才能有把握，才能催还贷款一千万元的本金。"说毕，薛琪很高兴地跳起来，还上前拥抱了一下丁乙琴。

"对的！他们的目的很明确，就是要推翻借款合同，我们不能让他们银行一家子说了算的，一切要按合同条款来说话，还有合同的严肃性、法律性呢。"丁乙琴马上接过薛琪的话音，说完也轻轻拍了拍薛琪的背部。

"是啊！是啊！我们有合同，还有法律的保护，还怕对付不了银行吗！"薛琪笑了笑，充满自信说道。

"所以……我们，说出去的口径，一定要一致，一定要一致。我们不能让他们引入陷阱，跳下去，去推翻贷款的合同！"丁乙琴再一次地提防说。

"对！不能让他们推翻合同得逞！否则，一千万元的钱，我们一下子拿不出来的！"薛琪马上回应，丁乙琴的说法。

"是的！是的！我们眼前只能拖，拖到半年后，合同到期，再想办法，去还上钱……"丁乙琴回想，之前的工作中，从来没有碰到过这样的问题，她也是无计可施了，只有硬拼硬，僵硬到底了。

路莉萍心里很清楚，现在只是暂时获胜，但是背后还有更大的困难时时会压过来的。胜算难料啊！虽然手上拿着的是一份复印合同书，但是毕竟是受法律保护的合同。同样，它又是一份违法违规的合同，借银行的钱，必定是要还的。她又在痛恨薛开甫，痛骂薛开甫。目前，公司没有任何建设项目和增添设备，以前设想的，开一家进口轿车4S店，一家五龙湖快艇俱乐部，设想只是在摇篮里，最后都没有实施执行过。那么，这一笔巨额贷款三千万元的钱，真的不知去向？难道说，三千万元的钱都用在买房买车，送女人身上？难道说，像白梅那样的女人，还居住在高端的别墅小区里？开着高档进口豪车？她想到这些，已经是泪流满面了。薛琪、丁乙琴安慰劝说，走近她身边，一起搂着她的肩膀，给她力量。

这时，公司办公室女文员小柳，从会客室外陪进来一位中年男人，那个男人穿着银行工作服，向路莉萍递上名片，自称是新任银行支行长，说是登门来道歉，为刚才银行派遣三位人员，不当语言，前来心表歉意，并想真诚约请公司人员，另选一个时间地点，继续沟通，是否参与？路莉萍见到支行长的诚意，也很客气随口说，可以的，可以的！支行长很客气，有礼貌，说不喝茶了，不打扰你们工作了，并与路莉萍她们一一热情握手告别。随后，支行长在文员小柳陪同下，微笑着转身离开会客室。

"这个……新来的，热情又客气的支行长，他道歉是引子，约我们继续沟通是幌子，其真正的目的，就是要我们马上归还一千万元的银子。"丁乙琴待支行长他们离开会客室后，马上戏说。

"支行长的三个'子'呀，确实很可笑。"丁乙琴描写支行长的这三"子"，让薛琪听得，哈哈大笑起来，继续说，"支行长呀，确实很怕我们不沟通的，更怕我们不同意推翻合同。从之前的强硬，强势，到现在的热情又客气，可以看到，银行人员的一套嘴脸！"

"薛琪说得对，银行人员是怕事情闹大，闹僵。现在，我们既要迎战对付银行种种的压力给我们，又要想好还贷的对策。"路莉萍与薛琪有着同样的想法。

丁乙琴与薛琪，停止了笑声，想了想，她们也认同路莉萍这样的说法。于是，她们一起走回到董事长办公室里，并叫来老张会计，四人一起共同商讨下步的对策。丁乙琴坐在三人沙发上，身旁紧挨着的是薛琪。薛琪与丁乙琴的说法，保持一致，坚持以借款合同为准，与银行僵着，直逼回到共同履行合同到期，说这是最佳的方案；第二方案：贷款。仍旧向该家银行贷款一千万元，无息，期限半年，与被推翻一份违法违规，老借款合同，在时间上，做到无缝对接上。理由：老借款合同，是一份违规无效合同，让新签订的借款合同，替代老借款合同。同样，到期满后，去还贷款。老张会计坐在写字台前的小转椅子上，他提出恰恰相反的意见："其一，那家银行，不会那么傻的，再让公司签订一份，新借款合同去还老借款合同；其二，那家银行，不会那么傻的，不会让我们借款合同拖到期满的；其三，我们必须尽快拿自家公司的钱去还贷。因为当初贷这笔款子时，我反对过，反对无效，知道会有后遗症的，而且还知道唯一的解：不是去拿第三方应收货款，去还的，而是拿公司的款子去还。这样的还法，还可以与银行协商着，分期或者分批次的去还。这样的做法，比银行起诉，法院判决冻结，再来拍卖公司所有的财产，损失小，牵制精力的更小。"路莉萍坐在少了一个万向轮的老板转椅子上，听后觉得，老张会计的一番话，很符合她的想法。她做过财务副总，懂得一些财务上的知识。当然，老张会计更知道与银行僵着后的利与弊，损失上的大与小。老张会计的年纪，可以做她的父亲；他还可以做，公司的"父亲"，其实他是公司创始人之一，其他几个创始人，最终放弃后离开了。而他不离不弃，守护着公司。不知哪一年，薛开甫也要劝退他，他不肯退。他说，不要工资和奖金，只要留在公司里有一口饭吃，什么都行。还说，他忠于党，也忠于公司，并不等于忠于你薛开甫老板，薛开甫被他说感动，让他继续留在财务岗位上，做做顾问的角色，其实作用蛮大的。想当年，她为什么不像他那样，坚持留在公司呢？如果留在公司，说不定，一切麻烦的事，现在统统不会存在的。她听了两方面的意见后，马上回过神来说，"不管怎么样去还贷，最后这笔债，是要以公司的名义去还的。我们退一步，打算好，就要凑足一千万元的钱，准备还贷的资金。眼前只能将我家的别墅，和薛仁家的别墅，再加上我的一辆宝马车和薛开甫的一辆奔驰车，一块儿去市场估价一下，抵债给银行。这一间董事长办公室，粉刷修理一下，添上一些简单的家具，我和薛琪、薛仁三人，只能暂时住在这里。"丁乙琴马上安慰她说，"将我的出租车和运营证一块儿卖掉算了，去凑一千万元吧。"老张会计也接上说，"我银行存款不多，二十几万元钱，去拿来，共同去凑一千万元吧。"她听后，流着泪，连忙向他们一一道谢。

路莉萍曾经一次，因在夫妻感情上最脆弱、最无助时，想到过绝食去死，结果到了第十三天深夜，做了一个梦，梦境中一位菩萨化身的老者，救她。现在又到最困难的时刻，却有了丁乙琴和老张会计他们的帮助，心里多少有了点安慰和踏实。但有一个问题，想不通，解不开，她在执政财务副总的年代里，没有那么多的应收货款，零星十几万元，一百来万元是有的，也只是过十来天，马上可以收回。自从她被劝退，做了全职太太后，应收货款越积越多，时间越积越长，数额越积越大，现在知道的，竟然有三千多万元的钱一直在人家手里上，而且其中一千六百万元的应收货款，居然拖欠一年半之久。这到底是怎么一回事？她转向老张会计说，"近几年，公司应收货款，薛开甫为什么一直收不回来？"老张会计马上说，"唉！老板这个人啊……老板，每次去讨应收货款，都被对方合作公司的马文之老板，设宴热情款待，酒醉饭饱后，老板只讨回十分之一，甚至讨回更少。"老张会计说的话，她完全相信。这样的热情宴会上，她也参与过一次，后来才知道，宴会里面有一些陷阱，她还特别提醒薛开甫，别去上人家的当，薛开甫就是不听她的劝说，还自愿喜欢一次次去上当。因为每次丰盛宴会桌上，有众多靓丽美女们的陪酒，而且是一个比一个妖艳性感。只要有妖艳性感的美女们，薛开甫就完全忘记了他自己的任务是什么，剩下的只知道在宾馆床上，笑纳了性感的靓丽美女们。

路莉萍回忆起来，那一次，她将要被薛开甫劝退，去做全职太太的一个下班后，快到傍晚的事情。薛开甫说，他要到马文之公司，去催讨应收货款的钱。她说，也要跟着去。薛开甫说，晚上催款带老婆出去，多少不合适吧，有失身份吧。她听了来气，提高音量，说她现在还是外贸公司的员工，财务的副总，晚上出去，催讨应收货款，既不失身份，又不失面子。要失的，马文之的合作公司，是他们欠我们的钱，要失的，是他们失掉企业合作的精神，她既不失面子的，又不失里子的，有什么不可以去呢？有什么不合适去呢？估计薛开甫听了老婆的一番话后，觉得很在理，也很无奈，只好带着老婆去赴宴。

马文之那边，早已得知消息了，薛开甫要把财务副总的老婆，劝退离开外贸公司了。马文之高兴之至，马上去布置一场，五星级酒店的饭局，宴请一些老同行的老板，酒肉朋友们，聚一聚，聊一聊，天下的大事，这是第一；第二，夸一夸，赞一赞，薛开甫的人，终于走出陈旧的夫妻老婆店；第三，唱一唱，玩一玩，让薛开甫快点，早点进入他们设计好的私人小圈子里；第四点，也是最重要的一个环节点，就是酒席上让老板们都由醉意到醉态的时候了，男人都会犯一个酒色，这个时候靓丽性感的美女们亮相出现了，一定会让他们欲罢不能的。此时，马文之可以说实话了："薛老板呀，在这个圈子里呀，大家都是朋友了。我欠你的钱，你欠我的钱，大家都还是在朋友圈子里吗。欠你货款，一定会还上的，问题是眼前的财务上，只是一些资金张紧罢了，请薛老板，相互谅解一下嘛！"这样设计好的台词剧本，用在这样的情景下，完全可以搪塞过去。可是，那天万万没有想到，也防不到，薛开甫会带上老婆来赴饭局，恐怕饭局上不成功，会留尴尬，会露马脚。马文之打电话，立即叫来他的老婆来救场，教老婆如何强拉硬拖的，将薛开甫的老婆弄出饭局，或到美容厅，去美容一下，或到商场，去买一套时装送送。总之，要说女人们把饭局留给男人们的话，要自家老婆去说给薛开甫的老婆听听。当时，薛开甫的老婆听了，马家的老婆是这样说的：改革开放了，人就要活得开放一些嘛！潇洒一些嘛！丈夫，丈夫，老婆只能管一丈之路，一丈之外的路，放开丈夫，让丈夫去争夺天下吧。薛家老婆听后，为什么还不放开，薛开甫的手呢？于是，薛家老婆不用强拉硬拖，跟着马家老婆去了这家酒店的裙楼，二楼美容厅。两个老婆，并排躺在两张美容床上，两个年轻漂亮的美容小姐，开始给她们做了脸部清洗的步骤。薛家老婆与马家老婆，不是很熟悉，故薛家老婆，没有啥话，可以聊天。可是马家老婆，一定要打破沉默的空间呀，聊些什么好呢？忽然，马家老婆想到昨晚就在这家五星级大酒店的舞厅里发生的事，就得意地说，她与一个做官的大哥，一起跳舞时，大哥突然紧贴她的高高胸部说，"你们马家要发财了！"她被说得莫名其妙，而大哥搂紧她的蛇腰，还贴近她耳边，又说，"一个亿啦，十个亿啦，一百个亿的钱啦，都是马文之的啦！"她还是莫名其妙，还将高高的胸部，主动贴紧上去，撒娇似的问大哥，"是什么项目的钱呀？"大哥边说，一手已经放在她高高的胸口上，"当然是股票上市的钱啦！"她继续撒娇问，"有那么多的钱吗？"大哥的手已经溜达到里面去了，一边还说，"当然的啦！"大哥，是马文之在这家酒店，设宴邀请的贵宾，就在酒席上，刚刚结拜称之大哥与小弟，为表愿做大哥手下的小弟，酒醉饭饱后，叫来自家老婆，让大哥认识认识，表表心迹。在五颜六色灯光下的舞厅里，马文之如醉非醉的样子，要老婆与大哥去跳舞吧！大哥也不客气，搂着人家的老婆，似乎当成陪舞小姐，还在人家老婆身上抚摸起来。还好，人家老婆气度大，想得开，很潇洒，很开放，还有所准备。这时候，在舞厅里，已经找不到马文之的人了……接着，马家老婆马上想到了话题，与薛家老婆聊起企业股票上市的话题来。

"你家老公，真厉害呀！企业的规模，搞得比我马家还要大，"马家老婆，马上想到，要聊些新话题，人家老婆不知道的东西。就开始夸着问薛家的老婆，又说，"你家是不是已经申报了企业股票上市的事吗？"

"没有的，没有的，八字还没有一撇呢，人家故意拖欠我们好多的钱，我们还没有讨回来！哪里有心思去申报这个？"薛家老婆干脆地回绝。

"我家老公，最近，刚刚结拜上，在市局里做官的……一个大哥，这个大哥，刚刚升官，他的手下人，都叫他王局，王局大哥，叫王尼西。我家老公去调查过王局，王局的上代，上上代是泥匠，是七代的泥匠，不对！不对！六代是泥匠，到了第七代大哥做官了，不做泥匠了，所以将泥字，三点水抽掉，成为尼。王尼西上代是一清二白的穷泥匠，所以下代的大哥能做上官。官衔虽然不是很大，但手中却是实权呀！申报企业股票上市的事情……大哥，一句话的事。大哥还说了，你们薛家的事一定会开绿灯通过的！要不要……我去，跟大哥说一声呢？把你们家的企业股票上市，也一同带上算了？"马家老婆，沾沾自喜说了一番。嘴上与手上，她确实有这个实权，这个实权大哥一定会满足她的，大哥也会听她的，当然她也满足大哥在宾馆床上的需求。

"使不得，使不得，我家的企业，根本没有这个实力的呀！"薛家老婆连忙又拒绝。

"那有什么呢？大哥有的是实力，你想一想呀！大哥能把反对他的人，一个个驱逐出他的活动圈子里，你说一说，这个实力有没有呀？这个实力大得去了！一次，听我家老公说的……在讨论，我们家的企业股票上市，有没有实力，有没有资格，是不是可以去申报企业股票上市？有一少部分的人提出反对的意见，还包括一个女的，叫什么琴呀？叫……丁乙琴，对！丁乙琴的那个女人，被大哥，哼！一个个的，都把他们难看掉，就是爽快地解除他们的职位，哈哈！"马家老婆又大夸了一番。心里还暗暗地称赞：大哥真是厉害的，能把人整倒办丑，还有什么事不能办到呢？事情是人做的，不听话的人，只能一个个地整倒办丑，这样的大哥哪里去找呢？

薛家老婆听着马家老婆的话，越听越不是真话，是在吹牛，觉得上当了。那时候，薛家老婆还不认得丁乙琴，是何许人也。

当美容做了一边的脸孔时，薛家老婆还是不放心饭局上的男人们和美女们。于是，她放弃做另一边美容的面膜，马上折回到吵闹尖叫的饭局包厢里。上前一把拉住丈夫薛开甫，逃离了这个现场……

现在想想，问题都出在丈夫薛开甫身上。薛开甫与马老板长年的合作，无非马老板时常提供一些绝对到位的年轻美貌姑娘们，而且到位的美女姑娘们，一个个绝对靓丽性感豪爽。

马老板"热情款待"之下，一次次将应付的货款钱，支付得少而又少，一拖再拖。

老张会计继续说下去："虽然产品出口国外，利润不是很高，但货款笔笔能及时收回呀。这样计算下来，国外销售，比国内销售的利润高。我好几次提出，产品全部做出口，不做国内，堵住马老板的年年恶性循环。可是，可是，老板根本听不进去，不同意。"路莉萍再次相信老张会计的话。薛开甫第一次出国到俄罗斯，还是由老张会计领路，与外商洽谈做生意的。现在，按照老张会计提出的思路，扩大国外市场，或者注册国外销售公司，把产品全部销往国外。这样真正解决：产品销售的渠道，货款能及时到账；既能摆脱国内有关部门，设立的种种阻碍，又能彻底切断与马文之公司不正当的合作。加快让老张会计把国外的客户，联系好建立好，再次引领，带薛琪出国，走国外营销之路。她把这个想法，和盘托出后，他们纷纷表示赞同。

这时，公司办公室女文员小柳进入董事长室，递给路莉萍一份法院经济庭的传真文件。文件的大意说：约定时间地点，在法院经济庭，调解银行与外贸公司贷款合同一事。路莉萍想到问题严重了，有点被老张会计说中的味道。看来，银行是要动真格的了。路莉萍当即决定，兵分四路：第一路，要丁乙琴全权负责办理，将两套别墅房产和两辆汽车产权，提交到市场评估机构去评估；第二路，要薛琪马上办理加急护照证件，为随时出国做好准备；第三路，要老张会计联系国外的老朋友和老客户，要以老带新，重新建立关系网，为陪同薛琪，一同出国俄罗斯，登门拜访新老客户，做好准备；第四路，她自己去律师事务所咨询，随时随地准备与银行打官司。作业布置完后，大家分散行动。她马上先去医院，为瘫痪在病床上的薛开甫请护理工。这样，她可以集中精力应对银行的种种挑战。

# 第十二章　法庭调解

　　路莉萍被这几天还贷款事弄得没睡好。老想着：两套别墅两辆汽车一下子成了人家的，心里难受，舍不得呀！一家人去住公司，员工们看到后会不会造成恐慌？那些技术人才，熟练员工，企业骨干，会不会一波接着一波跳槽？过了眼前这一关，再有这样那样的欠债，拿什么东西再去抵押，再去还债？她在床上情不自禁哭诉起来："薛开甫啊！究竟要迫害我们，到什么程度呀！薛开甫啊！为什么要这样安排对待我们母女俩呀！先来一个二奶的白梅，后来一个包养的木土花，突然间，又冒出一个私生子薛仁，接着又出现贷款三千万元的欠债。那欠债的后面，会不会还有一个更大的孽债呢？如此一步一步地深深掩着藏着，一个个地突然间冒出来，让我们防不胜防，让我们无法应对。你这个畜生不如的东西呀！"她泣不成声，眼泪点滴到枕头上，哭骂一会儿后，无心再睡，干脆起床，走向三楼佛堂间。

　　四岁的薛仁这几天心里也很烦，知道再过几天大妈家三楼的佛堂间里，再也不能拜菩萨了，心里一直苦恼着！问大妈："我们去住公司，那里有没有佛堂间呀？"大妈说，办公室里不能设佛堂间的，听后更加的苦恼。他想着，怎样去乞求幼儿园的小朋友和老师来帮忙，但有怕他们帮不上忙，还让他们知道这件事；想着怎样去乞求寺院里的老和尚来帮忙，可是老和尚很穷呀，没有手机，寺院连一部电话机都没有。想来想去，只好去乞求爸爸的好朋友，红衣姑娘的木土花了……

　　星期天早上，薛仁起得很早，想去多拜拜菩萨，怕以后没有机会，再来这里拜菩萨了。他在拜佛凳子上，学着大妈，一个劲地叩头拜菩萨。大妈看后，问他："今天，薛仁小朋友，起得这么早，来跪拜菩萨，你想……求菩萨什么事啊？"大妈看着，薛仁叩头拜菩萨的样子，很认真，又规范。她看了后，心情好了一点，露了笑脸。

　　"大妈，大妈，"薛仁看准了大妈的笑脸，又说下去，"大妈呀，您拜菩萨，求菩萨，一定是在想，让爸爸早点快点醒过来，这样就……不用去卖房去卖车，去还债了。薛仁小朋友拜菩萨，求菩萨，是在想，让爸爸慢点，不要再醒过来！"薛仁想了一想，又看了一看，佛龛里供奉的木雕菩萨，大声说道。

"薛仁小朋友，你这是为什么呀？"大妈很吃惊，心里头在怀疑，他是不是一个四岁多一点的小朋友呢？

"爸爸醒过来，麻烦的事，就多了！……"薛仁，拜了七拜，又看了菩萨一眼，依然大声说道。

大妈一时伤心又惊喜，上前搂着懂事的薛仁，亲了他一下。她真的希望，他的爸爸不要再醒过来。如果醒过来，人家上门来讨债的事，讨孽债的事，还有不知道的事，或者还有住在豪华别墅里女人们的事，一事接着一事，突然间冒出来，向他们袭来。但又希望他的爸爸快点醒过来，这样能解决目前三千万元还贷款的困境。想了一会儿，她又说："我们还是一起，跪拜恳求菩萨吧，让薛仁的爸爸，早点快点醒过来，这样……薛仁就有爸爸了！"大妈放开搂着的薛仁，双手合一，口念佛经，跪拜起来。

"薛仁不要爸爸！薛仁不要爸爸！薛仁就要大妈，薛仁就要大妈！"薛仁坚定地说着，过一会儿，还哗啦啦地哭了起来……

这时候，放在藤茶几上的手机响，路莉萍起身走过去，看手机号码是女儿打进来。这几天，女儿跟着丁乙琴总经理一起暂时住在公司集体宿舍里，便于管理员工和关注员工跳槽的动向。女儿在手机上说，刚刚接到法院经济庭来电说，"由他们经济庭出面，再调解一次，贷款纠纷案的事，问我们公司人员，今天是否过去，心平气和地相互坐下来，调解调解，沟通沟通？"路莉萍心想：坐下来调解沟通？已经是十天内，第四次调解沟通了，公司坚持履行借款合同条款为准，银行既不能起诉公司，又不能冻结公司财产。双方坐下来沟通沟通，无非是一个形式。既然已经调解四次了，还怕再多一次吗？路莉萍在与女儿通话中，答应法院经济庭，去调解沟通一下。说毕，路莉萍双手合一，面朝菩萨，拜七拜，灭红烛，脱佛衣，拉起薛仁下楼，驾车先到公司，载上女儿他们，向法院方向驶去。

这次调解地方，不在经济庭上，而是在经济庭的三楼一个小会议室里，当然调解的气氛，要比上几次温和多了。椭圆形会议桌上，已经摆放两排整齐的杯子，杯子旁边，站立一瓶，小瓶装的矿泉水，看过去，好像要召开重要会议似的，很正规。会议桌，上方坐着：一脸严肃的中年男性调解员；下方坐着：着衣朴素的老言道教授，老教授胸前，挂着一架长镜头相机，他取下相机放在会议桌上，随手拿来面前一瓶矿泉水拧开盖子喝起来；左边坐有：公司方人员，由路莉萍、薛琪、丁乙琴，加上薛仁四人组成；公司方人员的正对面，是银行方三人组成，新支行长坐在中间，其余两位是新脸孔。调解员标准式地微笑一下，看了左右双方，已经落座静待，宣布正式调解会议开始。

"上午好。今天是星期天，打扰你们的休息时间了，谢谢你们支持！本次调解会议正式开始之前，我先说明一下，这位教授，姓老，老言道教授，他是本市大学教授，也是本市新闻界名人。我们三方都没有邀请过他，他是自荐而来的。现在征求一下，你们双方意见，是否同意，老教授参与本次，贷款纠纷一事的调解沟通？"

双方人员，各自轻轻地简单交流一下后，都点了头，表示同意。

"好！好！"调解员看到双方各自点头后，接着又说，"前四次调解，双方都亮明各自的观点，又各不相让，一直僵着。这次银行方，向我经济庭，提出再次调解贷款纠纷一事。为此，由我经济庭牵头，召集公司方，且公司方很配合我经济庭工作，在这里表示感谢！同时感谢老教授，在百忙之中，参与我经济庭本次调解，和给予大力的支持，再次表示感谢！接下来，我们先听听银行方，怎样说服公司方，将调解中的贷款纠纷，做到协商解决，一个阶段性的成果。银行方先讲，请……"

银行方人员，先将银行的宗旨原则、法律法规，围绕着说了一大堆。最后说，国家信贷的钱，老百姓存储的钱都不能受到一点的损失。一旦受到损失，就要追查，就要追回，要保护好，要保存好。这是银行的权利和义务。随后提出，必须严厉打击经济犯罪分子；又提出，侵占国家财产，要及时追回等等。银行方，先将一连串问题提出来，然后抛向公司方。

公司方人员，不吃那一套。竭力反驳说，经济犯罪分子，出在银行方，是银行方用人的问题，管理的问题。银行方内部出了经济犯罪分子的问题，和银行贷款损失的问题，就要合同的另一方，来承担吗？来惩处吗？这是极不公平，是违背合同法律的严肃性。公司贷款三千万元，还贷款三千六百万元，银行赚了六百万元，银行方为什么不履行合同呢？公司立马接住，银行刚刚抛过来，合同上出现种种问题的球，一脚踢向银行方的头上去。

双方打了一次僵局的回合。老教授，时而点点头，时而记录什么。这时候，调解员短促地咳嗽一声后，打破了沉默，一改以往严肃性的标准脸色，而此时，他脸上露了笑容，说道："看看，看看，你们的双方，是否心平气和地，听一听，老教授的观点呢？请……老教授发言……"调解员说完，向老教授的方向，伸出标准的手势，请他。

薛仁慢慢地听出，他们的争吵：银行说，借钱是要还的，你们必须马上立即要还的；大妈她们说，不是不想还，时间没有到，你们心急什么呢！幼儿园老师说过，借东西要还，小朋友都知道，为什么大妈她们，现在不还呢？老教授是老师，老教授是否和幼儿园老师的说法相同呢？薛仁盯看着，老教授的一举一动。

"我完全同意，刚才银行方的观点。"老教授放下矿泉瓶子，很爽快，免去开场白，接着又说，"同时，我完全同意，刚才公司方的观点。但是，我，还是先立明我的观点。不管国家银行，还是民营银行，都是专业管理国家，信贷的钱和老百姓存款的钱，不受一丁点的损失。这是银行法律法则的宗旨。银行与公司，双方签订的这份借款合同，已经查明，是一份违规合同。银行方知道了这份违规合同后，及时向公司方提出：有错必纠，恳请公司方谅解与配合，一起把违规的合同，来纠正它，来办妥它，这是银行方的指导思想。因此，银行方积极地表现出，以上几次的调解，也就是想得到公司方的谅解。这份违规的借款合同，已经不存在了，已经是无效了，那么贷款的钱，怎样还呢？这就是今天要调解的，要协商的事，也就是亮明我的观点：必须现在归还，不是放到无效合同里的期满。即半年后，再来归还！半年之前，银行方将一年期，无息，三千万元，贷款给公司方，公司方在半年之前，已经将两千万元的钱，以第三方应收货款的形式还给了银行方。听起来有点绕口令，再说明白点：在同一时间内，公司借了银行三千万元，同时又还了银行两千万元，还剩下本金一千万元。这一千万元的钱，公司方必须限期，归还银行方。没有了借款合同，因为借款合同是无效的，所以双方可以协商着，分期分批，拟定日期还清贷款。"老教授停顿了一下，看看双方的脸色。

薛琪听了后，觉得老教授一番话，越听越不对劲，说来说去又要回到银行猛追欠讨，公司傻瓜地必须现在马上立即，还一千万元的老路，莫非老教授是银行方的托，被银行方收买后，混进调解现场，那就不客气了，想集中精力，先反驳老教授一下，并把他打压下去。于是，薛琪脸上带着有点愤怒的表情，豁然地站起身来。薛琪的举动，被身边的路莉萍发现，路莉萍用力把薛琪拉回坐下。

"姑娘你别急，你千万别急。"老教授立刻转过头来，对薛琪笑容和气地说，"请姑娘别急，冷静！冷静！等我把话，先说完好吗？回过头来，我们再说一说合同。这份借款合同里有两错：一错是银行方。银行为赚取六百万元所谓的利息，违规签订这份借款合同。公司方也有错。公司急于用钱，又怕还不了贷款钱，就将这份合同以外的第三方，拉进合同里来，要以第三方应付货款形式，去还银行贷款。因此说，合同是无效的，是违规的。你们想一想啊，第三方与银行方，上下不搭界的，不被银行方所牵制的，第三方没向银行贷款过呀，借款过呀。也就是说，第三方没有任何法律义务，要将欠薛开甫外贸公司的三千六百万元，拿去还银行的呀。之前，第三方拿来的两千万元钱，已经还给了银行方，那是第三方的事。如果，我是第三方，连一分钱都不给。后来第三方一千六百万元的钱，为什么不给银行方呢？因为第三方，压根儿与银行方不搭界的呀。给与不给，银行方不会去追讨第三方，银行方追讨的是借款合同里，薛开甫外贸公司呀。所以说嘛，公司方可以通过法律的途径，或者说通过其他途径，加大力度将第三方欠下的一千六百万元应收货款追讨回来，这才是公司方目前要做的头等大事。千万不要再抓住借款合同不放了。这份借款合同的对与错，已经无关紧要了。"老教授说毕，马上收回笑脸，转向银行方继续说，"银行方错得更大，更离谱。银行方为了赚取，比国家贷款利率，还要高的六百万元钱，而产生了贪心，签订了这份违规的合同。可是人算，不如天算的呀，人家偏偏一千六百万元的钱，不给银行，银行就将错处，全部怪在公司方身上。在毫无思想准备下，又毫无还贷资金的准备下，要公司方一下子拿来一千万元钱还银行。这样做，你们银行方是不是错上加错的呢？是不是呀！银行方，要退让一步，要留余更多的时间，让公司方去凑钱，要有人性化嘛。"老教授接着又露出笑脸，转向公司方继续说，"最后，公司方打算一千万元的钱，怎么还？先提一个方案出来。然后，再提需要多少天，去还清它？"老教授一口气，分左右两边来说，效果会怎么样，他还没有估计出来。

薛仁听了后，很赞同老教授的话，因为与幼儿园老师说的一个样，有借有还。但幼儿园老师没有说，归还东西的时候，可以商量着还，拖着还，甚至赖着慢慢还，大人们把东西，弄得那么复杂干嘛呀？薛仁一时生了气，从会议桌上拿来矿泉水瓶。路莉萍连忙帮他拧开盖子，他小口，小口地喝了起来。

路莉萍听了后，感觉到老教授是站在公正的立场上说话。特别提出来，可以起诉，可以追讨，第三方的应收货款。想到，银行可以天天逼着，天天追讨公司还贷款的钱，公司为什么不去天天逼着，天天追讨第三方的应收货款的钱呢？老教授提出还款计划，这是在提醒我们，留有更多的时间，好让我们去准备，去追讨应收货款的钱吗，将追讨来的钱，再去还贷款。这是在偏向我们，与老张会计说法一致，就是拿公司的钱去还银行的贷款，别无他路。路莉萍想到了这里，放宽了心。于是，将别墅、汽车在评估市场的估价说了一说，并将评估报告单子递给调解员。

调解员马上叫上银行方的人员，暂时离开小会议室，一起走到另外一间办公室里。两位银行人员马上打电话，与评估市场人员在联系，证实一下评估报告单上的数据。这一边的新支行长很兴奋地握住调解员的双手，一再表示感谢，还说："邀请到了老教授，真正是天助我也！"调解员笑笑说，"不用谢我，不用谢天，没有邀请，他确实自荐而来，希望你们对公司方在还贷款的时间上，要和谐处理，要给老教授留下一个客气的面子。这就是调解处理的宗旨，请你们好好配合并理解。"说完，两人再次握了手。过了一会儿，调解员与银行方人员脸上挂满笑容，一同进入小会议室。

老教授看着银行方人员满意的样子，胜利的样子。他也感到胜利了，微笑着问道："别墅、汽车的估价值，你们核实后，认可否？"老教授等待银行方人员坐落后，看着他们的脸上依然挂着笑容，并点头回应表示认可。老教授继续问道，"好的！那么银行方，限定公司方，多少天数，将估价好的值变为钱，划进银行户头里呢？"

"五天……时间吧！"银行方人员，相互点头商量一下后，由新支行长回答道。

"这样，好不好呀……反正，一千万元的钱，公司方已经敲定了，已经落实了，银行方已经看到了，已经证实了。在资金归还的时间上，是否再宽松一点，两个星期的工作日，再加五天，十五天行不行呀？"老教授依然对银行方客气地商量着说。

"好的！老教授，就十五天吧！"新支行长微笑着，也很客气地回答了老教授，同意放宽限定的时间。其他银行方人员的脸上，依然挂着胜利的笑容。

老教授转过身来问了公司方，十五天时间内还清贷款行不行呀？公司方人员的脸上都挂着一副哭相，垂头丧气。但还是点头表示同意的。这个时候的老教授身份，一下子变成了调解员的身份了，他的脸上，此刻也是挂着一副哭相，说道起来："此时此刻，我知道，你们心里，都很难接受，很郁闷，很无奈，很无助，这些我都能理解。但我还能帮你们呀，去追讨一千六百万元的钱呀，请你们，要相信我呀！"老教授安慰了公司方人员的一番说后，看到，路莉萍她们，相互在频频点点头。接着，老教授的头又转向银行方严肃认真地说，"好的！在十五天时间内，公司方将一千万元的钱，先划进公司银行户头，然后，再划进银行方的户头上。那么，请银行方同时准备好，将未收回的第三方，即一千六百万元的应收货款原始凭证及相关资料，在同一时间内要归还给公司方的。"

"这……这，老教授是完全不可能的！这里面有一大部分是银行贷款的利息，要扣除的啊？"银行方人员，马上提出利息，想与老教授，争取一下，要贷款的利息。其他人员脸上的笑容，一下子都被狼狗咬破似的，立马露出血淋淋的惨相。

"银行方，你们，"这时候，老教授听了后很不客气说，"你们仍旧走在……犯错误的路上，而且犯的错误还越走越远，越来越大。你们的错误，不要再犯了，好不好呀！从前面四次调解的记录和本次的调解记录来看，银行方，不！你们一家民营银行的支行方，一直没有提到要三千万元贷款的利息呀！你们……一直追讨的是，一千万元本金呀！你们现在一下子变卦啦！公司方已经默认，同意推翻借款合同，并听从你们民营银行的总行指示，还配合你们总行，清查违法借贷。公司方才去卖房卖车，才去凑合一千万元的钱来还贷款的呀！你们看公司方已经做到了最大的牺牲，最大的让步。我们今天，已经迈入和谐社会的时代，奔小康富有的时代。你们再看看他们，他们是在不知情下，突然冒出来巨额贷款，而且还要在十五天内还清。现在，他们已经做到卖房又卖车的地步，他们一老一小，已经无家可归的地步，你们还要逼他们怎样？！"

薛仁流着眼泪，没有哭出来，捏紧小拳头，静静地听着，刚才老教授说的话，特别是最后几句话。如果，这时候，老教授大声叫喊，冲呀！打呀！薛仁马上会第一个扑上去的，甚至把手上拿的矿泉水瓶扔过去的，会把对面的三个银行人员打倒在地的。小小年纪的薛仁，就是这么想的，只是流着眼泪，不哭出来。路莉萍一手，紧紧地握住薛琪的手，要她别妄动，要她别妄言；另一手，去搂着薛仁的身体，让他靠在她的身上，要他别哭出声来。丁乙琴的手，也紧紧握住薛琪的手，要她别豁然站起来，要她冷静，要她别去攻击对方。

"老教授，这样说吧，不是说犯不犯……错误的问题，而是说我们损失与不损失……都是国家银行利息的问题？还请老教授，多多的……谅解！多多的……谅解！"那位银行人员一直很不解，还想辩论，还想争取获得贷款的利息。其他银行方人员的脸上，依然挂着哭丧的表情。

"错！错！错！"老教授很严肃地，还提高音量，继续说，"国家银行的利息，一分都没有损失，损失的恰恰是你们支行方的内部利润分配罢了。国家的钱，公司企业的钱，老百姓的钱，要你们支行方好好管理，好好经营，你们支行方在经营管理中，一有损失就要老百姓买单，就要公司企业买单，是不是这样？你们支行方在经营管理中，'保盈不亏'是不是这样？国外银行有破产，有倒闭。我们中国的银行，就没有，就不会？中国的民营银行，就一定不会吗？天下哪有这样的道理？如果把这一个新闻事件放大，并发放到各个日报、晚报、网络上呢，看你们支行方的三位成员，今天上午，此时此刻，还能稳坐泰山在这里吗？还能大谈要利息吗？今天的支行方，一开始就是口口声声说，请谅解！请谅解！还有请配合！请配合！你们谅解她们吗？你们配合她们吗？他们的心田很善良，他们已经无家可归了。他们面临的是生死与存亡，而你们得到的却是利润分红多与少。今天，你们支行方，在十五天之内能及时拿到一千万元的本金，已经是万幸了！应该说，你们已经完成总行的指示和任务了！你们不用在法庭上，你一枪的，我一剑的，就在这儿，就这样胜利了！因此说，推翻借款合同，以及借款合同无效后，到今天的日子算起来，薛开甫外贸公司的两千万元在半年前，已经还给你们支行方。你们支行必须按半年期，国家存款的利息，计算给公司方！"

"算了，算了，老教授，算了！不要这半年的利息了！"路莉萍听了，老教授一番话后，脸上已经是泪水滚动，从心底里感激老教授。公司不但不付贷款利息，反过来还要银行支付存款利息，也想给银行方一个台阶下，就对老教授说了这一请求。

"不行！不行！一定要的！一定要的！"老教授坚决地，一字一字地说道，"因为借款合同上，明明写的'无息贷款'。而二千万元是外贸公司的存款，存款有息。这半年时间，利息不是很多，但让民营银行的支行，好好记住这个教训！"

"大妈呀……大妈呀……我们的别墅，没了！我们的汽车也没了！"薛仁看着路莉萍的眼泪水滚流出来，他终于控制不住大哭起来。

调解员起身与银行方低声交换了意见后，马上表态，同意老教授的说法。老教授起身走到薛仁的身边，帮他擦去泪水后，抱起他，安慰他说，"你是薛仁小朋友吧。你们家的别墅和汽车一样不少，都会有的！请你相信我，好吗！"

# 第十三章　揭开秘密

　　贷款纠纷案终于落幕。老教授在法院经济庭的小会议室调解会上，亲口说过的："我会帮你们，追讨一千六百万元，应收货款的钱，请你们，要相信我！"果然，在第二天下午，老教授说到做到了，那一笔钱，如数追讨回来了。薛家面临将要抵押出去的两套别墅、两辆汽车一样不少的，终于转危为安了。路莉萍一家人，为了好好答谢老教授，选择周末在高档的五星级酒家宴请。老教授接到宴请的电话后很爽快，笑呵呵地答应。但他要求，在薛家搞几个素食菜，他也喜欢吃素食，也是纯粹的素食主义者，并再三叮嘱，尽量控制好食物的数量，千万别浪费。通话最后还加上一句说，"你们都别谢我，先谢你家薛仁小朋友吧！"

　　为什么要先谢薛仁呢？弄得路莉萍一头雾水。事后才知道，原来是这样的：银行在追讨公司一千万元还贷的日子里，路莉萍天天以泪洗脸，念经、拜佛，求菩萨，想解脱心中的烦恼与困境。薛仁心细看出，这几天大妈的心情很不好，他很小心，不去惹事，不去烦人，知道再过几天时间这里住的别墅要卖掉了，汽车要卖掉了，卖掉的钱去还银行借的钱。这一切，都是爸爸薛开甫惹的祸，他恨死了爸爸薛开甫。这件事，他想来想去，没法跟人家去说的。趁着大妈在三楼佛堂间念经时，他偷偷溜到一楼客厅的客房间里，好几次打电话给红衣姑娘木土花，说起爸爸公司借钱与还钱的事。他与木土花的关系，很好很铁，好如铁哥们。妈妈白梅生病住院的阶段，他上幼儿园，都是木土花一次次接送的。木土花陪着他，去肯德基、麦当劳、动物园、儿童公园，好几次去过木土花的校园，木土花好几次，在他家里过夜，陪他一起睡。那个时候他家，还没有请保姆，而薛开甫整天整夜，在医院里陪白梅。他把木土花，既当成姐姐，又当成未来的妈妈。因此他们相处得很好。当木土花，接到他的电话后，凭她所读的财务会计专业，当然知道借款合同上有问题，况且她跟薛开甫曾经还有一段情在里面呢。再说，现在的学费、生活费由薛开甫公司的资助，公司有难，更应该出谋划策地去帮助解决。于是，木土花与老教授，在网上QQ空间中，聊起此事，老教授一听，知道这是一个很典型的，银行违规信贷的案例，很有新闻价值，也可作为教学授课的范例。况且老教授对外贸公司以及薛开甫这个企业家的名字，记得特别牢，特别感兴趣。因为薛开甫资助过贫困大学生的行动，其中受益者就是木土花。至于他们不纯的行为，那是后来的事。就以此事，老教授与法院经济庭联系通话，征求意见后，才知道恶意拖欠，应付货款的企业，是一家与薛开甫外贸公司合作的企业。这家合作企业的老板，叫马文之。马文之，是老教授教学过的上几届学生，该学生品行不正，成绩不好，毕业时还挂着一门红灯。老教授立即上门去公司找马文之，当面训斥一顿。马文之很怕老教授将此事在新闻媒体上曝光，当即承诺三天之内，划款归还一千六百万元的应付货款。就这样，老教授在第五次法院经济庭小会议室的调解会上，说话有十足的底气，有把握处理纠纷案。不但挽回外贸公司资金的损失，而且还避免卖房卖车，落得无家可归的地步。

"真的是菩萨在保佑我们薛家了，善有善报啊！我们薛家的公司，又跨过了一个难关。除了老教授、木土花暗中的帮助外，薛仁小朋友打了几通电话，把解决不了的问题都解决了。最要谢的人，应该算是薛仁小朋友了。"路莉萍想了想，笑了笑，高兴地抹去泪花，选了一个周末的中午在家宴请老教授，还有木土花、丁乙琴、老张会计他们。

厨房里，丁乙琴、薛琪与木土花，她们一起在做饭做菜。在客厅里，路莉萍与老教授相对坐在沙发上。老教授的身旁，坐着的是老张会计。他们聊着，外贸公司的现状，说着准备过几日由老张会计老将出马，带领薛琪出国俄罗斯，打算办理注册国外销售公司等等的话题。薛仁一直依偎在路莉萍身旁，不停地插上嘴，问老教授一些古怪的佛教方面问题。如菩萨是男的，还是女的？如佛大，还是菩萨大？菩萨可以是人，佛是不是，也是人？如菩萨能救人，佛能不能救人？如菩萨和佛，会不会都知道，哪些人在做好事，哪些人在做坏事？知道后，会不会去教训那些做坏事的人等等？薛仁将自己在三楼佛堂里的书架上佛经书籍中看到的不懂的问题串联起来，一块儿倒向老教授。老教授听着笑着，耐心地一一作答。最后，老教授反问薛仁："薛仁小朋友，为什么，你喜欢做菩萨呀？"

"菩萨，菩萨，没有烦恼呀！没有眼泪呀！他们天天坐在那里呀！天天看哪些人，在做好事呀！天天看哪些人，在做坏事呀！"薛仁很天真地回答着。

"那，薛仁小朋友，你看到了什么？"老教授笑着，继续反问。

"我看到了，爸爸做了好多好多的坏事。所以他，天天躺在医院的病房里。大妈和丁乙琴妈妈、木土花阿姨，还有，还有您，老教授都在做好事。"薛仁说出了大人口气的话来。

"那，薛仁小朋友，你……你，有没有，做过好事呢？"老教授呵呵大笑着起来，又反问道。

"我，我，我还小呀，什么都做不了，等我长大了，一定要做菩萨！阿弥陀佛！"薛仁很认真地说道。

"那，薛仁小朋友，你要做一个什么样的菩萨呢？"老教授呵呵笑着，继续反问道，"你面前有两种泥菩萨，一种是泥菩萨。泥菩萨过河，自身难保。泥菩萨为了救众生，奋不顾身过河去，最后什么都没有；另一种是在寺院里，金光闪闪的巨大菩萨。金光闪闪的巨大菩萨，在大雄宝殿上端坐着呢，吸引众多善男信女，前来朝拜，你想要做哪一个呀？"

薛仁认真地听着，想着。可是，他听不懂老教授的话。但他看到过七塔寺的大殿，高大辉煌；大殿里的菩萨，佛光普照；菩萨身旁的和尚，红光满面。他也看到过接缘寺里的大殿，大殿破旧不堪；大殿里的菩萨，破旧不堪；老和尚的袈裟，破旧不堪。他还看到过，在破旧不堪的大殿楼宇里，有一群白发苍苍的老爷爷和老奶奶，在那儿吃饭，他们吃饭不用付钱。

"我就要做，那儿的菩萨，好让老奶奶们，老爷爷们，天天在那儿吃饭，天天吃饭不用付钱，阿弥陀佛！阿弥陀佛！南无阿弥陀佛！"薛仁忽然想到，接缘寺里的穷尽相，寒酸相，大声说道。

路莉萍听了后，惊喜万分，搂住并亲吻了薛仁许久。老教授与老张会计听后都高兴笑起来。

"别看他人小，但不能低估他的智商，说不定将来在佛教界里是一颗明星呢！"老教授猜想着说完又哈哈大笑起来。

说话间，开饭时间到了。马上端出来有十几道菜，摆放在乌木圆桌子上，再加上水果、点心、汤，全都是素食。冷菜六道：马兰香干、番茄凉拌、花生苔条、糖水红枣、白果海藻、酱瓜萝卜；热菜八道：红烧春笋、咖喱土豆、清蒸秋葵、蘑菇炒青菜、木耳炒西芹、海带煮豆腐，还有银耳炖莲子。最后还有一道素菜，叫红烧鸡翅。这道菜，路莉萍下厨亲自烧制，是用面粉做成鸡翅的形状，上面撒上面包屑，滚一滚，放到油锅中，煎至黄金色，再配上调料，进行红烧，烧至收汁时，再淋上一些蕃茄酱，就成红烧鸡翅。这道菜薛仁最爱吃。大家围坐在桌边上，以茶代酒互敬。只见薛仁，站起身来说："你们……你们，都别来敬我，我先敬菩萨去！"说完，举着小杯向三楼的佛堂走去。于是，大家发出一阵一阵的笑声。

饭后。薛仁很认真地提到他家的别墅里有一台保险箱，平时爸爸不让他看。他认为爸爸做了那么多的坏事，保险箱里肯定是见不得人的坏事。他认定了，老教授是好人，办事能力强，就拉着老教授的手说要去揭露保险箱的秘密。

"这去……薛仁家，是否合适？"老教授被薛仁缠绕着，只好笑了笑回头，看看路莉萍，问她。

"没事的！没事的！我也没去过，一起过去看看吧！"路莉萍回应老教授，也笑了笑说。

"薛仁家，是高档别墅小区，我接送薛仁，上幼儿园时期去过他家，好几次……我带路！"说毕，木土花脸露羞涩，把带路的话还是说了出来。

"我也去过几次，他家的别墅，好气势……呀，要比……我们家的别墅，厉害多了，气魄多了，室外有一个很大的游泳池，室内也有一个小一点的游泳池呢。"薛琪马上接上说。

"我家……五龙湖别墅的面积，有1000多……多平方米啦！"薛仁高兴地，一手拉着老教授，另一手拉着路莉萍，缠着他们要一块儿去。

大家听到后，说着说着，都想去薛仁家看一看，1000多平方米的别墅，到底是什么样子的大小。于是，老教授的那辆老爷车，载上薛仁和薛琪，在面前引路，路莉萍的崭新宝马车，载上丁乙琴和红衣姑娘木土花，老张会计跟在后面，一齐向薛仁家的方向驶去。

五龙湖别墅群，依山坐落在五龙湖的三面环湖之中，稍远处湖泊中的十几只白鹭鸶，在湖面上飞翔，旋转；再远一点看到几艘小汽艇，摩托艇在湖面上飞奔，漂移；别墅群的背面，紧靠一座座小山丘；不算很高的小山丘上，有竹林，有果树林；山峰上有现代建筑的楼阁亭子，宝塔，风景独特。别墅群由多个独幢别墅组成，没有联排连体别墅，更没有中高层楼房安插在别墅左右边，或者前后方，纯粹都是幢幢独立的别墅。薛仁家，就在其中的一幢里。路莉萍他们，将车子停在庭院独立的停车区域，停车的车棚是用白色风帆似的形状搭建而成的，车棚可容下四五辆车子停放。他们下了车，穿过栽有花草树木的宽大庭院，就能看到靠东面的位置上，有一个很大的游泳池，西边是一个九曲走廊与亭子连接在一起，亭子与走廊的下面是鱼池。可惜呀，游泳池里的水与鱼池里的水都被太阳晒得蒸发光了。他们一起抬腿迈过光洁的大理石台阶，再抬头看到别墅的大门，是古铜色的金属门面，在门框的周围用黑色的大理石砌墙而成，似乎庄重，富贵，豪华一点。金属门面上的图案，是一个大大的圆形福字。打开一扇门，福字只留半个字，干脆打开两扇门吧。推开沉重金属的双扇门，看到里面的客厅，顿时感觉高大宽敞明亮，站在客厅的中央，看到二楼的红木扶手的栏杆，围成一个圆形，因此客厅特别的高大又明亮。巨大繁华的吊灯，是从二楼顶上吊下来的，穿过二楼，同时照亮二楼圆形的一圈走廊和红木栏杆，当然照得更亮的是一楼下面的整个大厅。不要去说，这个别墅的构造是否独特，不要去说，这个装潢布置与陈列的家具怎样，都远远超过路莉萍家的联排别墅，而且是好几个档次。她看到的这一切，会不会产生醋意呢？不会的！因为这个家的女主人，已经人去楼空了，也就多了几分自我的安慰。

薛仁引路，拉着他们一起穿过客厅红木沙发、餐桌椅，在客厅与餐厅之间有楼梯口，在楼梯口旁有室内观光的电梯，薛仁很熟练地摁下指令，即刻打开观光电梯的门，他们乘上二楼，径直走到二楼主卧室里的书房。薛仁很快找到书柜里的隔层暗门，打开暗门，一台不是很大的且是崭新的保险箱呈现在他们眼前。他们看着崭新的保险箱，不知怎么打开时。只见薛仁从书桌抽屉里，找来了钥匙，递给老教授。

"薛仁，你知道密码吗？"老教授拿着钥匙，问他。

"妈妈……的生日，左手转……呀，我的……生日右手转。"薛仁闭上眼睛，想了一会儿说。

"好的！薛仁小朋友记性真好。你先报，你妈妈的生日，再报你的生日吧？"老教授插上保险箱的钥匙，笑了笑，等着他，报生日的时间。

"妈妈……的生日……12月18日，我的生日5月25日。"只见薛仁又闭上眼睛，想了一会儿，报了生日时间。

薛仁报完两人的生日后，老教授果然打开了保险箱的门。马上看到保险箱里，塞满彩色照片，放在最上顶部分的照片，随着开门时的震动，先散落到地板上，散落到地板上的照片，个个是美丽漂亮的姑娘，有正面脸部特写镜头的，有侧脸特写的，有半身，有全身，也有若隐若现的半裸全裸。这一下子把在场的人，都看惊呆了。

薛仁却很兴奋，小心地将保险箱里的照片，掏出来看，掏了一会儿，看到一张白梅的照片，他拿起照片端详着，叫喊道：

"你们快看！你们快看！我妈妈生得漂亮吗？漂亮吗？"薛仁很惊喜地叫喊着，将照片举得高高的，是让大家看的。

薛琪拿过照片来看，看了一会儿，问妈妈，照片上是不是薛仁的妈妈，路莉萍点头。薛仁很兴奋，又继续掏了一会儿，发现木土花的照片，木土花连忙拿来看自己的照片。此刻，她一定感到羞耻了，脸一下子红了起来，慌忙将照片放进她的包里。薛仁依然很兴奋，继续把一张张照片掏出来看。薛琪眼尖，发现好多张照片上的美女，就在上几天前的时间里，经过岗位竞争，业绩考核后，不合格的统统被淘汰掉，或者直接扫地出去的，包括有办公楼大厅里的十一个身穿旗袍，花瓶似的礼仪小姐，有十个貌似空姐的美女销售人员，有办公室主任九头身的高欣、董事长的特别助理、董事长的秘书、销售副总、人事副总、策划副总、投资副总、宣传副总和财务副总、办公文员，以及还叫不出名字的美女员工。此时此刻，薛琪完全相信爸爸的身体，为什么一天不如一天。原来，与这群美女们的肉欲缠绵是分不开的。好在这群"不干净"的美女们，已经一个个被淘汰掉。薛琪将已经整理好的二三十张照片放在地板上，不想再糟蹋自己干干净净的双手。同大家一起看着，薛仁把掏出的照片，一张张看起来。薛仁将所有照片都掏完后，发现保险箱底层有两张银行存款单子。路莉萍连忙接过来一看，再次惊呆了大家。这两张存款单上的名字：

薛元，某年月日，存款年限五年期，存款金额一千五百万元。

薛仁，某年月日，存款年限五年期，存款金额一千五百万元。

"薛元……？薛元……？"路莉萍一下子被"薛元"名字，搞晕了，不明白还读出声音来。

"薛元的元，是居首位，是第一。如：元旦、元月。是排名第一的意思。"老教授听到后，接上路莉萍的声音说。

"薛元，肯定是薛仁的哥哥。一下子又冒出一个薛元来？"薛琪立刻领悟老教授的意思，气愤地冲口而出。

"薛仁爸爸有没有写好遗书？大家找一下！"丁乙琴马上第一反应，这是一笔遗产，是巨额的遗产，也是路莉萍，和她们苦苦寻找的三千万元贷款资金的去向。既然它是一笔巨额的遗产，它一定有遗书来说明，因为这当中，没有薛琪的名字，遗产会变成一种运动，甚至会变成一种战争。

于是，众人在上百张照片中，一张张寻找。结果，除了美女彩色的照片，还是彩色的美女照片。保险箱里，根本没有他们想要的一些现金，黄金，珠宝，玉石。如果有写好的遗书，一般都放在律师事务所里，银行保险柜里，家里保险箱里。除此，没有写，来不及写，根本没有想到要去写。

"我从来没有听到过，薛开甫说起过，薛元的这个名字。"木土花边整理一大堆的照片，边羞愧地说。

"大妈，大妈，请相信我！白梅妈妈说过，薛琪是姐姐，没有说过薛元这个名字的，大妈，大妈，请您相信我！"薛仁哭着，抱住路莉萍的腿。说完，伤心地又气愤地，一边看着照片，一边数着照片，将照片一张张整理好，在木土花的帮助下，又将上百张的照片放进保险箱里。

路莉萍紧握着银行存款单子，手在发抖，脚有点站不稳。此时此刻，她心里又在痛骂："你躺在病房里，半死不活的薛开甫呀，你为什么不写遗书呀？是来不及写，还是让我们猜呀？你藏着上百张的美女玉照，这些玉照上的美女们，与你同床轮流一夜，就能把你搞成半死呀！今天的你，不是躺在病床上吗？这是最好的印证呀，最好的报应呀！可我还要，代表你的两个私生子，感激你，感谢你，薛开甫呀！你知道自己的精气神，已经被美女们吸尽吸光吸干，再无力与美女们去获得肉体上的快感。这时候，你才想到了，两个私生子的存在，去冒险违规贷款三千万元，作为遗产的安排，你想得太周到了！但是，我们的女儿薛琪呢，你给了她什么呢？你把一个空壳子的公司留给女儿，就完事了吗？空壳子的公司差一点，被银行抵押掉，被法院冻结掉，拍卖掉。差一点，让我们母女无家可归。难道这些，都是你亲自安排好的吗？虽然找到了三千万元贷款资金的下落，但是一个新的问题，又突然冒了出来。薛仁是你与白梅的私生子，我已经认可了，已经接纳了，我会抚养他。那么，薛元是谁家的私生子？有多大？在哪儿？还要我，再去认可接纳吗？我的承受能力，是有限度的呀！"

银行在追讨公司贷款一千万元的日子里，路莉萍每时每刻煎熬着，痛恨着，担愁着，哭泣着，精神与体力的消耗，还没有很好调节过来。现在，真的想不到，另一个名字的出现。这个名字，像一把无形的尖刀，分分秒秒刺向她的心中，她阻挡不了，她浑身上下在流血。但是，薛元的名字，突然地出现，实实在在还握在她的手中。她的脚一软，整个身体倾倒了下去……

# 第十四章　无良少年

距离城市约一百公里外有一少年犯管教所，简称少教所。少教所里，管教有来自各地的十四岁至十八岁的穷二代、富二代、官二代的少年们。少年们有因群殴打架、偷窃抢劫、耍流氓、贩毒吸毒等恶劣行为被派出所强制送入的，还有因社区家庭无法教育，被父母强制送入的。这些孩子们啊！个个都是无良的少年。无良少年，在少教所里，失去了自由，失去了天真，同时也失去了伟大的遐想。

一位心理学家，曾经去过那儿的少教所，并采访过一些不良少年。这些不良少年，由于他们年龄、学历、身高、发育，以及相貌等不同，各地学校教育程度不同，社会上或者江湖上历练时间不同，再加上家庭背景不同，他们说的话，各有千秋，但有一个共同点，就是都想骂人，骂政府，骂做官的；骂政策，骂社会；骂公安，骂教官；还骂爹，骂娘；骂老师，骂同学；除了不骂天，不骂地，他们想到什么骂什么。但这位心理学家发现，有一个少年，他什么都不骂，什么都不恨，还在自我介绍家庭情况栏里，写得比较详情，真实可信，悲壮动人。心理学家，在采访本子上，这样写道：第六十九个，采访人物，薛元，男性，刚满十八岁，身高一米八八，浓眉大眼，嘴上有胡须，腋下有狐臭，智商情商极高，测试级别为 A++ 级，是采访无良少年中一个优良的少年。按少教所规定，凡满十八岁的少年，由父母或者亲人可以领回家。由于他的父母或者其他亲人，没有前来领走，他一直待在少教所里。以下是经过整理，删除问答式，采访录音：

我叫薛元，四年前，十四岁那年，我被少教所关押至今，不不不！不能算是被关押的！请您不要写上……被关押一词，好吗？谢谢！是我自愿，恳求后，走进少教所的！

少教所里的教官们，一直把我当作优良的少年来看待，在多种场合上表扬我，赞赏我。我是个争气的少年：能编写黑板报的宣传栏，能编写少教所里的刊物，能编导少教所里的晚会节目，还能多次参加少教所以外的演讲和辩论，并获得各类奖项。您说说，我算不算，优良？还是无良……少年的一个？谢谢，您的点头，与您的微笑！

我的爸爸，叫薛开甫，是一家外贸公司老板，妈妈叫韩晗，曾经是一名日语教师。妈妈，是爸爸婚外的第二个非法妻子，确切的叫法，应该是二奶，情妇，或者是薛开甫的女人。那年，不幸，我出生在这个非法婚姻家庭里。现在，我感到非常的悲哀，非常的痛苦，非常的无奈。

我的童年，过得非常愉快，非常愉快。从小学读到中学，都在全封闭式的贵族子弟学校里度过的，即万里学校，全天候的一名寄读生。每星期日，只准回家一天，星期六下午五点前，必须离校回家，与星期日下午五点前，必须送回到学校，来与去，都是由爸妈豪车接送，一家三口过得很幸福，很幸福。可是，好景不长啊！爸爸凭借着他自己的年轻力壮和袋口里装满的一些臭铜钱，开始玩弄、追逐、收藏一个个漂亮的美女姑娘。一天不回家，十天不回家，后来发展到干脆一个月不回家，半年不回家。

我的妈妈，身材高挑匀称，五官精致端庄，肤色白皙，气质高雅，是一个打扮着衣时尚的女人。三十岁左右的女人，是多么渴望有情有爱。妈妈却得不到爸爸的情和爱，妈妈精神上，长期处于空虚与寂寞，一整天，在空荡荡的别墅里，叹气，苦闷，难受，熬夜，痛恨。从我懂事起，爸爸时常出国，到俄罗斯做生意，时常会带回来几瓶伏特加酒收藏。妈妈一个人在家里，感觉很无聊，学会从喝咖啡，到喝米酒，从喝红酒到喝烈性很强的伏特加酒。家里喝酒，不过瘾，不刺激，到酒吧，到舞厅，寻找乐趣，寻找刺激，放开自我，自我安慰，度过空虚与寂寞的每一天。

我的妈妈，最大缺点：就是太喜爱追求完美了。当年，有很多才华横溢相貌堂堂的男人们追求过妈妈的。但是，这些男人们呀，都没有经济实力来让妈妈一次次心满意足。这些男人们呀，连一块女式豪华名表，白金钻石，高档时装都望而却步，如何去谈，宝马车的系列，别墅的大小，建筑的风格呢？这些男人们呀，被妈妈一一地淘汰。同时，也是被爸爸用经济的实力，一一打败这些男人们。最后，妈妈赢得爸爸的青睐，并投入其怀抱。而此时此刻，妈妈不去考虑，不去想一想，爸爸是有一个妻子的，是有一个女儿的，女儿叫薛琪，我应该叫她姐姐。我曾经看到过，爸爸结婚证上的照片，还没有剪掉旁边的妻子。这个妻子，就是姐姐的妈妈。姐姐的妈妈叫路莉萍，这个路莉萍，我应该叫她大妈。爸爸和大妈，他们还在正正规规夫妻的道路上，一直在奔跑着呢！而我妈妈和爸爸的结合，是非法的，是无效的，他们只能算是偷偷地小跑，爸爸犯的是重婚罪，重婚罪的结局，一定是很悲惨的。妈妈应该知道这一切，可是她，却说无所谓的！妈妈的娘家人，曾经多次劝说与反对，劝说与反对，都是无效的。最后，妈妈决意与爸爸好上了，好上以后，很快有了我。我来到这个世界，却是孤零零的一个人。我注定是一个孤零零的人，既没有看到过，外婆家人，一边的亲戚，来看望我一下，吻我一下，抱我一下，或者买一片尿布来，或者买一桶奶粉来；又没看到过，奶奶家人，一边的亲戚，得知薛家有后代人了，长辈们纷纷拎着好吃的东西，上门恭喜，宴庆办满月酒，办周岁酒，办上学酒，还有什么酒呀，这一切呀，与同年龄的小朋友比较，我什么都没有经历过，享受过，体会过，我是不是，算不算，是一个孤零零的人呢？

有了我后，妈妈辞职，在家养育我。过去，曾经一段时间，追求过妈妈的一些男人们呀，慢慢地断绝了来往。后来估计，不是估计，是真实地看到过，有一个或者两个，还没完全断绝开关系。这里面有妈妈曾经初恋的男人，相好的男人，这些男人个个年轻，体壮，力强，英俊，一次次打败爸爸；而爸爸大把撒下的一些臭铜钱，只能一次次地暂时打败，这些男人们；但打不败在妈妈心中，还一直保留着那些年轻，体壮，力强，英俊的男人们。问题就出在这里：爸爸只能满足，妈妈物质上的一切需求，却满足不了，妈妈在精神上，在肉体上的需求。

爸爸时常出差在俄罗斯，偶尔几次，往家里打电话，查岗。岗位上的电话，一直无人接听，打妈妈的手机，手机关机。我一个礼拜里，在学校读书，根本不知道家里发生了什么事。时间一长，查岗次数增多，爸爸对妈妈多次的脱岗，有所警觉。爸爸多次警告妈妈，不得越轨。爸爸他自己呢，可以妻妾成群，美女如云，妈妈很反感，同样我知道以后，也很反感。可是，妈妈还是做了，不该做的丑事。爸爸一次两次，严厉训斥警告妈妈说："在我头上，不能有绿帽子！"其实……其实，爸爸已经无数次戴上绿帽子了。我读小学时的一次，星期天，爸爸出差又不在家，我在客厅练习弹钢琴。有个年轻，体壮，力强，英俊的男人，上门找妈妈，他们一见面，就在客厅进门的玄关处，热情地拥抱，还拥抱了很长时间，随后，那个男人拉着妈妈，走向沙发，搂抱坐下。这时，那个男人才发觉我的存在。那个男人走过来，拿十元钞票放在钢琴盖上，冲向我还笑嘻嘻地说道："去，小区门外，买一个冰淇淋来，找来零头给你！"

我还在犹豫时，那个男人把钢琴盖子盖下来。这时听到妈妈的声音。

"薛元呀，冰淇淋，在小区门外面的对面马路，在一个小超市里，有卖，快去！"

我拿着钱走出客厅，一路上还在骂那个男人的小气鬼，一个冰淇淋给谁吃呀！人已经走到小区的门口，干脆不去买，又快步地走回来，发觉他们不在客厅，而是在客房间里。还听到，妈妈的尖叫声，呻吟声，就是从客房间里一阵一阵传出来的，我不去敲门，也不去偷看，知道他们在房间里，嬉闹玩耍。于是，将十元钞票狠狠地扔在茶几上，打开钢琴盖子继续练习弹钢琴。他们听到弹钢琴声音，估计一时吃惊慌张，连衣服上的纽扣，都没有扣上呢，他们前后就匆匆地开门出来，妈妈一边还用手梳理着头发，另一手在上纽扣，还一边问我。

"薛元，你这么快……买，买回来啦？"

"找不到！不想找！没去买！"

那年头，我人小，只记住，那个年轻，体壮，力强，英俊的男人，是一个小气鬼，而且是一个十足的吝啬鬼。现在，我十八岁了，当然知道，那年他们在客房间里在做什么。每次，爸爸当着我的面，严厉地训斥妈妈时。那个时候，我还不知道，妈妈真的做出了一件丑闻艳事，还以为是爸爸的错，是爸爸的强势霸道欺凌。我握紧小拳头，护着妈妈，跟着妈妈一起反抗。最后，妈妈与我，一起反抗，惹上愤怒的爸爸，一顿毒打，打完，爸爸丢下一句结局的话："你们都去死吧！"说完，扬长而去。从此，爸爸再也没有跨进这个家门。妈妈的身心，被折磨，被打击，向谁去诉说，去倾诉呢？这个非法组成的家庭，一切都在黑暗下生存的。

酒：古人，一开始研发出来，是一种药，是一种麻醉药，过量会麻醉神经，神经麻醉了，什么都不知道，一切很痛快，是死是活与如死如活，无所谓了，随后变成一种享受，变成一种荣耀，变成一种奢侈品。酒：今人，当作是一种武器，当作是一个好朋友，可以聚会，可以倾诉，可以解忧解愁。如果在家，酒这东西，当然可以开怀痛饮，还可以对着酒杯和酒瓶，大哭一场。我握着酒瓶对着酒杯，大哭过两场。第一场，爸爸把我们毒打一顿，扬长而去，妈妈哭着叫着"还我青春！"边打手机，边驾车横冲着出院子。这一夜，我一个人度过的，我担心，我害怕，为了壮胆子，我哭着，喝了许多烈性伏特加酒。第二场，妈妈喝酒上瘾了，还正常带着男男女女，到家里来开派对，别墅里外楼上楼下，摆摊似的酒瓶酒杯满地都是，能走的地方，能站的地方，都是男男女女搂抱着的人，他们不避讳，他们无所谓顾虑，还有一个少年的我。竟然，他们在我的房间里，拥抱着进入好几对男女，我不得不让出房间，随手从地上拿来一瓶酒，一个酒杯，在院子的一个角落里，我哭着，又醉了一夜。

但是，到了酒红灯绿的酒吧里，那里的酒，那里的灯光，那里的音乐，那里的气氛，只要是酒醉了的女人，尤其是漂亮单身的女人，这一醉啊，随时随地，有危险的，有陷阱的，会被人诱惑利用的，会被人骗财骗色的。妈妈就在这个时间里，被酒的武器和酒的朋友，一块儿盯上了。

星期六，已经深夜了，妈妈衣衫凌乱，被一个年轻英俊的陌生男人，搂抱着进入客厅来。他们的行为亲密，放荡，让我一个未成年的人，看了都有点可耻，想吐，想骂。妈妈倒在真皮的沙发上，那个男人，还一直搂抱着妈妈。当妈妈呕吐了一地时，那个男人，觉得无味，无趣，迅速地离去。妈妈待稍微清醒时，还用日语问我呢。

"薛元呀，我的那个……帅哥呢？帅哥呢？帅哥……他，他到哪里去啦？他……他……是我的全部精神……"妈妈无意识地，在撕拉着胸衣上的纽扣。说的话，都不完整了。

"走了！他走了！"我很生气，闻到了一地呕吐物，很想吐，又想骂她，也用日语大声回答着。

"以后……以后，以后……见着他叫，见着……他叫舅舅。叫他舅舅，知道……不知道吗？！"妈妈已经撕断了胸罩带。

"不叫！我不叫！"我依旧很生气，很想吐，还想从脚底下踩着的一块很大羊毛地毯，拿起来，盖在她的身上呢。

其实，我根本没有叫过他，一声舅舅。因为在我小时候，外婆家，包括舅舅，根本没有一个人来看过我，现在突然间冒出一个舅舅，这个舅舅肯定是假的，肯定是人家的。我总认为，他们是朋友，是一对酒肉上的狗朋友。我还非常非常的讨厌，这个所谓的舅舅，说不定，这个所谓的舅舅，还是一个色狼呢？妈妈在做这样的不当行为，也许是引狼入室呢？我没有更好的主张，就把这个想法，及时告诉了妈妈。妈妈立即用日语，怒骂起来说："色狼？色狼！色狼有什么可怕呢，色狼是不会吃人的！你爸爸也是个色狼，你爸爸还是个……大色狼，结果呢？你爸爸这个大色狼，不是狠狠地打了我们一顿后，离我们而去，已经是……一年多了吗？你知道，一年是多少日子吗？是365天！365天……你知道有多少个……深夜吗？在这么多天的……深夜里，你知道妈妈是怎样……度过的吗？"妈妈说着说着，情绪失控了，竟然将拉断了的胸罩带，干脆拉下来，两只白皙丰满的胸部立刻滚露出来。

"不一样的！不一样的！他就是一个色狼！是一个色狼！是一个明明白白的色狼！"我依旧很生气，想吐，转身不去看她丰满得有点下垂的两只胸部。用日语继续回答她，顶撞她。

"一个样的，一个样的，天下的色狼！都是一样的色狼！"妈妈流着眼泪，双手开始狠狠地在抓胸部，白皙的胸部上马上留下一道道血印。她继续用日语，跟我争论着说道，"天下的色狼……都是一样的色狼！"

"他……他，他这个色狼，是要吃人的！是要吃人的！"我依旧生气，想吐。还提高声音，用日语，又顶撞她。

"不可能的！不可能的！"突然，妈妈冒出一句中文来。

"绝对！可能的！绝对！可能的！"我也用中文，提高声音，继续顶撞她。

那个时候，我的确，很担心妈妈的安危，担心妈妈，上人家的当。但我人小呀，没经历过，没碰到过，这样的母亲，一下子没有了好的主张，又无能为力，在无可奈何之下，眼不见为净，干脆提出一个月，回家一次，妈妈沉默一会儿，没有反对，她马上拉开手提包，抓出一把乱七八糟的钱。钱中夹着一只安全套，还有一袋袋小巧透明的塑料袋，塑料袋里是粉末状的东西，我以为是味精呢。现在当然知道是什么东西。我从这一大堆乱七八糟里，抽出几百元钱扭头就走。

　　一个月后，按约定说好的，妈妈开车，会来接我。可是结果，左等右等，妈妈没有来。我只好换坐三辆公交车，急急回家，到了家时，已经晚上七点。我首先要去找，妈妈的那辆进口宝马跑车，结果发现，别墅车库里根本没有宝马跑车的影子。我心里还一直在想：是不是宝马跑车，借人了？或去修理了？我马上来到客厅的玄关处，停下来看到客厅里的妈妈，她身上衣衫凌乱，与那个所谓的舅舅，在真皮的沙发上，他们紧紧搂着在一起。他们看到了我，也不避开，反而靠得更近，我对他们的不当行为，提出强烈反对，要那个色狼舅舅的男人，快点离开。妈妈却护着那个色狼舅舅，不要离开，倒过来训斥我，说我读书人，还这样不懂礼貌，不懂礼数。我很气愤，很愤怒，很无奈，无主张。只好又向妈妈要了生活费，马上转身离开了家。那个时候我才真正懂得，男人与女人不纯洁的关系，叫作暧昧关系。

　　四个月后，我依然坐公交车回家的。回家后，急急去找车库里的车子。车库里，依然没有宝马跑车的影子。又急急地来到客厅里，看到妈妈依然衣衫凌乱，衣衫里面的胸罩不知去向，与那个色狼舅舅，在客厅中央的地毯上，一起躺着，地毯边上，有使用过的一大堆乱七八糟的纸巾，有好几只撕开的安全套，和好几袋已经被撕开的小巧透明塑料袋，旁边还有红酒香烟之类的东西。客厅里的所有家具，包括爸爸收藏好多瓶伏特加酒，阵列的古董玉器都不见，还有我的那台钢琴，统统不见了。看后，我一下子蒙了，脑子里一片空白，不知道怎么说好。过了一会儿，我清醒了，知道色狼要吃人的。果然，眼前的色狼已经吃得差不多了。我奔过去，一脚把酒瓶，当作足球，踢飞起来，接着听到玻璃瓶，碰到墙面和落地的破碎声音

　　"这是为什么？这是为什么！这还是不是，我的家了？这还是不是，我的家了！"我气得大哭，连续追问妈妈，边用双眼怒视还躺在地毯上的这一只色狼。

　　"去问你爸爸！去问你爸爸，你爸爸薛开甫，你爸爸薛开甫必须还我的青春。还我的青春，我的青春被你爸爸，薛开甫这个衰人毁了！毁了！"妈妈说着的话，很气愤的样子。又用日语，痛骂了爸爸起来。

　　"我的将来，我的生活，我……我还是不是，你们的儿子？你们既然生了……我，为什么……要这样对待我？要这样对待我！"我痛恨地哭着喊着，提起一脚，又把酒杯踢飞。我哭着流着泪，痛恨地怒视这对狗男女。

　　"这一切，去问，你的爸爸，薛开甫吧！去问呀！去问呀！"妈妈哭着骂着，

依然用日语说着。突然她坐起来，一对明显下垂的胸部，在敞开的衣裳里，滚露出来。

我看到的，和我想到的，这对狗男女，他们已经不是什么暧昧关系了，而是已经超越，这一层关系了。

六个月后，我在一间出租屋里，找到了家。别墅、家具、汽车已经被妈妈卖光，出租屋，就是唯一的家，那个色狼的舅舅再也没有出现过。我跨进所谓的家，直接看到妈妈裸着的身子，在床上痛苦地翻滚着，并且不断地拍打着她的身体。我连忙上前用床单盖住妈妈的身体，而妈妈却一把抱住我，用日语："薛元呀，你吃妈妈两只奶水长大的……快，救救妈妈吧，快去……在飞跃舞厅里……"妈妈的话还没有说完，身上的毒瘾又一阵子地上来，此时妈妈的全身，抽搐着，两只眼睛张开得很大，还翻出可怕的眼白来，她顿时失去知觉。我看着妈妈的身上，没有一处好皮肤，都被她有意识和无意识地折磨着，伤害着，昔日的美丽容貌，已经荡然无存。在这半年多的时间里，一个曾经美丽无比，性感无比，气质高雅，容颜端正，打扮时尚，回头率极高的少妇。如今，悲惨凄凉地去恳求，一个年少，又无能为力的儿子，您说，您说说，这是一个什么样的母亲！曾经拥有宝马跑车；曾经拥有花园别墅；曾经拥有高档家具；曾经拥有美丽容貌，玲珑身材，白皙皮肤；曾经拥有纯洁爱情，有钱的老公，聪明的儿子。现在，这一些东西统统都去见鬼吧！见鬼吧！妈妈没有好好地守住节操，妈妈的失宠，同时牵连到我，也得不到爸爸的爱护，我也失宠了。这到底是为什么？为什么？为什么？我想不通呀，我想不明白呀，只是留下一串串的眼泪：

恨！过去曾经幸福的家，和现在破碎的家；

恨！亲生父母的不作为，还要继续做我的父母；

恨！非法婚姻带来的一切后果，让我一个人来承担！

我抹去泪水，掏了掏身上仅存的一百元钱，向离家很远的舞厅奔去。飞跃舞厅，装修得金碧辉煌，舞池的灯光五彩缤纷。舞男舞女们，随着音乐的节奏翩翩起舞。舞池边上的舞女，散发出一阵一阵的香气。我无兴趣去欣赏这些场面，壮着胆子，避开舞女们异样的眼光来看我，我快速穿过喷香扑鼻而来的舞女们身边，来到吧台边，开口要买毒品，居然碰上的是一个便衣警察，随后我被带回派出所，拘留教育。

原本派出所警员了解我的实际情况后，教育一下，可以放我回家，我可以回学校继续读我的书。但我突发奇想地，我为了赌气，或者说为了报复：报复爸爸对妈妈的无情抛弃，使得妈妈带着空虚，又带着怒气被人色情诱惑，跳进毒品陷阱里，落得倾家荡产，无家可归的地步；同时，我为了赌气，或者说为了报复：报复妈妈，对爸爸的爱情不忠，使得爸爸戴了好几年的绿帽子，所以爸爸不想回家，拒绝回家。最后，爸爸选择离开这个家，抛弃曾经苦苦追求过的妈妈，以及扔下他的儿子薛元。我报复后，我赌气后认为，再继续读贵族子弟学校，已经没有必要。曾经坐的是进口宝马豪车，住的是独幢大户别墅，现在坐的是公交车，住的是小户出租房；曾经是富二代，现在是穷一代。薛元的身份，实在天差地别，除了根本没有想到自杀，剩下来的就是，再三恳求派出所警察叔叔，让我自愿走进少教所……

# 第十五章　传宗接代

　　世界上，任何一台发动机，都离不开各种零部件，并由多个零部件组装而成，少了一个零部件，发动机就会停止运行。一个家庭有夫妻，有子女，才算一个完整家庭。如果少了其中一位，虽不会像发动机那样停运，至少这个家庭，不算完整，不算健全。路莉萍家的女儿，叫薛琪，韩晗家的儿子，叫薛元，白梅家的儿子，叫薛仁，他们三个孩子，都有一个共同的亲生爸爸，叫薛开甫。这三个孩子，在三个家庭里，都因破碎潦倒病亡的缘故，各自成了家庭的零部件了。三个家庭的零部件，终于在有一天的寺院里，在方丈室的佛像和菩萨前，重新组装成，一个家庭。如果算上，瘫痪在医院病床上的，半死不活的薛开甫，那么这一家五口人，就成为一个完整的家了。

　　清晨，路莉萍早早起床，洗脸后，去三楼佛堂，上香拜佛，念完经后，马上为两个儿子做早餐，忙完早餐，去三楼叫醒他们，待他们吃完早餐，马上收拾洗完餐具后，急忙驾车送薛元，到一所高中学校读书，后送薛仁到幼儿园，之后再去医院，打理病床上的薛开甫。刚刚迈进病房里，就接到女儿从莫斯科打过来的电话。女儿在莫斯科已经办妥，注册销售公司，还买了一间办公房，又租了一间，装修成产品的展示厅，办妥这些事务后，兴奋之中，与母亲通上了电话。女儿的性格，很像母亲。通话中女儿笑嘻嘻的声音，不断地传来。

　　"妈妈，妈妈，我们薛家呀，真的觉得很好玩，我很喜欢。突然之间，冒出两个，不明不白的弟弟来，妈妈您觉得呢？将来，您呀，有一个外甥，两个孙子，是不是子孙满堂呀！哈哈！……"薛琪的笑声，是有多么的开心啊！

　　路莉萍有很多日子，没跟女儿通话了。今天一大早的，就听到女儿笑嘻嘻的声音传来，心里也很开心。刚刚，听女儿的话意，心里想：话虽然这么说的，但两个儿子，毕竟不是亲生的。现在看起来，他们都比较孝顺尊敬她。说不准，哪一天，他们一旦长大，露出本性的面目来，会不会去争夺公司的所有产权？现在，他们已经知道三千万元的遗产，是留给他们的，他们会不会想到，其他的财产呢？之前的电视剧中，古装戏中，小说中，正常出现情节，难道一个个不是吗？在一个月前，一个晚饭后，他们三人放下筷子，还在餐桌边闲聊，路莉萍很想知道兄弟俩，对于薛开甫留下的一笔巨额遗产的想法，要做一次试探性的问答。

"薛元、薛仁呀，你们的爸爸，冒着很大风险，向银行违规贷款三千万元的钱，是留给你们的。这些钱，你们俩可以买别墅，可以买豪华汽车，可以买好玩的，买好吃的，你们想要什么，什么都可以买到办到的。"路莉萍故意引导他们，往这方面去想。说毕，她转身，并从食品柜子里，拿来银行存款单子，随手，放在兄弟俩的面前，看着他们的表情。

"钱，是留给大妈用的！"兄弟俩，惊呆了一会儿，随后，各人都摇摇头，表示拒收，还异口同声说了，"我们不要！"

"钱，是留给你们用的，你们去处理解决好了！"路莉萍好像已经达到了一半的目的，期待另一半的目的出现。

薛仁想了想，走到薛元身边，在他耳边，不知说些什么话，马上又奔回来，坐在餐椅上说："大妈，大妈，那我们自己处理解决了，大妈，大妈，您会不会生我们气吗？不会生气吗？"薛仁坐落后，拿起写有自己名字的那张，银行存款单子，看了看，看了一会儿，又放回，两张存款单子并排。

"存款单子，是你们的名字，当然你们自己处理解决好了，大妈呀，不生气的，大妈呀，不生气的！"路莉萍急于想得到，另一半的目的，也就随口说说而已。

"大妈，那，那，那我，全部捐赠给接缘寺吧！接缘寺的穷和尚，穿着破袈裟，破烂的寺院……和破烂的大殿，也快要倒坍塌的样子！"薛仁想一想，终于说出，一千五百万元钱的处理方法。他压根儿没有说，要买好玩的，要买吃的东西，完全跳出一个幼儿，马上要到还未成人的思维状态。薛仁说了后，很惊喜，很高兴，还问了哥哥的打算。

"把我的钱，也全部捐赠给……接缘寺吧！让寺院，塑造一个高大的贴金菩萨；让寺院，建一道高大的院门和围墙；让寺院，再重建一个破烂的方丈室。"这时，薛元才领悟，也抢着说。他原先想这笔钱，由大妈去保管，如果姐姐的公司，需要钱了，这笔就给姐姐公司好了。再说，这三千万元，分得不公平，应该是一人一千万元的，才对呀！爸爸是重男轻女的，觉得这个遗产分法不好；如果姐姐公司不需要钱，那这笔钱，继续在银行存着，五年后取出，一千五百万元，分三份，一份自己留用，买房买车，娶媳妇；一份给大妈，大妈没有儿子，这一份钱，只当儿子去养老孝敬她；另一份给老教授，老教授也没有子女，这一份钱，只当是他的子女去养老孝敬他。薛元压根儿没有想到，这笔钱去捐赠寺院的。是被薛仁用激将法后，薛元才说出这样的决定。

"哥哥，你要买房买车找一个老婆，给爸爸生一个孙子呀！"薛仁听后摇摇头，不同意哥哥这样的打算。

"为什么是我？为什么是我？弟弟，也可以好好的，去为爸爸传宗接代呀？"薛元的思路，全部被薛仁打乱了，现在又说出，谁去传后代的事。薛元心里烦了，摇摇头直说，"当然弟弟你呀，你也可以为爸爸传宗接代的呀！"

"哥哥呀，你进少教所的第二年，妈妈才生了我，我的命是哥哥给的呀！"薛仁不知道，哪儿来的逻辑，还认真说着呢。

"那年，爸爸不关心大妈和姐姐，才造出一个今天的我；有了我以后，爸爸又不关心我和妈妈，又造出一个今天的你；是我进了少教所后，爸爸认为，我是一个无良的少年，不配去做薛家传宗接代的后代人，才造就一个弟弟你呀！"薛元竭力反驳。

"哥哥年纪比我大，应该先给爸爸生孙子，才对的呀！"薛仁很不服气，但又找不到好的逻辑，来说服薛元。

"这跟哥哥弟弟，没有关系；这跟年纪大小，没有关系。爸爸的意愿，不是，我薛元；而是你薛仁。当然要你薛仁去完成的呀！否则，他们生了我薛元后，何必再去生薛仁呢？"薛元也很不服气，继续反驳说道。

薛仁觉得，说不过薛元，只好央求大妈，快点站出来，说一句公道话，或者评评谁在理。而大妈，她笑笑，又摇摇头说，不参与评判，一边把桌子上的餐具整理起来。薛仁心急了，哭着叫喊："我要做菩萨！我要做菩萨！做菩萨！做菩萨！"

"弟弟，你是最佳的人选，好好为薛家，去传宗接代吧！"薛元继续将他的军。

"我不要！我不要！我要做菩萨！做菩萨！"薛仁在大哭着。

路莉萍听着，他们兄弟俩，相互谦让，传后代的争论，让人欣喜，让人心酸，又让人心寒。要是此时此刻，他们的亲爸爸，躺在病床上的薛开甫，突然坐起来，训斥他们说："你们兄弟俩，都给我好好传后代，否则，我死不瞑目！"可惜呀，他们亲爸爸薛开甫，永远不可能坐起来，去训斥他们的了……

通话中，女儿重重的声音传来："妈妈！妈妈！"刚刚，路莉萍为兄弟俩捐赠遗产，与谁去传后代的争论，一段记忆重播后，还没有回过神来，就听到女儿那边，一阵呼叫声传来。

"妈妈！妈妈！您在吗？在听我说话吗？请妈妈回答呀？"

"妈妈，在呀！妈妈，在听呀！你说，你说好了……"路莉萍的思绪，再次被女儿的声音打断，连忙回答。

"爸爸的病情，有转好的迹象吗？"

"唉！唉！你爸爸……还是老样子，还是依靠呼吸器，和进口昂贵的药物，维持生命。"路莉萍说着去擦泪水。

"妈妈，妈妈，您的眼泪，早晚都要跳出，这个沉痛又悲伤的日子里！要不还是先放松一下，带上两个弟弟，一块儿来莫斯科旅游玩玩吧！我们一家四人，好重游爸爸在海外经营之旅，您说好吗？"女儿在安慰着妈妈。

"妈妈，现在哪有这个心思去游玩呀？"路莉萍痛惜地说。

"妈妈，妈妈，我突然想到一个人，带上他，一起来吧？"女儿那边说毕，先嘻嘻哈哈地笑起来。

"什么人？谁呀！"路莉萍不明白，急忙追问。

"妈妈，妈妈，您别生气，您千万别生气。是……老教授，是老教授呀！"女儿那边说完，又嘻嘻哈哈笑声传来。

"你……你，你昏了头，拿妈妈要开心，还提老教授，提他干嘛呀？"路莉萍不明白女儿的意图，反问道。

"妈妈，妈妈！我们都知道老教授，他一生为人正直，助人为乐，不求回报。我们姐弟三个人，都很喜欢他。先说说薛仁。薛仁整天叫着喊着老教授，要老教授，解释佛教上一些难题，老教授乐意开着，那辆老爷车，上我们家来。只有老教授的解释，才能让薛仁满足。似乎可以看出，薛仁把老教授当成了爷爷辈，当然，老教授喜欢膝下有孙子般的薛仁呢；后说说薛元。薛元，其实比薛仁更喜爱老教授呢。因为老教授为了寻找薛元，跑遍市区内所有的派出所，在无果的情况下，最后又去一百公里开外的少年犯管教所，才找到了薛元。怕您一下子很难接受，这个高大威武，已经是十八岁的薛元，会把好事，办成坏事，老教授只好让薛元，暂时住在寺院里的老和尚，方丈师父处，等待着，薛仁来提醒您，去寺院。就这样，你们在寺院里，自然相认了。现在，老教授每天在辅导薛元高中的所有课程，准备明年参加高考。当然薛元，把老教授看作是他的恩人，第一个恩人，当然是妈您了；再说一说，我的看法。老教授帮助我们，解决贷款一事来看，他一直不求回报。您宴请老教授上五星级酒家，他说别浪费，在家里吃，一样挺好的。您为了感谢老教授，给他钱，他说用不着的。您看着老教授那辆老爷车，行驶不安全，将爸爸开过一辆奔驰车给他，他说老爷车还可开的。妈妈呀，您知道不知道，这是为什么吗？"女儿那边，笑嘻嘻的，故意停顿一下。

"为什么？妈妈，不知道！"路莉萍故意不猜，反问道。

"妈妈呀，老教授，是为了我们的家呀！知道不知道？"女儿终于说出了，很有新意的话。

"他……他，他为了我们家？为什么？妈妈，还是不知道！"路莉萍第一次打断女儿的通话，被女儿追问中，她又一次地反问。

"这里面，有一个小小秘密，妈妈您一定不相信的！我打听过老教授家里情况。三十年前，老教授的妻子，叫唐影，与他中学同班，大学同级，后来都当上了教师，不在同一个城市工作。妻子怀孕临产，他赶不回来，妻子却死在送往医院的路上。他很自责，很后悔，只怪自己没有好好照顾妻子，只怪自己不肯放弃，高考班的辅导，认定自己是不该有妻室的一个人。至今……至今，他依旧是一个无妻无子的……"

"你……你，你告诉我，这些干什么？是什么意思呢？"通话中，路莉萍又一次打断女儿的说话，反问道。

"妈妈呀，您还不明白吗？老教授他呀，是枯木逢春了！共有三点理由：第一点，首先看到我们家，三个孩子都喜欢他，他也渴望有孩子们，并且在他身边围绕着的。第二点，看到我们姐弟三个人，都有着不同的身世，都缺少了父爱，而他呢，还未付出过父爱呢，在我们三个姐弟中间，他可以释放大量的父爱，他还愿意释放呢！第三点，是着重点，他看到我们来自不同的家庭组成，和睦相处，互敬互爱，让他羡慕，更让他向往……"

"你，你们，跟在老教授屁股后面，学到东西还真多的呀，这是你的大学毕业论文草稿吗？你还有第四点吗？一块儿都说出来听听吧？"路莉萍再次打断与女儿的通话，笑着反问。

"让……我，想一想，有的有的，"通话那边的女儿，停顿一会儿，然后发出笑声，又继续说下去，"有的！有的！妈妈，妈妈有的，您别生气，您千万别生气，当然还有第四点。第四点，就是要好好说说您了。偶尔，我在老教授的背包里，看到过他妻子唐影的照片，是三十年前教师工作证上的照片，照片上的相貌特征，很像您，用一个字来形容：美！用三个字来说明：很像您！照片里的唐影，与现实中的您，像不像，美不美？只有老教授知道。这不是很重要，把它略过，不去说它；这二十年来，妈妈，为了我们薛家，您一直坚守着自己的阵地，如同老教授一样，过着空房孤独的生活，这不是很重要，把它略过，不去说它；爸爸的遗产，三千万元钱，一下子全部捐赠给了寺院，而公司里恰恰需要，大量资金的投入，您不但没有拦截一部分，反而还支持弟弟们的做法，这不是很重要，把它略过，不去说它；妈妈，您这颗善良的心，再次让老教授真正看到：爸爸的两个私生子，我的两个弟弟，与您一点血缘关系都没有，您把他们领回家，当作亲生儿子来关爱，这依然不是很重要，再次把它略过，不去说它；如果说，有那么的一天，老教授到了晚年，或者说，只剩下三分之一的后半生了，想托付与您照顾。那么您，会不会，像曾经

117

爱过爸爸的那样，去爱老教授呢，妈妈您说说，会不会，有这样的结果呢？"女儿那边，笑嘻嘻的，又一次故意地停顿一下。

"妈妈……妈妈……现在，妈妈……现在没有这个心思呀，没有这个心思呀！"通话中，路莉萍含着泪，一时说不出话来。

"是不是，是不是，爸爸现在，还躺在病床上，还算，还算活着的呢？"女儿放大胆子，尖锐的问题提出来，反问道。

"你！你！你还是不是，薛开甫的亲生女儿，你！你！这么不敬不孝的子孙！"路莉萍在通话中，骂了女儿一句。

"好好。不说，不说，妈妈别生气呀，不说，不说！"听出女儿那边，还在嘻嘻哈哈笑着呢，过一会儿，女儿连忙道歉，接着女儿又说下去，"妈妈，妈妈，您那儿，有人在哭喊爸爸，是谁在哭喊爸爸？"

继续通话中，女儿那边还没有说完话。路莉萍这边，已经看到一个很肥胖，挺着大肚子，穿戴很朴素的孕妇，突然推开病房门进来，径直跪在薛开甫的病床边，低声泣诉："老公呀！你让我，寻找你好苦呀！"

# 第十六章　胖妞跳河

孕妇，突然推开病房门进来，径直跪在薛开甫的病床边，低声泣诉："老公呀！你让我，寻找你好苦呀！你让我，在香港好好地养胎呀，而你自己，却一转眼的呀，居然躺在这里呀。你躲着我干什么呀，你让我的日子怎么过呀，打你手机不通，我挺着大肚子，满大街找孩子的亲爹。如果你不要我们的孩子，你可以说一声呀，你根本用不着，东躲西藏的呀，我挺着大肚子，好辛苦呀！没钱，我没钱，我的日子怎么过呀？"

通话中，电话那边的女儿，清清楚楚听到孕妇哭泣的声音，女儿薛琪急急地提醒路莉萍说。

"妈妈，妈妈，是谁呀？她是谁呀？不可能的！不可能的！爸爸已经有了薛元，薛仁，不可能再去要孩子的。妈妈，妈妈，您别上当！您千万别上当！"

路莉萍答应了女儿，说不会上当的，然后挂断了通话。走过去关上病房门，又走回到床沿边，坐下来，看眼前跪着的孕妇，是真是假：只见孕妇的面容，不端庄，不细腻，头颈以下的皮肤，很粗糙，估计忘了化妆，可见品位，不是很高，不属高雅范围；那件碎花土灰色孕妇装，看上去很土又俗，丢在路上，绝对无人去要；在孕妇装里面，藏不住原本极其肥胖的身躯，已经没有弹性的一对乳房，巨大木瓜似的下垂，直抵到高高隆起的圆圆肚皮上；凭女性的直觉，这个孕妇在姑娘时代，无论如何也归类不到苗条身材的姑娘队伍里去。难道说，薛开甫已经玩腻了苗条型，突然转向肥胖型，去尝试一下，去玩新花样；难道说，薛开甫改变从前的审美观点，从前的审美：第一个婚外情韩晗，韩晗身材修长，五官端庄，皮肤细腻，气质高雅，穿戴性感，这个描写，是韩晗的儿子薛元，亲口描写的。第二个婚外情白梅，白梅身材苗条，脸形端正秀丽，气质纯真无邪，这个描写是薛仁家保险箱里的照片上有。可是，两个苗条身材女人，都是短命。而眼前的孕妇，巧妙地统统删除两个女人身上，所有的优点。删除后，留下：长命女人，健康女人，肥胖女人，粗俗女人，土了又土的女人。难道说，这就是薛开甫，真正想要的女人吗？问题是，已经有了薛元和薛仁两个儿子，无论哪一个，都可以为薛家传宗接代的；难道说，薛开甫设下的是三保险吗？突然，出现孕妇并不奇怪。薛仁家的保险箱里，藏着有上百张美女照片，这些玉照上的美女们与薛开甫发生关系后，一旦有瓜熟果落，哪个是他的种，哪个不是他的种，他自己知道吗？薛仁与薛元，都有父母亲子鉴定证书，这些鉴定证书，还藏在路莉萍拎包里。路莉萍没有多想，上前拉起孕妇，让孕妇坐在凳子上，然后聊聊薛元、薛仁的身世，然后说说，他们突然间的出现，让她惊讶，痛恨，烦恼，很纠结。接着对孕妇说，你的突然出现同样让她惊讶，痛恨，烦恼，很纠结。随后又说，已经接纳认可薛元、薛仁了，同样会接纳认可你肚子里的孩子。她安慰孕妇一番后，问了胎儿，一些健康情况和预产期？又问孕妇，你娘家在哪里？你娘家人，是否知道怀孕的事？你是否知道，薛开甫是有家室的人？最后问，你怎样认识上薛开甫的，为什么要去怀上薛开甫的孩子？孕妇很简朴，很直接，很真实，一一回答她的问题，最后笑着说："我是胖妞一个，胖妞的命，胖妞的运，生得特别好，算命测字先生讲我有桃花运，有生子运，有旺夫运。我健康肥胖，我只想生儿子。我不想钱，不想车，不想别墅，不想发财，薛开甫就喜欢这样的肥胖，俗气，不会撒娇，不会烦人，绝对不会出轨，放在家里放心，带在身边揪心，走在街头让人恶心。"胖妞笑着，说完又哈哈大笑起来，并从很土的一只包里拿出几张照片来。

路莉萍拿过来看照片，只见：胖妞，圆头圆脑的，与薛开甫秃顶的脑袋，靠在一起的合影，有点怪怪的；另一张照片，薛开甫灿烂的笑脸，贴在孕妇半裸的肚皮上。看着照片里的两个人物，充分证明，他们一起奋斗过，一起培育过，一起恩爱与快乐过。她拿着这张照片说："这张……笑得灿烂的脸，很有意思，我要这张照片。"路莉萍身边，确实没有，这样笑得灿烂过的照片，除了结婚证上，除了与女儿大学门口，一家三口拍的照片，属于他的，再没有其他的照片了。

"好吧，拿去吧！"胖妞犹豫一下，没有反对。

"这样吧，你早点，去休息，挺着大肚子很不容易，在病房里对胎儿不好。"路莉萍打开手机，看一下时间不早了。

"我没有家了。我来到这个城市，住的群租房。薛开甫躺在这里，一直联系不上，身边没有……带钱呀！"可怜的胖妞，挺着大肚子，怎么活呀！胖妞差点，说得哭出来。

"没关系呀，没关系呀，到我家，去住吧？"路莉萍没有领会到，胖妞所说的，没有带钱的后面意思，反而直接说，邀请上她家去住。

"好吧。"胖姐回应后，显得很尴尬，不去住吧，身边确实没有钱，去支撑后面的生活。去住吧，不是难为情的事，而是说不清道不明的事。薛家老婆直接给一笔钱，不是可以省很多烦恼吗？可是人家不给钱呀。没办法，犹豫了半天，胖姐只好又说，"好吧！"

路莉萍驾车，载上胖姐，一起到暂住的群租房地方，先退掉房租，再到商场超市，购买一些孕妇生活用品。路过幼儿园，顺便接回薛仁。薛仁上车后，路莉萍对薛仁，介绍胖姐起来。

"薛仁，你看，她同红衣姑娘木土花阿姨一样，是你爸爸的一个好朋友。"路莉萍边驾驶车子，边跟薛仁说。

"大肚皮阿姨，你不像，我爸爸的好朋友！"薛仁不相信，她是爸爸的好朋友？还从后排座位上，去多看几眼，胖姐的背影与侧影。

"这么，不礼貌，为什么不像？"路莉萍有些生气地说。

"大肚皮阿姨，你别生气。你没有木土花阿姨漂亮，"薛仁马上想发挥一下自己的记忆力，闭上眼睛，首先想到了保险箱里所有的照片，然后睁开眼，继续说，"没有我妈妈，白梅漂亮，更没有哥哥的妈妈，韩晗漂亮。爸爸的保险箱里，上百张照片里，一张张都比大肚皮阿姨，漂亮多了，在一大堆照片里，我还没看到，有你这么胖乎乎的人。爸爸不可能，去找一个不漂亮的人，还是胖乎乎的人，去做朋友的！"

薛仁说完，坐在副驾驶位置的胖姐，有些不安起来，还发出轻轻的抽泣声。路莉萍放慢车速，既批评了薛仁，又安慰了胖姐，还提示做人要诚实，以心相交，以诚相待，她说："你别听，小孩子瞎说，交朋友是要有真诚的，这跟漂亮与不漂亮，胖与不胖，有关系吗？薛仁，大妈拎包里，找一下照片，看看再下结论？！"

"大妈，找到了。"薛仁在后排位置上，拿拎包，找出照片，看了一会儿说。

"照片上，是不是你的爸爸？"路莉萍问。

"是，是爸爸！"薛仁看着照片上，爸爸笑得多么灿烂阳光，笑脸紧紧贴在孕妇的大肚皮上。看后肯定地回答说。

"照片上的大肚皮，是不是，现在车子上的大肚皮阿姨？"路莉萍又问。

"是，是大肚皮阿姨！"薛仁仔细看照片，大肚皮圆圆，脸孔圆圆，整个人是圆圆的，实在生得难看死了。看后肯定地回答说。

"那好！大肚皮里，有可能是你的弟弟，或是妹妹呢。"路莉萍算是提前告知薛仁，又是在安慰胖姐。

薛仁不相信这是真的，一路上，他不悦不语。而胖姐也停止了抽泣……

路莉萍的车子，很快驶进了小区，开到自家别墅的院子里。刚好老教授的那辆老爷车，也缓缓驶入别墅的院子里来。老教授去了一趟火车站，刚刚接回，参加省市级中学生辩论大赛的薛元。薛元下车后，拿出奖杯，高兴地递给路莉萍看。路莉萍很高兴，接过奖杯，左边看看，右边看着。薛仁挤上来，拿着奖杯也要看。路莉萍向老教授道谢后说，去买点菜，祝贺一下，还说家里有客人，第一次亲口说要老教授留下吃晚饭。此刻薛元、薛仁，一下子拉住老教授，不让他开车走。老教授有点为难了，但没有及时回答，走还是不走。按照平时的话，女主人这样邀请他吃饭，加上两个孩子拉着他，他早已迈进了别墅的客厅。这次不行，今晚很特殊，今晚是他妻子，唐影的祭祀日，每年这一天的午饭或晚饭，他的小姨子，刚晋升为舞蹈团团长，叫唐舞，必来他家，与他一起，共同怀念，一个是已故的姐姐，一个是亡妻，三十年来，从来没有中断过。而此刻，他心里是想留下来，在这儿吃晚饭的，但是想到小姨子，还在他家里，等着他呢，晚上再不去，对不起小姨子，又对不起已故的妻子了。走，还是不走！最后他咬咬牙说，这次实在没空，家里有点事，下次吧。路莉萍笑了笑，没说什么话，马上安顿胖妞，到客厅去休息，出去买菜时，与老教授，打了一个招呼，走出别墅院子。这时，薛仁还一直拉着老教授。老教授轻轻问薛仁，那个胖胖的大肚皮女人，是什么客人，薛仁说，"不像爸爸的朋友。"拿出孕妇拍的照片，给老教授看。老教授看着照片，哈哈！觉得脱身的机会来了，就拉着兄弟俩，走到院子外面，在兄弟俩耳边说了一番。然后很轻松地，开着他的那辆老爷车，离开了。

薛元与薛仁兄弟俩，好像站岗放哨似的守在门口，坐在沙发上的胖妞，情绪非常低落。过了好一会儿，薛仁看到，路莉萍买菜回来，奔上去说，"大妈，大妈，大肚皮阿姨，好几次要出去，都被我们热情地挽留下来。"路莉萍很高兴笑笑说，"你们做得对！大人不在家的时候，小孩子应该懂得怎样挽留客人款待客人。"说完，安慰胖妞几句，为调节一下气氛，她们一起进厨房做菜做饭。晚饭后，他们看了一会儿电视，路莉萍安排胖妞，睡一楼客房。这一夜里，胖妞孕妇没好好睡过。她坐在床沿边，轻轻地哭泣骂起来："我胖，我很胖，都不是我胖妞的错呀。你知道，我很胖，为什么还要来碰我呢？碰我后，为什么不要我呢？！我被你害惨了，你这个死鬼，你这个不得好死的死鬼！"

这一夜，路莉萍睡在二楼房间里，上半夜，胡思乱想起来。她一会儿想到，薛开甫下乡老家，那幢清代薛家堂屋，被他的三姐妹霸占着，将有二十多年。这一次，要用什么样的理由，去要回来。要么说，薛家有孙子了，带上薛元、薛仁，去薛家堂屋，看一看，走一走。要么说，薛家堂屋，上百年未修了，已经破烂不堪，需要修缮一下。要么干脆说，公司需要大量的资金，银行贷款有困难，只能将薛家堂屋，卖掉凑钱。想想总觉得，这些理由太简单化，不够充分，很不妥当，暂时放弃，收回权。她一会儿想到，薛开甫病情太严重，发现太晚，已经到了晚期的晚期，移植器官都无法挽救他的生命，靠进口药物，来维持不是很长的生存时间。如果他是一般老百姓的话，因用不起每日每月昂贵药品和治疗费用，会放弃治疗，可能已归安入土了。唉！这一切都是他折腾害的，明明知道有病，还天天与美女们，约会调情，床上肉搏，说明他的寿命，快要到达终点，怪不得别人。她一会儿想到，保险箱里竟然会收藏上百张美女照片，照片中有白梅、木土花、高欣，对于九头身的高欣，这个坏女人，这条美女蛇，太熟悉了。据女儿说，照片上还有很多公司里的员工。最后她们都被一个个淘汰掉。突然，她又想到，薛家祖辈上代，个个喜欢喝老酒，把喝完老酒的空坛子空罐子，当收藏品，叠加起来堆放在围墙脚下，看着它们，肯定还有夸赞一下的意思。薛家的子孙薛开甫，是不是模仿上代祖先们："我薛开甫玩得起女人，我买得起女人的青春，买上十个太少，玩一百个不算多呢！"收藏美女照片，远远超过收藏空坛子空罐子的数量。唉，唉！上下百年的薛家人啊！就是这样的品性德性呀。唉，唉！照片里的美女们，是人家拉皮条的，还是他去嫖娼的？知道他有很多情人，没想到会有上百情人，玩得过来吗？身体被掏空，瘫痪在床，活该，活该。她一会儿想到，薛开甫众多的孩子们，有薛琪、薛元、薛仁，算上胖妞孕妇，未出生的孩子，共有四个，胖妞不管生男生女，孩子呱呱地一落地，马上宣布，没有父亲。唉，作孽啊！作孽啊！如果说，突然间再冒出来一个，家里有五个六个七个孩子，怎么办呢？我们家里，是不是要成立一个孤儿中心？但谁能限制他们，一个个地突然间冒出来呢？她一会儿想到，清贫清苦的接缘寺。接缘寺，虽说清贫清苦，但依然为老乞丐们，解决饥饿问题，这是寺院，为社会在分担困难，是寺院功德无量啊！这种精神，这种担当，要好好学一学老方丈师父。老方丈师父一直为寺院的重建，费尽心机。为了慎重使用好，薛家捐赠三千万元的每一分钱，他亲自去市场购置每一项建筑材料。为了购置材料，有几块钱的差价，他步行，再去从建材市场要回来。她曾经想过，将薛开甫开过的那辆S450系列奔驰车，再次捐赠给寺院，目的让老方丈师父，以车代步。可他回电话说，万万要不得了，电话安装上，已经成了寺院里的奢侈品，你们薛家，捐赠三千万元的钱，已经让他，十几个晚上没有睡好，再捐赠汽车，更让他睡不好了。他还说，邀请薛家人，随时随地，去查查，看看，购置材料的清单，虽然说是捐赠的钱，但是应该让捐赠者，知道捐赠的钱，用在什么地方。听听，这就是老方丈师父的佛心。她一会儿想到，下午与女儿通电话内容，提到老教授"枯木逢春"的话，想想女儿已成大人，知道男女情爱。唉，说实话，她与老教授已经走过以目传情的年代。在与老教授一起办事中，两人配合得比较默契罢了，说话中吐露出善意与礼貌罢了。老教授为了给薛元、薛仁解释一些学习上的问题，才上我们薛家。现在，去谈论与老教授相处有点过早，没准备好。况且，薛开甫还活着呢！一会儿，她突然记起来，要挽留老教授吃晚饭，他说家里有点事，不知什么事？他为何走得那么急呢……

一晃，到了下半夜。迷迷糊糊中，她听到远处传来一阵救护车声，一会儿车声划过后，夜静了。她渐渐进入梦乡里。梦中，又被一阵紧急门铃声惊醒。她起床，急忙下楼查问，一听是小区保安的声音。

"对不起，打扰你一下！请问，昨天晚上，你家是不是，有一个大肚皮的客人？"保安急急问道。

"对啊，有呀！她怎么啦？"路莉萍惊讶回答。

"那个，大肚皮客人，跳河自杀了！"保安又急急说。

"自杀！什么时候，人怎么啦？人在哪里？"路莉萍马上开始慌张起来，吃惊，又害怕地追问。

"人，刚刚，被救护车，拉走啦！"保安说。

# 第十七章　骗来骗去

昨天下午，薛仁从上车第一眼看孕妇胖妞，一直到家里，坚持自己的观点，肯定不是爸爸的好朋友，就将照片拿给老教授看。老教授对各类优劣真假 PS 过照片看多了，当然看得出是人工合成，而且是很不专业的合成。于是，老教授与薛仁薛元三人围成一圈，在院子外面商量着。最后他们达成意见一致，暂时不点破胖妞骗局，看她继续表演，以及要达到什么样的目的。

昨天晚上，三楼房间的电灯一直亮着。三楼，原本是薛琪的闺房，因她出国在俄罗斯，房间暂时归薛仁、薛元兄弟俩使用。兄弟俩在床上，说着报警与不报警的事。

"报警是为了挽救她，不让她继续行骗下去，好让她有改正错误的机会。"薛元说。

"这样不好，会连累大妈的。"薛仁反对。

"那，不报警，看着她，继续行骗下去，大妈会高兴吗？"薛元又说。

"我们想一个好办法，不让她继续行骗，又不让大妈知道。"薛仁提出新的思路来。

"弟弟有了，只要我们每时每刻，跟着大妈，她不可能，从我们的眼皮底下，骗走大妈的钱。"薛元说着，有些激动。

"哥哥呀。还有好的办法吗？我们不可能，天天不去上学，天天跟着大妈的呀。"薛仁又反对。

薛元忽然想起，在少年犯管教所里，教官们突击审问，少年犯人员，或者会说，关你禁闭！关禁闭，这个词，对少年犯来说，很可怕，很管用，很有震慑力。记得那一次，025 室的室长，是一个文了身、染了发的人，对一个新关押进来的室友，看不上眼。而那个新来的室友，没有向室长报告清楚，是犯了什么样的罪孽。

于是，室长不问青红皂白地教唆手下的一些室友们，一起对新来的室友一顿殴打。新来的室友很不服气，反问室长，你犯的是什么罪孽，是不是比一比，看谁犯的罪孽又深又大，谁就是这儿的老大。两人都不服气，又各不相让。室友们一致要薛元站出来，做中间人。中间人是不好做的，必定要得罪输掉的一方，恐怕以后还要吃他很多的小苦。可是薛元不是这么想的，他认为，可以施展才能的时候到了。于是，他要他们两人，在他的左右手心上，各自写上：决不后悔。表示承诺的保证。然后，他在新来的室友手心上，写上其所犯下的犯罪名称。同样在室长的手心上，写上其所犯的犯罪名称。同时，要他们两人，翻开手心，看罪孽：一个是杀人犯，一个是强奸犯。杀人罪大于强奸罪。室长很不服气，因为长期霸道的坏习气，将要结束了。室长提出一招，要比拳头，各打三拳，看谁先倒下，谁就输掉。新来的室友说，请大家作证，我不用打三拳，打一拳足够了，如果打死或者重伤，我不犯法的。只见新来的室友，脱掉上衣，摆了马步，双臂展开，沉默运气，准备出拳时。室友们一起尖叫起哄，有人叫喊：预备倒计时……二一。就在这时候，出现好几个教官，马上平息场面。教官带走室长与杀人犯，教官对其他室友们严肃警告说："你们等着，一个个审问，一个个关你们禁闭！室友们马上在原地蹲下去，点下头，害怕得发抖起来……"

"对了！我们来一个突击审问，把她关在小房间里。明天是星期天，一大早，弟弟你吵嚷着，叫大妈去买早点的小菜，目的是想支开大妈，我们就有机会审问她，看看她原形毕露后是什么样子。"薛元对自己的想法充满信心。

弟弟赞同哥哥的好办法。接着兄弟俩，商讨如何审问，审问那些内容。他们起床，薛元在纸上一条一条写下来。

昨天晚上，一楼客房间里，胖妞孕妇心虚呀，白天见到老教授他们，三人围成一圈，在院子外面嘀咕什么，她几次想逃出别墅院子，都被他们好说带劝地拦住，吓得她走也不是，站也不是，暗暗流泪。吃饭时，人虽坐在桌边，而心一直想飞出去。看着一桌丰盛的饭菜，无食欲去品尝，只是小心地吃着面前几道菜，女主人客气添菜给她，说要营养全面点，对胎儿有好处。可她还是小心地吃着在饭碗里的菜。终于熬到了晚饭后，安排她到一楼的客房间去睡觉。她走进客房间，关上门后，才轻松吐了一口气。临睡前，她看着房间，从顶上吊下来的，是豪华的大灯；坐着的床沿，是一张巨大豪华的大床；四周的墙面，是花纹高雅的墙布；家具电视机，以及台子上的工艺品，装饰物，富贵精致，高档极品。她看后，心里一直在发慌，手脚在发抖，好像她在犯罪。豪华的大床，她不敢躺下，怕弄脏床单。她坐在床沿，流着泪轻轻哭骂起来。先骂，为她出坏主意的人，要她去冒充薛开甫的女人，去骗钱。结果，不但没有骗到薛家的一分钱，反而被薛家的儿子控制，逃走不能，后悔死了；后骂，要来碰她的漆匠阿三。漆匠阿三说她，很肥，上下身都肥，他喜欢这样的肥，抱着这样肥胖的人，就像抱着一叠床被，那样的柔软。被他说感动了，同意让他碰了，羞耻死了；最后骂她自己，为什么这样的笨？既被漆匠阿三骗，又被出坏主意的人骗。她还没去骗人，却被人家骗。好在，薛家财大气粗，待人热情，还没有被他们发觉是一场骗局。好在，她还没有骗成功，算是对得起薛家了。她又哭了一阵子，试想：明天要不要再表演下去，表演不成功怎么办？被他们识破怎么办？他们报警怎么办？知道，这是在犯法，犯法要坐牢。那逃走吧！逃到哪里去？群租房已经退掉，挺着大肚皮，老家不能回，哪里落脚呢？她想到一个死字，是解决问题的最好办法。于是，她整理一下床单，脱下女主人送她的那件，在商场购买的孕妇装，折叠得整整齐齐地放在床上，再穿上她原来又旧又土的孕妇装，然后轻手轻脚去开门，走出别墅院子，越过河边栏杆，慢慢爬下河去……

胖妞，是远在小县城郊区外的镇头上，一家早点铺的女儿。胖妞高中毕业后，帮着父母在早点铺打理。由于胖妞太肥太胖，没人看上她。到了二十五六岁的年纪时，父母催促她，快点找对象，快点嫁人吧，而她淡定地说，“不急的，不急的。”一天，一个不是很帅气的年轻人，来店铺里吃早点，他要了两只大饼，一根油条，加上一碗豆腐脑。他吃后，掏出十元钱，放在桌子上，离去。她发觉追上去说，“五元钱够了。”他边走，边回头说，“留到下次吧。”第二天，他吃完三大件的早点，依旧放在桌子上十元钱，离去。她拦住说，“这次不收你的钱。”他说，“留到下次吧。”他来了二十余次，每次都是这样的说法。她实在过意不去了，走近他身边，轻轻说，晚上请他喝咖啡，他立即同意。晚上他们一同走进镇头上，比较热闹的“影视娱乐城”的旁边，有一家小咖啡屋，坐了一会儿，喝完咖啡，他提出，去他那儿的工场，走走看看，她立即同意。他的工场，是在镇头上，临河边的一幢独立，在建的别墅。别墅内部，刚刚完成油漆粉刷，他是承包油漆粉刷部分的。社会上流行说，建筑行业好，承包建筑行业更好。当然，包括油漆手艺行业，也很好。她心中，有数了，踏实了。在整个别墅的装潢中，油漆粉刷部分，是最后一道工序，所以他可以住在别墅里，而真正的别墅主人，还没有住上别墅呢。此时他似乎担当起别墅的主人，拉着她胖乎乎柔软的手，一边陪她，参观别墅的上上下下，一边说他，在家里兄弟姐妹中，排行老三，人家叫他漆匠阿三。漆匠阿三，依然拉着她胖乎乎柔软的手，来到二楼主卧室，在临时搭建的简易床铺前，再次拉着她，一起并肩坐在床沿边。她的心，开始加速跳动。漆匠阿三的手，开始抚摸她，从柔软粗壮的腰部，到厚厚的嘴唇。之前，她从来没有被男生或者男人亲吻过、抚摸过，这些纯洁的领土，都是一片荒凉的清静。现在被他一番亲吻抚摸炒热了，她开始剧烈地喘气，心跳加快。漆匠阿三双手捧不住她一只巨大的胸部，抚摸一会儿后，边笑边说，"你到处都是肥肉，骨头呢？你的骨头究竟藏在哪里？"她咯咯笑着说，"骨头，骨头当然在肥肉里面呀。"于是，她闭上了眼，脱衣，仰卧床上，一大堆白花花，胖乎乎的肥肉，抱都抱不动，要看她后面的屁股肉，给她翻一个身……都很吃力。时间，过了三个月后，她觉察到怀孕了，要去找漆匠阿三。这时他已经离开那儿的工场。手机联系上后，可他，一会儿说在这儿干活，一会儿说在那儿干活。总算被她找到，她提出要结婚，漆匠阿三同意。他提出两个条件：先不要孩子（理由：生出来，将来胖小子一个，不帅气，不健康）；后要减肥（理由：减肥到他能抱得动她为止）。她又一次，被他说得感动了，含着泪，数着他递给的三千元钱，当她数完手上的钱后，他已经不见踪影，连忙联系，对方关机。她知道，这次真的被死鬼漆匠阿三骗了，看着手上三千元的钱，怎样去减肥？要去减肥，先要把胎儿打掉。她到医院，医生告知不能堕胎。她到私人诊所去堕胎，手术费很贵，那个还有点医德的大夫告知，恐怕打胎后，难怀孕。她犹豫了半天，顾不得怀上怀不上，凑到钱，再来打胎。于是，她租一间群租房先安顿下来。白天出去找工作，找几次，失败几次，几天下来，一摸身上的钱不多了，就在房间里，大哭大骂死鬼漆匠阿三。房间隔壁，住着一个姑娘，那个姑娘，白天睡觉，晚上穿蓝色衣裙，抹香粉去上班，那儿的人，背后叫她蓝衣姑娘。群租房的房间与房间之间，用一道薄板当墙。蓝衣姑娘那边浓浓香味，从隔板缝隙，阵阵弥漫到她这边来。她的哭声骂声，传到蓝衣姑娘那边去。一个闻着香睡不好，一个听着哭骂声，同样睡不好。蓝衣姑娘走过来，直接告诉她，被人骗了，被人抛弃了，她更加地大哭大骂起来。蓝衣姑娘又说，"那个死鬼漆匠阿三，可以骗你，你同样也可以，去骗别的男人呀！"她说，她一生从来没有骗过人家。蓝衣姑娘说，"这很好办，你去拍一张，露出大肚皮，正面照给我。我陪你到医院的病房里，看到躺着的那个男人，哭着说，是你孩子的爹，就能骗到他们家的钱……"

　　第二天。一早，路莉萍从一楼客房间床上，拿来折叠整齐的崭新的孕妇装，带上薛元、薛仁兄弟俩，驾车去医院看望孕妇胖妞。还好孕妇与胎儿，并无大碍。经过一番安慰后，胖妞哭着认识到自己的错，情绪总算稳定下来。路莉萍又将崭新的孕妇装，给了她。

　　"不管怎样，孩子是无辜的，你先把孩子生下来。距产期还有一些时间，你可以到我们公司去上班，打扫简单的卫生工作，你看好不好？"路莉萍不记恨，不记仇，再次安慰她。

　　"谢谢！谢谢！"胖妞听后，一下子跳下病床，跪在地上，哭着在拍打自己的脸，还轻轻在骂自己的笨。

　　"大肚皮阿姨，请你告诉我，我爸爸的照片，怎么会在蓝衣姑娘手上呢？"一旁的薛仁，开始发问了。

"我确实不知道。"说毕，被路莉萍拉起来，让她坐在床沿。胖妞哭泣着继续说，"我，我真的，确实不知道的！"

"蓝衣姑娘，怎么会知道，我爸爸的病房？"一旁的薛元也开始盘问起来，"你，必须老实交代清楚！"

"我确实不知道的！"胖妞哭着说。

"蓝衣姑娘，怎么知道，我爸爸不会再说话呢？"薛仁又继续盘问。

"我……确实不知道的！"胖妞哭着，说话的声音，有点颤抖。

"骗钱的事！拍照的事！谁出的主意？快说！"此时，薛元睁大双眼，提高声音，又追问道。

"我……确实不知道，都是蓝衣姑娘……出的主意！"胖妞吓得不止哭着，全身开始发抖，双手捂着嘴巴，不让哭声发出来。

"那个，蓝衣姑娘，对爸爸有深仇的大恨。大妈，我们赶快回去，去保护爸爸！"薛元焦急的样子，说着准备去拉弟弟薛仁，要走的样子。

路莉萍心里清楚，薛开甫身上手臂上插满各种管子，只要拔掉任何一根管子，他就会死，蓝衣姑娘不会那样做。这要怪薛开甫了，与上千姑娘谈情说爱，不是个个姑娘都看中他的钱，一旦碰上动真情的姑娘，当他要抛弃时，姑娘会记恨记仇，只等报复机会。蓝衣姑娘就是暗暗等待，报复机会的人吗？答案是肯定的！结果让蓝衣姑娘终于等到了报复的时机，那就是孕妇胖妞的出现。

"蓝衣姑娘不会那么傻的，去亲自动手。我们初步知道，所有问题都在蓝衣姑娘身上。要找到蓝衣姑娘，让蓝衣姑娘说出藏在她心底里的一些秘密。"路莉萍很冷静地对大家说。

于是，路莉萍带上大家，驾车到孕妇曾经群租房住过的地方。这个时候，蓝衣姑娘早已退房，估计走得匆忙，匆忙得像偷偷逃跑似的，房间里衣服，化妆品之类东西都没带走。一位租房中介人员正在打扫她的房间。大家问了中介人员一些情况，中介人员说，蓝衣姑娘去向不明。这时，薛元闻到了房间里的香味，他快步进入房间，拿来蓝衣姑娘用过的化妆品，闻一闻香味，马上回想起，四年前的一幕镜头：十四岁的他，已经长成一米七几的个子，身板粗壮且嘴上有毛。他来到舞厅，穿过舞池，有一个舞女，强拉他，还贴在他的耳边说："不要你的钱，陪我跳一场舞！"她不知羞耻，他不理她，他脱开身，却闻到了，从她身上散发出来，这种的香味。这种香味与他妈妈，韩晗身上散发出来的淡淡香味，完全不同。说得简单一点，辣椒的辣味度：有不辣，微辣，中辣，特辣。他妈妈使用的化妆品是"微辣"，那香气能保留很久很久。他现在手上拿着蓝衣姑娘用过的化妆品，和他四年前闻到过的香味，都是属于"特辣"，香气很浓，很浓，不过几个小时后，香气很快散尽。而那年他闻到过"特辣"的香味，陶醉不已，记忆永存。

"蓝衣姑娘，白天睡觉，晚上上班，住的群租房，蓝衣姑娘一定是舞女！"薛元手上还拿着蓝衣姑娘用过的化妆品，闻了闻肯定地说。

"蓝衣姑娘生得很好看，很漂亮，身上很香，化妆很浓，一到天黑，就出去，很迟才来，有时过了下半夜，门一打开，人还没有进来，一股浓浓香气，已经飘了进来，觉得有点像……"胖妞，忽然想起来说。

"这么大的城市，这么多的舞厅，哪里去找蓝衣姑娘呢？"薛元问中介人员，"这里，距离最近的是什么舞厅？"

"是飞跃舞厅。"中介人员，配合着他们答道。

"是飞跃舞厅吗？四年前，我去过飞跃舞厅！"薛元马上兴奋地说着，"大妈，大妈，我们就从路线最近的飞跃舞厅，去寻找蓝衣姑娘吧？"

薛元分析得很有道理，一时三刻也没有其他寻找的办法。大家形成意见一致，先回家吃饭，待到天黑下来时再去飞跃舞厅寻找蓝衣姑娘。

# 第十八章　蓝衣姑娘

飞跃舞厅开张在黄金地段，尤其夜场生意红红旺旺。只要舞客身上有钱，在舞池里得到乐趣，在舞女身上就能买到欲望的满足。只要陪舞女身材修长，胸部丰满，脸形秀气端庄，服饰性感前卫，往往被男舞客们搂腰相拥进入舞池。当第二个舞曲，音乐响起时，漂亮舞女被另一男舞客拉走拥入舞池。第三个舞曲，是慢三步，慢三步是男舞客们最喜欢的一个舞曲，因为舞池的灯光，由亮渐渐地变暗过渡，直至彻底没有亮光，只有头顶上快速旋转的五颜六色彩球灯，射出来一些零碎的光线条，其实在快速旋转中，五颜六色光线条，照射到谁的身上脸上手上，一闪而过，看不到，看不见，他们双手在干吗，他们身体在干吗，这就是男舞客们，最喜欢的理由，最想跳舞曲，也是欲望能得到满足的最佳机会。而此舞曲，也是舞女们赚大钱最佳的机会，因为舞曲时间长，在黑暗无灯光下不安全，肉体上要承受难以启齿的一些骚扰动作。总算熬过十几分钟的慢三步曲终，舞女们还没有回过神来，却又被另一男舞客搂腰拥进舞池，跳下一个舞曲。舞女们有固定舞客，也有临时搭讪舞客，不管是固定，还是临时一见钟情，所有男舞客们必须掏钱买乐趣，买欲望满足；所有舞女们，却要忍受着煎熬着，然后上厕所，去数钱呗。

蓝衣姑娘，就是其中一个舞女。她来到这座城市，已经有五六个年头，同她一起来的姐妹们都住上公寓楼，开上心爱跑车，而她还苦苦地挤压在简陋群租房里。她不是不得志，而是在怨恨一人，就是这个人，毁了她的青春，毁了她的前程。她慢慢沉淀下来，分析一下原因，寻找证据，要举报这个人。四年等待下来，她一次次否定，已经被她找到所有的证据；又一次次取消，已经被她找到报复的机会。这一次呀，孕妇胖妞的出现，她实在不忍心，已经到手的机会，再次被她无故地丢失掉。可是胖妞呀，没有按照她的意图去办事。胖妞，没有骗到薛家的一分钱财，薛家人，也没有因胖妞的出现，闹得不可开交，一团糟。更让她生气又吃惊的是，胖姐居然不撤退，反而住进薛家。凭这一点，让她吃不准，到底是胖姐的笨呢？还是薛家人的傻呢？她设计骗局，是骗局的主谋，主谋是要负法律的责任。她害怕，要赶紧离开，这座城市；她又害怕，要赶紧离开，为还躺在病床上，不死不活的一个人。就这样匆匆离开，值得吗？她要让薛家人知道，她的动机和目的。她离开前，跟舞厅领班妈咪，交代一番之后，拎起背包，眼泪汪汪离开舞厅，离开，这座繁荣昌盛的古老城市……

　　吃过晚饭后，路莉萍带着大家，驾车来到飞跃舞厅，在舞厅的吧台边，正在打听蓝衣姑娘的下落。刚好，走过来，自称是舞厅领班的妈咪。妈咪说，蓝衣姑娘已经离开本市，有一本子要交给路莉萍。路莉萍接过本子，打开看，里面夹着有几张照片，薛元眼尖一下子认出是妈妈韩晗的照片。照片是被人偷拍的，镜头里的人物，拍摄太小，看不清楚。薛仁踮起双脚，也要看一看，哥哥的妈妈在照片里生得漂亮不漂亮。可是镜头有些模糊，只看到女人的脸色，很白。薛仁不知道，那是光线反照的缘故。路莉萍粗粗翻阅一下本子，里面是满满的文字，在文字行间里，还有淡淡的泪痕和血迹呢。这时，舞厅领班妈咪，看着四岁的薛仁，猜到就是他，又从包里拿出一张纸条给他，并问，你叫薛仁是吗？薛仁回应点点头，并接过纸条，走近吧台的灯光下，打开纸条，纸条上的字迹很工整，薛元干脆抱起薛仁，帮他读了起来：


薛仁小朋友：

　　　知道你的名字，你的生日，我和你妈妈一样，是你爸爸好朋友。你妈妈生下你，我不能生下你的妹妹，是你爸爸不要。如果妹妹还在的话，你可以领着妹妹的手，一起上幼儿园，一起回家。你妈妈有儿子，我不能有女儿……


　　薛仁听到这儿，哗哗地大哭叫喊起来，"我不做，我不做妈妈的儿子！我不做，妈妈的儿子！我要做菩萨！我要做菩萨！"大家左劝右劝，总算安慰了薛仁，拉上他，上车回家。回家路上，薛仁很不高兴，不说话，心里头恨死了爸爸：抛弃姐姐的妈妈，害得姐姐的妈妈天天去寺院拜菩萨，抛弃哥哥的妈妈，害得哥哥的妈妈吸毒自杀；现在又知道，抛弃了蓝衣姑娘，害得蓝衣姑娘没有女儿，去做了舞女；爸爸用药，骗了我妈妈，妈妈病死后，最后害得我天天要想去拜菩萨，天天要想去做菩萨；爸爸向银行借了那么多钱，要不是老教授帮忙，说不定，现在没有车，没有别墅，又害得我们无家可归。爸爸做了那么多的坏事，还要我，替他，去做传宗接代的人？我不！我不！我不！我要去做菩萨！

回家后，路莉萍安顿他们，各自进房间睡下，她也跳进自己房间的床上，再次拿出蓝衣姑娘的本子看了起来。本子不大，也不厚，有点旧，有点脏，说明本子在蓝衣姑娘手上有些年头。打开本子看扉页，扉页有被撕掉过的痕迹，第二页，只有两个字：被爱；第三页，三个字：恨过他；第四页，四个字：血迹斑斑。第五页，五个字：等报复机会；第六页⋯⋯

蓝婴儿，是蓝衣姑娘的原名，蓝衣姑娘脸形天生小巧，像婴儿娃娃的脸，皮肤白皙又细腻，加上凸凹有致，修长的身材，在中专学校里，称为校花。毕业后，各类模特老总，上门都要争抢她，看好她。她选择一个车模行业，因月薪奖金比较可观。可是，入行两天后，才看清楚，这个行业有潜规则，拿身体去一笔笔搞交易。比如说，车展一辆进口豪华车，价值在上百万的上千万的，必配的车模，肯定是国际级的或是国内顶级的。当然，有等级差一些的女车模，也有可能配上，进口高档的车展。那要想一想了，那个等级差一些女车模，一定是花了血本代价的，或去堕胎过的，或去整容过的。反正堕胎的钱，整容的钱，都是男人递过来或扔过来的钱，而女车模，身上流的是血泪。女车模含着泪，流着血，淌着汗，还在数，男人递过来或是扔过来的钱，不知廉耻地说：值得！值得！

蓝衣姑娘说，"不值得！不值得！不愿意，这样做。"说白了，不要这样的钱。第三天后，蓝衣姑娘跳出，这个车模行业圈子，进入一家与互联网合作的平面模特圈子。平面模特，是在摄影间里，完成工作，穿上性感内衣，或者穿上新款时装，高雅经典的旗袍，摆一摆姿势，很轻松，很安全，摄影间里，只有几个人。不会产生像车模展那样，让众人近距离的，盯着上下身看。

那个时代，姑娘们穿戴上也在不断地创新变化，从时髦穿到时尚，再从时尚穿到前卫。蓝衣姑娘天天穿着牛仔裤、牛仔衫，她把自己保护得严严实实。她的闺蜜，戏称她为牛仔修女，她以牛仔修女为自豪。一天傍晚，她被闺蜜，强行拉去，打扮成大美女，去五星级酒家，赶饭局。说好饭局报酬是五位数。五位数，保守点取五位数一个中间数，算一算，应该是五万元左右吧，应该是她的三四个月工资吧，心里默认了。接着被闺蜜，嘻嘻哈哈，一拥拉到丰盛饭局的酒席上。酒席上，她的酒，不是被人家灌的，是她自己豪爽地倒进去的，又被她蹲在厕所里面难受地吐出来。

马文之老板，为了评审名牌企业过关，先要摸摸底，自家企业能否过这一关，特地在新落成典礼的五星级豪华酒家设饭局，邀请主管局有关科长科员一级小领导。别看小领导，在推荐与提供一些资料上，他们大有文章可做。当然，马老板不会忘记，邀请他的同行企业老总，以及酒肉朋友。马老板很聪明，弃之，以前已经用过的老油条姑娘，此次用新姑娘，即刚刚涉足饭局领域的姑娘，蓝衣姑娘就是其中之一了。她不懂饭局的深层次，认为陪酒，就是喝酒，与科长老总们碰一下杯子，喝下去，就算应酬了事，这样几轮回合下来，大半瓶的拉菲红酒，一口接一口倒进她的胃里。马老板有些不爽，心痛是这瓶上千元的拉菲红酒，就这样被她喝完。马老板再三提醒她："美女与科长，跳一曲舞呀？美女与科长拥抱一下呀？美女开放热情一点呀？"科长如醉非醉的样子，用力拥抱她，将手放在她身上不该放的地方。突然，她清醒本能地迅速跳开。而她的几个闺蜜，打情骂俏，迎合他们的手，在她们身上肆无忌惮地游来游去。然而，酒席上，有一位老总始终在关注蓝衣姑娘的状态。从蓝衣姑娘有几分的醉意，到露出几分的醉态，再从跟跄地离座，到趔趄地进厕所，这位老总一直守在厕所的门外……

# 第十九章　赢家输家

　　蓝衣姑娘，第一次应酬饭局，失败了。以后再上，这样的饭局机会，恐怕都不会有了。反过来说，饭局市场，同样不会再有，这样的豪爽喝酒姿态，这样的干脆喝酒风格，这样的一个姑娘，恐怕找不到了。然而，在饭局上，常常见到的那些美女们，尤其是那些老油条似的美女们，她们往往会想尽一切的办法，不去沾酒，宁可让人去抬下巴，去吻脸颊，甚至让人抚摸一下胸部。蓝衣姑娘清楚看到，这场饭局上，已经乌烟瘴气，淫乱一团，她不愿为了五万元钱的酬劳，而去付出不该付出的代价，比如被拥抱，被跳舞，被接吻，或被摸胸，或被脱衣。此时此刻，她手中握着的酒瓶，也只有拉菲红酒，才能帮她的忙了。红酒，是她自己灌进杯子里，然后将杯子里的红酒，往嘴里倒，只要是醉了，不断地上厕所，等于在不断地躲避他们的性骚扰。她就是用这样自我牺牲的方法，去赢得饭局时间的结束。最后，她没有损失到，被接吻过，被抚摸过，被脱衣过，自称身上还算"干净"的，就是呕吐难当罢了，头晕得好像天地在旋转，手脚好像不听使唤。但她没有考虑过，酒醉后，同样有危险的呀！同样会被他们，趁机得逞的呀！她的闺蜜们，就是被他们，玩耍得大声尖叫起来，狂笑吵闹起来。可她，无法去营救她们。他们发疯般地，脱她们的衣服，疯狂地偷袭她们的胸部。他们大笑着，还让她们尖叫着呢，还让她们无力的小拳头，敲打在他们身上呢。最后，他们个个得到了战利品：美女们，有被拥抱接吻过的，有被搂着抚摸过的，有被拉开上衣过的。她们个个头发衣服凌乱，脸上却荡漾着愉悦的兴奋……

　　蓝衣姑娘脸色苍白，有气无力靠着厕所墙面，好长时间在慢慢地向门外移动出来，身躯站立不住，人一下子倾倒下去。她的运气太好了，一直被等候在门外的薛开甫看到，连忙上前，拦腰抱住她滑下来的柔软身躯。她的腰部腹部，被薛开甫一抱又一压迫，她口中的呕吐物，带着一股浓烈酒气，直接呕吐在薛开甫的裤子上，薛开甫干脆抱起她，进入包厢里。这时候，包厢里的客人们，早已离去，只有服务员小姐一人，在整理桌上的餐具。薛开甫把她平躺在沙发上，脱下西服盖在她身上，还倒了开水让她喝。薛开甫拿来一块桌巾布，擦掉裤子上的呕吐物，最后拿出五百元钱，递给服务员小姐，说是小费，要服务员小姐守在她身边，直到她安全离开，服务员小姐爽快答应。一个多钟头过去后，她醒过来，服务员小姐告诉了这一切。她听后，流着感激泪，很快在薛开甫西服里找到一张名片，按名片上的联系电话与他通上话，那边的他说，已经离开本市，明天晚上回到公司。

第二天晚上，蓝衣姑娘带上薛开甫西服，找到公司，并在他的董事长室里，碰上了面。见上面后，她一连串感激感谢的话，马上从小巧鲜红的樱桃嘴里蹦跳出来。他没有马上接受这一番感激感谢的话，反而从包里拿出五万元钱来，放在写字台上，然后推到她的面前说："这是昨天饭局的酬金。"她很敏感，马上警觉，不对呀，早上已经收到，昨天饭局的酬金。此时此刻，她在一分钟之前说的感激感谢的话，转瞬大打折扣了。她说："薛总，我收下这五万元的钱，你要什么条件？"她脸上依然露出很美很诱人的微笑，试探着说。

薛开甫笑笑不语，迅速打开电脑，让她看了一下网页，网页上显示出，四份黑市上的饭局价格表，有上百万元，上十万元，上万元，第四份是上千元的。她看后脸红了起来，觉得自己在四份价格表中，属于最低档次，低得要去跳楼。同样是姑娘，赴饭局，应酬男人，要去喝酒；同样到饭局，档次悬殊。这个差距，为什么这样大呢？另一个脸红，觉得有点误解他了。他反而笑了笑，问她："昨天饭局，像你这样大胆，敢于忘我牺牲的表现，酬劳应该更高，你拿到了多少，能透露一下吗？"

"他们，说好是五位数，结果他们，给了……五千元。"她有点难为情，不敢像刚才那样的声音说话，而是低声，低得不能再低的声音。说完，她马上露出一脸尴尬的笑容。

"只有……五千元？！昨天的东道主，叫马文之，马老板公司与我公司是合作企业。马老板这个人呀，很抠门，很阴险。他公司欠我公司货款，快上几千万元了。昨天晚上，他支付这区区五万元钱。这五万元钱，干脆奖励给你算了：一是让我第一次看到，一个所谓真正陪酒者的你，赞赏你；二是让我看到你的单纯，不被他们的性骚扰，有忘我牺牲的情操，敬佩你；三是让我看到你，这样大口喝酒，自己灌醉自己，奖励你！"说完，哈哈大笑起来。并将写字台上的五万元钱，拿起来，放在她的拎包上面。

"薛总，"她听了薛开甫的一番话后，彻底打消了之前警惕的念头和刚刚的失礼，随即歉意地说，"对不起，我有点，失言了。你刚才一番夸张我，表扬我，让我坚定地断绝以后碰到类似这样的饭局念头。谢谢薛总了！但是，赞赏归赞赏，表扬归表扬，钱归钱。请你收回吧！"说完，将拎包上的钱，拿下来，推到他的面前。

"没关系的，没关系。你胃部……仍旧有不舒服感觉？"他尴尬地笑了笑，关心地问她。

"是的，有点。不想进食，天在转，还想吐。"她笑了笑，点点头说。

"头……还有点晕？"他盯看着，她娃娃脸形状，又问。

"是的，还有点晕。脑子里一直还有天地在旋转的样子呢。"她仍然有笑容。这个笑容是在摄影棚里，要拍新款时装时固定式的笑容；这个笑容下，还必须配合着手臂摆动，大腿迈开，转侧亮相等等标准姿势的定格动作，一气呵成。这样的笑容，会不美吗？人家就是靠这个完美笑容、完美的体形、优雅的姿势，赚钞票养活自己的。她点点头又说，"胃部，很难受，脑子一片空白。"

"刚才，你问我，要什么条件……我，看一下……吃点，什么补品好呢……补品，不是很好的……还是，药食两用食物，好好地养养胃吧。"他边说，边在网上，寻找酒醉后养胃食谱，然后打印了一份清单出来，递给她。他又说，"明天是星期天，如果愿意的话，我陪你一起去采购，意下如何？"

她马上接过，打印好清单的A4纸，草草看了一下，情绪一下子又拉回到昨天饭局后，呕吐、酒醒、服务员小姐告知后的那段含泪情景。她还多看他几眼，判断：他是不是在设下陷阱？一起去有什么危险？如果拒绝会有怎样后果？刚才不是失言了吗？不是误伤他的善意和友情了吗？她相信，好人，还是占绝大多数的吧！糟糕的事情，应该不会降临到自己身上的发生吧！她客气地说："好的！好的！谢谢薛总了，把好事做到底！谢谢啦！"她依然用标准式笑容，展示给他看。那是，有一个绝对完美的笑容，笑容定格在她的娃娃脸部上，是男人，请不要去猜想或者意淫：她的完美笑容，仅仅是脸蛋，而她的脸蛋后面，是整个脑袋，脑袋好使不好使？他不知道！他要继续测试她的脑袋，好使不好使；她的脸蛋下面，是天鹅颈，以及高高的丰满胸部。古人云："胸大无脑。"是男人，见了"胸大无脑"的姑娘，能逃过这一关吗？他能逃过吗？

他盯着她，老脸上马上露出沧桑的微笑，作为对她刚刚展示完美笑容的回应。他们约好了，在哪里见面，哪里超市购买。

第五天晚上，蓝衣姑娘带着感激心情，再次来到薛开甫公司董事长办公室，敲门推门，马上看到里面有一群美女，嘻嘻哈哈，打情骂俏地围在薛开甫写字台边，有半片屁股坐在写字台上，有半片屁股坐在老板转椅护手边上。她们穿戴高档，纹了眉，化了妆，但看上去，不自然，有点俗，俗得要想吐。薛开甫听到敲门与推门声马上扭头，从美女们高高隆起的胸部缝隙中，终于看清进来的人，是蓝衣姑娘。蓝衣姑娘依然穿牛仔系列时装，显得清爽，干脆，又很潇洒，人生得清秀，阳光。他看到后，好像喝口清茶似的醒目。于是，他把围在身边的美女们，驱逐出去，随手关上门，笑嘻嘻地请她去坐三人沙发上。他嘴上，边解释说："这群员工，目无纪律，没事找事，真烦死人了，天天要涨工资，要涨工资，真烦死人了！你……你，现在胃部好点吗？"他马上露出尴尬的脸色，说出的话也透露出很尴尬的语调。

蓝衣姑娘不懂，他们公司员工管理制度。但是她懂，员工要涨工资，不可能笑闹着冲到董事长办公室，围着老板要加薪的。看这群美女们的样子，不太像在讨伐，要晋升工资。她心中自然引起一丝的疑惑与警惕。她马上收藏起标准式赚钱的完美笑容，只是淡淡地展露微笑一会儿，边点点头，边在三人沙发上坐下，说道："吃了养胃食物，胃部确实舒服很多，头晕程度已经消失。认识你，这么一个老大哥，心情特别愉快，特别开心，在此心表，谢意了！"蓝衣姑娘说完，依然露出一点点的微笑，又立即收住。

"我也很高兴，也很想看到，你美美的笑容。认得你，这么一个漂亮清秀优雅的妹子，真是……太有缘分了！"他的老脸，依然露出沧桑的笑容，起步，还想靠近她。

"薛总，你工作很忙，不打扰你了！改天，改天……咱俩有时间，再聊好吗？"说毕，蓝衣姑娘立马起身，脸上依旧挂着，一点点的微笑，走向门边，想去开门。

"没事的，没事的，真的，不打扰！不打扰！你已经来了，你的谢意，我也收到，我总要表示表示一下吧？回礼的客气，终归要吧？请你喝一杯茶水，终归，终归没……没问题吧？"薛开甫连忙挽留。还尴尬地抛出，一连串热情邀请的问号，这些热情邀请的问号，说出来后，使对方拒绝不能，走也不能，只能乖乖地坐下，等待他的一杯茶水了。这一招呀，可谓真灵光的！

"那好……谢谢，谢谢你了！"蓝衣姑娘随口，又客气说完，走回到沙发边，又坐下来。

薛开甫笑了。他立即转身，从巨大的鱼缸立柜式的冰箱里拿来一瓶大瓶装的可口可乐饮料，在她面前打开饮料盖子，顿时饮料泡沫，小部分喷射出来，他连忙倒在茶几上的两只空杯子里，将一杯吱吱响声的可口可乐饮料，马上递给蓝衣姑娘，再倒一杯给他自己。

"来！来！妹子，为你的……健康，干杯……！"他笑了笑，拿起杯，等待她。

蓝衣姑娘明明知道，自己从小已经养成了好的习惯，不喝有颜色的饮料，包括女孩子们常喝的牛奶、豆奶、豆浆、咖啡、珍珠奶茶、冬瓜茶、可口可乐等。她一直喜欢喝凉白开水，以此带来一身的纯净，清高与傲慢。她的闺蜜，在她的面前，正常一拉罐，一拉罐地喝可口可乐，她还一再提醒闺蜜，这里面有兴奋剂，别喝得太多，喝过头了，人会变傻的，变傻后，人会变成痴迷的，变成痴迷后，人会变胖的，胖了后，人会嫁不出去。现在，摆在她面前的一杯可口可乐，喝，还是不喝？她再次地相信，好人，还是占绝大多数的吧，糟糕的事情，应该不会降临到自己身上吧！此时，人家举杯等着她呢。她没有多想，立马接过杯子，脸上又露出了让男人们想入非非那个赚钱的标准式的完美笑容。于是，她客气地说："谢谢薛总的……祝愿！来！来！干杯！……"蓝衣姑娘接上他的话，举起杯子，与他碰一下，喝了。

南方五月份天气，已经开始闷热。董事长办公室的空调坏后停在壁上，巨大鱼缸里的金龙鱼和银龙鱼，相互追逐，欢快地游着；窗口边上，一株粗大发财树，叶子茂盛，叶子随着，从窗口吹进来的微风，而轻轻地摆动着。薛开甫鼻梁上的汗珠，开始冒出来了，他脱下西装，放在沙发一边，扭头去看蓝衣姑娘脸颊，她的脸颊，也渐渐地泛红起来了。蓝衣姑娘觉得燥热起来，而且从喉咙一路热到脚底下，鼻梁上也冒出汗珠来。她知道，这是可口可乐饮料的作用，怪不得那些闺蜜都喜欢喝它呢，原来，确实是有催人产生兴奋，催人产生激情，又催人产生，异样的燥热成分在里面。她开始要脱牛仔衫的外套了。他看准时间，马上坐过来，靠近她，趁机帮她一起脱衣。他的手，是有意还是无意碰到了她的手臂，还碰到了她的胸部，她感觉麻辣似的痛快舒服，舒服得无法用语言来描述，舒服得完全忘记此刻应该立即马上躲避与拒绝。要是在过去的那个时刻里，她与男人，握过的手，都要洗好几遍，才算干净呢。如果有一个男人，有意或者无意中靠近了她，她会很快跳开或离开。此时此刻，喜欢男人靠近她，喜欢男人触碰她，她渴望极了。他看到，机会的成熟，故意将一手搭在她的肩头上，随着笑话引起一阵笑声时，他的手有意无意地滑向她的胸部。

异性相吸，有时候不是单单的性相吸，也不是单单的钱相吸，而是情趣相似，彼此读懂一个"情"字。至今蓝衣姑娘，还没有恋爱史呢，恋爱史一直是空白的。因为，她高高在上，让异性追求者永远攀登不上。她的性格，孤傲、倔强又清高，清高到了不会主动去搭讪人家。所以，她的青春期与成长期，情操的底线：在一次参加校外军训上山时，最多被暗恋的男同学拉一下手；参加单位文艺活动时，最多被英俊的男同事握一下手；参加工作摆拍时，最多被爱慕的男人捏一下手；参加舞会时，最多被不怀好意的男人抚摸一下手；参加同学婚礼，去做伴娘，合影拍照时，最多被动机不良的伴郎，搂一下细腰，搭一下肩膀。仅此而已。除此之外，都是一些衣服与衣服之间，磨蹭的接触。然而，不出几天的时间里，薛开甫用对了巧妙的手法，让她自愿地依偎在他的怀里。随后的几天里，她自愿倾倒在他开房的床上。一个将近五十岁年纪的薛开甫，不是那么的英俊与帅气，无非袋里有一大把用不完的钱，无非经营着一家财源滚滚的外贸公司，怎么会让处女之心的她如此的痴迷倾情呢？

　　第六天晚上，蓝衣姑娘对昨晚的激情还没散尽。她想联系他，又觉得太难为情，骂自己的贱。但是，人类的感情就是这样，在还没有谈恋爱时候，心境如明，还可以骂那些闺蜜，还当着她的面，一会儿叫老公想你，一会儿叫帅哥要你。现在，临到她自己了，同样有贱的成分在呀！刚好，这时候薛开甫打电话进来邀请说，有一家五星级的豪华大酒店，刚刚落成典礼，酒店顶楼的餐厅，正在"试营业"阶段，在这期间，中餐打对折，早晚餐，自助免费，问她，是否有兴趣，开车子过来，接她？她没有多想，一口答应。今晚，不能再穿牛仔修女装了，她对自己苛刻的要求似乎放松了。她选择穿上一套蓝天色裙装，披上薄薄露肩的披肩，再补上淡妆后，镜子里的人脸处处散发青春，靓丽，清爽，大气又高雅。这样的容貌，加上完美笑容，能抵抗一个排的男人。那是人家，赚钱的资本呀！否则，拍摄出来的产品广告，谁还敢在网上购买呢？她满脸春风，走出公寓楼，急急地跑到楼下去等他的车。

　　他与她，在五星级豪华大酒店的顶楼层，吃完自助晚餐后，来到酒店裙楼的演歌舞厅，跳了一会儿舞后，他说有点疲倦，提出去房间休息，她没有反对。一路乘电梯上去，他大胆试探一下，去搂着她的细腰，她没有拒绝，还靠着他呢。他们来到 22 层 2208 号的豪华套房间。进门后，他立即锁上门的保险扣，随后拥抱着走向客厅，打开立橱柜下面的小型冰箱门，拿来一瓶可口可乐饮料，当着她的面打开饮料盖，由于刚刚被他摇晃过的饮料瓶，打开时的泡沫顿时喷射在他的手面上，部分洒落在她的胸前衣襟上。他傻里傻气，笑着说，"对不起！对不起！"她笑笑说："没事！没事！"他给她倒上一杯，他自己也倒上一杯。然后，他们会意地一笑，碰了一下杯子，各自一口喝尽。他又给她倒上一杯，她喝了小口后，拿着吱吱响的饮料杯子，移步欣赏豪华套房来：刚刚进门看到的是宽敞客厅与餐厅，两厅并排，面向朝南，南面有一长排，落地双层玻璃窗，自动打开厚薄两道窗帘，窗外夜景，全在眼下。天上无月色，更显得地面上，路灯车灯和近远处高楼上广告牌的霓虹灯特别的明亮；两厅的背面，是敞开式厨房，与两厅相连。厨房里有冰箱、微波炉、烘烤箱、电磨豆浆机、榨汁机，还有刀勺碗碟等用具餐具，应有尽有；客厅的左手边，是主卧室，主卧室里有书房、小会客房、工作室、衣帽间、卫生间；餐厅那边的右手，是次卧室，次卧室里有一张大床，还配有一张儿童木床……她摇摇晃晃走到儿童木床旁边，已经站立不稳，双腿如铅球那样的沉重。她竭力地回忆起来：进入 2208 号房间门口，还看过一眼，明明白白写的是总统套房，但里面既不是总统套房的设置，又不是标准套房的样子，那是什么套房，难道是……家庭套房吗？她满脑子还是那一张儿童床，儿童玩具……此时此刻，他的双手，很熟练地要做他想做的事了……

虽然他们双方，都没有相约在赌博。但他一直在赌。赌她，标准式的完美笑容和她"胸大无脑"式瞬间的微笑。他是赌博，笑容与微笑中，高手之人，他永远是一个庄家兼赢家；蓝婴儿的傻姑娘，冥冥之中，她是知道的，或者说，根本不知道的。但她已经参与到这场赌博之中。如果说她知道的，那她拿什么东西到赌场去赌一下呢，不可能拿她自己的青春下赌注吧？那不是太蠢了吗。剩下来的，只有拿她那个标准式的完美笑容与偶尔一闪的微笑作赌注了。然而，她输了，她赔了。她已经在他设计好的圈子里，一旦进入他的赌博场地，她永远是一个输家……

薛开甫知道，蓝衣姑娘腹中的变化。他高兴起来，一会儿对她说去买有独立儿童房，儿童床的别墅，一会儿说，去买跑车。她知道，他在骗她。她看着自己的肚皮，一天天大起来，思考着怎样与他的老婆路莉萍去沟通？怎样的说法，让他的老婆让位？她想了一百个理由，又推翻了一百个理由。最后，她将此事摊开来，与他商量。他却笑嘻嘻的，不急，说后宫的事，不参与。他关心的是胎儿，是男是女。又等过了几个星期后，他掰着手指头，数着日期，终于等到能检出胎儿性别的周期，很遗憾，报告单上明明白白写有：女婴。他在走廊里，看着报告单子，心情一下子跌落到谷底。那天下午，他们从一家私人诊所走出来，回到那家大酒店豪华套房的路上，两人无语，晚饭无味，床上无趣。他终于忍不住，咬咬牙，开口说了："蓝婴儿，对不起！你开个价吧？我会好好补偿，给你的！"这句话，似乎是庄家赢了后的口气。好比说，你输得太惨了，我多少，弄一点钱，给你做做资本，待你壮大了，有机会咱俩再来赌一局吧。但是，这次他是赢定的，说你已经输得一塌糊涂，已经没有资格再来输赢赌一局了。

蓝衣姑娘还在傻瓜地认为，他会安慰她说："蓝婴儿，辛苦你了，再给我怀孕一次吧？"此时此刻，她听清楚，是开价！听明白，是交易，这是买卖，买她的子宫，变成一副模具，而且是一次性免费的模具，而不是重新，再浇注一次的模具。一副已经被人用过的一次性模具，抛弃了，如同一副报废的锈铁模具。报废的锈铁模具，不可能再被薛开甫启用。她越想越气愤，脸色苍白，全身颤抖，瞪大双眼。失败与她的胸大与无脑，是绝对没有关系的。

她想：古人云"胸大无脑"这句话，有时候，古人也会看走眼的。

"薛开甫！本姑娘是人！不是一次性模具，请尊重点！"输家说。

"你说……你说，你要……我，怎么样的……尊重点！"赢家说。

"我，我……要你，我……要你，要你去……去坐牢！"输家说。

床上的赢家听后，一下子跳下床，全身发抖地跪在地上，这一跪呀，曾经是庄家又兼赢家，这次赌博算彻底输了，输得他连衣裤都无人买给他了……

薛开甫从一个小小庄家，十几年后逐渐壮大成为一个大庄家。在这个过程中，他一直没有输掉亏本过，连衣裤都输光的时候没有过，绝对没有过的！噢，记起来，应该说输掉过一次，确切地说应该算半输，半赢，双方平局。那是四年前，这一次半输给了韩晗这个女人身上，韩晗只是半赢。最后，她也消失在赌博场上，去了极乐世界里。她太好强，性欲强，没有耐心，又好冲动，还爱虚荣，扮装贤惠，其实挥金如土。与她一起非法生活有十四年，可是让他戴绿帽子的时间，有十年之久。说出去，薛开甫还是不是一个男人？是不是让人在背后大骂，耻笑呢！这样的情况，他还要与她再赌下去吗？赌什么呢，儿子都已经在赌博中创造出来，还有什么可继续赌呢？他设立的这个赌场，带着半输，半赢，必须立刻退出……

# 第二十章　复仇计划

历史沉睡了，时间却清醒了。沉睡的历史，往往有对有错，对错可以原谅，但是不能遗忘，更不能从头再来！蓝衣姑娘，在睡足清醒后，她知道，在她的眼里，历史的对错就是不可以原谅的！她在几个小时之前，由于种种的威淫逼迫之下，无可奈何去做了堕胎的手术。手术后，她拖着疼痛沉重的身子，回到自己租房的公寓楼后，需要解恨，发泄，寻找出薛开甫追求她时诱惑她的所有东西，直接从窗口扔向大街。可是她翻遍了所有抽屉，寻找不出当时送她：如黄金白金，如钻石玉器之类，以及高档时装，名牌包包的奢侈品。她曾经一再告诫过自己：感情是感情，物质是物质，物质终归替代不了感情上的黏合剂，感情黏合不牢了物质自然就成了垃圾。她忍着泪水，苦笑着自言自语："还好，还好，家里绝对没有垃圾可扔！"

过了几天，蓝衣姑娘恢复了身体。她想知道造成历史错处，根源在哪里？对不可以原谅的历史，是不是可去做进一步的探究？最后，探究下来：一是跟踪薛开甫；二是搜集证据举报；三是寻找机会报复，她买了一部相机，租了一辆车子，开始跟踪他。结果发现，有他许多地方的犯罪证据，比如婚姻、嫖娼、偷税、骗贷。最让她气愤的，居然还有一个像她一样的傻姑娘，被他告知要打掉身上女婴胎儿。那天她驾车，跟随薛开甫车子来到一个高档公寓楼，停车下车后一直跟随到 8楼 801 室门外，听到门里面，有猛摔东西的声音传出来，随后听到有姑娘哭骂的声音，说要赔偿青春损失费！接着听到薛开甫的声音，说要八十万元摆平此事！再后来，估计那个傻姑娘，妥协了，同意了，里面再也没有哭骂动向。八十万元的钱，去摆平一个姑娘的青春，太便宜了薛开甫。她没有要过八十万元的钱，她要的是，让他去坐牢。她回到自己公寓楼出租房里，从抽屉里，拿出一本不大不厚的笔记本，笔记本是二年之前获得的奖品，本子的扉页上印有：蓝婴儿同学，获得本学院举办第十八届模特比赛优秀奖。在优秀奖三个字上面，盖着学院公章。她将此页撕下来，拧成一团，丢在一边，拿笔写起来：

第一，建立薛开甫的重婚罪档案。

薛开甫，男，五十岁，私营外贸公司，法人代表人；合法妻子叫路莉萍，四十四岁，内退，育有一女叫薛琪，今年二十岁，在读大学生；二奶叫韩晗，三十四岁，曾经是日语教师，育有一子叫薛元，为私生子，今年一十四岁，在少年犯管教所，因买毒品；三奶叫白梅，二十四岁，外贸公司外销副总，育有一子叫薛仁，为私生子，今年一岁；固定情妇N人，姓名不详，年龄均为二十二岁至二十六岁，均与其怀有女婴，均被堕胎，随后均被其抛弃；流动性的性伙伴美女，约百人，以收藏美女彩色照片为证，美女们年龄，均在二十五岁至三十岁……

第二，建立薛开甫的嫖娼罪档案。

国外嫖娼：俄罗斯的各大城市中黑市的妓院，薛开甫都泡遍；

国内嫖娼：高档酒店酒吧，高档发廊店，高档美容店，高档按摩店，演歌厅里高档的卖身女，薛开甫都泡过；外贸公司的女职工都用重金包养过……

第三，建立薛开甫的经济罪档案。

一是：贿赂税务人员。某年某月某日中午，薛开甫为了应付税务大检查，在五星级大酒家设饭局，宴请税务人员。宴请中，有贿赂的内容：首先礼品袋里，有上万元，上千元不等；其次饭局上，有性感美女陪侍；最后宾馆房间里，有美女陪睡。二是：违规贷款。利用三角债，套取，骗取银行三千万元。三是：偷税……

第四，建立报复计划。

报复目标：色鬼薛开甫。薛开甫偷偷生下薛元、薛仁后，不去好好爱护传宗接代的两个私生子，还要长期采花，采野花后的结果呢，不是瘫痪在病床上吗？不是成了植物人吗？要说报复他，他已经不能，再接受任何的报复两个字了……

刚刚设立报复目标时，薛开甫还没有像现在这样可怕地瘫痪在病床上。那时的他，精力充沛，袋口里有的是钱，又是采野花的高手，我这样一个正正规规的姑娘，被他用药后拿下，夺走我的第一次，随后不知不觉怀孕，又被逼去堕胎，最后被抛弃。像我这样的，受骗上当的姑娘，一定很多吧！不止我一个吧！所以，我要阻止他，我要报复他，让他去坐牢房……

我要去从他的乡下老家，去薛家村打听，他过去的做人，以及去看一看，他家有幢清代年间老家堂屋。之前，听他亲口说：老家堂屋，堂前有很大的天井，堂后有假山小桥流水的院子，特别是中间的堂屋，高大，明亮，算是真正的富贵堂皇，说明薛家祖上，是大户人家，是富裕人家。此时此刻，我已经站在，薛家没有墙门的堂屋面前，抬头看到，墙门上建筑物，已经是倒塌后的一片残局，还堆在上面；所谓高高青砖围墙，已经用上便宜的红砖头，替代砌筑起来，砌筑的高度，还不如原来的高度。我穿过墙门的洞口，进入堂前天井，站在所谓"富贵堂皇"的堂屋面前往里面张望，看到是一片乱糟糟的场景，有沙发，有竹椅子，有摇篮，方桌圆桌，冰箱电视，帐篷的绳子耷拉着，一个吊扇从栋梁上吊下来，电线像蛛网似的拉着，地面上根本找不到一块石板，看到的都是黝黑一片的泥地，泥地上的泥土，已经被踩踏得很实，一眼看过去，还有高低不平的地方；我退到天井，脚下同样是高低不平的泥坑，看不到一块完整的天井石板。我知道，以前他在吹牛，在骗人，以为我不会去他的老家看看。今天我看了，还看出一个问题：上代是正直，下代是歪斜。我不会上当，再去看堂屋的后面，是假山小桥流水的院子，恐怕看罢也是一片"狼藉"的局面吧！可惜呀，老屋传到下代已经败落。这是不是"富不过三代"的一个悲惨结局呢？哈哈！哈哈！薛家的下代子孙都享受不到祖传的那幢完完整整的清代年间的老家堂屋。接下来，薛家的下代子孙们，依然去过着穷三代或是穷四代的生活呢，可惜呀，真的穷过了四代呢！薛开甫这一代算好运道来了，他为薛家争气了，又富裕起来了。可惜，薛家已经是二代的单传，他必须拼命要生儿子，结果呢，他瘫痪在病床，成了植物人。从他富裕的身上，又一次看到了"富不过三代"的第一代，他开始腐败了，开始没落了，与上代的祖先们，又一个地轮回了。活该！好笑！我从墙门内退出来，撞上一个大腹便便的老人和一个五十来岁的男人，看他们的长相体态应该是父子，应该他们是这儿的家人，我很有礼貌，还让了道，还说："你们请进。"结果呢，那个男人恶狠狠瞪我一眼说："我们姓王为什么要进你们薛家，你们薛家还欠王家"圆木棺材沙木底"的两口棺材呢！"说完，还在我面前的空地方，吐一口水后，马上拉着老人，迅速走开。他们一定把我，当成是薛家的后代人了。可见他们对薛家人，有多仇恨，是上代的仇恨，还是下代的仇恨？不知道！欠王家两口棺材，是什么意思？很想知道。追上去说，"我不是薛家人。"还说了谎，说住在薛家的围墙后面，他们不相信，要看我身份证，我拿出驾驶证，他们看后才说，"你一个姑娘家，最好别住在薛家的围墙后面，围墙里面有一个白色的坟头，晚上有白鬼，出来要闹的抓人的，我们在夜里好几次看到过白鬼，是一群白鬼，你赶紧离开这里吧！我们也是刚刚离开这里的。"说完，又拉着老人，迅速走了。我不信，但是心里还有点害怕，找了好几户人家，打听一下白鬼，听听人家的反应。结果人家都说，"现在哪有白鬼，是不是说白鬼的人，心里有鬼吧？"是啊！怎么没想到呢？我从害怕到不害怕，慢慢清醒起来：真鬼与假鬼，都是人为之鬼。不怕，就走到屋后去看看。果然，看到一座又高又大的白色坟墓……

我还打听到，薛开甫与堂嫂关系不一般。那年，堂嫂结婚，挺着大肚皮，嫁进薛家来，婚后没几个月生了一对双胞胎儿子，堂兄薛开利高兴啊，高兴得要死，干脆长期外出，去搞长途运输，想多赚点钱，养家。而薛开甫偷偷溜进堂嫂的床，被堂嫂的婆婆发现了好几次，婆婆叫来儿子，结果呢，堂兄薛开利与薛开甫家大吵一顿。薛家人，为了名声，为了薛开甫还年轻，今后还要找对象结婚，还要做人，薛家人，只好拿出一万元钱给堂兄，摆平这桩丑闻艳事。第三天，堂兄薛开利，带着被戴了绿帽子的情绪，去搞运输，却发生意外的车祸，结果车毁人亡。薛家人又一次为了名声，为了薛开甫还年轻，今后还要做人，不让此事传播开去，薛家人不得不又拿出五万元钱给堂兄薛开利办丧事，来摆平车毁人亡与丑闻艳事的关联起来。堂嫂改嫁时，堂嫂的婆婆，怀疑两个双胞胎孙子不是薛家生的，堂嫂只好带走。最后，堂嫂婆婆冒着高龄怀孕的风险，生下了堂弟，取名为薛凯杰。从中避开不吉利的一个"开"字，哈哈！哈哈！薛开甫年轻时，结婚之前，已经是一个地地道道的小色鬼了……

　　我还从薛开甫外贸公司外围打听到，他原本是一名普普通通的员工，后来成为这家公司的负责人，后来成为这家公司董事长。在几十年的时间里，他把公司里的女工，像采花一样采摘，先玩弄，后抛弃。他说，他家里有收藏上百张美女照片，我猜想，一定有我的一张吧。回想那年，被他用药拿下后，我天天哭骂吵闹，寻死寻活。他为了哄我，用尽一切手段，我就不吃他这一套，什么金钱、跑车、别墅，别想摆平我，他很无奈。有一天，他突发奇想说，要带我去俄罗斯玩玩走走。那个年头，很少有人出国，尤其是姑娘们。姑娘们出国去，那一定是靠上了某一个大款。听到他要带我出国，我比要跑车、别墅还兴奋。那个年头，傻姑娘的我，特别的傻，特别的贱，特别的可耻，居然对唾手可得的物质，统统不要，也没有这个概念上的要。因为，那时的我，太清高了，太傲慢了，清高与傲慢后，是傻瓜一个。居然心头一热，让他拍了一张上半身裸照给他收藏，还点头答应他一同去俄罗斯散散心，走走玩玩。随后，我马上去加急做护照啦，去签证啦，去订机票啦，去登机啦，把他的罪孽罪状，报复等仇恨的种子，一下子亲手埋葬了。两人来到莫斯科，去过红场，接着中餐厅、西餐厅、博物馆、风景区看了一圈。第五个晚上，去了一家"俄罗斯夜舞吧"。舞吧很大，项目很多，消费很贵，娱乐人员，很杂很多，多数西欧人，高鼻子蓝眼睛，他们身上散发出香气，很难闻。大厅的中央是舞池，舞池对面是演唱台，演唱台的左侧，是一个脱衣舞表演区域，右侧是酒吧。我们在表演区，刚刚坐下来不久，他蠢蠢欲动，看着台上，一个妖精似的西域女子，正在表演钢管舞。他对我耳边说，去去就来，说完跳上台，拉着妖精的女子，走向后台。此刻的我，气得要炸了，要哭了，要叫骂，要冲上去，想把他拉回来，可我没有那样做。我很贱，很可耻，居然被他带到这个淫乱的地方来。想跑，不可能，想走，也不可能，离开这儿，东南西北，什么都不知道，更何况护照，卢布都在他那儿。过了好一会儿，他终于从台后那儿出来，绕过正在表演的一个，白皮肤人种的姑娘

146

身边，还不忘去占人家的便宜，竟然拍打一下那个白皮肤人种姑娘的丰满屁股。他在这儿是熟客，一个老油条似的熟客。他接着跳下台来，在我的身边喘着气，涨红着脸，坐落，看他的裤裆处，拉链都忘拉上，我狠狠地提起一手，给他一个响亮巴掌。结果，啪的一声，打在他的手心上。他早已看到，我沉着的脸，他有所准备……

很可惜！很可惜！这么多的日子过去了，时钟一小时一小时看着他，陪伴着他，而他慢慢地变为一个老人了；空气，一阵一阵供着他、养着他，而他慢慢地变为一个老人了；漂亮的姑娘们呀，小姐们呀，妓女们呀，时时刻刻，分分秒秒，吸光了他的精气神，使他变老加速，成为老色鬼了；老色鬼，已经瘫痪在医院病床上。他活着的时候，不用时钟，一小时一小时看他，陪他了，而用秒钟的计时，一秒钟一秒钟地伺候他了。同样，他活着的时候，不用空气，一阵一阵供他，养他了，他已经用上氧气瓶里的氧气，输送给他了。不用什么报复，看他，还能活多久……

报复目标二：大老婆路莉萍。今年春节，我放弃回家过节，放弃看春节联欢晚会的直播，去跟踪追击。在一家五星级豪华酒家楼里，白梅一家三口，有薛开甫、白梅、薛仁。他们安安稳稳地在吃年夜饭。在同一时间里，路莉萍一家母女，有路莉萍、薛琪。她们却在另外一个小小的酒家楼里度过凄凉的年夜饭。而我呢，更加的悲惨，更加的孤单，还在两个酒家的包厢门外，跟踪侦探他们两家呢！哎呀，我的命，也不好呀！可我想更进一步看一看，路莉萍的命到底好不好呢？

路莉萍生育时期，正是处在国家大力推广"只生一胎好"的那个年代里。那个年代里的围墙上，大街上，标语上，报纸上，都在说积极响应国家号召，只生一胎好。她已经生了一个女儿了，她没有勇气，再去生儿子。在农村，包括城里的人，如一个女人没有生过儿子，就会被人家边缘化的，"母以子贵"的道理，个个女人都懂得的。她没有福气，她没有运气，子以母贵去沾薛家的光。因而她在薛家，没有地位，没有权力，哈哈！大老婆也有难处呀。不好的命，只能让她吃素，念经，拜佛去了。老公，在外面养了一大群女人，还生了一大堆私生子，难道说，她一点都不知道吗？是闭一只眼，还是睁一只眼呢？还是天天叩头，拜佛，求菩萨，去忘记这一切的烦恼呢？让我意想不到的，凡是她所拜求过的大小寺院，都有巨额资金的捐赠。比如，寺院的石碑上，鼎上，匾上，梁上，留下捐赠资金的数字，留下他们夫妻的名字……最近时期，她接纳认可，薛开甫的两个私生子，还将遗产三千万元的钱，全部捐赠给寺院。我的结论：我对她，既有母爱，又无私心，产生敬意。随着慢慢跟踪，调查，侦探，她的人，很快被我取消报复的对象……

报复目标三：二奶叫韩晗。在一个春末，夏初时，我驾车第一次去韩晗家侦探。韩晗家，叫"明城府"小区，听听名称，就知道是城市级别的名称，看看小区是独立的别墅群组成，要比路莉萍家的联排别墅，"明城壹号"别墅小区，气魄要大，档次要高。她家是独栋的门户，门户前有院子，院子里有游泳池，别墅后面有地下车库，地上有车棚。看过后，独栋别墅与联排别墅，不在同一的级别上，无法去比较。

　　我的车，停在过道上，最佳的位置，既能看到她家侧面的院子，又能看到后院的车棚。过一会儿，我在车内看到，一辆银色进口宝马跑车，从我车身边驶过，慢慢驶入别墅后院的车棚内，从跑车里，出来一男一女两人。我连忙拿起相机，从相机的长镜头中看到，女的应该是韩晗。韩晗，穿一套夏季款式的旗袍裙，这款旗袍裙精致漂亮，大气高雅，性感服帖。我很惊讶，我做过两年平面模特儿，对时装很敏感，尤其是旗袍裙。穿旗袍的，一定要穿得服帖的，能穿旗袍的人，一定要有匀称修长的身材，凹凸有致，才能配得上穿旗袍裙，才能对得起这件旗袍裙。那么，我要看一看，韩晗她到底用了什么样的面料和什么样的做工，就能得出，或者就能猜出，一个穿旗袍裙的人，有没有文化、修养、品位和审美的水平。我将相机，加长镜头，将画面拉近来，镜头再放大看：旗袍的面料，果然非常细腻光滑，可以说，通风透气，性能极好的一种棉质面料，再加上锦丝的纹路，这种材质的旗袍，适合夏天穿，因为夏天里，人总归要出点汗汁，而此面料不沾身，不怕汗汁的；我移动相机镜头，看到：料子是浅杏色，做旗袍的基色；并在左肩处和腹部处，有大小点缀着，蓝色牡丹和浅浅的小红花，婉约的手工擀边和盘花扣，瞬间让人看了，这款旗袍的质感十足。夏天，刚刚迈进，这么早，穿上短款式旗袍裙，可见，她是一个提前消费的女士了，将白皙的双臂，冷白皮的双腿，婀娜腰肢，前胸突出，臀部后翘，全部提前，亮相给周围的空间和环境，以及辐射到男人们的眼帘。我将镜头，慢慢移开旗袍裙，对准韩晗的头部，她有一头乌黑发亮，烫着波浪式的发型，五官极其端正，加上颀长苗条的体形和靓丽的容貌，完全配得上，这款旗袍裙了。想想，此时此刻的男人们，见了她的旗袍裙，和她靓丽的容貌，风华绝代的傲气，一定会性欲地冲动，而死的；女人们，见了她穿的旗袍裙，和她五官的端正，风姿绰约的神气，一定会嫉妒爱慕，而死的。而我暗暗地吃惊又叹惜，在韩晗的面前，唯一的优势，就是我的年轻了！可是，傲气与神气的韩晗，正领着，这个年轻健壮，英俊的帅哥，他们有说有笑，走向别墅，开门进入。然后看到二楼的卧室，拉上窗帘，开亮了灯。可见，不是一个好女人，耐不住寂寞，让薛开甫早早地戴上绿帽子呢，哈哈！我认为，这是证据，这是充分有力的证据，连拍了好几张照片。

　　第二次去韩晗家，什么都没看到没拍到。第三次又去，是在四个月后，某一天，中午。我趴在别墅外，落地玻璃窗的前面处，从相机的长镜头中看到：韩晗衣衫凌乱，与一个更年轻，更英俊的帅哥，一起躺在客厅中央一块很大的地毯上。

又过了一个月，去韩晗家出租房侦探。我从韩晗出租房的窗口，再次用长焦距镜头看里面，里面没有韩晗的人影。后来打听到，韩晗的儿子，因买毒品被警察抓走，估计她悔恨，估计她还是选择自杀的好。就这样，一个大美女过早地谢幕了。哈哈！薛开甫没有艳福，这么漂亮的情妇，早早地离开……

报复目标四：三奶叫白梅。白梅家在"五龙湖"别墅小区。别墅的建造年代不详，应该是当年，开盘的产品，当年买下，隔年交付，次年装修后入住的。看一看，听一听，就知道"五龙湖"的名称取得多牛啊！不用去说白梅家，这套别墅建筑面积1000多平方米，价值要多少钱？它的价值，能把路莉萍家的别墅和韩晗家的别墅相加起来，还要翻倍呢。可是……可是，白梅的命运，不是很好的，她享受不起这套别墅的灯火辉煌。她尽管带儿入住前，在每个房间里，点过红烛，上过佛香，拜了菩萨，拜了土地公公，入住不足一年，还是生病了，生的还是绝症，最后无可救药离开了幼子薛仁，离开了这套高端的独栋别墅。从老一辈人那里听说，这个"五龙湖"别墅小区的建造地块上，在解放前是一片无人管理的乱坟堆，也是穷人们买不起一块坟基地，做不起的坟头，只好在此地的湖边上挖一个坑，埋葬在那里。难不成，白梅家入住的那套别墅下面，刚好是挖坑埋的一口小棺材吗？哈哈，哈哈！太巧了，太巧了！真是太巧了呀！白梅大学毕业，本来可以分配到国营公司。可她，偏偏要到薛开甫私营公司，是看上了高出国营公司两倍的月薪吧，哈哈！哈哈！就这样，又跳进了薛开甫这个色狼设下的陷阱。这要怪她的贪！要怪她的贱！为了偷偷生儿子，还东藏西躲的，不是吓出一身病来的吗？哈哈！哈哈！她是一个地地道道的短命鬼了。最后的结论：我又取消对她的报复，其实用不着报复……

报复目标五：两个私生子。薛开甫何时有两个私生子，他们住在那里，是在我怀孕后，才知道的。特别是第二个私生子，他叫薛仁。薛仁，要比我打掉胎中的女婴大三个月吧。如果我怀的是男婴，在一组男性，同辈的名字里"元、德、贤、忠、仁、义"除了"元、仁"这两个不可以选，其他可以挑选一个作为我儿子的名字。我第一眼看中的是"贤"字，古文中的贤，左边是眼睛，右边是手，下边是贝，贝是钱。我的儿子，将来应该属于聪慧又多财，还能控制钱财。可惜呀！可惜！我的肚皮不争气！但是，话还要说回来，肚皮争气的韩晗，生了一个坐过牢的儿子，不会有好日子过的；肚皮争气的白梅，生了一个叫喊着要做菩萨的儿子，说不定呀，将来有那么的一天，成了一个小和尚呢！哈哈！薛家要断一根香火了！真是老天爷开眼，在惩罚薛家的子孙们。这就是薛开甫要儿子……要儿子的悲惨下场，哈哈！活该！最后结论：我对他们，又取消了报复计划……

我多少个白天深夜，含着泪，断断，续续，修修，改改，写了四年多时间的举报信，拍摄的照片和举报信，一直夹在本子里。在四年多的时间里，我用掉了所有积蓄，租了一间群租房。最后，为了生存，又被生活所迫的，自愿去做一个不卖身的陪舞女。刚开始时，我心里有多大的压力呀，羞耻感呀，一直认为，怀上过人家的孩子，又被人家逼得堕胎，最后还被人家抛弃，丢尽了面子，违背了我的清高。不想回到，平面模特的摄影间工作。其实像我这样的，被人家逼堕胎，又被人家抛弃，例子多得是。我的闺蜜，就有几个人。可是人家照样，高高兴兴地来摄影间上班；人家照样，嘻嘻哈哈地与大家笑成一块；人家照样，还说再去找一个，比前一个更帅，更出色，更有钱的男人。一大群的闺蜜，在一起劝说我，要我远离苦海，要我快去再找一个呀！我说做不到，也不想做到。只好选择远离我的闺蜜，一转身，我又将面子高高地挂在清高的脸上……

　　降下夜幕后，在黑夜里，彼此看不清面子有多大，面子有多厚多薄的时候，我就是喜欢选择这样的夜晚，在彼此看不清面子的情况下，偷偷地走进刚刚开张的一家舞厅里。舞池里，一个陌生男人，见到一个陌生的我，就马上游荡过来与我耳语后，邀请我跳一曲舞，并给我一百元钱。舞曲播放音量太大，实在太大，当时，还没有听清楚，耳语说的是什么意思，我就稀里糊涂地收下他的钱。然后，再与他跳了第二曲舞，他又给我一百元钱，这次我心领意会，毫不客气地收下。可他的手呀，一刻不停地在我上身抚摸着。我立即判断出，可能是变态男。我真的忍不住，被他拿捏过的胸部很疼痛，胳肢窝里也很疼痛。我要求他，捏轻点，很痛。他冲着一股浓浓的酒气说，都是一样的拿捏法，你里面两只东西，特别高贵特别嫩啊！我忍住气，不与酒鬼争执。第二次我想回绝，与他再跳，第三舞曲"慢三步"的贴面舞。他浓浓酒气，有力手劲，硬是把我活生生般拥抱过去。我挣扎不了，逃脱不了，很无奈。他又递过来，卷起来的一百元钱。我摇摇头，拒收。而他依然紧紧拥抱着我，将卷起来的一百元钱，从我的胸沟塞进去。随着慢三步舞曲的音乐响起，我无可奈何地接受，他油腻腻的脸孔贴在我粉嫩的脸孔上。这个时候，灯光渐渐地暗下来，暗到彼此一下子看不清脸孔，看不到手。而他的手……不只是在我身上抚摸……我强烈警告他的行为，他说，要归还三百元的钱，我腾出手来，毫不犹豫地打了他一耳光，并将钱还他。我的愤怒，我的举动，却被另外一对舞女发现。她们向我身边舞过来。她们的眼睛，难道是猫眼？她们发现和知道我在抗争？这时候，舞池顶上面，吊下来一个快速旋转，球形状的彩色射灯，彩色射灯照射在舞池上，照射在男女舞客身上，一闪而过。她们能看清楚，说明她们是老手。她们很快拆散，一个与我成为舞伴，另一个快速追上去被我打了一耳光的那个酒鬼，并与酒鬼成为舞伴。酒鬼又很快投入了战斗，他娘的手啊，也是不分青红皂白，在她下身发展……黑暗灯光隐蔽下，她的手，也是不客气，伸向他的下身，抓住他的命根子……突然他的身子，一下子抖动了几下，将无力的整个身子，直接扑在她的身上。她反过来，拥抱架住他的身子，并在舞池的中央，原地踏步起来。后来知道，我的舞伴叫兰兰，那个酒鬼的舞伴叫苗苗。兰兰看到苗苗在原地踏步的暗号，快步旋转到苗苗的身边，兰兰的臀部故意撞了一下酒鬼的臀部，兰兰从苗苗手上很快接过酒鬼臀部上抽出来的皮夹子。兰兰和苗苗边舞边做这个动作时，我看到有点惊怕，有点解恨，有点呆傻了。当我还没有回过神来的时候，慢三步的舞曲，还没有结束的时候，这一切，还在黑暗灯光隐蔽下的时候，兰兰快速拉着我离开舞池，直奔女厕所。女厕所，兰兰急急打开皮夹子，发现里面有好多钞票和银行卡。兰兰将钞票全部拿出来，数了三千元的钞票，将其余的钞票塞进皮夹子里。然后又将三千元钞票中，数出一千元给我，数出一千元，放进她自己的衣袋。这时，苗苗也跑进来，兰兰将剩下的一千元钞票给了苗苗。接着，兰兰拿着皮夹子，快步跑到舞池边上的吧台，将皮夹子交给吧台服务生。这一切的动作一直是在黑暗灯光隐蔽下进行的。当兰兰再次奔进女厕所时，外面舞池上的灯光渐渐地亮了起来，快速旋转的球形彩色射灯慢慢地停了下来，升上去。这时候，下一个舞曲的音乐已经响起。我们还待在厕所里，我拿着一千元钞票犯愁了，觉得不好，应拿三百元，将七百元钞票给了苗苗，并说，刚才辛苦你了。苗苗将钞票，又退回给我，说我刚才也辛苦过。这时，兰兰对我说："三百元是舞场的价，是你的本钱，另外五百元钞票是那个酒鬼赔偿你的精神损失，你拿八百元。"然后对苗苗说："这二百元是你刚才辛苦的补偿。我们三个人，第一次合作成功，合作愉快。接下来，我们有第二、第三次的合作，等待我们，你干不干？"兰兰在问我。我下意识点点头，表示同意，并将八百元钞票爽快地塞进手机套子里，然后走出女厕所，来到吧台边，刚好看到，那个被我打了一耳光的酒鬼，在问吧台服务生，遗失皮夹子的事，服务生对他经过核实后，还给他，他打开皮夹子，看了一眼，像没事似的，又将皮夹子插入臀部上的袋口里，转过身去，又去邀请另一个姑娘，一起进入舞池。此时，我们三人的行动，已经得逞，已经安全。我想前想后，拿着八百元钞票，觉得不妥当，拿了这钱，等于是入伙费的预支。这次成功了，下次不成功呢？那个酒鬼，去数一数皮夹子里的钞票呢，不是出问题吗？我的面子，我的清高，又一次高高地挂起，又一次战胜了我。我从手机套子里，拿出五百元钞票，走到吧台，跟吧台服务生说，这五百元钞票，是刚刚借兰兰或者苗苗的，请转交。从此以后，我走出这家低档次的舞厅，来到"飞跃"一家舞厅，去发展……

每晚天黑，打扮出门，卖笑陪舞，赚钱。大白天里，在群租房睡觉，黑夜在舞厅里，还要计算着如何去寻找报复的机会。过着这样的日子，身体状况，极其不佳，先后得过各种的病。年纪轻轻的，就患上了什么三高，去医院看医生，要吃药；好了几个月，生理上不正常了，看妇科要吃药；好过几个月以后，心理不正常，常常噩梦中，不是被人家追杀我，就是我去追杀人家，赶紧挂号，去看心理专家。那位心理老专家，有点慈祥，有点老态龙钟。竟然说了一句很长的话，让我难以忘怀的话："姑娘呀！赶快忘却吧，一切的仇恨吧！赶紧忘却吧，一切的烦恼吧！放下吧，放下，无所谓的一切！放下吧，放下，有所谓的一切！才是身心清净的一切，阿弥陀佛！善哉！善哉！"这家医院，怎么成了寺院？老专家，怎么变成老和尚？这是在叫我，去做尼姑吗……

我在你们的城市里，把大好的时光，放在学校里的学习上，又把大好的青春，放在学校里的社区上；工作后，曾经爱恋过：把身上所有第一次，都给了薛开甫，尽管用药，尽管诱奸了我，可是我没有能力，没有反抗，只怪我很贱，认了，活该；曾经悔恨过：把身上流掉的那一个，胎儿女婴……没有偷偷地生下。那些曾经，替薛开甫怀过的女婴，又被告知，打掉胎儿的姑娘，她们哭闹过，她们抗争过。最后，她们个个都成功了，或多或少，带着巨额八十万元钱的补偿，赔偿，诱惑时，诱骗时，和赠送的一些贵重物品，满载而归，风风光光，离开了这座城市。同样，曾经的我，替薛开甫怀过的女婴，又被告知要打掉胎儿的我，却带着两袖清风，泪不少，凄凉，悲哀，孤独，离开了这座古老的城市……

路莉萍含泪，读到这里，不想再读下去，只能慢慢地合上，蓝衣姑娘那本，在字里行间，沾满了淡淡的泪痕和血迹的本子。她从床上起身，将本子和本子里夹的照片，举报信，拿到厨房，水斗的面前，点上火，一页一页撕开，与照片举报信，一起烧起来，看着它们全部燃尽，只留下一堆灰尘时，她马上打开水龙头，顷刻之间，灰尘消失。此时此刻，她仿佛看到，蓝衣姑娘蓝婴儿在回首凝视，这座古老城市的影子，越来越小，越来越淡，淡出蓝衣姑娘脸上挂满泪水的视线……

# 第二十一章　大小花圈

　　手机铃声响，是医院电话打进来，病危通知已经第七次了，说明薛开甫的生命，已经燃尽，无力挽回他的性命。这次病危，能不能躲过，这要看他的造化了。他生前所闯下的，惹下的，犯下的，众多罪孽，罪状，罪证，有抛弃人的，有逼疯人的，也有害死人的。在他死之后，让他太太平平地走吧！路莉萍，忽然想到，女儿薛琪一句非常经典的话："妈妈，您的眼泪，早晚都要跳出，这个沉痛又悲伤的日子里！……"这些年来，为了薛开甫的前前后后，已经没有了沉痛，淡化了悲伤，流干了眼泪。对于一个，即将离世而去的薛开甫来说，留给活的人却是多了一个谜，还多了一个恨呢！

　　路莉萍与薛仁马上离开幼儿园。他们不是马上驾车去医院，而是去附近的菜市场，买了十条惊恐万状的黑鱼，把每条重约二斤的黑鱼，与水一起装入塑料箱里，放置车子后备厢。然后，驾车来到高教校园区的一条小河，放生。放生黑鱼是薛仁提议的。他哭泣说："爸爸要死了，不可能再活过来了。求求菩萨呀，让爸爸再慢点死呀。等黑鱼放了，再死。求求上次放生的一条黑鱼呀，快点去通知其他动物呀，别欺负我的爸爸呀，我的爸爸叫薛开甫呀！"说毕，哗啦啦地哭起来。路莉萍打坐在黑鱼箱子的前面，开始念经。薛仁停止哭泣，打开塑料箱盖子，顿时黑鱼们再一次地惊恐万状翻腾，把箱子里的鱼水直接泼洒到薛仁脸上衣上。薛仁不怕，也没有躲避，泼过来的鱼水。过一会儿，黑鱼们总算慢慢地停止跳跃，尾巴也不那么有力摆动了。薛仁在河边上，去找一根小柳条回来，小柳条往河边浸水一下，把柳条上的水珠，洒落在黑鱼身上，黑鱼们安静地不游动。过了一会儿，黑鱼们又开始一阵惊恐万状的跳跃，薛仁又将柳条往河中浸了浸，又把柳条上串串的水珠，洒落在黑鱼上。这时候，路莉萍念完经，与薛仁一起把黑鱼轻轻放下河边，黑鱼很快沉下水去，不见影子。一会儿，又能看清几条黑鱼，浮现上来，并向他们的河边游过来。薛仁很高兴，数了起来，只有九条黑鱼。九条黑鱼在原地打了一个圈子，或两个圈子后，又慢慢地靠近，他们站立的河边游拢来。薛仁又将小柳条，往河中浸了浸，柳条上水珠成串滴到黑鱼身上，黑鱼们稍微沉下一点，但黑鱼没有惊慌逃避，过一会儿，才慢慢地沉下去，最后见不到黑鱼的影子。薛仁问大妈："大妈，大妈，还有一条黑鱼呢，它到哪儿去了呢？"薛仁开始哭泣起来。

路莉萍与薛仁，并排站在河边，含泪看着几条黑鱼们，慢慢下沉河底，在黑鱼们游散下沉的方向慢慢地回答道："还有一条黑鱼儿，带着你的爸爸……他们一起走了……"

薛家堂屋的后面，有一座上百年的坟头，路莉萍谈恋爱那年，是知道的。她首先看好，清代年间，薛家的堂屋，薛开甫又是独子。至于屋后的祖先坟头，以为与老屋之间，有一段距离吧，或者说是在堂屋后头的围墙外面吧。嫁到薛家时，才知道，与她想象中的坟头，不是离得很远，而是靠在屋后的边上，连后门，后窗都被封闭。她曾经问过薛开甫，屋后的坟头，到底在哪个位置，薛开甫实话实说，紧靠西厢房的屋后。她决定选一间东厢房做洞房。婚后第三天，她开始有点惧怕，去到西厢房走走，后来想一想，安葬的是薛家祖先，她是薛家堂堂正正的媳妇，祖先上代不会难为自己吧。婚后的第四天，婆婆带着她去屋后菜园子田种一些蔬菜。她心里刚刚想着的，是不害怕，可是双脚迈开，走在去屋后，菜园子田的路上，已经是很害怕了。走着走着，她始终不敢直视，传说中白色的坟头，只往地面看着走，而婆婆干脆拉着她的手，给她壮胆子，给她力量。她跟着婆婆，前后走进屋后面，菜园子田里。婆婆边走边说："那个时候，婆婆跟她，现在的心情一样，也是刚嫁进薛家来，也是非常害怕，去看堂屋后面坟头，也是上代的婆婆，拉着现在婆婆的手，一起来到坟头边上，种菜，割菜。"婆婆说着时，伸手抚摸一下坟头石头盖板，并要她抬起头来看看。她抬起头，看着有点，正方形的巨大坟墓，心里害怕两字渐渐地淡化了。她之前看到过的坟头，都是一人宽一点，一人长一点，而现在看到的比两张床铺合起来还要宽，长度还要长呢。再说坟头上面，杂草树枝藤条是草绿色的，覆盖整个坟头上，而下面的坟墙是通体的白色，上绿下白，看后产生有点好感，还多看了几眼。坟头上，茂盛杂草树枝藤蔓的根系，特别发达，紧紧地缠绕着坟头上的垒土，尤其是藤蔓，还紧紧地缠绕着坟头的石头盖板，有几枝小藤条蔓延在坟墙的上面。婆婆看到后，走近，伸手撕掉小藤条，边撕边说："小藤条是不能留在坟墙上面的，怕它们长大后，藤条要钻进坟头里去的，这样它们要排挤开坟墙的砖头，时间待长以后小藤条会生长到坟墙里面，坟墙的白色石灰粉会被它们破坏掉后成片脱落。"婆婆说到这里，还要她，好好地看一看，想一想，薛家的上代从富裕到败落：一是百年的坟头，坟头做得多么高大，牢固，很有气派，是很有钱的时候做的坟头；二是百年的堂屋，也是在很富裕的时候建造的房子。可是，传到薛开甫的手里，现在成了这个穷酸样子，衰落样子，是薛家后代的不幸！是我们代代婚嫁进来的女人们的不幸！婚嫁进来的女人们，都没有很好地保护它们！到了婆婆这一代，根本没有钱，去维修堂屋，去维修倒塌的围墙，再加上薛开甫的爹，在薛开甫七岁的那年，已经离开了我们。他爹这么早就过世，同上代的公公，就是薛开甫的爷爷，他们父子俩呀，一个的样子呀，一样很早过世了。婆婆的婆婆，就是薛开甫的奶奶，她们两个女人呀，都没有了各自的丈夫，她们两个女人呀！有多苦呀，有多苦呀！是无尽头的苦呀，苦啊！苦啊！婆婆继续拉着她，绕着坟头，走了一圈后，又从反方向，走了一圈后，婆婆继续说："这么多年来，拉着薛开甫上面的三个姐姐，带着四个孩子，婆婆不敢再嫁人，婆婆又不敢卖女儿，都要他们好好留在薛家堂屋玩耍。婆婆很无奈，只好把薛家堂屋该拆下来的东西，就拆下来卖掉吧，把好好的几套红木家具，一个个都卖掉吧。最后，最后只剩下这个堂屋的空架子了。"婆婆又停顿一下，擦去眼角上泪水后，又继续说："天天度日如年啊，度日如年啊！来养活五个人，这五个人，一个都没有卖掉，一个都没有少，婆婆算对得起薛家了，算对得起躺在坟头里面的祖先上代了。"她深深地看了婆婆，点点头，表示赞扬了婆婆。没过几日后，她一个人敢去，坟头周边的菜园子田上，种菜，割菜。再后来，她还能大胆地将刚刚蔓延在坟墙上面的小藤条，一条一条撕掉。过了一年后，薛开甫在明府城里，买了一套联排的别墅，她抱着女儿，跟着薛开甫一起去城里发展，随之淡忘了老家堂屋和堂屋后面一座上百年的白色坟头……

薛开甫的三姐妹，早已出嫁，竟然还在堂屋里居住至今。是不是她们的夫家，很穷，还是另有原因呢？三姐妹一人一间，抢占着老屋还不够，就连路莉萍洞房过的东厢房一间，也被她们霸占着。自从薛开甫在市中心，买了幢别墅房以后，老屋被三姐妹，长期居住的理由更加的充足。路莉萍不去理论三姐妹居住着的理由，是否充足不充足。这么多年过来，一直没有心思，没有精力去理论。今天，路莉萍急急忙忙赶到老家堂屋，主要通报商量薛开甫的丧事，目的让三姐妹参与进来，为她们的兄弟做点事。三姐妹听完报丧后，眼泪鼻涕地大哭了一顿。随后三姐妹提出，薛家兄弟的丧事，要在薛家百年的堂屋举办。路莉萍想想，没有异议。三姐妹的计划：第一，将薛家堂屋整理出来，作为祭奠的场地，祭奠场地越大越能容纳很多人前来祭礼和摆放花圈，越能看出，薛家在这个村头上的经济地位，属于富裕的。第二，请邻近寺院八个和尚，来到薛家，念三天两夜的金刚佛经，为兄弟超度。第三，买兄弟的坟墓地，有山有水的地方，要高要大的坟墓，要立大理石的坟碑等高规格。路莉萍一一答应，并授权让三姐妹去操办。但提出两条意见：一是要丧事从简。二是要择日，拆迁老屋后面的坟头。拆迁坟头，是路莉萍突发奇想的。因在当年，她婚后的第四天，由婆婆拉着她的手，走进屋后坟头边，环绕坟头，正与反，走一圈呢。现在，她的年纪，距离当上婆婆更近了一步。可是她，没有亲生儿子，哪里来做婆婆呢？还想着学着上代婆婆的样子，再去拉着下代媳妇的手，走向坟头边上，绕坟头正与反走一圈吗？既然不可能的，就没有必要留着坟头了。三姐妹同样一一地答应。三姐妹拿到路莉萍给的一笔筹备资金后，当天开始操办起来。结果，三姐妹把薛开甫的丧事和拆迁坟头，一起来办理，而且办得风风光光，隆隆重重，一次次要钱的清单，在路莉萍的手上。最后，她干脆一次性地给足所有费用，从此不再去过问此事。

拆迁坟头那天，薛家远房亲戚，陆续赶过来，一起帮忙拆坟。他们当中有堂弟一家和大屁股堂妹一家，堂叔一家和远房婶婶一家。他们一边拆开坟头，一边议论着，坟头里躺着的人，到底是祖先第几代的爷爷。有的说是第一代祖宗；有的说是第二代祖上；还有说应该是第三代祖先，因为第一代祖宗，落户此村后，占领靠河边，有利的地势，扩大木匠行业，为下代打下基础，第二代，才是真正发家致富的人，同时建造起，五间相连的堂屋，所以第三代的祖先，是躺在富裕的摇篮里，享清福。结果，清福，没有享受到，突然死亡了。路莉萍想想，最后一个说法，有点服人，说得过去。但对她来说，坟头里躺着的人，是不是第三代的祖先，确实不重要。重要的是，躺进去的时候，是安详的，还是不安详的？她站在拆坟头的一旁，想着：祖上是怎样子，躺进去的，也不重要，不想花更多的时间，去跟着他们，一起探究论证分析，或者没有任何价值的考古。此时此刻，她最想表达的哀思，只有在几只大小的花圈上，去做文章了。她马上离开拆坟头现场，来到堂屋坐下来，计算后，决定订购六只花圈，两只为特大型花圈，三只为大档花圈，一只为中档花圈。

两只特大型花圈，属于高档品，花费最贵的一种。第一只，是送给薛家上代祖先，迁移坟头时用的。洁白挽联绢上，写道：

高风传乡里·上代祖宗千古；亮节昭后人·下代子孙敬挽。

这样的写法，比较笼统，不得罪，上代祖先那一代。同时，薛家下代子孙：有堂弟，堂妹两家一脉子孙们，堂叔与远房婶婶两家，一脉的子孙们，还有其他远房，同族的一脉子孙们，加上薛开甫家一脉子孙们。

第二只，特大型花圈，送给薛开甫的。当然，是以薛开甫的妻子名义上，对丈夫的哀思，悼念送的。洁白挽联绢上，写道：

亡夫薛开甫千古；妻子路莉萍敬挽。

朵朵盛开的白花，飘逸挽联的白绢。墨迹，十四个黑字，绢白字黑，黑白分明，告知阴阳两界，生死与存亡。

第三只，大花圈。是以薛开甫外贸公司名义送的。包括公司里的员工，如丁乙琴、木土花、老张会计、工程师们，以及已经离开公司的老员工们和劝退下来的其他亲戚们。

第四只，大花圈。是以薛开甫"朋友"名义送的。朋友均为指薛开甫的合作企业，供应商，国内外的客户、客商，以及某政府机构的企业主管部门，领导人员，工作人员，没有忘记，还有要好的一群酒肉朋友。

第五只，也是一只大花圈。是以薛开甫"好朋友"名义送的。所谓好朋友，均指女性。如：三十前，与薛开甫不明不白，又不清叔嫂关系的堂嫂；吸毒自杀的二奶韩晗；公司外销副总生病而死的三奶白梅；公开的情人木土花；曾经堕胎过的模特儿，蓝衣姑娘蓝婴儿；用八十万元，搞定的公司美女助理、秘书、办公室主任、销售、人事、策划副总、投资、宣传、财务副总；办公楼大厅里花瓶似的十一个礼仪小姐，十个貌似空姐的销售人员，还有叫不出名字的美女员工；加上保险箱里，上百张照片里的美女姑娘们，以及大学没考上落榜的，漂亮疯子花儿姑娘。因此挽联上，统统具上"好朋友"，也算活着的美女们呀，对死去的薛开甫一种敬挽，已经死去的美女们呀，对刚刚死去的薛开甫，算是打一声招呼啦，在天堂那儿再相会吧。

第六只，中档花圈，是以薛开甫子女，名义送的。包括：女儿薛琪，薛开甫的私生子薛元和薛仁。因为挽联上，不能具上薛元、薛仁的名字。如果具上他们，那么祭奠仪式会变成一场闹剧，众人骂了薛开甫不过瘾，恐怕连她也会被一块儿骂进去的。所以具上"子女"两字，谁都不知道，子女到底算是几个，一个人算子女，十个人也算子女，还不确定，薛开甫的私生子，会突然间地再冒出一个来呢。女儿薛琪倒是委屈了，薛琪的名字，本来名正言顺的，可以具上去的，但是为了照顾两个弟弟，省略她的名字，统称为子女。

路莉萍，想得很细仔，很周到，想想有没有被遗漏。那些被薛开甫爱恋过的，玩弄过的，抛弃过的，含冤含恨自杀的，因故生病的离世的，发疯的美女姑娘们，都已经考虑进去。除非她还不知道的，还有其他性质的美女姑娘，与薛开甫情感上的纠葛。那就对不起了，没有办法一一去帮她们送花圈了。

# 第二十二章　财产纠纷

薛家的老屋堂沿，丧事办得很隆重，很圆满。让薛家村居民，看到薛家真正的实力再现。从祖上富不过三代，一路走下来，到现在已经穷过了四五代。从今天举行薛开甫丧事与拆迁祖坟的排场来看，充分说明，富裕的年代，富裕的场景，又回来了。可是办完丧事后，真的想不到，只是三姐妹计划中的第一步。第二步，三姐妹提出，要分薛开甫公司的一半财产，理由干脆又直接地说："你，路莉萍，没有为薛家生育过，传后代的儿子，薛开甫公司的所有财产，随着你，路莉萍改嫁，薛家公司财产会外流的！"路莉萍听后，很气愤。且不说，会不会改嫁；又不说，要分薛开甫公司所有财产的理由，是不是站得住脚；再不说，目前公司有没有财产可分；单凭薛元和薛仁，已经是薛家的后代，足够说明这一切吧！但是三姐妹拒不承认，薛元和薛仁是薛家的子孙，三姐妹还很讽刺地说："是你，路莉萍，在大街上，随便拉两个人来充当薛家的子孙呢？"说得路莉萍啊，哭笑不得，真想吐一口血来表明此时此刻的心迹。路莉萍没有办法说服他们，只好拿出一份之前签订好《股权交换公司产权》的协议书，给三姐妹看。虽然协议上，没有公证处的公证，但在半年前，有一份协议，还保留在公证处备案呢。当时，女儿薛琪，没有到公证现场，后来薛开甫生病住院，此事暂缓下来。那时，他感觉雄性不佳，力不从心，打算后路，违规贷款三千万元，留作遗产给薛元和薛仁。另一方面，情人们一次次要薛开甫买车买房，身边没有钱，一次次来讨路莉萍炒股票的钱。路莉萍提出来，股权交换公司产权，他答应。路莉萍现在回想起来，当初薛开甫这么快答应，公司变更给女儿，是他对女儿的愧疚吗？还是做三个孩子，各留有遗产的再平衡呢？问题是，三姐妹不相信说："没有公证，单凭签名谁信，以假乱真，现在满天飞，多得是呀！"就在这一天里，吵闹集中对准路莉萍一个人，而她一个人要对付三姐妹以上的很多个人。路莉萍留一手《股权交换公司产权》的协议书，一直藏在拎包里，现在拿出来，一点用场都派不上了，反而弄得吐一口血，气得她呀，愤怒的眼泪，哗哗直流，不想吃下午的斋饭了，提前回家。

同三姐妹争吵一番后，路莉萍无精打采，驾车回家。晚饭上，薛元和薛仁，看到路莉萍愁眉苦脸，提不起精神的样子，兄弟俩放下筷子，走到她身边安慰着说："大妈，您不要再悲伤了，您已经很对得起爸爸了，让爸爸的生命里，多活了大半年。其实，爸爸躺在病床上，是很痛苦的，您已经尽力了。"薛元说毕，用空心拳头，轻轻地敲在路莉萍的肩头上，让她心身舒服点。

"大妈，您千万别怪呀，我和哥哥，不去参加爸爸的葬礼。是因为，哀乐一响，会哭的，我们哭了，大妈您也会流泪，我们不想，再让您流泪了。"薛仁说毕，亲昵地趴在，路莉萍的双腿上，小拳头轻轻敲在，她的大腿上。

路莉萍听后，紧紧搂着薛仁，哗的一声哭出来。是啊！在办理丈夫丧事，前前后后的场面上，她在公众面前，的确没有一大串一大串流过泪，就是人静夜深单独时，也没有流过泪。现在听到两个儿子的这番话，反而把她，说感动了，不禁哭出声来。他们很懂事，她太需要这样的安慰，心里又实在憋不住，公司财产的纷争，本来是不想说的事，终于说出来。

"大妈。她们要分公司财产！"薛元急急抢先说，"首先，要让他们搬出老屋去。因为她们是爸爸辈出嫁的姐妹，天下哪有这样的道理，出嫁了的女儿，还一直霸占着娘家的老屋。大妈，您一直忍着她们，让着她们，结果呢？她们不是欺负了您吗？"

路莉萍流着泪点点头。薛仁扑在她怀里，也很气愤地说道。

"大妈。她们没有关心过公司？我们卖房卖车，还贷款时候，她们在哪里……"薛仁说完，举起小手，去擦路莉萍脸上的泪水。

"对的！她们在哪里？她们帮过我们吗……"薛元，愤怒地说。

"再说，再说，公司已经不是……"

"弟弟，你不能说的！"薛元，急急地在阻止，打断薛仁的话。

"我要说的！"

"弟弟，你不能说的！"

"我要说的！"

路莉萍不明白兄弟俩，争论着说与不说。她只好阻止薛元，让薛仁说下去。

"爸爸，爸爸的外贸公司，早已归姐姐了。不归爸爸，她们分不到公司的财产。"薛仁说完，对视着路莉萍。

"薛仁，你怎么知道的……"路莉萍很惊讶地问。

"在爸爸的电脑里，看到的！"薛仁回答。

"你们看到后，后悔吗……"路莉萍深思了一下后，看着兄弟俩一直在摇头。她继续反问他们，说，"你们捐赠给了寺院，三千万元的钱，后悔吗？你们既是孤儿，又是穷光蛋了，后悔吗……"

　　"大妈，我们不后悔！我们有大妈！"兄弟俩齐声说。

　　"如果你们的大妈，不是好大妈，你们怎么办？"

　　"大妈，您不会的！不会的！"兄弟俩异口同声说。

　　"为什么说，大妈我，不会的呢？"

　　"自从，大妈把我们领回家，我们知道，大妈是好人，是一个好妈妈，所以我们相信您！"薛元，肯定地说。过了一会儿又说："大妈捐了那么多钱，又帮助那么多人，如红衣姑娘，花儿姑娘……"

　　"对的！对的！我们相信您！"薛仁抹掉泪水，又说，"大妈，大妈，您是一个好妈妈。我们……我们……不配做您的儿子罢了！"

　　路莉萍这一下子，搂紧了薛仁。四岁多的薛仁，说出了哥哥薛元说不了的，这一句话，让她很激动，让她再次搂紧薛仁说："你们都很配，你们都很配，你们都是大妈的好儿子！"路莉萍流着泪说完，伸出双臂，一起去拥抱两个儿子……

# 第二十三章　量大福大

　　后天，是亡夫薛开甫"满七"即死去七七四十九天，路莉萍向薛开甫三姐妹提出，仍旧要在薛家百年堂屋，顺顺当当操办完薛开甫的满七祭祀仪式，而三姐妹提出："要在堂屋里，操办兄弟的满七日祭祀可以，必须答应，分享老屋房产，与公司的财产！否则，满七祭祀的仪式不配合，你路家，在市中心有别墅，你路家到别墅里，去操办好了！"路莉萍出门前，在三楼佛堂，菩萨面前上过佛香，念过经，拜过佛，切记：丈夫亡灵祭祀日子，要有宽宏大量，要有慈悲心，量大才能福大，拿出高姿态来，否则与薛开甫三姐妹的冤结，永远是解不开的！路莉萍忍受种种怒气与愤愤不平，没有办法，只好打电话过去，要三姐妹准备好薛开甫亡灵的祭祀，仍然在薛家老屋堂沿，操办举行，并回应三姐妹提出的要求：拿出一百二十万元钱，三姐妹每人分享三十万元，余下的三十万元，按照老屋的原来样子修缮。修缮完后，归薛家人所有，三姐妹每人分得一间，两间分别给薛元，薛仁兄弟。这一通电话，打过去以后，三姐妹终于同意，并表态了，将会全力操办兄弟的满七祭祀仪式。

　　第三天，是满七祭祀斋饭日，路莉萍赶到薛家百年堂屋，看到上首墙上，挂着薛开甫巨大的遗像照片；遗像照片的下方，放着前后两张八仙桌；上首一张八仙桌上，堆得高高的油包馒头，油包馒头上还有大红印章，大红印章里有福、禄、寿三个大红字；在油包馒头堆放的前面，点一双白蜡烛与三支佛香；下首八仙桌边，坐上八个念经和尚，和尚念经声音响亮，在老远路上，已经听到念经声。厨房里，看到三姐妹在洗菜、炒菜、烧饭一直忙碌着。路莉萍上前想帮忙，但又帮不上什么忙，三姐妹微笑着，很客气，说她不用帮忙，她只好在堂沿外一处，坐着听八个和尚念经，她轻轻跟着念，但又跟不上和尚念经的节奏，听了一会儿念经后，突然想起，前天打了一个电话，轻轻松松地答应三姐妹无理的要求，是不是觉得太草率了一些，还有什么地方不妥当，需要在契约上，相互制约一下？于是她从拎包里拿出纸和笔，开始写契约的有关条款：第一条薛家老屋五间，三姐妹各一间，薛元、薛仁各一间。分配循序按先男后女，年龄按先大后小，房间按先东后西，依次方法分房；第二条每间房，不得出卖，出租，出借他人；第三条每间房，不得改变房屋结构，如改建二楼或三楼或四楼；第四条，每间房，不得办加工厂，小作坊；第五条五间房的屋前屋后，共同所有，不得分隔，为己所有；第六条五间房，某房有破有损有漏，谁家住的房间，谁家掏钱，谁家修缮。她写到这里，为什么不把女儿薛琪写进去，为什么要把薛元、薛仁兄弟俩，写进去呢？再一想，女儿大了，总归要出嫁，再说五间房子，分不过来。现在，想让兄弟俩看到，薛家老屋，也有他们一份儿，可以让他们放心安顿下来，同时收住他们日后有膨胀的野心。这样她自己百年过后，才能安心长眠。至于说，他们兄弟俩，日后会不会有膨胀的野心，去争夺薛家的全部房产，那要看他们的造化了。

斋饭后，八个念经的和尚，在八仙桌边打盹午睡。厨房里，路莉萍拿出拟定好的契约条款给三姐妹看，三姐妹看后表示同意，还请来该村威信很高的老前辈来长脸，作证明人，当场签字画押，才算摆平此事。路莉萍又一次战胜了自己，消除了来之前的一些不情愿，一些怨气，一些愤恨。现在，她统统让步给三姐妹，了却这桩心事，也算给薛家做了一件大好事吧！

路莉萍做完这桩事，时间快到年末，学校开始要放寒假，家家户户准备要过年，同样外贸公司该放工了吧。路莉萍有好几个月没去公司，刚刚想着，公司放工前后的一些事情，还没有做起来，要到公司去一趟，这时公司丁乙琴总经理来电话，说要向董事会汇报一下，半年来的公司业绩情况，以及递交公司的年终报表，特别是年终财务报表，还请薛家人审核一下。路莉萍很客气回复，让董事长薛琪审核一下。那边丁总说，薛琪还在俄罗斯，跟薛琪联系过，薛琪的意思，要妈妈你代替审核一下。路莉萍想一想，薛琪刚刚接手公司，对公司各种报表的分析，不是很懂的，她自己做过十几年财务副总，当然懂得各种报表的分析，觉得推托不了，只好答应去公司。于是，路莉萍驾车先去幼儿园接回薛仁，一起到公司。车子，刚驶入公司大门内，下班铃声响起，一会儿员工们三三两两有说有笑，从大门走出去。突然听到从饭厅那里，传来阵阵的锣鼓声，随后还有合唱的歌声。员工们很惊讶，有说有笑，又走回大门内，往饭厅方向奔跑去看热闹。薛仁听到锣鼓声和歌声，也很激动，马上下车跟着员工们一起跑去。这时候，丁总走过来，微笑着挽着路莉萍的手，解释说，"快到年终了，让全体员工，在饭厅里举办一个公司年会，其目的聚人心，振精神，展望来年。同时共青团倡议，要在年会上，各车间各科室表演一个文艺节目。你听，他们开始行动，排练起来了。另一项活动，叫技术比武，这项活动有意义，我们公司共有八个车间，330个操作员工，每个车间生产的产品相同，大部分都是手工操作，手工操作拿到台上来，让员工们相互切磋一下。别说，效果还蛮好，产品质量可以提高，产品数量可以增加，员工的计件工资又增多，真是一举四得呀。第四得，就是企业的文化，可以提升。"走向办公楼的路上，路莉萍听着丁总的汇报，心里想着，她与薛开甫，曾经一起管理经营公司的年代里，怎么没有想到这一步呢？而且，丁总还把虚设瘫痪多年的党团组织，重新组织起来，活动重新开展起来，还把企业文化的氛围，同时，轰轰烈烈搞起来。薛开甫，曾经身为公司党支部书记的年代，他不开组织生活会议，从不吸收培养年轻党员，还带头做一些违反党纪律的事情，也没有担当起一个共产党员，应该有的责任。现在好了，丁总任公司党支部书记，正在考察培养第一批年轻党员的人选，其中有薛琪，表妹童清芝。薛琪，读大学，每年是优秀共青团员，还多次参加校内党员培训，薛琪是一个积极向上的青年人，是培养发展的对象；表妹童清芝，做人做事，正面，敢于担当，业务精益，也是一个很不错的中层骨干力量。路莉萍想到这一切，心里满是喜悦。随后丁总又提到一个棘手的问题，就是现有的生产车间，已经跟不上，大批的订单。说白了，就是生产车间不够用。丁总还说了，现在国内经济形势一片大好，国际上经济大环境，也很好，我们必须抓住这个大好机遇，扩大生产力。是啊！这是一个老大难的问题，公司生产车间一直困在市区里，周围都是居民楼，车间上下左右，都不能再扩建，当然跟不上又完不成，薛琪从俄罗斯发过来的一批批订单。现在，要一下子搬迁公司生产车间，谈何容易。且看，在薛开甫执政年代里，曾经努力过好几年，都无果。再说，薛琪刚刚接手公司，要搬迁一家公司，更是难上加难，唉！当年的薛开甫，对于公司的搬迁与不搬迁，不知道他是怎么想的。她们说着话，已经来到总经理办公室。丁总马上拿来很多的年终报表，要给路莉萍看。路莉萍很客气地说，"看一下财务报表就可以。"当她拿起报表，看了一下，说不出话来，马上呼叫来老张会计，要查看去年的财务年终报表，老张会计笑呵呵，走过来后说，"不用拿去年报表看了，这些数据都能默背出来的，去年老板管理经营公司一年产销利的数据，根本还比不上，丁总经营公司半年时间，所产生产销利的数据多。说明什么？说明老板，企业管理，漏洞百出。我好几次提出要纠正，要堵漏洞，都被老板狠狠骂了一顿，还扣几个月奖金。现在好了，丁总的企业管理那一套，才是正宗呀，才是企业走上正道。我老张会计，非常佩服丁总！丁总不愧于职业经理人！"老张会计的一番夸张话，路莉萍百分之百地相信，同时也是百分之百地相信，丁总用半年时间，彻底打败薛开甫，用一年时间产生的产销利数据。如果说，让薛开甫继续管理下去的话，真的不出一二年时间，企业全部资产，被他败光，还养肥那些美艳女人们，真的有可能，薛仁家里的那个保险箱呀，一定还放不下，更多美艳女人们的照片。这或许是天意吧！让薛开甫，这么早就走完了，还不应该走完的，他的路啊！想到这儿，她抹掉泪水，马上以董事的身份，宣布决定：公司年终奖，奖励丁乙琴总经理一百万元。再将企业半年时间，产生的经营业绩，即百分之五十企业利润，作为员工年终奖，由总经理分配。老张会计说，他举双手赞成……

五天后，路莉萍以薛家人，又是董事的身份，参加完公司首届热热闹闹的年会。因女儿薛琪的再三要求，要她带上薛元、薛仁两个弟弟，一块儿到莫斯科去过年。笑嘻嘻的女儿，在电话那头还说，顺便把单身一人的老教授也一块儿带来吧。路莉萍想一想，现在带上老教授，一块儿去莫斯科过年，有些不妥，有些仓促，觉得时间上，还没成熟。再说，老教授愿不愿意去呢？再细细想想，女儿讲的动机，也许是对的，就目前情况看，只能将这条建议暂时搁置。当天晚上，路莉萍与老教授通电话，打了一声招呼，说送薛元、薛仁到莫斯科去过年，出发时间是在三天后的早上去莫斯科的航班。老教授那边答应说，会去机场送送他们的。路莉萍这边说，不用送的。而薛元、薛仁吵着要老教授，跟他们一块儿去莫斯科。老教授那边说，三年没回老家了，那儿的两位老人已经过世，去处理一下房子的事情，车票已经订好，估计老家那儿，住不上三五天，马上要回来的。薛仁靠近电话筒，说他去那边的莫斯科，住不上一二天，马上要回来的。老教授问他，为什么去去就来呢？薛仁一时三刻，还说不上来为什么！

兄弟俩第一次坐飞机，很兴奋张望着机窗外，看到：地面上的车辆，如蚯蚓般流动；人，如蚂蚁般爬行。可是过一会儿后，树木，高楼，越来越小，越来越淡。最后，兄弟俩找不到飞机的起点和地面上任何的建筑物。只能望着机翼下的云海，和碧空如洗的白云，犹如蚕丝絮状，朵朵惹人爱。兄弟俩，在一片片的白云中，找一些相似的图案来，争着轻轻说道起来。

"哥哥，哥哥，快看……快看，那朵白云，像一匹骏马，在奔跑呢！"

"弟弟，弟弟，快看……快看，那朵白云，奔腾骏马头顶上，像一头雄伟的狮子，在发威呢！"

"快看呀，快看呀，那一朵白云，像正在起庆的观世音菩萨，太像了！"

"那一朵小的白云，像小和尚，正在敲木鱼呢。"

"真的，好像……好像，小和尚正在拜菩萨了！"

"现在又像了，小和尚在敲木鱼了！"

飞机终于飞抵目的地——莫斯科的上空，盘旋后下降。旅客们正在等待机上空姐的声音：解禁安全带。旅客们才可以整理行李箱，准备下机。薛仁坐着不安起来，路莉萍还以为他要撒尿，叫薛元陪着他去机尾的洗手间，空姐告知飞机正在降落地面，不能用厕，而他却说没有尿尿，路莉萍一时安慰不了他。一会儿工夫，飞机到了地面上，旅客们起身，有的开始整理行李，有的准备下飞机。薛仁，仍然坐在原位上，忐忑不安，不肯下飞机。

"你，你为什么不准备，下飞机？"路莉萍问。

"我，我要回去！"薛仁仍然坐在原位上，开始流泪，没哭。

"为什么，要回去？"路莉萍又问。

"我不知道！"薛仁坐在原位上，不肯下来，开始哭泣。

"我们已经到了，另一个国家，莫斯科的城市……"路莉萍很耐心地跟他交流，然后焦急说，"我们，是不是先下飞机，然后再叫姐姐想办法，好吗？"

"我不管，我要回去！"薛仁依然哭着说。

这时，机上旅客们，已经下完机，两个漂亮的空姐，看到他们还在原座位上说话，就走过来，了解情况后，空姐帮着他们，一起左劝右劝，依然在哭泣的薛仁。薛仁就不听空姐的劝说，就是不肯下飞机，还要乘这架飞机，飞回去，飞到中国去。其中一个空姐，给薛仁讲了一个很好听的笑话，笑话还未讲到一半时，薛仁说，不好笑，没新意。另一个空姐，也给他讲了一个简短的动物故事，故事讲到一半时，薛仁说，不好听，知道两个小动物，最后和好的结局。其实，薛仁最反感的就是空姐啦，模特啦，美女啦，是她们一个个来夺走爸爸的生命，是她们一个个夺走，薛仁欢乐幸福的童年，还要害得他天天想做菩萨。就不听空姐的笑话和什么动物的故事，因为他不想上她们的当，爸爸已经上了她们一个个的当，所以爸爸有一个个悲惨的结局。这时候，走来一个很英俊帅气的男机长，男机长快步走到薛仁面前，来了一个非常标准，立正敬礼的动作。薛仁很惊喜，看后很羡慕，立即站立起来，也回了一个敬礼。男机长笑了笑，连忙抱起薛仁，薛仁总算同意男机长的要求，让男机长抱着他，他们一起下了飞机，一直抱到他们在旅客出口处才放下薛仁。薛仁给男机长挥挥手，表示感谢！然后转身马上看到，来接机的薛琪，又开始大哭叫喊起来。

"姐姐，姐姐，老和尚快要死了！我要回去！要回去！"薛仁哭着对薛琪说。

"薛仁，你怎么知道的，老和尚这个时候，就要死了呢？"薛琪很好奇地问薛仁。

"我不知道，姐姐，我要回去！要回去！"薛仁又哭着说。

"这里距离寺院十万八千里，你怎么知道的？"薛元问薛仁。

"我不管，我要回去！我要回去！"薛仁依然哭着说。

"妈，寺院那边，是否有电话打过来？"薛琪问妈妈。

"没有呀！没有呀！"路莉萍回答。

路莉萍突然记忆起来，那天，老方丈师父再三邀请下，她带着薛仁一起去巡查寺院重建工程时，老方丈师父对薛仁曾经说过"舌能过鼻"的话。于是，她叫薛仁，做了一下。果然，只见薛仁伸出尖尖的、长长的小舌头，慢慢地向上卷，很轻松的，舌尖能舔到鼻子的最高点，即鼻尖。同时，她要薛琪与薛元，也学着薛仁的样子，做了一下，结果他们的舌尖，最多舔到鼻脚，拼命地使劲，最多舔到鼻孔处。当即，她拿出手机，拨号打过去，与寺院通了话，那边寺院的答复和薛仁的说法很一致：老方丈师父身体状况极其不佳，还剩最后一口气，老方丈师父还期待着薛仁再一次回到寺院来。于是，她立即决定，先陪薛仁回国。薛仁听到后，一下子停止了哭喊，扑在她怀里说："大妈，我爱您！我们快回去！快回去！"

四个小时后，他们办理完购票与登机手续。路莉萍与薛仁又登上回国中转站的飞机航班上。

"薛仁，你想什么呢？"飞机上，路莉萍问。

"大妈，我真的，真的，很想老和尚。"薛仁的脸上，挂满泪水，又像一张哭伤着的脸，让人很痛心，又很可爱。

"是不是，快要死了？"

"快了，快要死啦！"

"你怎么知道，现在，没死呢？"

"在，在等我！"

"你怎么知道，现在，等你呢？"

"我不知道！"

"为什么，要等你呢？"

"我不知道！"

"等你下了飞机，还在等你吗？"

"我不知道！"

"等你赶到寺院，还在等你吗？"

"我不知道！不知道！"

"好，好！好！你别哭，你别哭！大妈不问，大妈不问！你闭上眼睛，好好睡一觉。马上能见到老和尚，好吗？"

"嗯，大妈我不哭了！我不哭！"薛仁，一下子停止了哭泣。

路莉萍帮着薛仁，擦去泪水，并向空姐，借用两条小毛毯，一条盖在薛仁身上，一条她自己用。她看着薛仁，渐渐入睡的小脸蛋上，还挂着泪珠，又轻轻帮他擦去，并在小脸蛋上，亲了一下。她总觉得薛仁好奇怪：一个四岁多一点的小朋

166

友，他怎么知道，在寺院里的老方丈师父处，已经发生严重的病情呢？不知道，他是哪个菩萨投入他的胎，竟然与老方丈师父如此挂牵，如此默契，又如此心灵一点通呢？一个在国内的深山冷坳里一座寺院里，一个在莫斯科城市高空上的飞机里，它们之间相差十万八千里的，他们通过什么来传递信息，是感觉，是感应，是灵感，还是佛禅呢？她一时无解，找不到答案，回家后，要好好去问问老教授。

# 第二十四章 转制前后

　　老言道教授，与小姨子舞蹈团团长唐舞，有很长一段时间没有好好通话联络过，是一件小事情，引起相互不愉快。今年过年，老教授想要到老家那边去过春节。老家那边剩下来的还有父母辈的老亲戚们，趁着老亲戚们还都健在，想买点保健品之类的东西，去送送礼，见见面，拜拜岁的，拍拍照的，顺便将老屋里的老家具等一些器物，该送的送掉，老屋也该半送半卖的，处理掉算了，打算这一次去老家那边，算是最后一次，因而想带上妻子唐影的遗照，一块儿到老家那边去走走，去过年。动身之前，想早一点了结与小姨子种种的不愉快，拿手机打一个电话过去，算是给小姨子，道别，拜年，顺便问一问，妻子唐影的遗照不见了，是不是在她那儿？没想到呀，电话那边的小姨子，将火辣辣般的一锅热辣油，泼洒过来呢。

　　"姐姐的遗照，你不能天天当活人使用呀！本尊，算她是一个老姑娘吧，可她也是一个堂堂正正的舞蹈团团长，你要漂亮，她就有多少的漂亮；你要风度，她就有多少的风度；你要女人味，她就有多少的女人味呀！姐夫你呀，你为什么早早不来娶我呀？"那边小姨子很明确，很直接，很坦诚，在泼洒辣油似的回话过程中，一定是把醋瓶子不小心也摔碎了。

　　"哎呀……我的，团长大人呀！我想要说的是遗照！遗照在不在你手上，不是连续三个'你要'的那样，这个完全跟娶不娶你是两码事呀？"老教授听后，一时有点莫名其妙了，连忙用冰糖水，赶快去调和她的醋味儿。

　　"是吗……这，这怎么是两码事呢？姐夫呀……你，你天天抱着……姐姐的遗照，谁还能靠近你呀，谁还能走近你呀？"那边的小姨子，似乎心急，似乎有点委屈的声音传过来，还拒绝了他的冰糖水。

　　"唐妹……！唐妹……！你让我活得自由一点，潇洒一点，好不好呀？可你，可你……比，你姐姐还管得严格呀？"老教授也有点委屈的声音，传给了对方。可是对方，人家还不要冰糖水呢。他只好给她一些苦瓜水吧！

"谁是你的唐妹呀？谁是你的唐妹呀？我叫唐舞！我叫唐舞！从现在起，谁能管你啦？谁还能管得住你啦？姐姐的遗照，不在你的身边了，你要多自由，你要多潇洒，你去好了！去好了！我唐舞……决不拦着你，决不拦你的！你不是一个好男人，却是一个好姐夫。在我唐舞的心中，好姐夫……又有什么用呢？能当饭吃吗？我要的，是一个好男人……"那边的小姨子，马上回话过来，还有点上了火，不是一般的火辣辣，而是无法扑灭的大火了，还使劲拒绝用冰糖水，用苦瓜水援救呢。

"唉唉！唉唉！唐妹……唐妹！你别这样，好不好，时时刻刻地来折磨我，我也不想……伤害你呀……"老教授听听，她的话，很不对劲，连忙打断她。你不要我来援救，那让你自烧着吧。

"你真的不想……伤害我吗？其实……其实……你，你，每天每夜，每分每秒，在伤害我，不是吗？不是吗？我从来……没有折磨过你，从何谈起'时时刻刻'这一句话呢……"那边小姨子，真的不吃他那一套，似乎在抽泣了。快点降雨吧，目的想自救扑火。

"唐妹，唐妹！千万别这样。如果你这样想的话，那我……伤害你的，会更大，你不值得呀！"老教授又一次地打断她的话，连忙安慰过去。

"不会的！不会的！很值得！很值得！马上要过年，我手头上也没事可做，要不今晚，现在马上立刻，飞到你家，来过年……"那边的小姨子，连忙接招，扑灭大火，有救了，又发疯了！

"别呀！别呀！我怕……我怕……被你吃了我的。我已经订好了车票，去老家过年，拜拜！"老教授赶快打断她的后话，急急地说了告辞的话。

"要不，要不，一起到你老家那边，去……去过……年？！"小姨子那边，还在积极地争取。

"我挂机了，拜拜！拜拜！"说完，老教授连忙来了一个紧急的刹车，谢天谢地，终于挂了机。

老教授马上猜到妻子的遗照，在小姨子那儿。他家里的钥匙有小姨子一把，每年妻子死亡日子的祭祀，都在他家里举行。今年祭祀日，也不例外。下午，小姨子从超市里，买来一些青菜豆制品之类的东西，提早到达他家，按以往那样，打扫一下各个房间，整理一下男人乱堆乱放坏习惯的东西，顺便将一堆衣服，该清洗的，帮他去洗；该扔掉的衣服，同样帮他扔掉。然后，从房间的床头柜子里，捧来姐姐的遗照，放在桌子上方，供上水果糕点，再点上蜡烛佛香，接着去厨房间，做饭做菜。下午，他从火车站，接回薛元，送到薛家，又从薛家赶过来，刚好小姨子忙完这些活儿，他帮小姨子，一起把全素食四菜一汤和一盆白米饭，以及餐具端到方桌子上。桌子上方，放有遗照，桌子下方，为空位置，仍旧放上一双筷子，盛上饭，再摆上一把椅子。他与小姨子，相对坐在遗照的左右边。他们脸上，没有沉重的悲哀，也没有刻意的伤心，或者难过，轻松得像往常一样，有一年时间没有见面，或者几个月没有见面了，今天见面了，相互问一下身体情况，工作情况，边吃饭，边聊着，一些琐事。他说，他学校那边，教师评职称，有不公平的事，有论文抄袭的事。她说，她舞蹈团这边，扮演主角与女主角，争吵分房的事。聊着，聊着，他突然提到一个人来说："最近，我发现，有一家企业老板，被有关部门某官员，长时期地打压，使得该家企业，不能再发展，直接导致该企业的萎缩，引发该企业的老板，情绪突变，变成无心再去管理企业，天天享受着，美女姑娘们的秋波。虽然该企业老板，已经去世，但留下了烂摊子。从这件事情上，我还在进一步地跟踪与搜索，提取确凿的证据，看看是不是，这个官员的不作为，或乱作为？"老教授充满信心，好像决心与那个官员，来一个你死我活的斗争。

"有这样的事啊！姐夫，我会支持你的！你的正能量，你的正确处事风格，我相信你！但是，你我都是高智商的人，在危难关头，千万不要，以卵击石，千万不要，以牺牲为代价，去硬拼，去冒险，搜索所谓的证据，要智取，智取的方式方法，有很多种，在现实生活中就有……这样的例子。所以姐夫，你要答应我，千万别去乱来啊！"小姨子心里有点着急，说的话，也是中肯的。

"好呀！好呀！有唐妹的支持，答应你！我会更加小心！"老教授说毕，朝她笑笑。

"我呀，我在，最近一段时间里，正在物色一个，谁能做我女儿的人。想从几个干女儿当中，挑选一个，正式做我的女儿。你说……好不好呀？"小姨子，也抬头，看着他，笑笑说。

"好呀，好呀，很快，我有一个正式外甥女了……"老教授，开始兴奋起来了。

"谁……谁……谁！敢做你的外甥女啦！你配不配，去做她的舅舅啦！"小姨子马上打断他的话，一下子沉下脸来。

"你看你，你看你，还没说上十句话呢，你又来气了，是不是这样啦？"老教授马上顶撞过去，兴奋的情绪随即消失。

"好好，好好，不说，"小姨子立即变脸，点点头，笑了笑，抿嘴一下说，"不说，不说，不说。说点高兴的事吧！最近，我可以分新房了，是晋升团长的缘故吧，在单位党支部的生活会议上，我一再明确地表态，一旦拿到新房钥匙，不管是精装房，还是白坯房，一天之内，一定上交旧房钥匙。想想，手下一些人员，等着排队要房，尤其是团里的骨干青年，等着要作结婚房呢。"小姨子说完，又朝老教授笑笑，似乎在赞美自己的言行。

"好的呀，好的呀，好的呀！这就是我们党，多年培养出来的一个好党员，一个好干部，为我们党的事业，敢于担当。团长同志，我完全支持你！"老教授立马又找回来了兴奋，还表扬她一番。

"好的呀，好的呀！我接受你的夸奖！好的呀！你刚才说的，完全支持我的行动，你一个老党员，可别反悔呀！那好的呀！明天，把我家的东西，全部搬进你的家，等待新房的钥匙，拿到手以后，我们一块儿，再搬进新房去。你可以将这一套的旧房，捣腾出来，无偿捐献给你的学校，也是为学校做点贡献，也是为我们党的事业，敢于担当一下吧！你说是吧？！"高智商的小姨子，就瞄准了，他的刚刚一番表扬与兴奋的时刻，开炮过去的。

"慢，慢……慢，慢！你刚才说的，是你分房，你的房子，可别把我，也拉进去呀！天下哪有这样的逻辑呢？房子捐了，你叫我，去睡大街呀？"老教授觉得，上她当了，急忙地找回余地，否则下面的事，无法收拾。

"刚才！刚才！你说得好好的……"小姨子委屈地，一下子放下了筷子，眼眶里似乎要涌出泪水来，继续说，"你不是说好，不是同意了吗？你怎么一下子，又后悔起来呢？你一个老党员……住着，近二百平方米的房子，而我马上可以拿到手的房子，近三百平方米，我们两人，都沾着国家无偿分配房子的光，两套房子的面积，将近五百平方米。我们都利用了自身的天时，地利，人和优势，却霸占着……近五百平方米，霸占着，还是发展中国家房子的面积，还……心安理得，居住着的，却是发达国家房子的面积呢？"小姨子愤愤不平说着，眼眶里泪水，还在打旋转呢。

"刚才，你说，把你家的东西提前搬到我家来放存，这个没有问题，你暂住在我家，这个也没有问题呀！但是，你总不能把我一块儿也搬进你的新家去呀？这跟一个老不老，一个新不新党员，以及有没有去分担，去分担中国还走在发展中国家的道路上有关系吗……"老教授听后忍不住，也放下筷子反驳说。

他不悦，反驳的话，还没有说完，对面的小姨子泪水，终于涌出眼眶来，立刻起身，去拿包，然后背上包后，无语，夺门而去。这一顿为妻子祭祀的晚饭，与小姨子不欢而散……

通话后的第二天下午，老教授生小姨子的气也消了，妻子的遗照在小姨子那边，就在她那边吧，反正明年这个祭祀日，她一定会捧回来。又想打个电话，问问她那边，已经过去好几个月了，新房子与旧房子的事，但一时又说不出口。又想到，昨天，小姨子在电话里的表白，很清楚，很着急，也很直接，想与他一起去老家过年，老家那边的亲戚们，看到她，会怎样看待他，认为他，也是一个花花公子的人，带着这样一个年轻美貌的女人！可是他，思想上根本没有准备好，去接受她，爱的方式方法。想一想呀，她也算是一个怪可怜的成功女子，做姐夫的他，还是多关心关心她吧，多安慰安慰她吧。于是，他拿起手机，拨号过去，碰巧了，手机铃响，是在莫斯科旅游的薛元打进来，说昨晚打您老教授的电话，一直没有打通，说大妈路莉萍与薛仁他们，在北京时间，当天的下午要回国来，说要老教授去机场接机一下。他立马答应。他看一下时间，觉得要去机场接人，同时取消已经订好去老家的车票，还一时三忽忘了给小姨子打一个电话，算是道歉，算是提前拜年，算是安慰地客套过去，就马上驾驶着他的那辆老爷车，早早地到达机场，并在旅客出口处，一排不锈钢椅子前，选择了最显眼的位置，坐下来，过了很久后，终于接到路莉萍和薛仁。薛仁一见到他，连忙扑上去，拉着他，要他赶快驾车，去接缘寺。

一路上，薛仁叫喊着，老和尚快要死了！还一个劲地催促老教授的车子，开快点呀！可是老教授的车子，是二手老爷车，快要到报废期限，为了安全，他不能开足马力。于是，老教授要薛仁先打手机过去，叫老和尚呀等一等再死呀。薛仁马上摇头，哭泣起来。路莉萍一时半会儿也安慰不了薛仁。老教授想讲一个故事，让薛仁分散焦急或者悲伤的心情。觉得故事对薛仁没有吸引力。讲一个笑话，笑话太短，也不适合，薛仁此时此刻的心情。薛仁生活中，最关联或者最关注有三个人：一个是寺院里的老方丈师父。薛仁对老方丈师父，临死前的种种等待、期待，感到悲伤，又是沉痛。所以，急着要见到老方丈师父，似乎要去完成一个心愿，这个心愿是什么呢？老教授和路莉萍，他们猜不到；第二个是薛仁的大妈，薛仁对大妈路莉萍是敬爱的，因为，她在抚养照顾他；最后一个是归安入土的爸爸薛开甫。对于爸爸，薛仁憎恨过，否认过，爸爸拥有那么多的女人。事实上，这些女人中，就有姐姐的妈妈，有哥哥的妈妈韩晗，也他自己的妈妈白梅，有蓝衣姑娘蓝婴儿，有红衣姑娘木土花，还有上百张照片中的姑娘们。这些大人们才能懂的事，薛仁都知道。特别是保险箱里，有上百张美女照片，薛仁一直持怀疑态度，认为爸爸没有那么多时间，也没有那么多钱，去与一百个漂亮姑娘交朋友的，只是纯粹收藏照片罢了。而此时老教授猜测，薛仁心目中最恨的人，最没有读懂的人，应该是薛开甫了，那就从薛开甫身上，说起吧。

"薛开甫……"老教授认真驾驶车子，边说，"为什么不把公司搬到，经济技术开发区的呢？薛开甫，为什么要去，贷款三千万元的呢？薛开甫，为什么讨不回，人家欠他的许多钱呢？"老教授一连抛出三个问题后，扭头看一眼，还在哭泣的薛仁。

薛仁没兴趣去想，尤其是第二个为什么，三千万元钱，已经捐赠给寺院，还提它有什么意思呢？薛仁没有反应，只是轻轻地抽泣。路莉萍要追问，这三个问题到底为什么？老教授对她使了一个眼色，她也不吭声了。

"车开快点的呀，车开快点的呀，老和尚呀，老和尚呀，千万要慢慢地死呀，千万要慢慢地死呀，我还没长大的呀，我还没长大的呀！……"薛仁重复着，轻轻地哭喊着。

老教授把薛仁轻轻的哭喊声，当作念经声，听听觉得好笑，但不能笑出来，又不能去问他，是不是在念经呀？

"薛开甫为什么，"老教授接着又说下去，"为什么有那么多的女人？而且个个都是漂亮的大美女呢？实际上，这些漂亮美女们呀，比保险箱里上百张漂亮美女照片还要多呢？那么，薛开甫为什么喜欢那么多，又漂亮，又美丽的大美女呢？"老教授说到这里，突然停顿一下，看看薛仁的反应。

"我爸爸，"薛仁听到后，一下子停止哭泣叫喊，不念经了，急忙接上老教授的话，反问道，"我爸爸薛开甫，为什么有那么多的漂亮女人？是不是，我爸爸一直很坏！很坏！很坏！是不是，爸爸报复大妈，不跟大妈生活在一起？报复哥哥的妈妈，不跟哥哥的妈妈生活在一起？报复我的妈妈，可是我的妈妈病了，死了，我爸爸就去喜欢更多漂亮的女人。美丽的女人，是不是这样一个个多起来呢？"薛仁说完，又轻轻地念起经来。

"你爸爸，薛开甫是被人家逼出来的坏。原本你的爸爸，没有你想象中的那么坏。说到底呀，你爸爸，在另外一个方面，还是属于一个老实人的……也可以这么说吧，还做了半个大好事呢。"老教授一时被薛仁问住了，回答不了，薛仁的三个问题。但他避而不答，只能从另一个角度，去说薛开甫的人好与坏。

老教授的这一番话，薛仁听不明白，就连路莉萍也听不明白，薛开甫哪里还有半个大好的事呢？他们夫妻生活上，聚少离多；婚姻上，抛弃妻子，爱情出轨；公司管理上，无心拓展企业，无心经营管理；在金钱上，大肆挥霍，大胆透支，违法借贷。做了那么多的坏事丑事，还有那么多的各种女人缠绕着，难道说，他还有半个大好的事吗？那另一半，肯定是坏事了？按照老教授的话，薛开甫还是一个老实人？老教授根本没有同薛开甫接触过，怎么知道，薛开甫是一个老实人呢？她想开口追问，却被老教授阻止。

"你爸爸薛开甫呀，是一个老实人。老实人呀，往往都有着两面性，一面是老实的，另一面肯定是不老实的，不老实的一面，肯定是极端的坏了。你爸爸极端的坏，一是被他老实的一面逼出来的，二是被外界逼出来的。"老教授又继续慢慢地分析起来说。

这一下子让薛仁，仍然说，听不懂，连路莉萍也说，听不懂。他们一起追问，要老教授举例来说明，两面性的老实人到底与薛开甫什么关系呢？老教授觉得，他们的问题，提得太大，只能简单又集中地，先去说明，薛开甫老实的一面，说明白老实的一面后。那么，不老实的一面，也就是坏的一面，自然可以联想了。

　　"薛开甫外贸公司的前身，"老教授接着又认真严肃地说，"是从企业管理局的一家集体企业，转制后，转让给薛开甫经营，是不是这样的呀？是的！也就是说，从一个集体企业，一下子变成为一个私营企业，经过政审，经过挑选，经过竞争，最后成功转让。转让给薛开甫，实际上，卖给了薛开甫，对不对呀？对的！就从，转让卖给薛开甫，那一天起，薛开甫的人和薛开甫的外贸公司，已经被一同参与竞争对手的一个人，盯上了。那个人，与薛开甫相同年龄，那个人，没有拿到，转让的经营权，开始嫉恨了，开始一步一步，实施报复的计划了。薛开甫经营的这家外贸公司，前后有三十年时间吧。可是，公司一直没有发展，一直留在市中心内，为什么呢？不知道，但现在一定要知道，这是为什么！还有，外贸公司的产品，一半销售国外，靠国外汇进来的钱，来维持公司企业的运营。那么，另外一半销售出去的钱呢，去哪里呢？钱呀，原来在一家合作企业的手上，一直被合作企业扣押，明明是薛开甫的钱呀，却讨不回来。这是为什么呢？因为他很老实，他不去上告呀，他不去打官司呀，知道告了，打了，也是白告，白打的呀！最终，都要输掉的呀。所以，他违规去贷款三千万元，迫使银行，为了赚六百万元的利息，去追讨那个，钱一直被扣押的那家合作企业。但他没有成功，结果遗留烂摊子，差点让你们卖房卖车，无家可归。这是他的第一个使坏。第二个使坏呢，人家在市中心的老企业公司，早已搬到经济技术开发区去了，而薛开甫的外贸公司，没有搬迁，为什么不能搬迁？是没钱呢，还是不想搬迁，都不是的，是那个人，一直盯着，不让他搬，要外贸公司，依旧留在市中心内。留在市中心内的外贸公司，已经被小区的居民楼包围，公司的厂房不可能再扩建了，当然业务也不可能再拓展了。那么，年产值，销售，利润的指标，可能一直停留在二十年前的指标。薛开甫拿批着不准搬迁的报告，不向上一级领导，或者市政府去反映，干脆放进写字台里，或者干脆撕碎丢进废纸篓里，撒懒，你不让我搬迁，我就不搬呗，将已经准备好的，几千万元的搬迁费用，全部买别墅呀，买车子呀，还有一部分，留给你们兄弟俩做遗产。就这样，漂亮的女人，美丽的女人一个个多起来了。"老教授一口气，说了长长的一段话，又扭过头，去看薛仁的反应。

　　路莉萍不关心薛开甫，漂亮的，美丽的女人，如何一个个地多起来，而她关心的是，那个一同竞争对手的人，盯着薛开甫的人，到底是谁？是不是还在职位上？公司会不会，仍然受那个人的控制？当年薛开甫不敢告他的，怕敢告他的。现在，我们是否可以去告他？

　　"当年，那个竞争对手的人，"老教授把她提到的问题，综合归纳起来又说，"那个人，就是现在企业局的主管领导姓王叫王尼西。他资格很老，刚晋升主管领导，所有企业的发展生存，兴衰，都掌握在他的手中。我正在跟踪搜索，那个人不作为的证据。为薛开甫外贸公司三十年来，一直不能发展，一直不能搬迁，去叫冤，去告他！"老教授说毕，一手脱离方向盘，用力握紧拳头。

"我真正记得，"路莉萍听后，含着泪，马上回忆起来，说，"薛开甫曾经说起过，那年，有好几个年轻人，一同要竞争企业转制后的经营权，当时竞争很激烈，要看政治面貌，要看家庭成分，以及个人的业绩，道德人品。现在，才知道，还有一位官员，参与其中，那位官员王尼西，卧藏得够深啊！又想起，丁乙琴当年的职务，被排挤被罢免，是不是与那个官员王尼西有关呢？又记起来，那个王尼西与马文之，是结拜兄弟，结拜两字，还是马文之老婆说给我听的，还说结拜的大哥，官小，权力可大了，还说把我家的外贸公司，一块儿带上企业股票上市算了，当时，听听，那个大哥有那么大的权力，以为是吹牛，以为是骗人。现在知道，那个大哥与马文之，是一同伙，他们长期捉弄打压，薛开甫以及外贸公司。那他们，为什么要这样做呢？很不明白，很想知道。谢谢老教授，为外贸公司，为我们薛家，为我们城市经济的繁荣昌盛，拿起法律的武器，去告他！"

薛仁已经停止哭泣的念经。他不知道，也不想知道，外贸公司与竞争的那个人是什么关系？他心里一直牵挂着的，是爸爸做了半个大好事，这半个大好事，到底是什么事呢？他急问。

"老教授，老教授，我更爱您！那我爸爸……薛开甫，到底有没有做过半个大好事呢？"

"是的！"老教授笑笑又说，"你爸爸，还做了半个大好事。大概在清明后几天吧，我追查与采访一起入室盗窃案件中，发现薛开甫做了一件好事，好事的主体，资助了一位贫困大学生，以及帮助解决该大学生家庭上，额外的经济负担，应该说，资助是非常成功的。"老教授说毕，想了一想，卖一个关子，看薛仁反应，故意没说下去。

薛仁，从前所听到的，所知道的，和亲身经历的，都是爸爸做了一件件的坏事，傻事，害人事：抛弃了姐姐的妈妈，害得大妈，天天以泪洗面，吃素念经拜菩萨；抛弃了姐姐薛琪，害得姐姐，从小得不到父爱，又害得她，大学还没有读完，就到公司去上班；抛弃了哥哥的妈妈韩晗，害得韩晗妈妈，吸毒自杀；抛弃哥哥薛元，害得他，为买毒品，被关押少教所四年；抛弃了蓝衣姑娘，害得她，打掉肚子里的孩子，我的亲妹妹；现在听到爸爸，还做了半个大好事，以为是一件了不起的大好事，硬要老教授详细地讲讲，爸爸到底做了一件什么样的半个大好事？

# 第二十五章　浓缩爱恨

易家村，易姓，最早只有几十户人家，后来外来姓氏的人家，有好几十户，陆续迁徙到此村，安居乐业，再后来外来姓氏的人口，超过易姓家族的人口，好几十倍。那年，城市规划要向城乡扩展，易家村成为扩展规划中"城中村"的对象。城中村，很快被宣布，要拆迁了！消息灵通的易家村人，开始借钱凑钱了！将原来居住的平房翻新建成二楼三楼，将猪棚、鸡鸭棚，还有狗棚，统统都翻新建成可以居住的平房。最后，在测量拆迁赔偿时，他们都得到了有三套四套，最少也有两套的房子。他们一起居住在城市边缘上，专属拆迁户小区里。原居住地已经变成高楼大厦，原来农田已经变成宽阔马路。他们无事可干，一块儿打打麻将，一块儿发发牢骚，说政府赔偿他们房价太低了；说易姓家族都住上市中心的黄金地段，有电梯房的小区里了；说他们的楼房没有电梯，又是城市的角落，很不公平；还说要去举报，要去上访。政府派一个工作组，召集他们，在小区里老年活动中心开会，开会前，工作组人员，先播放一段很长录像资料，录像内容：易家村原来的每家每户房子，在一个时间段里，新建房子，越发增多起来。他们看完录像，哑口无声。但他们心里还在骂：易姓家族是傻瓜，是笨蛋，可以白白多出来的，赔偿房子的面积都不要。最后，工作组人员说了，"你们整个村的房子，总建筑面积一万多点平方米，当听到，拆迁易家村的消息后，你们疯狂地建造房子，建后的总面积超过四万多平方米，在超出三万平方米的里面，易姓家族没有一户多出一平方米，他们原来多少平方米，拆迁时还是多少平方米，我们看在眼里，记在心里，这是第一点。第二点，易姓家族每户，刚好都是中户型房子面积。如果，赔偿给他们大户型，他们要拿出钱，去买超出面积的部分，他们认为不合算。如果给他们小户型，他们不愿意去住，比原来面积更小的房子。因为房子建筑单位，没有考虑到中户型，房子面积的需求，所以没有中户型房子。第三点，我们只能将他们一个易姓大家族，拆散分开，居住到各个小区，去住他们相应面积的房子，而不是集中在一起的。第四点，如果仍然有意见，你们也可去住市中心的房子，完全可以。现在是和谐社会，讲究人性化。那么，你们必须把多得的房子面积全部退出来，把多得的房子钥匙全部交出来，我们立马安排，让你们满意为止，请……举手……！有没有要交钥匙的吗，请快点……举手……！"结果，没有一个人，举手的。最后工作组人员安慰他们说，"你们安安心心居住吧，说不上，啥时候，一个地铁站的出口处，就在你们小区门口的边上呢，到那时候，你们的房子，不是一下子热热闹闹起来吗？"大家一起会意般地哄堂大笑起来……

易姓大家族的亲戚们，分散居住在各个小区，有江东区，有江北区。美少女易姑娘家，住在江南区一个中档小区里，这个小区幢幢民楼有电梯，她与家人，生活得很开心很幸福。一天晚上，家里来了几个，她家祖父辈的大人，大人们告诉她，她的身份，是一个公主或者是一个格格，所以给她取名为，易格格。刚刚懂事的易格格，当然为有格格的两个字，高兴好几年。然而从她八岁那年起，被家里爸妈要求，食素，信佛，当年她不懂，为什么食素？不能吃鱼吃肉？读小学四五年级时，慢慢地从古装戏，电视剧，小说，现实生活，以及上网搜索后，才知道公主或格格，是古代人的称呼，距现在太遥远，让她失望了好几年。她不想与格格的名字，挂上钩，暗中称呼自己为易姑娘，而天天开心。随着易姑娘年年花开花落时的长大，开始去了解自己，易姓大家族的姓氏来历……

古代，战国时期，有一个不起眼，小得不能再小的中山国，别看小小中山国，不属于战国时期的秦、齐、楚、燕、韩、赵、魏七雄之列。但是中山国的经济文化，尤其是金银铜铁、玉器等手工业及制造业，远远超过七国，还大量出产漂亮的美少女，让七国的大佬们睡不好觉，总想找机会独吞中山国。中山国的人，很敏感，很聪明，总觉得，有人要来吞并国家了，就用漂亮的美少女，或金银玉器等举世独一无二的器物，去贡献，去和谈。结果，他们次次躲过灾难。中山国地处赵国的国土之中，把一个好端端的赵国，快接近分割为南北两个部分，造成赵国的国土不完整，战事行动不迅速，老百姓南北走亲戚不方便。赵国的大佬们，想想，看看，很不舒服，一怒之下，独吞了中山国。中山国的人，马上用美少女和独一无二的器物，去交换国土，无果。最后，中山国的王族直系后代们，被迫迁徙，或逃往别处，并统一改姓为易。

易姑娘知道，家族的姓氏来历后，不但不高兴，反而怨恨这个王族直系后代的家族：中山国，建立二百多年了，为什么没有强大的军队，去抵御邻国的侵略呢？有如此强大的手工业和制造业，为什么不去制造更强，更多的兵器和杀伤性的武器呢？为什么年年要培育大量漂亮的美少女，去拱手献给各国大佬们呢？为什么不去养育培训年轻的男子，去参军保卫国家呢？说明两千多年前，王族直系，后代子孙们的优良基因，不够优良。易姑娘已经走过了少女时代的叛逆期，到了青年时代，可她仍旧有叛逆期的影子在呢。她喜欢穿上反差很大的紫薇色，带有飘逸感的那种衣服。那种衣服，就是尼姑穿的佛衣了。她亲自动手，将佛衣稍微改动一下，偌大的袖口，往上卷起两道，边口缝牢；腰间系上的腰带，是佛衣下摆的贴边，剪下来做腰带的，剪口的沿边缝牢，系在腰间，打上蝴蝶结；佛衣下摆再翻卷起，二至三道，变成贴边，再缝牢，烫平，就成了独一无二的一件衣裳了。尽管她有王族直系后代的优良基因，但还不够优良，她大专毕业后，只是一名二线城市的合唱演员。合唱团里，很少有单独演唱的市场，因此说，工资收入为低，社交活动更少。

一晚上，易姑娘在好姐妹的忽悠下，第一次参加饭局。饭局设在五星级大酒家的顶楼，饭局规模：十六位一桌，共两桌；有高档的名酒名烟名菜；有漂亮的姑娘和阔绰的老板。酒席前，未坐落，易姑娘心里有点慌张，这个场面，与舞台上合唱时的场面，不可比较，她开始安慰自己，一切要冷静对待。主客各位，落座就位，一阵碰杯声，一个个礼貌性，开场白的祝愿祝贺词，在两大圆桌子的上空，频频传出来。第二轮敬酒，集中向首桌，坐在主宾席上的机关局主管部门的老上级身上。老上级，王尼西刚刚晋升为主管，即副局长级别的待遇。王尼西手下的科长科员，干脆叫他王局。王尼西自认为，官场混了三十年，还没有混出一个局长的头衔来，想想官场太难混了，也就默认了这样的叫法。三十一位男女客人轮流敬酒王局，王尼西笑容满面，频频点点头，看着敬酒者将杯中的酒，喝下去后，他开始讲话了："谢谢！谢谢！大家在百忙之中，来赏脸，来为我市企业经济的健康发展，快速腾飞！来为我局，我部门，名牌企业的评审工作，圆满完成！表示衷心感谢！来！来！来！这一杯酒，谨代表主审部门和我本人王尼西，干了！大家随意……随意。"主管领导说毕，一口喝了杯中酒，还将酒杯底朝天，示意一下，又向站立起来的男女嘉宾们扫了一眼，很满意地坐下来，他用手示意一下，众人也跟着坐下来。

第三轮，相互客套式的敬酒结束后，开始第四轮。第四轮是单独或联手两人以上，有意思式的挑战性，挑逗性的敬酒，算是饭局进入热闹的高峰期。包厢里的墙面上，有左右相对挂着两幅书法作品，一幅狂草体，共十五个字，因写得实在狂草，让人可认度，也只有七八个字，这十五个字应该是这样："无处不酿酒，无人不饮酒，无酒不成席。"意思是讲，人与酒，酒与人，相互离不开。对面一幅字，比较好认，一看就知道，是古人孔融老先生作的："座上客恒满，樽中酒不空。"两幅书法字，说来说去，依然离不开：人与酒，酒与人。主宾席上的王尼西，一直盯看着墙上挂着的两幅书法作品，或是被作品吸引住，或许不是看书法作品，写得如何的狂草，如何的好，而是看内容，讲得很巧妙，很有启发性，还能满足食客，在酒席上的欲望。看了一会儿，主管王尼西满满的笑容，拿起筷子酒杯，起身，用筷子敲打酒杯一下，众人停下喧闹，他先笑了笑，提议说道："刚才，大家的热情，说明，说明，我们评审工作很圆满！为了增加热闹的气氛，为了对这次评审工作，得到你们大力的支持，请允许我，让酒席上漂亮的姑娘们，发挥一下她们的想象力和创造力，要不要进行一次，酒文化的深层次考核？"王尼西说完，先张开嘴，哈哈地大笑起来。

主管王尼西话音刚落，立即有马文之老板，第一个拍手叫好，接着一些企业老板们都纷纷拍桌子表示赞同，姑娘们咯咯的笑闹声不断。众人一致要王局，先出题。王尼西不推辞，沉思一下，马上出题说："王者之酒，酒中之王。问姑娘们，是什么酒？"

众人马上回应说，王尼西出题有创意，字少意深，佩服了，一百个叫好叫绝呢。王尼西听后很满意，一口喝下杯中酒。随后，有甲人，接上出题说："川酒，有六朵金花，请说出，哪六朵金花？"

"隔壁千家醉，开坛十里香。是什么诗，是什么酒？千家醉，醉在哪里？"乙人，出题说。

"悠悠岁月酒，滴滴沱牌情。什么情？什么酒？哪个岁月？"有一人，出题说。

"为什么说，浅茶满酒。是什么的酒，什么的茶？为什么酒杯里的酒，一定要斟满？而茶杯里的茶水，不要沏满呢？"丁人出题说。

"酒，古代最早是用来麻醉的，食用的，敬神的，祭祀的，还是拿来由美女们，去灌醉皇帝的，文武大臣的，请正确选择一项？"甲人，再一次出题说。

"风来隔壁千家醉，雨过开瓶十里香。这是什么名牌酒，隔壁是什么地方？住的是什么人？"乙人，再一次出题说。

"三杯竹叶穿心过，两朵桃花上脸来。这是一个什么名牌酒？谁在喝酒，谁在陪酒？"丁人，再一次出题说。

"你们的出题，太文雅了，"马文之马上站立起来说，"并不好玩，并不好玩。我出一道题，是不是文雅：晚上丈夫要喝酒，妻子没有阻止，反而高兴？这是第一问。第二问，酒喝进去，丈夫哪个部位先热胀起来？第三问，妻子什么时候，也会跟着丈夫一起热胀起来？……你们看呀，姑娘们都捂着嘴，都笑了，都笑了。说明这个题意，姑娘们心里，早有数了，有明确答案了。现在……这个回答，要从主宾席上，王局的左手……那位，对！那一个最漂亮的美眉，回答起，然后按出题要求，一个个姑娘们轮流回答出来。现在……开始请回答！"马文之说毕，笑着，用手指着主管身旁一位漂亮的美女，要该美女先挑选一题回答。

出考题中，有标准答案的，没有标准答案的。没有标准答案，是陷阱，跳下

179

去，永远别想出来。自然，美女们屡屡出差错了，屡屡被罚。有的干脆自愿，罚喝酒，一杯不够，二杯不够，再被搂抱……笑闹的场面，一时失控了。易姑娘坐在下首一桌，看着上首桌的好姐妹们，一个个头发衣裳凌乱，脸上却荡漾着兴奋。她今天穿上的，是一件改良过的佛衣，谁也不会怀疑，她穿的就是一件尼姑庵里的佛衣。她想：如果自己被罚脱衣，脱了佛衣，里面只有小背心与文胸，还能再脱吗，那怎么办？要么编一个理由，说身体突然不佳了，逃走。想想，总觉得不妥，饭局本来，就是去应酬的，哪有逃脱饭局的事，以后还想在好姐妹们，小圈子里混吗？要么用她自己的优势和强项，去阻止！去抵制！抵制，那些无标准答案酒文化考题。主宾席上，一桌的姑娘们，还没有考核完呢，还没有轮到，她的考核排号时，她豁然地站起来，双手合一，频频点头行礼说："各位老总，各位嘉宾，这个场面很热闹。我想给大家唱首邓丽君小姐有酒的歌，来降降温。如果听得过去，就免了这杯酒，过了这道关，大家看怎么样？"易姑娘说完，涨红脸，心乱跳，等待他们的答复。

马文之立刻和老总们，拍拍桌子，开始起哄，叫喊着，不同意，认为合唱演员唱歌，是她们的老本行，不符合考核的标准，没有新意不够刺激，也不热闹。再次拍拍桌子，叫喊着不好。这时候，唯有大腹便便的主管王尼西站起身来，鼓掌着，并叫好。

"刚才……刚才，这位美眉姑娘，话中有酒，声音有酒，唱词有酒，是非常符合，酒文化的考题。是不是！你们说对不对！你们知道吗，邓丽君小姐是我心中的偶像。邓丽君小姐，在1982年香港伊丽莎白体育馆举办个人演唱会时，内地有很多人去香港听这场演唱，也有很多人没有去成。其中一个没有去成的人，就是我本人王尼西了……"说完，王尼西痛苦地，尴尬地，过一会儿，哈哈大笑起来，指了指易姑娘，又说，"我许可，你符合考题，你可以大胆唱的！"

那年，王尼西，刚刚从学校毕业进入局里，还不是一个科员，向上级请假，说去香港听邓丽君演唱会。结果，没有批准。不但没有批准，而且还被狠狠地批评一顿，说去香港听靡靡之音是走向资本主义，还要不要走社会主义的道路，写检讨。随后，在每次大会上，一阵批判后，他向科员，再向科长晋升路上，一直不畅通，足足要走二十多年时间，到了现在，还没有混上局长的头衔。因此王尼西既恨邓丽君的人，害得他一生升官不快，又酷爱邓丽君的歌，伴随他一生的快乐。只要有人唱邓丽君的歌，把唱歌者，视为邓丽君本人，就会唤起，他对邓丽君的怀念。马文之听了这一席话后，马上转换思路，拍拍桌子和着叫好，快唱呀！快唱呀！易姑娘在主管王尼西的赞同下，随即报了一首邓丽君最著名的有酒内容的《美酒加咖啡》的歌名。她很小心，还问一下，主管王尼西是否许可，王尼西频频点头，表示许可。亮了嗓子，开始清唱：

美酒加咖啡

我只要喝一杯

想起了过去

又喝了第二杯

明知道爱情像流水

……


易姑娘唱毕，果然，获得了主管王尼西的鼓掌与赞美。主管王尼西肥胖的身子站起来，走近易姑娘身边，将她面前的一杯酒喝了，目的是鼓励她，要她继续唱，他喜欢听。马文之和年轻的领导们，继续拍拍桌子，起哄和着叫好，说唱呀，唱呀，只唱一首歌，不能说明什么，这个买卖太便宜她了。说白了，这些美女姑娘们，没有一个考核合格能过关。易姑娘知道，这个道理。无奈，她又报上了邓丽君的《北国之春》歌名，主管领导又是第一个拍手叫好，像他们一样叫喊，要她快点唱，这首歌，他最喜欢听的。她用中文与日文，混合清唱：


我衷心的谢谢您

一番关怀和情意

如果没有你给我爱的滋润

我的生命将会失去意义

我们在春风里陶醉飘逸

……


易姑娘又唱毕，果然，整个包厢里一下子热闹起来。王尼西又是第一个鼓掌着，兴奋地站起来，走着说："在没有音乐伴奏的情况下，唱，唱，唱得如此的完美，一气呵成，难，难能可贵的……"王尼西说完，大腹便便，摇摇晃晃的身子，又走近易姑娘的身边，拍拍她的肩膀，抬抬她的下巴，又将她面前刚刚倒上的一杯酒，喝了。

马文之再次起哄，拍拍桌子，吵着叫着，要易姑娘继续唱。站在桌两旁的几个漂亮服务员小姐，也说着，易姑娘唱得，跟邓丽君小姐一模一样，尤其是日语唱得好听，喜欢听。刚刚被评审为，名牌企业资格的薛开甫，坐在易姑娘同桌的正对面。自从易姑娘豁然地站起来，自报家门，薛开甫开始注目，盯着易姑娘的一举一动。易姑娘在饭局上，所有的姑娘中不算最美艳的一个。但是比较耐看，无论左右前后看她，都觉得越看越有她的风姿，越看越有她的美感。他闭上眼，默读家中保险箱里上百张的美女照片，分析这些美女照片中，与眼前的易姑娘，有否相同或者相似之处。当他睁开眼，再次审视时，总觉得易姑娘身上体现不出完善完美，是否欠缺了服饰、修养、气质？总之，这块玉一般的美女，是否有再雕刻的价值，收藏的价值，一直在他心中犹豫。刚才被易姑娘勇敢大胆，敢于挑战，敢于打破游戏规则，让他加深对她的关注度。此时，易姑娘又唱毕，一首邓丽君的歌。这时，王尼西的脑门上，脖子上已经红红一片，从主宾席起身，又走过来，油腻的脸，去贴着易姑娘粉嫩的脸，将她的一杯酒喝了，并用肢体缠绕着她，要她继续唱。最后，她无可奈何，又唱了一首邓丽君结束的曲子《再见！我的爱人》：

> Goodbye My Love
> 我的爱人 再见
> Goodbye My Love
> 相见不知哪一天
> 我把一切给了你
> ……

易姑娘唱毕，她自认为，这一次，准能过这道关了吧，应该进入到，下一个姑娘排号的考核了吧？可是，她没想到，王尼西满脸一片红光，已经是醉醺醺的了，趔趄地举着杯子，走到她跟前，将手上的酒杯，有意识递给她，说道："唱，唱，唱得好呀！是不是，应该不应该，奖励，奖励，我们的美女呀……"主管王尼西说着，非要她把这杯酒喝了不可。

易姑娘下意识地接过杯子，不肯喝。此时，王尼西趁机直接搂抱她，并实施抚摸亲吻她。易姑娘没有思想准备，吓得一下子大声呼叫起来，单手拼命抵抗，去要护住胸部。她的姐妹们，没有为她来解围，反而起哄拍着桌子，看热闹戏。薛开甫看得很清楚，是王尼西酒后乱性了。他知道，是男人在这个时候都会犯这样的错误，他自己也不例外，还犯过了好几次呢，但有一个前提，一个个姑娘都是愿意接受的，或者能承受得了，乱了性的男人，并不非礼。可是现在，薛开甫看到易姑娘，不像为饭局凑热闹，故意大叫小叫，也不像故意在撒娇，在夸张地尖叫。此时的易姑娘，已经吓得面色苍白，突然丢掉了手中的酒杯，双手连忙去护住胸部，用力抓紧衣襟，不让王尼西的手伸进去，哭泣哀求惊吓流泪的双眼，刚好对视着薛开甫。就在这个时候，薛开甫毫不犹豫，冲上前去解围。多少年来，王尼西一直渴望着等待着，邓丽君的爱，分一份给他，明明知道，渴望得到邓丽君一份爱的人，有千千万万，自己既不是富豪，又不是帅哥，哪能得到她的一份爱呢？年轻时，只能在床上想。壮年时，只能在梦里想了。现在，搂着活生生一般邓丽君的易姑娘，怎么可能去拱手给人呢？借着酒胆，继续乱了性子，怒气冲冲，还恶狠狠地怒对他说："薛，薛老板！滚，滚开！要你管……什么闲事！"王尼西继续搂抱着，惊慌失色的易姑娘，在哭泣中拼命挣扎着。

薛开甫确实不明白，不了解，作为一个主管，怎能这样无耻呢，非礼一个不愿意的姑娘呢？可他，更不知道，此时主管内心复杂的情绪是什么，是想得到易姑娘吗，也不至于当着那么多人的面，耍淫威？这个觉悟，这个常识，比一般老百姓还低。薛开甫不管是什么领导干部了，竟然去冒昧地冲撞，也用不客气的话，回怼了一下："主管，不能违反，游戏的规则，是吗？"说毕，薛开甫已经走到他们的身边，而主管，还紧紧地搂抱着抚摸着易姑娘。易姑娘哭泣中，依然在挣扎着，惊慌失措中，依然在抽搐着。

可是，王尼西不管哭泣中挣扎中的易姑娘，还一直搂抱她。同时扭头过来，还狠狠地瞪了薛开甫一眼。

薛开甫实在看不下去，冲过去扒开主管王尼西的双手，拉着哭泣中的易姑娘，朝包厢门外走去……

几十年前，市级企业管理局下属一个集体企业，进行改制，改制后成为私营企业，并转让该家企业的经营权，经营者必须政治过硬，成分清白，业务过关，才能获得此经营权。主管王尼西，在几十年前，还是一个无名的青年，也想参与经营权，可是身上有"污点"就是请假，想去香港听邓丽君靡靡之音，属于政治不过硬。政治不过硬者，一切都免谈，因此败给了竞争对手的薛开甫，失去私营企业转让的经营权。同样，薛开甫在几十年前，以"清白"的身份，政治条件过硬的年轻人，又是该家企业的负责人，因而获得经营权。王尼西失去经营权后，这一笔账，一直记在心里，脸上挂着的，一直等待报复的机会，要讨回上代的旧账，要清算现在的新账。今天，终于等到机会了。薛开甫的外贸公司，就在主管王尼西，职权管理范围之内，要让薛开甫公司发展，你就得发展，不让公司发展，你就得倒闭破产。多少年来，把邓丽君的爱与恨，刚刚浓缩成了精华，并嫁接到易姑娘身上。现在，他把这个浓缩的爱，继续留在易姑娘的美丽身上，希望易姑娘想通后，尽快走近他身边，为他所用，所爱；他把这一个浓缩的恨，直接抛到薛开甫的身上去，让薛开甫的外贸公司企业倒闭破产为止。

"薛，薛老板！你，你跟丁乙琴，这个丑女人……一样，让你知道知道，后果的厉害，薛，薛木匠下代的'种生'！你上代，还欠我们王家两口'圆木棺材沙木底'呢！"主管王尼西真是酒后乱性了，又乱章法了，还乱了，上代的仇恨。竟然恶狠狠地，拍着桌子，叫喊骂道。

# 第二十六章　摊上大事

　　就在昨晚，易姑娘被一群好姐妹们拉去，参加一场高档评审的饭局，饭局上为了烘托气氛，主管王尼西提出无耻的酒文化考核。在考核中，那些不合格姑娘们惨了：或被搂抱，或被亲吻，或被抚摸，或被脱衣。同样，易姑娘先受到王尼西的赞赏，后遭其骚扰与欺凌，使得易姑娘惊慌失措中哭泣，哀求的眼神，正好对视薛开甫。薛开甫毫不犹豫，解救了易姑娘，逃离走出饭局包厢。第二天醒来，易姑娘对昨晚的事，越想越气愤，越想越害怕，在心里咒骂起来。咒骂完后，连饭也不吃，门也不出，把自己整整关了两天两夜。那些叽叽喳喳的好姐妹们，不断地前来串门安慰她，或者来责怪她，让大家在饭局的后半场里，闹得很不愉快。

　　三天后，合唱团市级举行汇演的节目名单上，没有了易姑娘的名字。这让她，很气愤，很吃惊，她相信，自己是团里骨干，凭实力和专业水平，不可能被淘汰，一定是有人在背后操纵，是不是与三天前的饭局搭界。她第一个想到的是薛开甫，怕此事会牵连到薛开甫，就找出他的名片，直接联系。可他的手机，车载电话，办公电话，以及传真电话，结果告知：无法接通。她预感到，他一定摊上了大事。于是，她依然穿上改良过的佛衣，按名片上的地址，急匆匆找到薛开甫的外贸公司地方。公司不锈钢门槛紧闭，公司里面见不到一个人影。她有点焦急了，不知怎么办，望着公司里面，空无一人，忐忑不安。这时候，不知道从什么地方，突然冒出来穿统一保安制服的两个年轻漂亮的女保安人员。女保安看到她的相貌，并不算漂亮，打扮也不算花哨，似乎很放心。但在语气上，还是有点不高兴的样子，还略带一点醋意，对她喊话："喂！喂！看到没有！停工啦！停工啦！今天不招，漂亮的女工啦！回去吧！回去吧！"女保安，边叫喊，边挥手，要她赶紧离开。

　　"我，我要找……"易姑娘愣愣地在原地不动了。

　　"找什么！找什么！……等到电通了，水通了，再来应聘吧！回去吧！回去吧！"另一个漂亮女保安开始不耐烦了，打断易姑娘的话，挥挥手，要她赶快离开。

"请，别误会，我不是来应聘的，有重要急事，找薛总的，他在里面吗？"易姑娘依旧在原地不动，连忙掏出薛开甫的名片，在女保安跟前展示一下说。

两个漂亮女保安，看到易姑娘手上拿的是一张老板名片，才开始热情起来，用手指点一下行政楼的位置。同时，两个女保安用力推动不锈钢门槛。易姑娘从启开的门槛边，快步走进去，在远处看到行政楼下的一角空地上，薛开甫正在一棵小树根旁挖土，将两条金龙鱼和银龙鱼的尸体放入土坑中，然后平上土。易姑娘看见后，上前打一个招呼后，有点不解急忙问薛开甫："你，在干吗呀？"

"唉！昨天，突然地停电，又停水，两条鱼，含冤而死，追悼一下……"薛开甫苦笑，拍拍手上的土，答道。

易姑娘是在三天后，告知，人员整编，她被淘汰。

薛开甫是在三天前，告知，名企评审，他被取消。

事情并没有像停电、停水这样的简单，这样的结束。话还得从饭局那晚说起：薛开甫从主管王尼西手上，抢过来惊慌失措中哭泣的易姑娘，一起走出饭局的包厢。此时此刻，包厢内，饭局的桌子上，已经决定，取消薛开甫的名牌企业评审资格。以王尼西为首，伙同一群年轻的部下，布置对他的外贸公司种种报复计划，要让外贸公司蒙受更大的经济损失。饭局后的第一天，薛开甫的外贸公司，被有关部门接连打来电话告知："要在年中进行一次例行性的大检查，大清查期间，请贵公司，予以配合检查。"接到电话通知后，公司马上安排人员，分批接待前来检查人员。半小时过后，全公司人马立即停工，全力配合。接着检查人员一波一波地进入公司，从早上一直忙碌到傍晚，随后还要请检查人员，吃饭娱乐等等。饭局后第二天，薛开甫的外贸公司，被有关部门送来一份信函，告知："因路口改造，水电、通信线路有故障，正在抢修。"发函日期，是当天的时间，而公司收到信函，是五天以后的事。由于突然地停电停水停通信线路，使得生产车间、职工食堂、卫生间等等，乱成了一团糟，无法生产工作，只能停工。第一天折腾下来，薛开甫已经猜到一半，为什么呢？因为，不可能有那么多的检查人员，一下子奔进一个，小小的企业公司，他们这样做，只是太明白不过了。第二天，他们使用行政的手段，切断水电通信，他们这样做有点冒险，有点太过分了。薛开甫心里只能忍，要想，一个相安无事的话，就得忍着吧！饭局后的第三天，薛开甫的外贸公司，被马文之的合作公司，送来信函告知："因，本公司财务部，电脑有故障，正在维修，待修复后，即可，支付合作部分的应付货款。"马文之的合作公司，是在有意扣押，应付货款三千六百万元，其中的一千六百万元，已经拖欠一年半之久。就在那晚的饭局上，主客宾们，还没有落座之前，还在圆桌边上，相互寒暄，打招呼时，薛开甫在新官主管领导，所谓的局长王尼西面前，表态提到还有一笔，应收货款一直未收回，如果收回，公司还是有一定的经济实力，有信心，成为这次名牌企业评审过关。王尼西听后，为了自己的贪心，故意为应付货款的拖欠之事，做一个中间人，一手去拉着马文之，要他全额还清欠薛开甫的应付货款；一手去拉薛开甫，要他的亲戚，推荐一个别墅装饰公司，将主管领导的一套海岛别墅房，免费装潢成，一套样板房。马文之与薛开甫，都握手同意，谈成这一笔交易。结果饭局上，出现不愉快的一幕，薛开甫的三千六百万元应收货款，还能收到吗？不但收不到，而且还要拖欠更久呢。

"所谓抢修通信线路，"薛开甫叹一口气，又对易姑娘说，"其目的是，想让公司断绝与外界的联系，想让公司处于瘫痪的状态；停电停水，其目的是，要企业停工停产。停工停产问题不是很大，问题是不能按时发货，损失更大。最头痛的是，应收货款不能及时到位，工人拿不到工资，一个个是要跳槽的！"薛开甫说完，将挖土的工具扔到一边，愤愤地说道。

"如果，对方电脑修不好，应付货款就一直不支付，一直这样子拖欠下去，就是理由吗？"易姑娘有些不解，也有点愤怒地说。

"这就是他们的理由。因为企业合作部分，财务的对账清单，都在双方的财务部，由电脑管理控制的。我们一方停电，当然打不出对账清单，他们一方说，电脑也在维修中，当然也打不出对账清单。我们无法在专业上，去追问他们。剩下来，只有合作诚信上的谴责。但是合作诚信上的谴责，根本转换不来，当前要发工资的钱啊！"薛开甫拍拍手上的土，淡淡地说。

"那，那，快打，市长热线电话呀，投诉呀！快点投诉呀！"易姑娘还是不解，急得愤愤不平地说。

"没用，没用。他们这么有把握的，精心设下的棋路，我们破不了这个棋局。"薛开甫苦笑着，摇摇头说。

"那，那，怎么办呀？怎么办呀？"易姑娘很天真，很善良，首先想到的是别人，自己被淘汰的事，一字未说。

"不说它吧！没事的，没事的，随它去吧！随它去吧！"薛开甫无可奈何地笑了笑，反过来安慰她。说完，他看了一下手表，快到用午餐的时间。他又拍拍手上的泥土后，又说："走，我们一起，到外面去用餐好吗？"

易姑娘看着公司的厂区，面积不是很大，公司的三面围墙外，都是一幢，一幢居民楼，心里还有很多的地方不解：比如说，这样的企业公司，为什么没有搬出居民区，是与周围的居民，争夺地盘，争抢空气吗？她家原来在城中的一个小村庄，现在的小村庄，已经变成高楼大厦了，早已找不到小村庄的影子，为什么，公司一直还做不到搬迁呢？比如说，政府有关部门的机构，是为企业服务所设立的，应该是为企业去排忧，去解难的，为什么他们不去为企业服务，为企业解忧排难呢？反而处处为企业设立人为的障碍，好像要拖垮一个企业的发展。再比如说，合作的企业，双方都有着合作的精神，合作的诚信，为什么他们不去遵守，不去约束，不去追究，难道他们都不懂法律的吗？易姑娘傻想了一会儿，她认为自己对某些政府有关部门，还不够了解，对合作企业公司的运营，也不够了解。当她听到，薛开甫的提议，要到外面去用餐，她没有多想，点点头，跟着薛开甫一起走向奔驰车旁。薛开甫为她开车门，她坐在副驾驶位置上。薛开甫驾车，带她去了一家咖啡馆。

咖啡馆，在闹市区中心，门面不大，馆内面积却很大，很深，分为上下两层，下层为敞开式卡座，上层是一个个全封闭式包厢座。薛开甫和易姑娘在上层，选了一个包厢座刚刚相对坐落，漂亮的服务员小姐笑嘻嘻的，马上一阵风似的跟进来说："哎呀！薛老板呀，打你的手机，手机说，正在抢修呀，打你的电话，电话说，正在抢修呀，原来……你，到这里来抢修呀！"服务员小姐说了一番轻佻挖苦的话后，又是一阵笑嘻嘻的。

"你娘的！别废话，老套餐，快点上吧！"薛开甫哭笑不得，说完，还随手重重打了一下服务员小姐丰满圆润的屁股。

服务员小姐又是一阵，发出笑嘻嘻的声音，然后出去。一会儿工夫，端上来中西套餐，有牛排、大虾、三纹鱼、西多士、沙拉、比萨和咖啡等饮食一大堆，随后，服务员小姐又是一阵嘻嘻的笑声，扭着两片巨大的屁股，走出去，关上门离开。

易姑娘待服务员小姐，关门离开后，伏着桌面上，哭出声来。易姑娘哭得太突然了，弄得薛开甫不明白，慌张起来，不知所措，慢慢伸手过去拍拍她的肩膀，安慰说："不要这样，不要这样的……没事的，没事的。"薛开甫边说边继续拍她的肩膀。

"薛总！都是我不好，都是我害了你的，是我不好，连这里的服务员小姐，也要这样对待你，欺负你。"易姑娘说毕，抬起头，两眼泪汪汪看着薛开甫，似乎有点对不起他，她内心，很自责。

"没关系的，没关系的，我无所谓的，我无所谓的。"薛开甫说完，很尴尬，又很无奈，轻轻地咳嗽几下，收回自己的手。

"薛总！都是我不好，都是因我而引起的。我心里很难过，我很难过！"易姑娘说的话，是真心实话，唯一能说的，也只有真心的实话了，希望赢得他的谅解。

"没事的，没事的，你不用难过，不用自责，这事很快会过去的，会过去的。"

薛开甫又轻轻地咳嗽几下说，再次地安慰她。

"可是，我恨的是自己，我对自己，过不去的！"易姑娘依然含着泪，在乞求他的原谅。

"你……你为什么，要过不去呢？"薛开甫又伸过手去，轻轻地拍了拍她的肩膀，又问，"不要这样，好不好，这一切，很快会过去的！你为什么还过不去呢？没事的，你不要担心我，这一切，很快会过去的！希望你……你很快也会过去的，你会过去的！"

"我……我，过不去了！原因……原因……是，家族基因……不是很好。"易姑娘抹掉泪珠，一会儿泪珠又涌了出来，她凄惨地说。

"家族基因的缘故……"易姑娘很痛心地讲述起家族基因，是一个很可恨的事，停顿一下，又说，"我家，这个易姓，是古代一个中山国的王族直系后裔，易姓直系后裔的家族基因，是如何的，如何的不好。先说说，我爷爷辈的爷爷辈，再上十辈，共有二十四个姐妹（包括堂姐妹），这二十四个姐妹都终身未嫁人，一直到老死的，病死的，个个还是处女之身；后说说，到了爷爷辈，再上五辈，也有二十二个姐妹，这二十二个姐妹，终身依然未嫁人，一直到死，一个个还是处女之身；到了爷爷辈，一共有十八个的姐妹，十八个姐妹终身依然未嫁；到了父亲一辈，没有姐妹，也就没有大小的姑姑；到了我的一辈，我还有一个亲妹妹和八个堂姐妹。至今，我还是一个纯洁的姑娘，不知道，是否要走这些年轻漂亮的老太姑奶奶们的……老路呢？"说毕，凄凉地哭泣起来。

薛开甫马上打断她的讲述，不明白追问起来："为什么不嫁人呢？一直到死，还是处子身呢？……"

易姑娘抹掉泪水，又继续讲述下去："听爷爷辈的再上辈爷爷们，口口相传，只是口口相传而已。那些年轻漂亮的老太姑奶奶们，在妄想等待中山国国王的旨意，以一个个清白的身子，去交换一场大屠杀；再到后来，那些年轻漂亮的老姑奶奶们，还在苦苦等待王族的指令，以一个个清白的身子，随时准备奉献给赵国后代追杀者；再到后来，那些年轻漂亮姑奶奶们，还是以清白的身子，在等待上一代祖父辈的命令，随时准备，在逃亡迁徙的路上，以清白美少女的形象，为交换一切条件，让追杀者刀下留命，保存王族直系后代子孙的繁衍。到了民国时期，那些年轻漂亮的老姑姑们，还是以清白的身子，随时等待着，等待着，万一的不测呀。所以说，我恨，我恨，恨这个基因的王族直系后代；我恨，恨这个大家族呀……"说完，易姑娘又凄凄地抽泣起来。

薛开甫听了后，却很开心，还赞扬一番她家族不错的基因。"钦佩，钦佩，那些年轻漂亮的老姑奶奶们，还有这样完整的玉身，保存一生清白，很钦佩，很钦佩！这充分说明，你们家族的家训好呀，家训好，就会产生烈女，烈女就能干大事。虽然，那些年轻漂亮的姑奶奶们，为了王族直系家族后代子孙的繁衍，最后她们一个个成为牺牲品。但是，同样充分说明，你们的女性同胞，为了直系家族对后代子孙的繁衍，做了大量的保护工作，尤其是你们年轻漂亮少女们的保护团队，青春少女的贡献和牺牲精神，是分不开的。值得赞美！值得赞扬！值得钦佩！如果说，现代社会里每个姓氏家族，个个都像你们家族的团结，顾全大局，且有忘我牺牲的精神。那么，当今的社会里，发生争吵，就会减少；犯罪率，就会减少；团结多了，文明多了，社会就会更进步，人类就会更聪明。所以说你不要怨恨，家族基因，这个家族基因绝对是好的，在我眼里，比我薛家基因，强得多，强得好，易家基因是优良的！要有信心，合唱团淘汰了你，你也可以淘汰他们的呀。你也可以，到省外合唱团去试一试。如果，不行的话，那依照你对邓丽君的唱腔，也可以在酒吧，舞厅，演歌厅里发展呀，一定会有市场的！"

"我的家训，明明白白告诉我，堂堂正正做人，家族根本接受不了在酒吧，舞厅之类的地方工作，我不会走这条路的。我要离开这个家族，要离开这座城市，甚至要离开这个，这个……世界。"说完，易姑娘依然在哭泣，又伏桌上，一会儿痛哭出声来。

薛开甫追到手的美女有近百人，大都是看中他袋子里的钱。他对钱，却看得很轻，轻似鸿毛，因而出手大方，能满足美女们的需求，他还从来没有失手过。对于蓝衣姑娘的蓝婴儿，在与近百个美女姑娘的交往中，蓝婴儿只是个案。最后，蓝婴儿的种种报复，没有成功，还做了一个不卖身的陪舞女郎，给钱不要，给房子不要，蓝婴儿是一个傻瓜。眼前的易姑娘，他觉得不好对付了，更不能用老办法，去收服她，吃了她。她身上有着大家族遗传的烈女基因，随时准备着牺牲，随时准备着同归于尽。她身上满是一根根的刺呀，是剧毒致命的刺呀，弄得不好，刚得到她的清白玉身之时，也就是快要结束自己的性命之时。忽然，想到培养一词中的"养"字，他没有好好养过教过女儿薛琪，也就是说，没有把父爱给过女儿，对女儿很愧疚。易姑娘与女儿薛琪是同龄人，他想着，先把易姑娘当作女儿一般慢慢地培养起来。接着，他又要她珍惜爱惜生命要她振作精神，要她擦干眼泪面对现实。随后他又说道："有了！有了！……去俄罗斯！对！去俄罗斯国家发展！"薛开甫突发奇想，猛然拍了一下手，兴奋地说。

"去俄罗斯？……是去俄罗斯吗？！"易姑娘很惊讶，过了一会儿抹去泪水，又惊喜地追问，"确定，是去俄罗斯吗？！"

"对的！对的！确定，去俄罗斯的莫斯科！……离开中国！"薛开甫笑着对视易姑娘，坚定地说。

# 第二十七章　格格卖唱

中国留学生，在世界发达国家中的大学校园里，求学的应该特别多。留学生中有公派生，自费生。自费生中，有家境贫寒的留学生占了几成，这些多数家境贫寒的留学生，在国外求学时，都有这样走过的路程：白天打工，晚上苦读，或者晚上打工，白天苦读。在俄罗斯某音乐学院求读的中国留学生中，就有一个家境贫寒，却很幸运的中国留学生叫柳宏春，柳宏春苦读三年后，拿下博士学位，第四年申请该音乐院助教成功。他就是在一次打工的机会里，彻底改变他的求学与打工的命运。这话要从四年前，简单地说起。

学子柳宏春，到了俄罗斯某音乐学院求学的第一年，估计不到手头上，费用紧张的问题，他只能休学，打工一年，将一年打工收入，去支配后三年，攻读博士的费用。经上一届学长们的推荐，去一家"俄罗斯夜舞吧"音控兼监控室里打工。打工第三个月，某一天，碰巧从中国急急忙忙追赶过来的路莉萍，哀求他，想从监控中寻找她的丈夫薛开甫及其情妇在几号包厢里。他左右为难，她拿出两千美元现钞，哭泣说，要拿薛开甫婚外情的证据去控告。他犹豫一下，立马回放监控视频器，她很快指认薛开甫。他说，薛开甫是这里常客，附近还有宾馆的包房。她听后，又拿出一千美元要他再次告诉，她怎样能找到这个宾馆？然后他告诉了，去找宾馆的门牌号子，他们还留下，各自的手机号码，她还再三强调，手机号，请不要变，随时还要来俄罗斯找他，他点头表态，说他的手机号码，永不更换。三千美元的现钞，这在俄罗斯的当年时期，兑换卢布后，是一笔巨大的款子了。就这样，他一下子从天上掉下来的三千美元现钞，让他赶快辞掉工作。然后，足足高兴了，整整三年，感激感谢了三年，苦读奋斗了三年。

回过头来，再说第四年后的某一天，柳宏春导师，是系主任，要柳宏春马上去接待，刚刚到达学院办公室的两位中国客人，就是薛开甫和易姑娘。柳宏春第一眼认出，薛开甫就是四年前，路莉萍追踪来到莫斯科寻找的老公。此时，柳宏春心里在猜测，眼前的薛开甫，还是不是她的老公？再细看挽着薛开甫手臂的易姑娘，年龄不大，打扮素雅，不算很漂亮，粗看他们的年纪，相差太悬殊，有点不好说。不管怎样地猜测人家，人家老婆给了小费，还是要感激感谢薛开甫的。否则，哪里有这三千美元的钱？说不定现在还在打工呢！他的态度，一下子转了一百八十度，从排斥到热情，问了起来："请问，你们，需要我，怎么样的帮助？"

"先让她，进修……进修，唱唱歌吧，好吗？"

"好的。好的。是否可以先唱一段，她比较熟悉的合唱部分，比如中高低音，可以吗……"

"先让她唱一唱，柔声柔气的，邓丽君的歌曲，可以吗……"

"那……可以，可以。那就，唱吧！"

"你别怕。他是中国人，好说话。有我在呢！别怕唱吧……"

薛开甫有点心急，在讨价还价似的，又直白说。柳宏春很无奈，只好点点头，耐心地听，待她唱毕一首歌后，沉思下来，分析她的唱法水准，只能适合在中国二三线城市发展，或者说，在佛教音乐上的发展，成绩可能会更加的显著，要想在一线城市上，或者国家级大型合唱上，留有一个空位置给她，恐怕她要走很长的路。况且教授们愿意教不教，又是一个问题。为了对得起路莉萍曾经给予过的慷慨三千美元的小费，为了不让易姑娘流入其他学院，柳宏春答应，他们留下，将她安排住在学院内，便于管理和照顾，并且告诉他们，他会亲自设计一套，适合她进修的课程，他们听后，很感激，拿出三千元卢布，作为小费，柳宏春照收不拒。

一转眼，易姑娘在音乐学院进修已经过了一个月。她刚来头一个月里，除了白天上课，晚上常常出去和薛开甫一起在酒吧里、舞吧里，玩得很开心，到了第二个月初，薛开甫说要回国一趟，他走后如同石沉大海，再没有任何的信息。她一下子见不到薛开甫的影子，收不到他的信息，天天忐忑起来，怀疑自己算不算一个漂亮的女人？身上有没有女人的性感点？有没有女人的味道？为什么薛开甫对她一直没有提出过非礼的要求？在来俄罗斯之前，听到过好姐妹们说他如何如何的好色，说他如何要追的人，个个能追到手。说他家里，有上百张彩色美女照片，这些美女们个个都是他的情人。她又开始责怪，家族基因是如何的不好，出了那么多美女，结果都没有一个好下场的，老死的老死，病死的病死，个个终身……未嫁。薛开甫最后一次汇钱给她的时间，是大半年前的事。随后，她与薛开甫的各种联系，均告失败。她静不下心来，原本想，这辈子不再与国内的好姐妹们联系，可是现在不得不去恳求她们，要她们去打听一下薛开甫的情况。结果好姐妹们的回复，说薛开甫瘫痪在病床上，已经是半年之前的事，两个月前，刚刚病亡。她听到噩耗，泪流满面，扑倒在床上，悲痛地回忆起来……

薛开甫陪着易姑娘，游玩完莫斯科，一个月后，薛开甫突然说要回国去处理公司的事务。那天晚上，她在他的宾馆客房里，两人默默无言，深深地对视着。她心里什么都没有准备好，只是含羞歉意地想告诉他，此时此刻，她的心迹。

"谢谢你，把我带进俄罗斯的莫斯科，你的承诺，已经做到，可我什么……都没有准备好……"易姑娘后面的话，几乎听不到她在说些什么。

"别误会，别误会，我只想收藏你，仅仅收藏而已……"薛开甫笑笑上前用手势阻止她要说的话。

"收藏！是不是收藏……"易姑娘马上警觉地想起来，那次饭局以后，好姐妹们一再告诫她：要警惕，要提防，薛开甫是一个地地道道的老色鬼，公司里有许多漂亮女工，且个个都是模特儿身材，家里还有上百张收藏美女的裸体照！难道他想要一张，她的裸体照去收藏吗？她想了一下又说："你是不是……要一张，裸照收藏……"说完，停顿一下，准备动手解脱自己的衣裳样子。

薛开甫淡淡笑笑，依然阻止她。她忍住了眼眶里的泪花，第一次轻轻地扑在他身上，他用手慢慢地抬起她的下巴作为回应，并深情地长时间注视着她，过了好一会儿，他的另一手从她胸部上慢慢地移开。他不敢越雷池一步，忍住激情，只能在她的额头上亲吻一下。随后，他拿来相机在她脸部上拍了几张照。她拿起照相纸片，在眼前晃动几十下后，照片里彩色人物的相貌逐渐明显起来，一张张仔细看。最后，她选定，拿起正面特写镜头的一张，说道："你看，这张，这张，收藏这一张吧……"易姑娘很兴奋，很轻松，也很安全，说话间便靠近他的身边。

薛开甫在易姑娘面前，一改以前的坏习惯，只要有美女姑娘靠近过来，贴身过来，他会不由自主地去搂着人家的腰，或是干脆热烈地拥抱。这次人家热情地靠过来，他有些迟钝了，似乎没有反应。他怕啥呢？怕她身上的毒刺。他只顾看着照片里面的人物表情，清晰度，拍摄角度……他确实有较强的审美观点，认为正面特写镜头太一般了，侧面的一张，有着青春期姑娘无死角的，还富有弹性容貌的轮廓，而且还能看清楚，在她右边细细眉毛中间，还有一颗小小的黑痣呢，黑痣不是很明显，如果离她一二步开外，是根本看不到小小黑痣的。

"就要这一张吧，容易记住。"薛开甫说完，不敢用手去拥抱她，预防他自己一时犯了性子，结果不可预料，会很可怕的。

"是……一颗，小小的黑痣在吗？"易姑娘依然很兴奋，依然靠着他的侧身，举着照相纸在看。

"嗯……也许是的吧……"薛开甫笑着说完，扭头去闻几下，在易姑娘的耳朵下，头颈边，衣领下，散发出来的一个姑娘的体香，将这个体香牢牢印记在他的脑海里。随后，他拿来笔，在已经显影定型的正方形照片背面上，写有：两千年前，中山国王族直系后裔的易格格……

柳宏春获悉，薛开甫不幸去世的消息，要比易姑娘早知道三个月，为了不影响她的学习，他一直没有告诉她。薛开甫去世的消息，是路莉萍与他相互通话中，告知的。半年前，薛开甫刚刚瘫痪在医院病床上时，路莉萍已经将这个消息第一个告知了他。她还说，在俄罗斯认得你柳宏春同学，这样一个年轻人，很值得，让人看到，又能证明，薛开甫对爱情的不忠，对婚姻的出轨，是一个被惩罚的下场，当年，来到俄罗斯跟踪搜索薛开甫淫乱的证据，你柳宏春同学是一个最好的见证人。在通话中，他只觉得，当时她说的话都在气头上，因此，没有把薛开甫带着易姑娘到俄罗斯的莫斯科，来他的音乐学院进修一事，讲给她听，怕是火上浇油。现在，已经知道薛开甫病故了，无所谓了，也无顾虑了，就将半年前薛开甫带着易姑娘是如何来求学的事说了。他还把自己知道的，看到的真实情况和分析后，传递给她听：第一，薛开甫和易姑娘的相识，是在一场评审名牌企业升级资格的饭局上，为了烘托饭局上气氛，采取对姑娘们酒文化的考核，易姑娘利用自己的优势，清唱邓丽君的歌，却打动了王尼西的淫念，醉意之中，对易姑娘实施猥亵，薛开甫出手解救了易姑娘。第二，薛开甫由此引起，一连串的摊上大事，企业升级评审资格被取消，公司被无故停水停电，最后被迫停工，以及合作企业的应收货款三千六百万元，收不回来。第三，同样，易姑娘也摊上了大事，被王尼西暗算排挤出合唱团，易姑娘想选择死，了结生命，是薛开甫建议带她到俄罗斯来进修。第四，易姑娘动作眼神，着衣说话，都比较正派，是个不错的姑娘。第五，正因为是一个不错的姑娘，他自作主张收留她，并单独辅导她的功课。路莉萍那边听完，他一大段地回话后，她也回复说：第一，谢谢柳宏春，告知这些细节，让她知道，薛开甫还有另外的一面；第二，公司面临破产冻结，与王尼西暗地操作脱不了干系；第三，眼下对易姑娘的学费等费用，一切由公司来负担。果然，到了放寒假的前十天，柳宏春这边，收到了路莉萍汇款过来的一笔钱，给易姑娘的。今天，柳宏春带上这笔汇款钱，又带上易姑娘求学时，给他的一笔三千元卢布小费钱，到女生宿舍楼找她。宿舍楼里，睡在上铺的一个女生，指着下铺空空的床铺说，易格格小姐，五个晚上的床，都是空空的。他马上走出女生宿舍楼，打手机给易姑娘，说对方手机欠费，已被停机。他只好驾车，毫无目标地找她去了。

大地上，一片白茫茫。寒风大雪时不时地袭来，只有在"俄罗斯夜舞吧"内，才是春天一般的温暖。舞池里，舞男舞女们早已脱去厚厚的外衣，愉快地旋转。舞池的正前方，有个小演唱台，台上强烈灯光，照在穿着暴露，妖艳性感的俄罗斯女子身上，女子用俄语，演唱歌曲《莫斯科郊外的晚上》，一群伴舞姑娘，几乎是半裸上身，在演唱者身边翩翩起舞。台下的舞池中，舞男舞女们，随着歌声，翩翩起舞；演唱台左侧一旁，有一道门，门前有一道不是很透明的珠子门帘，门帘挡着门道，目的是在开门时，不让人看到门里面的场景与不堪入目的淫乱场面。通过门道往里看进去，里面不是很大，有二十几个貌似大款的老男人们，搂抱风骚的美女，围坐在长圆形台边，观看台上的几个丰满性感，白皮肤西域的美女，赤裸着的美女，在跳钢管舞；演唱台的右侧一旁，有一个小型的酒吧，酒吧台的服务生，叫二郎，二郎是一个身材矮小的日本人，二郎一刻不停地正在忙碌：调酒，开瓶，擦杯子。

易姑娘打扮佛系素色，高雅大气，她坐在酒吧台前的一张小圆桌边上，含着泪花，注视着演唱台上妖艳女子的演唱。在她的脑海里一直保留着，有慈父般的好印象，现在突然的离世，给她在资金上的援助突然结束，好像断了线的风筝，一下子迷失了方向，随风飘去。一年前，在薛开甫面前，她曾经说过，她不会去酒吧，舞厅去卖唱的。现在，为了要付清学费，不得不推翻以前的说法。她默认又对自己说，卖唱，只是卖唱，并不卖身，就是用这样自问自答的方式，多少次来说服她自己，然后轻轻抹去脸上泪水，决定还是去卖唱吧。台上妖艳的俄罗斯女子，唱毕后，即刻听到音箱里传来服务生二郎的声音。二郎用俄语、日语、中文轻轻介绍易姑娘一番之后，并有隆重的呼叫声传来。

"下面请，易格格小姐，易格格小姐，上台为我们演唱，台湾邓丽君小姐的《何日君再来》。有请……易格格……小姐……"二郎用半生不熟的中文说着。

易姑娘起身，脱下肩臂上的一块蜡染的披巾，挂在椅子背上，从容地登上台去。她依然模仿了邓丽君的唱腔，先用俄语唱完，接着用日语唱，最后用中文唱，三个语法，三个版本，连接起来，唱同一首的《何日君再来》。演唱台上，易姑娘一亮相，已经赢得舞男舞女们的鼓掌，与刚刚唱毕的妖艳女子，相比较，一动一静，风格不同，气氛不同。易姑娘经过学院一年的进修，无论是在唱法上，音色上，还是台风上与气质上，已经吸引更多的舞客前来为她捧场。她声情并茂地唱毕，果然受到舞池中的舞男舞女们长时间的鼓掌……

# 第二十八章　禁闭自由

中国最寒冷的地方，应该是喜马拉雅山的最高山峰顶上了。但是去过那儿的人，少之又少。那儿的寒冷，大多数人只能从文字含义上去体会这个寒冷。俄罗斯迎来冬天的季节里，整个冬天的季节里，没有一个好日子过。有时候会一连好几天大雪，早早将最著名的几个景区，都披上厚厚的银装。西伯利亚吹刮过来的风雪，那么的刺骨，那么的寒冷，迫使游客们快点躲到屋内或者快点走进火炉旁，感觉到暖烘烘时，才算透过气来。

薛元与同父异母的姐姐薛琪游览的线路：从莫斯科的城市中心开始，游玩到郊外风景区，又从另一个风景区，再游玩到另一座城市的市中心。姐弟俩觉得，除了中国冬天里下的雪和俄罗斯冬天下的雪一样洁白以外，让姐弟俩大为惊讶的是寒冷，俄罗斯的寒冷天气，要比中国更加的寒冷。由于风雪与寒冷的阻碍因素，姐弟俩决定放弃去更远景区游玩。薛元向姐姐建议，咱们是不是去追寻一下，当年爸爸在俄罗斯经商期间，所有活动场所的足迹，包括下榻过宾馆、中西餐馆、酒吧、舞吧，算是对爸爸的一种怀念。姐姐的想法，与弟弟说的相同。姐姐马上同意说，"弟弟你说得对！说得对！要缅怀爸爸，追寻爸爸的足迹，也是对千里之外的爸爸，一种哀思吧。"姐弟俩想法一致，选择于此地，最近的是舞吧，于是手机上搜查一下，果然有一个叫"俄罗斯夜舞吧"的名称，显示出来。姐弟俩决定步行，去那儿走走玩玩。走了约半个小时后，姐弟俩走进了那家舞吧。姐弟俩穿过了舞池，来到边上的酒吧台前面，选了一个稍微有点亮光的小圆桌边上坐了下来。

一阵热烈的鼓掌声后，薛元立即转身去看，演唱台上，秀气漂亮的易姑娘在声情并茂地演唱。他指了指易姑娘，对姐姐说："姐姐，你看，在俄罗斯的国土上，又遇见一个年轻漂亮的中国美女，中国美女，怎么也会漂流到这里来呢？"薛元将椅子转一个方向，面朝演唱台，重新坐下，听台上易姑娘的演唱。

"很有可能呀，被生活所逼吧……"姐姐，往台上看一眼，接上弟弟的话说道。

"姐姐，你说得对！在少教所里，那些漂亮的女孩们，也是被生活所逼，才一步步走上犯罪的道路……"薛元继续看着台上的易姑娘的演唱。

"你们少教所里，男孩女孩，关在一起吗？"姐姐问了一个新的问题，让弟弟一下子很尴尬了。

"没有呀……没有呀……"姐姐提的问题，薛元回答不了，过了一会儿，他才说："没有的……没有的！只有节庆日，观看演出，或者彩排文艺节目时，才可能聚在一起的！"最后，他还是如实回答。

"那么……你，遇到过好看的女孩子吗？或者说是，喜欢上女孩子……有没有啦……"姐姐一下子抓住了这一根线，深入地问，才能知晓，才能认识弟弟过去的一些真面目。

"有！有一个女孩子，叫妮子的人！"薛元坚定地回答说。但他根本没有想到，姐姐会问这个问题，有何目的，难道说，姐姐想要知道，他在过去的一些时间里，到底干了一些什么样的坏事，才被关押少教所里去？干脆还是，不打自招吧！他又说，"她叫妮子！"

"在……哪一种的情况下，你……喜欢上她的，你……能否说说她吗……"姐姐，试想，更加深入一步，追问下去："因为我们薛家上代人，都是规规矩矩的，出了你一个坐过牢的弟弟，真是添我们薛家人的抹黑呀。这个怒气，又不能全部撒在弟弟你身上，应该撒在你的父母身上。可是，你的父母亲，已经不在人间了，这个怒气呀，依然要拿回来，撒在弟弟你身上的呀。"

"行……行！行！不过姐姐，是你要我说的，我所说的，有不好听的话，有出格的话，你别往坏处想呀？"薛元再次坚定地说，并将椅子又转过来，面朝着姐姐，等待姐姐的回音。

"我不会……不会，这样想的！我一定尊重……你的人格，你的人权！我保证！"姐姐笑了笑，对弟弟表决心。嘴上是这么说的，心里却是另一个说法：你薛元，是薛家子孙，薛家的子孙已经做了不应该做的事，现在还有什么可以隐瞒的，还有什么不可以公开的，还要我向你保证什么？快点！老实说出来，就是了。

于是，薛元讲述，那年，在少教所里，他已经是一个了不起的大红人了……

三年前，十五岁的薛元，在少教所里，算是一个文艺多面手的青少年：他能编辑并抄写黑板报专栏，能投稿少教所的刊物，还能参加演讲和辩论比赛。特别是受到文学作品的启发，他还能编写独幕歌舞剧的片段《悲惨薛家》。在《悲惨薛家》里，他把自己家庭的非法婚姻，作为故事的背景；他把自己走进少教所的不幸遭遇，作为故事的主线；把他妈妈酗酒，养汉子，吸毒，直到自杀等行为，在歌舞剧片段里，作为穿插、铺垫，烘托；再把一个个人物对话的台词，编写成歌词，用当下流行的歌曲，把台词唱出来。用这样活生生，失足少年的案例版本，去教育去感化失足少年，剧本很快被教官们批准。批准那天，刚好，有一个失足的少女，叫妮子，被关押进少教所。教官看看妮子生相比较正气正派，不像失足的女孩，就将这个背着书包的失足漂亮女孩，介绍给他。当时妮子十三岁，早熟，身材高挑，面容可爱。教官说，妮子可以扮演剧本里妈妈的一个角色。他还多看了妮子几眼，觉得妮子扮演剧本里的妈妈有点像，就认定了扮演剧本里妈妈的角色。他提出来，要在禁闭室里去排戏。目的，不让其他人前来打扰，教官们同意。于是他们在禁闭室里，没有按照剧本分章节，分片段进行排戏，是他要求妮子，放下书包，先听一听，他家里不幸遭遇的一番讲述。妮子听了一会儿，大眼睛上长长的睫毛，眨了几下后，毅然打断他的讲述，说他的遭遇内容，在剧本里面，已经写得一清二楚，反过来要求他，是否先听一听，她家不幸遭遇？将来他可能的话，把她和她家里的不幸遭遇，也可以编写成一个剧本，剧本里的女主角，让她来扮演，行不行呀？他爽快地点点头答应，两人还伸出小手指拉钩约定。于是，妮子讲述十三岁那年，夏天，一个中午的遭遇……

她聪敏，漂亮，能歌善舞，年年是班长兼文娱委员。上半年，刚读完小学六年级，下半年九月一日开学，去读的是初中一年级。由于她们的学校，小学年级与初中年级，是在同一所学校里面的，她各门功课的优异成绩，和她能歌善舞，靓丽容貌，早早被初中年级的老师们看好，因此她有了很多方面的特殊性。如同意她，提前缴纳初中年级的学费后，把初中年级的课本作业簿，可以提前领回家的；如同意她，提前缴纳杂费后，可以把校服校徽提前领回家的。她在家里，高高兴兴，把初中各门课本，提早预备看起来。她的父母亲均在邻近一家，私人开采的煤山里，矿井上打工，经济收入尚好，一家三口的生活，过得甜蜜蜜的，过得还算幸福的。可是有一天，煤山上发生矿井事故，父亲被压成重伤。后来媒体上的报道说，此煤山，属于违规采煤，造成矿井爆炸事件，事后，已被镇政府填井封井停业。因此，母亲同样也失去了工作。父亲的工伤，有一笔赔偿款，拿到赔偿款的当天下午，去支付住院费和医治药费。半个月后，父亲的伤势，严重恶化，如果不及时抢救，或者动手术的话，可能有生命危险。母亲只好去找煤矿老板，要钱救人，煤矿老板，已经被拘留了。母亲去找村里要钱，村长说，这事不归村里管。母亲去找镇里要钱，镇长说，去找煤矿老板要钱。无奈之下，母亲找到煤矿的第二大投资股东老板，人家都称呼他二老板。二老板，长得胖胖的，矮矮的，看着母亲姣好的面容和身姿，有了意淫的心思，既拖着答应母亲的要求，又提出一个无耻的要求，作为金钱交换的条件。可是善良的母亲呀，为了一心要救父亲，让父亲的身体，早日恢

197

复，早日好重塑一家三口人，甜蜜蜜的时光，和幸福生活的场景，母亲一时犯糊涂，咬着嘴唇，默认，含着泪，低下头。一天中午，她在自家门前，一棵大樟树的荫影下，正在做作业。那个胖胖的矮矮的二老板，喝得醉醺醺的样子，走进院子里来串门，先色迷迷地看了她，好一会儿，然后拉着母亲进屋去说话，后来母亲出来，对她轻轻说："妈妈，向他借点钱，你在门外守着，千万别让人，走进来。"说完，母亲关上了门。她不明白，关上门的事儿，继续在门外做她的作业，看她的书。一会儿工夫，屋子里传来一阵木板与木板的撞击声，和母亲轻轻、低低的哭泣声。她以为，那个二老板，不肯借钱给母亲，还在暴打母亲。她第一念头，要去帮助营救母亲，于是拿起门边的扫把，弄开了门，一头冲了进去，却看到了，不该看到的一幕：木板床上，二老板伏在母亲的身上，还不停地撞击着。她一下子看傻了，丢掉手上的扫把，急速转身，关上门。来到屋外，依旧坐下来，继续做作业看书，可是心一直在乱跳，思路一点也没有，安静不了，无聊中，从书包里拿出铅笔盒子，打开，拿出一支铅笔咬着，想着，他们……的事。过了好一会儿，门开了，胖胖的矮矮的二老板，早已撩开上衣，抹了抹一身胖肚子上的汗水，走近她身边，对她动手动脚，淫笑着说："小淫妇……让你，看到了，惊艳吗？刺激吗？让你要不要也来，尝一尝，爽一爽走！"说完，就去拉她的手，往屋里拖，边抚摸她的胸，还亲她的脸。她在极其恐惧中，尖叫哭喊着，又在反抗与挣扎中，将手中紧紧握着的铅笔，无意间深深地刺进二老板的眼里。顿时，二老板的眼睛，血流满脸，二老板在惊慌疼痛中，拿出手机报警，说妮子是破鞋，是卖淫女，一阵造谣说谎报警完后，一手捂住眼睛，一手拿着手机，又提着裤子，向村头公路上跑去。此时，她惊魂未定，胡乱地整理学习用具放进书包里，背起书包，站在一边哭泣着。母亲流着泪，穿上衣裤出来，抱着她，一起痛哭。痛哭一会儿，母亲要她赶快逃，往村头公路的反方向跑。反方向，就是后山的祝家村。这时候，她反而非常的淡定，认为自己没有做错什么，没有卖淫过，属于正当防卫，不能逃避的。如果逃往后山祝家村去，要走半天时间的路程，才能到达那边的祝家村，再说那边没有一家亲戚，怎么落脚，还要不要回来读书？她从来没有去过祝家村，还不知要走哪一条的山路，才能到达那边呢？干脆坐下来，又拿出一本书，看了起来。母亲看到她这样的坚强，无脸愧对女儿，突然双手捂住脸，痛哭着跑进屋里去。大约半个小时，过去之后，终于听到警车的声音，慢慢叫着到达村头上，又过了一会儿，听到警车的鸣叫声，越来越近，接着看到警车停在她家的院子外头。这时候，引来一大群的村民，村民们还不明白，这里到底发生什么事。有一个年轻村民，拿出手机看了一会儿后，大声叫喊："信息传来了，喂喂，信息传来了，说：妮子是卖淫女，是卖淫女，妮子是一个破鞋……"随后，她背着书包，流着眼泪，拷上手铐，母亲哭喊着紧紧抱住她，不让派出所警察抓走……

刚进少教所时，薛元听到过，无良少年的室友们，谈论起禁闭室里是如何，如何的可怕。可怕的程度，大致可以分两种来描述：一种说法，阴森森的禁闭室里面，漆黑一片，没有窗口，没有灯光，还时常有一些老鼠毒蛇蝎子出没。室友们没有一个人敢进去过的，只要一听到教官说，马上关他禁闭，室友们早已吓得浑身发抖，精神崩溃了；另一种是比喻的说法，说阴森森的禁闭室里，就像古代宫殿里的冷宫角落里。皇帝身边的一些女人们，以及宫女丫头们，都深深知道的，后宫的后面，还有一个阴森森的冷宫，冷宫的位置，是在最冷落地方，最容易被遗忘的一个角落里，那个角落里，终年不见人影，就是最低等的佣人粗人丫头老妈子，都害怕去的地方，简陋不堪，荒凉不堪，老鼠毒蛇蝎子，日常出没，还有死骨遍地。听听，就让女人们害怕得要死，浑身发抖，精神早就崩溃了。因此说，宫殿里的女人们，个个都是老老实实规规矩矩地做人，不敢去顶撞她们的大小主子。可是，薛元不是这样想的，他为了安安静静，要写独幕歌舞剧《悲惨薛家》的剧本时，向教官们提出，要在禁闭室里去创作，教官们支持并许可的。此前，薛元去考察过禁闭室，看后，完全没有像室友们，谈论中的那么夸张，那么可怕程度。其实就是一间小小的房子而已，只不过小小房子，在整个少教所里的布局位置上，确实最容易被遗忘的一个角落里。上有几棵大树的枝叶笼罩着，下面就是孤单的一间小小的房子，小小的房子一边靠着高高的围墙，围墙上还有铁丝网，据说铁丝网上还通上了电。如果你会爬树，爬上几棵大树，你可以跳下去逃走，可是跳下去后的地方，依旧是少教所里面，这就是人家设计好的，目的不让你成功逃走。小小的房子成为禁闭室，使得禁闭室，变成了可怕又阴森森的感觉。好在听到树枝上有鸟鸣，也看到鸟栖息在树枝上，才除去心中的一丝孤单与阴沉。往禁闭室里张望，门边有一个小小的铁条窗口，光线可以从窗口照射进去，从窗口看到里面有一张小桌子和小凳子，里面的面积足够三四个人跳舞或排戏，里面的地面是水泥浇筑的，很干净的地面，哪里来老鼠毒蛇蝎子呢？禁闭室的门外，挂上一把锁，关门与开门都是有外面人来控制的。薛元选定禁闭室，就是防着室友们，以及外界的人，前来打扰。

那年，十五岁的薛元与十三岁的妮子，都在禁闭室里，第一次排练《悲惨薛家》独幕歌舞剧中的母子对戏。看似他俩在排练，其实他俩根本没有在排练。他在听，妮子哭泣地在讲述，她母亲，为了要钱救病危父亲，无奈中被骗被逼，与二老板发生了性关系，二老板在她母亲身上刚刚痛快发泄完，又对早熟的妮子动起淫意，妮子在挣扎与反抗中，将铅笔刺伤二老板的眼睛。当妮子伤心地说到，被警察强行戴上手铐，抓走时，"哇"的一声倒地大哭起来。他连忙上前抱住了妮子，妮子一下子扑在他的身上痛哭。他也跟着哭起来。他哭自己，在一年前，因买毒品，被便衣警察，强行戴上手铐，抓走时的情景。这对少男少女，在彼此不同遭遇的背景下，和此时此刻特定的环境下，他们拥抱着，痛哭着，诉说着，他们忘记了时间，也忘记了排戏的进度。

此时，门外，远处传来脚步声和说话声。他心里有点慌张，但又很快冷静下来，看到小桌子上有茶杯，灵机一动，连忙捧起杯子猛地喝一口，喷向妮子的额头上、胸前和后背，并要求妮子，用同样的方法，喷向他。门外两个说话的教官，越走越近，一直看到他们打开了门，捧着两块西瓜，走进来。教官看到他俩后说："看你们，排练得满头大汗，衣服都湿漉漉的，别那么的卖力，要预防中暑，要注意多休息，多喝点水。"他马上领会后，立即来了一个标准的立正姿势，坚定有力地回答："是！教官。"当两个教官，将西瓜与开水放在桌子上，关门走远之后，他与妮子，不约而同地大笑起来。妮子一时笑得站不起身，他用力拉起她，让妮子柔软的身子靠着他，并盯着妮子的胸。

"都怪你……都怪你，喷得那么凶，连衣服都湿透了……"妮子抿嘴笑了笑，还低头去理一理衣襟。

"我……我，对不起！对不起啊……"薛元依然笑着，眼睛始终没有离开过，妮子的胸衣。

妮子不理会他，拿起小桌子上的西瓜，递给他一块，自己也拿一块，吃了起来。他接过西瓜，没有吃，眼睛依旧盯着妮子的胸衣。妮子今天穿的衬衣，是自家带来的。因为被押进少教所时，又马上被押送到这里的禁闭室，所以妮子穿的衣服，还是她自己的夏天衬衣。由于刚刚被他喷下的水滴珠，在妮子胸衣上，开始大面积地渗透。渗透之后，慢慢地两个圆形的轮廓，渐渐地显示出来，不约而同地，顶起已经湿透了的衬衣。对于胸部，他对妮子说，他看到过，并且抚摸过……"那是我被抓，同一天下午的事。妈妈韩晗为了从毒资中省下一百元钱，好让我去支付学校里一个月的生活费用，妈妈忍受毒瘾阵阵袭来，可是忍受不了多久，全身产生蚂蚁啃咬似的痛苦。妈妈撕心裂肺地叫喊着，拍打着，在床上翻滚着，甚至还拍打自己身体上重要器官，就是一对胸部。在痛苦中，无意识地撕烂了身上的衣衫，接着又开始，拍打自己白皙的肉体，就是双腿。我放下笔，走过去，看到妈妈，难受痛苦地在床上翻来覆去，看到妈妈身上，好多处被她抓烂，抓烂的地方渗透出丝丝血水。家里没有手机，没有电话，也没有应急药品。我只好拿来一条旧毛巾，要妈妈牙齿咬着，接着用床单，将妈妈的手捆绑住，目的不让她的手继续去抓烂她的身体。然后，拿来一支将快要用完的牙膏，用力挤出一点轻轻地涂在，被妈妈已经抓烂出血的两只胸部和大腿上……"

台风暴雨天气。一会儿，还是好好的烈日当头照，一会儿，暴雨似倾盆地直泻。禁闭室里，今天的妮子已经换上少教所统一服号，与薛元一起正在排练。他们不管室外的烈日还是暴雨，他们不管台风刮到哪儿。此时此刻，他们又实实在在地拥抱在一起。当两个教官，又捧着西瓜，从稍远处慢慢走近禁闭室开门之前，他们像昨天那样，又重演了一遍"喷水"的表演。当教官们关心地说一声，别排练得太累了！随后，关门走远后。他们又一次笑倒地上，笑翻了天，接着，他们又重新相拥在一起。相拥许久之后，妮子从裤袋里，拿出来一条白色小毛巾。

"干……干什么！"他问。

"昨天晚上，少教所的女教官，把我划分到，卖淫类一组，"妮子含着泪，气愤地说着，"还把，白色小毛巾给我，说我在外面，已经不干净了，到少教所里，要用白色小毛巾天天洗，才能忘记过去的不干净。我极力争辩着说，只是刺伤二老板的眼睛，根本没有向二老板卖淫过。女教官讥笑说，这里不是翻供，是改造！我太冤了，全村人都知道，我是一个卖淫的破鞋。在这里的少教所，他们也是这样认定的，我洗不清了。在这里关满四年后，我才十七岁，哪个学校还要我？哪个男人还要我？"说完，蹲在地上，哗啦啦地痛哭起来。

是呀，薛元，他同样会遇到类似的问题，如能否考大学，能否找工作，能否谈恋爱，能否结婚等等。他自己已经成为一个无娘的私生子，在这里关满三年，十八岁，除名义上，还有一个爸爸叫薛开甫以外，其他一无所有。想到这里，泪流满面，与眼前的妮子，同是天涯沦落人。他鼓起勇气，拉起蹲在地上痛哭流涕的妮子，安慰她，关心她，给她力量，给她勇气。

"妮子，你别哭！别流泪！让我给你洗清楚，让我来保护你，等我来……娶你！"薛元唯一能说的话，表白的话，只有这些了。

"真的吗？真的吗？能给我……洗清吗？！"妮子有点怀疑，又点头相信。最后，还是反问他。

"能！能！能的！妮子，请相信……我能的！能的！"薛元点点头，紧紧握着她的手说。

"我相信你！"妮子含泪，又点点头。

第三天，一阵台风暴雨过后，刺眼的阳光和一股股的热浪，从小小的窗口冲撞进来。一会儿，一片黑压压的乌云又挡住了阳光。乌云下的小小房子里，又变成了阴森森的禁闭室了。薛元，躺在禁闭室的地上，等待着妮子的到来，好再次重温昨天热血沸腾，与激情亢奋的时刻。可是时间在一分钟一分钟地过去，他不止一次，兴奋地打开闻着白色的小毛巾上，有妮子的体香，看着白色的小毛巾上，还有妮子留下的痕迹。他心里开始痛骂：那个二老板。二老板奸淫了人家的母亲不够，还要奸淫人家的女儿，奸淫不成后，还虚报说人家的女儿是卖淫，是破鞋。又骂那个女教官。女教官没有经过认真负责任的调查研究，将人家划定为卖淫女一组，还说人家私处不干净。让那些卖淫的，让不干净的，统统地去见鬼吧！一个小时，两个小时，三个小时过去后，妮子还是没有来。

　　禁闭室外，又一阵台风暴雨，拍打着小小的窗口。薛元张望着窗口，看到有人影渐渐地走过来，一定是妮子，因为是台风天气，来禁闭室的路上，一定会受阻的。可是走近过来的影子，越来越大，越来越清楚，直到看清楚是教官的脸，让他再一次，如瘫痪似的坐在地上。教官开门进来后，对他说："第一妮子的娘自杀了；第二妮子要去照顾病危的爹；第三妮子关押少教所的年龄不符；第四经查，妮子没有卖淫记录在案。因此，释放妮子，回原户籍居住地。"薛元，听完，猛地冲出禁闭室，在狂风暴雨中，哭喊着妮子的名字，手中白色的小毛巾，已经被雨淋得像洗过的那样白……

# 第二十九章　伏特加酒

　　易姑娘，在演唱台上声情并茂地接连唱邓丽君的《月亮代表我的心》《千言万语》《泪的小雨》《君心我心》几首歌曲。唱毕，在一阵又一阵鼓掌声中，慢慢地从演唱台走下来，走向酒吧台边，要了一杯饮料，然后走向小圆桌旁，拿起椅子背上挂着的披肩，披身上，坐在原来的椅子上，低头吸着饮料，想着，家族基因不够优良的事，不禁暗暗流下了眼泪。上辈家族里的女同胞们，太姑奶奶们，为了保护家族子孙们的繁衍与香火的延续，她们一个个都成了"忘我牺牲"品了，难道没有一个人，决然跳出来，成为败类，或者是反对家族的族规吗？突然，想起小时候，爷爷辈大人们，曾经说起过，在爷爷一辈里，有一个上一辈的姑奶奶，不知道是怎么一回事，去全面违反了族规，后来姑奶奶离家出走，去做尼姑。尼姑小庵，好像在一个什么村庄后面，后面有山，小庵就在山边上。那个时候，人小，只记住这个村庄的名称上有一个"德"字。违反族规的姑奶奶，那时，应该是十四五岁小姑娘，与人相好后，逃学离家，后无下落，至今算算年纪应该九十多岁吧，不知姑奶奶是否还健在。又想到另外一个人，也是违反族规的，那个人，就是她的亲妹妹。那年母亲怀妹妹时，猜想以为是弟弟，东藏西躲地避开专门抓二胎孕妇去堕胎的巡查组，结果生下她的亲妹妹。因为在农村里，计划生育政策稍微放松些，罚点钱，就了事。亲妹妹十五岁时，身材比她生得更加匀称，脸蛋比她生得更加漂亮好看。可要知道，亲妹妹有多少个男朋友吗？可以说有一个连队多的人，从十三四岁发育起至今，一个月换一个男朋友，比换季节衣裳还快还多，亲妹妹的房间里，堆满男朋友们送给她的一些毫无经济价值的小礼品、小玩意儿。易氏大家族里的人，上辈的和上上辈的人都不理睬亲妹妹。越是不理睬，亲妹妹越是乱七八糟地交男朋友，家族里的老前辈们，实在看不过去，共同出资，为亲妹妹在外面租了一间房子，让其自生自灭算了。那个租房时期，刚好我们易氏大家族已经分散，到市中心各个小区去住，她家已经住上有电梯的新房子。一天，突然她想起还有一个亲妹妹，毕竟是亲妹妹，还是不放心，偷偷去看望亲妹妹，敲门后来开门的是亲妹妹，亲妹妹光着身子来开门的，上身的一对滚圆的胸部已经明显耷拉下垂，青春靓丽的容貌已经荡然无存。在地铺上，还看见有一个躺着、裸露文身的年轻男人。她想开口奉劝与安慰时，反被亲妹妹推出来，关上门，在门里面重重说了一句："你的亲妹妹，已经死了！"隔了三个月后，她又不放心，偷偷再去看望亲妹妹。这时的亲妹妹，已经退掉了租房，不在那里住。一下子找不到亲妹妹，带着爱又带着恨，还不能告诉家族里的所有人，包括她的父母。她流着泪，然后回了家。现在还不知道，亲妹妹怎样活法，怎样的下场，是否与那个违反族规的姑奶奶相同呢。可是，到了现在这个时代里，家家户户已经分散到各地居住，族规已经没有作用，也起不到作月，再去制约下一代的女孩子们了，亲妹妹的下场，是不是族规迫害下，造成的一个牺牲品呢？如果真是这样的话，那么，亲妹妹的反抗，反抗族规是对的！但是很可惜，亲妹妹的行为，做得太过头了。想到这里，是喜还是悲，她潸然泪下……

弟弟薛元，刚才长长地回忆完，在少教所里的禁闭室，与妮子排戏中产生爱情的一段往事，弟弟还问姐姐，这是不是叫爱情，姐姐薛琪含羞，又笑而不答。弟弟又问姐姐，曾经有过经历吗，姐姐立马打了弟弟一下说，"你真的醒醒。"他们说着话，从酒吧台边，各人要了一杯饮料走回来，坐在易娘娘的小圆桌旁。薛元喝了几口，觉得饮料太没劲了，放下杯子说道："嗨！嗨！一点儿也没劲……没劲！还不如，喝两口……伏特加酒带劲呢！"弟弟放下杯子，抿着嘴唇，好像刚刚喝下去的一口，就是伏特加酒。

"你，你！一个小小年纪的人，已经学会……喝酒啦！"姐姐既惊讶，又责备弟弟说。此刻她心里，已经抓称出弟弟有几斤几两的坏东西了：首先不去说他，为何走进少教所的；后不去说他，在少教所里学到了哪些不好的东西，而且不好的东西，他肯定已经学到家了；单说在他妈妈的淫乱环境熏陶下，再好的东西，在手上也会变成坏的，不是吗？他与一个小姑娘妮子，已经发生了性爱，而她自己因种种的原因还没有谈恋爱过，还属于纯净的矿泉水呢。而小她六岁的弟弟，已经享受过一个小姑娘的身体了，这是一个什么样家族的基因？

"姐姐。爸爸每次回国，总是带上几瓶，伏特加烈性酒来，我就偷偷学着喝了几口，觉得不涩不苦，可是过一会儿……喉咙……喉咙有一股，烈火般地滚烫……滚烫，刺激呀，带劲呀，真爽呀……"弟弟笑笑，似乎刚刚又喝了一大口伏特加烈性酒，那样的兴奋。他根本不会想到，姐姐的思维已经超出这个范畴，而是往这一个突然冒出来的弟弟，还有众多劣迹斑斑的东西，值得不值得去爱他，去关心他的问题。

"看你……臭美的，跟着爸爸，好的……没什么学会，坏的，都学会……" 姐姐依然有点不高兴的样子，还瞪他一眼。

"那是……那是，爸爸的种呀！你猜呀，爸爸那么嗜好喝伏特加烈性酒，这里的小酒吧，如果爸爸来过这里的话，说不定爸爸，真有还……没喝完伏特加酒的酒瓶，寄存着呢，你信不信……不信？" 弟弟依然兴奋地，问着姐姐。

"不信……不信！不信！" 姐姐笑笑，摇摇头。

"不信……不信？你真的不信？你不信，我去问一问……" 弟弟薛元说完，起身走到吧台边，去问身材矮小的服务生二郎。

服务生二郎听到，有人叫薛开甫的名字，先呆傻了一会儿，后立刻转身过去，用日语，轻轻地打了一个电话，再转过身来，问薛元

"刚才你说的……你的爸爸，肯定是，薛开甫这个名字……" 服务生二郎，盯住薛元问。

"我刚才说的，肯定是薛开甫这个名字，怎么样啦！" 薛元坚定地回答说。

"你的……肯定是……薛开甫，这个名字的……儿子？" 服务生二郎又打完电话回来，再次核实问薛元。

"是的！肯定是薛开甫的，这个名字的儿子！那有怎样呢？" 薛元开始有点不耐烦了。他还用藐视的眼光，看了二郎的身材呢。

服务生二郎马上表露出，有些怀疑的样子，认为他不是薛开甫的儿子，还用日语骂了几句，好像有点不愿意去找酒瓶的样子，嘴巴上边唠叨着，边跳上凳子，在酒橱架子上，一瓶瓶在寻找。薛元的妈妈，是日语老师。日语老师，还在她学生年代时，一次全市的中学生外语演讲比赛中，获得特等奖，奖品是双卡台式的录音机，其他同学获奖的奖品，都是一些单卡录音机、台灯、钢笔和笔记本等。少女时期的韩晗，还在获奖感言上，说过这样一句话："我将来一定要做一名日语教师！"由此，激发了她的热情，一头扎进了日语世界里，最后确实成了一名日语教师。薛元从小就在他妈妈的日语世界里，熏陶得差不多了，有时候娘儿俩，用日语讲故事，用日语聊天，有时不高兴依然用日语对骂的，顶嘴的。现在，薛元当然能听懂，服务生二郎骂人的意思是什么。于是，他用中文同样回骂过去。

"别猖狂，看你的人种，一定是三寸钉的儿子！" 薛元骂完，哈哈大笑起来。他心里非常藐视，这个服务生二郎，因为他生得高大的优势，而二郎像是武松的哥哥，武大郎的一个人物。

服务生二郎或许没听懂，或许听懂，暂时无话。服务生二郎，去找了酒瓶一会儿，终于找到薛开甫寄存的酒瓶，酒瓶里的酒，还剩三分之二的存量，服务生二郎拿着酒瓶，没有立刻递交给薛元，而是再次要确认，核实酒瓶的主人身份。

"酒瓶的主人，俄文名字……"服务生二郎，似乎有点生气，很不高兴地问道。

薛元，这一下子把他弄得很尴尬了，无语了。他真的不知道，爸爸还有一个俄文名字，闷闷不乐，待在那儿。姐姐薛琪，不是很懂日语的，只是看着，听着，服务生二郎与薛元的对话，觉得他们说起话来，很好玩，一会儿说的是中文，一会儿说的是日语，还以为他们是在友好地沟通呢。当她听到，要爸爸的俄文名字时，连忙读出爸爸名片上的俄文名字。这时候，服务生二郎踮起双脚，探头出来，急忙追问她："你是……薛开甫的什么人……"

"他的……女儿呀……"

"他的……女儿？是薛开甫这个名字的女儿？这个名字，确实是你爸爸的名字……"服务生二郎怀疑，又继续问她，为的是进一步核对身份。

"对！是我爸爸薛开甫的名字……"

"你爸爸的名字，叫薛开甫，肯定是中国来的……薛开甫……你确定，你是薛开甫名字的女儿……"服务生二郎再次确认，又问她。

"绝对确定！是中国来的薛开甫！绝对是薛开甫的女儿。"薛琪耐心地回答。

易姑娘一开始并不在意，薛开甫名字，被他们好几次地提到，以为同姓同名多得是，当听到薛开甫的俄文名字时，马上从包里拿出薛开甫名片，查看后，激动起来，一下子抓住薛琪的手，恐怕她逃跑似的，马上问道："你是薛开甫的女儿，叫薛琪，今年二十四岁？他是薛元，十八岁？家里还有一个……四岁的，叫薛仁，是吗？"易姑娘一连问了三个问题，还叫出三个人的名字和年龄。薛琪一时还没有反应过来，就被眼前，跟她自己差不多年龄的易姑娘，弄得一头雾水，不知如何回答好。而易姑娘干脆握住她的双手，恐怕她，突然逃走似的，继续追问她，"请你告诉我，你爸爸得了什么病，这么快……这么快，就离开了我们……"易姑娘像抓到一根救命稻草似的，问个不停。

薛琪对眼前这个卖唱女，本来就很反感的，虽然坐在同一圆桌子边，但没有把易姑娘当作一个女明星看待，因此还没有打个招呼，甚至没有正眼对视过她。现在突然，被易姑娘抓住了自己的双手，挣脱不了，还晓得自己家里成员的名字和年龄，可见这个人不一般，一定与家里的某一个人，有着密切的关系，心里马上猜想这个人，就是爸爸。易姑娘就是爸爸的红颜知己，或许是被爸爸抛弃后，一直流浪在莫斯科的黑道舞吧里，心里抵触不悦。刚才又被服务生二郎，问了很多的话，差一点失去耐心，现在又被卖唱女，问了很多的话，无耐心了，变成怒气了。

"你……你，你到底是谁呀？！"薛琪反问她。

"我……我，我叫易格格，是……"易姑娘仍然有些激动，还含着泪说，"是你爸爸资助我……的，送我到俄罗斯……音乐学院进修的……我，信仰佛，佛一直在我心中。我所说的话，和我的人一样干净。人格可以保证，家族祖宗，可以保证。不是用……什么样的身份，去交换你爸爸的经济资助。我与你，同年同月同日生的，你是上午生，我是下午生，我应该叫你一声姐姐……"接下来，易姑娘把一次饭局上，如何遭受主管领导的欺凌，如何遭受合唱团的排挤，如何想到轻生厌世，又如何被薛开甫说服，去俄罗斯某音乐学院进修的事情，统统说给薛琪听。接着又说了，因此事而引起，同样，薛开甫又如何遭受主管领导的种种报复，使得薛开甫公司停电停水，两条金龙鱼含冤而死的事，一块儿都倾诉给了她听……

服务生二郎听到有一个姑娘，自称是薛开甫的女儿，又转身去打电话，还轻轻地对电话筒说："女儿是正宗的，干不干呀？"薛元还在吧台边上，听到服务生二郎打电话内容。觉得气氛很不对，听出他们在电话筒里，另有阴谋，就马上用日语，追问服务生二郎。

"你想干吗呀？！"

"人家有正宗的女儿，哪来儿子？你算哪根葱呀！你是不是，石中开花，蹦跳出来的那个人物？"服务生二郎，避而不答，故意不想把酒瓶递给薛元，同样用日语，讥笑讽刺说他。

"你永远也生不出，三寸钉的人物来！"薛元还是忍住了气，用日语回击他。

这时，服务生二郎大怒，在他身上，吐了一口水。同时，薛元开始忍不住气了，一把抓住服务生二郎的衣领，往上提起来，将服务生二郎的整个矮短身体，拎到吧台的台面上，由于服务生二郎的双脚矮短，只好屁股坐在吧台的台面上，坐在台面上的头部，与身高一米八八的薛元头部，形成相同的高度。此时，服务生二郎为了保持身体的平衡，左手快速抓住了他的衣裳不放，右手仍旧紧紧握着薛开甫，当年未曾喝完伏特加酒的酒瓶，两人气势汹汹地对峙着……

# 第三十章　绑架事件


　　柳宏春迅速离开"俄罗斯夜舞吧"，去宾馆找老板，即龙老板。宾馆与舞吧，相距不远，隔一条马路外的一个弄堂口里面。柳宏春将车停靠在弄堂口外面，径直走向宾馆大堂里，与前台人员，说明来意，找老板要人，过一会儿后，前台人员回话，要按他们的规矩办事，柳宏春点点头，表示同意，然后他无反抗被几个年轻黑人，蒙上眼罩，推上停在宾馆门外的车子里，车子快速行驶很久后，应该在城外的某个小镇路上。柳宏春在车子里，也不去猜想，车子到底往何方向驶去，他保持镇定坐着，心里已经计算好，绑架者的动机，是敲诈勒索一笔，所谓的欠款，而不是要人命。他单身匹马地去营救薛琪，应该不会遭遇到危险，安全问题。再说薛开甫的老婆路莉萍，当年给过三千美元的小费，帮他度过，读博士时的经济困境。现在，她的女儿有难，有危险，更应该理所当然，营救其女儿。车子又行驶很久后，开始上下颠簸，估计开上一段高低不平的山路，车子颠簸一阵后，慢慢地平行行驶，一会儿驶入，一幢花园别墅前停下来。别墅的院子和屋顶，都被厚厚的白雪覆盖着，远远看别墅的屋顶，只露出高高的细细长长的几根烟囱，和屋顶下的几只，黑洞洞的窗口，看样子有点可怕，有点沉重，有点像监牢。

　　柳宏春被年轻黑人推下车，又拉着他，进入别墅内，穿过客厅餐厅，在一间房门前，取下他的眼罩，并用力将他，推进房里去，关上房门，年轻黑人守在门外。房里冷冰冰的，没有暖气，没有灯光，一片漆黑，只听到房角里，有薛琪的声音发出来。柳宏春边呼喊着薛琪的名字，安慰她不要怕，说他在四年前，认得她的妈妈，叫路莉萍，是路莉萍给过他三千美元的小费，才让他读完博士，现在是音乐学院一名助教，一边向房角那边，发声的位置，摸索过去。一会儿摸到了冻得阵阵发抖的薛琪，薛琪被绑在椅子上，他迅速取下，塞在她口中的东西，她"哇"的一声大哭起来，他连忙去解捆绑的绳子，摸到她的上身，竟然只穿着文胸和内裤衣服，她阵阵发抖，冻僵的身体动弹不了。他一边用自己热乎乎的双手，来回地给她搓揉按摩着，一边喊道："龙老板！龙老板！你快出来！欠债还债，天经地义。但你这样做，是要钱，还是要人家的性命……"柳宏春一边脱下外衣，披在她身上，一边继续喊道，"龙老板！龙老板！你出来！你出来！欠你五百万卢布，你就要这样搞人家吗？你这样的做法，是绑架！是犯罪，你有一个十六岁女儿是吗？人家也用同样的方法，搞死你的女儿，你会怎么样想，你会怎么样看呢……"

突然，房里的灯亮，随即一股热浪似的暖气冲过来，人一下子暖和起来。此时此刻，柳宏春才看清楚，冻得发抖，又哭泣的薛琪，是一个美丽姑娘，他连忙收回眼光，用自己身体的热量，紧紧地抱住她的身体。过了一会儿，开门进来，就是宾馆的龙老板。老板生相非常的和善，脸上总是带着笑容，看上去是一个很慈祥的人，一点不像三大五粗，黑道上混的人。其实，他根本没有在笑，却好像有菩萨般的笑容，时常挂在脸上，那是他，天生菩萨般的笑容。可一会儿，老板果然凶恶起来说："你是……是谁呀？你，是谁呀？嚷嚷什么，你想找死吗！"老板说毕，脸上又恢复了菩萨般的笑容。

"龙老板。薛开甫在半年之前回国，瘫痪在病床上，几个月前刚刚去世，他来不及，还清欠下你的债。现在，你想要向一个不知情的女儿，去讨债，要债，当然可以讨，可以要。但你不能用，绑架的方式，去解决债务问题呀，况且，你还用极不人道的手段，你看看，龙老板……你说说？"柳宏春说完，更加用力紧紧拥抱住，薛琪已经无力站立，而慢慢滑下去的身子。

"你……你……你，到底……是谁呀？"生相和善，又慈祥的龙老板，脸上仍有笑容，一会儿后，又凶恶起来说。

"我是，音乐学院教师，我认得你，龙老板！你自己这么快忘了吗？"柳宏春毫无畏惧，再次用自己的热脸，来回地贴着她冷冰冰的脸孔，双手依然抱住她的身体，以防她无力支撑站立，而滑下去。他很镇定地说道。

老板先吃了一惊，后一挥手，身后站立的几个年轻黑人，迅速走出去关上门。柳宏春将一年前，老板领着他的十五岁女儿，来过音乐学院，要求插班读书的事，说了一番。老板马上点点头，回忆起来，有这么一回事。

老板叫龙豆豆，在中国东北某一个城市，因劣迹斑斑，作恶太多，罪孽太深，虽然不属于通缉犯的名单上，但是他怕，怕有人在背后算计报复他，只好抛离妻子，携带女儿，逃亡到莫斯科，在一个弄堂里开家小型宾馆，为了壮胆与安全起见，又拿出老本行，加入俄罗斯的黑道，并在这几条马路的一带地段上，以他为首，在黑道上混日子，日子已经混得很好了。唯一放心不下，是女儿的安全问题。藏身好女儿，封锁好女儿的所有信息，是老板最大的心事。可是十五岁的女儿，喜欢唱歌，并想要做一个歌手，天天求着父亲，要去音乐学院读书。老板原本想，要女儿低调一点，别天天出头露面的，引来不测。女儿说，那是您作恶太多造成的，难道您不能发发慈悲心吗？做一点善事吗？难道我不能改姓换名，去学院读书吗？难道要我天天住在穷人区里，还要天天打扮成老女人的样子，去出门吗？父亲哑口无言，说不过女儿。一个天不怕，地不怕的黑道人物，竟然怕自己亲生的女儿，真是一物降一物啊！这也是命运注定的。父亲没有办法，只好陪着女儿去音乐学院求学。老板拿出一笔丰厚学费，求学成功，留下女儿在音乐学院读书。那天，老板离开音乐学院时，再三关照，要求学院老师保密，当时接待签约的是柳宏春，柳宏春看着和善相龙老板，点头答应。再后来，在黑道圈子里的人，都知道，老板只身一人。现在女儿在音乐学院读书的事，被眼前的柳宏春老师，一下子点破，老板心里有几分紧张，害怕女儿在音乐学院读书的事，会被泄露出去，早晚会遇到不测。想到这里，在桌子边上摁下暗铃，并要柳宏春坐下来，好好谈谈。随即，从另外一扇门启开后，进来两个东亚人脸形的漂亮妖艳女子，拉着冻得阵阵发抖，又抽泣的薛琪，走进门里去。

两人在桌子边都坐下来，柳宏春仔细地看着龙老板，其实老板比一年前，见到的脸色，更加红润；身体，更加发胖，像是一个罗汉慈祥笑容的菩萨，这样一张和善相的菩萨笑脸，无论如何不会与一个黑道上的人物联系起来。所以在一年前，柳宏春看到他菩萨相的笑脸，才答应他的女儿留下来。

"龙老板，我看……这事，这么得了，你先放人吧，欠债多少可以谈的，可以还的。"柳宏春依然很镇定，与他探讨欠债的事。

"你先说说，五百万卢布的债，怎么还吧？"老板很狡猾，不会轻易上他的当，可以到手的债，怎么可以还多少，谈多少呢？

柳宏春刚才已经找准了老板致命要点，他一下子觉得来了精神，来了胆量。但是表面上，仍旧客客气气地说："龙老板呀，不对吧！算一算，哪有五百万卢布的账呀？"

"对不对，有账可查！有账可查！"老板很狡猾地笑了笑。

"龙老板呀。薛开甫死了，死无对证，这账……怎么查呢？"柳宏春站起来，笑了笑反问他。

"这账……这账，就是不用查，就是五百万卢布的账！我没有逼你来还，都是她爸爸欠的债，要你……要你急什么！吵什么呢！"老板依然笑了笑，语气上加重加急了说。

"龙老板，你我都是中国人，"柳宏春也加重语气，严肃地说："我们都不会忘记吧，什么是积德，什么是行善，说得对吗？一年前，你来学院恳求我，我就是看上你，一张菩萨般的和善笑脸，你这张和善的笑脸，是你上辈子，积的无量功德，我才自作主张，答应了你的要求，把你十五岁的女儿，留在音乐学院读书。那个时候我还在想，真的为你家的女儿高兴，因为你女儿，有这么一个菩萨般和善的……好爸爸。"柳宏春有意在夸他，还有点逗他，看他的反应。

"别，别，别扯远了！说吧，这账怎么算，怎么还吧？！"此时此刻，老板凶相毕露，还恶狠狠地说着。毕竟，人家是靠不择手段过日子的，那么几句花言巧语的，他会信吗，他不是三岁小孩，那么容易被骗上当吗？

柳宏春又坐下来，想了想，要跟眼前黑道头目较量，要有胆量，要有智慧，必须以柔克刚，才能取赢。不能激怒他，因为有两条人命在他手里，一个被绑架的薛琪，一个在医院抢救的薛元。想一会儿，还是用温和口气，来面对他的霸道，残暴，和血淋淋隐藏的人格。

"龙老板，别急……别急……听我说。薛开甫，这么多年来，一直是你宾馆的长期老客户之一，对不对！也是这家舞吧里的长期老客户之一，是不是！薛开甫，一年之中，算他有六个月时间，在俄罗斯住着玩着，每个月来游玩舞吧三十天，每天每夜消费伏特加酒三分之一瓶，再每次带上两个俄罗斯美女进入包厢。那么，他带美女进入包厢的次数，刚好和进入你的宾馆开房次数，都不会超过二百次？你说对不对？还有……"柳宏春不是跟他玩数字游戏，而是真实的，就是这样的大概数据，这些数字只多不会少的。

"你的……数据……从，哪里来的……？"老板有些不明白，马上打断柳宏春的下文，反问道。

"龙老板，忘了啦？我曾经在'俄罗斯夜舞吧'里，监控兼音控室打工快半年时间，所有人员进出，都在我的监控范围之内。"柳宏春说得很得意，笑了笑，看着他的反应。

龙老板，原本以为薛开甫死了，欠他的消费娱乐债，已经是死无对证了，要说多少，就算多少，干脆说它五百万卢布吧，再说宾馆舞吧生意都做得不是很好，想在薛开甫死人身上，敲竹杠，发一笔横财的念头，由此而生。可是，真的想不到，碰上柳宏春这个程咬金，柳宏春还知道，这里的内幕与底线，况且自己的女儿，在音乐学院里读书，还受他的控制，这桩买卖做不成了。老板想了想，又带上笑容，叹了一口气，想加快促成谈和算了。

"好吧，好吧，那就按……你的……这个，数据还吧！"

"龙老板，我刚才说的，这个数据和时间，那是在一年前，和两年之前，和三年之前的事。今年上半年，薛开甫在莫斯科，只待了一个月的时间呀，第二个月回国后，病了，再没踏上莫斯科的半步。你不能算他全年或者半年在莫斯科的呀，你说对不对！"柳宏春对于数据的来历，要进一步说透它，说明白，不留它的尾巴。

"好吧，好吧，就按你……说的……数据，还吧？"老板再次叹了一口气。事实上，他已经无可奈何，应对柳宏春了。

"龙老板，现在，真的，还不能还这笔债！"柳宏春的话音，刚刚落下，就听到他在拍桌子了。

"你……你！想怎样？你……真的想，通吃黑白两道吗？！"老板开始忍不住，露出凶相，气急败坏地威胁说道。同时，摁下桌边上的暗铃，马上开门进来，守在门外的两个年轻黑人，快速掏枪，对准了柳宏春。

# 第三十一章　教授软禁

　　薛开甫的外贸公司，终于可以搬迁到经济技术开发区去了。路莉萍在五天前，选一个好日子，即农历春节过后，新年是一月八日，就是今天，这个日子里，举行一场，公司搬迁与落成典礼。经过漫长的复杂程序，乔迁的落成典礼，终于圆满地结束。公司员工们，马上清理，地上散落的烟花碎纸，旗杆上的三角彩旗，空中摇晃的大红气球，以及办公大楼墙面上，挂着许多条，祝贺词的巨幅大红标语。员工们想把更多的时间，全身心投入到生产工作中去。

　　外贸公司在市区中心，已经生产经营三十多年的老企业公司，现在能一下子搬迁到，经济技术开发区，应该说是一件大喜事吧！可是路莉萍，却高兴不起来，为什么呢？要知道，早在五六年前，或是更早一些年之前，同样在市区中心的一些老企业公司，他们早已搬迁到经济技术开发区。而薛开甫的外贸公司，为什么会留到今天，才可以搬家的呢？是当年，外贸公司缺少资金？不是吧！是薛开甫与企业局的主管部门，主管领导王尼西，之间的个人恩怨，一直没有处理好关系，一直僵在那里。这一僵局，不要紧，可是，把公司宏伟蓝图的发展，会推迟，推迟五至六年，甚至更长的时间。今天喜庆之日，暂时不去说它吧。看看典礼程序的节目单上，那些被邀请过的嘉宾：有政界，有商界，有社会的名流，还有离不开文化娱乐圈里的二三线明星歌手，当然还有年轻漂亮的美女姑娘们，凑热闹，参与助阵。按节目单上，有领导讲话、祝贺、剪彩等一项项环节结束后，接下来带着这些嘉宾们，去五星级酒店完成第二项，酒席上的干杯；干完杯后，进入第三项，是歌舞厅包厢里的点歌唱歌；唱完歌后，再进入第四项，已经成为当地一种风气，一种常态。要不是这么做呢，恐怕得不到相关部门的大力支持，企业公司，可能会拓展不了空间，上不了台阶。在这样的喜庆场面，企业公司多少总要表示一下吧！吃亏就吃亏，在十几年前，或者更早一些年前，人家的企业公司，每逢过年过节，送上千元的，送上万元的，给这边的领导，再给那边的领导。只有薛开甫的外贸公司，铁公鸡似的，一毛不拔。尤其是主管局的上头领导人物，即主管王尼西，是爱好比较广泛的人，薛开甫偏偏不送钱，不送礼，不送美女姑娘，还在一次评审名牌企业的饭局上，抢了主管领导，刚刚看上的美女易姑娘，还让主管领导大失面子，主管领导在饭局上，大发雷霆，将以前的薛开甫一毛不拔的老账，和薛开甫抢美女的新账，还将祖辈上代结冤欠下的"圆木棺材沙木底"两口棺材的银子钱，一块儿清算，就在饭局的酒席上，当场取消，薛开甫外贸公司，名牌企业的评审资格，并让薛开甫的外贸公司，永远留在老市区内。留在老市区内，公司不能扩展，不能增加设备，产量一直停留在五六年以前的水平。一句话，让薛开甫的外贸公司没有发展前途，只有萎缩在那儿。还好，还好，及时迎来一位新的领导，替代了主管领导的职务，才有乔迁公司的大好前景。这里面要感谢的有，丁乙琴总经理，给市纪委一份举报信，举报王尼西的不作为，乱作为，还有老言道教授，冒着生命的危险，一次次勇敢智取，王尼西的种种罪证。可惜，可恨，老教授却遭受绑匪的一次次伤害。现在，老教授还躺在医院的病房里。典礼落成结束后，路莉萍与各位嘉宾打了招呼，将后续的典礼活动程序，让已经恢复原职的，市企业家协会理事长，又兼薛开甫外贸公司职业经理人，丁乙琴总经理去全权操办，她自己马上驾车，去医院，看望重伤的老教授。

老教授是当地新闻界名人，他的名字、照片、身影正常出现在当地的新闻媒体上，视频上。自从一次偶然的机会，他参加了薛开甫外贸公司与银行贷款纠纷的一次调解会后，发觉薛开甫的公司，老是被外部的某种力量控制着，公司来自外部环境的长期打压，大于内部经营管理的不善。从此，他把这件事，挂在心上。经过探究跟踪，很快找到了突破口，就是他曾经的学生，叫马文之。马文之，放弃做记者的身份，改行，并半路接手，一家亏损的企业，成功当上了老板，并与薛开甫的外贸公司，是企业合作关系。外贸公司是甲方，马文之公司是乙方；甲方发货，给乙方；乙方付货款，给甲方。应该是货款两清。可是，乙方，每次将应付货款，少付，拖着不付，造成甲方未收应收货款越积越多，甲方的资金，被乙方牢牢控制着。一天午后，老教授找到马文之公司办公室，已经过了"保质期"的师生二人，经过简短的寒暄几句后，追问马文之："薛开甫的外贸公司应收货款，你公司，为什么拖欠人家，那么久，居然还有一年半的应付货款，未付，你为什么要这样做？"老教授质问。

"老师，这件事，最好老师……别……"马文之低头，不说了。

"你，是不是，等着人家，上门……来打官司是吗？"老教授又严肃地追问。

"他们打赢了官司，也拿不到钱的！老师……这件事，您最好不要去……管了……"这时候，马文之笑笑，很得意地劝说老教授。

"要我不去管，你们……心安理得地，是用不择的手段，用黑道的办法，去解决的吗？"老教授开始恼火了，又继续追问。

"老师……别！"马文之看了老师严峻的脸色，有点怕，看了一会儿后，低头不说。

"如果，你马文之，"老教授愤怒地说，"惯用违法手段，从中作梗的。那么，我就用新闻媒体的力量，把你马文之的应付货款，真实事件，揭露出来。不管你马文之，有没有后台背景的支撑，不管你马文之是有意的，还是无意的，或是被逼的，你想好了，你马文之，首先逃避不了，法律的制裁！"老教授想着的，先给他，深刻地再上一堂课。

马文之苦笑着，深深知道，老教授是新闻媒体界的权威人物，大公无私，为人正直，光明磊落，一旦被他抓住小辫子，倘若不改，他决不放手的。在应付货款的事件上，有意少付，扣押之事，确实做得有点过分，心里有点害怕，害怕引火烧身，自己确实，也是被逼无奈之举，只好讲了实话。

"老师，别……别，别发火。事情……还是，从那天，评审名牌企业的饭局上讲起，薛开甫抢走了，王局刚看上的美女易姑娘，饭局上一下子变成了僵局。尴尬又失面子的王局，很恼火，立刻取消薛开甫的名牌企业评审资格。饭局上，我们一直还在猜想着，等待着，薛开甫前来赔礼道歉一声，或者请王局一次饭局，或者送一些礼物，或者再带上，外贸公司里的几个年轻靓丽美女员工，说是一种补偿，说是一种赔礼，就像没事发生那样的，名牌企业的资格，还是属于薛开甫外贸公司的。可是薛开甫一直没有出现，没有那样……"马文之的话，还没有说完话，却被老教授打断。

"我们党，培养了你们这一群……这一群，唉……"老教授停顿一下后，更加严厉地说，"唉！人家没有那样做，你们就这样，串通一气，来修理人家，来整垮人家，一个外贸公司，是这样的吗？很明显呀……一个是公务员职务犯罪，一个是触犯公司法经济犯罪。马文之啊！你本来可以，干干净净，清清白白，去做人的，去赚钱的，何必与某些领导一起，加入他们犯罪的队伍里呢？请记住，马文之！我在新闻系教过学生中的学生，包括你马文之在内，他们毕业以后，以及参加社会工作以后，他们都一直保持零的犯罪率。你马文之，要打破这个零的纪录吗？我今天来的目的，不是奉劝你，而是警告你，一旦你……马文之，触犯了法律，我老言道，不但不会来辩护减轻你的罪状，反而会寻找适合你犯下的法律种种条款，追加你的罪状，让你的子孙，让你的后代，让你……让你，我不要这条老命，也要把你马文之，永远……钉在历史的……十字架上！你信不信呀……"愤怒的老教授，一口气说了一大段，敲警钟的话。

"我……我，会改过自新的，我……我，会改过自新的，我，我会改过自新的……"马文之，一下子吓出了许多汗，连忙打断老教授的话，一手连忙去擦额头上的汗水……

老教授拿到了王尼西主管领导，不作为，乱作为的线索，像追踪报道那样，去寻找主管领导的职权管辖范围。结果，摸清了主管领导的管辖范围：从市区里的企业公司，一直延伸到乡镇一级，再到村一级企业；其中有不发达企业，停滞不前企业，将要歇业企业，快要倒闭企业，以及随时准备股票上市企业，和已经挂牌的股票上市企业等等。经过探究摸清分析得出，发现这些企业公司，都离不开主管领导的一手促成：要你企业倒闭，你就得倒闭，要想企业股票上市，你就得听他摆布企业股票上市。于是，老教授写了一篇，关于《企业带病上市，陷阱谁在下挖》的文章，当天发表在新闻媒体上。当天没有引起当地社会的反应。但是这篇文章，很快被转载在当地的网络上，有更多的点赞和评论。此时，当地社会仍旧没有反应。接下来的有十天时间里，老教授再也没有在新闻媒体上露面，当地社会有些反应了，开始翻遍天似的，要寻找老教授的踪影。可是，老教授已经被带到，某岛屿海景的别墅房里，正在"度假"呢。

海景别墅房的客厅里，装饰布置得极其豪贵堂皇，很有气派。厚厚的窗帘，隔住窗外刺眼的阳光，坐在高档真皮的沙发上，看着对面一个个高大红木的橱窗，橱窗紧紧贴着墙面，并肩站立着，橱窗里面陈列着的，瓷器、玉器、玩石，以及文物级别的古代青铜器等等。闭上眼睛，吸上一阵吹来的海味空气，实在让人陶醉，让人联想，联想海的伟大，海的宽广，海的深幽，海的汹涌。可是很遗憾，老教授在进入海景别墅房的客厅坐落在高档真皮的沙发上之前，一直没有被允许把蒙着的眼罩取下来，看一看别墅外面的风景、岛屿海滩上的风光，以及大海里的风度。

有三个人站立着，看护着老教授的一举一动。老教授坐在沙发上，不抗议，不去触犯他们立下的各种规矩。他们还将老教授随身带来的手机、身份证、采访证、护照、照相机和背包拿走，说是让他们暂时保管保管的，老教授却说，无所谓的，无所谓的。

此时此刻，老教授好有一副临危不惧的气质和胆量，又好像身处大学讲台上授课的那样，从沙发上起身，慢慢来回踱着步，一边跟年轻人开始授课了。

"今天，"老教授说，"我们千辛万苦一起来到这里，就是要弄清楚，我刚刚写的那篇，关于《企业带病上市，陷阱谁在下挖》的文章，对不对！为什么要写这篇文章，为谁而写，文章发表后，起到什么作用？哪些人，是文章里被提到过的，被警告过的，或者被批判过的？哪些人，怕看到这篇文章和这篇文章的发表？哪些人，要写这篇文章，站出来，说说清楚？今天，我被你们带到这里来了，说说清楚那篇文章！其实，文章里面很简单在说，不是贪腐问题，也不是腐败问题，因为没有任何证据，证明上面的两个问题。但是有一个问题，很明显，很特别，那就是：权力！权力，对于权力一说，我要先分析下，一个个的人物。从古到今，中国历史上的皇家，发生过，好几起，特大的软禁事件案呢，你们想不想……知道的呀？反正你们也记不住朝代年号，干脆不说朝代，不说年号，直接说古代吧。古代的皇帝，被不孝的皇太子，软禁过，后来皇太子又被皇帝老子，软禁过；皇后，被后来居上的皇贵妃，软禁过；那么皇贵妃，同样又被善良的皇后，软禁过。他们软禁过来呀，又软禁过去呀，都是他们皇家宫殿上一家子的事，他们的目的只有一个呀，你们都想……知道吗？就是：权力！对的！就是皇家的权力，就是皇帝老子的权力，你不听我的话，你想超越我的话，甚至要替换我的话，我必须出手，我必须将你软禁起来，目的打压你的野心，管制你的权力，削弱你的势力范围，让你今生永不翻身。再讲讲，你们都知道的，近代的，那个慈禧太后。对！你们知道的就是老佛爷，这个老佛爷，软禁过她胞妹的儿子，叫光绪皇帝。对了，你们一定还知道蒋介石这个人吧，就是这个老蒋的人呀，软禁过他的得力将士，叫张学良，软禁漫长的日子呢！他们的软禁，依旧是一个目的，就是：权力！对的！权力有什么用呢？权力，就是控制一切！有时候权力，就是要你的命，你们相信吗？再讲讲，今天，已经很少有人用软禁了。因为软禁，太文雅了，不够刺激呀，笨人，才会去用软禁的。最后，往往被聪明的一些人，直接用绑架的方法，去替换掉软禁的。为什么？因为绑架来得刺激呀，绑架的钱呀，来得大，来得快，也来得爽呀。你们为什么不去用一用呢？不去试一试呢？"

三个年轻人，脸上毫无表情，却认真地听着，盯着。老教授又踱步回来，在一长排的红木橱窗前，看了里面陈列的东西，然后又慢慢地踱步过去，在茶几上，拿来瓶装矿泉水，拧开喝了一口，继续说下去："我写那篇文章呀，目的就是要软禁那个人的权力范围。可是想不到呀，那个人的权力很大，很大呀，反过来将我，软禁起来。现在的我，在此地，在此时，不是被你们软禁起来的吗？哈哈，哈哈！软禁的目的，怕我继续写文章，怕我继续说真话，怕我去揭露那个要软禁我的人。让人猜一猜，要软禁我的那个人，一定不是皇帝老子，也不是皇太子，更不是皇后的，皇贵妃的，因为他们已经死了多少个朝代了。那是什么人呢，非要软禁我不可呢？！"老教授又拿来矿泉水瓶，喝了一大口。

三个年轻人当中，正面人物的小个子，实在憋不住，说话了。

"人家，哪儿来软禁你啊？只是让你来这里休息，休息，度假休息一下，仅此而已！"小个子说的话，算得上，比较文明一类人物。

"谢谢你们了，安排这么好的度假胜地。那么听听我，继续分析下去好吗？要软禁我的那个人，一定不是圣人？不是菩萨？也不可能是圣人是菩萨！圣人和菩萨，都有慧眼，不会将一个为人正直，光明磊落的人，请到这里来休息，休息？来度假，度假？要不……是，一个疯疯癫癫的老和尚，或是一个疯子，那个疯子，才让你们对我，如此的，善哉！善哉！"老教授开始逗玩他们了。

　　"你讽刺人家，人家大小，还是一个官呢？"小个子，又实在憋不住了，又不想跟老教授，逗玩。

　　"那个人，官不大，是个小小的官而已。那个人，还不太懂，你们黑道上的……规矩呢？"老教授讥笑，还想与他们逗玩下去。

　　"扯远了吧，人家，黑白两道通吃呢！"小个子马上反驳说。

　　"拜托！拜托！请转告一下，我出去后，一定的，好好的，去拜他为师，好吗……"老教授继续讽刺与讥笑，说道。

　　"还拜他为师呢，你要人家的命，又要抢人家的权，人家还能放你出去吗？"小个子终于说漏了嘴，露出实话。

　　"知道，知道……那个人，要软禁我……今天，不去管那个人，明天别人也会去管的，全社会有良知的人，都要去管的。你们想一想，你们说一说，像现在管我那样，你们管得过来吗？"老教授上火了，说完，还哈哈大笑起来。

　　老教授越说越激动，越说越来劲，越说越离题。竟然忘记了，答应过小姨子唐舞的话："姐夫，危难关头，智取罪证，不要以牺牲的代价去查找罪证。"说这些话，是在他家里说的，要他保护好自身安全，智取罪证的方法，有很多种，小姨子还列举了，她自身经历的，两个所谓例子。比如说，一次舞蹈团对外要联系业务，联系业务中必定有男有女，个别男人的，会有点好色的，或者看到漂亮女人，马上会露出一副眯眯的脸孔，在寒暄时或者相互热情握手拥抱时，总想占点便宜，顺便摸一把，她的丰满圆润屁股，她总不至于，给他一个巴掌吧。接下来，她会面带笑容的，很认真地签下合同所有条款，给他一个错觉，再接下来，不会出现，在他的眼前，该一项业务，由她手下人，叮咛一番，去操办。还有一次，舞蹈团去海外联系业务，必须有一个什么通行证，这个通行证，要说完全符合通行证的条件，倒是不具备，需加点油，说要达到符合条件，部分达到符合条件了，在可上，也可下的边缘上，必须还要把关的领导头儿，点头首肯，才能可上。而那个把关领导头儿的性格，很少有人知道，或者，没人摸透过他。他既不吃，钱财物，一套老路子，怕吃了，先"双规"后"双开"；又不想去吃，送他一个年轻美女的新路子，怕吃了，留下"后遗症"。她摸清摸准，他的底线，全身武装好，包括手提包，性感内衣外套，去赴他的办公室，晤面。他的办公室里面，从接待室，到办公桌之间，大约十几米长的深度，好像套房似的一间间。她人一到此处，他要她，将手机、手提包，放在接待室的茶几上，跟着他，走向办公桌后面的资料室，说让她看一看，在一张申请表格的清单上，有多少家的申请单位，老老实实排队要得到，那张通行证。他问她，今天带来了什么，她笑笑说，什么都没有带，就是赤裸裸的一个人。他笑笑说，他就喜欢爽快的人，喜欢赤裸裸的一个人。他让她，看了资料后，她觉得压力很大，人家比她更符合条件的还在排队，现在她要一下子，插进排队的前面去，确实有点难度。她问他，要什么样的喜欢法，他说她，应该知道的。她意会，笑笑说，知道的。于是，她将高高的胸部，主动靠近他的胸，脸贴近他耳边说，抱歉，今天不行！他双手从她丰满的胸部，滑到无骨的细腰，再抚摸到圆圆的屁股，发觉屁股上，有东西垫着，他明白了，她正处在生理期。他放下手说，没关系的，没关系的，下次吧？她故意笑了笑，含羞不语。他将她的申请报告下方处，很快签下"同意"和他的名字。他是一个老色狼，防着她，而她包里的录音笔，针孔摄像头，根本用不上。好在，这个老色狼，再聪明，再狡猾，还是斗不过狐狸精的，反被狐狸精撒谎了一把。原来狐狸精屁股上，垫着的东西是假的。最后，狐狸精的小姨子，在姐夫，老教授的面前，一再提醒他，保存实力，智取机会多得是！现在，老教授把狐狸精的话，当成耳边风了……

"所以说嘛，"老教授严肃地继续说，"那个人，付给你们三个人的钱，是不干净的钱，是赃款。那个人，把赃款，转移到你们三个人身上，你们的麻烦就大了。为什么，非要这样说呢？因为……你们三个人，把那个人转移过来的赃款钱，花了，都消费了。这些钱，原本是国家的钱，集体的钱，企业的钱，归根结底，是老百姓的钱，也是那个人罪证的钱，被你们三个人都消费掉了，罪证，等于被你们三个人毁掉了。你们三个人，不但要吐出来已被花掉的钱，而且还要罪加一等的……"老教授在冒险地赌一把，看谁赢，谁输呢？

这时候，高个子的年轻人，开始露出凶相来，他一言未发，快速地走到老教授的面前，还未等到老教授的话说完，他伸出一手，握紧拳头，重重一拳打在老教授的胸口上，老教授不防，应声本能的反应，一手捂住胸口，身体像虾米似的蜷着，重重地倒在沙发上。老教授继续捂着疼痛的胸口，一时三刻，还糊里糊涂地想着呢：刚才这一节课，是有生以来最大的失败，最大的不成功。好好在分析一个个人物当中，有从古代的，到近代的，有从菩萨的，到和尚的，再到官员的，为什么，突然之间偏题了呢？怪不得呀，三个学生都不爱听了。学生们起哄了，学生打老师了；太可悲了！太可笑了！太可怜了！太丢人了！又太可耻了……

# 第三十二章　再次营救

莫斯科城外，某个小镇上的一处地方，是黑道人物的龙豆豆，别墅的家，家里的浴室间，有一个巨大的浴缸，浴缸是用西班牙大理石砌建而成，浴缸很漂亮，足够容纳五六个人，同时洗浴。两个东亚妖艳的女子，正在调试，浴缸水的温度，然后将一旁冻得瑟瑟发抖的薛琪，搀扶着她，进入浴缸。看着她，身子慢慢地躺下去，浴缸的水慢慢地，漫过她的全身，她的身体，一下子多了热度的知觉。过了一会儿，将头全部浸泡在浴缸里，一会儿，她又探出头来，呼吸一下，又浸泡下去。两个妖艳女子，看了她一会儿后，退出浴室间。她再次探出头来，脸上有了些红光，身上的寒意慢慢消尽。这时候，她慢慢想起一些事情，开始哭泣起来。一哭她自己：大学还未毕业，刚刚踏上社会，还踏在俄罗斯国土上，就遭遇上像电视剧里和小说里一样，生死离别的一幕，这一幕，为什么不发生在中国的大地上呢？这样就有妈妈，老教授，丁总他们来营救。是不是自己命运不好？自己还没有谈过男朋友，还没有想过要结婚，就这样草草地走完一生吗？二哭弟弟薛元：打架受伤的弟弟，他是无辜的，是爸爸埋下孽债害的，要我们姐弟俩，来莫斯科还这个孽债。弟弟十八岁，高大健壮一米八八个头，他还是个孩子呢，就这样倒在酒吧台上，满头满脸都是血。那个恨之入骨的小日本二郎，也被弟弟打趴下在地，该死！现在，不知弟弟是否抢救过来？不知生命是否危险？那个卖唱女，叫易格格，是否还在暗中保护弟弟？是否将这里发生的事情，告诉过妈妈，好让妈妈和老教授他们，快点过来，救走弟弟，来营救她？三哭爸爸：留下众多的孽债，他死后，可他一直还在折腾我们。小时候，从妈妈口中得知，爸爸在外面，有很多的女人，她不信。那年，她读初中，星期天，妈妈一大早，出去到寺院烧香拜菩萨，爸爸偷偷地溜进家来，在妈妈房间寻找什么东西，寻找一会儿，他去卫生间。这时放在房里的手机，是短信发进来的声响。她在三楼房间做作业，从听到汽车声音进院子里，看到他进二楼房间，她下楼，在二楼另外一个房间，躲藏起来，当听到手机有短信的声响，又听到卫生间放水的声响，估计他还在卫生间，她马上走到妈妈房里，打开手机看，大意说，约会时间和地点，但是用词很肉麻，最后还加上了一句说：下身洗干净，等着你上！她拿着手机，痛恨地等着他，回房间来。他一到房间里，她立马上前，抓住他的手，含着泪狠狠地咬了一口，然后趴在床边，痛哭出来，他看着手上的血齿印，一时不解，且慌张起来，连忙拿到手机打开看，他后悔了，他向女儿保证说，以后决不再犯，并要她保密此事。他口头的承诺，谁能相信他，他在别的女人身上，已经把两个弟弟，都繁衍出来，因此，他在家里，一直没有地位，谁也不理他，他也不想再回家。她对父亲，这个伟大的名字，更没有亲情，多的只是怨恨。她再哭柳宏春：为了营救她，他单枪匹马，来营救她，他也会遇到危险与不测。如果遇到不测，怎能对得起柳家的人呢？虽然他收受过，妈妈的三千美元的小费，但是他用不着拿他的性命去回报呀，他真的有点傻呀！可他也是一个可信任的人呀！一会儿她又想到他目前的安危与处境，难免让她心里有点紧张焦急，也有点激动，她把自己又一次浸泡在巨大浴缸里，然后迅速起身……

柳宏春与龙老板，依然在针锋相对地谈判。一个要带人质，赶快离开冰冷恐怖的小镇，一个要趁机提出巨额赎金，各不相让。这时候从门外进来，两个漂亮的西域年轻姑娘。没有时间，让柳宏春去多想一想。他一个箭步奔上去，挡在老板要离开的门口，并忍住怒气，且开笑脸，温和地说："龙老板呀，龙老板，你也知道，我的专业，是搞音乐的，对音乐，很感兴趣的！"说毕，柳宏春干脆，将整个身体靠在门上，脸上依然挂着笑容。

"年轻人嘛，酱油、米醋、女人……都要沾沾的……"老板突然停下脚步来，也笑了笑说。

"龙老板，我确实比较喜欢酱油，米醋和音乐……"柳宏春依然笑了笑，回答道。

老板设计的这盘棋子，想与柳宏春一起做局，把薛开甫欠五百万卢布的债，敲定下来，将五百万卢布的钱，拆开来分成，二八或者三七开，老板拿大头，柳宏春拿小头，作为回扣式的小费。可是，柳宏春不吃老板那一套，美人计的棋子走法。老板很尴尬地笑了笑，一挥手，两个西域年轻姑娘，拾起纱巾，披裹身上，很快离开房间。柳宏春识破老板的计谋后，想换另一个角度，争取主动回击，故意恳求着说："龙老板……啊！打架的事，就发生在老板，你的地盘上啊，求你龙老板……不帮着，处理此事，谁能来……处理此事呢？"柳宏春说着，在老板面前，用手做了一个"请回去坐"的手势。

"舞吧打架，不归我管，或伤或死，与我……无关……"老板也很客气，边说边走回来，坐在椅子上。

"龙老板呀！在你的地盘上，发生的事……你不会，见死不救的吧！这也不是你的……性格，和办事的……风格吧？"柳宏春边说，也走回来坐下，依然挂着笑容，继续恳求。

"好吧！为了我的女儿，在你音乐学院读书，就这件事情上，我求过你，你向我行了善。今天，你为了打架的事情上，你来求我，好吧！好吧！我也向你行了善，我们之间的……人情债，扯平了……扯平了。"老板想了想，说完，脸上马上露出，菩萨般的慈祥笑容。

"谢谢，谢谢！龙老板！我们都是中国人，不管怎样说，在外的中国人，最讲究的，也就是一个……江湖义气！"柳宏春说完，有几分的激动，还特意地多看老板几眼。

"哈哈，哈哈，彼此彼此吧！"老板笑笑说。

这时候，推门进来的是薛琪。薛琪经过热浴后，红光焕发，脸色更加亮丽，穿上原来的衣服，并带上柳宏春的外衣。她看见柳宏春，分外亲切。因为远离了祖国，被绑架在一个陌生郊外地方，举目无亲，只有眼前的柳宏春，不是亲人，谁是亲人呢？就扑向柳宏春身上。柳宏春穿上外衣，并从外衣袋里拿出一万美元，递给龙老板。老板真的是开眼，满脸笑容，在桌边按下了暗铃。随即有两个年轻黑人进来，给柳宏春与薛琪各个蒙上眼罩，并引他俩上车按原路返回。

返回原路的车子上，随着车子的摇晃，薛琪只好紧紧靠着柳宏春的胸前，他也同样，紧紧搂着她的腰，坐在车子的后排座位上。薛琪的双手，还紧握着柳宏春粗壮的手，轻轻地问他。

"一万美元的钱，从哪里来的？"薛琪有点不明白，他有那么多的钱，会带在身边。

"这钱，是你妈妈，几天前，汇款过来的。"

"一万美元的钱，给谁呀？"

"是给，易姑娘的。"

"给……给她干吗？"

"你妈妈，给她，补缴学费和回国的路费呀。"

"易姑娘，是妈妈的情敌呀，妈妈这样做法，太伟大了，太善良了，真的有点不可思议呀。"薛琪说毕，笑了笑，在夸自己的母亲。

"不可思议的事情，在四年前，也发生过一次。你妈妈，为了要找到，你爸爸婚外情的证据，特地追赶到俄罗斯来，要我帮她，寻找你爸爸婚外情的证据，同样，给我三千美元的小费，这笔美钞兑换卢布后，成了一笔巨额的小费，让我顺利读完三年的博士学位，并申请到，音乐学院助教的岗位。接下来还认得，你爸爸和易姑娘。你爸爸带着易姑娘来求我，要帮助易姑娘在音乐学院进修。要是当年，没有你妈妈帮助我，说不定，我还在打工，还在读博。不可能碰上，你的爸爸和易姑娘。当然，更不可能碰上，今天的你。是啊，这一切都是有缘分的，佛教上说的是佛缘；我们都在异国他乡相识，这应该叫作地缘；我们又在生死关头结识，应该叫作结缘吧！"柳宏春调整一下姿势，让她靠在他身上，舒服点。

"另一个叫法，是不是，叫天意……"薛琪很含蓄地问。

"对的！这就叫作天意吧！"柳宏春马上答道。

天意。她被年轻黑人，捆绑在漆黑的，冰冷的房间里，害怕又冷得要死，是他冒险进来营救，是他用双手来回地搓揉按摩，那个这时候的她，双手和双脚，已经失去知觉。他的双手来回碰到她身体的敏感区域，如大腿、如胸部，不觉得是故意。当灯一亮时，他全看见她几乎一丝不挂，羞死人了。虽披着他的外衣，里面却是冻得阵阵发抖，他很镇定，还紧紧地拥抱着她。平生第一次，让一个陌生男青年拥抱，在这样特殊的危难情况下，没有了犹豫，没有了知觉，没有了挣扎的条件，让他紧紧拥抱着吧！想到自己，已经二十四岁了，还没有谈过男朋友，不是不想谈，而是怕谈。读大学三年多时间里，也有不少的男同学，来献殷勤，有事没事似的搭讪，她也是很有礼貌地婉拒他们。特别是高一届，姓汪的一个文科生，他是坚定不移，不厌其烦，天天打扮得很花俏，天天跟她打招呼，天天要约会她，她一次次婉言相劝。最后一次，在餐厅打饭的路上碰到他，他又搭讪，她相劝说："文科汪同学，现在还没有到，谈朋友的时候，请自重吧！"她说完，客气地含笑，扭头就走开。

"理科薛同学，"可他笑笑，面皮厚得很，追上她，倒过来，也是用婉言相劝，说下去，"你别往心里去，别多想，别多心，别单相思了，本尊，只是打打招呼而已。如果，冒犯了理科生的歪理了，文科生是讲真理的，是讲情面的，是否，请理科生喝上一杯热咖啡，暖暖身子，提提精神，意下如何呀？"

听听，他的说法，不是笑话，废话，是什么呢？他的目的就是想搭讪你，套近乎，亲近你！不上他的当。她想到，自己的爸爸，一次次地出轨，弄得一个好端端的家庭，将要被他破碎摔烂。妈妈天天以泪洗面，天天守着家里，天天期待爸爸回心转意，重塑我们三口之家的好梦。可是，老天爷啊，无法挽回。因此说，她在大学里读书，心理压力很大，不敢露富，不敢恋爱。就是爸爸妈妈，开来接她的进口豪华轿车，都远远停在学校的外面，天天过着小心翼翼的日子。她与柳宏春相处不到一个小时里，已经依偎上他，是不是太快了一点……

天意。同样，来自三十岁的柳宏春身上。刚开始，他知道，不敢恋爱，还要装穷。他知道，一旦迈进了俄罗斯的土地上，就不能再伸手向远在中国大地上的穷山沟柳家要钱，就是要死了，也死在俄罗斯的土地上。他的决心，他的毅力，感动了上天，上天派来了她的妈妈路莉萍，她妈妈为了查找她爸爸的婚外情证据，要他协助帮忙，给了他三千美元的小费，兑换成卢布后，是一笔巨款。他没有，也怕敢去露富。他没有，也怕敢在美女如云的音乐学院里，去泡妞，去玩耍或者去恋爱一个两个俄罗斯姑娘，白俄罗斯姑娘，更漂亮靓丽的乌克兰姑娘。他仍旧穿着，从穷山沟老家带过去的衣服。这里要说一下，三年前的事。将近有三个月的时间里，他身后总觉得，有一个白皙皮肤的乌克兰姑娘，在注视着他，他以为自己穿得寒酸相，引来众美女们的不爽，或许在向他提抗议。他在众多的学子中，确实是一个格格不入的怪人，故习以为常，没有必要回头，去善意地微笑说："谢谢！您的赏脸！"或者是严重警告："请你，别来打扰我！"一天，他去学院内的图书馆，馆内里空气沉闷燥热，他在书架上，查找资料，翻阅资料时，额头上已经有汗水冒出来，他一边用手背抹掉汗水，一边拿着数十本书籍，走向阅览长桌子边坐下来，继续翻阅资料。刚好，长桌子边的对面，坐着一位漂亮的乌克兰女同学。乌克兰的女同学，也感觉到有些闷热，马上脱下厚厚的外衣，里面只有一件无袖小背心，那高高丰满的胸部，很撩人，很撩人，那两个胳肢窝下浓密的毛发，裸露体外，又很撩人，很撩人，浓黑的毛发与手臂，肩头上白皙细腻的冷白皮色，形成黑白两大区别。他又一次用手背，抹掉额头上冒出的汗水，没有抬头去看周围人，是否在盯着他。那个乌克兰的女同学，觉得实在看不下去了，轻轻提醒，坐在对面的他，说道："喂喂，你可以不可以脱掉一件外衣呢？"乌克兰女同学，露出最佳状态，最佳表情，最佳笑容，展示给他看。

他才抬起头，尴尬又微笑地看了乌克兰女同学一眼，猛地觉得姑娘与姑娘之间的漂亮程度，好看程度，打动男人的眼球，不是容貌而是全貌。乌克兰女同学，不但生得美，从白肤色，从黑毛发，到特有欧洲人的脸形与身材，而且在气质上修养上，都会让人过目不忘，尤其是那一双深邃碧蓝的眼睛，更让他难以忘怀。但他不能脱呀，脱掉了，里面是老得不能再老，土得不能再土的，而且还破了的，一件红兜兜小衣裳呢。

"你很美！你出奇的美！我不能脱衣，脱了，怕里面的东西，可能会影响你的视觉感观，会破坏你的美好！"他很有礼貌，稍带微笑地回答她。

乌克兰女同学有点不明白，摇摇头，无语。到了图书馆，熄灯关门时，乌克兰女同学提出，要到他的住宿地去走走，他没有反对。他们走了一会儿，来到学院区内的一个足球场。足球场的看台下面，有一个个的小小房间，其实每间小房间，是运动员换衣服用的，或是休息用的，或是摆放运动器材器具用的。因为租金很便宜，他跟着其他同学一道，也租了一个房间。房间有门，无窗，有电灯，无暖气，里面干燥闷热。一旦到秋冬季节，虽无暖气，关上门后，里面还是暖烘烘的，就是夏天里的炎热，让人很难过难熬，不过炎热的日子，没多少天，就有寒冷天气的到来。柳宏春打开门，里面有股难闻气味，冲了出来。直接看到，一张钢丝床，一张写字台，一个小方凳，都是学院的财产，因为上面印有俄文学院名称；墙面上挂着一套，中档价值的衬衫领带和西装，那是他演唱，及论文答辩时备用的；钢丝床下，有一双崭新的皮鞋和两双穿旧的旅游鞋；床头一边地上，有一个打开的拉杆箱，箱体是硬纸板做的，已经破裂，底部的两只万向轮，已经断开，箱体侧面，生产地址，写有印度的文字；拉杆箱的里面，堆满整齐的旧衣服；床上一边堆积，冬夏的被子。房间里确实不通风，很闷热。他脱下外衣，里面是一件红兜兜，破了的小衣裳。乌克兰女同学，也跟着脱下外套，又露出白皙的手臂和手臂下浓密的黑毛，又挺着高高丰满的胸部和颈上颈下一大圈的白花花冷白色的嫩肉。她很不满意地看了房间，和周围的物件一眼后，很快又穿上了外套，很不客气地，责问道："你的家里，不会穷到不能再穷的地步吧？！"乌克兰女同学看到他的寒贫相，落难相，实在承受不了。

"你别小看我，这身行头，寒酸相，恐怕在你的国家里，满街遍地，都是吧！"她一脱与一穿，这一个举动，他马上知道，她嫌弃一个穷字。他的回答，也是很精彩的。

乌克兰女同学听后，头也不回，转身出去。其实，说穿了，衣服的好与坏，新与旧，土与不土，都是遮丑用的，她看不上，他的寒酸相，可以离开，可以躲开，从此一个暗恋他的乌克兰女同学，就这样断了她自己的单相思念头。很可惜呀，乌克兰女同学，她就是大大傻瓜的一个人。衣服穿得好坏，不是最重要的，最重要的是人品，是学业和专长。再看看那一些，俄罗斯的老教授们，他们穿的衣服，就是跟菜市场里，去买菜的大爷大妈们差不多，走在大街上，哪一个是教授，哪一个不是，能分得出来吗？突然，他想到，范仲淹，老先生幼年时，随母改嫁到朱家，到了少年时，才知道自己姓范，不姓朱，于是他背上书箱，决定要离开，富有的朱家。在赶考的日子里，昼夜苦读，有时用一瓢冰冷的井水，来提神，有时用一碗薄薄的稀粥，分两餐，生活十分拮据，十分节俭，最后考中进士，两年后，做官员。柳宏春没有这样的经历过，没有这样的伟大过。但有过，拥有过，三千美元的巨款小费，去勤俭节约，去拒绝恋爱，度过三年，考取博士。要是当年呀，那个傻瓜的乌克兰女同学呀，再纠正一下，她自己的恋爱观，或者再忍受一下，包容一下，他的寒酸相，他的穷人相。恐怕他现在的头嘴，也许不会冒犯地俯冲下去，去吻现在的薛琪姑娘了，早已留给乌克兰的大美女姑娘。事实上，他将舌头，寻找着滑进她的嘴唇里时，他是选对的，他是认真的，他也是负责任的。他对她，这样说了。

车子很快进入颠簸的路段时，突然停了下来。车子上，押车的年轻黑人，自言自语道："哪路来的黑道，竟敢拦老大的车？"边说边下车，与前面拦车的人去交涉。随后，他们达成意见一致，将正在热烈相拥的薛琪与柳宏春，强行拉下车，推上前面拦车的一辆车子，然后车子驶向另外一个方向，奔驰而去。一会儿，车子驶入一间很大的仓库里，他们将他俩推下车，取下眼罩，要他俩老实地待着，并立即抢走柳宏春的手机。柳宏春看到这帮矮小的日本人，就知道，这事与舞吧打架有关。柳宏春提出抗议，斥责日本人。可是这五六个矮小的日本人，不搭理他，只是围着他俩。柳宏春紧紧搂着薛琪，安慰她。

此时，进来一个上年纪的矮小日本人，叫大郎。大郎是服务生二郎的哥哥。大郎号啕大哭，叫喊着："一命要用两命偿还，先让她去死吧，让她死得更惨！"叫喊完后，一挥手，立即五六个矮小的日本人，一拥而上，将薛琪从柳宏春身边强行拉开，柳宏春拦不住这群狼狗般的矮小日本人。顷刻之间，薛琪的衣裳被撕烂，薛琪不断地发出尖叫声和哭声，柳宏春拼命上前去救护她，同样遭受矮小的日本人，一群殴打。就在这个时候，龙豆豆老板，带着一帮，又高又大的俄罗斯人冲进来，将疯狂矮小的日本人，一个个压倒在地。柳宏春看到，老板的出现，知道救兵来了，立马从日本人手上夺回自己的手机，并脱下外衣披在薛琪身上，紧紧搂着惊魂未定的薛琪，恐怕她再次被日本人抢走，一边大声责问龙老板："龙老板！龙老板！怎么回事，你，你说话不算数吗？"柳宏春叫喊道。

"对不起，都是我手下人的错！"老板尴尬地笑一笑，向柳宏春表示歉意。说完，转身将坐在地上，痛哭流涕的大郎，拉了起来，安慰说，"大郎，节哀吧……！节哀吧……！你此时此刻的心情，我能理解，我能理解。节哀吧！"

"是她的弟弟薛元，杀死我的弟弟二郎，我就要拿她的命，去偿还！"大郎痛哭着，赖在地上，不起来。

"你说，你的弟弟二郎的死，是她的弟弟薛元，杀死的，你手上有证据吗？"老板追问。

"有！有的！有的！"大郎大声地说完，站立起来，一挥手，即刻有矮小的日本人，拿来手提电脑并打开，电脑显示屏幕上，马上出现画面：

演唱台旁，酒吧台边，高大的薛元想去拿，矮小的二郎手上的酒瓶，二郎不肯将酒瓶给薛元。另一旁边，有两个姑娘在劝架，一个是薛琪，一个是易姑娘。过了一会儿看到，二郎与薛元都放开了手，突然薛元的手，快速地伸进二郎的裤裆里，看到二郎痛苦的表情，滚下吧台，倒地一动不动。

"你说说，你说说，在证据面前，你，你怎么说？"老板观看后，反问柳宏春。

"龙老板，你相信，这是真实的证据吗？"柳宏春很镇定，反问龙老板。

"这……这，这是监控，唯一的……唯一的，监控资料，真实的证据！"大郎一听，腾地弹跳起来反击柳宏春。

"龙老板，如果，你在真假证据面前，龙老板，你会选择哪一个？站在哪一边？"柳宏春不理睬大郎，继续问龙老板。

"只要你，拿出真实的证据，去说服，作假的证据，当然，我会公正办事！大郎，你说呢，你说是吗？"老板心里清楚，不糊涂，也不选哪一边。如果，拿不出证据，让他们相互残杀吧。

"当然！当然！"大郎，被老板反过来，将了一军，也只好随口接上，又重复说，"当然的！当然的！"

"好！好！我们意见一致了，事情就好办。看你怎样来说服，大郎的证据，是一个作假的呢？"老板说完，哈哈大笑起来。

柳宏春依然搂着薛琪，并向她耳语安慰一下，马上稳步走向电脑屏幕面前，一边操作键盘，一边镇定自如地说道："刚才，视频上有两处，有被人为……删除的痕迹。"柳宏春话音未落，大郎又一次，猛地跳了起来，很快被他手下人拉住。柳宏春毫无畏惧，边操作鼠标，边说，"第一处，你们看读秒数，从 2101 一下子跳到 2105，也就是说，2102，2103，2104 的读秒数，已被人为地删除掉。第二处，在这里，看两人吵架当中，都同时放开紧抓衣服的手，这时候，你们看读秒数是从 2140 一下子跳到 2144，从 2144 读秒数开始，你们看到，薛元的手，伸进了二郎的裤裆里。但是在手伸进裤裆里之前的 2141，2142，2143 读秒数，又被人为地删除掉，少了这三个读秒数，会发生什么事，谁也料想不到的。所以这个证据是假的。"

大郎，突然掏出手枪，瞄准柳宏春。老板一个眼色，俄罗斯人很快领悟，猛地托住大郎的手枪，这一枪，子弹飞向屋顶，落下来的是一小撮白雪和灰尘。同时，其他几个俄罗斯人，迅速地控制了几个疯狂的日本人。

"小日本，侏儒胚，你还要不要，在黑道上混呢？在作假证据面前，你……你，还想抵赖什么？！"老板咬着牙，发火痛骂起来。

"他口说无凭，我心里不服！"大郎，坐在地上，不肯服输，还想掩盖伪证，继续诡辩。

"你，你还有证据吗？让他彻底服输！"老板对大郎，怒火依然未息，但考虑，他们是合作经营多年，为了做到不包庇，哪一方，还是问了柳宏春。

柳宏春没有直接回答老板的话，而是快步走到薛琪身边，从她身上披着的，他自己的外衣袋里，迅速掏出之前拷贝好一个 U 盘，又快速将 U 盘插入电脑，边操纵鼠标，边讲解起来："请注意看，第一处人为删除掉 2102，2103，2104 的三秒钟读数，其真实的三秒钟读数里，你们可以清楚地看到：服务生二郎，先向薛元身上吐了一口水。然后，看到薛元抓住了服务生二郎的衣领，将他提拎到吧台的台面上。也就是说，服务生二郎第一次挑衅在先，惹怒激怒了薛元。第二处，同样少了三秒钟读数，复原后应该是这样：双方点头同意，已经放开相互紧抓衣服的手，突然，二郎用酒瓶，猛击薛元的头，准备第二次再攻击时，被薛元的手托住，薛元的另一手伸进二郎的裤裆里。这时候的读秒数，刚好是2144。也就是说，服务生二郎第二次的挑衅，再次激怒了薛元，薛元用最致命的动作，彻底……要了服务生二郎的……命！"

此时，坐在地上的大郎，还想争辩。他见这一切已经争辩不了，抵赖不了，一下子瘫痪在地上，大哭叫喊着二郎的名字。

# 第三十三章　净化心灵

闹市区一条街面上，有家《素满香》餐馆，进门玄关处，有一个很大的"素"字，意思，此处全是素食。《素满香》素食餐馆，在当地很有名气，很有市场。一到用餐时间，座位餐餐爆满。不管是全食素的，还是半食素的，都喜欢去那里用餐，一是经济实惠便宜；二是吃进去的蔬菜，是绿色，无污染，深受女性素食人士的青睐。此素食餐馆，以自助形式为主，素食有热菜，冷菜，火锅菜几十道，再加上馒头，面条，米饭和五谷杂粮十几种点心，还有煲汤类，饮料类，水果类各种调味品。食客们，任意挑选喜爱吃的各类素食，拼装成一碟盆，再来一小碗小米南瓜粥，在轻声传来，梵音佛曲音乐下，轻声用餐。吃素，既可以推广低碳环保，又可以加强健康养生；梵音，还可以说是一种清洁，净化心灵的药疗。

马文之，自从被老教授一顿最严厉的警告和责骂的语气，谈话之后，他似乎清醒地意识到，经济犯罪的法律概念是什么？多少次想跳出这个概念的圈子，却又被主管领导引入跳进，另外一个设下的圈子里，而不能自拔，每日每夜惶惶然的。昨天下午，他在五星级大酒店二楼的酒吧，与酒肉朋友一起，喝咖啡时听到旁边一桌，一对女士在谈论素食餐馆，生意如何的火爆，他想去领领市面。今天，他不带圈子里的酒肉朋友，独自一个人第一次进入《素满香》的素食餐馆。他不是素食者，却要冒充食素人士或者半素人士。但是素食餐馆并没有明确规定，食荤人士不能进入本素食餐馆消费，相反欢迎更多的食荤人士，加入食素者的队伍中来。他学着旁人，排队付款后，拿小碗盆子筷子，平时想吃，而吃不到的各类素食菜，拼装成满满一碟盆，再盛上一碗，黄黄的小米南瓜粥，一杯绿绿的青瓜汁，挑选坐在餐馆的一个角落里，即单人座的位置上。此位置的顶上，刚好悬挂着一只小巧的音箱，音箱里不断传来，轻轻梵音佛曲，他听着佛曲，心身清静下来，一边用餐，一边好好地想一想，什么叫作经济犯罪，以及犯罪的法律概念是什么？

周末，马文之做东，单独宴请大腹便便的主管王尼西。酒席前，马文之开门见山，对王尼西，说起股票上市的种种为难事。

"王局……呀，这次算了吧，我家企业现状，与股票上市企业的标准和要求，实在差得……太远了，申报难度，一定很大，对你压力一定也是……很大吧，你看……是不是算了吧？"马文之说毕，将一条极品"利群"牌香烟，从手提包里拿出，放到王尼西的前面，随后，又掏出一包"利群"牌香烟，拆开盒子，抽出一支，递给主管领导，又掏出金属防风打火机，并为主管领导点上香烟。

"哪……一家，股票要……上市的企业……"王尼西深深地猛吸了一口烟，马上领悟，并打断马文之的下文，说，"哪一家，不是这样，艰难地走过来的，从无到有，从穷到富，从富到强？！"他边说，烟雾边从他的嘴里吐出来，随后，拿起桌面前的整条香烟，放进他的手提包里，不说拒，也不说谢，已经算是他的客气了。

"我企业的厚薄家底，王局，你也知道的，一没过硬的产品，二没规模的形成，三没雄厚的资金支撑，四没……股票上市的专业人才呀！"马文之，立刻又表明心迹。

"你……你，你前面提到的四个问题当中，你认为，你认为，最棘手的是哪一个呀？"王尼西又吐了一口烟，发出笑声后，反问。

"当然是资金啦！"马文之又提高音量，果断地说。

"你说的是资金吗？恐怕不是吧！恐怕是你的，信心吧？"王尼西笑笑，心里一直在骂他，马文之是一个蠢猪。蠢猪的老婆，好几次开房，送到床上来，要不是她的主动热情，柔软如水般地躺在床上，我大小，也是一个王局，还赖着去管你马文之企业，股票上市不上市呢！

"我……我，我有十个信心，也解决不了资金的呀！"马文之立刻再次表明心迹。

"我是高级经济师，副教授的级别，副局长待遇的身份，做了管辖所有企业的王尼西，已经有几十年了。我不是天天用，十个的信心……去，去扶植贫困企业，走向正规企业，直到你们的企业，一个个地……飞黄腾达的吗？"王尼西笑笑，还拍了拍胸脯说着。其实，王尼西在蠢猪的老婆面前，也拍过胸脯说，你马家的企业就是我的企业，我会照顾到底的，只要你服务到家，保我王某满意，马家企业股票上市一句话的事。他已经把蠢猪的老婆，既当成自家的老婆，又当成是舞厅里的小姐了。

"我……不是这个意思，王局……我，不是这个意思，请王局别误会，真的不是……这个意思……"马文之苦笑着，很尴尬，只能是无奈地解释道。

"不是这个意思？不是这个意思，那是一个什么样的意思啊？你马文之啊，你……你，总想……赖掉，送我一套岛屿海景别墅房，是不是呀？"王尼西猛地又吸了一口烟，有点不高兴，吐出一大口烟雾后，又温和地说完，假装哈哈哈大笑起来。

马文之不得不，又立刻去表明，此时的心迹，一怕伤了结拜兄弟的友情，二怕自己的企业，还受王尼西的管辖范围内。因此与王尼西的关系，不能搞太僵。再三权衡利弊后，把老教授训斥的话，早已抛到脑后了。再说，一家企业股票上市，由上级政府部门的审核备案，能不能股票上市，关键不在企业里，没有必要去担心后果，反正王尼西一人顶着，落得顺水推舟算了。马文之想完后，立刻露出笑容，且热情客气，又将自己前面的一包，还未拆开"利群"牌香烟与金属防风打火机，一起推到王尼西的面前说："王局……呀，我公司企业，能否股票上市，与一套别墅房，无关的，无关的！请王局放心好了。我说出的话，我一定会办到！"

王尼西听后，脸上开始逐渐变色，面带笑容了，立即扔了还没有吸完的烟蒂，马上又点上一支，极品的"利群"牌香烟，慢悠悠地吐出了一口烟雾之后，立马又把刚刚那一口，吐出去的烟雾，全部吸了进去，随后很享受的样子，再把那一口的烟雾，全部吐了出来，似乎把刚才那一口，吸进去的烟雾，是让呼吸道里面过过滤，又不想浪费这一口烟雾的香味与烟味，还为包厢里的环境，在做小小的空气净化工作呢。

"好呀！好呀！好呀！我就要听到，你说的这一句话呢！"王尼西此时，暗暗高兴极了。但脸上只露笑容，又慢慢地说道，"告诉你呀，你要解决资金，那是一门财经与融资专业技术上的事。你听了我的讲课，你是要付，学费的呀！这是开玩笑说说而已。你在市中心地段，不是有公司的老厂房吗？就是利用该地段的老厂房，和老厂房底下那块地皮，两者一块儿去抵押贷款，因为地皮处在市中心的黄金地段上，贷款额度，肯定会高一些，这是第一步；第二步，要去经济技术开发区，申请一块，面积大于老厂房的二至三倍，为什么面积要大二至三倍，因为还要继续贷款，根据这个面积，贷款额度，同样会高一些；第三步，将第一步贷款来的钱，再去建造，经济技术开发区的新公司厂房和新办公大厦楼宇，这是必备的外部条件；第四步，同时启动，企业股票上市所有手段，去套取股民手中的钱；第五步，利用股民购买股票的钱，再去引进，几套设备和生产流水线，这是内部必备的条件；第六步，将建设好的新厂房，新大楼，新设备，以及新厂房下面的地皮，一块儿再去抵押贷款，这四个部分合起来，已经是五六个亿的数字，贷款额度，同样会再高一些；第七步，再将第六步贷款来的钱，再回过头来，再去搞那块市中心地段，老厂房的房地产开发。市中心地段，是黄金地段，楼价……楼价，当然要标价高一点。就是这样，先让企业的股票上市，后让企业的房产开发，企业的股票，也会跟着房产一起翻倍上去了，这样的买卖，你为什么不想去做呢？！"

马文之又淡淡地苦笑着，无语，心里开始盘算着：自家企业的总资产，不足五千万元的钱，两次抵押贷款，不是千万数字，是亿元数字。这样来来回回地抵押贷款，在不知不觉中，把一个小企业的资产吹大。而股民在不知道内幕的情况下，就冲着漂亮的企业外壳，成排的工厂车间，和高高矗立的办公大楼，去疯狂抢购，去疯狂炒股，很可怕呀，想想的确是很可怕！企业已经升级为股票上市企业了，为何还要再去搞，房地产开发呢？更加不明白了，不放心，追着问："王局，既然说，一心想着要把股票上市企业的产品，做好，做大，做强，让股民看得着，摸得着，实实在在，去放心炒股，又为何再去开发……房地产呢？为何……"马文之还未说完，看到姑娘们端着菜，进入包厢里来了，他马上打住，没有再问下去。

酒席开始上菜了，只见五个年轻漂亮，桃花色的姑娘们，装扮成餐厅里的服务员，上身穿统一的工作服，只不过工作服太单薄点，隐约可见，里面高高挺起来的两个东西。姑娘们个个微笑着，装嫩，含羞，排队端菜上桌后，大大方方，坐落在王尼西的左右边。王尼西第一次看到，马文之老板，这样安排漂亮姑娘进场，真的是出乎他的意料，看来蠢猪，一点不蠢呀！主管领导，也不避讳了，一手去搂着一个漂亮姑娘。好在漂亮姑娘们，个个都很开放，在穿戴上，只是遮人耳目罢了，实是特需特供，预备而来的。主管领导，接着回答马文之，刚才的那些多余，而且还是废话的问题。

"你真傻呀！真的傻呀！你想一想呀！你马文之企业的产品，年年能升值吗？你的产品，年年能畅销吗？你的产品，年年能红旗不倒吗？真是说出去，成为笑话呢？！"说毕，王尼西将手上的大半支香烟灭了，又去搂着姑娘的腰。

"因此说嘛，房地产……房地产……是，股票上市企业的一个副业。房地产，要做好，要做大，要做强，要让股民们……看得着，摸得着，幢幢……新楼盘，一层一层在升高，增加股民投资的信心。只有这样，才能把主业上的产品，销售，利润，和企业管理等一些不足问题，甚至说是……严重的问题，统统都能转移掉的，淡化掉的。你信不信呀……你不信？你不信……可以网上去搜索一下，制造业，电子业，服装业等，哪家股票上市的企业，没有副业？最多的副业，就是房地产了。可以说，房地产遍地开花，遍地开花的房地产，就是最好的一个例子了，最好的一个……说明了！"

这时，少妇出来，只见少妇饱满胸前的衣服里，湿了一片，依然面带微笑，轻盈盈地朝马文之点了头，离开包厢。

马文之点头回应后，仍旧苦笑着，心想：已经骗了国家的钱，还要再去骗股民的钱。很可怕了，怕是已经踏上了，老教授所说的法律红线上。他再一次地盘算起来：自家企业全部资产五千万元多点，好好打拼，不用贷款，不用去骗人，每年可获纯利润百万元上下，十年下来，企业的资产，已经是一两个亿，三代四代的子孙们，能过上安安稳稳，富裕的日子。如果企业股票上市，五千万元的资产，一下子要滚到几个亿，几年后滚到十几个亿，十年累积下来，将近滚到上百亿，上百亿里面，有百分之九十以上的钱，是国家的，是股民的。万一出了事，或被人揭穿，或被政策限制，这一生呀，不是毁在哪儿的吗？想一想，实在太可怕了。他又追问道："王局，王局有没有……风险啊？"

王尼西，又抽了几张餐巾纸，再次擦了擦脸上的奶汁，然后搂上小艾美女的细腰，一直把她搂到胸前问她。

几个姑娘围上来，摁住他的头，另一个姑娘，夹起一块巨大的肥肉塞进他的嘴巴里。接着就听到，一阵打闹声，笑声，尖叫声，传出包厢外……

三个半小时后，酒席终于散了。他们两男五女七个人，一起涌入二十八楼豪华客房 2808 房间里。五个漂亮姑娘，嘻嘻哈哈，吵吵闹闹，脱去外衣，脱去高跟皮鞋，在王尼西的眼前，似乎一一展示，轮番上前，强行拉着王尼西，要求加入她们玩扑克斗地主游戏。马文之，从包里拿出来六千元钱，放在她们桌面上，她们每人一千元，另一千元，是给主管领导的。

两个月后，马文之将某处岛屿一套独栋装修好的样板房，即岛屿海景别墅房的钥匙，在王尼西的办公室里提前交给了他，王尼西手上拿着钥匙，很惊喜，点点头后，很满意地笑纳了，同时也表态说："好的！好的！你马文之很守信用。这个……薛开甫……这个灰孙子呀，一点也不讲信用，唉……别提他吧！马文之，请你放心，我不会白拿你的钥匙。所有股票上市的前期基础工作，昨天我都已经打好了招呼，会为你开通一路绿灯，到那个时候，你一一设饭局，宴请款待他们。记住，设饭局还不够，要让他们的口袋里面有东西，手上有礼品，房间有美女，这些你懂的。等到那个时候，你只要签上马文之大名，钱都是你的。而我的官呢，唉！还是那个小小的官，我的别墅呢，唉！还是那个小小的别墅！"

"王局，王局，你别悲观，请放心，只要股票上市成功，我再送一套大别墅给……你！"马文之此时此刻，也要表示一下，这样好让王局在后续股票上市工作上，多多倾斜他的企业。

"好说，好说！"王尼西听后，满脸是笑容。过一会儿，他又想到，蠢猪的老婆，躺在床上样子很好看，也很美，今晚去找她。

又过半个月后，一个上午，马文之，为了落实王尼西的意图，他想了好多天后，还没有想出什么礼品好。无意中走进本地一家银行，问问该家银行，最近股票的行情，一问二问，问到近日市面上，黄金的行情，银行人员以为他想购买黄金，拼命地介绍，近期卖得最好的是礼品黄金，又说，要看什么人，买什么样的礼品，有单位买的，那是一定专送关键的人物，有祖辈买的，那是送第三代的，有婆婆买的送媳妇的。近期卖得最抢手的，重量在100克，200克的小金条。这些在100至200克小金条，重量不算多，也不算少了，人家拿了后，不会觉得滚烫火热，去害人家烫手；同样，送出去的人，也不觉得是小气，上不了台面的东西。马文之听了银行人员一番话后，觉得蛮有道理，心里痒痒，反正一直没有想好，礼品到底是买什么，干脆买礼品黄金算了。于是，他计算了一下，咬咬牙，手一挥，买回来了礼品黄金，成色99.99%的，重量100克的，200克的各几十条，叠放在公司老板写字台上。他看着，一只只精致的金条包装盒子，心里觉得不太踏实，送出去太显眼，太露骨，总想要用东西，再将金条盒子包裹起来，包裹起来的材料，一定要土，要毫无价值的，让人看到不起疑心的，让受礼者拿着放心的。刚好，看到写字台上，放着一大堆，当地日报晚报，对了！用报纸，裹盒子，既是老土，又是实惠。于是将晚报整版报纸，一一撕成对折，一半张报纸，去裹一个金条盒子，刚好，快包裹完第十个盒子时，扭头看到，刚刚，被撕下的另半张报纸上，有醒目的文字："……一个只有五千万元资产的企业，在一年内产销利，一下子翻了好几倍……？一个没有具备，股票上市条件的企业，在外界的作用下，创造了两个条件……？……不够资格的一家企业，已经申请企业股票上市，在有关部门的帮助下，将要被顺利通过……"马文之看到，这些文字后，心里马上吃惊，恐惧，紧张。报纸上说的，好像在说他的企业。于是将已经包好的盒子，拆散开来，寻找撕开报纸的另一半，很快找到后，马上拼接起来，很快看到的是晚报的第一版，报头的下方，粗大黑体字，题为《企业带病上市，陷阱谁在下挖》的文章，作者是老言道，有编按，有评论。看着老教授的架势，与老道的笔力：好像马上是一场，要抵制违规企业，以企业股票上市，作借口的融资，或套取银行的资金，为一个突破口，向股票上市公司，股票上市中介，以及当地银行，当地企业管理有关部门，提出意见，引起全社会的警惕和关注。马文之，惶恐地很认真地一遍一遍阅读起来，隐隐约约，觉得文章中有自己的企业影子，还有那家刚刚股票上市的企业。虽然没有直接指名道姓，但是深读下去，就是直指这些企业。马文之的思绪，有点慌乱起来。近十几天来，在王尼西的主导下，开展了一系列企业股票上市的基础工作，钱已经投下了不少。一旦拿到贷款的钱，马上可以破土建新工厂。这件事，为什么这样顺利，能过一关又一关。这就是恰好印证了老教授在文章中一针见血地指出：有关部门，借着"股票上市"通行证，用金钱加美女，买通当地的"股票市场"。马文之越想越慌乱，打开当地新闻网页，看到一篇，寻找失踪的老教授文章。为什么要寻找老教授？老教授为什么会失踪？再看一看，老教授撰写的那篇文章，刊登时间。马文之一下子明白过来，十天前老教授那篇文章的发表，虽没有直接指名道姓说某个人，但是直接打击了王尼西，而且是致命的。马文之马上反应过来，老教授很有可能被绑架，不会在本地市区，一定会在外地，难道……岛屿别墅，对！岛屿海景别墅房……

# 第三十四章　劣迹之一

百合花，散发出诱人的一阵一阵香气，那香气是医院大门外，马路对面的一家鲜花店，路莉萍路过此店门口时，马上停步，往里探头张望，被闻到的。她走进鲜花店，那百合花的香味，她迷醉上了，不去管它，此花可以不可以，送到病房，去安慰探望病人，反正花店老板，看她非要买不可，也无话可说。她提着大花篮，来医院病房看望老教授。花篮，放在病房床边柜子上，病房不大，又是独个病床，一会儿时间，整个病房充满浓浓的百合花香气。

老教授躺在病床上，脸色比十多天前，清瘦苍老了许多，两鬓也添上了许多的白发。在此之前，路莉萍还从来没有，这样近距离，正面的，认真看过他的脸。看着他的脸形，很快想起，有一个影视老戏骨的演员，这个老戏骨的演员，一直是她心中的偶像，一直没有动摇过。说起来真的有点，羞死人，这么大把年纪的人了，心里还一直装着老戏骨的影子，还暗暗追踪看着老戏骨的影视作品，从老戏骨的青年时代追到中年时代，现在慢慢地相互都变成，走往老年的路上，还要不要去追呢？说是一个心中偶像，算不算属于暗恋？每当天黑人静的床上，没有或者长期没有，薛开甫的年代里，她是怎样度过长夜的呢？只有追看老戏骨的电视连续剧了。但是，这个老戏骨的演员呀，无法跟眼前的，还躺在病床上的老教授，一块儿去衡量，一块儿去比较，去评论。老戏骨的演员，是看得见的，要想看的话，随时打开电视，开启电脑，可以看到，还可以重复，多次看到；但是摸不着的，追着一辈子，也是白追，日夜看着，一辈子电视连续剧，也是白看的；而老教授，是看得见的，又摸得着的，还能追得到的一个偶像。老教授，这一个偶像，在她心中，立马放大了，立马高高矗立着。此刻，她要重新定位，心中偶像，应该是老教授了。老教授，他为薛家的事，为薛开甫外贸公司的事，却遭受到，主管王尼西的报复，和被绑匪的伤害，在这十天时间里，被绑架，被软禁，他是怎样度日过来的呢？想问他，又怕勾起他，危难的经历。想到这里，她不由自主地流下了眼泪。她轻轻地坐在病床边，俯下身子，轻轻地拿起老教授的一只手，轻轻地握着，贴在她的脸颊上……

病房门外，舞蹈团团长唐舞，怀抱一束鲜花，向病房里张望，当她看到路莉萍坐在病床边，双手捧起老教授的一只手贴在脸上时，她要推门进去的一只手马上停下来，并且倒退一步，待了一会儿，扭头走开。她走到护士服务台，将一束鲜花交给一位值班的护士，并对护士说，"请将鲜花转交老教授病房。"护士说，"你贵姓，怎样对老教授说？"她想了一会儿说，"免贵，不说姓。就说是他，经常吵架的一个女生送的，就是了。"她说完，就马上离开。很负责的值班护士，拿着鲜花，轻轻敲门，推门进来。

此时，是因路莉萍的眼泪浸湿了老教授的手面，惊醒他呢，或是因百合花的香气，熏醒了他呢，还是护士推门进来，震醒了他。只见他，慢慢地睁开眼，看到路莉萍脸上的泪水，看到花篮里的鲜花，又看到护士怀抱的一束鲜花，他笑了。护士说，"这束鲜花，是经常跟你老教授，吵架的一个女生，刚刚送来的，转送给你。"说毕，将鲜花递到老教授的面前，老教授慢慢地抬起双手，去接鲜花，并说了声谢谢！护士说，没关系，然后慢慢退出病房。这时，一旁的路莉萍，已经从床沿起身，站在床边的一侧，待护士走出病房后，她从老教授手上，接过鲜花，将它放在，花篮的旁边，又坐在病床边，想着，刚才护士的话：经常吵架的一个女生，送的鲜花，这个女生是谁？

"花，跟人，一样的美，一样的漂亮。谢谢……你的报警，还救了我！"老教授说毕，依然挂着苍老式的笑容。他一定知道，刚刚送来的这一束鲜花，是小姨子。小姨子一定来过病房，一定在门口，看到里面的路莉萍，不敢进来，怕是撞车，她的智商太高了，反而，成为低智商。

"别开玩笑了，老了，已经不中用了。你看看，花篮里的鲜花，没有档次的，跟女生送的，一束正正规规鲜花，无法比较了。唉！人已经老了，审美观点，也跟着老了。你……胸口，你的胸口，现在还疼痛吗？"路莉萍含泪微笑，又去握他的手，安慰他，轻轻在问。

"痛！是这里痛，心痛！"老教授说。

"你是指马文之吗？"路莉萍马上猜到，一定是在说马文之，于是安慰他说："最后，马文之，还是选择报警，并向警方提供，绑匪绑架你确切的地址。马文之，还哀求着，要向您，来请罪呢？"她在用力紧握他的手，给他力量，给他安慰。

"马文之……他，请罪，他报警，他提供……线索？"老教授一听到马文之的名字，就来气，马上收回，刚刚展开的笑容，吃力地支撑着坐起来，说："你说说，我会原谅他吗？我不但不会帮他，去辩护减轻他的罪状，反而会去寻找更多他的犯罪证据来追加他的罪状。我曾经劝过他，我曾经责骂过他，我也曾经严厉警告过他。要他，不要任意践踏法律的底线……"话还没有说完，捂着胸口激动起来，还咳嗽一阵子。

"你是一个，严于律己的好教授。"路莉萍一手连忙抹掉脸上的泪水后，去扶住他，一边安慰他，赞扬他，微笑着说，"如果，教授们，老师们，个个都像你这样的认认真真，这样的负责任，那么他们学生中的犯罪率，就会大大地降低，你说对不对呀？马文之，毕业后离开学校，踏入社会，已经好多年，学校和老师，已经没有权力，再去管他，你也没有权力，再去管他。他在犯罪的边沿线上挣扎，你知道后，严厉警告过他，他不听，他不改，那是他的造化了。最后，他还是经过一番思想的斗争，听你的话。是你在救他的呀！"路莉萍说完又拿起他的手，握紧住，依然传递力量给他。

"好的！好的！你说得对，你说得对，谢谢你！看来，还是你理解我，你在劝我，你又在救我！南无阿弥陀佛！"老教授听后，又开始露出笑容来，还高兴了一阵子。

"是我们，是我们大家，要好好地谢谢你！你为了我们薛家，为了薛开甫的外贸公司，又为了我们这座城市的经济健康发展，你却一次次地，付出太多了，太多了！"路莉萍微笑着说道。

"你一直握着我的手，很温暖，很温暖，传递给我，很多的正能量和功德无量，谢谢你！"老教授说完，哈哈笑起来，灿烂笑容，再次露出来，又高兴了一阵子。

"你……你！"路莉萍，马上来了一个含羞般的动作，放开老教授的手。

是的！老教授为薛家，为薛开甫外贸公司，为这座城市的经济健康地发展，一次次跟踪探究，一次次陷入困境，一次次战胜困境，又一次次被人恨死，盯死……

第一次，那是在半年之前，薛开甫还瘫痪在病床上的时候。路莉萍的女儿薛琪，刚刚接管她爸爸薛开甫的外贸公司，就遇到了银行逼债还贷款一千万元的事。路莉萍这一家子，没有思想准备，没有还贷款资金的来源，精神一下子陷入崩溃，无计可施，最后只能卖车卖房准备去还贷款，实际上被逼到，无家可归的地步。就在绝望无助的情况下，出现了老教授的身影，并及时解决还贷纠纷，避免卖房卖车，避免公司破产，还避免她们，去走无家可归的地步。同时，老教授这样做了好事，解脱了薛开甫外贸公司的困境，却不知得罪了，主管王尼西这个大人物。

原本此事，是大人物主管领导有意设下，报复薛开甫外贸公司一个陷阱，就是让马文之公司欠下薛开甫公司，三千六百万元的钱，拒付，或者少付，让三千六百万元的应付货款，牢牢控制薛开甫外贸公司资金的运作。如果，薛开甫公司与马文之公司，想走法律途径打官司。王尼西会通过各种关系，渠道，手段，让薛开甫的官司打不赢。如果，官司打赢，并让他的货款，还要拖至三五年，逼着薛开甫，只有一条路去走：贷款。贷款要抵押，薛开甫公司拿什么东西抵押，只好拿马文之公司没有收回的，应收货款三千六百万元的钱，抵押给银行，银行为了赚六百万元贷款的利息，同意贷款给薛开甫公司三千万元。过了半年之后，因为马文之公司，不是银行与薛开甫公司之间借款关系，是借款合同以外的第三方，当然第三方可以赖账，可以不受他们之间的借款合同约束。银行收不到，马文之公司的应付货款，银行只能将薛开甫公司的银行户头冻结，再下一个步骤，还要冻结薛开甫公司的财产，和扣押拍卖其财产。这样的一个个陷阱，被老教授，一一地及时破解，那个主管领导不在暗地里，恨死老教授，才怪呢！

贷款风波，转危为安的那天，路莉萍看着，老教授那辆破旧的老爷车，它还在日夜地奔驰工作着。既想报答，感谢老教授，又要他行驶车子的安全，直接说了："我家有两辆汽车，一辆宝马车，我在使用，另一辆奔驰车，一直停在车库里，闲着。你那辆老爷车，可以光荣地下岗了吧！"路莉萍说完，笑着拍拍那辆老爷车。

"你别看那辆老爷车的外壳，已经是老龄化，其实，心脏还年轻着呢！"老教授说完，又哈哈大笑起来。

路莉萍存心要送他一辆车子的理由，被他哈哈大笑几声，冲淡了一半的坚持，再要去送他的，没说下文了。

第二次，在四个月前，市中心一些老企业公司，五六年前已经搬迁到经济技术开发区，眼下只剩薛开甫一家老企业公司，还挤在居民楼之间，凑热闹。老教授与路莉萍商量，公司早晚都要搬离市中心，晚点搬离，不如早点搬离好，她也同意这个想法。于是，老教授着手操办起来，带着她，去约见，经济技术开发区建筑开发商老总。在建筑开发商大楼里走廊上，那里的老总，看到老教授出现走廊上，不用介绍，不用掏名片，人家上前，热情打招呼，一阵寒暄过后，老教授简要说明来意，那里的建筑开发商老总，更加不会怠慢，热情地拉着老教授他们，进入宽敞明亮，又超豪华的老总办公室。请坐，沏茶忙完一阵子后，老总依然热情地说开来："老教授，在电视上经常看到你，没关系的！请您直说，要我怎样帮忙，请说吧？"老总很直率，爽快。

"那我不客气，直接说了，"老教授笑呵呵地说了，"我们想，把市中心的一个老企业公司，置换到你的手下，经济技术开发区的空地皮或者有现成的厂房，是否可行？有没有？行不行呀？"老教授不客气，拿茶杯喝了一口。

"太巧了！你们来得真是时候，你们真是我的救星啊！"老总听完老教授来意和目的后，上前热烈地拥抱了老教授一阵子之后，笑着说，"我手上，就有一块，还比你们市中心的老企业公司，大两倍面积的地皮。而且，地皮上，还有未竣工的配套厂房呢！"老总说完边示意，请老教授坐下来。

"是否有这样一个……换算的公式。"老教授听到后，脸上挂满笑容，没有多想，又直接说，"你看是否可以：市中心老企业公司的地皮，减去经济技术开发区的地皮，再减未竣工的配套厂房，还有剩下多少？或者等于多少？"此刻，老教授一下子变成数学老师了。

"好的，让我再想一想，让我……再算一算，大约等于……五百万元吧。"老总沉思一下后，说道。

"你说的，是五百万元吗？为什么不是……六百万呢？"老教授惊喜，追问道。

"五百万元，已经是，只多，不会少的了！等会儿，我们可以按实际面积……数据来计算，您看怎么呢？"老总也笑着说。

"好的，好的！按实际面积数据来计算。好的！"老教授笑着说。

"什么，是五百万元，什么是只多不少？"路莉萍听后，一头雾水，不明白问道。

老总笑着，对她说，这里的经济技术开发区，刚好有一块地皮以及地皮上，有未竣工的配套厂房，都归你们，你们那边市中心老企业公司的地皮，以及厂房，都归我，我再补给你们五百万元，作为置换的差价。如果按实际面积的数据，可以来计算一下，可能是大于五百万元，也可能是小于五百万元。路莉萍这才开始听懂，老教授这盘棋子，巧妙的走法是：绕开，有关部门设下的种种障碍，直接去走以"老置换新"的路子，这样省去了，许多时间和许多手续，而且还有现成的厂房。又因为市中心老企业公司的位置，是处在黄金地段上，地皮当然可以升值。建筑开发商，只要将市中心老企业公司的原来商业用地，申报为居民用地，并进行房地产开发，建筑开发商当然能赚更多钱。所以有了初步确定差额为五百万元。这等好事，哪里去找啊？

同时，老教授又得罪了主管王尼西，并攻破了他设下的天衣无缝另一个大陷阱……

原本此事，经济技术开发区地皮上，未竣工配套的厂房，是一家乡镇企业，准备应付企业股票要上市，而确立的一个建设项目。由于这家乡镇企业的老板，不太懂交际手段和人情世故，被王尼西设下的一个局，未竣工的配套厂房，就这样成了，现在的烂尾工程，追踪原因是这样：

一天，王尼西巡视下乡，与乡村镇一级的企业家们，一起坐在会议室里，他大谈："本年度，市区经济形势发展一片大好，生产总值逐年地上升，这些成绩里面，始终离不开，有我们乡村镇一级企业的健康发展，所做的贡献。尤其是乡村镇的龙头企业，你们为我市贡献了一份力量，你们为我市的经济成了半边的江山。这里还要感谢你们的努力！这里还要感谢你们的贡献！你们既要每天每夜，增产促销，又要每天每夜，去追求企业的升级，去上高端档次，上高端档次的终极，就是企业股票的上市。这在省外，在市外，像我们乡村镇级企业一样，有好多家企业的股票已经上市。我们乡村镇级企业，目光要看远，要看准，要相信，目前国家经济形势，是在一片大好背景下，我们市区关于企业股票上市的配套政策，相应也下放，放开，放权了。"台下，有几个企业家老板，被他一番高谈阔论，跃跃欲试，其中一个姓仇的老板，要约谈他，想进一步了解，企业股票上市的前期和后期，以及如何开展。但也有几个企业家听出来，认为他的一番高谈阔论，是前后有矛盾，是为企业股份上市，来做广告的。时间过了好几天，那个姓仇的老板，一直没有发邀请函，或者打一个电话，去约谈王尼西。王尼西，反而主动催促仇老板，要设一个饭局，大家聊一聊。仇老板为表歉意，只好硬着头皮上，在镇头上选了一家，很有名气的"明城食府"酒家里，宴请了王尼西，以及其他科长级干部。酒席开始前，王尼西既是客气，又是廉耻地说了："今晚，酒席上，美女姑娘们的作陪人数呀，不得，超过我们的人数啊？仇老板，你要多多留点，我们干部的形象呀！"说完，王尼西呵呵地大笑起来，将刚刚仇老板，为他点上的一支软壳"中华"牌香烟，吸了几口，把它灭了，从他自己手提包里，掏出一包极品"利群"牌香烟和金属防风打火机，拆开烟盒，抽出一支，点燃后，猛地抽吸起来。

"是的！是的！好的！好的！美女姑娘们马上就到的，马上就到的！"仇老板，听后，这才恍然大悟，拍了一下脑门。说完，急忙下楼，在酒家邻近的发廊店里，足浴店里，按摩店里，找来四五个花枝招展的，既土气，又很俗气的姑娘们。

当仇老板领着一个个打扮浓妆，妖精似的姑娘们，叽叽喳喳一起进入包厢时，王尼西抬头看了，真想吐，不客气把她们轰了出去，觉得太丢面子了，但有不能发火，还想留下一个干部的好形象呢。

"看着她们……一个个妓女似的，这酒，还能喝得下吗？"王尼西心里想的，与嘴上说的不一样了。说毕，挥挥手，让她们赶快离开吧。

一周过后，王尼西倒过来设饭局，单独宴请仇老板。作陪人员有马文之，有科长级别的小领导们，当然还有马文之买单请来的四个漂亮的姑娘。仇老板，看着这一群漂亮姑娘们，与镇头上叫来的姑娘们无法比较，觉得上两次设饭局真的办砸了，回去后，好好向马老板学习。此时，一个漂亮姑娘，已经紧挨着仇老板的身边坐落下来，大大方方为仇老板斟酒敬酒。酒席上主宾客们，都干了数杯酒之后，主管领导满脸红光，慢慢谈起，企业的股票上市，必须有几个步骤一二三；企业的老厂房，是怎样去置换新地皮的一二三；到哪个银行去贷款，去委托，找哪个建筑开发商，去建造的一二三。将所有程序设定好后，问仇老板行不行？可不可以上马？仇老板面前的红酒，已经被身边的漂亮姑娘们轮番多次地进攻，喝得差不多了，到了如醉非醉的样子，忽然觉得眼前的主管领导是一个好领导，是可以信赖的人，就偷偷地塞给主管领导五万元的钱，主管领导笑了笑，婉拒。

　　日后，仇老板，就按设定好的程序，步步实施起来。当经济技术开发区的厂房，快要建造完工时，仇老板企业的资金链，发生断裂，因建筑开发商拿不到工程款，扣押厂房不想竣工，未竣工的厂房，银行不被允许作为抵押物的贷款，贷款不到手，又还不上，第一次向银行抵押贷款的债，第一家贷款的银行，收不回到期贷款的钱，就要实施拍卖老厂房及地皮。这让老板，既失去老厂房及地皮，又得不到经济技术开发区的新厂房。简单得，不能再简单的几个步骤中，少了其中一个环节，就这样，困死了一家乡镇级企业的生存。老板在经济技术开发区里，地皮上的建筑物，就成了烂尾工程。王尼西设下的这个陷阱，结果不但又被老教授一一的解破，而且还救活了仇老板的企业。因为，仇老板企业的产品，与薛开甫外贸公司是同行业。所以仇老板企业，成了薛开甫外贸公司的紧密型合作企业。同时，薛开甫外贸公司断绝了，与马文之企业的合作。这样一来，又彻底砍断了马文之企业，故意长期拖欠应付货款的恶性循环。现在，外贸公司外销的资金，笔笔能及时到手。在职业经理人，丁乙琴总经理的企业经营管理下，企业大踏步迈入正轨，产值销售利润指标日日在增长。王尼西听到了，看到了，这个事实的消息，曾经伙同手下一些年轻的小领导们，用过停电停水的一套老办法，去压制，去拖延，去妨碍薛开甫外贸企业正常的运营，现在不敢用了，行不通用了。如果用了，太明显是在犯罪，会留下证据。因为外贸公司的周围居民楼里，户户有水有电，一切正常，你能说，突然停电停水吗？电站，水站能背这个锅吗？第二，死对头的丁乙琴，已经在薛开甫外贸公司里，操纵全盘运作，一些小儿科拙劣的手段，人家会看不出来吗？第三，薛开甫去世后，浑身不搭界的老教授，已经插手，为薛开甫的外贸公司寻求搬迁地址，而奔走，在洽谈，在与时间赛跑。第四，听了马文之，谈起老教授曾经是他的老师，又谈起老师曾经两次找过他，警告过他。王尼西深深知道，老教授是新闻界的权威人物，得罪不起他，道行是他深。但是，老教授是一个麻烦的人，王尼西只能暂避风头。这样一来，老教授又把王尼西，恨得咬牙切齿，气得半死。

　　薛开甫外贸公司，搬迁到经济技术开发区，是以老置换新的形式操作的。成功的那天。路莉萍很高兴，想想这么多年来，老企业公司在市中心，已经被居民楼包围。现在，可以随时搬迁，真是一件天大的喜事，又看着老教授，那辆破旧的老爷车，再一次奉劝他说："教授啊！你的老爷车，速度又慢，又不安全，应该让它早点下岗算了吧！"路莉萍，既认真，又开玩笑说。

"女施主啊！你的宝马车，到北京，我的老爷车，顶多开一两天，也能到达北京的呀。阿弥陀佛！"说毕，老教授又拍拍那辆老爷车，哈哈大笑起来。

　　"你看……你，又……"路莉萍一下子脸红。真心将奔驰车，再次送给他，又没成功。因为这个不是送，而是施舍，所以老教授来了一句佛语，来点破。

　　第三次，是十天之前的事。这一次老教授不那么幸运了，他是躺着被人抬到医院的。老教授查找到，王尼西的不作为，乱作为的大量证据，特别是股票上市企业，不具备条件的，统统在最短的时间内，造假或吹大了这些条件。就针对这些问题，老教授写了几篇文章，揭示几个问题，同时列举几个事例，告诫股票上市企业，要牢牢警惕，背后的陷阱。前面两次，老教授出手一一解决问题，都得罪了主管领导，王尼西还能忍一忍，因为王尼西自己也知道，确实做得有点过了头。这一次，老教授用长篇幅新闻媒体报道的形式，揭开了本市企业管理的种种黑幕，斩断主管领导的后路，其实就是致命的一记重拳。王尼西没有能力去摆平新闻和媒体的路子，只好用黑道的办法把老教授软禁在岛屿的别墅房里。

# 第三十五章　劣迹之二

从寺院出来，回家的路上，路莉萍坐在副驾驶位置上，脸上依然挂着泪珠，一直无语。老教授认真驾着那辆老爷车，边思索着，路莉萍刚刚说过一件方丈老袈裟的来历。因为这件老袈裟，年代悠久，几任老方丈都穿过，且是补丁加补丁，放在眼前，已经无法辨认袈裟的原来颜色，单凭这一点，老方丈们坚守破落破损的寺院，以破落破败的寺院为荣，以清贫清苦为生。这件老袈裟，是珍贵的文物了。碑亭上，只是镌刻，善款三千万元和捐赠者薛元薛仁的名字，而放弃镌刻，这件无价之宝的老袈裟。那么，这件文物级别的老袈裟，就成了一件普普通通的佛衣了。觉得她，说了这一番的话，境界很高，觉悟很高，他自己的境界，觉悟，无法跟她比较。她有佛的胸怀，有佛的气量，有佛的气度。而薛开甫偏偏不去喜欢她，偏偏喜欢年轻貌美的姑娘们，结果，过早地玩弄出自家的性命。唉！这是薛家一代的不幸啊！此刻，老教授，还是要打破这个沉默的气氛，就安慰她说："是不是很想去看看薛仁了？要不要我们明天一大早去看看他？"老教授扭头瞟一眼她。

"嗯……"路莉萍偷偷地擦去脸上的泪花，随口轻轻地回应了一声。

"那……说好了，我们决定明天一大早去佛教学院，好不好呀？"老教授笑笑，接着又试探性追问道。

"嗯……"路莉萍脸上毫无表情，又轻轻地回应了一声。

"那么……我们想完了薛仁，是不是在想，远在俄罗斯旅游玩耍的薛琪和薛元他们了，对吗？"老教授依旧继续试探性追问她。

"是呀，好几天，没有接到他们的电话！是不是玩得开心，把我们……都忘了呢？"路莉萍无奈表情，回答说。

"快了，春节已经过完了，寒假马上要结束，薛元一定会计算好时间，很快要回国的。他订好飞机票，大概是什么时间，跟我说一下，我好安排时间，去接应他。这次薛琪，是不是和薛元一道回国来呢？"老教授笑笑说完，又扭头去瞟一眼她。

她刚要回答，老教授的话时，就听到车后的一声巨响，车子一阵强烈地往前冲撞而震动，知道发生了车祸。还好，他们两人都系上了安全带。老教授很镇静，检查一下，她没有受伤。随后，他从老爷车的后视镜看过去，相碰撞的车，是一辆破旧四轮农运车，装的是满满一车泥沙，车子被撞击震动过后，泥沙散落在马路上一地。老教授边报警，边下车对她说，"那个……驾驶员，肯定是疲劳驾驶。"路莉萍仍然坐在副驾驶的位置上，摇下右边车窗玻璃，向外一看，他们那辆老爷车，一直靠右行驶，左边有两个车道，那辆四轮农运车，完全可以从中间，超车开过去的，为什么还直挺挺地撞上来呢？一会儿，老教授走过来对她说："果然，那个驾驶员，他自己承认疲劳驾驶，承认负全责。"老教授边说，边用手机拍下车祸现场。

"那个……驾驶员，人，人怎么样？"路莉萍问。

"人倒……是没什么伤的。可惜，借别人的车子，为了想多拉几车泥沙，医院里生病的老婆，还等着催着，要他去缴纳……住院的欠费呢"老教授在回答。

路莉萍听后，拎起包，下了车，走过去，查看四轮农运车，车头撞得不轻。那个中年驾驶员，哭丧的脸，正在用力拍打方向盘上，拍打了一会儿后，开始痛哭着。他一定是在后悔，在自责呢。她敲了敲驾驶室的车窗，要让驾驶员下车来。驾驶员下车后，站立不稳，不是身体受伤，而是怕无钱理赔，可能还要被交警罚款和扣分。驾驶员手扶车门，一手不停地来回抹着泪。她问驾驶员老婆的病情，驾驶员哽咽，又简单地说了一下病情，然后掏出当天医院的缴款单和病理报告，又捂着嘴巴，痛哭起来。她看着驾驶员的忠厚老实相，看到他的老婆，在病理报告单上，查出生了恶病，果断地从拎包里，拿出三万元钱，塞给了那个驾驶员。驾驶员伸出颤抖的双手，接过钱，只是哭着，说不了话，一下子在马路上，跪谢。这时交警和拖车到达，老教授对交警说了一番话后，交警看了看，车祸的现场，又看了看，痛哭跪谢的驾驶员，以及他手上捧着三万元的现金，交警了解后，同意他们，车祸双方私办了事。随后，挂着泪水的驾驶员，被交警严厉地批评。最后交警拖车，拖着被四轮农运车，撞坏的那辆老爷车，向市区前进。

老教授与路莉萍，坐在老爷车的后排位置上。老教授说，"我现在变得很轻松，很轻松，轻松得好像在，无人驾驶车里一样，不用盯着路面，不用再看着前面的车况，哈哈，你说有趣不有趣呀？"说完他闭上眼，想缓和刚才惊险一幕的气氛，想讲述，他被软禁后，第二天所发现的惊喜和惊奇的事，问问她，想不想听听。路莉萍一下子振作精神，挺起丰满的胸部，却要他从第一天说起。老教授，突然睁大了眼睛，笑了笑说，"好！好！我就从第一天的后半部分讲起。我被软禁的第一天，正在分析，哪些人害怕我写的文章？哪些人可能要软禁我？接着集中分析了，有一个官员的贪腐，并与三个年轻绑匪的关系，随后又讲了，三个年轻绑匪，拿了这个官员的钱，是不干净的赃钱，早晚要吐出来的。这时，一个年长一点的高个子年轻绑匪重重地打了我一拳以后，我就直挺挺地倒在沙发上，痛得昏睡过去。三个年轻人慌张起来，以为我死了，千方百计，把我弄醒后，三个年轻人，倒过来央求我，要我别死啊，死了，他们三个人不但拿不到钱，还可能为了封口，也会被遭杀害。我趁机说，要我不死可以，让我在别墅里，走动，走动，让我在别墅里的，参观，参观。反正在别墅里面走走，看看，三个年轻人，一致点头，同意我了……"

被软禁的第二天早上，老教授在三个年轻人的陪同下，一起径直上楼，首先要参观的是书房。书房里的面积很大，除了门窗之外，四面都是书柜，而且从地面到顶层；书房中间靠窗口一侧，放有一张很大古色古香的红木写字台，以及一把椅子，写字台和椅子底下铺垫一张很大的真虎皮地毯；书柜清一色是红木制作的，书柜的玻璃门，还没有安装上去，它们叠起来，放在写字台上，书柜里上下层灯管，还没有安装上去，灯管捆扎起来，放在写字台上的一侧；看着书柜里整齐竖着的一本本书籍，是清一色的《红楼梦》小说。小说书籍，有不同形式，年代的版本：有不同时期古本、孤本、通行本、经典本；有不同年代海外版、港澳台版；有不同形式年代订版、经典版、收藏版；有不同年代的伟人、大师们的批注；有不同图案的封面封底；有不同质地的外壳包装；有不同的出版社出版；还有不同纸质的印刷；还有不同的"红学"派，专家的论证、新证、考证、研究、探究、评注、诗词、字典等著作书籍；当然还有不同年代的多位作家，对红楼梦后几十回的续写著作书籍；还有不同形状的小人书，以及连环画等画册书籍；还有不同尺寸的十二金钗扑克牌等等。只要说得上来的关于红楼梦小说方面的书籍，在这里可能会找得到的。可以说，书柜里的本本书籍，是一个红学的小型书库。但很遗憾的，书库的主人，根本没有时间，或者来不及翻阅所有的书本，因为每册书籍的塑封，还牢牢地封着。

"我的妈呀，我的妈呀……这么多，红楼梦小说书，还能……看得过来吗？"三个年轻人中，小个子慨叹地说完，伸手想拿一本下来看看。

"不许，碰它！"老教授严厉地警告一声后，小个子还被年长一点的高个子，打了一下。小个子轻轻地应了一声后，不敢再出声了。

老教授边看着书柜里，一本本紧紧挨着竖立的书籍，既不能一本本去翻动它，又不能拍摄它，因为相机还在，那个高个子身上背着的双肩背包里呢。双肩背包是老教授的，高个子觉得背包有点沉重，取下来，让大胖子去背着它。老教授一边看，一边在遗憾，没有机会把它们全部拍摄下来。他们一起看完，书柜里上下层的书籍，这些全齐的红学书籍，不算惊奇，更惊奇的，在书柜底层的一长排抽屉里。只要拉开任何一只抽屉，可以看到抽屉里面：厚厚的一本本，长长的一卷卷，各个年代，各种不同版本的中国古代，近代，现代春宫彩色的图册；有各种不同版本的日本、朝鲜、韩国古代，近代，现代春宫彩色的图册；各种不同版本的西欧古代，近代，现代皇室春宫彩色图册；还有各种不同版本的东南亚古代，近代，现代春宫彩色的图册；有各种不同版本的中外顶级的，纯粹专业的，裸体摄影集，人体写真集，裸体油画集，裸体工笔画，裸体雕像、雕塑、雕刻等等的画册。看着，书柜上面部分，确确实实是：雅，高雅，很高雅；看一看，书柜的下面部分，确确实实是：邪，淫邪，很淫邪。可见书房的主人，不是纯粹正规的学者，最多算是一个徒有虚名的爱好者，或者说是一个收藏者。

三个年轻人当中的大胖子，快速拿起来一本，裸体摄影集，马上翻阅起来，刚看到图片里，西方模特儿的巨大屁股和两大腿之间的浓密黑毛时，哈哈地大笑起来。另两个年轻人靠拢过去，也一块儿欣赏起来。老教授发现后，上去连忙夺下裸体摄影集，轻轻放回原处。大胖子不解又赌气，再次拿起裸体摄影集，边翻开来边骂了老教授两句后，觉得还不解恨，正想动手要去打老教授，老教授果断不退缩，反而上前一步，面对大胖子，口中叫道："打呀！打呀！打死我了，你们三人，也就一同玩完了！"老教授不惧怕，严厉警告说。

大胖子伸出拳头，要往老教授身上打过来，很快被高个子抱住，他们才停了下来。

"看看……又不会犯法，要你，要你……紧张什么？"小个子替大胖子，发牢骚说道。

"是呀！要你，紧张什么……要你，紧张什么……我，又不会犯法！要你，多管什么……闲事啊！"大胖子回应小个子，也接上说。

"好呀！好呀！你们……说我，多管闲事！那么……你们……把我软禁，在这儿的别墅里，他们有没有……划分规定的范围吗？"老教授很严肃地问道。

高个子和大胖子，一时三刻还没有听懂老教授的意思，而小个子很机灵，马上抢着回答："啊……有呀！有呀！一楼的客厅，一楼的厕所，其他地方都不能去的，不能看的，不能碰的！"小个子说完，还朝老教授笑了笑。

"那好……那好！请问这里是几楼，这里是二楼，"老教授依然严肃地说，"你们……已经在二楼的书房里，还动了书房里的东西，你们的命，还想要不要？我的老命，反正在你们手里，可你们的三条小命，也在我的手里呀，你们……信不信呀？不信……是吗？那你们先把我打死，如果打不死我，我只要，在要软禁我的人

247

面前，说你们三人上过二楼，动过书房里面的东西，看你们……仨的小命，可难保了！"老教授说完，故意哈哈哈大笑起来。

老教授的话音刚落，大胖子连忙将裸体摄影集，合拢上，小心翼翼地放回原处。老教授其实是吓唬吓唬他们，这一招的吓唬，还真的灵光。于是，老教授进一步要做做他们的规矩：要他们所有走过的路面脚印，记住记清，都要擦干净；所有翻动过的东西，看准位置后，一定要按原样放回去；更不能带走任何的一样东西。三个年轻人听后点点头，表示答应。老教授当时的考虑，别墅很可能是一大罪证的聚集点，每个房间，都超豪华的装饰与布置，那么每个房间的摆放物件，都是一个小小的证据，为了不让小小的物件，遗失或者说被他们三个人中任何一个带走，故意编造出，吓唬他们的小命来。

他们一起看完二楼书房后，大胖子与小个子，马上擦干地面上留下的脚印，然后又到地下层放映室。放映室的面积也很大，设施跟电影院里的小放映厅差不多，有自动升降的巨大白色银幕，从顶上吊下来有两台投影机，还有激光放映机，高档豪华的音箱，在落地音箱旁边的壁橱里，放满了国内外的三级片四级片，VCD，DVD的碟片，那些碟片上的彩色封面，说不出口的各种赤裸裸色情画面。可见这幢别墅的主人，是个地地道道的老淫棍了。另一只落地音箱旁的壁橱里，格格放满了邓丽君的歌曲碟片。

他们看到放映室陈列的东西，不算什么，更厉害的是在一间小小的储藏室里，他们一打开门，看到周围都是琳琅满目的补品，乃是补品全齐的小超市：有不同种类动物的鞭，干制的，炮制的，制成成药的；有不同种类的人参，野生参，高丽参，西洋参；以及有不同种类的壮阳药酒；有不同种类的壮阳西药；还有不同种类，不同产地的安全套……从别墅的客厅里，坐在真皮沙发上，看高大红木的陈列橱窗里，陈列着各种古董：瓷器、玉器、青铜器、古画、玩石等，可以看出别墅的主人：贪，极其的贪婪；从书房抽屉里的各类画册，可以看出别墅的主人：污，极其的污秽；从放映室和储藏室里东西，可以看出别墅的主人：色，极其的色鬼……

交警的拖车，拖着被四轮农运车，撞坏的那辆老爷车上，老教授继续对旁边的路莉萍说道："让我想一想，让我想一想……接下来，我要寻找，别墅主人的保险箱，很想知道，保险箱里，藏的是什么样的罪证呢……"老教授一下子又沉浸在痛苦的回忆里。

"会不会……像，薛开甫一样，收藏着，有漂亮美女照片之类的东西呢？一般神志正常的人，是不会去收藏这些东西的。那么，后来这三个年轻人，还那么的配合你吗？他们还一起，跟着你再去找保险箱吗？再后来，你又是怎样被他们打成重伤的呢？是不是，这三个年轻人，不配合你了，你去激怒他们？还是，你违反了他们的规矩，就打了你呢，是不是这样吗？"路莉萍笑了笑，一口气提了这么多个的问题，恐怕他一时回答不了。

"嗯……不是……！"老教授又沉浸在痛苦的回忆之中，人一下子高兴不起来，只说了这三个字。

# 第三十六章　劣迹之三

　　深夜，路莉萍从乱梦中，忽然醒来，再无睡意了。她支撑起身体坐了起来，头靠着床头边，沉思想着，梳理一下刚才的梦境。因做的梦太多，太乱，太短，一时三刻无法着手去梳理梦境。只好小段，小段地回忆起来：老教授被一群，无头的小孩子追赶着打，她在隔河对岸，去拉老教授，她自己"扑通"一声，掉进冰冷河里，双脚与全身一时很冷。她被冷意惊醒，发觉是在做梦，还有点尿急，想拉。于是马上起床，拉完尿，又回到床上，想放弃去追究梦境，但又放不下。忽然想起昨晚，与老教授一同在《素满香》素食馆用餐时的情景……他们两人，是因寺院的和尚邀请，去了一趟寺院，回来的路上，不巧，被一辆四轮农运车，碰撞，结果，老教授的那辆老爷车，只好用交警的拖车，拖着回到市区里，车子进入修理铺，手续办妥后，看时间将近五点，她提议去素食馆用餐，老教授马上点头。于是，两人在汽车修理铺的门外一处，扫了二维码，各人骑一辆自行车，来到素食馆。刚好素食馆，开始营业，里面食客不多，两人买了餐券，与大家一起都等着几分钟后开饭的时间。两人还没有聊上几句话，可以开饭用餐了。他们两人拿着盆子，去盛各自喜欢的蔬菜，回到座位，坐下用餐。老教授看到她的盆子里，好几块西瓜，她先把西瓜吃完，然后再吃其他的蔬菜。老教授知道了，她一定很喜欢吃西瓜。于是他拿着小碗，去盛来一块西瓜，放在她面前，让她吃，一会儿工夫，小碗里的西瓜，被她吃光，他拿着小碗，又盛来一块西瓜，放在她面前。她笑笑说，"一人一半好吗？"他笑笑说，"怕血糖升高，喜欢就多吃点吧！"她点头傻笑说，"不客气了！"是不是昨晚，西瓜吃得太多，梦中惊醒后，急得想拉尿？于是她用手拧了一下自己的嘴巴，又傻傻地笑着。她决定不去想他了，开始在说服自己。过了一会儿，她挺起身子来，又想起昨天下午，与老教授一起骑自行车，去《素满香》素食馆的半路上，接到薛开甫三姐妹，打过来的电话，说他们薛家村那里，要建造一条高速公路，高速公路穿过他们薛家村，年底或者年外，薛家村马上动手要拆迁。她将电话内容告诉老教授，他听到后高兴说，"国家繁荣昌盛，兴旺发达，城市之间的高速公路，是输送的动脉，说明我们明府城又做了一件利国为民的大好事。这个消息，在日报、晚报和网上，已经发布过的。"她说，她还不知道，有这事吗？他笑笑说，当然有这事！她说，他是刚刚听她说的吧？他用单脱手的车技，扭转身来，笑笑说，这则新闻报道，还是他写的呢。她说，他应该老早知道，薛家村那边要被拆迁，那为什么不跟她，说一声呢？他又笑笑说，他怕她一高兴呀，说漏了嘴，薛家村的建筑面积一时三刻，会变成二倍、三倍面积的薛家村了。她说，她有那么高的觉悟吗？他依然笑了笑说，"你们薛家五间堂屋，估计赔偿有五套大户房子了，那怎样分法呢？是按五份分法呢，还是加上薛琪一份，变成六份分法呢？"她反问他，"怎样分法好？"他又扭过头来，笑笑说，"当然按六份的分法，上代三姐妹三份，下代薛琪，薛元，薛仁三份，这样分法，比较公道，拿得出，说得过去的。"她说，"如果薛开甫的三姐妹，不同意，按六份分法怎么办呢？"他有点严肃起来说，"那就变成无理了，无解了，又要结冤了。"她说，"对呀！是有这样的可能，那只好按五等份的分法了。"他依然笑笑说，他的觉悟，比她还低，失脸面了，又失礼了。她也笑了笑说，他的脸面，没有失呀，还在他的脸上挂着呢。说着的时候，他们已经骑到斑马线前，她用单手，扶自行车的车把，一边放下去一只大腿，踮起脚尖，将自行车停下来，另一手捂着嘴，偷偷地笑起来。唉！时间过得真快呀！这一次她决定，不去想他。过了一会儿，终于去想，薛仁。薛仁，要在佛教学院学习生活十二年，现在是否做了小和尚？是否有法号？学习和生活，是否都过得好？过了一会儿，想到了女儿和薛元。不知同父异母的姐弟俩，是否相处得好？是否旅途愉快？短短时间，想完了三个孩子，她马上又想到他，刚才梦中，被无头的小孩子们，追打着的老教授。老教授，已经到了这一把年纪的人了，还是单身，不成家？难道没有一个能干又贤惠的女人，让他看上？教师队伍中，难道找不出一个，漂亮又知己的女教师？还有那个送鲜花，爱吵架的女生，是不是他的知己？他还不去追？是因为这个女生，经常跟他吵架的缘故吗？还是这个女生，爱得不彻底，玩得却很明白？女生到底是谁，不好猜，猜不上。过了一会儿，她去猜，一个个寡妇们的寂寞。寡妇们，是不是都会默默地去惦记着，某某人是不是，还单身？惦记着，某某人是不是，快要成家？这样胡思乱想下去，觉得有点羞耻，可笑，有点无可救药。其实，她呀！一直还不承认，她已经是一个寡妇了。但是她害怕，她把自己想得过早地列入寡妇们的队伍里去。又一次放弃，去探究，寡妇们的种种寂寞现象。想多了，人有点累，心也迷茫起来，她干脆起床，洗一把脸，然后走到三楼的佛堂里。

佛堂里，她穿上佛衣后，沏上三杯净茶，供上水果糕点，再点上三支佛香，开始跪拜念经。这时，放在藤茶几上的手机响了，她从拜佛凳上起身，边念经，边走过去看手机号码，一看知道，是莫斯科的女儿打进来的。她暂时不接听手机，因为有一大节心经，没有念完，心想，一定是薛琪与薛元他们，在莫斯科玩得很愉快后，才记起来这里还有一个老娘的人，他们打一个电话，只是报一个平安而已。她没有接听，继续念她的经，待念完经，自言自语说："菩萨！接听一下手机，待会儿继续念经！"然后，拜了三拜，抬头，发觉香炉里，三支佛香的中间，一支佛香，没有燃着。她心里吃了一惊，绝对不可能的呀，明明是点燃着的三支佛香，而且都是冒着青烟的时候，插上香炉的，怎么可能中间一支佛香，没有燃起来呢？她有些忐忑不安，连忙口念阿弥陀佛心经，然后重新去点燃佛香，才去接听手机。手机里那一头声音，不是薛琪的，而是另外一个姑娘，哭泣的声音传来："喂！路大妈吗？薛琪姐姐，被人绑架了，薛元也被人打伤昏迷了，还在医院里抢救，你们快点过来呀？！"那边姑娘，急急地哭诉着说。

"喂喂！为什么……被人绑架……到底发生……什么事？"路莉萍大吃一惊，开始慌乱起来，追问道。

"是，是，薛琪爸爸，欠人家……五百万卢布的债，欠债……引起的。"那边姑娘，依然哭诉焦急说。

"喂喂！你……你，你是谁呀？"听到要钱的问题上，路莉萍马上警惕起来追问。

"我，我是易格格，易姑娘！"那边姑娘，仍然哭着说。

路莉萍听了易格格的名字后，一下子瘫痪在藤椅上，好像天要塌下来一样，压着她，眼泪一串串滚下来。好端端的女儿，怎么会被绑架？高大个子的薛元，怎么会被人打伤？易姑娘怎么会混进，女儿和薛元他们队伍里面去呢？他们与易姑娘应该是敌对，而不是好友，怎么还称呼女儿为姐姐，这是什么辈分呀？她开始怨恨已经归天入土的薛开甫，薛开甫在俄罗斯，又留下一笔风流债了。她一下子没有了主张，流着泪，跪在佛凳前念经，祈求菩萨保佑薛琪、薛元他们平平安安……

早晨，楼下门铃响了。门铃，是老教授按的。一早，他在家里剃了一下不整齐的胡须，梳理了一下头发，去找风衣穿，找一会儿，没找到，知道有点破旧的卡其布风衣，一定被小姨子整理打包扔掉了，只好穿上小姨子，从网上扔进购物车里，快递小哥送过来的，一件崭新常青色的羊绒呢大衣，配上老式皮鞋，皮鞋头有点磨损，不影响整体搭配，照一下镜子，觉得还算帅气，似乎回到了四五十岁中年时代的模样，背上双肩包，出了门，在小区门口旁，一长排停放的共享自行车处，用手机扫了一下二维码，骑车过来。他那辆老爷车，被四轮农运车撞击后，还躺在汽车修理铺里。他们昨天约定好的，今天与路莉萍一起去佛教学院，看望小和尚薛仁。

听到门铃响，路莉萍急忙下楼，见到老教授，哭着将女儿薛琪遭遇绑架的事，和薛元被打伤的事告诉他。她边说，边将头，扑挂在他的臂膀上，并抽泣起来。老教授一边拍拍她的背部，安慰她，然后一手搂着她，一边接过她的手机，打通了莫斯科那边的薛琪的手机，薛琪手机，易姑娘在使用，通话中，确认事态发展到：有一个音乐学院叫柳宏春的年轻老师，在营救被绑架的薛琪，易姑娘坐上救护车与昏迷的薛元，一起到医院，随后薛元，被送进重症监护病房，易姑娘在病房外守候。当即老教授要求易姑娘：第一，薛琪的手机 24 小时待机状态；第二，随时告知，薛元的病情变化；第三，联系柳宏春手机；第四，五百万卢布的欠债，我们可以还，但是前提必须确保人质的安全；第五，我们马上奔赴莫斯科。请易姑娘，保持与我们联系。听到那边的易姑娘，表态答应回话后，他与易姑娘通话结束。

"柳宏春……老师，他是谁？"老教授依然搂着她，给她安慰，并追问柳宏春这个人。

"柳宏春……是，是音乐学院老师。四年前，舞吧监控室里，我认识他的。"路莉萍简要地说了，为了寻找薛开甫的婚外情证据，与柳宏春在"俄罗斯夜舞吧"里的认识过程。说完，接过手机，寻找手机里柳宏春的通讯记录，由于心里慌张，找了好一会儿，找到后，又急忙拨打过去，那边没人接听，打了四五次，始终都是没人接听。

"不管打通，与打不通了，我们必须马上动身，去莫斯科！"老教授依然搂着她，坚定地说。

"对的！对的！我们……我们……一定，要去莫斯科！我去准备一下，去银行取美元与卢布。你等我！"路莉萍流着泪，点点头，又很感激，一直对视着他。

"你……你，先把你的护照，身份证给我，我那边有熟人，去办理护照加急签证，顺便购买好机票，我们马上……分头行动。"这时候，老教授的手，才放开一直搂抱着她的腰。

路莉萍连忙抹掉泪珠，点点头后，她将身子慢慢地离开他，马上上楼去拿护照，身份证。随后，他们约定好，碰头的时间地点，开始分头行动。

两个半小时后，他们在候机楼的大厅，碰上头。同时，路莉萍刚好接到，是柳宏春的手机号码，打过来的，手机里传来笑嘻嘻的，是女儿薛琪的声音。

"妈妈，妈妈，我们没事。我两度遭绑架，都被柳宏春——解脱营救了。现在，现在，我和他在一起。他在驾车，正在往薛元抢救的医院路上赶。"女儿有点兴奋。

"你俩，身体伤着没有啊？"路莉萍惊喜又急忙问。

"没有！没有！妈妈我们都很好！"女儿依然兴奋在说。

"谢天谢地，早晨，妈妈，念了七遍太平佛经！"路莉萍深深地呼吸了一口气，放心地说。

"妈妈，我真的要好好地谢谢您了！还记得四年前的吗，您给过柳宏春……三千美元的小费，让他顺利读完博士学位。四年后，他报答，他单枪匹马地去营救，救了我，现在又去救薛元！他是在救我们的薛家呀！还有，过年之前，您又对非亲非友的，还是您情敌的一个人，叫易格格，汇给她一万美元，过年后，发生了薛元吵架受伤的事情，这一万美元的钱，又救了我，救了薛元，又救了我们薛家！"通话中，女儿依然在兴奋之中。

"好人，好人，终归有好报的，阿弥陀佛！阿弥陀佛！"路莉萍一手拉着拉杆箱，一手拿手机接听，含着泪，跟女儿说道。

老教授轻轻接过路莉萍手上的拉杆箱，一起走向人群稀少的候机大厅一处，倾斜着身体，将头靠近路莉萍的耳朵边，一起在接听手机。

"薛琪！薛琪！薛元的伤，到底怎么回事？"老教授焦急地插上话问道。

"在舞厅的酒吧里，日本服务生，先挑衅薛元，引起的打架，服务生先骂，后吐口水，再用酒瓶猛击薛元的头，薛元好几次，无法容忍，狠心抓了服务生的下体，服务生当场痛得死亡。"那边女儿，有些伤感，有点愤怒。

"该死！该死！这叫作'人不犯我，我不犯人，人若犯我，我必犯人'！薛元，这么坚强的小伙子……一定，能挺住的！再过一个小时，我们可以登机，马上飞过来，你们在那边……接应一下！"老教授重重地说。

"好的！好的！谢谢您，老教授！在我家一次次危难的时刻，都有您的身影出现，并且一个个转危为安，我真的想叫您一声爸爸！爸爸……"那边的女儿，一定很激动，在心里头，一定叫过好多次，因而叫得很亲切，叫得很流畅。

路莉萍听到，女儿的声音，有些激动，知道女儿是真诚的，也是最真实的叫法。是啊，女儿多么需要，像老教授那样的父亲，知书达理，办事能干，为人正义，敢于奉献的父爱，又多么希望，他是女儿的爸爸。可是他，现在还不是女儿的爸爸。路莉萍的激情，马上涌上心头，含着泪，将自己的头，更紧紧地挨着老教授的头，倾听着，女儿与他的对话。

"好呀，好呀，好呀……我，又多了一个女儿了……"老教授笑呵呵地说着，说完，又哈哈地大笑起来。

"您，您到底有几个……小孩……"女儿追问。

"再加上薛元，薛仁，三个呀！哈哈！哈哈！"老教授说毕，仍然大笑着。

女儿，那边绑架的事，薛元，受伤的事，现在已经搞清楚，再着急，也是无用的。他们盼着快点登机的时间，才能快点飞到俄罗斯的莫斯科，才能快点来到女儿的身边，才能快点看到重伤的薛元。路莉萍的一手，紧紧握着老教授在拉杆箱的手，恐怕他突然间地离开，突然间地找不到女儿的父亲。此时此刻，她多么需要安慰，她多么需要安全感，还多么需要有一股强大的力量支撑着她。她闭上眼，心里一直想着：只有眼前的老教授这一双手，才能给予她这股力量，而别无他人。她不是一个女强人，她处处埋藏的，表露的，都是一个弱女人。如果是女强人，早已把薛开甫收拾得服服帖帖了，也不会落得现在的下场，两个私生子的命运，只能是孤儿的终身，可惜女儿，也跟着两个弟弟一起去受罪，说明做了他们的母亲，命运，也不是很好的呀。现在，她急需要有一个男人来支撑她，来带领她的全家。她再一次地默念了太平佛经，为她自己，为薛家，为老教授，为了他们下一代儿女们祈福。

他们一起拉着拉杆箱，找了座位坐下来。老教授看她焦急，不安的表露，想缓解一下沉闷气氛和忐忑不安的流露，哄着对她说："你想不想知道，那个岛屿海景别墅房里的保险箱呢？你一定想知道，那个保险箱找到没有？如果找到了，那里面藏有什么样的东西吗？你一定会猜：现金啦，黄金啦，珠宝啦，是不是这些罪证？"老教授自问自答地开始说起来了。

路莉萍双手依然握着他的一只手，还沉浸在，女儿刚刚喊老教授为爸爸，那段对话之中。现在，听了老教授一番的问号，竟然被他说动了，睁开眼，思考一会儿，微笑着回答说："那，那，那肯定是房产证啦！"路莉萍说完看着他。

老教授笑着摇摇头，路莉萍笑着，也摇摇头，说猜不着的，还将头靠上他的肩膀上，要他快点说下去，他扭头去看一下她，刚好他的下巴上有几根短短胡子没有理干净，碰到她的脸颊上，顿时，她先惊讶，后露出了瞬间的笑容，是不是属于害羞只有她知道。她连忙坐好姿势，静静听老教授说下去……

老教授，被绑匪软禁在某岛屿海景别墅房里的第三天。老教授提出要继续参观一下，别墅房的楼上楼下房间，三个年轻人同意，并继续跟着他。老教授参观别墅二楼的主卧室，打开主卧室里的所有柜子门，并且用拳头敲打所有的墙体与隔板，均没有发现，要寻找的保险箱。到了第四天，又寻找，另外四个房间，和三个卫生间，均一无所获。第五天，去厨房和去餐厅寻找，也是无果。到了第六天，去客厅以及楼梯下寻找，还是没有发现，保险箱的影子。这样几天下来，三个年轻人，一直跟着老教授，他们感觉有点拖累。年长一点的高个子提出，让年轻一点的小个子，跟着老教授，去继续寻找保险箱，目的也是在预防，老教授再次搞自杀，老教授答应他们，自己是不会去自杀的。于是，两个年长一点的高个子与大胖子，他们到地下层的放映室里，去看娱乐艳情片，他们离开时，老教授还追加了一句劝告说："碟片是怎样拿的，就怎样放回去，别放错位置！"两个文身的年轻人，点头答应，走开去了。

几天下来，要寻找的保险箱均无果，老教授回忆，从上几天参观过的房间分析，可能性最大的，应该是储藏室的疏忽。因为外观看储藏室不大，实际上，内部空间很大，接近实体。尤其储藏室的隔断隔挡隔板多，又是从地面到顶，是个正立方体。对！很有可能，保险箱在那儿藏着呢。老教授带着小个子，再次进入二楼小客厅的背后是一间卫生间，卫生间的背后是储藏室。打开储藏室里所有柜子的门，发现一个底层的柜子，深度很浅，只排列放着四瓶特供茅台酒，酒瓶背后面是隔板，隔板的里面，应该还有很多空间，为什么要用隔板隔着？老教授拿掉四瓶酒后，敲打着隔板，隔板自动启开，立刻看到一台崭新的保险箱。保险箱上放着一个，纯金999，十二生肖中的大公鸡，大公鸡昂立挺胸，看护着保险箱。保险箱下面有轮子，可以活动。看到这里，老教授一下子兴奋起来。现在，要打开保险箱的门，只有四个条件：一是生肖鸡；二是纯金999；三是四瓶茅台酒；四是保险箱底下有四个轮子。老教授看着这台保险箱，与薛仁家的保险箱样子不同，型号不同，一时难以下手。老教授试着用鸡生肖的各个年份和999搭配，又用四瓶茅台酒的4数字搭配，门还是打不开。一旁的小个子，拿大公鸡，在手上玩着，并偷着笑。老教授没有注意到，小个子的举动，继续试着各种方法开保险箱的门，依然没有被打开。第二次，小个子笑出很得意的声音来，老教授开始有点反应，问了小个子："你笑些什么，笑着，能打……开门吗？"老教授扫他一眼，继续试着各个数据，保险箱的门，还是打不开。

"不笑笑，门是……打不开的！"小个子说完又笑着，手拿大公鸡继续在玩。

"这么说来，你笑一笑，大公鸡帮着，门就能打开了吗？"老教授觉得好奇怪，反问道。

"是的，是的！我要一件……东西？"小个子点点头后，诡秘地说着，眼睛始终没有离开过，手上玩着的这只纯金999摆件生肖的大公鸡。

"这只，这只大公鸡，也是……这里的罪证！"老教授看着小个子手上，一直玩耍黄金摆件生肖鸡，说道。

"大公鸡本身，没有……罪呀！"小个子反驳说。

"你也肖鸡？"老教授知道，他的反驳很有理。但老教授不去回答大公鸡有罪无罪，而是马上转移话题去套取他们真实性的东西。

"我，我，我不能说的，不能说的！"小个子聪明又机灵，不愧老教授看好他，还说他是一个正面人物，现在看来，小个子确实是一个正面人物。

"那……那，你不说，不笑，也不帮我，把打开门了？"老教授说完，扭头去看小个子，小个子反而不说，也不笑。老教授想了一会儿说，"好吧！好吧！我也要一件东西……"

"快点说！快点说！你要什么东西，快点说……"小个子停止玩耍大公鸡，立刻兴奋起来问。

"我要什么……东西？要！被你们拿走的照相机，去要回来。这只生肖大公鸡，你可以拿走。但必须拍了生肖鸡……照片后，才可以拿走！还不能让他们知道，懂吗！"老教授依然很兴奋，也开始神秘起来，轻轻地对小个子说。

"好！一言为定！"小个子依然兴奋，点点头说。

"好！一言为定！"老教授再次兴奋，点点头说。

老教授与小个子，两人口头协议达成。于是，两个人成了一个战壕里的战友，相互帮着，把笨重的保险箱，拉移出柜子外面，这样便于操作。只见，小个子趴在地上，将右耳紧紧地贴在保险箱门上，一手转动着门上的刻盘，另一手从衣袋里，掏出两根长长类似铁针的东西，插入门上钥匙孔，不出一分钟，保险箱的门被打开。保险箱里空荡荡的，没有金条、现金、珠宝，只有几十张纸。老教授拿来纸一看，一下子惊呆了：股权转让书、股东转让书、参股证书、股票证书、转让协议，以及利润分红名单。这些书、证、协议都是由多个企业，转让给同一个受让人的。受让人的名字，就是大腹便便的企业主管王尼西。老教授凭借掌握企业股份制，转让的一些知识，一眼就能看出，这些转让，不是一般性的转让，而是无条件的转让，所有转让的企业，都是由王尼西一手捧红，一手吹大的股票上市一些企业。其中，有马文之的企业。老教授知道马文之的企业资产，不足五千万元的底子，是谁帮助了马文之企业，进行企业股票上市的？当然是王尼西！那么，王尼西得到的回报，当然是无条件的几百万股，企业股份的转让了。"好呀！这一下好了！姓王的，你绑架我，你软禁我，这次你死定的了！"此时，老教授在冒着生命的危险，查看到罪证，心里却是满满的喜悦，当然又是满满的自信。而小个子看了一眼废纸，却很失望，又不解地骂道："妈的！这几张破纸，废纸，又不值钱的，还当宝贝似的藏在保险箱里，神经病啊！"小个子骂完，踮起脚，朝老教授手上拿着，他认为是废纸，又去看它几眼。

"你说它是几张废纸……破纸吗？那个上面，写了多少股？"老教授指着其中一张股票证上的数字，问他。

"一百……一百万股呀！"小个子有些不明白，读了出来。

"好，对的！一百万股。按刚刚上市股的股票，每股价值……算它，每股人民币两元计算，你说，有多少钱呀？"老教授在考他的数学基本功课。

"有……有，有二百万元人民币啊！"小个子立即回答。

"这张废纸……破纸上，又写了多少股？"老教授指着另外一张股票证上的数字，问他道。

"一百万……又是一百万股呀！又是二百万元人民币啊！一下子有……四百万元人民币啊！"小个子很聪明，举一反三，马上计算出来。

"好！好！现在，问你，四百万元的现钞，能装得进去吗？"老教授指了指，地上的保险箱，问小个子。

小个子朝保险箱看一看后，摇摇头，表示不可能装进去的。随后小个子拿来纸，数一数共有十八张，又惊讶地说出来："我的妈呀！我的妈呀！如果每张二百万元，这里有三千六百万元人民币呀！"小个子拿着废纸破纸的双手，在惊讶中发抖。

"你不要忘记，这是股票，股票会升值，也会降值。但股票上市企业，千方百计，一定会把股票弄到升值的，对不对！所以说，每股两元，应该大于这个数字，你还说它，是破纸，是废纸吗？"老教授又给小个子，上了一堂课。

"哇！哇！发了！发了！我的妈呀，发了！发了！他有这么多的钱，要坐牢吗，要枪毙吗？"小个子很认真地问道。

"你说呢……"老教授反问他。

"那是……肯定的了！"小个子自己回答。

"对的！那是肯定的了！那是肯定的了！"老教授坚定地说。

"那……你的照相机，我去要回来。"小个子很兴奋说完，马上起身要离开。

"你千万别告诉，这里的情况，否则你的大公鸡要飞了！这是第一点，要记住；第二点，拿照相机时，千万记住，要拿最小的一个数码照相机，这样不被他们发现，记牢了吗？"小个子被老教授一把抓住衣服，很神秘地，又叮咛他一番。

"我什么，都不说的！绝对，我什么，都不说的！拿最小的一个数码照相机，就是了。"小个子很配合老教授，因为这是在违规冒险的行动中。说毕，笑了笑，使劲点点头。

"好！好！一言为定！"老教授很放心，放开他衣服的手。

"好！好！一言为定！"小个子依然笑笑，还使劲点点头。

# 第三十七章 赴莫斯科

老教授和路莉萍，在莫斯科机场旅客出口处，碰上接机的女儿薛琪与柳宏春，他们相互一阵寒暄，介绍过以后，他们马上乘上柳宏春驾驶的车子，向莫斯科某医院奔驰而去。车子上，老教授坐在副驾驶的位置上，母女俩坐在车子后排，女儿依偎在母亲身边，在一番抽泣中，告诉母亲：她与弟弟薛元游玩了城市的著名景点，又去游玩郊区的风景点，由于当天下雪风大寒冷，取消去更远的旅游景点，想在此城中寻找爸爸曾经活动过的足迹，如中西餐厅、酒吧、舞吧。于是手机上网，搜索到一家叫"俄罗斯夜舞吧"。现在才知道，当年爸爸带妈妈也去过这家舞吧，后来妈妈单独一人，第二次去舞吧，还认识上了柳宏春这个人。在这家"俄罗斯夜舞吧"里，弟弟回忆起他在少教所的一段往事，接着为了一瓶爸爸未喝完酒的酒瓶寄存时，与日本籍服务生发生争吵，后打架起来。由此同时，碰上认识了在此舞吧里卖唱的易格格，易姑娘……

莫斯科某医院ICU，病房外走廊上，易姑娘焦急地坐在走廊的椅子上，等待路莉萍他们的到来。因为这几天，她没有好好睡过，一直守在病房外的走廊上，人困了，就在走廊的椅子上，打个盹，这样几天下来，人清瘦了许多。等着路莉萍他们，还没有过来，人一下子又困了，怕困了后，误事。她就背上包，上洗手间，用双手洗了一把脸，照一下镜子，人脸确实憔悴苍白，明显睡眠不足，为了掩盖憔悴苍白的脸色，连忙从背包里找一下化妆品，结果除了一包小餐巾纸、口红、眉笔外，再也找不出其他的化妆品。说起来要怪出门那天，天太冷，人又急，要去赶车，忘了全部带上它们。现在看着手上，只有口红眉笔，干脆放弃使用它们。朝镜子里看着自己，清清白白的一张脸孔，蛮好看，一下子充满了自信，走回到病房外的走廊上，又坐在椅子上，抓紧时间，闭上眼睛，再打一个盹吧，不知不觉睡着了，还做了一个梦……梦境中，有一个清白脸孔的老婆婆，在天上腾云中呼唤着她：丫头……丫头，别在那里游荡着啦……赶快回到老太姑姑身边……这儿来吧……

　　老教授与柳宏春走向主刀医生办公室那儿，去了解问一些治疗的情况。路莉萍与女儿，想直接到病房，要马上看到薛元的人。于是，她们与老教授分开，急急地走往病房方向过来，并在走廊上看到打盹的易姑娘。易姑娘被她们说话声惊醒后，抬头看见薛琪挽着一个中年妇女，马上猜到，应该是她的妈妈路莉萍，就上前拉住路莉萍，亲切地打了招呼。就这样，路莉萍在走廊上，认识了易姑娘。易姑娘在路莉萍的眼里，是个清清白白、漂漂亮亮的姑娘，包括红衣姑娘、蓝衣姑娘、花儿姑娘都是一个个漂亮粉嫩的美女，薛开甫就是喜欢模特儿的身材和粉嫩娃娃的脸蛋，为选美的唯一标准，用重金养着，十个嫌少，一百个不嫌多。单看从薛仁家的保险箱里，竟然藏有上百张美女姑娘的玉照，就是这些一张张玉照上的美女姑娘们，从国内到国外，从早到晚，每时每刻，分分秒秒地吸去薛开甫身上一滴滴活生生的精血，五十岁刚刚出头的人，就这样竭尽了精血，草草地用性命彻底玩完了他的一生。而易姑娘一直拉着路莉萍的手臂，抽泣地诉说，她与她们不一样，不是小三，不是情妇，不是以身体为条件去交换获得薛开甫的资助。易姑娘长长一番哭诉的话，路莉萍现在根本没有办法听进去的，只好暂时相信与安慰易姑娘。路莉萍现在想着，早点能看到，在酒吧被小日本服务生用酒瓶打伤后，还躺在病房里的薛元。通过病房门窗口的玻璃，看到里面躺在病床上的薛元，薛元的头部被纱布包扎，身上插有许多根管子，管子连接在病床两侧的各种仪器上，仪器上的红绿指示灯不定地闪烁着，呼吸器罩在他的苍白脸上，尽管他一直闭着眼睛，从他粗粗的眉毛中，还能认得出他的模样来。路莉萍一下子又回想起，十个月前，薛开甫瘫痪在国内的监护病床上，头上身上同样插着许多根管子，管子连接在病床两旁的仪器上，仪器上的红绿指示灯，一样闪烁着。父子俩躺在不同国家的病床上，又发生在不同的时间却有着相同的场景上，让她再次揪心，让她伤心落泪。薛元虽然不是她亲生的，但是与薛元共同生活，相处六个多月，她已经把他当成儿子看待。现在，居然躺在……俄罗斯的医院里。想到这里，不禁哭出声来。女儿和易姑娘，连忙上前安慰搀扶着她，让她坐在走廊的椅子上。

　　这时候，走廊的远处，俄罗斯主刀医生走在前面，后面还跟着柳宏春与老教授，他们向路莉萍她们的方向走过来。走近时，才看清主刀医生手上拿着医用人体头部模型和一只空酒瓶，快步来到她们身边，经过简单的寒暄后，主刀医生直入主题，边用俄语讲解，边用酒瓶模拟打击模型头部的动作。一旁的柳宏春，翻译着说："打人者，是用酒瓶猛烈地打击头部，酒瓶里有酒，在打击过程中，有重量，有惯性，比空瓶打击时，所产生的力，大好几倍。而且，酒瓶撞击后，发生了爆炸碎裂。因此头部创伤面积很大，重伤深度很深，头盖骨碎裂后受损严重，碎骨碎瓶体及血块，严重阻碍了毛线血管的流动，导致脑神经、脑细胞大面积的死坏……"

路莉萍听懂了一点：日本籍服务生用酒瓶往死里打薛元，不讲诚信，不守诚信的小日本，最后小日本也死了，真的是该死！可是薛仁，她没有管好，结果薛仁要去做小和尚；薛元，她没有管好，结果，让薛元躺在俄罗斯的病床上。她怎能对得起死去的薛开甫呢？她轻轻地哽咽，又抽泣起来。主刀医生又说了一番，柳宏春马上翻译着说："按照目前，临床的脑神经、脑细胞，以及各类脑功能的损坏程度来看，今后，很可能成为医学上的名称叫作……"柳宏春翻译还没有说完。

"医学上的名称，是不是，成为植物人？"路莉萍连忙打断了柳宏春的下文，想早点知道结果，直接追问。

"是的！"老教授看了路莉萍一眼，觉得她此刻还是坚强的。他与柳宏春一起，异口同声，说："是的！成为植物人！"

路莉萍听后，双腿站立不稳，女儿和易姑娘连忙扶住她，让她坐在椅子上。看来薛元，这一辈子要完完全全像他的爸爸，要在病床上度过了，她心里直念叨："菩萨保佑我们的薛元，菩萨保佑我们平安度过，阿弥陀佛！阿弥陀佛！阿弥陀佛！"紧接着，主刀医生又说了一番很长的话，柳宏春又翻译着说："植物人，一般有好几种，丧失功能的表现：如有随意行为的丧失性；有认知、思想、意志、情感的丧失性；有主动饮食能力的丧失性，和大小便功能的丧失性。目前，对照一下薛元症状，结合病变，很有可能，不会说话……"主刀医生又说了一会儿，柳宏春翻译说，"薛太太，你不能太悲观！植物人，虽然是无意识，认知功能有障碍。但是，往往对听觉有反应的。这个听觉，必须外界不断地刺激他，激怒他，回忆他，促使他，也许会产生反应效果的。当然还可以用，药物疗法，与亲情疗法，同时进行。"

路莉萍一下子听不懂，什么是"亲情疗法"的意思，急忙问了老教授。老教授回答道："亲情疗法。就是家里的亲人，要像对待他正常人一样，和病人不断地进行聊聊天，讲笑话，讲讲故事、回忆回忆过去。特别是受伤之前，他处在什么样的情绪中，或者处在什么样的回忆中，以及处在周围有景有物上，多讲讲这些，这样的病人是很喜欢听，反应会更大些，治疗会更明显些……"

"薛元，受伤前后，正好处在回忆时间上……"女儿薛琪马上接过老教授的话题说，"薛元回忆，他在少教所里的禁闭室，与一个叫妮子的女孩子，他俩一起排练，由他编剧的独幕歌舞剧。在排练的过程中，他还和妮子发生过一段爱情的故事，有一块白色小毛巾是他们爱情的物证。他边回忆讲着时，边从背包里几次掏出来白色小毛巾，闻着，看着。我偶尔一次拿着，看到过，就是一条普普通通白色的小毛巾而已……"

薛琪的一番话，柳宏春马上翻译给主刀医生听，主刀医生点点头又说了一番话，柳宏春马上翻译说："你们赶紧去找，那个叫……妮子的小姑娘，和那条白色的小毛巾。但你们也不能太乐观……了。这样做只能是恢复他脑部的有效功能罢了，病床和轮椅很可能是他一生的好朋友了……"

路莉萍心里想着：薛元只要能说话，能表达思想，能理解我们的想法，慢慢地把各个功能都恢复起来，不管需要什么样的代价，我们都要去尝试尝试。一会儿，她又回想起：公司刚刚搬迁到经济技术开发区，是以老置换新获得的，置换后的差额，不是补偿回来了五百五十万元吗。如果早在一年之前，外贸公司被薛开甫，有意拍卖或者转让掉。那么，没有了现在的新公司与厂房，当然也没有这笔差额的补偿费。这一笔钱，终归都要用在他们父子的身上的。她想到这些，放宽了心态，开始默念佛经。

"我们是不是这样来处理解决眼前的问题：一是等待薛元的康复，走着回国，可能性很少；二是回国去找到妮子，再一起回到俄罗斯，还需要很长时间；三是国内治疗这类病人，已经有病例，手术已经成熟过关。还有，我们这么多人耗着，费用高，浪费时间。你们说说呢？"老教授马上提议，回国去治疗的想法。

女儿薛琪和柳宏春同意老教授的提议。翻译给主刀医生听，主刀医生听后尴尬地耸耸肩，摇摇头，表示不理解，很为难的样子。路莉萍，想了一会儿，温和地说："等待薛元的病情，再稳定一些时候，由贵方医院出面，与人家合用，包一架小型医用的飞机，直接把薛元送回中国，费用由我方出，并再出五倍的工资，请主刀医生，带上薛元病理报告的资料，亲自护送，并与我们国内医院的医生，进行面对面的衔接好。"路莉萍说完擦擦脸上的泪水。

柳宏春马上翻译给主刀医生听后，此时，主刀医生才露出笑脸，伸出手来，去握住路莉萍的双手，使劲点点头表示同意，并会积极安排运送薛元的事宜。

# 第三十八章　王家断崖

　　路莉萍他们在莫斯科住了两个晚上后，第三天，急急忙忙地要回国。回国后的第一件事就是紧急联系医院，看哪家医院，能接收薛元。路莉萍将此事同公司总经理丁乙琴商量，在关键的时刻，丁乙琴又一次自告奋勇，联系上市区内最好的一家医院。这家医院，也是薛开甫曾经被医治过的医院。尽管十个月之前，这家医院针对薛开甫的特殊病情，挑选了专业技能最强的几个医生组成团队，用上了最昂贵的进口药物救治瘫痪在病床上的薛开甫，也只是把他的生命延长了一百五十多天，最后还是离开了人间，那是他的命不好。想一想，薛元的命很好，寺院里和尚师父说过，他一定不会像他的爸爸那样，他会躲过这一劫难的。第二件事，他们赶紧要去寻找妮子。寻找妮子唯一线索，就是妮子和薛元，都被关押过的少年犯管教所，只要去查询少教所就能知道一切。老教授在几个月前，薛仁家保险箱里，发现两张巨额存款单上的名字有薛元，这时，大家还不知薛元为何人，年龄有多大，一时束手无策，只有老教授记住他的名字，然后到处查找他的人，奔赴市区内的所有户籍派出所都无果。最后，就在少教所里，查找到了他的名字。同样，这次老教授也是很有把握地对她说，只要我们到了少教所去问问，就能知道妮子现在何处。于是，他们驱车来到了少教所，还找到了当年的几位教官。教官告诉他们说，在三年前，妮子小姑娘的母亲含冤含恨自杀后，病床上的父亲需要妮子照顾。妮子当年是十三岁，十三岁不符合被关押少教所的年龄，妮子被释放后，回到原来居住地，又因为当年的妮子根本没有卖淫记录在案，纯粹属于误抓羁押，好在从头到结束只关押五天时间，第五天一大早就被释放。薛元多次恳求过教官们，说要去找妮子，教官找过后，告诉了薛元，当地村民们都说，自从妮子的父母亲去世后，再没有看到过妮子。第二年和第三年的清明节，在这段上坟前后的时间里，教官又去找过，依然没有看到她在父母亲的坟头上坟的影子。可见，妮子在原居住地已经失踪整整三年。

老教授与路莉萍很认真听完，少教所教官的叙述后，觉得这个事情，有点蹊跷，有点不明不解，他们更加坚定了寻找妮子的决心：一是医学上说，是一种叫亲情治疗，要妮子去唤醒瘫痪在病床上植物人的薛元。其实，是让妮子去试试，或许能唤醒薛元；二是更加迫切地要去查找，不明不白失踪三年的妮子。他们达成一致意见后，从少教所驾车出来，直接赶到妮子居住地的崔家山村。到了崔家山村村口时，已经是山区的下午六点夜幕已经拉了下来。

他们停车后，在村口处走进一户人家院子，去打听。这户人家的女人，看上去身体有点病态，正在门口轻轻叫呼一群鸡鹅进笼。当听说他们是从城市里过来要找人，那个女人反过来打听他们，说有一辆老爷车，被她男人拉泥沙车撞坏了，他们不要赔钱还给了钱，男人忘记问问他们叫什么名，住在哪个小区好去谢谢……说着的时候，刚好一辆农运四轮车开进院子。下车的人，是这户人家的男人，男人看了老教授和路莉萍，马上拉了女人，一起跪在他们的面前说，他们就是要找的人！后来，他们知道，那个男人姓崔。那天，姓崔男人，为了要缴纳女人的住院费用，多拉几车泥沙，疲劳驾驶，撞坏了老教授的那辆老爷车，他们不但不用赔钱，路莉萍还给了三万元钱，这让生病的女人，以为他家男人碰上了一个活菩萨，有了这个精神上的支持，病好了一大半。现在，路莉萍又看到崔家女人病好了一大半，很高兴，从包里拿出一万元，说病人体弱，还需要营养补充调理。夫妻俩听后，又跪拜，又感谢。

这个村，过去一直叫天象岩村。现在叫崔家山村，崔家山村山后面，还有一个祝家山村，这两村，组成了行政村。祝家山村，总共只有十几户居民，居住在远处高高山头的背面那边。听完，崔家男人介绍，老教授忽然回忆想起来，天象岩村的村名，听起来很耳熟，曾经在三十多年前来过这里。那个年代刚好，全民兴起"护林造林"运动。为了拍摄"护林造林"的新闻宣传照片，年轻时代的老教授，还是一个新闻记者呢，曾进入该村体验生活。记得该村书记姓崔，叫崔巍。他与崔巍，都是同龄年轻人，崔巍书记陪着他上山拍照。一会儿爬上这座山头，一会儿爬到那座山头上，拍下了一组他最得意的新闻宣传照片。这些新闻宣传照片，后来在新闻摄影大赛中还获得大奖呢。同时，崔巍书记所在村庄，因此也获得了"护林造林"的先进集体称号。那天晚上，他被崔巍书记邀请，还在崔家过夜，一眨眼已经三十多年过去了。这里山村变化得太大了，道路两边建造了联体的三层别墅式楼房，再远处，看见了四层的联体别墅。确实认不出来，走哪条路，可以到达村委会办公的地方？走哪条路，可以到达崔巍书记的家呢？此时，路莉萍提醒老教授，我们应该先找到当年的崔巍书记家，说不定他有办法呢？老教授觉得，她的提醒很及时，只要找到当年的崔巍书记，比直接去寻找妮子更省力。崔家男人说，不用找了，他很热情地带他们直接来到老崔书记家。

到了老崔书记的家门口。老崔书记一眼认出当年的小记者，在变为教授的过程中，没有怎么变样过。而老教授已经认不出来，当年的小崔巍书记了，当年身强力壮的小崔巍书记，现在变成白发苍苍，脸上被山风与日晒，已经是黑黝黝的，伸出手来，已经是骨瘦如柴，握着他的手，却很有力。一对老人相互寒暄后，进入屋里，老教授把寻找妮子的来意一说，要老崔书记帮忙。老崔书记已经不在职位上，但在当地，他还是有一定威望和名声的。他当即叫人，去把妮子的伯父呼叫喊来，追问失踪三年的妮子去了何方？

刚开始，坐在竹椅子上，妮子的那个伯父，很狡猾，眼睛扫来扫去，在两位陌生人身上，始终不肯吱声。一旁的崔家男人，在催促快点说，那个伯父没有反应。老崔书记有点恼火，加大语气追问："三年时间，没有看到过妮子的影子，你把她藏在哪里？！"老崔书记，严厉瞪眼，对着那个伯父。

"妮子……她，在外地念书呀。"妮子的伯父，开始有点紧张。

"妮子她，在外地念书？到底妮子，在哪儿……念书？哪儿？快说！"老崔书记再次加重语气说。

"快说，到底在哪里？！"崔家男人，也跟着追问。

"在……在……在省城呀。"妮子的伯父，开始有点害怕，说话的声音，有点发抖。

"凭妮子家的经济条件，她去省城……念书？哪来的钱？你说说看呀！哪来的钱？！"老崔书记严厉果断地追问。

"妮子家的房子，妮子家的山地，都卖了的……钱呀……"妮子的伯父，还想继续隐瞒，心虚地打一回圆场说。

"呸！呸！呸！"老崔书记更加严厉，声音洪亮地说，"妮子家的房子，不是成了你家二狗子的婚房吗？妮子家的山地，不是成了你家，老大狗子的竹林吗？你自己说的话，你能信吗？他是一位大学教授，专门来调查寻找妮子的。你骗人的话，他会信你的吗？！"

"你骗人的话，人家信你吗，快说！"崔家男人急了，拍打了那个伯父的肩膀一下，也在催促追问。

"你已经把妮子家全部财产霸占完，还不够，还把她拐卖到省城，是不是这样？快说！"老教授马上接过，他们两人追问的话，继续像在审犯人似的追问起来。

"我，我，我没有拐卖，是……是……是把妮子，嫁到……后山的……后山的祝家山村。"妮子的伯父，一听是大学教授，觉得再编圆不下去了，吓得连忙改了口气。

"你！你把一个十三岁的侄女，还不到婚龄，嫁过去，已经三年了，是不是这样？快说！老老实实交代！"这时候，路莉萍也忍不住了，也很气愤，天下哪有这样的长辈，乘人之危，还干了违法的坏事。

"是……是……是……的，是的。"妮子的伯父像犯人似的低下了头，双脚开始在发抖。

"这不是嫁人，是卖，是在拐卖，你是在犯罪。你犯了罪，是要坐牢的，你知道不知道坐牢的滋味？"老教授马上又追问，逼他说出事实。

"我……我……我……说。"妮子的伯父，全身发抖，已经说不出话来。

"我！我！我什么呀！快点说！你把妮子卖了多少钱？卖给谁家啦，快点说！不说，我要报警啦？！"老崔书记猛地一拍桌子，妮子的伯父，吓得从竹椅子上滑下去，坐在地上，全身发抖。

"卖……卖……卖，给祝家山村的祝公公，共拿了六千元，三千元给妮子的父母安葬花了，后三千元给……给……给，二狗子……办婚事……花了。"妮子的伯父，知道不能再隐瞒了，只好老老实实又吞吞吐吐说了实话。

老崔书记当即决定，要那个伯父带上二狗子办婚事花的三千元钱，退回给祝家，并在明天早晨的五点钟，在村西口等着，陪老教授他们，去祝家村要人，如果后悔，不这样做，那么只能报警。那个伯父，自认倒了霉，垂头丧气的答应后匆匆离去。

妮子伯父离开后，老崔书记要他老伴，好好准备晚饭款待老朋友。崔家男人说，家里女人已经弄好饭了，要他们过去吃饭。而老教授却说时间不早了，明天一早还要赶过来。老崔书记要他们晚上留住这里，因为明天一早上去祝家山村后，再返回到这里崔家山村，来回需要一天的行程。老教授也知道上祝家山村，来回路程与时间，就是这么一天的来回步行路程，可惜在三十多年前拍摄新闻宣传照时一直没有去成，这次一定要去的。于是，老教授与路莉萍商量后，认为这里山村离市区远，没有高速公路，没有国道省道，都是一些崎岖的山路，还没有路灯呢，开夜车，车辆在行驶过程中，存在安全问题，就同意留下来。争抢吃饭的事，老崔书记对崔家男人说，让他们留在我家吧，我们还可以聊聊过去的事，明天辛苦你，陪他们一起，上祝家山村吧。崔家男人，想了想，点点头答应，然后离去。老教授说，晚饭简单一点，要了：红薯、土豆、玉米、南瓜、芋艿烤上一大锅。老崔书记却说，"那是过去的吃法，春节刚刚过去，过节的年货小菜还没有吃完，再配上肉、鱼、酒呀，怎么样好不好？"老教授说，"鱼肉酒都免了，如果还有花生的，有红枣的，山药的，一起烤上也可以的。"老崔书记听他的口气，知道他们城里人，对鱼肉酒不感兴趣，就不客气地笑着说，"好的，好的！好的！加上萝卜丝馒头，再加上我家的特产笋丝咸菜汤，笋丝榨菜汤怎么样？"老教授听后，很合他们的口味，一口咬定说，"好的！好的！"

晚饭后，老崔书记要将大床让位出来，给他们睡，给他们睡的理由是：老教授结婚那年，崔巍书记应邀赴宴，喝喜酒去过的，老教授的妻子去世那年，崔巍书记获悉后，去奔过丧的。后来，老教授调到外地教书去了，有没有再结婚呢，崔巍书记是不知道的，俩人一直都没有联系上，彼此断了线索。老教授刚才进门碰面寒暄时，老教授对她的介绍，没有明确表达清楚，老崔书记看到眼前的路莉萍，只能猜一猜了，他们应该是一对夫妻吧。于是乎，老崔书记一直坚持将大床让位出来，给他们睡。而老教授连忙说，不要了，在三十多年前，那一个夜里，他睡在这张大床上，没让他睡好过，因为崔巍书记刚刚结婚不久，从房间，到大床，再到被子，满满的都是一屋子香味，而且是重重的那种浓香味。这就是山村的乡俗吧，说是让新婚房要用浓香熏一熏，避免邪气入侵的风俗。路莉萍听后接上并提醒老教授，我们的车子里，不会有这种的香味。听了路莉萍这么一说，老教授马上反应过来，睡在车子里，当然可以过夜。而且还免了老崔书记一家的麻烦。再说，那张大床，他们两个人，还不能睡在一起的呀。老教授提出，要了两条薄被子，说晚上准备在车子里过夜。就这样，老崔书记只能放弃让他们睡大床的坚持了。老教授与老崔书记，他们在客厅里闲聊着，山村三十年前后的变化话题，路莉萍又插不上他们的话题，听了一会儿，说走出去一下。过了几分钟后，她从车子的后备厢里，拿来好多的礼品盒子装，有西洋参、海参、黄鱼干、鳗鱼干、目鱼干、紫菜、虾皮等海鲜年货，送给老崔书记家。这些年货，原本在春节前是送老教授的，来后发生一连串的事情，有老教授因软禁受伤住院的事，寺院建亭立碑的事，因女儿薛琪绑架，一起赶赴莫斯科的事，礼品盒子一直放在汽车里，一直忘记送出去。老崔书记看到那么多海鲜年货，一开始不肯收的，老教授上前，在老崔书记身边，耳语了几句，最后老崔书记同意收下，老崔书记拿出，他们家的土特产有鲜笋、咸笋、干笋、花生、土豆、红心地瓜、玉米，以及五只很大金黄色的老南瓜，还叫上儿子孙子几个人，一起将这些土特产，拿到停在村口的车子旁，装在车子后备厢里，老教授一边向他们道谢，一边将部分土特产，放置在车子后排座位上，宝马车一下子，变成货运车了。待与老崔书记，他们一一握手告别走开后，路莉萍将宝马车的前排，两个座位靠背放倒，与老教授一人一条被子，将被子的一半铺垫在座位上，一半卷过来，盖在和衣的身上，躺着还算舒服。

车窗外，漆黑一片，偶尔，有淡淡的几丝月光，从云雾中透露出来，反照在汽车的挡风玻璃上。山间，一片静悄悄的，时不时有一股山风，从稍微启开的车窗缝里吹进来，很快把里面的热气带出去。随后，车子后排座上的绿壳带须玉米，散发出一阵玉米的清香草味。玉米已经过了季节，保存得这么新鲜，老崔书记一定是从冰箱柜里拿出来吧，不会从大棚里，生长中采摘出来吧？此刻，路莉萍没有去考虑安全的问题。比如狼呀，野猪呀等动物来攻击。因为她没有取下车子的钥匙，一旦发生了危险情况，车子马上可以发动，车窗马上可以关闭，还有身边躺着的老教授，可以给她壮壮胆子。现在，她可以安全地开始去想，妮子的事。十三岁的妮子，已经失去了父母双亲，同薛元一样的命运，都是成了孤儿，是一个苦命孩子。可是，妮子嫁人过去，已经三年。山沟里的人，怎么一点也不懂法律的意识？明明不能结婚，不能生育。唉不知道，妮子生了几个小孩？三年时间是怎样过来的？祝家人，对妮子好不好？妮子还想不想薛元？会不会留下他们的孩子，跟我们一起走呢？那个祝公公，会不会放妮子走呢？对于妮子的更多信息，现在毫无知晓，不敢再往后想下去；她一会儿想到瘫痪的薛元。他被关押过，改造过，把不好的东西，都用在打架上。结果在酒吧里，打死了人家，一个日本籍的服务生，自己却瘫痪在病床上，还牵上女儿薛琪的遭绑架。他一个小小的年纪，还与妮子发生过一段爱情的故事。唉这一切呀，都是薛开甫作的孽啊！她一会儿又想到女儿薛琪的事，什么事？薛琪与柳宏春亲密举止的怪事！在莫斯科医院的薛元病房里，在宾馆的走廊里，以及在餐厅里，多次看到女儿总是喜欢靠近，或者干脆靠在柳宏春身上，柳宏春也干脆搂着她的腰，他俩很甜蜜，很恩爱的样子，也许是做母亲敏感过头了呢？当时还问了问老教授，他说，没有呀，很正常呀，柳宏春救过她呀，而且她在一丝不挂的情况下呀，柳宏春脱衣保护她呀。老教授说的只是表面现象，其实，母亲最能读懂女儿的心了，想找机会，在通话中，好好问一问女儿。她一会儿又想到那个易姑娘。易姑娘漂亮，大气，耐看，不带一点妩媚与妖娆。易姑娘的举止，让人看后有一种：心身清净。薛开甫带她，去莫斯科是不是天意？是天意的安排，让她出现在舞吧里，出现在打架的现场上，既救了薛琪，又救了薛元。如果不在现场，柳宏春不会去现场寻找她。那么，薛琪遭绑架，薛元被打伤的现场，所发生的事件，如同石沉大海了。还有她口口声声说，不是情妇小三，不是拿身体去交换的，去获得薛开甫资助的，想一想，薛开甫有那么的傻吗？到手的姑娘，能逃出他的手心吗？韩晗、白梅、木土花、蓝婴儿、高欣，还有秘书助理，后有疯子花儿姑娘，她们都没有逃出他的手心。木土花是一个最好的例子，难道你一个易格格，有这么大的法道，还保持纯洁吗？但是话得说回来，还要听一听，老教授对易姑娘的评价，易格格自己所说的话，是否属实？

　　路莉萍一直睡不着，问了老教授睡熟了吗？其实，老教授很不习惯，这种睡法。他也无法入睡，在想：王尼西被抓以后，一直有强烈的抵抗情绪，不肯交代绑架他的动机，还说两袖清风，非常的廉洁。最后，老教授拿出证据，王尼西一下子没有了神气。老教授当场质问了王尼西，"为何动用行政的资源，采用黑道的手段，肆意打压薛开甫，以及薛开甫的外贸公司，这到底为了什么？"王尼西吞吞吐吐说，"薛家上代欠王家上代两只'圆木棺材沙木底'的银子钱。"这一句话，是戏说，是气话，还是真话，让在场的警方人员，都摸不着头脑。老教授还没有反应过来，还没有弄懂问清楚，"是不是你们王家与薛家上代两家祖父辈的恩怨？还是此时被逼无奈下，说出的一句废话？"当老教授还没有听到王尼西的回答时，王尼西已被警方铐走。

王尼西说的此一句话，是真！这又要从以前说起：薛家上代木匠，与王家上代泥匠是世交，又是建造房子合作的团队。到了老王泥匠孙子辈手里，做工不精致，偷懒，声誉败坏，人家呼叫他"烂腐泥匠"，薛家木匠师傅不与"烂腐泥匠"合作，他断了生意，他断了经济收入，他怀恨在心，要出气，要发泄，要报复。他的家，就住在薛家高高的围墙后面，第一排房子。他是泥匠世家子孙，当然知道一道高高围墙的要害部位在哪儿。他将鸡棚、猪棚、狗窝搭建在紧靠高高围墙后面，以搭建鸡棚、猪棚、狗窝为遮掩，又趁着天黑时，对高高围墙动了手脚，将墙体里面一根根固定地面的木桩子锯断，再将围墙里面部分实心斗墙拆成空心斗墙，将拆下来的碎片材料藏在鸡棚、猪棚、狗窝里，目的不让人家去怀疑他，看上去一道高高围墙气魄，威武，雄壮，并无异常，事实上，只要用力一推就倒了。这就是一个泥匠世家的下代人，所干出来的事。他还算准了，近日可能有一场台风雨要过来。果然，没过几日，一场台风雨不请而至，台风刮了一整夜，"烂腐泥匠"的心里，一定偷着乐。第二天一大早，台风未走，天阴暗，乌云阵阵，他父亲不知晓，去开门，马上看到，倒塌围墙里面，有白茫茫的一个巨大坟墓，当场吓死。他的爷爷老王泥匠过来，查看倒塌的围墙，发现围墙里木桩子被人锯断，知道是自家孙子干的好事，这是第一错。孙子不争气，不进取，不敬业，还入了坏队，与一群恶人为伍，这是第二错。这两个错，没法面对，无过错的薛家，这一张老脸，怎样去面对呢？人气上来，郁闷在喉咙头，当场气断而死亡。"烂腐泥匠"真是人算不如天算呀！结果，将他的父亲与祖父当成了炮灰的牺牲品。无辜不幸的父亲与祖父死后，"烂腐泥匠"召集一帮恶人，找薛家，要赔两口"圆木棺材沙木底"的棺材。薛家觉得，高高的围墙被台风刮倒，坍塌有些蹊跷，以穷赔不起两口棺材为由拒绝。从此，两家结上了冤家。到了薛开甫一代，没人详细告诉上代，有过这样的结怨事情，即便听说过有此事，薛开甫也没有告诉过他的妻子以及他的后人。而王尼西这一代人，就不一样了。他们忘记，不提起，干脆删掉"烂腐泥匠"对高高围墙动过拙劣的手脚这一段不光彩的历史，他们只记住要赔偿两口"圆木棺材沙木底"的银子，还要记住时时刻刻报复薛家下一代的人。足以可见，这个仇恨深深藏在王家子孙们的心里。王家后几代人，经过发奋努力，改了行业，改邪归正，终于有下代的子孙，人模人样，走进公务员的行列，可惜，可惜被警方铐走了。

"教授，你睡熟了吗，跟我……说说话，好吗？"路莉萍动一下身子问道。

"嗯。是说说……人吗？"老教授回应了一声后，然后，用力侧过身来，又说，"你要说哪一个人？是薛琪与柳宏春、薛元与妮子、薛仁呢，还是易格格呢？你先要听哪一个呢？"

"先要听，易格格，易姑娘……这个人，你看怎样……"她伸出一只手来，马上问。

"易姑娘，我对易姑娘的看法，与柳宏春对易姑娘的看法相同，一致认为，该姑娘处事为人，正面的，没有负面，所以在她身上，贴不上小三啦、情妇啦这些标签，仅此而已。"老教授淡淡地说。

"你对人家的评价，就这么……寥寥几笔呀？"她马上笑着说。

"那是对她，最高的评价。看你的评价呢……"老教授笑着说。

"我对她，是呀……还，还没有想好呢。"她笑笑说。

"好的，没有想好，就不要再去想了。现在，你想不想听听，那个被抓姓王的人，"老教授马上转移话题，又说，"也就是说，一直欺负你家老公，视薛开甫外贸公司为死对头，那个大腹便便的王尼西，是如何抵赖罪状的吗？"

"要听的！要听的！快点说，快点说！要听的，要听的，很想听的？"她马上来精神，还侧身过来，伸手推了老教授一下，催着他快点说。

"你很想听，是吗？好的……好的，那，那你先回答，我的一个问题……"老教授抽出一只手，轻轻拍一下脑门说。

"你问吧，我听着呢？"她笑笑，在催他。

"好！好！你们薛家……祖辈上代，有没有跟人家，结过很深的怨呀？"老教授也笑笑问道。

"有过。有过。我听薛家，远房的婶婶和堂叔说过，上代老王泥匠与老薛木匠是世交，到了他们的第三代，结上冤家。薛家还欠王家两口棺材的银子。为什么要赔偿两口棺材的银子，他们一时三刻也说不清楚的。"她先吃一惊，后放松地笑了，说着的话，好像很轻松的样子，因为这是上代的事，现在老教授提出来，觉得有点怪怪的。

"这个上代王泥匠是谁？两口棺材又怎么回事？"老教授很认真地问道。

"详细的，我也不知道，不清楚的，公公死得早，婆婆没有提起过此事，薛开

270

甫根本没有说起过，上代的结怨，也没有告诉过下一代的人。我从旁人边，听到的也不多，只知道当年"烂腐泥匠"，做人不厚道，先破坏屋后高高的围墙，后推倒屋前高高的围墙，才与王家上代结的怨。你说，这有关联吗？"她有些不解，反问道。

"你知道吗，这个王尼西，就是你们薛家上代，结怨很深的'烂腐泥匠'下代的子孙呀！"老教授认真地说。

"上代结的怨，到了下一代，不去解开，反而还要处处报复，这官是怎样当的，这个公务员是怎样混进干部队伍里去的，王家上代一直不厚道，到了下代，依旧一直不厚道，这个仇，有那么的深吗？应该早点让他，'双规双开'吧！你快点说说，他的结果怎样，他是怎样抵赖罪状的？"霍然，她坐起来，催着老教授快点说。

"好的！好的！事情还要回到那天，与绑匪小个子一起，在储藏室里，找到保险箱后说起……"老教授接着又说了起来。

老教授与绑匪小个子，一起通力合作，将储藏室里的保险箱，拉移出柜子门外。之前老教授一直打不开保险箱的门，小个子笑着说门是可以打开的，但要提一个条件，老教授问要什么条件，小个子说要这一个纯金999摆件的生肖鸡，老教授也提了一个条件，要小个子赶快去取回，他自己的名牌数码照相机，小个子同意了，两人达成一致意见。果然，小个子打开了保险箱的门，小个子拿去了生肖鸡，很快从绑匪高个子那儿，拿回来老教授的照相机。老教授将藏在保险箱里的各种股票转让的协议呀，证件呀，都一一拍摄下来。然后，要小个子把证件，一一放回保险箱里，再把保险箱放进柜子里，恢复原来的位置。由此同时，老教授用最快的速度，取下照相机里的芯片，藏到鞋底里。就在老教授做完这些动作后，绑匪的高个子，走了进来，一把抢走老教授手上的照相机，朝储藏室门外的地上，狠狠地摔下去，又马上朝老教授的心口上，重重的三拳，老教授无声无息地，直挺挺倒在地上，一时还在傻想：为刚刚做完的危险动作点赞，为取下芯片，留一手的庆幸；为正面人物的小个子，做了叛徒，可惜，而又可恨，小个子手上的大公鸡，肯定要飞走了……随后，老教授不省人事。待老教授清醒过来时，已经躺在医院的病房里。躺在病房里的第三天，警方邀请老教授，去市公安局，以当事人的身份，讲述这十天来，被害经过做笔录，并在那里看到，正在被审问的那个王尼西。王尼西得意扬扬，还说两袖清风，很廉洁，没问题，拒不交代罪行。老教授只好向市公安局去要了，与他一架，被绑匪高个子摔坏的同型号数码照相机，并从鞋底里，拿出芯片，插入相机里，然后连接电脑，很快视频器上放映出来，一台保险箱和保险箱上一只生肖鸡的画面。这时候，王尼西，刚刚强装得意神态，很快消失了，应该到了跳崖的时候了；第二张，是打开保险箱门的画面；第三张，是几十份股票转让协议，证件的画面；第四张是王尼西的名字，名字被拍摄成了特写的镜头；这时候王尼西，从椅子上滑下来，瘫痪似的坐在地上；第五张，第六张和第七张……都是王尼西，名字的特写镜头画面。此时，瘫痪在地上的王尼西，身边已经流淌出形成一滩的尿水了……

# 第三十九章　妮子失踪

　　天象岩村，一直是老底子的叫法，现在改成崔家山村了。崔家山村扩大行政区域后，把祝家山村纳入进来，组成一个行政村。祝家山村地处两个市之间的交界处，故与崔家山村之间的相距很远，中间要翻越好多座大山头，要绕过五条深深的溪坑。因为没有修建车路，要靠行走，山弯山，山叠山，弯弯曲曲，数十公里羊肠小道，两村步行的来回，大约需要走一天的路程。比如说，崔家山村的人，早上串门要到祝家山村去，还没聊上几句话，扒几口饭，就得赶紧回家来，前脚刚踏到家门，后脚的太阳，也就跟着落山了。因此说，崔家山村的人，很少去祝家山村，或串门或聊天，或攀亲或相亲的。同样，祝家山村那边的人，也不情愿，为了多聊上几句大白话，要去走一天的弯弯曲曲羊肠小道。这样一来，两个山村，隔断了所有的信息，也断绝了所有的亲情。也许有人，一定会想到说，去打一个电话呀，不是什么都可以解决的吗？可惜，那边的村上，没有电话！没有电灯！还没有自来水呢！祝家山村，依然生活在 20 世纪五六十年代里，似乎远离了现代的社会。

　　祝家山村的祝公公家，坐落在村东的竹林小溪边上，小溪边上有一长排四间，朝南的老屋平房，房前有一块很大的院子，屋后有一大片竹林延伸到，后面山头的半山腰上。祝公公家，还有一个漂亮极致的少妇。那个少妇有一张白嫩的娃娃脸，会说话的大眼睛，乌黑的长辫子，辫子垂到腰间下；穿着一套尺码有点小、褪了色的夏季衣裙校服。那套小了点的衣裙校服，却衬托出少妇胸部挺而大，与臀部的翘而圆，再加上长长的腿，平平的腹，极其美感。少妇的婚龄，已经满三年，婚后无子无女，与祝公公生活在一起。少妇，就是十六岁的妮子。妮子在自家屋后的竹林田上，种菜、养鸡、养猪。又在屋前边下小溪水里，洗衣、洗头、洗脚，过得很自在。祝家山村的年轻人，路过小溪边，看到妮子，都说她是天上的仙女。谣言一传出，年轻人纷纷上祝公公家，在妮子面前自我推荐说，你家祝公公，做不了力气活，让他们来做，如冬天竹林里的冬笋，和春天里的春笋，以及老竹子砍了，拉到外山的镇上去卖。妮子心里知道，他们是多想看她几眼，多想与她说上几句话，甚至还想把她诱骗到竹林深处，然后把她搞到手。所以她一直不松口，没有同意他们。他们一次次地上门劝说，恳求，都没有成功。祝公公慢慢地明白一个道理：妮子好像是一朵鲜花，鲜花，终究要引来采花的蜜蜂。如果要把蜜蜂赶走赶跑，那么首先要把鲜花包装起来，埋藏起来。从此祝公公不让妮子，白天抛头露面的。当然，包括种菜、养鸡、养猪的事，祝公公自己挂着拐杖去搞定。妮子心里，很高兴的，也很乐意的。一旦等到天黑时，妮子开始在小溪水里，洗衣、洗头、洗脚，一旁，祝公公挂着拐杖站岗似的，发现有不怀好意的人在偷看她，一声吆喝，他们马上撤退。第二天早上，祝公公左手挂着拐杖，右手提着水桶，把家里大大小小的水缸都盛满水，让妮子在家里洗。妮子高兴，也偷着乐。一些见不着妮子的年轻人，再没有上门来过。祝公公把竹林山一些粗活细活，让一些上了年纪，又守本分的人去打理。他自己坐在家里，山地主那样的，等着收冬笋，收春笋，收竹子卖掉的钱。然后，又像公司的大老板那样，按月按时发放工资。这样还能看着防着妮子墙外开花。有时候中午酒醉饭饱，人有些激动兴奋时，还能搂搂抱抱，亲亲仙女般的妮子呢。

祝公公，在五岁那年，与山村里的小伙伴们一起，在自家屋后的竹林里，爬高比赛，小伙伴们挑选了一棵特粗，特长，特直，特茂盛的毛竹之王的竹子，可是那天早上的竹林里有露水，因此竹子表面比较光滑。比赛开始，他第一个爬上竹顶，却不小心，摔下来，摔坏了腿，又摔坏了下身的两只小蛋蛋。他的爹娘，一怒之下，将那棵毛竹之王的竹子砍了，砍成一捆捆的，拉到家里来，整整烧了三天三夜还不解恨，又将毛竹之王的周围，刚刚破土生长出来的竹儿孙们，全部砍了。就是这些，竹头尖尖的儿孙们，夺走了祝家儿子的一条腿，还断了祝家的香火。十年后，他的爹娘含恨相继去世。祝家山村的人家都知道，祝家的儿子脚残了，下身又残了，人家背地里都叫他祝公公。人家叫祝公公，当时祝家没有提出强烈的抗议，因为人家没有直呼祝太监，而称呼公公，比较文雅。不知道的人，还以为他的辈分高，祝家人也就默认了这个叫法。又五年后，祝公公二十岁。祝家的竹林，年年茂盛长势良好，竹林山一座座又特别的多，再加上，无爹娘，又是独子，家境富裕得很。可惜的是，没有一个姑娘，丑得不能再丑的，或者穷得不能再穷的能看上他；更没有一个单身的寡妇，或者说带着一个拖油瓶的孩子，愿意嫁给他的。到了三十五岁那年，祝公公真的来了桃花运，他躲也躲不过的。十三岁的妮子，由于心身疲劳不堪，不明事理，不知不觉与祝公公喝了交杯酒后，竟然倒在祝公公的婚床上……

妮子十三岁那年，煤矿二老板以借款，救她父亲为名，来到她的家，二老板先奸污了她的母亲，还想奸污她，她反抗挣扎中，将铅笔深深地捅进二老板的眼睛里。二老板报了警，随后，她背起书包，被当地派出所押到少教所，关了五天。其中的两天，她将书包里的初中一年级新课本，阅览了一遍。开头两天，她与薛元，一起在禁闭室排练独幕歌舞剧。第五天一早，警官告诉她，她的母亲在家自杀身亡了，她被释放回家，去照顾生病的父亲。妮子哭喊着回家，看到死去的母亲躺在床上，床下有农药瓶，知道母亲当时的心情，来自三个方面的压力：一是为女儿无辜关押少教所，叫冤；二是为丈夫要不到钱医治，叫恨；三是为自己遭受二老板的诱奸，叫魂。妮子不断地哭喊着母亲，还没有想好，怎样去处理母亲的后事，又一个劈头盖脸的坏消息传来，伯父急匆匆告诉，说她的父亲，在医院里刚刚病亡。双亲的突然离世，前后双重的打击，一个十三岁的少女妮子，怎能抵得住突然间而来的噩耗。妮子背着书包，除了哭喊着：爸爸妈妈……呀！依然是流泪地哭喊着：爸爸妈妈……呀！好心的邻居们，扶持她，她不由自主地一会儿，被人扶着走到这边；又过一会儿，被人扶着走到那边。妮子确实记不得，记不清，父亲的遗体，是怎样被拉回家的；妮子确实记不得，记不清，父亲的遗体与母亲的遗体，是怎样放在一起的，停放了多少天；妮子确实记不得，记不清，父母的棺材，是怎样被运送山上去的；妮子又记不得，记不清，她是怎样告别了父母的坟墓；妮子更记不得，记不清，她是怎样跟着伯父，走了大半天弯弯曲曲羊肠的山路，来到了祝家山村的祝公公家，坐在洞房的床上……

妮子的伯父，做主，把她嫁给了祝公公。其实，就是六千元钱卖给祝公公。共分两次取钱，第一次，伯父黑夜里摸上祝家山村，与祝公公见面，约定三天后成婚，祝公公同意。伯父开出的条件要带走三千元，三条烟，三瓶酒，祝公公同意。伯父将带回来的钱和烟酒，全部用在妮子的父母安葬费用上。第二次，伯父用了狠心，将还尽情在悲痛之中的妮子，直接带到祝家来，喝上交杯酒，送进洞房，伯父得到了剩下的三千元，再加上三条烟，和三瓶酒，高高兴兴，摸着黑夜，消失在山弯曲折的山路。妮子上祝家山村时，随身带来只有背上的书包。书包里，有初中一年级的新课本，新作业簿，还有一套衣裙校服。妮子在娘家时，由于悲伤哭泣，四天时间没有好好吃过饭。现在，来到了祝家，在不知不觉中，又懵懵懂懂喝了酒，头重重的，眼前冒着金光，背上的书包和她的身体，一块儿倾斜，然后直挺挺倒在床上……

妮子的双手，毫无目标地在空中挣扎着。过了一会儿，她迷迷糊被祝公公咬得疼痛，而慢慢地惊醒过来。祝公公没有办法做夫妻生活的事儿。此刻，妮子没有哭，只是喊救命。祝公公连忙将妮子撕碎的衣服，快速盖住自己的下身，同时坐起来，跟她理论。

"喊什么！喊什么！不用喊啦，没人会来救你的。你看看这一间间的家里，这么多的房子。山里，这么多的竹林，只要你好好做我的女人，这些东西都是你的……你的！"祝公公笑了笑，得意地说着。

"谁稀罕！谁稀罕！我不要！我不要！我的人，不是你的！"妮子愤怒地大声叫喊。

"我出了六千元的钱，买你的！"祝公公狡猾地说。

"别胡说！别胡说！我知道的是三千元！"妮子更加愤怒。

"那……一定，被你伯父骗了三千元！"祝公公在推卸责任，转移目标。

"你刚刚说的，六千元买了我，而我只收到三千元，你必须，再给我三千元！"妮子不上他的当，不会一起跟着，去追究被伯父骗走三千元的事。

"你，你一个破鞋，牢监犯，我稀罕你吗？是你伯父上门来，硬是卖给我的！卖给我的！"祝公公讥笑，理直气壮地又说，"我虽是残疾人，但我心里没有残疾呀，正常得很呢，我还看不上你一个牢监犯呢。"

"好！好！既然不稀罕我，那我，就走！"妮子更加气愤地说。

"可以，可以，你可以走吧！"祝公公嘴上说着，没有行动。

"你让开！让开！让我走！让我走！"妮子在吼叫。

床上，祝公公故意让出一条道来，妮子趁机用书包护着身体，跳下床去。就这个时候，全裸的祝公公，趁机一把抓住她的手，马上弹跳下床，一手挂着拐杖，一手抓着妮子的手，直接拉到屋后的竹林深处，然后放开手，恶狠狠地说，你往前走吧！快点逃跑吧！如果你不想走，也不想逃跑，那你，就朝这个烛光亮点走回来。说完，他消失在夜幕中。

妮子很兴奋，赶紧从书包里，拿出新衣裙校服穿上，朝烛光亮点的反方向跑去。不一会儿，跑到了竹林的边上，边上有道高高的竹篱笆，人翻越不过竹篱笆，只好返回原地，再朝右侧方向跑去。不一会儿，又碰到一道高高的竹篱笆，她返回原地，再朝左侧方向跑去，又碰到一道高高的竹篱笆，再次返回原地。她的兴奋，她的勇气，一下子都没有了。她知道逃不出祝家的竹林。就是在白天没有熟人带路，更难走回老家的崔家山村。更何况是晚上，又摸不着山路，要逃出祝家山村，万万不能。这时候，妮子蹲在地上，全身安静下来，开始觉得竹林里有点冷意，双手抱着书包护住胸部，抬头望着祝公公家的亮光点，开始恐惧、害怕、孤独又无助地，大哭起来。五天之前，妮子与薛元，还在少教所禁闭室里，两人发生过一段爱情故事，那是渴望的，激动的，兴奋的；五天之后，妮子却在双亲坟墓前，悲痛过，悲伤过，哭喊着告别过；还在当天夜里被骗，被卖，被侮辱过；现在又被惊吓过，还带着饥饿，带着泪水，一块儿倾倒在，一个十三岁少女身上。五天的时间里，从喜，到爱，从悲，到恨，一下子要浓缩在妮子身上，能承受得了吗？她别无选择，只能承受。而此刻，她在祝公公面前的身份：破鞋，牢监犯。这样会让她一辈子抬不起头的，一辈子遭人指骂的，一辈子陷入深深痛苦里的。但是她心里很清楚：只有薛元，才能知道她的贞洁；只有薛元，才能来洗清她的冤枉；只有薛元，才能来娶她的。在黑暗的竹林里，她重复地开始哭喊起来："薛元！薛元！你……在哪里？快点来救救我！薛元！你……在哪里？薛元！薛元！快点来救救我！"

# 第四十章　悲惨两家

　　崔家山村的居民们，已经用上数字电视网，可以看高清电视、上网，可以微信聊天。眼前看到的那座高高山头后面，再对面一座高高山头后面的半山腰上，是祝家山村。祝家山村还在用竹竿子，竖着的天线，才能看上彩色电视的年代。崔家山村，已经提前跨入一个山村有社区，住房有联排别墅，行走有公交车、私家汽车、摩托车的小康生活年代；而祝家山村，还生活在 20 世纪七八十年代的一个社会缩影版里。还好，祝公公家里，算是村头上第一个，买来一台彩色大电视机的人家。每当晚饭以后，邻居家的小孩子们，各自带上了长凳、短凳，早早在祝公公家的院子前，抢占好最佳位置，等待祝公公把大彩电搬出来。同样，山村里的年轻人，也等待着夜幕快点降临，因为好围在妮子的身后一起看电视。妮子是坐在竹椅子上，靠着背的，眼睛是往前看的，她还不知道背后面的年轻人是站着的，眼睛是往下看的。眼睛往下，就能看到什么呢？当然能看到妮子圆滚滚的胸部，有时妮子一阵笑声，无意中动一动身子，还能看到衣领下隆起的乳头呢。后来被祝公公慢慢发现了，赶快从屋里拿来衣服盖住妮子胸部。祝公公自认为做了一件大好事，让邻居们都能看上电视，是精神上的一种享受，是生活上的一种乐趣，也算是一种回报吧。回想五岁那年，与同伴们爬竹子比赛，不小心从竹上摔下来，是老一辈邻居们用接力棒的跑步方法，把他送到医院的，否则他的小命，早就完蛋了。现在不让邻居们一起看电视，似乎太小气了，干脆再买一台彩电送到村活动中心，这样一来，问题不是都解决了吗，妮子也同意他，去这么做的。三天后，邻居的小孩子们和年轻人，都往村活动中心，那儿挤进去，去看电视连续剧，老版本《水浒传》。

　　这样几天下来，祝公公家清静多了，家里播放电视时，无人前来打扰。每晚吃饭时，妮子先将他灌醉酒，哄着他，要让他快点上床去睡，他如醉非醉，拉她一起睡，她没有办法，只好躺在他身边，他撩起她的上衣，睁着一只眼睛，含着她的奶头，她有节奏地轻轻拍着他的背，要让他快点进入睡梦中。他呼着浓重的酒气，双眼慢慢地闭上后，很快进入睡梦之中。她起身，快速下床，轻轻地走出房间。房间隔壁是客厅间，她打开电视，调节好频道，看《舞蹈教学课程》按课程，先练习一下，基本动作。家里没有练功用的手扶把杆，她灵机一动，用竹椅子的椅背，代替手扶把杆。问题是竹椅子的椅背，没有固定，运动起来时，会摇晃，还会发出吱嘎的声音来。有时一用力，整个竹椅子会倾倒，还发生过好几次跌倒在地。她用绳子，将两把竹椅子串联固定起来，尽管还会摇晃，还会发出声音来，这样比单把竹椅子稳定得好一些。她跟着电视上教学课程，练习一下怎么样抬头、挺胸、微笑、伸展手臂、踢腿、转身、弯腰等基本动作，特别是立正抬头挺胸微笑很难学，因为没有镜子照着，动作连贯性的规范，一时很难把握的，更不知这些动作是否准确，是否到位。第二天晚上，妮子重复上一个晚上动作，依然待他熟睡后，轻轻地下床，走到隔壁客厅间里，打开电视，调准频道，再将竹椅子串起来，开始练习舞蹈的基本动作。

祝公公不能做夫妻生活之事外，他还有两大爱好：喝酒和喜欢含着女人的奶头。他心田不坏，没有看不起妮子，也没有传播出去曾经被他骂过是"破鞋，牢监犯"的话，反而是天天好好待她，保护着她，还防着她意外的"墙外开花"。祝公公还未出生之前，上面有两个哥哥先后夭折。祝公公五岁之前，一直含着娘的奶头入睡。自从竹子上摔下来，成了脚残下身又残以后，让他天天晚上含着娘的奶头入睡，一直到十岁的那年，他的爹，不再让他含奶头了，要他抱着枕头入睡。虽然他没有了生理上的性欲冲动，但是在心理上还是有要求的，有冲动的，有霸占的，有玩弄的欲望。自从有了电视剧情观看之后，知道了，认识了，学会了用温柔般地亲吻。睡梦中，祝公公又被一阵竹椅子之间，碰撞发出吱吱嘎嘎的声音吵醒，起床来到客厅间一看，妮子在学跳舞。再一看，电视上的几个姑娘，也在跳着舞，所不同的是，人家的衣服，几乎没有穿，人家的手扶把杆，是长长的，不锈钢管子做的，管子固定在墙上的，前面还有一面很大的落地镜子玻璃。他坐在竹椅子上，呆呆看着她，她跳舞的动作很好看，舞很美，人也美。此时她还没有化妆呢，如果化了妆的，一定还要美丽漂亮的！他坐着发呆了一会儿，起身拿来一把柴刀，挂着拐杖，急匆匆地冲向屋外。不一会儿工夫，他背来一根竹子，竹子生得很直，竹子的粗细，与电视上播放的练功房里，长长的不锈钢扶手把杆相近。他把这根竹子，做成扶手把杆，固定在客厅的墙面上，还将房里，三门大衣橱上三块有点破损的镜子玻璃拆下来，拼成一块，固定在墙面上。客厅间面积很大，他把竹椅子放置在镜子玻璃的对面，成了一长排观赏席，把餐桌和客厅里用不上的器具、杂物，统统放到另外房间去，客厅就成了舞蹈的练功房。他忙碌完一阵子后，坐在观赏席的中间，呆傻般地一会儿看看电视里姑娘的跳舞，一会儿看看妮子的跳舞。妮子很感动，扑过来，第一次主动亲吻他，他趁机搂着她的细腰不放，笑眯眯地，还指着电视里跳舞的姑娘说，"你看，你看，人家还没穿衣裤？"妮子撒娇似的笑着说，"人家，人家，穿的……那是，紧身健美裤。"祝公公确实不懂，什么是健美裤，还说，"健美裤？是能健美吗！好！明天叫人去买！"他说完要求妮子，学着人家，干脆脱掉衣裙校服，干脆脱掉短裤和小背心。她害羞，无语，无奈，只好全部脱光，在镜子面前舞动起来。这之前，妮子还没有在镜子下，看过脱成这样，还是1比1立体的比例呢。她窃喜，自己外貌，体形，肤色，都保护得完美完整，此时此刻，她暗暗地下了决心：这是练舞蹈最佳机会，最佳时间，好好练刻苦练，将来让薛元，看到自己，依然是个美少女，依然是个娃娃的脸孔，一定会喜欢上的，一定会来寻找的，一定会来娶她的！

妮子除了学舞蹈外，她还学了日语。凭借薛元在禁闭室排练节目时，送给她的一本日语课本的教材书，要她从初级学起，一直学到高级。她就是利用电视《日语课程》的教学，从当天晚上开讲，再到第二天上午，电视重播，与学舞蹈同步进行，妮子整整学了两年半时间。妮子被伯父拐卖嫁到祝家的前半年时间里，她天天周旋着与祝公公斗智斗勇，目的不让他去碰她的身体。最后，尽管祝公公用绳子绑着她，她还是不屈服，她心里一直想着薛元，总想会在突然的那么一天，他会救走她的。她就这样天天地盼呀，等呀，想呀。她还把一天天所发生的痛恨，悲伤的事，记录在一本本新作业簿子里。还模仿了薛元的《悲惨薛家》独幕歌舞剧为蓝本，编写了《悲惨两家》四幕歌舞剧：第一幕，写她家的美好幸福一天；第二幕，写她在少教所里的禁闭室，与薛元发生的爱情一天；第三幕，写她父母含恨含冤的离世一天；第四幕，写她被骗被卖被嫁，来到祝家的痛恨一天。半年后，祝公公家买进了彩电，彻底改变了以前的你斗我防，你进我守的夫妻之间生活冷淡的局面。再后来，她也很快学会了，忍让他。她这样做了，其实是保存实力，还可以保护身上重要的器官。

祝公公更是将妮子视为掌上明珠，白天当着女儿地养，晚上当着老婆地养，生活过得很幸福。想一想，妮子有多美呀？十天的时间里，他杀了三只鸡给她吃。结果，她发觉自己胖起来，连忙中断鸡肉的进口。再后来呢，他改为十天，杀两只鸡，还是不行！她还是在发胖着呢。改为十五天，杀两只鸡，还是不行。再后来，十五天，杀一只鸡。她只喝鸡汁，以及吃小量的鸡皮。而他对养鸡，养鹅更加有兴趣，养的数量也逐渐增多。她要吃蔬菜，他将屋后的部分竹林砍了，种上蔬菜，让她一年四季吃上当季蔬菜。她将各种蔬菜与鸡汁汤，鸡皮搭着吃。两年半之后，她的容貌更加靓丽动人，光彩夺目，体形更加修长，凹凸有致。看看他，更加矮胖了，更加圆润了，高兴起来笑着的时候，已经找不到他的眼睛了。

有一件事，妮子与祝公公有一段时间很不开心。她嫁到祝家三年时间里，是最大一次，用牺牲生命的代价，与祝公公抗争，就是不顺着他的思路去走。那天，一大早，妮子赌气，在屋前的小溪边上去洗衣，扭头发现稍远处的小溪坑里，有两条浅绿色的小蛇，在相互追逐着玩耍着，她看到后，稍稍地走过去，去看它们一会儿，突然它们好像吵架起来，一条伸出蛇头来，比另一条伸出的蛇头还高，另一条伸出的蛇头也不落后，伸出蛇头比它高，两条蛇的大身，在小溪坑里折腾得溅出水花来，她拿起脚旁的一个小鹅卵石，准备像裁判员那样等待着谁犯规，谁霸道，就用鹅卵石直接扔过去，惩罚它。过了一会儿，两条蛇身缠绕在一起，边打着滚，露出白色的肚皮来，边继续缠绕在一起，一会儿后，两条蛇头并行了，似乎很温顺贴近一起了，她举着鹅卵石，不好下手，只是呆愣地看着它们，一直在打滚缠绕着。祝公公一直想改变生活的现状，要成为三口之家，但自己没有能力生儿育女呀，只好去问问，同年龄的人，要他们快点出出主意什么的？同龄人回答说，你不会生儿子的，我来给你生呀，他听了哭笑不得，气得半死，又去问问，上年纪的规矩的老一辈人，老一辈人回答说，去领养一个吧。于是，一大早他边吃早饭，边跟妮子商量说了此事，妮子听后，发出了"呸！""呸！"的二声。他把妮子压倒在小溪边上，要动手脱她的上衣。

妮子惊吓，大声叫喊，剧烈地反抗和挣扎，将手中还紧紧握着的鹅卵石敲打在他的额头上。他一阵疼痛，连忙松开手。不一会儿他用手去摸额头，额头上已经肿起一大块来，他一边用手继续揉揉肿起的额头，一边骂道："娘希匹的！你真凶呀，娘希匹的！你是要我的命呀，我只是跟你……说说玩玩。我们……我们，还是去领养一个好吗……"祝公公额头上开始疼痛起来，痛得他还流出眼泪水来呢。

"你想要养小孩子，你有本事，你自己生。要领养，我会死在这里的！你信不信呀……信不信呀……"妮子依然举着手中，还紧紧握着的鹅卵石，准备朝她自己的额头上敲打下去。

妮子刚到祝家时，天天防着祝公公去碰她的身子。但是没有用去死的方法，抵抗到底，最后她还是妥协让步，为了保存实力，只好与他同睡在一张床上，那是因为夫妻之间生活所逼迫。现在，他要领养一个儿子，知道"养儿防老"的道理，那对她太不公平了。她想呀，养小孩，会被大量的时间浪费掉，如学舞蹈，学日语等等都会荒废掉。自己才十六岁，还是个孩子，怎样去养育另一个小孩呢？再往远一点说，如果，有那么的一天，薛元突然找到这里来，她立马会跟着走的。如果养了小孩子，时间养长，一定有所谓的母子感情。到那个时候，说不定想走也走不了。最后妮子拿定主意，放了一句狠话："你真的，想要领养一个小孩子，说明你，已经不喜欢我了，我是多余的人了，我可以走，你可以去领养一个小孩子。如果，你要我的，又要领养一个小孩子的，我的选择，一定会死在这里的！你信不信！"说完，将手中的鹅卵石，朝她自己的额头上敲打起来。

妮子，这一道数学题，出得很好，祝公公为难起来了。祝公公连忙上前阻止住并夺下鹅卵石，将它抛得远远的。想一想仙女般的老婆，怎么会让她去死呢。他提出领养小孩子，只不过将来他自己进入了晚年后，以及为他办理百年的后事，只有依靠自家的后人。但对妮子来说，她认为不是这样了。最后他妥协，让步。几天后，他不再提起这件事。

# 第四十一章　亲情疗法

中午时光，路莉萍、老教授，由妮子伯父和崔家男人带路，突然出现在祝家山村的祝公公家里。祝公公与妮子正在吃中午饭，桌上有白斩鸡、青菜炒蘑菇、红烧萝卜、豆腐鸡血汤。妮子看到伯父，以为又要将她卖给这两个陌生人，她第一个反应，马上起身躲在祝公公身后。祝公公放下酒杯，也立刻起身，拿好拐杖，随时做好抗争准备。妮子的伯父说明来意，妮子还是不信。这时，路莉萍拿出一条白色小毛巾放在桌子上，妮子拿起白色小毛巾，看了一会儿后，突然哗地大哭起来，知道薛元派人来救她来了，随后奔进房间里。祝公公感到这件事太突然，不让妮子离开这儿，拿着拐杖似乎要行凶起来。老教授从法律角度对他做思想工作，崔家男人劝他，找妮子是去救人，妮子的伯父掏着腰包，掏出三千元钱，放在桌子上；路莉萍拿出三万元钱，也放在桌子上。祝公公眼睛盯住桌子上的一堆钱，思想上有点松动了。毕竟，这么多的一堆钱，他在深山老林里，还是第一次见到的。这时候，妮子已经穿上褪了色的一套衣裙校服，背上书包，扎起头发，一个女学生的样子，笑盈盈地走出来。此时，去看妮子与祝公公的关系，似乎一个是四五十岁的父亲，一个只有十四五岁的小姑娘，那肯定是他的女儿了。女儿连忙将桌子上的一大堆钱，推到所谓父亲祝公公的面前，头也不回，转身拉起路莉萍他们跨出家门。

妮子在路莉萍他们的陪同下，在半山路上，又碰到老崔书记等人前来保驾护航，终于在太阳落山之前走回到崔家山村。这时候村民们已经知道失踪三年的妮子终于被找了回来，村民们聚集在一起议论着，观望着，等待着。当路莉萍他们与老崔书记他们一一握手，打了招呼，坐上宝马车驶离而去，村民们还聚集在一起，观望着驶离远去的车子。宝马车连夜赶到市区，在闹市区街边的一家小饭店里，他们一起用完餐后直接驶向医院，去看望，去呼醒，还躺在病床上的植物人薛元。

医院病房外，妮子与路莉萍、老教授他们，焦急万分地向病房的门窗口玻璃，张望着里面的薛元。妮子含着泪，不时地从书包里拿出白色小毛巾，亲吻着。他们在医护人员的许可下，推开门，一起进入病房。妮子在病床前，仔细地端详躺着的薛元。她有点惊呆了，过一会儿后，慢慢靠近薛元，看到他两道浓浓的眉毛，慢慢地终于认出他的模样来。这时候，路莉萍与老教授他们慢慢地退出病房。妮子又靠近薛元，似乎她的头，快要碰到他的头。他的头，被白白厚厚的纱布包着，只露脸颊和两道浓浓的眉毛。他紧闭双眼，鼻子和嘴巴都被呼吸器盖住。手臂上头部上，插着有好多根细细长长的管子，管子连接在病床两边的仪器上。仪器上红绿黄指示灯，有些在跳动，有些不在跳动，显示器上数据，有变化的，无变化的。

妮子认识薛元的时间，总共只有五天，而且在三年之前，他们认识的地点在少教所禁闭室里。禁闭室里，他们有过一段轰轰烈烈的爱情故事，爱情故事的佐证：排练节目。节目的内容：独幕歌舞剧中的母子对戏。母亲的扮演者是妮子，当时年龄十三岁。剧中的儿子扮演者是薛元，当时的年龄十五岁；爱情故事的物证：一条白色小毛巾。白色小毛巾是妮子进少教所时女警官分给她的。女警官指着这一条白色小毛巾，说她在外面卖淫，私处不干净了，就要用白色的小毛巾经常擦洗，擦洗得像白色小毛巾一样的白。妮子很愤怒，为了表示自己的清白，在白色的小毛巾上留下过她的痕迹。

妮子惊呆地看着病床上的薛元，回忆起当年场景。过一会儿，她涌出了泪水，用已经洗白了的白色小毛巾，擦着流下来的泪水。她开始哭泣着，但又不知道做什么才好。忽然，妮子想到三年前，父亲矿井出事受重伤的那一天，她和母亲急急地赶到医院，看望病床上的父亲。父亲躺着一动不动，似乎全身失去了感觉。母亲哭着喊着父亲的名字，还拉开病床上的被子，查看了父亲身上的伤处，父亲身上没有明显的伤痕。母亲用双手，从父亲的上身一直到脚底，不定地来回按摩，刺激……现在，让妮子看到，躺在病床上的薛元，也是一动不动的，好像完全失去感觉的人。这个场面，他比父亲受伤那年，更加可怕。那年，父亲躺在病床上，头上，手上没有那么多的一根根管子插着，病床边，也没有那么多台仪器闪烁着。她壮大胆子，想学着当年母亲的样子，就掀开他的病床被子，拉开他的病号衣服，查看他的身上伤痕，查看后没有伤痕。接着，她用双手，从他的上身一直到脚底，不定地来回按摩，刺激……

妮子双手边来回按摩他边呼唤着："薛元，薛元，薛元，我是妮子；薛元，我是三年前的妮子呀。薛元，我是少教所里的妮子。薛元，我是禁闭室里的妮子；薛元，我是排练独幕歌舞剧里扮演母亲的妮子；薛元，我们在禁闭室里有一段爱情的故事，你还记得吗？薛元，我给你的那条白色小毛巾，你还记得吗？现在，那条白色的小毛巾，又回到我的手上。白色小毛巾很干净，是你洗的吗？是你用泪水洗的吗？还是大雨淋的？记得三年前的那天，是台风暴雨的天气。当听到，母亲含冤含恨含羞自杀后，我冲进大雨中，让大雨淋着，让大雨快点淋着，让大雨快点把我淋死算了，好在天堂那儿跟着母亲在一起。离开少教所时，另一位女警官为我撑着雨伞，这时候，我才记起你薛元，你一定也在大雨中淋着吧，我们的白色小毛巾，一定被大雨淋得像洗过的那样白吧。薛元，你知道吗，我在这三年时间是怎样过来的吗？你想知道吗？"妮子呼喊到这里时，开始有点控制不住情绪，便哗哗地大哭起来。她大胆干脆将头伏在他宽阔的胸部上，任凭泪水流到他的胸膛上，她想着要将这三年时间的点点滴滴，每一天，每一件事，有恨的，有爱的，有怕的，全部倾诉：

"薛元，我妮子今天活着的，是为了你，而活的；我妮子与残疾丈夫，祝公公斗智斗勇，不让他碰我的身体，是为了你，而拼的；我妮子学跳舞，学日语，有这个一技之长，是为了你，而学的；我妮子保养好身体，保护好器官，是为了你，而做的；我不要领养儿子，是为了将来，我与你，有我们自己的儿子，而想的。

"薛元，你快点醒过来吧。多少个在梦里，就有多少次，在呼喊过你的名字，要你快点来救我，要你快点来爱我，要你快点带我一起飞翔。现在，我看到了你，摸到了你，也听到了你的心跳。你快点好起来吧！你快点睁开眼，看看我吧！我妮子是不是比三年前更加漂亮美丽，更加修长丰满，更加有少女的成熟味道。

"你知道吗，在这三年时间的时时刻刻里，残疾丈夫祝公公，在大白天里，强行抱着我，搂着我，淫威我。我越反抗，身上越会留下伤痕累累。为了保护身体，忍着让他去做，还把他当作你在搂抱我。只有这样，才能有今天完整完美的身材。

"你知道吗，在这三年时间的日日夜夜里，残疾丈夫祝公公，每个夜晚他强行含着我的乳头入睡。我不能反抗，越反抗，他会咬得越深，咬得越重。为了保护好器官，不被伤害，不被破损，我忍着闭上眼，让他去做，还把他当作你在亲吻我。只有这样，才能有今天完整完好的身躯和器官。

"你知道吗，在这三年时间的分分秒秒里，都在想，想你的心切渴望思念，写成了日记。把我家的悲惨遭遇，写成了四幕歌舞剧。四幕歌舞剧里，有你家的背景，也有我家的背景；有你的影子，也有我的身影，更多有禁闭室里的场景。只有这样，才能忘记去死，才能穿上已经褪色的校服来到你的身边。

"你知道吗，在这三年时间里，还要躲避邻居邻村青年人的性骚扰和性诱惑。残疾丈夫祝公公没有性功能，那些人，千方百计想趁机而入。我下狠心，把自己关在家里，足不出户。只有这样，才能让你看到我此时的身心，是完完整整的身心，是健康的身心。你快点睁开眼，看看我吧！我是不是比三年前，在少教所的禁闭室里，更加的性感，更加的美感。

"我知道，在这三年时间里，你为了想见到我，想在禁闭室里再来一次爱，你托警官来过我的村庄三次。而我，却被伯父，偷偷地拐卖给脚残下身又残的祝公公。证明你时时刻刻在想我，时时刻刻想寻找我，证明我们相处不到五天时间，其实只有三天时间，你在三年时间里却天天记挂着我。

"我知道，在这三年时间里，你多少次，拿出白色小毛巾，闻了又闻，看了又看。白色小毛巾，是我们的见证，那上面，曾经有我们的回忆。说明你，没有忘记我。说明你，没有忘记我们在禁闭室里的一次次排戏。

"我知道，在这三年时间里，你被关进少教所是冤枉的，我被押进少教所也是冤枉的。只有我们在少教所，禁闭室的排戏时，所产生的爱情才是真实的，自愿的，兴奋的。还记得两次的喷水表演吗？警官到达禁闭室之前，你喷了我一身的水珠；你要我，也喷了你一身水珠。警官以为我们在埋头排练，其实我们是拥抱在一起。当警官他们离开后，我们一起笑倒在地上，笑翻了天。

"我知道，你有骨气。你和你姐姐薛琪，在俄罗斯旅游时，与舞吧日本籍服务生打架。服务生侮辱了你的爸爸，侮辱了你的人格，最后又用酒瓶袭击你的头，你用尽了全力，掐死了那个小日本。尽管你受了伤，尽管你躺在病床上，你为你的薛家祖宗，挽回了面子，出了一口气，你是好样的，我喜欢你这样的人。

"我知道，你学会了感恩。寺院，曾经对你和弟弟薛仁，带来了人生中的转折点，与好运。当你们都知道，你们的爸爸违规贷款三千万元，留给你们各人一千五百万元时，你们毫不犹豫地全部捐赠给破败没落的寺院，使得重建后的寺院，香火不断，佛光普照大地。这一切你做得很对，尽管你手上没有了这笔巨额的资金，没关系，我们两人还年轻，可以去工作赚钱。

"我知道，你很好学。你在少教所里是个有名的忙人。编辑黑板报栏上的稿件，写论文、编导歌舞晚会、参加演讲，还参与少教所以外的辩论大赛。你走出少教所后，在老教授的辛勤辅导下，你自学高中各门课程，又备战高考课题，准备应对明年的高考……"

妮子边哭泣诉说，边用双手来回地按摩薛元。

"医生！医生！快点呀！医生！医生！快点呀！……"妮子叫喊。

病房外的路莉萍和老教授，听到病房里，妮子在急急地叫喊着医生时，急忙冲进病房来，看到妮子害羞的样子，老教授不问清楚什么状况，就在病床床头上，按下了警铃。随后，老教授和路莉萍同时看到，薛元的病号裤上已经有被高高撑起的状态。老教授看后，万分激动，大声地说："我们的薛元，挺起来！挺起来！有希望！有希望！"老教授说完，让一个位置，拉路莉萍来看。

妮子听到老教授所说"我们的薛元，挺起来！"更加害羞，转身扑在路莉萍身上。路莉萍轻轻地拍了拍妮子背部，默默口念："阿弥陀佛，阿弥陀佛！让我们薛元，早点醒来，早点醒来。阿弥陀佛！阿弥陀佛！"这时候，有几个医生护士，进入病房。随后，又进来三四个医生，都围在薛元的病床边……

# 第四十二章　推荐信函

　　易姑娘与路莉萍、老教授他们，一道坐飞机从莫斯科回国下飞机后，他们与易姑娘握手告别，一说要去联系医院，要去找妮子；二说不陪易姑娘去佛教学院。易姑娘说没事的，要他们放心，她自己一个人坐车，再换坐船，会直奔佛教学院去的。彼此握手告别后，易姑娘不去乘坐地铁，而在地面上的车站椅子上，坐等很久。她在等公交车吗？公交车不是从她身边一辆辆开过吗，她为什么不去乘坐呢？她在等谁，是不是幻想中在等薛开甫车子来接她呢？不可能的，都不是的！她知道，什么人都没有让她等的，包括父母。提起父母，从她离开中国，去了俄罗斯，又从俄罗斯离开，回到中国，父母没有一通电话打给她过，她也没有一通电话打过去报个平安，当然父母更不知道自己的女儿已经回国，已经在本市区里的车站，乘上车可以马上到家。易姑娘看着又是一辆公交车开过去，没有乘上去。最后，放弃乘坐公交车回家的决定，而是乘上一辆的士车直达码头。经过一天的奔波，易姑娘终于到达佛教学院。在院长办公室里，刚好碰上慈祥的老院长，她在老院长面前，恭恭敬敬地递上由莫斯科某音乐学院柳宏春老师和老言道教授共同具名的一封推荐信函。老院长觉得太突然了。在此之前，两位推荐人均未打过招呼，要向他推荐一个人，现在看到易姑娘的佛系打扮似乎猜到一二了，脸上露出微笑，双手接过来，快速展开信函，信函上面推荐的理由：……此人，响度、音调、音色的美；此人心净、身净、身心的静；此人，在本学院进修佛教音乐一年整，适合贵院主创"梵音唱响"中的……主唱或合唱。老院长快速看完信函，笑容依然满脸，随即拍板，她被推荐成功了。她很快成为佛教学院一名梵音佛曲的主唱成员。同时，又很快成为一群五六岁小和尚的眼中，一道亮丽的风景线。

　　同天，晚饭后，"梵音唱响"的第一首佛曲《大悲咒》，在大礼堂的舞台上排练。台下第一排中间座位上，有薛仁的师兄，和其他好几位授课老师在观摩。老院长带着易姑娘，出现在排练舞台现场上，易姑娘以淡妆的素色，淡雅的着衣，青春朝气的轻盈步伐，面带微笑地走进一群小和尚们的中间。这群小和尚，是童声纯真伴唱成员之一，他们看到易姑娘出现在排练舞台中央时，一下子都围拢来，左看看右看看，看了一会儿后，马上一阵尖叫起哄。老院长慈祥稳健走上舞台中心，笑呵呵地，上前抚摸着小和尚们的光头，为了打破乱哄哄的局面，老院长又笑呵呵地摆摆手，让小和尚们安静下来，随后指令易姑娘，要她清唱一段《大悲咒》，易姑娘欣然接受，清唱了一大段：

　　　　南无，喝啰怛那，哆啰夜耶，
　　　　南无，阿唎耶，婆卢羯帝，
　　　　烁钵啰耶，菩提萨埵婆耶，
　　　　摩诃萨埵婆耶，摩诃，
　　　　迦卢尼迦耶，唵，
　　　　萨皤啰罚曳，数怛那怛写，
　　　　南无，悉吉栗埵，伊蒙阿唎耶，
　　　　婆卢吉帝，室佛啰楞驮婆，
　　　　南无，那啰谨墀，醯利摩诃，
　　　　……

　　小和尚们，听到易姑娘声音清澈，干净，明亮，柔和的唱腔，一下子都被征服了，不敢起哄尖叫，站在原地发呆。这时，老院长笑呵呵地又抚摸一下小和尚们的光头，然后轻轻地离开排练舞台现场。这节课，在指导老师的指挥下排练得生动又活泼，小和尚们"唱"劲实足，规规矩矩，认认真真伴唱，排练场面激动人心，感染人心，多次被台下的老师们，伸出大拇指点赞。在短短三十分钟排练结束，小和尚们依然兴奋地喜欢围聚在一起，指指点点，对易姑娘的容貌、着衣、唱腔，进行品头论足起来。

　　"看她身材不算很高呀？"一个小和尚，在问另一个小和尚。

　　"你看，人家还没有穿上高跟鞋呢。"另一个小和尚答道。

　　"你看她，还没有辫子呀？"又一个小和尚在问薛仁，薛仁盯着易姑娘看，没有吭声。

　　"你看人家，把辫子藏在衣领里面，恐怕被海风吹乱呢。"又另一个小和尚抢着答道。

　　"你们听，她的声音，比指导老师唱得好听，唱得响亮。"一个小和尚，挤进人群上来说。

"是的，她比指导老师唱的音调，还要准确，还要干净。"另一个小和尚和着说。

"她的声音，好像观世音菩萨在唱那样，好听极了。"挤进来的那个小和尚又补充着说。

"小和尚，你听到过，观世音菩萨唱歌吗？"另有一个小和尚反驳说道。

"小和尚，你没听到过吗？我听到过的呀，她，就是观世音菩萨在唱呀！"那个挤进来的小和尚，肯定地说。

小和尚们，这一下子都没有反驳的话可说了，只有他们一阵起哄尖叫声，又传出来……

晚上熄灯后，易姑娘躺在床上，心情久久不能平静，昨天早上还在莫斯科，到今天下午，到达某海岛佛教学院，经过一天半时间的旅途，紧张与疲惫，现在终于慢慢地消失了。当看到慈祥的老院长，双手捧着推荐信函，拍板同意时的满满表情，以及对她的清唱，表示满意频频点头时，又听到可爱的小和尚们，在背后议论说她时，心里有点说不出来的痛快。这个痛快，就来自一封推荐信函。她想到，自己在不幸中碰到了老教授，是老教授提议写推荐信函的。此事让她再次回想在莫斯科，出发回国前的一个晚餐上……

薛元病房外走廊上，大家与医生护士聚集在一起，老教授在做翻译，大家说着与医生护士的托付告别的话。时间过得很快，大家说着说着到了用晚饭的时候，另一边上柳宏春老师用俄语预约了一个中餐馆，五个座位的小包厢后，对大家提议说，他请客，搞一个送别酒宴，薛琪妈妈没有表态，老教授马上赞成，前提必须是：要有荤素的搭配，简单些，别浪费。柳宏春老师点头答应，薛琪姐姐一直靠在柳宏春老师的身边拍手叫好。与医生护士告别后，大家一起下了住院部大楼，然后坐上柳宏春老师的车子，去那家中餐馆。到了中餐馆，进入小包厢，大家刚坐落一会儿工夫，桌子上已经放满菜饭的盘子筷子，柳宏春老师给每个人倒上茶水，举杯站立起来说道："大家，以茶代酒。我恭敬你们三位，即将回国。二来要敬路女士。感谢路女士，当年慷慨，三千美元救助我，让我读完博士，才有现在的工作岗位，和正在评审副教授职称的机会。三来要敬老教授助人为乐的精神。老教授，不远万里，赶赴俄罗斯来救场，让我敬仰，让我敬佩，让我要好好学习，老教授的伟大精神。四来要敬，易格格同学。易格格同学，在本院经过一年整时间的进修，已经茁壮成长，回到祖国后，完全可以独立开创天地，大有作为。第五要敬，薛琪小姐。薛琪小姐，两次逃离黑道的魔爪，大难不死，必有后福，现在我们已经组成……"

薛琪姐姐坐在柳宏春老师身边，柳宏春老师的话，还没有说完，她拉了拉柳

290

宏春老师的衣服，要他坐下来的意思，她自己马上含羞地站立起来并打断他的下文说："来来来，我来敬你们三位，算是顺顺利利回国的祝语，我还要特别敬老教授。老教授在我们薛家，次次危难的时刻，都有您老人家的身影的出现，而且一次次转危为安，我要当面叫您一声爸爸……爸爸！碰一下杯子，干了！"老教授笑呵呵，坐在薛琪姐姐的对面。薛琪姐姐的话音刚落，他应声马上站立起来，举着杯笑哈哈地与薛琪姐姐碰杯，喝了。薛琪姐姐继续举杯笑着又说："来来，妈妈……您要照顾好自己，同时，还要照顾好老教授。请你们放心好了，薛元住医院的事，我与柳宏春，已经组成轮流看护小组，我们会时时刻刻关注薛元的病情，会及时与你们联系的……"

她，坐在薛琪姐姐与薛琪妈妈两人中间位置，还未等到薛琪姐姐说完，她举杯站立起来，表态说："谢谢柳宏春老师，这次'送别酒行'安排，以及谢谢柳宏春老师在学院里的关怀照顾；同时，还要谢谢路妈妈的慷慨大度，为我缴纳了学费，又给了我回家的路费；三要谢谢薛琪姐姐，在这几天里来，无微不至地关照我；四要谢谢老教授，为我回国后，工作的去向，又增添了不少的麻烦。实际上，我是……实际上，我是一个累赘的人，我很对不起你们！"说毕，她有点轻轻抽泣起来。

这时候，薛琪妈妈伸手轻轻拍拍她的背，给她安慰；薛琪姐姐站起来伸手去，握着她的手，给她力量；老教授摆了摆手，要她们都坐下后，他总结性地说道："易格格同学，你不要自责。我们五个人当中，你想一想，没有一个是累赘的人。先说说，薛琪妈妈。她，当年为了维护婚姻法，去俄罗斯的夜舞吧，才认识上柳宏春，柳宏春拿到她的小费三千美元，勤俭苦读，考取博士，并留校任教，至今快与我，有相同教授的称呼，我为他点赞；后说说，易格格同学你。你认识薛琪爸爸后，你们一块到柳宏春老师那儿求学，后来才让我们知道，你与薛琪爸爸的相遇，是在一个违规的饭局上，而那个饭局上，有一个欺凌过你，又长期打压过薛琪爸爸的外贸公司的人，那个人，就是机关局的一个官员，现在已经被拿下，等待着双开……"

"为此事件，老教授冒着生命的危险，一次次去跟踪，一次次去揭露那个官员的罪证罪状，一次次还被绑匪行凶，最后，老教授身受重伤，躺进了医院。"这时候，薛琪妈妈很快接过老教授的话题说起来。薛琪妈妈座位一边，紧挨着的是老教授，老教授用手阻止她，意思是别往下说了。

"谢谢老教授！"薛琪姐姐与柳宏春老师，异口同声说。

"不用谢！不用谢！不用谢的……"老教授又摆摆手，继续说下去，"再说，薛琪带着弟弟薛元，去追思他们爸爸的足迹，游玩到舞吧来，在吧台边上与日本服务生，发生了打架事件。刚好，你易格格同学演唱完，坐落在他们身边，这时，柳宏春老师拿着，薛琪妈妈汇款给你易格格同学的一万美元来找你，就找到舞吧来；又刚好在那儿看到薛元发生的打架。那时候，柳宏春老师还不知道，薛元、薛琪是何许人也，是你易格格同学拿着薛琪的手机通话，才让柳宏春老师知道薛元、薛琪是何许人。于是乎，有了劝架，绑架，受伤，再去营救，赎金，U盘拷贝，以及你易格格同学一路护送薛元到医院，并用薛琪的手机及时跟我们联系上，等等的情节，一个个地出现，缺一不可。故事惊喜，精彩，又恐惧，又可怕，又无助，又焦急呀！要是此时刻此呀，薛元也坐在这儿，或者说，他能听到我们，此刻的声音，那是一个最好的结局了。所以说嘛……你……易格格同学，在这个故事里，也是起到一个非常重要的作用。我向柳宏春老师提议，是否写一封推荐信函，你拿着推荐信函，直接去找佛教学院老院长，总归比打几个电话，更管用的！"

老教授的话音刚落下，柳宏春老师马上放下杯子筷子，从他包里拿出音乐学院的信封和信纸，将他面前的菜盆杯子筷子，整理挪到一边，写起来，一会儿工夫写完信函，要给坐在身旁的老教授看，老教授笑着说："不用看啦，直接具上咱俩学校单位的名称，以及两人的名字就可以了啦……"

五岁的薛仁在排练舞台上，第一眼看到易姑娘的出现，就觉得她有点面熟，不知在哪儿看到过她，可是一时想不起来，所以他一直没有加入与其他小和尚们，一道去评论她。在排练中间休息时，他只是盯住看她的动作表情语音，越看越发觉，她很怪，很眼熟。到了晚上关灯后，薛仁躺着更加睡不好，睡不熟，一定要想出来，在哪儿见过她？苦恼了很久，最后，他想到了照片，是从照片上看到过的，对的了！是照片上，是爸爸保险箱里，上百张美女照片中，看到过她的照片……

半年前，四岁半的薛仁，经历妈妈白梅的病故，经历被外婆家的遗弃，经历爸爸薛开甫半死不活地瘫痪在病床上，又经历银行逼着大妈路莉萍……还贷款。这一切，都是爸爸做的坏事。他想揭露爸爸更多的坏事，让老教授他们，一起去他家的别墅，找保险箱，他认为保险箱里，一定藏着不可告人的坏事。他们找到保险箱，并打开了保险箱的门，里面竟然藏有上百张美女的照片，叠放在最上面部分的照片先散落下来。散落在地上的第一张照片，就是易姑娘的照片。他拾起看易姑娘脸部特写的照片，右侧眉毛中间，有一颗不起眼的黑痣，在照片的背面写有：两千年前，中山国王族直系后代的易格格……

第二天下午，排练佛曲合唱时，有中间休息时间，薛仁拉着易姑娘，两人单独一处，他要看一看，她眉毛中间有没有黑痣。她认为他是个小和尚，没有引起她的戒心，撩开头发，让他看。他一眼看到她的眉毛中间，有一颗小小淡淡的黑痣，断定她是爸爸的情人，就把看到过照片上的信息，告诉她，证实一下，她是不是，中山国后裔的易格格。她既高兴，又惊讶，随后马上知道了，站在她面前的是薛开甫的第二个私生子，聪明多智，五岁多的薛仁。她很激动，蹲下身来，抓住他的一双小手不放。她还在想呀，上几天还在俄罗斯碰到了他的姐姐薛琪，他的哥哥薛元，今天在这里，又碰上他们的弟弟薛仁，真是太巧了吧。她连忙直呼薛仁的名字，还叫他为小弟弟。

"你，你，你不能叫我名字呀，我有……法号。我也不是你的小弟弟，你千万别把辈分搞错了！"薛仁说着，马上抽回自己的双手。

"薛仁呀，什么辈分搞错呀？我哪里……搞错，辈分的呀……我叫薛琪为姐姐，她也答应的呀；我叫薛元为弟弟，他也答应的呀；我叫薛琪的妈妈，路莉萍为大妈，她也答应的呀。我哪里搞错了辈分的呀……"易姑娘一下子很惊愕，想了好一会儿，才解释说道。

"那……那我，叫你，易格格……阿姨好了！"薛仁一直坚持自己的原则，强调说着。

"薛仁！薛仁！你不能叫我阿姨呀，你不能叫呀！我比你薛琪姐姐的年龄，小四个小时呀，我与你姐姐一样，都是你爸妈的女儿，也是你爸爸的一个好朋友呀！一个女儿呀！"说毕，易姑娘更加心急慌乱起来，说话有点哭泣声音。

"是一样吗？"薛仁立即离开易姑娘三步，认真地反问，"是爸妈的……女儿吗？是爸爸的一个好朋友吗？一个女儿吗？在家里，爸爸的保险箱里，有上百张美女的照片，其中有韩晗，韩晗是爸爸的情人，也是爸爸的好朋友，结果，他们生下了哥哥薛元；照片中有白梅，白梅是爸爸的好朋友，结果，他们生下了薛仁；蓝衣姑娘是爸爸的好朋友，结果他们杀死了蓝衣姑娘肚子里的女儿，那个女儿就是薛仁的妹妹；花儿姑娘是爸爸的好朋友，结果……结果，花儿姑娘大学没考上，成了疯子，现在还在医院里呢；红衣姑娘，木土花阿姨也是爸爸的好朋友，爸爸给她一辆红色跑车，薛仁还乘坐过那辆红色跑车呢；还有爸爸公司里的美女姑娘，都是爸爸的好朋友，她们听到爸爸已经死了，结果，她们一个个都离开了爸爸公司，还有……"

"你别说了！你别说了！"易姑娘听到这里，开始为自己的清白而辩护，抽泣地说，"你别说了！我……我同她们不一样。我身上都是干净的，像一张白纸，那样的干净……"

"是吗？是不一样吗？干净吗？"薛仁说着，再次倒退三步，打断她的话。

易姑娘，自从被五岁的薛仁，判定为"爸爸的情人"后，心里很难过，难过得身上，好像满是污渍似的。这些污渍，还一时三刻洗不净的，不知要在哪一刻钟里，哪一分钟里会遇见薛仁异样的眼神看过来，看她身上的污渍，是不是洗干净了，还是永远洗不干净。易姑娘为此事难过，烦恼，焦急，折腾了一夜。这一夜，是她到达佛教学院的第二个夜，没有睡好，蒙在被子里痛哭。回想，白天与薛仁的一番对话，整个下午，乱了情绪，唱不好，吃不下，无心排练。又一次痛恨自己的家族，王族直系后代的基因，不够优良。亲妹妹离家一年多，同样，她自己离家去俄罗斯一年多，家里从来没有，怎么关心过她们，爸妈以及上辈们，一心重点养育她们的弟弟、堂弟们，是一个十足重男轻女的家族；她怨恨合唱团里的小姐妹们，把她忽悠到饭局上，却遭受到主管领导的欺凌与报复，被合唱团排挤出局。无奈之下，在薛开甫的资助下，来到俄罗斯的莫斯科某音乐学院进修。这一路上，有坎坷，无越轨，前前后后，一番经历的回忆，没有做过对不起薛家的事呀！突然，她掀起被子，抹掉泪珠，起身下床，推开窗门，面对窗外的一片漆黑和稍远处，滚滚大海的波涛声传来，她沉默了好一会儿，握紧拳头，自言自语道：没有对不起，易姓王族直系后代的基因；没有对不起，薛家；没有对不起，自己！想到这里，她关上窗，躺下床，又在回想中，看到同年龄的薛琪姐姐，时不时地依偎在柳宏春老师身上，从姐姐脸上的表情，可以看出很甜蜜。想到她自己还是单身一人，像姐姐这样甜蜜的情侣世界里，恐怕她，还在很遥远的地方，似乎还看不到情侣的世界。今天上午，领唱的工作刚刚有点起色，下午却被薛仁无情的棍子打得稀巴烂。昨天晚上，还下了很大的决心，好好工作，好好唱歌，决不辜负老教授与柳宏春老师的期望。现在，这一切快要成为泡影了，在被子里，又痛哭起来……

第三天合唱排练时，一群小和尚们不见易姑娘的影子，吵嚷得团团转。薛仁开始担心易姑娘是否生病，是否生气，是否真的不来排练合唱？他去问师兄，师兄告诉说，易姑娘已经离开佛教学院，再不会回来了。他听后，眼泪汪汪，知道自己言重了，伤了她的心。于是，他向师兄提出，把自己禁闭三天三夜。

宿舍窗口外，飘进来一阵从排练厅里传来的师兄主唱《大悲咒》浓厚粗重的声音，薛仁搬来小凳子，跳上去扑在窗口，倾听并跟着师兄厚重的声音学唱起来。

# 第四十三章　唐舞团长

老言道教授的小姨子叫唐舞，是市舞蹈团的团长，团长未婚一直单身独居。三十年前，她的姐姐将要临产，送往医院的路上就死在她的怀抱里。那年她才十六岁，已经知道男女的房事，已经知道女人怀孕生产就要过死门关，姐姐过不了这道死门关，姐姐在最后一口气时要她好好去照顾他。这个"照顾"的含义是怎么一回事，当年的她并不知道。十年后，她二十六岁，她向姐夫提出要照顾，独身的老教授，却对她说他不敢想了，若再有妻子，他怕，又要毁了人家的性命。当她到了三十六岁时，又向姐夫提起此事。依然独身的他，倒过来奉劝她，快点嫁人吧，别错过生育的年龄。当她四十六岁时，晋升为市舞蹈团团长，向六十二岁的姐夫，再次恳求：仅仅是照顾，仅仅是相伴，仅仅是回忆。老教授还是婉转地谢绝了团长。在此之前的几年里，小姨子每年必到老教授家里来，一个为已故的姐姐唐影，一个为已故的妻子唐影，在家做一场简单的祭祀活动。每次祭祀活动结束后，两个人一起吃斋饭时，有说有笑的，可一会儿，说着说着，又闹出不愉快的事来，最后他们不欢而散。今年也是同样，最后连斋饭都没有吃完，小姨子含着泪，背上包，扭头就走。至今，他还没有同小姨子，搭理上一句话呢。

妮子在薛元的病房里，一天三次出现，为他全身按摩，并不厌其烦地讲述了他们相爱五天时间的故事。从第一次按摩，让他下身的器官突然蓬勃起，她更有信心地去按摩他，有时还能看到他的嘴角，在轻轻地颤动，手指轻微地弹跳，似乎他想张开口说话，但是最后都没有成功，唯有他下身的器官，一碰上她柔软暖和的手，就会立马蓬勃起来，让她次次含羞又很惊喜，这是因为老教授他们，要求她，次次去做这样不可缺少的按摩程序。老教授判断着薛元，很有可能是听懂了，妮子这几天来对他讲述的一大段一大段的话，而且还知道，她就在他的身边，他已经离不开她的次次按摩了。她要在薛家与医院病房之间，要待很长一段时间。如果她这一辈子要在城市里待下去，必须解决眼前的工作和居住地，即安上一个家。关于她安上一个家，到底住老教授那儿好呢？还是住在薛家那儿好呢？或者干脆外面租房，安上一个家好呢？昨天老教授与路莉萍碰面时，提起过要妮子去住他那儿的。而路莉萍否定的理由十分的充足：说妮子还是一个女孩子呢；说她家三楼不是空闲吗，如果女儿回来，她们一起居住，不是更好吗；说妮子早晚是薛家的媳妇；说她家这么大的别墅，妮子完全可以与她一起居住的。听听路莉萍，这么一番所说的四个理由，老教授若再提起要让妮子住到他家的理由，恐怕连一条都说不上来，只好暂时不提妮子到底住在谁家的好。

今天，为了妮子学舞蹈的事，也就是解决眼前工作的事，老教授硬着头皮，驾着那辆老爷车，载上妮子，去舞蹈团碰碰运气，恳求一次团长大人，让团长看一看，评估评估妮子在山区自学舞蹈基本功底和跳舞的身姿，到了一个什么样水平。老教授他们在团长办公室里碰面，团长大人没有正面给过老教授的颜色，而是集中去看着妮子，走路的姿势和会说话的一双大眼睛，炯炯发光。毕竟是舞蹈专家，眼尖呀，一眼看中妮子的身段、肤色、气质和年龄，犹如看到了妮子，像她自己在少女时代的综合影子。学跳舞，想跳舞，尤其是舞蹈，手舞足蹈的舞蹈，就是要有这样柔姿身段的姑娘，才能配上舞蹈两字。目测的结果，让团长大人已经非常喜欢妮子。妮子真的好运来了。同样，老教授也碰上了好运气，小姨子总算给足了面子，在妮子的面前，没有当场"枪毙"了他。于是，他们一起来到练功房。

妮子看着宽大的练功房，不锈钢做的手扶把杆，整个墙面落地的镜子玻璃，光洁明亮的地板，洁白无影的灯光，这里的练功房，如同还在深山老林里的几天前，电视上天天看到的《舞蹈教学》里的练功房一样。她看后心里又高兴又紧张，高兴的是：在山区家里，竹子做的手扶把杆和破损的镜子玻璃面前，她已经整整练习了两年半的舞蹈动作，竹子做的手扶把杆，已经磨得光滑锃亮。现在看到不锈钢做的手扶把杆，一点也不陌生，紧张还是有点：练功房的不同，一个在山区简陋的家里，观看的只是残疾丈夫祝公公一个人。在这里，一个宽大的练功房里，有团长有老教授。她有些胆怯，心里没底。团长拉着她的手，温馨提示她。她点点头，利索地从背上的书包里，拿出健美服穿上，按播放的音乐节奏，先把手搭在手扶把杆上，练习一下基本动作。然后，按播放的音乐舞曲，翩翩起舞。老教授边观看她，起舞身姿的动作，边向团长介绍她的来历和身世。团长一开始很认真地听着老教授的介绍，过了一会儿似乎没有听。当老教授介绍道，妮子的双亲已经过世，已经是一个孤儿时，团长干脆边舞边离开老教授的身边，跟着音乐的节奏，与妮子一起舞动起来，并且边用手拍打着节奏对她提示道："注意！带一点……微笑，别害羞，别害羞，对的！对的！别害羞，带着点微笑，注意脸部……注意脸部，要慢慢地……扬起来，要慢慢地扬起来，对的！对的！脸部要……扬起来，微笑依然……要带点……不要消失，对的！对的！注意，注意定格的造型，继续保持脸部的……微笑，对的！好的！注意转身要……圆满，注意转身要圆满……再次的转身……二，三转身，对的！对的！注意手臂，手臂要……自由下划，不是自由下落，下落速度太快，没有美感，下划有点……飘逸感，有点……美感，再加上手指的变化，这些都是满眼的美感，再来一次手臂……二，三下划，对的！对的！对的！注意后面有一个亮相造型，要一气呵成，亮相造型再来一次……二，三定格，好！好！记住依然要微笑，要扬起头，要挺起胸，划下手臂位置与臀部有一定的角度，角度太小，没有美感，角度太大，变成跳肚皮舞，要连贯，一气呵成，再来一次亮相定格，二，三亮相，很好！很好！对的！对的！"团长有些激动，快速舞蹈过来到老教授身边，脸上挂满笑容，说道："姐夫呀，这次，这次谢谢你，真的帮我一个大忙了，我唐舞会记住，记住你的好，嘻嘻……这个，孤儿的妮子，悟性很高，我看中她了，我要定……她了！"说毕，将上身的高高胸部，一起紧靠老教授手臂一会儿，又搂住不放，还嘻嘻哈哈地笑起来。

老教授听后，也高兴得很。在舞蹈团里的一群女孩子们，被团长真正看中，满意的很少。尤其现在团长还没有对妮子进行全面的考核，就决定要了她，这说明她，在舞蹈专业上是有可塑性的，这个运气太好了，自从山区被拯救出来后，现在能顺利进入舞蹈团，还被团长看中，真是好运气。过一会儿后，老教授还是不放心的，或者心存疑惑的，问团长："团长大人，你对妮子，是怎样的一个要法？"

"怎样的一个要法吗？妮子，做我女儿呀！"团长很干脆，还抿嘴巴，在暗笑着呢。

"不可能呀！不可能呀！一没有征求妮子的意愿，二没有征求路莉萍他们家的意见，三没有征求……"老教授立即失去笑容，心里焦急起来。刚刚被她高高的胸部，磨蹭了一会儿他的手臂，他的心里还在发热呢。

"姐夫呀，没有第三。也就是说，无须征求你姐夫的意见。"瞬间，团长的脸上，挂上有阴天的样子。她立刻放弃他的臂手，连忙打断他的下文，又说，"因为妮子，没有了父母，没有了家庭，妮子嫁人前，总归要有一个娘家居住地吧，你说对不对吗？这个娘家，难道是你老言道的老家吗？当然，就是我唐舞的唐家了，我家虽然不是别墅，也没有薛家有钱，但是一套精装房，二百八十多平方米的洋房，足够容得下我们俩人吧。我们共同爱好舞蹈，我们共同的事业，就是舞蹈，百分之百相信，妮子会进入我唐舞新家的，而不是你的老家，这是第一。第二呢，无须征求路莉萍他们家的意见。因为他们家是夫家，妮子嫁过去了，就是薛家的媳妇。薛家没有理由把妮子既当女儿养，又当媳妇养，那是过去的年代。妮子，今年十六岁，就算她二十六岁结婚，还有十年时间，这十年时间里，妮子天天待在夫家里吗？说出去，人家会不会……好笑，不好笑呢？所以，妮子只能住在我的家。第三，姐夫，你不配做妮子的父亲，因为你……因为你……根本没有去爱过一个女人，根本没有打算再要……建立一个家，你没有家，何来一个仙女般的女儿呢……"说毕，团长脸上的阴天开始慢慢转为小雨毛丝了。

"唐妹，唐妹……呀！你这算什么话呢，强词夺理，还……强硬地夺人呢，不可理喻，不可理喻！"老教授心急，出汗，起劲反驳。

"姐夫呀！"团长脸上转晴一会儿，讥笑说，"妮子，是你亲自送上门来的，对不对！不是我，上你老家去抢夺的，对不对呀！快三十年了……我，我……我已经抢夺不走……你的身了，你的心了。妮子她，我就是要定了。姐夫……你就死了，这条心吧！"

"唐妹，唐妹，我们之间的事，不能感情用事，我是我，妮子是妮子，总不能为了赌我气，而去影响妮子她们一代人吧！"老教授还想反驳，还想争取。争取与反驳的理由，已经是苍白无力了，看着她脸上的不断变阴变晴，摇摇头，觉得太难对付她了。

"别叫我，唐妹！唐妹！我叫唐舞！我叫唐舞！我赌气？我感情用事吗？我已经错过了生育的最佳时间。当我看到现在的妮子，想到自己过去的影子，难道……要我，再失去这样的机会吗？不会了！不会了！我还要将妮子户口，落户在我家，我姓唐，要妮子改姓，随我姓，叫唐妮子。我就是拿……唐妮子的事，跟你赌气！气死你！气死你……看你怎样……"团长似乎生了气，抽泣的声音出来了，过一会儿，又嘻嘻哈哈讥笑起来。

舞曲还在重复地播放着，妮子一人还在练功房中央，按舞曲的节奏，继续在舞蹈。妮子的舞姿，与亮相造型动作，比刚才跳得标准规范多了，看过去，很上眼，没有破点败笔可找。老教授看了妮子一会儿后，扭头又去寻找不断变脸的团长，这时候团长已经从边线上慢慢舞到了练功房的中央，与妮子一起按舞曲的节奏，两人舞蹈起来。老教授看后深深地叹了一口气，原本心里打好了盘算：看着路莉萍家的薛琪、薛元、薛仁仨孩子，非常开心，只要三个孩子中任何一个提出要他去解决学习上的、佛教上的、生活上的疑难问题时，他会毫不犹豫地开着那辆老爷车，去他们家，乐意与孩子们打成一片，乐意付出父爱给他们。可惜，好景不长，薛仁要去做小和尚，佛教学院念书十二年，随之离开了这个欢乐的家；薛元，去了一趟俄罗斯旅游，结果在酒吧与日本籍的服务生打架，服务生被他打死了，他自己却成了植物人，瘫痪在病床上，似乎这个欢乐的家呀再也没有他的份了；薛琪在俄罗斯办理注册经贸公司，已经看上爱上曾经两度救过她的音乐学院老师柳宏春。这个欢乐的家，她也待不了几天。这个欢乐的家，只剩下路莉萍一个人，他更没有理由，再去欢乐的家走走。更何况，人家还是一个寡妇呢，总不可能老是往寡妇家跑吧。妮子的出现，正好去填补薛家孩子的空缺位置，那是机遇来了，他就有更多的理由，可以去欢乐的家走走。很可惜呀，小姨子要夺走妮子十年的时间，或者更长的时间。这不仅仅是夺走妮子，而且是夺走了他心目中的欢乐的家。没有了妮子的借口，他若再要上欢乐的家，理由少之又少了。

老教授很快换了一下角度思考：小姨子苦苦地等待他三十年，他一再强调，要她别等，要她别错过生育年龄。但她还是等待，还是听从了她姐姐的一句"照顾"的话，他内心很愧疚。她这么多年来，确实在寻找一个女儿，要一个家庭背景上，无牵无挂的；要一个舞蹈专业上，悟性很高的；要一个像她少女时代综合影子的；这个人就是妮子了。之前，听小姨子说起过，正在物色几个干女儿当中，挑选一个正式做她的女儿。没有找到，也不可能找到呀。想一想，这些十几岁的干女儿们，她们本来就有父母亲，一旦做上她的干女儿，无非看上她是团长，无非将来跳舞的事，可以优先考虑考虑。比如说独舞、领舞等等，还不是仰仗团长说了算吗！因此她说，领教过此种种烦恼的事。考虑再三，决定淘汰所有的干女儿们。现在，妮子的突然出现，让她惊喜万分。因为妮子比这些女孩子们，有着家庭的背景，有着父母的双亲，还扛着团长干女儿的大旗"干净"多了。想到了这里，又叹了一口气，再也不吭声了。默认了几天前，刚捡来的一个叫妮子的姑娘，昨天在路莉萍面前，妮子被他弄丢了，今天在小姨子面前，这个妮子……唐妮子，又被他弄丢掉了。

# 第四十四章　拯救未来

　　团长唐舞拉着妮子的手，在众多的一群舞蹈演员面前，简单地介绍她叫唐妮子，与大家一样，唐妮子是一个舞蹈演员。唐妮子确实很幸运，凭借自身的优越条件，混进了市舞蹈团的舞蹈圈子里面，还天天挤堆在跟她年龄不差上下的一群女孩子中，叽叽喳喳，吵吵嚷嚷的笑声里。这一群女孩子们，一下子都明白过来，唐妮子是来做团长的女儿，来自深山老林，还是一个初中未上过一天的人。这在女孩子当中，有人开始排挤、嫉妒，甚至暗地里打击她了。总之，看她很不顺眼呗。唐妮子心里知道，也确实很难受，很委屈。这样的难受呀，委屈呀，郁闷呀，无奈了十多天。后来她想：为什么要难受委屈郁闷？不是我妮子自己硬着头皮，要去做团长女儿的，是团长和老教授他们，争着她，要去做他们的女儿。你们这一群女孩子呀，做不了团长的女儿，做不了团长的干女儿，那是你们没有福气，那是你们没有运气，难道说，都要怪她吗？你们这一群女孩子呀，知道吗，不但争着要她，去做他们的女儿，而且争着要她，去他们那儿住呢？就在昨天上午，老教授带上她，说上他家，去看看。她跟着老教授去看了。老教授家的旁边，有一道围墙，围墙外是他们的大学。大学校区里面很大，其中一条马路两边有商铺，小超市，洗衣店，小吃店，还有照相店呢，像镇头上热闹的街道一样繁忙。他的家，是老房子，有点旧，无电梯，他住在一楼和二楼。上面一户人家，应该是三楼和四楼。进入一楼是客厅，餐厅，厨房，卧房，卫生间；上二楼是卧房，书房，小会客房。他家的特点，书籍多。每间房里都有书，而且是分类型摆放。如厨房间里，有厨房炒菜，养生这类的书籍，估计上百本；客厅里书籍更多，估计上万册吧，看不懂，它们是怎样去分类的。还有阳台里，卫生间里，也有几百本书籍，整齐放在那儿。二楼书房里是古装书籍，应该很有价值的书籍，小会客房间的书籍，都是正装版，红红塑料封面，看上去整齐划一，排列着。两间卧房里也有很多书籍，数不过来，到底有多少书籍。她心里想，她学校图书室里的图书，恐怕还是这里多的。她问老教授，"有舞蹈专业方面的图书吗？"他回答："有呀，在餐厅里。"他们一起走到楼下，他指着三只并排的食品柜说，"这里面全部是舞蹈方面的书籍，一部分是团长网上购买邮寄过来的，一部分是她出差随身带来的，一部分是人家送她的，她喜欢放在这里的食品柜里，我也随她折腾吧。反正我家里，她有一把钥匙，她有时带点蔬菜来，烧好饭菜，边看这些书，边等我回家，然后我们边吃饭，边聊舞蹈上的一些事。"唐妮子心里想，他们为什么不在一起生活呢，是经常吵架，还是已经离婚？不好去问老教授的，还是去问问薛元大妈吧。今天中午，团长带上唐妮子，说上她家，去看看走走，唐妮子跟着团长去了。团长家的小区里面很大，要比老教授家的小区大多了。小区里，有好多幢高楼，每幢楼高，她说都是三十二层。她还笑着说，第一次去过以后，第二次再去，果然忘记找不到家的，那时候高楼还没有编上号码，看看差不多的，实际上是很难找到家的。现在，她家住在十二层楼上，乘上电梯，一会儿到达她家的门口面前。进门看到，就是一个宽大的练功房，同舞蹈团里的练功房一样，有手扶把杆啦，三面有落地镜子玻璃啦，有光洁地板啦，有洁白灯光啦。不像薛元大妈家和老教授家，都有客厅，都有沙发茶几和橱窗柜。她家的客厅，一定改成了练功房。练功房，一下子吸引了唐妮子的眼光。练功房里的洁白无影的灯光和几乎环绕的落地镜子玻璃，只要站在中央，就能看到背面和左右侧面的人影。唐妮子很聪明，没有在团长面前表态想住在这儿。如果这样说了，会让老教授和薛元大妈他们都不开心的，很难受的。最好的一个办法，让他们去决定，让他们去争执，让他们去要吧，自己站在中立位置上，不左也不右的最好。她陪着唐妮子，在二百八十多平方米的房子里走了一圈，唐妮子发现，没有餐厅，书房，和小会客房间，团长将这些房间统统变成了练功房。第二个发现，她家里衣服特别的多。两间卧室里，挂满各种各样的衣服，衣服下面，摆摊似的放着一双双各种各样的鞋子；两间卫生间里，放满各种各样的化妆品，在上百种的化妆品中，唐妮子只认得：指甲油，胭脂粉，口红，眉笔，粉刷，假发，睫毛。唐妮子心里，在问着自己：怪不得老教授，不肯搬过来住，如果搬过来，他那么多的图书，放到哪里去，图书不是天天跟衣服鞋子吵架，就是跟那么多的化妆品盒子打架。她看着唐妮子，对上百种的化妆品出神了，以为发呆要想化妆，她问，"要不要化妆一下？"唐妮子说，"我不会化妆。"她说，"认识这些东西慢慢来，我可以教，你可以慢慢学的嘛……"

一天，国外的某舞蹈团，应邀来友好访问本市的舞蹈团，双方都表演完节目后，按访问程序，有一个小环节，就是访问团成员与舞蹈团演员们互动签名，问长问短，留念合影等等。其间，两个访问团舞蹈演员，用日语在相互对话。刚好唐妮子也在她们身边，听到后，马上接上她们的话题，也用日语，回答了她们，她们感到很惊讶，握着她的双手，点头表示赞同，并与她单独合了影。事后，本市这群舞蹈团演员的女孩子们，又嫉妒又惊奇地围拢过来，非要她说一说，刚才的叽里呱啦里，是什么意思？唐妮子笑了笑，告诉说："没有什么啦！她们在议论，我们的美女团长啦……"

"她们的议论，在说啥啦……"女孩子们齐声说。

"她们议论说，这么年轻，这么漂亮的，美女团长，为什么，还不嫁人呢？另一个说，她看上的人家，或许人家不想，娶她呢？而人家看上她的，或许她还不想……嫁人家呢……"唐妮子笑了笑回答。

"你的回答，说点啥呢……"女孩子们又追问道。

"我的回答。我们年轻漂亮的美女团长呀，在二十年前……已经嫁……人了……"唐妮子，不急慢慢地说着。

"你说，我们年轻漂亮的美女团长，到底嫁给谁啦？"女孩子们一阵起哄尖叫。随后，又一次齐声说。

"我说，我们年轻漂亮的美女团长，终身嫁给，舞蹈事业！"

女孩子们听到后，又是一阵起哄尖叫后，再也没有声音了。这一段不是很精彩的对话，很快传到了团长的耳朵里，团长听后，觉得很精彩，精彩得无可挑剔了。如果，要团长本人去回答这个问题，恐怕回答不好，这样的"精彩"对话。这个"精彩"部分一直藏在团长的心里，足足揣摩了二十多年，还没有揣摩出所以然来。当然，人家不会当面问团长，你为什么还不嫁人呢？一般都在背后，友好地指指点点，议论罢了。因此团长本人没有必要，也没有想好，如何去应对这些一时三刻回答不了的问题，更不可能在熟人至亲闺蜜，面前说，"我决定宣布：终身嫁给，舞蹈事业！"这八个字，还不能从她口中说出去的，必须有一个最亲的，最合适的人，替她代言，告知天下，她终身不嫁人了，要追她的人，别去追她了，追了也是白追，献给她的999朵玫瑰花，她会马上转手送给别人的；还在暗恋她的人，赶快醒一醒吧，快去赶2路公交车吧。好在唐妮子的一句话，八个字，这让团长既吃惊，又很符合心意，还很省心。刚传到团长耳朵里时，她很高兴。团长叫来唐妮子，在团长办公室里，团长拉着唐妮子的手，赞扬了她一番后，开始为她开"小灶"式地进行授课。

"我们女人呀，做人难，难做人，人难做。你看一看，所有的女人，包括你，包括你母亲，包括路莉萍，包括我唐舞和姐姐唐影，都逃不出这九个字。尤其是像我们这个舞蹈圈子里的漂亮女人们，更难做女人。当然我说的是特别有成就感的女人。譬如说我唐舞吧，这样一个单身漂亮的女人，更是难上加难的。既要克服社会上负面的影响，又要克服从生理上，到心理上的一道道难关。在这二十多年，我嫁给了舞蹈事业，一点不假的。但是，在我的心目中，始终有一个假想的情人，这个情人，你知道他是谁吗？"团长突然停顿一下，考考唐妮子的反应程度。唐妮子睁大了眼睛，拼命猜，港澳台歌星？内地明星？国外明星？过了一会儿，觉得猜不着，只好摇摇头，一双清澈明亮的大眼睛，始终盯着团长。团长回到写字台边，拿杯子喝了一口茶后，放下杯子，又继续说下去，"你猜不中，我不怪你，如果让第三个人去猜，也许可能摇摇头说，不好猜的。我假想的情人，是老言道老教授，我的姐夫呀。我口中每次骂他，骂他为什么，还不来娶苦苦等待中的我。其实，在我心底里，最好他不要来娶我。你知道这是为什么吗？"唐妮子几乎听不懂了，又不是很明白，只好又一次地摇摇头。团长又继续说，"舞蹈，是靠肢体语言传递的，对不对！这一点你应该懂的；那就要看你的柔姿，身段，形体缺一不可的，对不对！这一点你更应该懂的；尤其是形体，必须放在首要的位置上，对不对！这一点你必须懂的；好在你已经做到了，比如你自己说的，在深山老林三年中的后一年，你只吃鸡皮，鸡汁水，与蔬菜搭配吃，说明你注意到了，自己一点点胖起来，胖起来后的腰骨，在跳高难度的动作时不好使了，僵硬，假使勉强能舞起来，不美了，做作了。专家用专业的评价，早晚把你'枪毙'掉的。因此说形体，必须天天练。你看我，已经这么大年纪的人了，不是在家，泡在练功房里吗？好！好！我们再举一个例子，不像歌唱的演员，大胖个子也行，瘦小个子也行，甚至盲人也行，因为他们传递的是声音，身材放在其次位置上，对不对！那好，我们做女人的，好好想一想：女人的一生，始终离不开，先恋爱，后结婚，再生育以及哺乳期，特别是生育和哺乳期后的身材，必定要走样的，就是一个字，胖！胖了后，所有关节，不那么灵活了，在舞台上的展示表演时间，就要大打折扣了。只有树立起一个假想的情人，这样你就有动力，才会去克服种种的困难，甚至准备牺牲一切，那就是，终身不嫁人，献给所喜爱的舞蹈事业！"

这一次，妮子，是听懂了，还是被团长说感动了，此时她的泪水滚落下来。她曾经有过牺牲的一切。那是她被骗，被卖在深山里的三年时间，始终把爱过的薛元名字，薛元身影，薛元声音，牢牢揣在怀里。脚残下身残的丈夫，逼她同床，咬她屁股，咬她乳头；她想到了薛元，要保存实力，要保护器官，承受着，忍受着痛哭着；她想到了薛元，给她过爱，就有毅力活下去；她想到了薛元，就有毅力去学舞蹈，去学日语。在这三年时间里，她把薛元当作了情人，其实他们就是一次短暂的情人相会，在少年犯管教所的禁闭室里，排练独幕歌舞剧时，发生过一次性爱。就是这么一次的性爱事件的发生，她把这次，爱与性，珍藏在心底里。在遇到危急时刻，她首先想到的是薛元，他一定会来寻找的，他一定会来拯救的。在后来日子里，她时时刻刻准备要为他而活，要为他而学。此时，团长上前搂住唐妮子的肩膀，轻轻为她抹去泪水，并轻轻拍拍她的背，又继续说下去："我也有过一次，少女时期的性冲动。后来因姐姐临产时，在送往医院途中，死在我的怀里。我对性爱，有了阴影，产生厌恶，还产生过随时随地有可怕的一幕，有可怕的一天，会降临到我的头上，我想要远离性爱，你知道为什么吗？"

"怕了，怕走你姐姐的老路？"

"对的！对的！你说得很对的，你很聪明。"团长轻轻抹去脸上的泪花，为唐妮子回答正确，而高兴地点点头，然后又说下去，"在我们女人一生的生活中呀，性爱，只占十分之一都不到的，不到十分之一的事情，我们是不是可以不去做它，是不是可以不去想它，是不是可以把它忽略掉，那就要有一定的毅力，有一个好的榜样，有一个假想的情人偶像，我的情人偶像是老教授，你的情人偶像是薛元。过去我们做过的蠢事就让它过去，让它翻过去，让它清零吧！你现在已经落户来到这座繁华的大都市里生活，你的身份已经彻底发生了改变，但是你的身世是不会改变的。记住了你的身世，在以后舞蹈生涯上，就不会变质的，变臭的，甚至变腐的。说白了，在中国这块地大物博的土地上，有千千万万穷孩子，从农村里来的穷孩子，从山沟沟里来的穷孩子，从少数民族来的穷孩子，这些穷孩子，在中国的舞台上下，成为德艺双馨的艺术家，老艺术家，艺术大师，老艺术大师，大有人在！"

唐妮子听懂，听明白，团长的一番心里话，第一次主动扑在团长的怀里。她们拥抱了许久后，团长轻轻拍拍她的背，又问道："你除了学舞蹈，会日语外，还有其他爱好特长吗？"

"有的，有的。"唐妮子抹去泪水后，轻声说，"我在大山里的小溪边上，用三年的时间，编写了四幕歌舞剧《悲惨两家》。四幕歌舞剧的剧本，是模仿薛元，编写《悲惨薛家》独幕歌舞剧，为蓝本编写的，它的主题是，把我家的双亲，突然含冤含恨离世；把我自己，突然被卖被骗被嫁的悲惨遭遇；把薛元家庭的，非法婚姻，母亲吸毒；再把我与薛元关押少教所的遭遇，以及禁闭室里的两人相亲相爱，写成了四幕歌舞剧……"

团长连忙打断唐妮子要说的下文内容，提出要看一看歌舞剧的剧本。唐妮子点点头，走出去一会儿，马上拿来书包，从书包里，拿出好几本作业本子，剧情写在作业本里，递给团长。团长先是草草地看了一遍，接着又从头到尾细细地看一遍。随后，拿起电话筒，呼叫团里的编剧老师、编舞老师，要他们过来一下，商谈歌舞剧本。

三天后，舞蹈团的电子公布栏上，显示滚动着：现代歌舞剧《拯救未来》由《悲惨两家》改编。以及一大串，排练歌舞剧的舞蹈演员名单。在演职人员名单上，唐妮子的名字，出现两次：

原四幕歌舞编剧《悲惨两家》：唐妮子；

现代歌舞剧《拯救未来》独舞、领舞：唐妮子。

五天后，现代歌舞剧《拯救未来》，开始进入分组，分批，分段排练。在排练前，团长作了简短的训话后，要让唐妮子，在众多的舞蹈演员、编排人员、剧务人员面前，讲述她当年的创作思路，创作背景和苦苦等待，日日企盼的三年经历，作为这次新歌舞剧排练前的动员和宣传教育。

# 第四十五章　荡漾青春

　　星期一早上，自从唐妮子搬出这里的一刻起，路莉萍又回到了一个人清静的世界里，与无人讲话聊天，她只好上三楼，去佛堂里，穿上佛衣，供上水果糕点，点上红烛佛香，跪拜念完七遍的佛经后，再沏上一杯茉莉花茶，坐在藤椅上，也不去下楼，烧些早饭吃吃，反正一个人，就一个人清闲一些吧，随手拿起手机，看下信息，无聊中看到天气预报，说今天中午前后，有雷阵雨，最高气温 26 至 35 摄氏度。她马上想到，要在雷阵雨来临之前赶到医院，因为唐妮子已经去舞蹈团上班，病房里只有薛元，想早点过去，陪陪他。于是，她等到七支佛香燃尽后，起身，在佛龛前，吹灭两支红烛，跪下拜了七拜，脱下佛衣，拿起藤茶几上的手机，赶紧下楼走去。这时候，她手上的手机响起来，一听是老教授那边打过来的电话，他说，"中午请客，在《素满香》素食馆里，不见不散！"他那边说完，马上就挂了手机，让她没有时间去思考，去还是不去的回复。她的心，开始剧烈地跳起来，好像在二十多年前谈恋爱时，也有过这样的乱跳，她连忙一手捂住胸口处，一手拿手机，并用手背贴在脸上，觉得有点烫热起来，接着下楼，来到二楼主卧室卫生间里，心还在剧烈地跳动，照了一下镜子，镜子里的脸颊泛起了红云，荡漾着喜悦，觉得迟到的青春，荡漾着回来了。老教授的一句不见不散，是什么意思？让她去猜吗？不用猜了，就是这个意思吧！她坐在圆形瓷质凳子上，照着镜子，呆傻地又想：老教授已经摆脱了小姨子的纠缠？那个送鲜花，经常吵架的女生，已经被老教授淘汰掉？已经安排好，唐妮子的工作。唐妮子已经搬进，团长那儿的二百八十多平方米房子里，余下的时间，当然，他与她，可以不见不散？她含羞一会儿后，急忙转身，走向衣帽间，打开衣帽柜子的门，在一大堆衣服当中，挑选一套，符合此时此刻心情的，打扮起来……

　　十点五十五分，《素满香》素食馆里，老教授早早地买好单，拿了两份盘子筷子和小碗，在二楼靠窗处的两个座位桌边，坐下来等待路莉萍。今天他很反常，穿上一身刚从网上购买的牛仔夹克衫、牛仔裤、牛筋旅游鞋。这一身的打扮，少说年轻了十岁，问题是这一个春天季节的气候，说变就变，冷热无常的，而他原来的那一套，冷热都可以穿的行头，已经被舞蹈团团长小姨子打包扔掉了。早上，他出门前，急急找要穿的那一套行头，可是找不到，真的急煞人了。小姨子花钱的，快递小哥送上来的快件，一直扔在客厅旁边的一角，还没有打开看它一看，现在不得不急急忙忙打开看，也不管合身不合身，穿上它们，就来约会。而路莉萍那边，权衡一下自己的年龄与矜持，最后还是选择，一脸素妆，与一身素色衣裙，脖子上挂一串白色珍珠项链，显得大气，高雅，随和，如约来到《素满香》素食馆二楼。他们已经碰面了那么多次，今天还是第一次晤面似的，她含羞般伸出毫无意义的白皙手臂，他立马起身，会意笑笑，伸手去握住，伸过来的一只玉手。她看到，他这一身打扮，闷声一笑，他立马回应，也尴尬微笑，并指一下座位，她在他的对面位置，坐落下来。他轻轻问，"没有开车来，是走来的？"她点点头，他从桌子上餐巾纸盒里，抽了几张餐巾纸，她拿过来，擦一下额头上冒出来的细小汗珠，他看了一下手表说，"下楼可以去拿菜了。"于是，两人各拿着盘子小碗下楼，去挑选喜欢吃的蔬菜水果小米粥，挑选完后，端着盘子小碗，又回到二楼的座位上。他边用餐边聊，这个春节，老家没有去成，老家那边老屋，委托一个亲戚，半送半卖，处理掉了，将卖了的钱，均摊分给父母辈的兄弟姐妹们了，虽然没有多少钱，但在贫困的农村，已经是一笔可观的钱了。随后，集中聊了，他穿的这套行头，引申出来舞蹈团团长小姨子，说刚刚分了一套二百八十平方米的房子要他搬过去，一块儿住在那边新房的事。她本来想顺水推舟说，"那好呀，你搬过去呀。"后来想想，选择沉默，听他继续说些什么。他放低声音说，"搬过去，是没有任何理由的呀！"她忍不住说了，"这还用说理由吗？"他又说，"这个你不懂的。"这时候的窗外，从远处传来好几个特响沉闷的春雷，打断他的下文，他们同时，起身张望窗外的天色，天立马暗黑起来，两人不敢再聊下去，连忙收拾起盘子筷子，要在下雷雨前赶到医院去薛元的病房。

两人急匆匆来到病房里，看到病房窗外空中飘来一大片黑压压的乌云。乌云好像飘落笼罩在医院上空似的。顿时，医院及周边的马路，以及医院对面的居民楼，黑暗一片。随后，半空中划来一道闪电，顷刻间，照亮医院的病房，照亮民居楼的窗口和马路上来往的车辆，闪电过后，即刻传来轰隆隆的雷声，紧跟着是狂风暴雨呼叫一般的袭来，雨水不断撞击与拍打，病房的玻璃窗；紧接着又是一个轰隆隆般的巨响雷声，比刚才一个雷电闪光更亮，声音更响，距离更近，似乎这个雷电，就在病房的窗口前打响的。一道强力刺眼的闪光过去后，窗内窗外一片漆黑，一片静音；紧接着又一个闪电，从空中划出好几道亮光，震耳欲聋的雷声，跟随其后。他们看着窗外黑云压近，听着轰隆隆的雷声，随后，急忙拉上病房的窗帘，打开灯，同时看到躺在病床上薛元，睁开眼，张开嘴，轻微摇头，好像要说话。老教授惊喜万分，马上在病床边按下警铃，呼叫医生。一会儿，医生们急速地跑进来，取下他的呼吸罩。他吸一口气，睁大双眼，在寻找他认识的熟人。路莉萍扑在病床边，握着他的手哭喊着，他的名字，又说着，"我是大妈，你好好，看一看，想一想。"可是他，始终没有理会她，只是睁大双眼，慢慢地张开嘴巴，叽里呱啦呼喊了一会儿，又停顿了一会儿，接着又说了叽里呱啦一大堆话。医生护士摇摇头，听不懂，他在说些什么。老教授有些听懂，叽里呱啦是日语，他嘴里吐出来的是日语单词：太阳，武器，放大镜，温度燃烧，摧毁等等，不知道这些单词连贯起来是什么意思。他说话的口音，越来越清爽，继续用日语，呼喊妮子名字，转动眼睛，好像在寻找妮子。这时，医生护士前前后后进来都围上来看。他依然是睁开着双眼，可能没有寻找到妮子，双眼干脆，盯住天花板一处不移动，重复用日语叽里呱啦说了一大堆话，医生护士们一片茫然。路莉萍一直扑在病床边，哭泣呼喊着，被两个护士扶持拉到一处。她呆愣愣想，植物人薛元，能开口说话，既是高兴，又是担心，总算可以交流，比他爸爸薛开甫强得多了，他爸爸瘫痪在病床上，半年多的时间里，未曾摇过头，未曾说过话。薛元说日语，让人担心，交流起来，谁能听得懂日语呢，多少不方便。她走上去，拉了一下，围在医生护士身后的老教授，问道："薛元，一开口，就说日语，这……这是怎么回事……"

"薛元，开口说话，我猜想，也许……"老教授想了很久，才慢慢回答说，"是不是，有三个因素的导致吧。一是药物的治疗，药物都用进口，虽昂贵但药疗强，占到了三成；二是唐妮子连续不断的亲情疗法起到作用，亲情疗法比较到位，疗效比较显著，应该说占到了三成；三是这一阵子的，震耳欲聋的巨大雷声，震动后惊醒他的脑神经，占到了三成；还有一成，是他自身的体质，毕竟年轻力强，血气方刚。能睁开眼，能开口说话，说的是日语，这是好事，这是惊喜的好事呀。说明他有两个说话的功能。当第一个常用说话的功能已经丧失时，醒来时即刻启用，第二个日语说话的功能……"

"那……如果……如果，薛元，他不会日语，又不会英语呢，那就不会说话了吗……"路莉萍依然靠在他的身边，又追问起来。

"很有可能呀。从现在薛元会说话的迹象来看，这个病例，很罕见的，很罕见的。但是不能……太乐观啊，说不定他的脑神经，萎缩太快了呢，也有可能的。"老教授看一眼，医生们依然围在，薛元病床边，记录着什么数据，又转过身来，搂着她腰，安慰她说道。

"薛元，薛元，他脑部没有肿瘤呀，哪来脑神经萎缩的呢？"路莉萍依然不明，紧靠他，在追问。

"是不是……这样的……"老教授，只好自问自答地说，"他们两人吵架，遭受打击时……酒瓶的碎裂，酒渗透到，脑部神经的细胞里……因为，这酒，是伏特加酒，属高度酒，烈性很强，酒渗透到脑神经的同时，是不是酒精，很快杀死，各个脑细胞的组织呢？这一切应该在医生那边，能得到答案。他被雷电惊醒后，很清醒，要的是唐妮子，你与我，在他面前，他都不认得，进一步说明，唐妮子的亲情疗法，很有效果，也说明，唐妮子是他记忆中最熟悉的人，最需要的一个人，你说对吗？"路莉萍很快点头，认同这个说法。她还有很多不明的事，还想继续问下去，刚想开口，被老教授连忙阻止。他又继续说，"我现在去接唐妮子，待我回来，我们好好去问问医生，这样好吗……"

路莉萍茫然地点点头，跟着老教授一起走出病房。来到走廊，她目送，他的离开，一直看到他，在走廊尽头的影子消失。此刻，她像失去了什么似的，一下子忐忑不安起来。她坐在走廊椅子上，心怦怦地乱跳，提起手捂着胸口，让心慢慢地静下来。她想着：薛元，怎么会一下子不认得她呢，多少有些尴尬，好在毕竟不是他的生母。而唐妮子，他们只是一次短暂的爱情经历，就这样记住了唐妮子，可悲又可喜。又想到，几天前的一个晚上，唐妮子说了，老教授与他的小姨子，在练功房争论时的表情，他们都很尴尬。她听到后，心里凉了一大半。又想起来，刚刚在素食馆用餐时，老教授说了，小姨子还要他一块儿搬到新家去住，这不仅仅是因为唐妮子要去做团长女儿，失去唐妮子，而是还要失去老教授的一个人了。女儿薛琪，曾经在莫斯科与她通电话中，提到过老教授的家庭情况，但是没有提到过，还有一个苦苦追求三十年的小姨子呀。这三十年时间，苦苦地等待，是何等的漫长日子啊。原本，她还想，随着季节的轮回，随着女儿薛琪的成婚，再随着慢慢康复后的薛元，考虑她自己与老教授的结合，相伴到老。可是现在知道，还有一个比她，更加苦苦等待的人，那个人还要与老教授一起，搬进二百八十平方米的洋房里去住，还要与老教授相伴到老。她想到上午，接到老教授的电话时，荡漾着的心情，在衣帽间里，挑选到底穿上什么衣服好，而犹豫不决。现在的心情，已经没有上午那样的荡漾了，她潸然泪下。忽然，她想到病房里的薛元，站起来，走到病房门口，推门想进去看一看，被门里面的护士，微笑着摇摇手，不让她进去，她只好回到，原来坐过的位置上，扔下屁股坐下来，身体靠着椅背，闭上眼睛，继续想着，要在老教授去舞蹈团，接送唐妮子回来之前，用最短的时间里，整理出两条思路来，一条是感情线，一条是家庭线：

感情线。她自己与老教授，到底有没有一份感情的情愫在呢？按她自己的年龄，已经走过了，少女怀春的时期，再说二十多年来，冷漠的感情，一直被禁锢着，不会那么快的，被调动，被打开，被解禁的。回答肯定是：很少，很少的，几乎没有，也不会产生，自己很快承认了。但是薛家人，感恩于他呀，很多，很多的。比如一是解决了还贷款的事件上，完全依靠他，没有他的出手相助，真的是，不知道现在的家，会变成什么样子了；二是薛元，薛仁兄弟俩，将巨款捐赠寺院，使得重建的寺院佛光普照，这一切后续的事件上，都有他在奔波的影子；三是薛仁，虽是幼儿，口口声声喊着要做菩萨，而且是铁了心地要去做菩萨，为了此事，他奔波于佛教学院、寺院，回来好几趟，没有他的人脉关系，薛仁谈何容易，进入佛教学院读书的事；四是外贸公司搬迁与落成，以老换新的厂房事情上，倡议上靠他；五是赴俄罗斯处理，绑架打架受伤后续的事，解决上靠他的主张；六是拯救唐妮子的事，靠他。他在解决处理，这些事件当中，她自己对于他的助人为乐，产生过一点好感，动过一点情。也就是说，有了一点点所谓的感情。而他呢，不求物质上的回报，只求感情上的升温。可他得到的温度，不凉不温，仅仅是他握住过她的手，他搂过她的腰，在她最悲伤，最痛苦，最无助，哭泣时，依偎过他的胸，贴靠过他的肩头，在这几个举止与动作中，若隐若现产生过一丝的爱意，和爱意中有了一些的快感，难道说，这是一种爱？这是一种感情？难道说，这是被禁锢二十多年冷漠的感情，快要解禁前的一种表露？难道说，这是久违迟来的，爱意与冲动？不是冲动，那是真真切切的爱意！她很快再次，又承认了这一点。

家庭线。她自己对家庭的生活氛围，很淡，淡得日以为常。因为三口之家时，长期空缺丈夫薛开甫的位置，吃饭时只有两双筷子，女儿上大学后，家里吃饭时，只有一双筷子。想一想呀，四百多平方米的房子里，只有她一个人，家里的气氛是沉闷的，抑郁的，孤独的。自从认可接纳了薛开甫的两个私生子，薛元和薛仁后，再加上她自己的女儿薛琪，家里的气氛，一下子热闹升温起来，孩子们的脸上个个充满了笑意。这时候，老教授也被邀请加入进来，三个孩子还吵闹着要他天天来，他也乐意天天来。如果，薛元病好了，薛元还会带进来一个唐妮子，随后他们有了他们的孩子；接着薛琪，成婚后，也会带进一个女婿，还会再带进一个外甥或外甥女，再过二十年，小和尚薛仁也到了成婚论嫁的时候，她自己变成了老母鸡一个，一下子要带领这一群小鸡，有点吃力，需要有一个男人的帮衬，再说，还有一个偌大的家业，如果没有人来出主意，来帮衬一下，一不小心，可能又要回到一年前的困境。如果这个男人是老教授呢，那样的家庭，就是充满笑意的家庭，才算完整家庭。如果少了他呢，就少了他的座位，也就少了孩子们心目中的父亲，也就少了一双筷子。很可惜啊，现在的三个孩子，再也不可能，像之前那样，聚在一起了，这个家，老教授他还会加入进来吗……

# 第四十六章　两个女人

老教授的那辆老爷车，外壳子老旧点，里面的骨架，还是硬朗可以的，这是老教授他自己说的。此时，老教授冒着狂风暴雨，老爷车奔驰在高架路上。就在刚刚，一个轰隆隆的雷声，在车窗外打响，顷刻间，狂风暴雨不断地拍打着老爷车。老教授认真驾车，不一会儿工夫，老爷车下了高架，正往舞蹈团的方向奔驰而去。一个轰隆隆的雷声，把瘫痪在病床上的薛元，一下子惊醒了。之前，老教授听到过这样的病例，现在让他见到过后的惊喜。惊醒后的薛元，完全忘掉了说本国的母语，用日语呼喊人，又让他见到稀罕的病例。薛元用日语呼喊妮子，说明想立刻见到妮子，还不知道，过去的妮子，现在叫唐妮子了。除了呼喊要见到妮子外，还说了一大堆日语单词，老教授能听懂没有几个单词，医护人员那边能懂日语的也不多，真正能懂日语的医护人员，一时三刻难以呼叫他们回来。唯一的办法，先把唐妮子接到医院。老教授驾着那辆老爷车，冒着雷雨，去舞蹈团。

舞蹈团的排练大厅里，一群少女舞蹈演员，正在分片段排练《拯救未来》现代歌舞剧中的一个场景，少女们一个个穿的都是彩色紧身排练服，那一个个身条、胸部、臀部、大腿、小腿、手臂、手指，满眼都是美美的，美得不敢用夸张的词语，去说出来，这样会亵渎少女们的，也不敢用简单浓缩的词语去说，免得少女们的骂，唯有从一张张少女们的脸上，可以大胆地读出来：天真无邪！一阵音乐响起，一会儿，一个独舞者，从少女们身后舞旋出来，少女们队形，立刻成了八字形，独舞者在八字形中央，展示她的舞技。独舞者是唐妮子，唐妮子的脸，印上特有成熟感的那一种，她毕竟在深山老林的三年时间里，遭受难以磨灭的痛苦痕迹。这也是她与少女们的不同之处。老教授看得津津有味。老教授是这里团长的姐夫，故畅通无阻的，可以直接走到排练大厅里，观赏区域的门口，他一边等待唐妮子她们排练的结束，一边看着少女们青春朝气的一个个舞蹈旋转，一会儿上场，一会儿下场，一会儿队形变化，一会儿又看到唐妮子舞蹈上场。唐妮子的舞蹈表演展示，进步很快，与第一次的展示舞技时进步多了，动作连贯性强，定格造型优美，转身伸展飘逸。他一直在幸庆自己做得对：当时坚持要寻找，三年下落不明的妮子，现在看起来，坚持寻找是对的，是有价值的！妮子变成唐妮子是很出彩的！这时候走来一个气质高雅，穿戴性感的舞蹈团团长唐舞，老教授并不注意背后有人，小姨子拍了一下老教授肩膀，老教授惊讶，转身看到化了妆的小姨子，满面桃花色，上身的高高胸部与脚上的高高鞋跟，两者春风得意，小姨子上前伸出白皙的手臂，来了一个热烈的拥抱，并且贴着他的老脸，轻轻地问道："姐夫……呀，你……你，这几天沉浸在，热恋之中吗……"

"没有呀！没有呀！不是……让你……拥抱着的吗……"老教授笑笑，连忙否认，回答说。

"姐夫……呀，这个……这个，你还要……保密吗……"小姨子笑笑，依然拥抱着，更加贴近他的脸。

"谁跟谁……谁，谁跟谁……恋爱啦……"老教授笑笑，又连忙否认，回答说。

"姐夫……呀，这，这还要去问……谁吗……"小姨子依然拥抱着，笑了笑，继续逼问。

这时候，排练舞蹈片段，暂时休息，收场的少女们，一齐起哄尖叫，都拥过来，团团围绕团长与老教授身边，并将他们簇拥来到，排练大厅的中央，叫嚷着要他们跳拉丁舞，老教授心急，摆了摆手，要让欢腾的少女们，立即静下来，并凑近小姨子的耳边说。

"现在……不行！现在……不行！确实有重要的事情，并且要立即带走唐妮子，是为薛元病情突变的事……"说毕，并用手背面，去抹掉，刚被小姨子贴过脸上的胭脂粉末。

"姑娘们！姑娘们！今天请放过，我的姐夫吧？等到下一次，下一次……一定让他跳一曲，好不好……"团长看老教授严肃认真的表情，笑着对少女们说。

"好……"少女们异口同声说。

随即围绕的少女们，迅速划分开来，变成八字形的队形，他们两人原地站在八字队形的中央。一个穿着鲜艳的旗袍，身材颀长，凹凸有致，脸上抹粉脂，桃花般靓丽，风姿不减当年，犹如20世纪的四五十年代，老上海的百乐门舞厅里，刚刚穿越过来一个年轻风骚的舞女；一个穿着牛仔系列的衣服，显示粗糙得很，洒脱得很，但是西部的牛仔时装，难以盖过稳重焦急的一张老脸，同样夸张的时装深蓝色，难以遮掩沧桑的一张老脸。他们两人的穿戴，不在同一起跑线上，却在同一的排练大厅中央。此时此刻的场面，让老教授有点尴尬，有点恼火的羞涩。因为这一身牛仔系列的打扮，与被拥进排练大厅的中心位置，很不配；与舞蹈演员少女们的健美装束，很不配；与舞蹈团团长唐舞的性感旗袍裙，更加不协调。正想着，此刻，大厅中央有一个洞，他还会立马跳下去的。还不知道，有什么大好喜事，会让小姨子，如此的主动贴面拥抱，还不避少女们的在场。最后，老教授像逃难似的，拉着唐妮子，急急地离开舞蹈团排练大厅，驾驶他那辆的老爷车，赶往去医院的路上。

一路上，老教授真的吃不准，刚刚小姨子兴奋的程度，是不是过头了，问了，坐在车子后排的唐妮子。

"唐妮子，今天，你们的团长大人，这么高兴，是不是你们舞蹈团，获得什么大奖了吗……"

唐妮子低头，在玩弄手机。手机，是老教授刚刚去舞蹈团接她的时候，突然想到要买的。这样与唐妮子联系起来比较方便，再说，舞蹈团里的女孩子们，手上都有手机。就在马路边上，刚好有一家手机专卖店铺，买了手机，买了卡号，充了钱。唐妮子边玩着手机，边笑笑马上回答说："老教授。不是啦！不是啦！是上几天，我们正在聊，关于终身献给舞蹈事业，需要树一个假想的情人……"

这时候，车窗外面，雷雨下着更大。老教授放慢了车速，还没有听清楚，唐妮子的话，又追问。

"什么呀……什么，是假想情人，是不是……什么偶像吗？"

"老教授。你说的，算是对吧！"唐妮子又笑笑回答。

"这么说来，算是对了！"老教授又追问，"比如说周润发，费玉清、费翔、刘德华、张学友……这一些港澳台，艺人的偶像，是不是啦……"

"不是啦，不是啦，不是这些艺人啦！"唐妮子抿着嘴巴，笑着回答说。

"笑，你笑了，哪……肯定不是了，到底哪一些人呀……"老教授有点急，追问。

"比如说……"于是，唐妮子把团长对她说过的一番话，讲给老教授听，最后她说，"为什么，一个很漂亮女人，做人很难？为什么做一个特别有成就感的女人，做人更难？为什么要树一个，像老教授这样的人，作为女人的偶像？为什么既想嫁给老教授，但在心底下又不想嫁给他……"

"这算是……什么样的逻辑呀……"老教授听后，哈哈大笑。

其实老教授已经听清楚，心里暗暗地窃喜。他对小姨子没有产生过爱，也就是没有付出过爱。二十多年来，只是停留在平平常常，像亲戚，像兄妹，没有超越情人那种爱。两人性格不合，见面十分钟就吵起架来，说不上十句话就吵起架来，小姨子很强势，很霸道。今年妻子祭日，与往年一样，小姨子在他家，一起办完，祭祀程序后，她留下吃晚饭，她说她升级为团长了，有一套新房可以分配，因事前未与他商量，就要他一起去住她的新房，他心想呀，那不是要天天挨打，就是天天挨骂吗？那顿饭没吃成。但是小姨子也是有优点的，她到他家帮他整理所有的器具物品，包括食品、衣服、药品。就说一说，整理衣服这一件事上吧，她将衣服分成，春夏秋冬，按季节叠放，没有错，拿衣服很方便，不能把他常穿的，旧的衣服，全部扔掉呀，还说已经很旧了，已经过时了，再穿出去呀，有损教授的光辉形象，第二天晚上，快递小哥送来大堆衣裳，拆开快件看衣服，左看右看，这堆衣服，根本不适合教授的身份，年纪穿的，还不如被她扔掉的衣服好。再说一说，整理药品，也是这样，将他常吃的药，开了封的药，还在药的有效期差一两个月的药，统统被她打包扔掉。有一天，人有点上火，牙齿特痛，找药吃，翻遍了药箱子，找不到，只好手捂着牙痛处，小跑一里路，去买药。还有一个说出来好笑，他书房写字台上，有一只盛墨汁的，小巧精致的花碟碗，她拿来，把它洗洗干净，说她可以当饭碗使用，还说，她一天只吃这么一小碗的饭就够了。虽然把他家的东西理得整整齐齐，但是他要用的东西不好找呀，待她一离开家，他立马把她刚刚辛辛苦苦、整整齐齐的东西拆散，重新放回原来熟悉的，顺手方便的地方去。还有一次，那是十年前，也是妻子祭祀日子，那天他家里的空调机坏了，又没有电风扇，待两人都忙碌完，祭祀的所有程序之后，她与他穿的衬衫已经湿透，她居然，在他面前，干脆脱掉她的衬衫，留着超薄款的胸罩在外面，那两个小半只细腻白团团的胸部，居然还在他的面前随着走来走去的震荡而一波一波地跳动呢。他去房间里拿扇子给她，她也跟进来并在床上躺了一会儿，觉得薄薄的被子里，有股很难闻的气味，说着拿起被子，要到阳台去晒，他连忙上前拿被子过来，放到阳台去晒，待他返回房间时，她弯着腰，拱着屁股，正在铺一条干净的床单，将换下来的床单，扔在床沿下地板上，小巧美感的双脚，踩在扔下的床单上，她还说扔掉它吧，脏死人了。他有点气愤，人停在那儿，看着她的后背与拱起的屁股。她的背与屁股，确实生得好看，那是一个舞蹈家，特有的体形吧；看她的后腰，像蜂腰，蜂腰的线条一直向上，延伸到后背时，突然地增大、增粗，那是到胸围了，中间的背脊骨凹陷进去看着很美，很流畅，那个是天生的吧。女人的腰窝，是不是每个舞蹈家们特有的，他不知道了；他看着，腰窝上半部分，再顺着细细的蜂腰，慢慢延伸到，圆满的两个肩头上，形成真正的蜂腰背，而蜂腰背的前面，有两只胸罩，不大不小，跟着她的身子，一起欢快地摆动着来回；更加完美性感的是大腿和小腿，那只有舞蹈从业人员，才能特有一种美感吧。他描写不了，看久了，有点控制不住了，想上前扑过去的性欲冲动。就在这个时候，她突然地转过身来，脸上红光满面的，桃花一般的含羞，又突然间，变脸似的严肃地说："你！你！你……在偷看我，圆圆的屁股，细细的蜂腰，你在偷看我，你说……是不是？你……说呀？是不是……在偷看我呀？"

"你……你……你快点，嫁人吧，别错过生育的年纪了。"他忍受不了，僵在那儿，没有承认，也没有否认，只是被她一连三个问号，问得他，已经失去对她的热度，失去对她的性欲冲动。

她待了一会儿后，双脚故意地重重踩着，地板上的床单，含着泪花，立刻消失了红光满面，然后转身离去，那顿饭，又没有吃成……

车窗外，雷雨依然越下越大。老教授又放慢车速。他又回想到最近的一件事上。小姨子提出唐妮子做她的女儿，要有一个仪式，这个仪式，就在饭局上去完成。路莉萍提议，在薛家吃饭，搞几个菜，大家聚一聚。小姨子不高兴说，"那是我们娘家的事，怎么可以到夫家家里吃饭呢？"小姨子提议要在五星级酒家举行仪式。小姨子是团长，又是强势，我们都让着她。那天晚上，唐妮子的娘家舞蹈团人员，足足占领了三大桌，那里是十六位一桌呢。而唐妮子的夫家，算算只有路莉萍一个人，如果硬是加上老教授一个人，顶多只有两个人。况且老教授既不算完完全全是夫家的人，又不算完完全全是娘家的人，老教授暗暗地苦笑了一阵子，觉得自己怪可怜的。他暂时不去琢磨自己可怜的身份，而是集中看一看，饭桌上两个老女人，一边权衡，一边琢磨着：

一个老女人叫唐舞，年纪四十六岁，未婚，是他的小姨子，是市舞蹈团大美女团长；团长身材苗条，犹如少女一般，气质高雅，着衣高档时尚，手指涂油，嘴唇抹红；脸上，身上未露整容过的痕迹，是天然的，是原装的；穿上旗袍，穿上时装，穿上便装，说要身段有身段，说要品位有品位；从远处缓缓地向你走过来，一看就知道，是一个艺术家，再细细看，是一个造诣高超，专业精湛的舞蹈家；舞蹈家领导管理能力强，有胆魄，擅长交际。但是舞蹈家身心狭隘，爱钻牛角尖，还特别的强势夺人。好在他暗暗地窃喜，十年前的那一天，他家坏了空调，没有电风扇，在他的房间里，小姨子脱成几乎裸露上半身子，弯着腰，拱着屁股，在床上铺设床单时，他看久了，想扑上去的性冲动，但被她一连串的问号，很快灭了欲望，谢天谢地！没有扑上去，是对的，否则，如今的婚姻，就要变成尴尬了。

另一个老女人叫路莉萍，年纪四十八岁，是寡妇，是富婆，是唐妮子未来的婆婆；未来婆婆身材很丰满，蛮富态，打扮很素雅，面相很和善，不涂口红，不涂脂油；脸上，身上的精致美点，一切都是天然的，原装的；远看就知道是一个上了档次的家庭主妇，是一个懂生活，会调理，会服务于人的女主人；再细细地看，从她白皙粗壮的脖子上，挂着一串很精致的佛珠，再配上一身素色的衣服，素色平跟布鞋，猜想一下，这个女人是吃素的，念经的，奔寺院，拜佛的；吃素念经拜佛的，一般都心田善良的，慈悲的，感恩的，能容得下，平常人容不得的人和事；这个女人，能容得下，天和地。未来的婆婆做人低调，不张扬，不扩大，处处有佛心，事事有佛系串联。未来的婆婆又是寡妇，寡妇对真实感情保存得很好，保护得很牢，不会被人偷走的，不会被人骗走的。二十多年过去，她一直保持，爱心与佛心，共同生存。她的心迹，阿弥陀佛！她的境界，大道无垠！她的母爱，大爱无疆……

老教授看着饭桌上，两个老女人，都喜欢的。小姨子，可以当情人；寡妇，可以做老婆，这是不可能的！唐妮子说得很清楚："团长口口声声说，要嫁人，要照顾人，原来团长一直把老教授，树为情人的偶像，仅仅是偶像，而不是最终结为夫妻的……"听听，听听，好在他，一直未对小姨子有过，坏念头……

这时候，路莉萍有些抽泣的声音，从老教授的手机里，传递过来说薛元，说话声音，越来越轻，始终说着重复，听不懂的一些日语。她的意思，要老教授他们赶快过去。老教授边加速，边安慰她说，他已经带上唐妮子了，正在路上赶过来。

# 第四十七章　救人积德

　　自从用专机把重病瘫痪的薛元，以及主刀医生等护理人员一起安全送上飞机后，薛琪和柳宏春，他们两人的精力与压力，一下子轻松了许多，有更多的时间，他们开始频繁地约会，开始做加减法的恋爱公式。刚好此时期，由于柳宏春的特别优秀，很快晋升为副教授，接下来他上课的课时，增加了，授课的质量，更高了，而且还要做到精致精彩，因此他需要花大量的时间来整理备课，调研翻阅资料。尽管有这样的忙碌，他下课后或者放学后，还依然陪伴薛琪去看电影，听音乐演唱会，上饭店，上商场，上溜冰场玩，回来的后半夜里，他依旧整理准备，第二天的课程。星期日，教师宿舍大楼里。薛琪，在柳宏春的宿舍里，一起吃过午饭后，薛琪提出要到图书馆，那儿去走走，去看看。

　　"我们还是去……"柳宏春连忙说，"去俄罗斯国立图书馆，那儿的图书馆很大，建筑很美，图书种类很多。当年，你妈妈资助我的三千美元中，我买辆很便宜的二手车，目的可以驾车，常去那儿的图书馆，泡泡书吧。"

　　"那儿的图书馆，我与薛元，已经去过，我要说的，是你们在这里音乐学院的图书馆。"薛琪，笑了笑说道。

　　"这里的图书馆呀，在三年前，我已经把这里的图书，一本本都翻烂了，看遍了，这里图书馆面积小，藏书量有限，灯光暗淡，暖气时供时断，没什么……可好看的？"柳宏春也笑了笑，说着。

　　"我就要看看，三年前，图书馆里一本本的图书，是如何被你翻烂的，翻烂成啥样子。你的一切成功，不就在这里的图书馆里，泡一泡后，耕耘出来一个副教授吗？难道不能再去回味一下，当年被你泡过的一些痕迹吗？"

　　柳宏春微笑点头头，觉得她有点道理，就无语了。于是，他们手拉手下了楼，走出教师宿舍大楼，不花几分钟步行时间，来到学区里的图书馆。图书馆是一幢老建筑，放在任何地方，它都不会发光的，却从图书馆里，走出了一个个音乐家、教授。此值，中午开饭时间，又是星期天，在图书馆的门口，根本没有人进出。当他们走完台阶，来到进门口时，听到门口一侧的保卫室里面里，传来有瓶子落地摔碎的声音。他们连忙止步，一起朝暗淡的保卫室里张望，马上听到从里面传来的，有女人低沉痛苦的呻吟声，随之有一股烈性很强的酒精气味冲了出来。柳宏春马上向里面喊话，里面只是传出来，低沉痛苦的哭泣声。三年前，柳宏春熟悉保卫室里的电灯开关，和电话摆放的位置。因为那年头的每个晚上，他是最后一个离开图书馆，和图书馆里关灯的人。此时，柳宏春已经走进保卫室里，一下子摸到开关，灯亮了起来，他们同时看到，躺倒在地上的是一个产妇，产妇的下身，流淌着血水，好像正在生产的样子，产妇的脸上，满是血迹，在产妇身边，散落一地酒瓶碎片，碎片上的酒精味道，冲天的浓烈，产妇已经昏迷不醒。他们没有发呆，而是马上商量分工。柳宏春去拨打电话，打了好几次，那边的救护车电话接通后，回复非常迟慢，似乎那边女接线员，刚刚午餐酒喝高了，说着："救护……车会……来的……"柳宏春还没有说出地址，那边醉人已经挂机了。过了一会儿，柳宏春继续拨打过去，打通后，马上说了地址，那边有点不耐烦，说会来的。薛琪找来扫把，从产妇身边，把酒瓶碎片，扫到一处。然后他们一起又商量着，把产妇扛到床上，产妇的下身仍然流淌血水，仍然处于昏迷不醒状态。时间一分一秒过去，血水依然从产妇的下身流淌出来，产妇依然昏迷不醒。是等待救护车过来呢，还是柳宏春把他自己的车子，开过来，直接送产妇上医院呢，还是在这里，实施抢救呢？柳宏春想听听薛琪的意见，问她："你学过接生方面的知识吗？"

"没有学过，只学过急救方面的知识。"薛琪，摇头，随后，反问他，"你学过吗？"

"学过。那是三年之前的事了……"柳宏春点头说，"曾经有过一段被经济的困境，搞垮后，情绪有点低落的时候，无聊之中，在这里图书中，看到过此理论，和一些接生方面的知识。"

"现在是午间，救护车，不会那么快赶过来，用你的车子送产妇到医院，估计需要多少时间？"薛琪问。

"估计……需要三十五分钟的时间。"柳宏春回答道。

"你刚才打通救护车电话……"薛琪又说，"到现在已经过去了十分钟的时间。如果用你的车子送去，你在前面开车，我在后面抱着产妇，坐上三十五分钟的时间，送到医院。但要知道，在这三十五分钟时间里，产妇会发生什么样的事情，是谁也意想不到的。现在我想起来，曾经问过老教授，他的妻子难产时，死在送往医院的路上，而他妻子的亲妹妹，就是抱着姐姐，最后姐姐死在亲妹妹的怀里，老教授说，要是他当时在家里的话，他一定会边实施抢救，边等待救护车的到来。现在的情况有点相似，是否先实施抢救？"

"好！实施抢救！我们对产妇，实施现场抢救？如果失败，我会承担法律责任的。"柳宏春想了想，对薛琪说。

薛琪同意，并鼓舞柳宏春现场实施抢救。于是他们一起轻轻地脱离产妇的裤子，然后将产妇的两脚弯曲后，再竖起八字形来，在产道口看到了婴儿的肩膀部位，知道肩膀卡住耻骨处，如再不施救，恐怕母婴都有危险，他用双手在产妇肚皮上，按摩，又在耻骨的上方，用力去挤压，然后一边叫喊着，要产妇深呼吸，要用力拼气，要再使劲向下运气，一边去看薛琪，薛琪擦掉产妇脸上的血迹，对产妇进行人工呼吸，一次两次，又深深地呼吸一次后，薛琪喘气说道："哎哟！我的妈呀……这个产妇，产妇满嘴都是酒精味，一定喝了大量的烈性酒！"

这时，产妇慢慢地苏醒过来，撑起腰，抬起头看着柳宏春，脸上强装挂着痛苦的笑容，有气无力地说着半生的中文。

"谢谢你……谢谢你！中国的……柳叔叔……"

"你是，你是……阿琳娜拉娃！你是……阿琳娜拉娃吗？"这时候，柳宏春才看清楚产妇的脸，惊讶地叫喊她俄文的名字。

"柳叔叔……"阿琳娜拉娃点点头，用俄语回答。

"阿琳娜拉娃，你的……妈妈呢？"柳宏春也用俄语提问。

"妈妈……妈妈，她跟男人，又去……酗酒，又去了……"阿琳娜拉娃，说完，又躺倒下去，还呜呜地哭泣起来。

产妇阿琳娜拉娃，是这里图书馆管理员的女儿，今年应该是十八岁，小名阿琳娜拉娃。柳宏春只认得三年前的阿琳娜拉娃，十五岁的阿琳娜拉娃，已经是一个亭亭玉立，生得高挑，漂亮的姑娘，一副欧洲人别致的脸形，五官精美，肤色白净，胸部高挺、蜂腰、圆臀。可以这么说，与乌克兰模特儿的美女们有一比拼了，很可惜，阿琳娜拉娃的脚，走起路来，有点小毛病，做不了模特儿，也参加不了选美，因而阿琳娜拉娃在柳宏春面前，常常痛恨说她父母，在怀她的时候，他们都是酗酒惹的祸。后来柳宏春有了路莉萍慷慨三千美元的小费，买了一辆二手车后，到学院外面的图书馆，去学习研究。学院里的这座图书馆，被他决定弃用。在他决定要离开这里，已经被他翻烂看遍的图书馆时，他买了一辆女式高档的自行车，送给管理员的女儿阿琳娜拉娃，作谢。因为柳宏春有时候一整天的，一整夜的，泡在图书馆里，管理员给予很大的支持，是离不开的。曾经亭亭玉立的阿琳娜拉娃，三年多不见，现在已经变成一个胖孕妇了，让柳宏春一下子认不出来。这时，薛琪说，她又昏过去了。柳宏春对薛琪，快人工呼吸。一边用俄语继续安慰与鼓舞，要阿琳娜拉娃用力生，而她痛苦的哭脸，只有摇摇头。由于她用力时间较长，已经无力再生产了。柳宏春又问她，剪刀放在哪儿？阿琳娜拉娃没有回答，她又疼痛昏过去，是不是她喝过大量的酒，被酒精麻醉过去呢？他们都不知道的。时间很快一分一秒地过去，阿琳娜拉娃的腹部，已经没有在起伏了，可见阿琳娜拉娃已经没有用力在生产了。柳宏春知道，那是婴儿的肩膀，卡在耻骨上，只有将婴儿转过身来，才能露出婴儿的头部，可是这个产道口太小，无法施救。柳宏春跑去又去打电话催救护车，那边说，正在派车过来。薛琪大声说，阿琳娜拉娃，没有呼吸了。说完，马上又对阿琳娜拉娃进行人工呼吸。柳宏春跑回来时，看到那堆酒瓶的碎片，他急中生智，马上找了一块带有酒精气味的碎片，毫不犹豫，对产妇实施了抢救……不一会儿，婴儿啼哭，声音传来，一个新的小生命落地诞生了。同时，阿琳娜拉娃也慢慢又苏醒过来，也许是酒醉后，也许是下身的疼痛，而醒过来的吧。阿琳娜拉娃还略带微笑，与母性的本能，撩开她自己的上衣，准备迎接小生命的到来。柳宏春将婴儿的口腔里，弄干净，又将婴儿脐带割断，再打上一个结，双手抱着啼哭的婴儿，薛琪找来一件柔软衣服，将婴儿裹起来，让婴儿趴在阿琳娜拉娃巨大的胸部上。过了很长时间后，终于听到救护车的声音，由远至近，从外面驶进学院里面，停在图书馆的门口，随即他们一起帮助救护人员，把母婴送上救护车。这时候，陆续跟随救护车声而来的，一群不明情况的学生与老师们，目送救护车离开。稍后，一个中年大妈的人，喝得醉醺醺地跑过来，哭泣叫喊："我的阿琳娜拉娃呢……我的阿琳娜拉娃呢……是不是，我的阿琳娜拉娃，是不是，被救护车救走的，我的阿琳娜拉娃……"

柳宏春认得这个三年前中年大妈，大妈就是这里图书馆管理员。柳宏春马上回答，并安慰她说道："是的！是的！你的阿琳娜拉娃，你的阿琳娜拉娃，他们母婴很安全，很安全，没事的，没事的！"

管理员看到，柳宏春双手上留有血迹，就跪下要谢他，薛琪与柳宏春一起拉起管理员，然后他们两人，一起搀扶着管理员摇摆着身子，三人一起走进保卫室里，部分学生与老师，已散去。还有一些人，留在保卫室门外，继续张望。柳宏春向喝得醉醺醺的管理员大妈，问了阿琳娜拉娃一些情况后，原来事情是这样的：

一年前的某一个星期天，管理员的女儿，十七岁阿琳娜拉娃，来代替她妈妈半天的班，其实她妈妈，正常在星期天的时间，跟着有钱的老男人去酗酒，当然要用她的身体，作为交易条件的。她妈妈原是乌克兰籍的一名运动员，嫁到俄罗斯后，没有为运动场上贡献过一份力量，因而很快被俄罗斯人所遗忘。遗忘好多年后，现在看她的年龄有五十开外，实际年龄不到四十岁。她从一个苗条的运动员身材，到现在身体严重的走样，走样到用一种动物来描述：雌北极熊。雌北极熊开始自暴自弃，宁愿被男人们追，宁愿被男人们睡，还宁愿被男人们玩耍，不要鲜花，不要礼物，要的是一瓶瓶伏特加酒，要的是一箱箱伏特加酒。那天，雌北极熊又要去酗酒。刚好，"俄罗斯夜舞吧"的老板，龙豆豆，陪同他的十五岁女儿，上这里的图书馆来借书。老板的女儿，在这里音乐学院求学，还是柳宏春开的后门。老板因没有图书馆出入卡，代班的阿琳娜拉娃很认真，很严格，拦着不让他进入，老板就瞄着阿琳娜拉娃可人的上下身，觉得眼前的小姑娘，从来没有看到过的，如此的漂亮美丽。对她的漂亮美丽，与刚刚的成熟，比喻一种正在发情的雌性动物，而动了不好的淫念，故意跟阿琳娜拉娃理论起来。就这样的搭讪，一来二去，认识上了，后来发展到，老板用车子来载阿琳娜拉娃，上他的酒吧，上他的宾馆。想想一个刚刚成熟的姑娘，能挡得住有钱男人的诱惑吗？况且她的妈妈，不是经常跟着那些有钱的老男人们，出去酗酒吗？现在，暂时不去考虑，姑娘故意所为。当龙豆豆老板花掉了一些小钱后，在雌性动物上，一次次得到了欲望的满足。满足后，早已把阿琳娜拉娃忘掉。阿琳娜拉娃知道，老板是中国人，中国人一定讲究的是诚信，柳宏春叔叔就是诚信的人。不怕，老板不承认。阿琳娜拉娃还瞄准了，老板的酒吧，宾馆。老板有钱，太有钱了。阿琳娜拉娃有了贪婪的想法，偷偷怀上老板的种。她妈妈知道，女儿阿琳娜拉娃这样的做法，是不地道的，但是没有办法呀，家里穷呀！丈夫也是一个从体坛上，下了岗的酒鬼，她妈妈与女儿阿琳娜拉娃，也是天天每餐，都离不开酒瓶的两个女人，她妈妈只能默认，女儿怀孕的事实，希望将来，换回来是一大堆的卢布，可以买一瓶瓶伏特加酒，可以买一大箱一大箱的伏特加酒。

柳宏春了解知道这些情况后，还有很多的疑问，比如说：为什么不与龙豆豆龙老板，挑明说清楚，怀孕的事呢，不至于弄得现在，非常尴尬，又非常冒险？比如说，为什么要用怀孕的手段，来得到自己利益的最大化？比如说，老板不要婴儿怎么办？生的女婴怎么办？如果老板不承认，婴儿是他的种，又怎么办？比如说，老板用黑道的手法威吓，又怎么办？总觉得管理员大妈一家子的人，都是在冒险，在赌博，在走钢丝，拿女儿去做一个饵料，可见他们的家，已经无可奈何的，只剩下一个字了：穷！

柳宏春马上掏出一些钱，放在电话机旁，严肃地对管理员大妈说道，要她赶快去医院好好安排女儿，千万别去酗酒，这些钱，足够你们在医院里，可以生活一个星期。当听到她，肯定地回答后，柳宏春马上带上薛琪，离开图书馆，开车去宾馆，找龙豆豆龙老板。开始老板不肯，谈起此事，也不相信龙家有香火，还说哪里来的香火？柳宏春将手机拍摄的人工呼吸、婴儿吸奶，以及产妇脸部特写镜头，刷了手机屏幕给老板看，老板仍旧不相信有此事，并威胁一番后，拿出一万卢布想摆平此事，要柳宏春别管此事，并要他们马上离开此地。柳宏春马上知道，猜到老板心里有点虚。柳宏春说今天不是来敲竹杠，也不是为一万卢布而来，是实实在在告诉你，你们龙家有香火了。这时，薛琪已经从她背包里小心地拿出来，用餐巾纸包起来的一块碎酒瓶玻璃片，放到老板面前的写字台上。柳宏春说，信不信一切与你，玻璃片上有婴儿的脐带血，你可以去做亲子DNA鉴定，如果确实不是你的，你损失一笔鉴定费，对你来说不算什么损失。如果是你的，要好好处理善待母婴，中国人最讲诚信，讲到底就是一个词：积德！请老板三思。说完拉着薛琪，头也不回地离开了宾馆。

这一夜，薛琪在柳宏春教师宿舍楼里没有离开过。没有离开过将会发生什么呢，她心里很清楚，她不害怕，没顾虑。没有离开宿舍楼里，一定有她的理由：亲身经历了父亲薛开甫，对家庭不负责任，对母亲爱情不负责任，对她，对薛元与薛仁不负责任，以及对他的情妇们不负责任；第二，亲身经历了，十几天前，看到柳宏春为了报恩，冒着生命危险，孤单一人，从黑道手中营救她；第三，亲身经历了，刚刚看到，还与他在一起，参与这场大胆冒险抢救孕妇阿琳娜拉娃，并进行就地施救，母婴施救成功；第四，亲身经历了，与他一起再次踏入黑道圈子里，并与黑道老板斗智斗勇。最后，决定，她在柳宏春宿舍楼里过夜，很安全！过夜的结论：柳宏春比父亲，是更加负责的一个人，是更加可靠的一个人……

# 第四十八章　英年早逝

雷雨，渐渐小下去，雨水拍打医院病房玻璃窗上的力度，似乎没有了。薛元，病床边，依然围着好几个医生，正在忙碌着护理。在病房的门口，焦急的路莉萍，终于等到看见，从走廊那边走来的老教授与唐妮子，他们简单说了几句话后，去敲病房门，随后他们一起进入病房。唐妮子扑在病床边，用日语与薛元交流，他的眼神没有像刚刚之前那样地灵活转换，唐妮子耳朵靠近他的嘴边，听着他，很吃力地重复的，含糊的，表达不清的语句说出来，一旁的老教授用微型录音机把他们用日语的对话录下来，然后连播放了三四次，才让唐妮子渐渐地有点听懂、理解大概的意思，并用中文逐字逐句，断断续续地慢慢翻译出来："我们读小学的时候，做过这样的实验，用一块放大镜或镜片，放在太阳光下，照着地上的纸片，一会儿工夫，地上纸片就会燃烧，这个燃烧的温度，大约需要……一百三十摄氏度左右。还有一个人……做了实验，用直径……一百厘米的凹镜，放在太阳光下，照着地上的一块金属币，一会儿工夫，地上金属币，渐渐地扭曲起来，最后熔化，熔化这个金属币的温度，大约需要……三千六百摄氏度……

"我们知道，太阳表面的温度，大约有……六千摄氏度，照到地面时，根据不同的季节气候，大约温度只有……几十摄氏度的上下，或是零度以下。用一个……巨大的凹镜……放在太阳光下，并对准……一个焦点，把几十摄氏度的温度，一下子能升高到……几千度，并能摧毁凹镜下的……一个目标物。以下将这个理论实验……为佐证。推出：太阳光……武器一说……

"……一说 A，将凹镜做成……更大的尺寸。凹槽里的焦点，以及光源就会……吸收更多，投射的光源就会……更集中，照射地面的温度，就会……升得更高……

"……一说 B，将凹镜运送到……卫星上。像火箭……放上去的卫星，卫星载

323

着……凹镜，在轨道上运转。当需要打击……地面目标物时，将凹镜启开，让光源进入……凹镜内，光源通过凹镜……放大升温，再直射地面的……某个固定目标物，某个移动目标物，直至摧毁……

"……一说C，我们知道，太阳系周围不分……白天黑夜，风雨冰雪，一年四季，都是……二十四小时，全天候有……太阳光源。太阳光照到地面上，大约需要……八分钟时间。从卫星的轨道上，收集太阳的光源，再直射到地面上，用不了……四分钟的时间……

"……一说D，卫星上……凹镜内，骤然间，吸收了……几万度的光源能量，在不到……四分钟的时间里，就有一束直射……到地面上的光源能量，这时候，光在地面的温度，大约为……三千五百至五千摄氏度。在三千五百至五千摄氏度……光源的温度，连续照射……几秒钟，几分钟后的地面上，那些固定目标物，移动目标物，顷刻之间变成……几千度的燃烧物。譬如说：深山的森林、城市的建筑、军事的基地、军舰的码头等等。凡在凹镜下的……一束或多束光源，所照射到的地方，都将熔化成一片……焦土与废铁……

"……一说E，我们知道，激光武器，能摧毁……一架飞机或者摧毁……一艘军舰的……某个要害部位。不能摧毁……一座城市，或者摧毁……一座军事基地。核武器确实能摧毁……一座城市，以及要连累多座城市，去摧毁一座军事基地，更不必说。但会留下……核爆炸后的……五十年……上百年，甚至更长时间的后遗症。相反，太阳光武器，摧毁的……一座城市，摧毁的……一座军事基地，当年立刻可以重建……该座城市。可以说，太阳光武器可以替代核武器。太阳光武器，还隐藏在……卫星上，难以被发现，而且使用后……非常的环保……

"一个很不……守诚信的国家，出了历史上的……问题，不好好去……反思，反思，还次次出尔反尔，有再次侵略……野心。就要用太阳光的武器，彻底摧毁……其军事基地，以及重要设施，在几秒钟内，几分钟内，全面处于……瘫痪焦土废铁状态之中……"

当唐妮子一大段地，一大段地口译出来后，让在场的医生护士们都很惊讶。老教授也知道，这个理论概念上的太阳光武器，俄罗斯等前苏联国家，早已提出过，而且人家已经研发了几十年。只不过薛元提出的一说，是极其幼稚的理论概念，纯粹是说说玩玩而已。

薛元，在俄罗斯的"俄罗斯夜舞吧"里，与日本籍的服务生二郎打架，在打架受伤之前，这个概念武器，一直储存在他的大脑里，当他复苏醒来的时刻，却用日语讲出来，说明他多么痛恨日本服务生二郎，用酒瓶袭击他的头。他虽然全身已经失去了知觉，但是他的生殖系统很完整，每当唐妮子护理他时，他能迅速勃起。唐妮子在随后几十天里，对他的护理与聊天中，看到他的嘴角，有张力，有抖动，想开口，能睁开眼，能盯住天花板一处，不移动。就能猜想，他的大脑始终在运转，他想的就是要用太阳光武器。当唐妮子口译完，全部的日语后，大家依然惊讶，依然茫茫然时。这时的薛元，应该说，他已经听不懂，唐妮子在用中文说话了。他多么渴望想着，要唐妮子用日语说话，这样他能听懂，她在说些什么话。他多么渴望想着，要唐妮子用日语，继续跟他对话。可是他，说话的声音越来越轻，轻到唐妮子一句话，都听不到了。他说话声音，如同蜡烛，燃尽它的芯子，光与火，顷刻之间，熄灭了。他……就这样走了！他带着遗憾，又带着满足，他把自己心中，想说的话，都说了，也就是没有了遗憾。要说真正的遗憾，那就是太阳光武器何时能研制与应用，或许他不知道太阳光武器人类还在进行研制。或许他不知道太阳光武器，人类不再去进行研发；或许他还不知道太阳光武器人类已经研发出来，只是没有在军事情报上发布罢了。

医护人员将一块洁白的白布，轻轻地盖上薛元的整个病床，此时此刻的薛元已经被宣布死亡。这时候的唐妮子，才反应过来，不管一切地扑在白布上痛哭起来，还摇摆着白布下，躺着的薛元尸体，真希望摇醒薛元，突然坐起来，或者用日语大叫一声："我还活着呢！"此时路莉萍，听到唐妮子撕心裂肺痛哭的声音，也被感受，猛地扑在老教授的身上，哗哗地痛哭起来，老教授连忙紧紧地搂住她的腰身，给她安慰，给她力量。路莉萍痛哭着想起来，上一次看到，薛开甫死在病床，被护士，盖上一块洁白的白布时，她没有痛哭过，她没有流过泪，只有薛仁，猛地扑在白布罩盖下床沿，哭喊着说："我要做菩萨！我要做菩萨！"现在，又一次看到，薛元死在病床上，被护士盖上一块洁白的白布时，这次她哗哗开始痛哭了，流泪了。同样，唐妮子猛地扑在，被白布罩盖下的床沿，哭喊着说："你不娶我啦！你不要我啦！"此时，医护人员，在病床前站立，他们一起鞠躬默哀。然后，一起退出病房。病房里，只剩下一个死人，薛元；三个活人，痛哭流涕的唐妮子，还扑在死人身上；痛哭流涕的路莉萍，扑在老教授身上。老教授看到这个场面，不禁忆起三十年前。同样，在医院病房里一幕……那年那月，刚好是高考时间。老教授在三十年前，还是一名高中教师，担任班主任，与将要临产的妻子唐影，不在同一个城市工作。高考第一天下午，校领导接到，唐影从家里打过来电话说，要赶快转告老言道老师，要他马上回家，她肚子疼痛得，很厉害。校领导知悉后，马上劝老言道老师赶快回家，可能你妻子，即将要临产。老言道在校领导办公室里，回了电话，安慰妻子，说阵痛后，还有一段时间阵痛，忍一忍。学生一年高考，只有三天时间，今天是第一天，再过两天，他可以马上回家。那边的妻子，哽咽着答应了。那个年代的手机，根本还没有普及，晚上给家里打一个电话，有多少的不方便，老言道硬着头皮撑到第二天中午，他才想起，要给家里打一个电话，就跑到校领导办公室去打，可是家里的电话，没人接听，老言道觉得不妙，校领导也觉得很不妙，校领导要他，赶快放下高考班，马上交代一下回家。校领导还动用了校车，干脆直接把老言道送回家。经过三个多小时在车子上的颠簸，终于到了家后，看到家门口有一堆血迹，老言道心里凉了一半，隔壁邻居告诉他，产妇已经送往妇儿医院，他奔跑到医院，找到病房，推开病房门，却看到病床上，一块洁白的白布，已经罩盖在病床上，小姨子唐舞，扑在洁白的白布上，在痛哭流泪。老言道看到后，停住，僵住，站在那里，不敢前进一步，不敢后退一步，不敢扑去，掀起洁白的白布，看一看，认一认，洁白的白布下，是不是妻子唐影？此时此刻，停住了，与僵住了的他，是不是开始在自责，是不是已经在自骂，是不是在无颜愧对深爱的妻子呢？这时候，小姨子像一只雌老虎猛地扑过来，两只小拳头发疯般敲打在他的身上，他没有退让，他没有躲避，他没有抵抗，小姨子还在他肩头上，隔着衬衣狠狠咬一口，他没有大叫，他没有大骂，他没有阻挡。这一口咬，小姨子是代替她姐姐，爱与恨，生与死，全部倾注在里面。他没有犹豫，他没有迟钝，他的双手，马上紧紧抱住小姨子，小姨子的双手，马上紧紧环抱他的头颈，两人拥抱一起，两人开始哗啦啦地痛哭流泪起来……

# 第四十九章　寡妇鳏夫

　　薛元早逝，让老教授暗暗伤心了好几天。老教授决定化悲痛为力量，把薛元提出的《太阳武器理论一说》，加上他自己的理解和已知的知识面，整理打印出来，形成一份稿子，再把妮子与薛元日语对话的录音带，一并送到市里一家科普杂志社，让杂志社人员看一看听一听，杂志社人员看过后，听过后，觉得此理论一说，已经超越幻想科普范畴，建议投稿军事杂志。老教授一生中，还是第一次被当面地退稿，又想了想，军事杂志社，不在本市内，他们只是在客气婉言谢绝罢了。他很有礼貌，只好向他们道谢。他开车回家后，觉得全身没有力气似的，和衣倒在床上，老泪不由自主地流了出来，还掐着手指，一个个地数着薛家的孩子们：薛仁，已经到了五岁年龄，在佛教学院学习，还剩下十一年时间，学完十一年后，薛仁十六岁，进入寺院山门，要为佛教事业，贡献他的一生，到那时，他自己快八十岁了，已经看不到薛仁成年后，是否会成婚生子？估计一下，应该不会成婚生子的吧！薛仁，曾经一度痛恨父亲薛开甫，曾经哭喊要做菩萨，理性上，会控制，会告诉，该不该结婚！如果是这样的话，那薛家，真的断了香火，可惜，又可恨，又很实际；薛元，他走了，走得太匆忙了，太快了，跨出门外，才十九岁，高考还没考过，就离我们而去。薛元，一定痛恨过自己的父母双亲，痛恨过这个世道，但是还算幸运的，遇到一个少女，并与其发生一段，终身都不会遗憾的爱情故事；就是这段爱情故事，引申出来一个少女，叫妮子。妮子今年十七岁，从深山老林里，被及时拯救出来，想把她当成他自己的女儿来养。可是他，除了给她过一部手机，给她介绍过一个工作，她除来到过他家一次外，没有住上过一晚上，没有吃上过一顿饭，先被路莉萍抢走，在她家里住上好多天，后被小姨子唐舞看中，又被抢走，说去当她的女儿，落户她家，还叫唐妮子。真是气得他呀，不知气从何而出，向谁去发泄呀！好端端地拯救出来一个女儿，现在彻底被他弄丢了。第四孩子薛琪，今年

327

二十五岁了，应该到婚嫁的年龄了，她会选择国内嫁人呢，还是选择俄罗斯国家居住呢？从上几次在莫斯科碰见她，可以看出，她已经喜欢上，音乐学院的柳宏春副教授，他们的成婚，也是早晚的事了，如果是这样，居住俄罗斯是肯定的了。这样下来，三个孩子，没有一个可以留在他的身边。想到这里，又是一串老泪，横流淌下来。由于办理，薛元的丧事，后续部分，都是他一手操办的，再加上有两三个晚上整理，薛元《太阳武器理论一说》的打印稿子，疲惫之中，不知不觉渐渐地睡着了……

做了一个梦，梦境中，已故的妻子唐影，与小姨子唐舞，她们都穿着很飘逸的，五颜六色的长衣裙，有说有笑的，在花海丛中，愉悦地奔跑着，他赤脚，也兴奋地去追赶她们，突然看到面前，隔着一条宽阔深深的壕沟，一时跨越不过去，他倒退好几步后，重新起跑，双腿用力，弹跳起来……接着，就听到玻璃落地摔碎的声音，把他一下子从梦境中，拉回现实场面。他起身一看，床头柜子上的台灯，被他在梦境中，用力弹跳起来的双脚，踢翻落地。他马上下床，看着床头边的一地灯泡碎玻璃，又一下子让他回忆起，八年之前，妻子的祭祀日。那天，小姨子忙碌完，祭祀的所有程序后，已经汗流浃背了，他说她，别忙了，好好地把这顿斋饭，吃完再忙，她却说，点着红烛佛香，好让姐姐在家里，多歇息一下，好让姐姐多吃一点。说完，她去他的房间里，整理一下，乱放乱堆的东西。随后，听到玻璃落地摔碎的声音传来。他马上进入房间，看到台灯落地，灯泡已经碰碎一地，安慰她说，手有没有割破，灯泡碎了没事，马上可以买一个灯泡来。而她笑了笑，还撒娇似的做了一个鬼脸，挺起高高的胸部，马上扑过来，还有拥抱他一下的举动，他迟钝了一下，却被她高高的胸部挡住了，他闭上眼睛，不去看她高高的胸部，估计她一直在引诱，后来的他终于逃离了现场，赶快下楼，去附近的商场买灯泡，待他买回来安装上之后，已经满头大汗，他干脆跳进卫生间，开始淋浴，洒洒脱脱从头到脚淋浴起来。穿上衣裤，回到客厅里，独自一人，吃斋饭了。一晃八年过去，拿她回忆有什么用呢？傻笑一会儿后，他拿起扫把想把灯泡碎玻璃从床头底下打扫出来，刚用力把扫把推进床头底下，只听到"咔嚓"的一声，知道里面有东西，被扫把碰撞碎了，他连忙挪移床头柜子，看到床头底下一只陶瓦质地的尿壶，尿壶的口撞到墙面，已经碎裂开来。尿壶，是两年前小姨子从网上购买的，第二天晚上快递小哥直接送来的，他不知道是什么东西，拆开来一看，气得肺都要炸了，土里吧唧的，黑黑的，形状像大乌龟或大甲鱼似的，背上有一条宽宽拱起来，弯曲的手提把，尿壶口，有点喇叭形状。他提着尿壶，越看越想从窗口扔下去。这时候，接到小姨子的电话，她那边笑嘻嘻地说，"快到冬天的时候了，你不用再跑到卫生间去拉了，用上它吧，就地可以解决。"她还说它，这是最后一批的产品了，以后恐怕再也买不到了。他越听越来气，她把他已经看成了七八十岁，行动不便的老头了，或是夜间腿脚行动不方便的人了，岂有此理！他提着尿壶从阳台，又走回客厅，想一会儿，还是不扔掉吧，说不定等过十年、二十年、一百年以后，它会变成一件古董呢！他提着尿壶从客厅，走到卫生间，放在抽水马桶一旁，退出卫生间后，又往里看进去，总觉得这个东西放在那边很不雅观。于是，他提着尿壶，从卫生间出来，走到房间，放在床头下，夜夜看管它，说不定哪一天用上它呢。十天之前，还记着它的存在，十天之后，早已忘得一干二净。现在，再看着它，一次都没有使用过的尿壶，尿壶口的喇叭，已经碎裂开来，他气得不炸不行了，举起扫把，用力拍打下去，只听"咔嚓"一声，整个尿壶，立马碎裂，断开下来，却发现里面有一圈用报纸圈起来的东西，连忙打开报纸，里面竟然有一圈钱，掏出来一数，有三十张一百元票额的纸币，这三千元人民币钞票，还是老版的"蓝精灵"。他马上摊开报纸看年代，没有找到报纸记载的年代时间，却看到了报纸上说：男人吃了它，强壮十倍，女人吃了它，夜夜要男人。这是一张非法的小广告报纸，气得他当场将非法报纸撕开撕碎扔到尿壶里。他想起，两年前，小姨子说，尿壶是从网上购买来，难道这些脏东西，能从网上购买得到吗？不可能！猜想一下，一定是托熟人买的了，而那个熟人做了手脚，一心想求助于她，求助她什么呢？区区三千元，能求助她什么呢？不知道，不好猜，反正这三千元是不义之财。他将不义之财的三千元钱，用餐纸巾裹着放到衣袋里，将残留碎片放到垃圾袋里，带着下楼，顺便去附近的商场，买灯泡。刚走到小区门口，有一群男女大学生，在搞募捐活动，他们的身后，有一条大红横幅拉着的，上面写有："世界大学生积极参加'一带一路'沿途发展中国家的支教活动！"他没有多想，拿出纸巾，裹着不义之财的钱，全部捐给大学生，还再三交代，这钱是老版本，必须到银行换新币。得到大学生们微笑点头后，才去买灯泡。他买回来安装上后，一试灯亮，傻笑看着灯光，过一会儿，心里觉得，还不够踏实，身边总是空空，拿不到东西似的。忽然，想到了漆匠和漆匠一家子的人，特别是漆匠的儿子，很可爱，一见到他，吐词不清，一个劲儿地叫喊："爷爷！爷爷！"他听到后，心里觉得很痛快，很爽快。对了！对了！应该马上立即赶快，去漆匠家，走一走，买点小孩子的零食、玩具、衣服之类的东西。于是，他下楼驾车去大商场。

老教授那辆老爷车行驶到半路上，就接到路莉萍的电话，电话的那头带着怒气与抽泣的声音传来，说："薛家，薛家，正是没有一个好种，上梁不正……下梁歪，下梁果然……了。薛开甫好色，他的女儿，也是这样……呀！"老教授听后，一下子不明白什么原因，她会如此的哭骂。只好安慰她几句，说他，在车子上，马上掉头，向她家驶过来。

路莉萍在客厅里的沙发上坐着，双眼已经哭得红肿。一哭薛开甫的私生子，十九岁的薛元，刚刚过世，她去寺院，为他超度，做了七天的法会佛事，在那里，也就是难过了七天，伤心了七天，尽管有小和尚薛仁的陪伴，也还会时时刻刻地想起他，他们一起生活过，一起快乐过，她已经把他当作大儿子看待了。可他的命不好，匆匆地走了，心里有点说不出来的难过。二哭薛开甫的第二个私生子，五岁的薛仁，薛仁是她的小儿子了。小儿子去佛教学院念书，快一年了，每次想起小儿子，小小的年纪，已经做了小和尚，心里也有说不出的痛处。三哭亲生的二十五岁女儿，叫薛琪。薛琪，在俄罗斯与柳宏春鬼混一起，已经是未婚先孕了。她知道后，心里有说不出的羞耻感。她先骂薛开甫的好色，后骂女儿的贱，再骂薛家，家门的不幸。她哭骂累了，坐在客厅沙发上，最后，想到了老教授，要他过来，赶快想一个对策，拿起电话拨打过去。

　　老教授到了她家，坐在单人沙发上，喝了一口水后，不但没有想好如何"灭火"的对策，反而高兴得哈哈大笑起来，然后说道："你们薛家呀，后继有人了，多么希望……多么希望，薛琪多生几个小孩来。"

　　"你那样的高兴，你那样的兴奋，薛琪生出的小孩，你领去，你去养好了！"说毕，她在火里，而他却在水里。当然，人家有些不高兴了，还抿嘴，急急地说。

　　"养呀……养呀！我们，一起来养呀！"说毕，老教授依然哈哈大笑说着。

　　"我们？我们……"她开始试探，低声在问。

　　"是呀！是我们呀！你说……我们有什么，不对的地方吗？"老教授依然笑着，肯定回答道。

　　"是你？！"

　　"是呀！是我们呀！你要怀疑我吗？"

　　"我……我没有想到，你会养孩子？"

　　"哎呀！这个……当然可以学呀！"

　　"你跟谁学？"

　　"一定是跟你学的呀！"

　　"跟我学……你，你哪里来的勇气？"

　　"勇气……呀，刚刚来的勇气，是薛琪给我的勇气呀！"

　　"薛琪……给你的啥勇气？"

　　"是呀！是呀！你别急，听我慢慢说……"老教授刚刚想去大型商场，买点零食玩具衣服之类的东西，要送给漆匠家的儿子，在半路上，接到路莉萍的电话，刚刚说完，同时又接到还在俄罗斯的薛琪的电话。于是乎，他就将薛琪的电话内容，告诉了路莉萍。之后，他还哈哈地大笑起来，继续说道，"……薛琪呀，你猜猜，她想生……几个小孩子，她想生……三个小孩子。第一个，不管是男是女，姓薛，随母姓，取名薛霁，奶名叫小霁。也就是说，是你们薛家的后代人。小霁，由我们来抚养，培养目标，就是将来外贸公司的继承人。薛琪还特别关照与指示，要我们全方位培养小霁，尤其是品德上，一定要过硬，要树立，像我老言道这样的，为人处世作榜样，让小孩子好好去学习。因此说，我作为一个老教授，觉得责任性重大呀！重大呀！这里面就要有你的帮助，你的推动，相互关照，相互理解，才能圆满地去完成这个培养任务！你说对不对呀？薛琪又说了，如果她生下老二呢，不管老二是男是女，姓柳，随父姓，取名柳霁。柳霁由柳家的父母亲，去抚养培育，不管将来成才有否，他们不去干涉父母；最后薛琪还说，如果生下老三呢，他们自己来养育，取名柳齐雨，由一个霁字，拆开来取名。他们这样的做法，是想让娘家，夫家，还有他们自己的身边都有小孩，不让长辈们为难。你说对不对呀？所以，他们抓紧时间，赶快怀孕生小孩。他们的婚礼，先在俄罗斯那边，举行一个简单仪式，就是拍拍照片，留下一些回忆纪念的东西。随后回到柳宏春老家，再办喜酒，最后到娘家，再来办一次喜酒。你看，他们设计方案怎么样呢？"说完，老教授依然哈哈大笑起来，比中五百万元彩票大奖，还要高兴呢。因为终于名正言顺的，他可以进入，薛家的生活圈子里了。

路莉萍听后，霍然地站起来，挺起丰满的胸部，有点不高兴，还紧绷着脸孔，说道："你们，你们已经商量好了，再来追问我，是什么意思？"

"薛琪，就是怕你，第一个问题不能答应，当然第二个问题，无法与你，再商量下去，只能通过我……呀，再传递给你……呀。"说毕，老教授依然哈哈大笑起来，边起身走向，食品柜子的面前，不客气拿杯子，倒茶水，喝起来。

看到这里，她才露出笑容，挺起身子，想着看着，他拿杯子，倒上茶水，喝水的动作，很滑稽，真有奔过去或是扑过去的冲动。

"噢噢！你们已经……商量好了，你们……还联合起来，逼我同意是不是，这样吗？"说毕，她自认为，这个口气有点多余，有点无理取闹。

"这不算是……逼你呀，是为孩子们，是为你们……你们的薛家后代呀！"老教授依然笑哈哈的，放下杯子，上前走近她面前。

"恐怕，恐怕没有……薛琪的小孩出世，你就不会……不会，再到……我家里来走走，对的吗？"她也上前一步，挺起胸，似乎有点含羞，还盯看着，他的反应呢。

"让你，猜对了！让你，猜对了！我只是……这么，一点点的私心呀！私心呀？！"说毕，老教授依然哈哈大笑起来。

"你只是，这么，一点点的私心吗？！"她已经没有必要，再去试探他了。此时此刻，她更加的含羞，像小青年们那样，还要去追着地说呢。

"当然了……当然了……还有，你的啦！"说毕，老教授大胆地拉起她的手，学着人家西方人的样子，在她手面上亲了一下。

这一亲，她的心头上一涌，脸上泛起红云来了。二十多年来，已经关闭上的情"门"一下子要被打开了。她的心，跳动得很快；她的手，被他握住，热量在不断地传递过来。她现在，反而不敢，去大胆地对视他。恐怕，在这近四百平方米的别墅里，除了两个人，一个是寡妇，一个是鳏夫，还会有其他人，在偷看他们吗？恐怕，难以预料会发生什么样的事呢，他的下一步，是不是要吃了她呢？可是她身上的情"门"已经早早地打开，难以去控制地，或者再度地去关闭上。她，立马情不自禁地依偎在他身上，老实说，她是上前扑在他身上的。而他，立马趁机紧紧地搂着她，粗壮厚实的腰身，并将他的那一张，沧桑似的老脸，也紧紧地贴上去……

# 第五十章　特殊贺礼

路莉萍家的明府壹号联排别墅建筑，是二十多年前的产物，样子确实有点老式，陈旧过时。尽管别墅有点老式陈旧过时，但她依旧不离不弃地居住下来，还居住了二十多年。在这二十多年里，院子里的地面上，一直是荒废一片，无生命气息可言，再看看左右邻居家院子里，种满花卉树木，墙面上爬满绿藤，好一派葱葱郁郁的景色，与她家院子里的空空荡荡形成极大的反差。她想与老教授商量一下，或者叫上花园工人，设计一下，也想种上一些花卉树木，早点融入，与左右邻居家院子里的花朵、绿藤、树木们一起，形成一片绿色景象。

第二天一早，老教授租来一辆货运卡车，载来好多花卉树木，正在往路莉萍家的院子里卸货。路莉萍在三楼佛堂里面，听到院子里车子的声音有人说话的声音，走到露天阳台，探头出来，看到老教授他们在忙碌着，她说道："哎呀……我正在想打电话给你，要你帮我院子里设计一下，种上什么样的花卉树木好？你一大早的，就送货上门来，真是心有灵犀一点通呀，辛苦你了！"

"哎呀……妈呀……是心灵上的感应吧！"老教授抹了一下额头上的汗水，笑笑说："你下来一下，看看……这样，布置是否好，院子里中间要留一条走路的通道，通道的右边，是朝西方向的一面，刚好中间有铁围栏，就在铁围栏的边上种上几枝桂花树和杜鹃树，桂花树将来慢慢长成了大树，也不影响邻居的阳光，因为邻居家种植的也是灌木类的树木，两家种的树木背靠背，相互不影响采光。再在桂花树和杜鹃树下的地面上，全部变成草地，将来薛琪的孩子，可以在草地上打滚玩耍。通道的左边，种上一些名贵的，也有便宜的花卉，靠窗口前面，留出两张八仙桌大小面积的空地，可以种上当季的蔬菜，再在靠窗口处，搭建一个简易的葡萄架子，让葡萄枝叶，通过一楼的防盗窗，向二楼的防盗窗爬行，一直爬到三楼的露天阳台。你看这样设计好不好呀？"

"好的！好的！我同意的，我完全同意，你的设计布局方案，很好的，很好的，我马上，下来。"她兴奋地说完，快步走进佛堂，换下佛衣。一会儿从一楼出来时，已经穿上平时的衣服，手上还拿了一个工具，来到院子里，与花园工人们一起参加劳动。

他们花费了很长的时间，用了很大的劲头才将僵硬的黄泥土掏腾起来，然后种植上花草，树木。接着将一株嫁接过的葡萄树从巨大的花盆中掏腾出来，直接种在窗口前的地面上。老教授一边种植一边抹着汗水，笑笑对她说："别看葡萄树苗，现在这么小，种在地上，比种在花盆之中，更加地接地气，生长更快，说不定呀，今年，葡萄枝叶，能爬到葡萄的架子上，明年能开花，结小果呢，后年，说不定呀，后年，薛琪的孩子，能吃上酸溜溜的小葡萄了。"

"看你说的，有这么快吗？"她微笑着，扭头去看他，他高兴的样子很可爱。

"快的！很快的！很快的！只要管理得当，施肥得当，长得很快的，很快的！"老教授微笑着，扭头过来对她说。

"后年，能吃上酸溜溜的小葡萄，应该没有问题的！"一旁的花园工人，正在搭建简易葡萄架子，也插上嘴说。

她抹了一下汗水，停下手中的活儿，呆呆地看着老教授的辛勤劳作。此时此刻，她心里有甜有酸，也有苦：居住二十多年别墅，熟悉二十多年的院子，院子里却是一直荒废着的，无绿色，无花草。自从外贸公司前身改制后，到接管这家公司开始，她跟着薛开甫，一起扑在公司经营管理上，一个负责经营管理，一个负责财务管理，后来私营企业升级为，有限责任公司。同样，在那个时候，她一整天地牵肠挂肚，慢慢关注，薛开甫与他众多情妇身上。再到后来，她干脆，吃素念经拜佛放生，参拜寺院。忘记了，如何去经营夫妻间的感情，忘记了，如何去利用院子里的空地，可以种植花草花卉，培植树苗，还可以种上当季蔬菜。在与薛开甫，进入长达二十年间的冷战时期，她是失败的，是失策的。失败与失策的后果，反而造成，薛开甫与他众多的情妇们，放肆大胆的淫乱。她对自己，问了责，是推脱不掉的责任。唉！这一切的历史，已经翻过去了，如同眼下的，院子里荒废的黄泥土巴一样，被老教授和花园工人，用锄头掏腾起来，再被锄头敲碎后，推翻过去一样的；这二十多年来，别墅里有一个男主角叫薛开甫，但是这个男主角呀！名存实亡，一直是空位挂在别墅里的。自从去年薛开甫驾鹤仙去，归安入土之后，别墅里的男主角，依旧挂着的空位，而且是名正言顺的空位。路莉萍，今天要宣布，要填补上男主角的空位，要将老教授，成为别墅里的男主角，而且要赶在女儿结婚之前，与老教授百年好合。

老教授与路莉萍一拍即合，立即决定：不拍婚照，不领证书，不举行烦琐的豪华的婚庆典礼，以朴素简单素食为主，叫上亲戚好友，在家里聚一聚，算是喜庆婚宴。达成意见一致，双方邀请：薛家外贸公司总经理丁乙琴，财务总监老张会计，以及会计红衣姑娘木土花，这三位人物为薛家，为薛家公司做贡献过的，是非邀请不可的贵宾。新娘子一方，邀请的亲戚：有堂叔、远房姊婶、堂姐堂弟，有姑姑、姑丈、表姐表妹，和女儿薛琪；薛琪，怀上孕，人还在俄罗斯的莫斯科，说不方便坐飞机过来。这不，就缺席了，女儿与准女婿柳宏春两人，算是三个人吧；前夫薛开甫的私生子，五岁的薛仁小和尚，还在佛教学院学习，听其小和尚的口气说，不想过早地混入薛家凡人小圈子里，也就是说，小和尚不会来吃新娘子的喜酒；剩下来，邀请舞蹈团演员的唐妮子了；唐妮子，是薛元的曾经女友，尽管薛元已经英年早逝，亲情总归有吧。当唐妮子接到，新娘子邀请电话时，高兴地说："祝贺！恭贺！喜庆新娘子！新娘子，我一定会来吃喜酒的！"新郎一方，邀请的亲人只有：舞蹈团团长小姨子唐舞。小姨子曾经树老教授为假想情人，口中喊嫁人，其实小姨子心里一直不想嫁人，好在老教授一直有耐心，没有被她吊上胃口，一切都是以姐夫的身份，关心与呵护小姨子。小姨子来不来参加，婚宴喜庆，新郎无所谓，人家团长也是无所谓的。剩下来，只有去邀请唐妮子。新郎不管出由什么样的身份，去邀请唐妮子，至少唐妮子属于男方一边亲人吧，唐妮子现在是舞蹈团团长的女儿，团长是新郎的小姨子，算起来是外甥女。当外甥女，又接到老教授邀请电话时，高兴地笑着说："新郎官呀，新娘子呀，刚刚还……邀请过我……呢，您的邀请和新娘子的邀请都是一样的，我们都是一家人的。贺喜，新娘子！贺喜，新郎官！团长和我，一定会来吃你们的喜酒！嘻嘻，嘻嘻，嘻嘻……"

今天，星期日，是婚庆的日子。一早已经来了几个吃喜酒的亲戚朋友，她们说是来帮忙的，随后陆续又来好几个亲戚朋友，有的在老教授陪同下，欣赏院子里，几天前刚刚种植的花卉树木；有的上三楼佛堂，去上香拜佛；有的进厨房，帮女主人一起，做饭炒菜。快到中午十一点钟，一桌婚宴全素食的素菜，已经团团圆圆摆在乌木圆桌子上，共有十八道冷热的菜，冷菜八道：有椒盐花生、糖水红枣、苔条腰果、凉拌番茄、酱醋萝卜、冰冻茄丁、苋菜香干、芝麻海藻；热菜十道，有红烧竹笋、咖喱土豆、清蒸芦笋、清蒸山药、糖醋芋艿、油烤长江豆、百合炒西芹、麻菇青菜、海带煮豆腐、银耳炖燕窝；再加上一汤：全素三鲜汤；巨大方形茶几的中间摆上，三层喜庆蛋糕一只；茶几的周围摆上点心有：豆沙汤圆、南瓜小米粥、豆沙包子、豆芽炒面、煎饼、比萨、饺子、馄饨。饮料：现场制作的有西瓜汁、青瓜汁、椰子汁、豆浆、红茶、绿茶、咖啡。还有水果：红苹果、火龙果、石榴、香蕉、芒果、红提、樱桃。另外一边上的西餐桌子摆上荤菜：有白斩鸡、白切肉、烤鸭、烧鹅、牛肉等肉类十五道；烤鱼、熏鱼、龙虾、对虾、白蟹、蛏子、蚶子等海鲜类十五道。路莉萍看着客厅里餐厅里，丰盛的两桌荤素冷热菜，和茶几上水果点心，让亲戚朋友们，以自助的形式，或坐或站着用餐，或边走边用餐，她心里感到美美的，甜蜜的。这时候，唐妮子、表妹、木土花她们，一齐笑嘻嘻地拥挤过来，把新娘子从客厅餐厅，拉上二楼的卧室房间，要她赶快穿上新婚大红衣裳，她含羞般地穿上大红衣裳后，坐着照镜子，镜子里笑容满面。唐妮子将团长唐舞处，刚刚学会化妆一套手艺，要在新娘子脸上发挥，表妹给新娘梳头，木土花给新娘穿上一双，粉红色绣花新鞋。这时，新娘子的手机铃响，一看号码是女儿薛琪，从莫斯科打进来。女儿那边也是笑嘻嘻，向新娘子祝贺一番，还要新郎官老教授来听电话。唐妮子跑出去，在二楼窗口，向楼下院子里喊话，要新郎上楼接电话。一会儿新郎，奔上二楼。那边女儿要视频看，唐妮子马上搬来凳子，新娘新郎，并肩坐在一起。手上没有鲜花，表妹拿来一大盆喜糖，要新娘新郎共同端着喜糖的盆子，他们在视频上，聊了一会儿，祝贺了一番。表妹提醒，该开饭了。唐妮子又奔出去，向楼下院子里喊起来："新婚喜庆……酒席开始了！"这时，楼下院子里响起一阵百子鞭炮的声音。楼上的人们，一起下楼，来到门口，看着堂弟与老玩童的堂叔，在放鞭炮，只见院子中间路面上，躺着两串，红红长长的百子鞭炮，正在一起爆炸，形成一团团五彩碎花的烟雾和云尘，噼噼啪啪鞭炮声，一阵接着一阵袭来，震耳欲聋。待鞭炮声消失之后，整个院子里，弥漫着烟雾和灰尘之中。随后，大家慢慢看清楚，从弥漫烟雾和灰尘中，走来一个怀抱幼儿的少妇，后面紧跟着的是一个小伙子，他们一同笑嘻嘻地走进院子里来。少妇边走边笑着，还打了招呼说道："新娘子，新郎官，我们是来讨喜酒吃的！"

"吃喜酒！吃喜酒！欢迎！欢迎！欢迎来吃喜酒！"路莉萍连忙热情地迎上去。

"新娘子，贺喜了！新郎官，贺喜了！"小伙子说毕，掏出一个厚厚的红包，恭恭敬敬地递给新娘子面前。

新娘子并不认得小伙子，客气地拒收红包。聪明的小伙子连忙转身走向老教授，笑着，用手示意，要老教授收下贺礼。老教授不客气，高兴地接过红包，走向怀抱幼儿的少妇身边，幼儿见着老教授就叫喊起来："爷爷……爷爷……爷爷！"老教授在幼儿小脸蛋上，轻轻拍拍，将红包塞向幼儿怀里，并客气地对小伙子说："你们的贺喜，我们收下，你们的贺礼，还是留给宝贝吧，让宝贝孙子，好好念书，将来做个大教授吧！"说完，老教授哈哈地高兴大笑起来。

路莉萍不明心想，老教授什么时候，又多一个孙子出来，刚要开口问他。老教授又笑呵呵地解释道："来来来，我来介绍一下，他们这对夫妻，在一年前，宝贝还在他妈妈肚皮里时，他的爸爸……"

"大妈呀……"怀抱幼儿的少妇，打断老教授的话，接上说，"大妈您，不认得我吗？我是胖姐呀！我在你们家，这里的一楼客房，不是住上一个晚上吗？当时，挺着怀孕的大肚皮，很受委屈，被人，遭抛弃……的坏心情，跳下了河，后来小区保安救了我，再后来，您又让我，在你们薛家的外贸公司里，上班了一段时间呢……"

"噢哟，你是胖姐呀！那个时候，你整个人……"路莉萍突然记忆起来，又说，"你整个人很胖的很肥的，是肥胖的一个人，现在减肥成这个样子，真的认不出你，现在很漂亮，又苗条，是不是，在拼命吃减肥药？"

"都是他，都是他，死鬼，漆匠阿三！"少妇指着小伙子，狠狠地说，"都是他！骗我，玩弄我，根本不喜欢我的肥胖，却要一次次地来碰我。结果怀孕，人就更肥胖了。他看着我这样的肥胖，这样的丑八怪女人，带出去逛街，难看死了，就不喜欢，就一脚踢开我，抛弃我。要不是大妈您，好心收留我，安慰我；要不是老教授，在装潢油漆市场里，找到死鬼漆匠阿三，不知他，还要去骗多少的女人，你这个……死鬼漆匠阿三！"漆匠的女人，说到这里，还狠狠地踢了漆匠阿三一脚……

这时候，五岁的薛仁，穿着小佛衣，脖子上挂着一串小佛珠，也进入院子里来。大家一下子围上去，拉着小和尚问长问短。路莉萍含着泪，上去要抱小和尚，小和尚跳开一步，双手合一，口里默念了一句，阿弥陀佛！然后对她说："大妈，您现在是新娘子了……新娘子，不能再抱我了，我已经是菩萨了，菩萨是抱不动的，阿弥陀佛！善哉！善哉！"

"薛仁……小师父呀！"路莉萍慢慢蹲下身子，又是笑，又是流泪，问道，"我们在寺院里一起做佛事，一起去放生，到今天，已经好几个月没有见面了，你已经长高了一点。现在是中午时刻，薛仁小师父呀，是不是，在这里……用斋，好不好吗？你喜欢吃的糖醋素排骨，素香肠，素鸡翅膀，素红烧鲤鱼，大妈马上下厨，煮给你吃，好不好呀？"

"阿弥陀佛！善哉！善哉！在小区门外，还有师兄在等我，在这里不用斋了。"薛仁双手合一，口中念叨着。然后从怀里掏出一个红纸包着的贺礼，递给路莉萍，说，"大妈，大妈，贺喜您新娘子！老教授，贺喜您新郎！"

路莉萍还蹲在地上，接过红纸包慢慢把它打开，红纸包里有一张大黄纸，纸上，用毛笔写的字，字体工整，又稚嫩的三个大字："慈悲颂"在慈悲颂字体的右上首，写有：祝贺新郎新娘。左边落款处写上：薛仁小和尚书赠。这张大黄纸的底色上，有淡淡的"福禄寿"三个字，各放在圆圈内，圆圈周围，还有祥云花纹，像似印刷，又像刻印，"慈悲颂"三个字刚好写在"福禄寿"三个字上，整体布局极其完美。她看后热泪盈眶，拉着薛仁的小手兴奋地说："大妈……大妈，谢谢你，大妈喜欢这个贺礼，也是最好的一份贺礼！大妈会好好珍藏的！"

"大妈……大妈，乡下那边的薛家村，建造高速公路，薛家百年老房堂屋，拆迁赔偿，有我一份吗？"薛仁，很认真地问道。

"有呀！有呀！薛家堂屋拆迁赔偿，当然有你的一份呀！"路莉萍很吃惊，不知道薛仁问这个，要发生什么事情，她说，"有的，有的，有你一份，是留着给你的！"

"大妈，大妈，把我一份，留给，薛琪姐姐肚皮里的小宝宝，可以吗？"薛仁依然很认真地说着。

"大妈……要想知道，薛仁为什么要留给姐姐的小宝宝呢？"路莉萍很惊讶，过了一会儿，也很认真地问道。

"大妈……大妈，我在网上，寻找到了，爸爸的好朋友，蓝衣姑娘蓝婴儿阿姨。蓝婴儿阿姨，在慧普庵里，做了一个尼姑，已经快一年多了，她很苦，庵很穷，我不能去救她，可是想，我要让她过得好一点……"薛仁说毕，马上抽回他的小手，边说边在观察，路莉萍的表情。

路莉萍听后，含着泪珠一下子涌了出来，站起身子来。她马上回想到，一年前，漆匠阿三的怀孕女人，受骗投奔到她家，住了一个晚上，后来漆匠阿三女人，跳河自杀未成，却牵连出，前夫薛开甫的情人，蓝衣姑娘蓝婴儿。蓝衣姑娘被逼堕胎后，不要薛开甫的任何一份补偿，却要薛开甫去坐牢。蓝衣姑娘收集证据，实施报复薛开甫。最后报复还没有全部实施，蓝衣姑娘却消失得无影无踪。现在，薛仁网上查询到蓝衣姑娘做了一个尼姑，是薛家又欠蓝衣姑娘一个情了。她抹去泪水，反问薛仁。

"薛仁小师父呀，你有什么好办法，让蓝衣姑娘她们，过得好一点呢？"

"大妈……老教授……呀，我家的五龙湖别墅，我……我可以做主吗？"薛仁想了想，依然很认真地，去看看路莉萍一会儿，又去看看老教授一会儿。

薛仁家的五龙湖别墅，面积有1000多平方米，比她家400多平方米的别墅，大二倍半。五龙湖别墅从地段上看，属于稀缺地块；从别墅结构档次上看，属于高端；从内部装潢上看，属于超前。可惜人去楼空一年多了，那幢别墅，天天在哭诉，天天在叫魂。这都是前夫薛开甫，冤孽债主害的。路莉萍冥冥之中，突然想到了"父债子还"的一个古老说法。这个债，是孽债，孽债是无法用金钱数字去还的呀。还有一句古老的话，"冷冷风，穷穷债。"薛开甫已经没有经济上的欠债了，死后却背负着的是情债，是孽债，是千千万万还不清的孽债。可是现在，薛仁小和尚想要的是别墅。难道说，薛仁决定要想卖掉，此幢别墅，拿去捐赠，给那个清贫的穷庵？是不是现在的别墅小主人薛仁，已经做好放弃，将来结婚生子的准备？不想再去住，这幢大别墅的准备？唉！这一切都随薛仁小和尚而去吧。

"薛仁小师父，你家，那幢大别墅呀，是你爸爸，给你妈妈白梅的，在你妈妈生病住院时，你爸爸把房屋产权转给了你。当然，薛仁可以做主的！"路莉萍不隐瞒，不拦着，房屋产权的归属，坦然地说出来。

"是呀！薛仁小师父，你家的事，当然，你可以做主的！我们一定会支持你的！"老教授听到路莉萍坦诚的话，也接上说。

薛仁听到后，露出笑脸，很满意地点头，又想了想，随后转向老教授面前，突然哭泣起来说："老教授，我犯了一个严重的错误，将爸爸的好女儿，一个易姑娘姐姐，被我，妄言，咬定说了，是爸爸的情人一句话，易姑娘姐姐听到后，永远离开了佛教学院。后来，大妈告诉了我，我才知道，易姑娘姐姐不是爸爸的情人，是像薛琪姐姐一样的，是爸爸的一个非亲生的女儿。可是，现在我……找不到她，上网也……找不到她，不知她在……哪里，在哪里藏起来了？拜托您，帮我好好找一找。我一定要让……蓝衣姑娘的蓝婴儿阿姨，还有疯子花儿姑娘的花儿阿姨，还有易姑娘姐姐，让她们生活上，都过得好一点……"说完，薛仁小和尚哗啦啦地哭起来。

老教授和路莉萍，一起蹲下身子，去搂住薛仁，薛仁没有跳开而是让他们去拥抱。同时，他们的身后，亲戚朋友们都围拢过来，都在说道：

"薛仁，别哭！薛仁，别哭！一定能找到的！"

"薛仁！请相信我们，易姑娘姐姐，我们一定会找到她的！"

"薛仁！蓝衣姑娘蓝婴儿阿姨，花儿姑娘花儿阿姨，我们一定会让她们的生活都过得好一点的！"

2019 年 9 月完成初稿；
2020 年 10 月完成第二稿；
2021 年 2 月春节定稿。

（本小说，事件与人物，纯属虚构，如有雷同，实属巧合。）